袁隆平丛书

DAOSHENGYI

◎总 顾 问　袁隆平
◎作　　者　陈　默
◎丛书主编　瞿建波

图书在版编目（CIP）数据

稻生一 / 陈默著. --长沙：中南大学出版社，2018.8

ISBN 978－7－5487－3286－0

Ⅰ.①稻… Ⅱ.①陈… Ⅲ.①纪实文学－中国－当代 Ⅳ.①I25

中国版本图书馆 CIP 数据核字(2018)第 142445 号

稻生一

陈 默 著

□责任编辑 杨 贝
□责任印制 易红卫
□出版发行 中南大学出版社
社址：长沙市麓山南路 邮编：410083
发行科电话：0731－88876770 传真：0731－88710482
□印 装 长沙印通印刷有限公司

□开 本 710×1000 1/16 □印张 25 □字数 431 千字
□版 次 2018 年 8 月第 1 版 □2018 年 8 月第 1 次印刷
□书 号 ISBN 978－7－5487－3286－0
□定 价 58.00 元 美元 10.00 元

内容简介

当“民以食为天”这一亘古不变的真理遇到“谁来养活中国”的诘难时，中国工程院院士袁隆平用他研究发明的杂交水稻解答了世界疑问。

在近半个世纪中，袁隆平率其弟子和杂交水稻团队致力于“推广杂交水稻，造福世界人民”的宏伟心愿，誓言将赢得世界美誉“东方魔稻”的种子撒播全球，解决人类的吃饭问题，捍卫粮食安全。

人们永远铭记袁隆平。天上有“袁隆平星”，地上有袁隆平魂——袁隆平其人及其文化和精神。人们自然也该铭记这个团队：是他们，义无反顾地承载了袁隆平院士那博大、兼爱、无私的胸怀，不断对稻改良创新，并一步步将其“杂交水稻覆盖全球梦”演绎成现实。

在这个英雄团队中，在杂交水稻湘军中，就有这样一位领军人物——方志辉。他是湖南省益阳市沅江人，生于1962年，现系湖南省农业科学院研究员、中共湖南省农产品加工研究所书记。他自幼立志从事农业科学，考入湖南农学院(现湖南农业大学)，而后师从袁隆平，毕生从事杂交水稻和隆平文化的研究推广，成就显著。

作为袁隆平的“亲传弟子”，他先后编著多部科研著作，在农业特别是杂交水稻研究和国际推广上占有一席之地，是一名优秀的自然科学家。

作为“杂交水稻之父”的授权代表，他历任隆平高科董事、国际贸易部总经理、湖南袁氏种业首席科学家，主要负责中国杂交水稻的国际推广，致力于中国的“水稻外交”，先后率团队赴50余个国家和地区，开拓了国际市场，出口种子7500余吨，推广种植50余万公顷稻田，为世界增产粮食100万余吨，被国际同行誉为“杂交水稻和平使者”。

“世事洞明皆学问，人情练达即文章。”在杂交水稻香飘全球之际，他深得“心忧天下，经世致用，敢为人先，家国情怀”的湖湘文化之精髓，与屈子对话，把酒前贤，博集儒释道精神，推崇“非攻”，主张“博爱”，谋求“和平”，弘扬科学发展观，更受到美丽故乡——沅江白沙洲——“全国诗歌之乡”的文化浸润，始终不忘传承，积极播撒中华文明，研究推广隆平文化，搭建和平文明交流的桥梁，提笔将自己近20年率团队开疆拓土的所见、所闻、所感、所思著成文章，从处女作——当代中国第一部系统记录国外推广杂交水稻的纪实文学《十年一探》开始，创作数百万字，先后完成《七年马义奇》《稻可道》《非常稻》等多部著作，引起了不小的轰动，其作品被各大图书馆推荐，被200余所著名高校选作学生课外读物，更被译成英、法、俄等多国语言。他义无反顾地承担起传播和弘扬隆平精神和隆平文化的使命——推动世界和平发展。“文以载道”，他被媒体誉为“科学家中的文学家”，已成为文学湘军的代表人物之一。

本书主要通过方志辉的成长经历、家庭趣事及其团队在海外拼搏中的生动故事，艺术地再现了袁隆平及其团队为了解决人类吃饭问题的拼搏奋斗史，详细记录了中国进行杂交水稻外交的种种艰难险阻和喜人收获，同时更着力诠释了当代中国自然科学家无私奉献、不畏艰险、披荆斩棘、勇攀高峰的创新求索精神。

袁隆平丛书工作室

《稻生一》编辑委员会

中国是一只和平的文明的狮子

沙祖康

一

当下，中国这个泱泱文明古国正在快速走向世界舞台中心。国际社会无不惊愕地注意到，“东方的睡狮醒了”。对此，“几家欢喜几家愁”。正当世界一小撮冷战余孽到处鼓吹“国强必霸”“中国威胁”时，习近平总书记给了世界一个响亮的回答：中国这头狮子已经醒了，但这是一只和平的、可亲的、文明的狮子。

从17世纪中叶开始，现代世界历史的进程加速：从愈演愈烈的列强殖民扩张开始，到两次世界大战把地球变成了一个斗兽场，接着以苏联和美国为代表的两个超级大国和两大军事集团展开了长达半个世纪的激烈对抗，弱肉强食成为这一过程的主旋律，意识形态之争更把整个人类的心灵撕裂了，至今还无法完全康复。

难道战争和争夺才是加速世界融合的唯一办法吗？

公元1405年，明朝初年，郑和第一次下西洋。远航的规模达200多艘海船、2.7万多人，舰队穿过南海、马六甲海峡，最远曾达非洲东部、红

海、麦加等地，还有人说，郑和的船队还到过美洲、大洋洲以及南极洲。这种远航，固然有明朝皇帝宣扬国威、昭示中国富强的因素，但是，更多的人认为：这一远航推动了国与国之间的联系，促进了文化与科技的融合与交流。明朝与西洋诸国互换宝物，有少部分属贸易性质，但并不是今天我们所熟悉的以谋求利益最大化为目的的贸易，更像是串门走亲戚般地互赠礼物。

资料证明，正是郑和给西欧王国的王室赠送的不少文化科技方面的书籍，助推了西方的文艺复兴。可以说，郑和下西洋是和平之旅、文明之旅，更是文化交流之旅。这和之后西方列强的殖民扩张、军事掠夺、工业贸易、贩卖人口乃至种族灭绝有天壤之别。

1973 年，“当代神农”“杂交水稻之父”袁隆平发明了杂交水稻，并于 1976 年开始全面推广，使中国“用世界百分之五的土地养活世界百分之二十的人口”成为可能。杂交水稻，这个“东方魔稻”，被国际上视为中国继四大发明之后的第五大发明，人们称其为“第二次绿色革命”。

在解决了中国的温饱问题后，袁隆平科学团队又马不停蹄地追逐“杂交水稻覆盖全球梦”，通过科研、援助、合作和贸易等形式，使杂交水稻有效地解决了世界上一些国家尤其是亚非地区的发展中国家的粮食安全问题。袁隆平先生希望世界有一半的稻田种上他和他的团队所培育的杂交稻，这样平均每公顷将增产 2 吨，所增产的粮食可以多养活 4 亿 ~5 亿人口，这将是一件功德无量的大好事！

我在联合国总部工作时，袁隆平先生是联合国粮农组织的首席顾问、美国科学院院士。我有缘聆听过袁隆平先生数次演讲，并耳闻目睹了世界人民对袁隆平先生的崇敬。在柬埔寨，曾有几个印度专家指导柬埔寨农民的粮食生产，他们都称自己是袁隆平的学生。过去，越南一直是粮食进口国，自从引进了中国的杂交水稻后，现在已经成为粮食出口国。

中国的“水稻外交”，无疑是增进世界人民福祉、促进人类和谐共存的“和平外交”。

二

以儒释道为主的中国文化，本质上是求同存异、包容共生的“和谐文化”。煌煌中华古文明，也是建立在万年稻作文明基础上的。民以食为天，食以稻为主。水稻种植，充分体现了中国天人合一、道法自然的生态观念——运用自然而不掠夺自然，尊重自然而不占有自然。中国人把此理念上升为“道”。

无独有偶，正当古老的中国一步步走近世界舞台的中心时，“水稻外交”就如“高铁外交”一样，已成为中国“和平外交”的又一亮点。从浅层次看，水稻主要是解决人类的温饱问题；从深层次看，实则是稻中有“道”，就像太阳无私地奉献了自己的光热，稻吸收阳光然后“稻(道)成肉身”无私地奉献给了人类，最后又回到大地。这个循环不息的过程，为人类贡献了最洁净的食物能源，却对大自然无任何伤害。农耕文明，实则是人与自然相互包容、和谐共存的文明。

水稻，顾名思义，稻(道)不离水。水滋润了稻，更滋润了人类。“水善利万物而不争，处众人之所恶，故几于道。”水的精神即是道的精神。水尚和平，性格柔和，但是“天下至柔，莫过于水，而攻坚强者，莫之能胜”。

中国人追求水的和平精神，不尚侵略，又最具坚韧的性格，因而中华文明传承五千年而生生不息。

1940 年，在美国发生了一个真实的故事：狮子小泰克从出生那一刻开始就只吃素，动物园园长绞尽脑汁，用尽各种方法，哪怕仅仅只是在牛奶中滴一滴血，它都能察觉到，宁愿饿着自己也不肯碰一下，当其他动物踢它时，它也不反击。在弱肉强食、适者生存的动物世界中，它颠覆了一贯以来的丛林法则，向人类展现了生命本具慈悲的神性，世界本应充满“爱与和平”。美国媒体给它一个封号——慈母圣狮，称呼它为“吃素的狮子”。睡醒的中国雄狮堪称这样的“慈母圣狮”。

三

曾几何时，破坏自然生态的工业文明，被当作“先进的文明”而被讴歌；而与世界万物和谐共处的农耕文明，则被称之为“落后的文明”而被抛弃。但是，人类对环境的破坏，让大家尝到了工业文明带来的苦果。工业文明在便利人类、造福人类的同时，却让人类赖以生存的地球千疮百孔。在物质财富相对充实的今天，人们渴望能永远看到绿水青山，能喝上清洁的水，呼吸新鲜的空气，吃上鲜美安全的食品。

相对于工业文明，从保护地球这一人类共同家园的角度而言，农耕文明可能显示出了更加永恒的价值。古人说“民以食为天”，在人类的衣食住行中，“吃”总是排在第一位的。象征“工业文明”的先进科学技术，应当更好地提升农耕文明，两者应相辅相成。

袁隆平推广的杂交水稻，正是两种文明完美结合的优秀范例，他用生物技术提升了农耕文明。近来，他又在倡导和推广有机生态杂交稻。不仅让人吃饱，还要让人吃好，吃得有品位。袁隆平的努力，同时诠释着人与人、人与自然该如何和谐共处，具有重大而深远的意义。

中国文化是讲和平的，是包容的，是倡导“己所不欲、勿施于人”“众生平等”“和为贵”等崇高价值的。这些理念与联合国宪章的宗旨是一致的。

沉睡太久的中国狮子已经醒了，中国文化中包含的永恒不朽的价值苏醒了，中国必将为世界的和平发展做出应有的更大贡献！

沙祖康　联合国原副秘书长

丛书主编向丛书顾问沙祖康（右）赠送样书

“道生一”之“稻生一”

袁隆平

从《稻可道》到《非常稻》再到《稻生一》，“袁隆平丛书”已是第三册了。所谓一分耕耘一分收获，这份收获来之不易，在所有书写杂交水稻的书籍中，“袁隆平丛书”独辟蹊径、自成体系，尤其有着鲜明的中华传统稻作文化特色。

自杂交水稻发明以来，为实现造福世界人民的梦想，湖南省农科院、隆平高科、袁氏种业派出了一批又一批“杂交水稻湘军”，前赴后继地到全世界“布稻”，诞生了一大批优秀的水稻骄子，他们是一只只热爱和平、不畏艰难、敢于拼搏奋斗的狮子。

我的学生方志辉，是“杂交水稻湘军”中独特的一员。一方面，作为“杂交水稻的和平使者”，足迹踏遍了50余个国家和地区，他曾亲自下田，把杂交水稻播撒在亚非拉的广袤土地上；另一方面，他把传播杂交水稻过程中的种种故事都记录了下来，为杂交水稻文化发展保留了珍贵的史料。

杂交水稻能有今天的发展，凝集了无数人的心血与汗水。让杂交水稻覆盖全球，这是我的中国梦、世界梦，也是所有从事杂交水稻事业工作者的梦想。

本书主要通过方志辉及其团队在海外拼搏过程中的一个个故事，艺术地再现了“杂交水稻湘军”为了解决人类吃饭问题的拼搏奋斗史，展示了他们广济天下苍生、造福人类的博大胸怀，生动地见证了中国杂交水稻外交的种种曲折艰辛和喜人收获，诠释了当代中国自然科学家无私奉献、不畏艰险、披荆斩棘、勇攀高峰的创新求索精神。

世界万物皆有其根源，“稻生一”是“道生一”里的稻生一。一生二，二生三，三生万物。

在农耕文明时代，稻作文明首先使人类从野蛮中脱颖而出，推动历史的车轮滚滚向前；在工业文明时代，推陈出新的杂交水稻从中国出发，香飘全球，惠济苍生；在互联网、大数据、云技术、人工智能时代，杂交水稻在世界共同体的打造中将发挥重要作用。

《稻生一》，是文学，更生活；是故事，更励志；是传记，更科普……

袁隆平（杂交水稻之父、中国工程院院士）

MULU

目录

稻生一

楔子　杂交水稻上了“马国钱币”

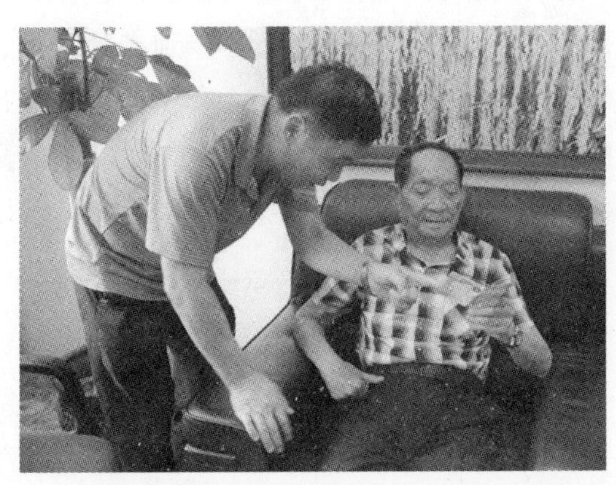

袁隆平(右)、方志辉(左)在观看印有水稻图案的马达加斯加货币

2017 年 8 月 23 日，袁氏种业驻马达加斯加经理陈剑宝带着马达加斯加农牧渔业部植保司萨乎里司长、边境检验检疫处扎依那处长、进出口监管处塔斯勒处长，以及阿郎苏、埃里克等水稻专家，专程来到湖南长沙，希望方志辉能引荐他们拜见袁隆平院士。他们认为袁院士是水稻领域的圣人，能见到袁院士是他们今生一大幸事，此次来长沙，他们一定要朝拜他们心中的“圣人”。方志辉立马联系了袁院士的现任工作秘书杨耀松，杨耀松随即向袁院士做了汇报。袁院士很爽快地答应了，安排第二天上午 10 点在办公室会见。

第二天上午九点多，方志辉领着一行人早早来到了袁院士上班的国家杂交水稻工程技术研究中心办公楼，才知袁院士已在接见第二批客人了。轮到他们见面时，陈剑宝便恭恭敬敬送给袁院士一张面值 20000 阿里的新版马达加斯加货币，袁院士还未来得及细看，站在一旁的农牧渔业部植保司萨乎里司长用英语向袁院士说开了：“水稻是马达加斯加人民最重要的

粮食作物，中国的杂交水稻在马达加斯加的种植面积越来越大，马达加斯加人民已基本摆脱饥饿，马达加斯加人民为了感谢您，特地选水稻作新版货币图案！马达加斯加人民都想见到您！今天我们能够见到您，是今生最大的福分！”

听了萨乎里司长的解说，正在欣赏新版马达加斯加货币的袁院士格外高兴，看着新版马达加斯加货币上沉甸甸的稻穗图，袁院士露出了几分欣慰。站在袁院士旁边的方志辉，这时也已移步到老师跟前，望着中国杂交水稻的图片印在马达加斯加的新版货币上，心中自然滋生出几分喜悦，思绪也已飞到了万里之遥的马达加斯加，飞到了国际推广杂交水稻的时空隧道里。

第一节　初交马国[①]有故人

1　国家主席援非项目

命运总是垂青那些有准备的人，方志辉再次验证了这句名言。

在与朝鲜的合作顺利进行的同时，方志辉和其所在的湖南省农业科学院（简称湖南省农科院），包括隆平高科都没有停下杂交水稻走向世界的脚步。为了老师的中国杂交水稻覆盖全球的梦想，他无时无刻不在寻找下一个目标。

在以稻米为主食的国度中，古老的非洲给华夏民族留下了深刻的记忆。他清晰地记得，在中非友好交往中，郑和下西洋当是经典案例。历史记载了这样一个场景：公元1421年的一个早晨，和往常一样，肯尼亚附近海域拉穆岛的渔民正打算在拂晓前去海上收渔网。晨曦中，他们被眼前的一幕惊呆了。不远处的海平面上布满了桅杆，一支船队正浩浩荡荡朝岸边驶来。从未见过如此大如此多的船，渔民们惊为怪物，不知所措。眼看“怪物”越来越近，大家以为是神灵发怒，嗥叫声中，一个个惊恐地往村里跑。而此时舰队中央那艘巨大的平底帆船上，年近半百的总指挥郑和正用望远镜观察寻觅着。岛上居民的惊叫声突然打破了海上的单调，他猛地起身，再次开心地笑了起来。他知道自己又成功地为永乐皇帝发现了一个“新世界”——1421年2月2日，中国农历新年，明朝永乐皇帝在北京接见了来自亚洲、非洲等地区的28位首脑和达官贵人。这次史无前例的国际

① 马达加斯加共和国，简称马达加斯加、马国、马岛。

性会晤，向世界昭示着中国明朝的开放和强大。在此之前，郑和曾5次率舰队出访非洲——在津巴布韦首都哈拉雷市的国家博物馆里陈列着的那些明代中国瓷器的残片就是当时壮举的见证之一。那些残片是人们在石头城遗址中多次考察才发掘出来的，一块青瓷大花瓶的碎片上，瓶底“大明成化年制”的青釉字样清晰可辨。索马里迄今仍有“郑和村”，居民的身材和脸型都有中国血统特征，似乎在诉说着那些无数不为人知的秘密。

无独有偶，21世纪的中国，又在谱写一部开放共赢的历史。

2006年11月4日，中非合作论坛北京峰会在人民大会堂隆重开幕。时任国家主席胡锦涛热情洋溢地致辞：“今天是个值得历史记住的日子。我们中非领导人本着友谊、和平、合作、发展的宗旨，相聚北京，共叙友情，共商推动中非关系发展、促进发展中国家团结合作的大计。……2000年10月，中非共同倡议成立了中非合作论坛。这是中非深化传统友谊、加强友好合作的重大举措。6年来，论坛先后在北京和亚的斯亚贝巴成功举办了两届部长级会议，已成为中国同非洲国家开展集体对话、交流治国理政经验、增进相互信任、进行务实合作的重要平台和有效机制。……为推动中非新型战略伙伴关系发展，促进中非在更大范围、更广领域、更高层次上的合作，中国政府将采取以下8个方面的政策措施。”

接着，胡锦涛向非洲人民展示着友好的愿景：

“……(八)今后3年内为非洲培养15000名各类人才；向非洲派遣100名高级农业技术专家；在非洲建立10个有特色的农业技术示范中心；为非洲援建30所医院，并提供3亿元人民币的无偿援款帮助非洲防治疟疾，用于提供青蒿素药品和设立30个抗疟中心；向非洲派遣300名青年志愿者；为非洲援建100所农村学校；在2009年之前，向非洲留学生提供中国政府奖学金名额由目前的每年2000人次增加到4000人次。”

最后，他深情地说：“中国和非洲都是人类文明的发祥地，都是充满希望的热土。共同的命运、共同的目标把我们紧紧团结在一起。中国永远是非洲的好朋友、好伙伴、好兄弟。”

台下掌声雷动。国家主席援非项目由此确立。

2　笔直往前走

长沙市芙蓉区马坡岭，湖南省农科院所在地，国家杂交水稻工程技术研究中心和湖南杂交水稻研究中心坐落在此。这里庭院深深，四季葱茏，在中心科研大楼右侧，和平女神左手环抱一个天真活泼的男孩，右臂托着一只展翅欲飞的和平鸽，寓意袁隆平院士培育的中国杂交水稻种子和他开拓的杂交水稻研究事业及其献身精神，随着这只翱翔的和平鸽传播到全世界，造福全人类。

湖南省农科院内，春意盎然。国家主席援非项目一经发布，早已成为院部主攻方向。包括袁隆平在内的科学家们都知道，乘势而行，是必需的担当。经过申报、议标，湖南省农科院负责承担援非的十个农技示范中心项目中的第一个项目——“援马达加斯加杂交水稻示范中心项目”。

项目分两期进行，第一期即前三年以中国为主，以“传、帮、带”的方式进行杂交水稻推广，第二期即第四至第五年以马方为主，最终将“示范中心”交付马方使用。由中马双方共同对项目进行选址，以中国为主确定建设规模、示范推广内容。项目纯收益留作马方接受后的独立经营费用开支，以减少马国政府的经济负担。

湖南省农科院决定，由方志辉负责“援马达加斯加杂交水稻示范中心项目”的前期筹备和实施等工作。

对于方志辉来说，担当项目前期筹备和实施等工作的负责人早已是意料之中的事情，因为该项目的中标和取得，是袁院士高瞻远瞩、谋定而后动的结果。

如何遴选下一个目标国时？在很多国家纷纷要求袁隆平院士亲自或者委派专家去传经送宝时，如何在非洲推广杂交水稻、帮助当地人民解决饥饿问题，一直是袁院士关心和忧虑之事，他一直在寻找在马达加斯加推广杂交水稻的时机。正好国家层面已经在酝酿如何实施农业援非，袁院士认为杂交水稻在马达加斯加的推广已是水到渠成了。

袁院士之所以对在马达加斯加推广杂交水稻有着浓厚的兴趣，一部分来源于对解决饥饿问题的关注和关心，一方面来源于对马达加斯加天时地

利人和的信心。2002 年 4 月 1 日至 4 日在海南三亚召开的国际水稻强化栽培会议，是由中国国家杂交水稻工程技术研究中心、美国康奈尔大学、中国水稻研究所和马达加斯加特菲·塞那学会方共同发起的，袁院士被选为会议主席。包括马达加斯加在内的 20 多个国家选派的代表，国际水稻研究所、国际水分管理研究所和洛克菲勒基金会等国际机构的专家、学者、官员参加了会议。会议的主要内容是对水稻强化栽培体系（SRI）进行学术研究，促进此项技术的交流与发展。而 SRI 正是马达加斯加在 20 世纪 80 年代提出的一种栽培方法，并在马达加斯加应用多年，增产效果明显，在其他 10 多个国家的推广试验表明也有较大的潜力。袁院士认为，中国杂交水稻在马国推广是有坚实理论基础的。

对推广杂交水稻同样充满信心的还有马国政府本身。马国驻华特命全权大使维克多·希科尼纳（以下简称维克多）受马国政府委托，曾于 2005 年就多次发函邀请袁院士去马达加斯加参观考察，帮助解决该国的粮食问题。在得知袁院士一时半会不能去马国考察后，维克多大使心中甚是着急，致函称如果袁院士实在没有时间去马国，就近到马国驻华使馆会谈或派代表赴马驻华使馆商谈也行。

3　情约三里屯

受袁隆平院士全权委托，2005 年 11 月 17 日，方志辉和杨耀松、张立军一行三人，如约来到位于北京三里屯东三街 3 号的马国驻华使馆。

维克多大使和文化参赞拉法诺梅扎纳·巴齐尔（简称巴齐尔），中文秘书兼翻译白凤阁前来迎接。三人见维克多的长相很像东方人，有点好奇，但出于礼貌又不好问。用英语客套一番后，几人坐下说话，不料维克多突然操着一口纯正的广东粤语与他们交谈起来。

维克多知道他们的疑惑，为满足他们的猎奇，于是就讲起了故事。

维克多说："我虽然出生在马达加斯加的塔马塔夫，即塔夫，但我可是半个中国人。父亲是百分之百纯正的中国广东人，一出生我就有了个中国名字陆恒社。"他接着说道，"一百多年前，许许多多中国劳工来到马达加斯加，也把中国的农业技术和农作物带到了马岛。荔枝树和龙眼树都是华人带去的。荔枝、龙眼味道很好，马岛人走到哪吃到哪。百年来，吐在地上的核不知有多少，这些核又不断长出新的果树。现在马国到处都是荔枝树和龙眼树，每个角落都是。伟大的中华民族留给我们的太多了，在马岛，中国人的足迹更是无处不在。”

巴齐尔插话进来说：“马岛国内唯一的一条铁路，也是中国人早期援建的。马达加斯加现在还有大片华人公墓，长眠在那里的华人，一直受到马岛人民的纪念。”这样的开场白一下子拉近了中马双方的距离，氛围明显轻松了很多。

维克多说：“袁隆平的影响和杂交水稻的成就，使馆都比较清楚。马国对推广杂交水稻很有信心。”同时，他对湖南省农科院在马岛推广杂交水稻有没有工作基础也很关注。

于是，方志辉将海南三亚会议后袁院士安排湖南省农科院对马岛进行考察的情况和考察结果进行了详细的介绍，顺便介绍了在亚洲其他国家、南美等推广杂交水稻的成功案例。维克多听后非常高兴，连忙说：“这样就好，这样很好。专家就是专家，你们已经将事情办得如此细致了，看来我们选择与湖南省农科院合作推广杂交水稻是明智之举！”

首轮合作谈判达到了预期效果。随后几天里，双方就马达加斯加发展杂交水稻的具体合作事项进行了充分交流，形成了高度一致的意见。

11 月 21 日，方志辉与维克多签订了中马农业杂交水稻洽谈合作的谅解备忘录，制定了三年工作计划，确定由中方选派杂交水稻专家赴马国进行技术指导，与马达加斯加农业部合作，进行品种筛选、高产示范以及种子本土化生产试验。同时开展三年培训，为马国培养水稻精英人才。

双方郑重签字后，方志辉握着维克多的手，热情诚挚地说道：“中国有句俗话，叫作‘好的开端是成功的一半’。我们期待尽快成行，早日让杂交水稻香飘马岛。”维克多连忙称一定一定。

临行时，维克多再三拜托方志辉他们，希望尽快促成他们到湖南省农科院参观的机会，他们要拜访袁隆平院士。

4 马国客人潇湘行

2006 年 2 月 6 日，维克多、巴齐尔及白凤阁应邀来到湖南，开始了潇湘之行。

2 月 7 日上午，维克多一行在方志辉、湖南省农科院科技开发处处长陈学斌的陪同下，终于见到了仰慕已久的袁院士。袁院士不仅和维克多大使探讨了杂交水稻在马国推广的一些细节问题，还回顾了中国与非洲的深厚友谊，一上午的会晤轻松愉快，自始至终笑声不断。

得知维克多 2 月 8 日要去韶山参观时，袁院士赞许地说道："毛泽东主席的故乡确实值得去看。主席是非洲人民的好朋友，对非洲人民情深意重。他心里牵挂的永远是第三世界的人民。"

2 月 8 日一早，宾主一行早早便上了车，往韶山方向行驶。当维克多发现车辆后视镜上悬挂着毛主席像章时，虔诚地问："湖南人是不是都很崇拜毛主席呀?"

"当然。"司机张艳萍抢先回答，说话的同时，她还伸了伸腰，好像腰杆变得更直了，惹得维克多等人开怀大笑。

车很快就到了韶山，一下车大家就直奔牛形山旁虎歇坪。牛形山为滴水洞北面屏障，东南侧有一块高约 20 米凌空突兀的崖石。当地传说，20 世纪 60 年代以前，常有华南虎来此崖石上朝阳取暖、避暑纳凉，虎歇坪因此而得名。南面与龙头山相对，虎踞龙盘，景象壮丽，素为风水爱好者看重，因为毛泽东的缘故，成为韶山必游之地。

听了兼职导游方志辉的介绍，维克多等人竞相找寻起来。指点比画中，几人终于找到，其惊喜不亚于发现新大陆，惊愕、赞叹不已。

"这风水可是有赞：龙头山，虎歇坪，聚龙之灵，集虎之威，通三山之风，贯八面之气，藏龙卧虎，风云际会。"方志辉继续卖弄着从导游那里知道的亮点。这下可让翻译傻了眼，这样的语言确实不好翻译。巴齐尔自然不明就里，维克多却连连赞叹"了不得"，边说边向同伴解释起来。

在虎歇坪的毛泽东祖坟前，一对人工建造的石虎栩栩如生，似乎永远守卫着长眠在此的主人。祖坟右侧，依山傍石建有一座二层的仿古亭，称虎亭。虎亭正对毛泽东故居上屋场“韶山嘴”。登亭远眺，韶峰古寺、八仙吹箫、观音抱子等景点尽收眼底，湘潭、宁乡和湘乡望之在即。维克多自是感觉美不胜收，啧啧称奇。

游毕虎歇坪，大家来到毛家饭店午餐。见有外国人来访，毛家饭店的总经理汤瑞仁立即前来招呼。毕竟见过世面，那出场就是与众不同，气势非凡。亲切得体的欢迎词娓娓道来，客人如沐春风，宾至如归，气氛更加融洽。

众人一致提议，今天就吃“主席菜”。汤老太特别叮嘱服务员：“可要好生接待好毛主席的客人哟。”并给每人分发了一张印有毛主席与乡亲同聚一堂的画像的特制名片。汤老太正欲告辞，不料维克多的情绪早被调动起来，嚷嚷着:“不急，不急，莫走，莫走。”一定要老板一起共进午餐。维克多看到汤老太面露难色，料是分身不得，即灵机一动，盛邀老太单独合影留念。汤老太很是高兴地接受，又与众人合了影。

毛主席生前最爱吃的红烧肉、火焙鱼、菌子炖肉、豆豉辣椒等韶山风味菜很快一一端了上来，一顿午餐吃得高兴热烈。

下午接着参观毛主席故居。维克多看到毛泽东家的祖田时又问：“现在这些田种的是杂交水稻吗?”

“当然。”几人纷纷回答。

“毛主席祖田里种植出的祖田米，杂交稻米，近年已经成为‘韶山新礼’，远游海内外，比我们这些人的名头可响多了。”方志辉还不忘幽默一下。

铜像广场上，两长排花篮整齐摆放在毛主席铜像前，色彩艳丽的鲜花表达着人们无尽的思念和敬仰。维克多一行纷纷向毛泽东巨型铜像鞠躬，叩拜，献花，神情肃敬庄严。

方志辉想打破过于沉静的气氛，于是说道：“关于主席铜像，我可以讲五个神秘故事，其中两个是听导游说的，另三个是我亲历的。想听吗?”

“先听导游说给你听的。”维克多连忙应道。

一个个神奇的故事从方志辉口中徐徐道出，这也几乎是每一个到韶山的人都能听到的故事。或者一至两个，或者更多，每个版本略有不同。

一个个众口相传的传说，一个个方志辉亲历的故事，让维克多一行人

感到非常震惊，惊诧莫名。方志辉担心他们产生错觉甚至幻觉，赶紧补充解释："不管是导游讲的，还是我所看到的，其实都只是我们带着一种主观情感，努力诠释着某种自然现象的巧合。"

尽管如此解释，维克多终究没有放下。他在将要离开铜像广场时，又一次来到主席面前，就如众多的中国人一样，神色庄严肃穆，恭敬地跪在铜像脚下，庄重祷告，举止虔诚至极。这一幕，感动了周围众多游客。

待他起身后，方志辉问他祈求什么。维克多正色地回答："我祈求毛主席保佑，保佑我们的杂交水稻合作项目能够成功。"

"这正体现了维克多的情怀，也是马岛人民的期望。"方志辉想着，接口说道："一定，一定，主席一定会庇佑我们！"

2 月 9 日下午，维克多结束长沙之行，湖南省农科院专门举行了送别仪式。院长邹学校研究员代表湖南省农科院赠送了两件礼物，毛泽东铜像和湘绣。铜像高约 35 厘米，基座雕刻有毛泽东书法手迹《七律 · 到韶山》。湘绣是袁隆平手捧稻穗的图案，配有中国中央电视台 2004 年"感动中国"组委会对袁隆平的颁奖词。

维克多甚是高兴。仪式结束后，他请教方志辉，希望能对毛泽东诗词作点注解，以便赏析。并问道，两幅作品均有"喜看稻菽千重浪"的诗句，是否有什么关联。

方志辉为维克多讲解着毛泽东当年创作《七律 · 到韶山》的特殊背景。1959 年 6 月，离毛泽东 1927 年初回韶山考察农民运动的日子，已经整整过去了 32 年，这是毛泽东在中华人民共和国成立后第一次回韶山。32 年峥嵘岁月，32 年故园情思，他思绪万千，第二天便写下了这首《七律 · 到韶山》："别梦依稀咒逝川，故园三十二年前。红旗卷起农奴戟，黑手高悬霸主鞭。为有牺牲多壮志，敢叫日月换新天。喜看稻菽千重浪，遍地英雄下夕烟。"

接着，方志辉为维克多一行赏析道："诗文第一句这个'咒'字饱含了毛泽东主席的热爱、思念和沉痛的感慨。岁月为何要流逝，如同光明的白昼为何要消失。主席感怀过去的漫长岁月，感叹光阴的流逝，感叹光阴不在。主席是一位多么浪漫的诗人。"

"袁隆平也是一位浪漫诗人。"维克多插话道。

“何以见得？”方志辉问。

“那天我与袁隆平会晤时，闲谈中聊到他的年龄，他讲38岁，我一时没有转过弯。看到我不解的神态，他补充说，38可是按国际惯例哟，是‘公岁’，按中国标准是76岁。说完他呵呵地笑了起来。”维克多认真地回答。

“是呀，袁院士的心态确实非常年轻。最近几年，在我们单位离退休职工会议或老年科协会议上，他常常引用作家雷洁琼的逗乐诗：‘百岁笑嘻嘻，九十不稀奇，八十多来米，七十小弟弟，六十摇篮里。’然后就会话锋一转，说我们在座的许多人都属于‘小弟弟’，来日方长。”方志辉说道。“袁院士祖籍江西，出生于北京，大学就读于重庆，毕业后一直在湖南。他扎根潇湘这方热土，湖湘文化精神已深入骨髓。袁院士和主席一样，都是满怀爱国济民的抱负。湖南人的灵气、性格豪放，心忧天下、敢为天下先的精神是永存共通的。‘喜看稻菽千重浪’，如此您该明白两者的关联了。”方志辉接着诠释起来：“我相信大使先生也是同类。因此我们才是好朋友，中马两国人民友谊渊源极深，而您，更是见证者、亲历者、实践者。对吧？”

维克多谦和地称“是”，又连忙摆手摇头：“岂敢岂敢，汗颜呀，我哪敢与主席和袁先生比肩。我等后辈，当尽力而为。推广杂交水稻，造福马国人民，延续中非情谊，让友谊地久天长，是我分内之职。方先生，您谬赞了。”其神情恳切之极，激动不已。

方志辉又给大使讲解起第二件礼物来。这件湘绣，是他和陈学斌专门去长沙沙坪镇定制的。

湘绣，是以长沙为中心的刺绣工艺品的总称，为中国四大名绣（湘绣、苏绣、蜀绣、粤绣）之一，已被列入国家非物质文化遗产名录。位于长沙市捞刀河畔的沙坪小镇，是湘绣原产地，被称为“中国湘绣之乡”。“一口银针十只玉指百束锦丝，弘扬绣乡千年传统；三湘夸颂四海称荣五洲赞誉，织就人间万物风华。”可见沙坪湘绣的源远流长。在沙坪镇，十几岁的女孩就会湘绣。长沙烈士公园战国楚墓和马王堆汉墓出土的绣品，都印证着沙坪湘绣两千余年的历史，演绎着无数美丽的绣女传说。西汉长沙王丞相轪侯利仓的夫人辛追，现于湖南省博物馆展览，她就是一位美丽的沙坪绣女，并用绣品赢得了爱情。如今还存有下马石、夫人桥等地名。到了清

代，沙坪绣女更是名扬天下，陈九姑曾为乾隆绣过龙袍，现沙坪湘绣博物馆收藏的是复制件，都被作为镇馆之宝。

维克多一边听着沙坪湘绣的介绍，一边轻声吟诵着绣品上“感动中国”的颁奖词：“他是一位真正的耕耘者。当他还是一个乡村教师的时候，已经具有颠覆世界权威的胆识；当他名满天下的时候，仍专注于田畴。淡泊名利，一介农夫，播撒智慧，收获富足。他毕生的梦想，就是让所有人远离饥饿。喜看稻菽千重浪，最是风流袁隆平！”

方志辉用手指着“喜看稻菽千重浪”对维克多说：“我的理解，这关联就在此，毛泽东当年在湖南韶山的山头上得到‘喜看稻菽千重浪’的意境，而袁隆平若干年后在湖南雪峰山麓实现了‘稻菽千重浪’这一神奇的预言。”

“是呀，这几天下来，您可是让我受益匪浅，补了不少中国的国学知识。”维克多满怀钦佩地说着，“孔夫子说过，‘三人行，必有我师’，此言不虚呀。方先生，我有个不情之请，还希望在您有空之时，多多指教。我这个驻中国大使，要向您多学习中国文化。”

维克多盛赞有加，方志辉连连谦辞。同行几人齐声打趣，你们可谓惺惺相惜。

5 初识马岛

2006年2月20日，方志辉、杨耀松、张立军一行三人如期抵达马国首都塔那那利佛伊瓦图国际机场。

中国驻马使馆经参处一秘林大进和马国农业部礼宾司的负责人已早早来迎接。方志辉虽知没有维克多大使的公函，中国驻马使馆肯定也会热情接待和支持自己的工作。但为了不辜负维克多的深情，还是给林秘递上了信函。

林秘接过函件，只见上面写着：“方志辉等湖南省农科院专家是我很好的朋友，没有亲自护送专家们来马是一种罪过，很是负疚，烦请使馆一定要热情接待，周到服务……”林秘哈哈大笑说：“这个维克多大使，都忘了我们是一家人了，喧宾夺主呀。”

原来在维克多从长沙返回时，张立军同行北京，办理赴马岛援助的相关事宜以及赴马签证。维克多大使亲办后还不放心，又给中国驻马大使馆和马国外交部部长马塞尔·兰杰瓦写了公函，行事风格让方志辉等人称道不已。

马方东道主几人一边热情地寒暄，一边抢提行李招呼着。种种关怀备至，让方志辉一行倍感亲切。

他们感慨不已地称赞："原来非洲朋友永远是那么热情，外交也是门大学问，今天算是真正懂得了什么叫宾至如归。"

飞机一落地，方志辉他们就感受到了马国特别的美。天空显得特别清澈透亮，现场所见自然景色比电视里的画面更为生动。周边的山坡上，欲穿云霄的棕榈树犹如一把把遮阳的绿伞悬在高空。鲜花绿草满山遍野，道路盘旋于山间。

这座古老而美丽的城市，气候宜人，年平均温度在18摄氏度左右，让人说不尽的舒适。又高又尖的双斜面屋顶的屋舍点缀林间，极富地方特色。林荫小径更是曲折幽静，环绕于房前屋后。临近夜晚，那犹如银盘的月亮缓缓爬上树梢，天空繁星点点，碧空通透，洗净铅华，湿润的微风拂过，让人恍如置身梦境，只觉得所有尘世的喧嚣纷争不再，唯有轻松安逸占据心头。

几人兴奋地看着，尽情地笑着，一个个像孩子似的这跑那看，这里指指，那里点点，感慨万千。林大进为了给方志辉一行倒时差，安排第二天休息，顺便参观。

一大早，林大进就来到宾馆，陪客人们在塔那那利佛市区游览。一进市区，远远就看见一座古城修建在马蹄形山上，到塔那那利佛了。在山上与机场边看到的景色别无二致，但又似乎各有各的特点。

众人早早就查好了资料，这座历届麦利那人的王朝都府之地——塔那那利佛位于马岛中部高原，马达加斯加语意"千人城"，因当年这里曾驻军千余人而得名。市区由两座对峙的绿色山丘组成，全市的布局可分为错落有致的高、中、低三部分。

圣山是塔那那利佛市的最高点，原王宫旧址，现存放着古老的马达加斯加各个历史时期的文物。宫殿建筑独特，气势雄伟，从外形轮廓看，犹如一顶皇冠，匠心别具，融东西方建筑风格于一体，充分展示了马达加斯加人民的建筑艺术和聪明才智，是马岛规模最大，最富丽堂皇的古代建筑之一。

宫殿原为木质结构，一共三层。大厅达360平方米。最引人注目的是宫中的一根直径约一米的又粗又高的黄檀木圆柱。据说仅竖这"擎天柱"就花费了19天。皇宫的左边为皇家陵园，共有七位国王安葬在此。现殿外围砌上了一层石壁，四角都建有低于宫殿的塔楼。

津巴扎扎动物园位于王宫山麓的津巴扎扎湖畔，依山傍水。又高又大的旅人蕉，犹如绿色的孔雀张开美丽的翅膀笑迎天下客。一根根挺拔的翠竹筑成了公园的绿色围墙，秀丽的兰花更是锦上添彩，沁香阵阵。各种叫不出名的奇花异草，一簇簇，一丛丛，姹紫嫣红，争奇斗艳。园中百鸟啼鸣，各种飞禽走兽很是特别，平素见所未见，闻所未闻，却又似曾相识。尤其是那灵活可爱的狐猴不断地对游人眨巴着眼，又飞快地闪腾开去，引得众人一片喝彩，笑从心来。

"这真是个自然动物园。"方志辉一行人不由自主地叫出了声。

林大进讲解着："这就是马达加斯加的地方特色，公园时时生机勃勃。前面就是马达加斯加科学院动物博物馆了，那里可是以其珍藏的大量珍贵动物标本，吸引了八方来客。"

馆内标本竞相展示，犹如商品琳琅满目，各种恐龙、河马、旱鱼、鳄鱼化石标本和拉蒂迈鱼标本错落有致，各样蝴蝶和昆虫标本千姿百态。科学家的秉性让大家最关注那标示着"世界古生物珍品、南部地区1868年挖掘"的几具已绝种的大狐猴骨架化石和象鸟骨架化石，并饶有兴趣地研究探讨起那极高的价值来。

两山之谷为城市中心，是最热闹繁华的地方，地势最低。独立大街宽阔平直，行政、金融、商业和娱乐场所云集。广场上，车水马龙，人山人海，一片繁荣。闻名遐迩的祖玛市场里，有各种农产品、当地的土特产和手工艺品，极富地方民族特色，深受人们的喜爱，行情非常走俏。

城市东南边是阿诺西湖，与市区繁华相比，显得格外恬静清雅，就如一位美丽可爱的少女，婀娜多姿。湖边众多的蓝花楹树紫花盛开，远远地望去，恰似一朵朵迎风飘舞的紫云，给人感觉如梦如幻却很真实。众人纷纷跑到树下合影留念。

林大进热情地介绍："蓝花楹树在马语里有一个很动听的名字，叫流泪树。"

"是吗？流泪，为什么流泪呢？是因为这华贵而忧郁的紫色吗？"大家好奇地问道。

"又对又不对吧。"林大进回答道，"每年流泪树开花之时，正是马岛雨季前夕。因为植物自身的蒸腾作用，加上花朵繁密且花冠多是朝下，就会簌簌地往下滴水，随着气温升高，近午时愈加频繁。花蕊中的水珠点点形成，滴滴撒落，那盛开过的花瓣儿也跟着飘落，这不正是蓝花楹的眼泪吗……"

此时已是日暮时分，渐斜的夕阳为这满树的紫色又抹上了一袭红晕，那情景愈发的美丽和神秘。

方志辉诗兴大发，热情激昂地吟起诗来："流泪的少女哦/夜上的时候，是想着心上人的约会而害羞了吗？/我的心上人呢/她是不是也曾在远方/为这份思念/默默流泪？"把大家一个个带回到那懵懂的青葱岁月，相互打趣起来。

马国总统府和马国最大的饭店"希尔顿"也坐落在湖畔。无论环境、造型、色彩，以及那特有的风格，都恰如美丽湖畔的点缀，一切那么恬静、自然，却又动感十足。众人齐赞："正是人在画中游，画在景中走。我在赏仙境，谁能猜吾心。"已经找不到词语来形容这极致的美，一个个最后就只知道张大嘴巴惊呼："好美呀，太美了，真是仙境。

一天下来，大家一点也不觉得累。回宾馆的路上还津津乐道塔那那利佛市别致的古建筑，麦利那人的彬彬有礼、热情好客及特有的民族风情，相互谈论着一天的见闻，觉得这一切就如首都塔那那利佛独特的地理位置一样，可用一个词形容："绝妙！"

2 月 22 日，方志辉一行早早地就来到塔那那利佛市中心的中国驻马大使馆，专程拜会李树立大使。

大使迎上来非常热情地说："欢迎湖南代表团来马岛，你们来这里推广杂交水稻意义重大。"谈完工作后，李树立还为家乡客人介绍了一些相关情况。

因历史原因，非洲的民族复杂，共有700余个。按种族划分，则分属欧罗巴人种、赤道人种、埃塞俄比亚人种和蒙古人种。在马达加斯加岛上居住的马尔加什人基本属蒙古人种，与非洲大陆种族特征明显不同，是古代亚洲迁来的马来西亚人的后裔，长期发展又混入了班图人及欧罗巴人的种族成分。看到大家对蒙古人面露疑难之色，大使补充说道："其实马达加斯加人性格是比较温和的，社会治安总体上良好，当地很少有恶性事件发生。关于治安问题，大家尽可以放心。"

为了加深大家对南半球与北半球差异的认识，李树立还说起了一件有趣的事，"很多年前，中国在塔那那利佛初建使馆。中国的建筑设计师忽视了马国位于南半球的地理差异，习惯性地将大门和窗户设计朝向南边。其实马岛的大门及窗户只有朝向北边才面向赤道。这个失误给使馆工作人员的居住与生活带来了长期的诸多不便，现在使馆正准备重建办公楼。"说到这，大使又补充道："当然，门窗的朝向只是一个很小的原因，最大的原因还是随着中马两国的合作越来越多，使馆的建筑规模已经到了需要扩大的时候。"

"因此，你们做杂交水稻试验方案时，还是要注意南半球与北半球的差异。"李树立再次细心地叮嘱起来。

第二节　主席项目恰当时

1　马国农业和华人

2006 年 2 月 23 日，马国农业部部长阿里松接见了方志辉、杨耀松、张立军一行。双方就中马开展杂交水稻合作项目事宜进行了广泛深入的交流，洽谈取得了预期效果，意味着真正的推广开发之路由此展开。

阿里松说："马国政府充分肯定这一合作项目，本人包括农业部都将给予大力支持。我迫切希望能到中国考察学习，专程拜访袁隆平院士。"

方志辉当即回答："此次前来我们就是受袁隆平院士全权委托的。在此，我郑重代表我的恩师袁隆平先生，代表湖南省农科院，诚挚邀请并欢迎部长先生早日来中国做客，深入合作。"

阿里松接着安排马国农业部国际合作司司长旺给女士陪同专家组一行参观考察。旺给陪同方志辉一行先后对马国的 10 多个农业科研、教学、推广部门和农资及大米市场进行了考察调研，最后重点参观考察了拉瓦卢马纳纳总统的试验田。总统试验田是马国农业新技术展示的窗口，办得很是气派。有水稻、旱稻、玉米等农作物新品种的示范，还引进了奶牛养殖等畜牧新技术项目。

马国农业部种植业司司长阿拉又带大家考察了马义奇水稻种植基地和气象、土壤及植物检验检疫部门，拜访了一些农场主，与他们进行了交流。

通过考察，方志辉等人对马国农业有了更进一步的了解。这是一个以农牧业为主的国家，全国现拥有 3500 万公顷土地，其中 800 万公顷可直接

用于农业开发。截至2005年年底，实际已开发的各类用地约258万公顷，其中228万公顷用于种植水稻、旱稻、玉米、木薯、红薯、土豆、花生、蔬菜、大豆等；30万公顷用于种植经济作物，主要有甘蔗、咖啡、可可、香子兰、胡椒、剑麻、烟草、棉花等。水稻产量339万吨、甘蔗产量245万吨、木薯产量296万吨、红薯产量87万吨、玉米产量39万吨、土豆产量22万吨。

大家最关心的自然是水稻。他们了解到，马达加斯加是世界上除亚洲之外生产稻谷历史最长的国家，湿地稻谷生产体系很发达，所有地区几乎都有稻谷栽培。水稻是主要粮食作物，其产量关系到农民的生存与经济收入，主产区有阿拉奥特拉·曼古罗、索菲亚、博爱尼、萨瓦等。稻田土壤主要是冲积土、沙土及氧化土。在全部水稻面积中，约74%靠雨水浇灌，10%有灌溉系统，14%为旱稻。大多数水稻生长在海拔800～1000米的连绵起伏的高地。高地年平均温度为15～19摄氏度，年降雨量在1200～1500毫米之间。温光资源丰富，理论上大部分地区可以种植两到三季水稻。但由于雨、旱季明显，再加上农田水利设施很少，实际上大部分地区只能在雨季种植一季水稻。但沿海地区温度适宜（平均为25～30摄氏度），阳光充足，有水的地方可四季种植水稻。可是通常旱季适合种植的地方，雨季就会被水淹。有灌溉条件的稻田主要在河水冲积形成的漫滩。东部陡峭的坡地年降雨量超过3000毫米，西北平原1500毫米，经常还有周期性的洪水，西南地区则小于500毫米。西北和西南，因干旱经常会造成作物损失。各地播种和收割季节不同，有三个水稻生长季节，分为主种植季节（雨季）、旱季以及反季节。其中主种植季节（从11月至来年3月）的种植面积最大。因没有官方的粮食收贮体系，主产区大农场主及农民生产的稻谷，大部分被以印巴人为主的大粮商收购，加工成稻米在市场上销售。农民自吃的稻米基本由小型米厂加工。也有因手头拮据，在收获时便将差不多全部的自产稻谷卖光的农民，他们等到需要时再从市场上购买。他们大米的加工方式比较落后，主要依靠家庭手工加工，仅在水稻主产区和大城市附近有少量大米加工企业，且规模较小，加工设备和技术相对落后，加工成本较高，市场影响范围小。水稻主产区阿拉奥特拉·曼古罗行政区的安巴通德拉扎卡首府，仅有6家小型大米加工企业，年加工能力在

1000 吨以下，加工设备和技术较为落后，所产大米质量一般。马国农业部提供的数据表明，稻谷出米率为 67%，用于种子及因收获、运输、贮藏及加工过程造成的损失达 10%。海关数据显示，马国年进口大米的额度差异较大，一般幅度为 12 万 ~ 20 万吨。由此得知，马国水稻种子市场潜力很大。按照统计数据，马国主种植季节和反季节水稻种植面积一般情况下约为 153.7 万公顷。按此面积 40% 的稻田种植中国杂交水稻，每公顷用种量 22.5 公斤计算，则该国年需杂交水稻种子总量高达 1383 万公斤。对进口中国杂交水稻种子，马达加斯加进口检疫许可部门只关注水稻霜霉病（Sclerophthora Macrospora）、狼尾草腥黑粉病（Tilletia Barclayana）、水稻白叶枯病（Xanthomonas oryzae pv. oryzae）和水稻黑条矮缩病毒（Rice black streak dwarf virus）等四种检疫性病害。

根据考察情况，方志辉他们通过综合分析得出马国水稻当前生产存在三个主要问题：一是马国水利灌溉设施落后，且缺乏必要的管理和维修，很多地方目前尚没有灌溉设施，基本是靠天吃饭。二是农业人口文化低，五分之四的农民没有达到小学文化程度，许多人只会讲本国语言——马达加斯加语，如直接与其交流，比较困难。三是受风俗、习惯及传统保守思想等因素影响，先进科学生产技术和经营理念推广起来有一定难度。因缺乏必要的资金支持，农业科研成果难以转化为生产力。农业生产资料大多靠进口，价格较高，农民无力购买。

为广泛了解情况，方志辉一行又在李树立大使的陪同下，前往马达加斯加华商总会，拜会了会长冯保全先生和时任联络部部长杜建威先生。

“老乡见老乡，两眼泪汪汪。”大家再一次体验了异国他乡见故人的真切感受。随后，商会在当地最有名的敦煌饭店为方志辉一行举办了欢迎宴会，当地著名的华商企业家岑柱南先生和陈燕芬女士闻讯赶来。

敦煌饭店坐落在那最热闹繁华的独立大街，是马达加斯加最地道的中餐饭店，中国厨师主理，经营淮扬菜系，有餐位 100 个，3 个包间。饭店总经理陈柯得悉祖国来亲人，很是热情，巴不得拿出所有看家本领。大家再次深切体会到了“天下华人一家亲”。

冯会长知道专家们需要了解什么，宴会上主动地讲起华人和商会，“马达加斯加华商总会，是在当地政府相关部门注册的，以马达加斯加华

商为主体，自发组织成立的商会团体，会员主要由在马创业经营的民营、私营华人企业家组成，具有广泛的代表性、重要的影响力和较强组织性”。

“你们在马国推广杂交水稻，是在做一件为华人增光的事情。如有需要，我们华商总会将全力支持你们的工作。”杜建威部长接着表态，言辞恳切。

席间，马国华人热情地介绍着各方面的情况，方志辉他们对马国华人的历史和发展现状有了全方位的了解。

中马交往源远流长。中国宋代的两部地理书《岭外代答》和《诸蕃志》分别提到了“昆仑层期国”。有学者认为，“昆仑层期国”指的就是马达加斯加岛及附近的东非沿岸。到元代，中非海上交通有三条航线，中马航线即其一。马达加斯加发现了大量的龙泉青瓷贴花双鱼洗、景德镇青白瓷葫芦形小壶等中国元代瓷器。中国先后多次出现过不同形式的非洲热。汉灵帝引领贵族时尚之时，非洲“胡床”在洛阳非常流行。“胡床”就是折叠床，《三国志》记载曹操行军打仗总不忘带上折叠床。唐朝旅行家游历北非时，以象牙交易催生了中非贸易。非洲植物甚至改变了中国人的饮食结构，如南瓜、西瓜、高粱、油棕、芝麻这些食物，都是原产于非洲的。中国的一些手工技艺，如农具、轿子、滑竿等，很早就传到非洲，对当地的生产和发展起到了相当重要的作用。

马达加斯加华人定居的历史，最早可上溯到19世纪末20世纪初。首批登岛的华人大部分是经毛里求斯来到当时的马国。当时是法国殖民统治时期，法国在马废除奴隶制后，需要大批廉价劳动力修筑铁路，便从广东招募。此后，通过家人帮带、族人介绍来马国的中国人逐年增多，20世纪三四十年代的战乱时期，下南洋谋生的部分广东侨民，辗转来到了马达加斯加，先抵达东部的塔夫港，最后迁徙全岛，主要分布在东部沿海的城镇。据不完全统计，至1960年马达加斯加独立前，仅从塔夫港抵马的广东侨民就有数万之众。

经过长达一个多世纪的繁衍生息，马达加斯加华人的数量有了较大的增长。从年代上来说，马达加斯加华人有新老之分。当地人习惯将1960年独立以前来的华人称为老侨，包括其子女。新侨的称谓原仅用于1960年以后才来到马岛的华人，实际上都已成为中侨甚至也已等同于老侨。因此，新侨现在更多的是指从20世纪90年代后来马发展创业的华人。数量也有广义和狭义之分。狭义上仅指具有纯正华人血统并保留中国国籍的华人，有近6万。广义上则多达40万~50万人，包括散居于马国各地的华裔混血儿——华人与当地人婚育的后代，经过三四代的繁衍，除肤色和长相与华人较近外，已是地道的马达加斯加人。他们不会讲汉语，生活习惯也已完全本土化，仅知自己有部分中国血统。

华人经济在马达加斯加占有重要地位，以商业为主。独立前，马国限制外籍侨民的经济活动。独立后，华人经济有所发展。1970年中马建交后，华人多从中国进口货物从事贸易。20世纪90年代，马国政府重新回到私有制发展轨道，借鉴毛里求斯发展免税工业区的经验，华人经济因此得到长足发展。华人涉及经营的酿酒和食品业占当地同行业的50%，针织成衣业占50%，商业占30%，饮食业占10%，海运业占6%，农林渔业占5%。目前更囊括了百货服装零售批发、土特产收购与出口、酒店餐饮、小型工业、农业、矿产开发、房地产、工程设备和汽车及配件销售等。还有部分华人或在政府担任公职，或从事科研、教学、工程、医疗等行业的工作。总体来说，生活水平在当地属于中上水平。

近20年来，马达加斯加华商在马国的经营分三个阶段。第一阶段是1996年以前，以当地出生居住的老侨为主，主要经营农产品加工出口、餐饮面点、杂货销售等。虽开始有国内华人来马闯荡，但不成气候。第二阶段是1996—2001年，是马国华商在马经营创业的黄金时代，也是华人涌入的最高峰期。此期间，马国经济发展较快也比较稳定，客观上为华商在马经营打开局面提供了有利条件。大部分从事进出口贸易，服装、百货及五金家电等大量的"MADE IN CHINA"涌入马国市场，价廉物美的同时也不乏"粗制滥造"之物。在给马国人民生活带来巨大变革的同时，中国城、中国商业区这样的"CHINATOWN"的概念，也深深植入了马国大众心里。不可否认的是，大量涌入的中国商品给这个世界上最不发达国家之一的大部分低收入阶层提供了更多选择，大部分人的生活因此得到了改善。同时期中餐馆、赌场等娱乐服务行业也冒出不少。得益于《非洲经济增长法案》而发展起来的马国免税区纺织品行业，同样吸引了不少来自中国内地和香港特别行政区的服装厂商，使得服装厂纷纷建立。此时期大部分华商都通过

辛苦经营挖掘到了自己的“第一桶金”。黄金时代结束于2001年底的马国总统大选。受大选影响，2002年，马国经受了历史上前所未有的经济危机，货币大幅贬值，社会治安一度混乱，通货膨胀严重，在马国经营的华商也都受到了不同程度的影响，一部分人甚至已经做好放弃马国生意回到国内的打算。从2003年开始并延续至今，华商在马经营进入第三阶段。这期间投资领域呈现多元化局面，投资额也蔚为可观。在民间贸易中，华商致力将中国大陆乃至在全球享有盛誉的中国商品打入马国市场，涵盖从家用电器、家具、摩托、通信设备、电脑产品到大型农用、施工机械等产品，不少品牌在马岛已家喻户晓，且口碑良好。除了商品流通领域，在实业投资领域以及农业开发、矿产开发出口、海产品收购出口、通信IT、房地产、汽车销售、娱乐服务和旅游行业等方面，都能看到中国的民企或个人活跃于其中。政府间合作项目、中资企业或是中方跨国集团的投资更是引人关注。可以说近几年来，随着中马两国政府关系的持续稳定发展，来自中国的无论是民间的还是政府的对马投资都愈发活跃，有的已经产生了实际利润。

方志辉一行也向华人们畅聊起中国杂交水稻在马岛推广的构想：一是马达加斯加水稻生产基础及气候条件适合种植杂交水稻，引进中国杂交水稻具有很大的增产潜力。二是中马双方同意在中国政策允许的范围内，在马达加斯加开展杂交水稻品比试验、种植示范及试制种和推广应用合作。三是双方愿意尽快启动阿里松部长访华事宜。中马粮食合作和杂交水稻在马推广前景非常乐观。

……

一场欢迎晚宴让大家收获多多，尽兴方散。

2　阿里松访问长沙

方志辉一行返回长沙后，立即将考察情况向湖南省农科院进行了汇报。院方很快决定由方志辉牵头，以陈学斌和杨耀松等为成员，成立项目组，为马国农业部长阿里松访华做前期准备工作。

2006年7月1日，中马双方正式确定了阿里松访问长沙的行程。

21 日，方志辉参加了湖南省农业厅组织召集的专门研究接待的会议。会上，省农业厅总农艺师雷秉乾传达了《农业部关于接待马达加斯加共和国农牧渔业部长访华的通知》和《湖南省农业厅关于拟请省领导会见并宴请马达加斯加农牧渔业部长的函》，对相关接待事项进行了具体研究。会议决定由方志辉和湖南省农业厅国际合作处处长何厚军、外经中心副主任吴小明、科长刘知文以及陈学斌、杨耀松、张立军等组成专门的接待小组。

袁隆平（中）；阿里松（右二）；维克多（左二）

7 月 28 日上午，阿里松一行四人在农业部国际合作司项目官员李嘉莉、袁芳的陪同下来到长沙，正式开始了以农业为主的国事访问。袁隆平院士亲率时任国家杂交水稻工程技术研究中心副主任罗闰良、马国辉及国际合作发展处处长廖伏明等亲切接见了来自马国的客人。

阿里松一行对袁隆平介绍的杂交水稻在国外应用的情况和超级杂交水稻的研究进展情况产生了浓厚兴趣，不时详细询问各个细节，院士一一认真耐心地回答。这让阿里松十分感动和兴奋，此后多次向方志辉讲述院士接见的各种情景。

当天下午，湖南省政协举办专门会议，郑重会见阿里松一行，在简要介绍了湖南的经济社会情况后，对杂交水稻技术进行了详细讲解，特别表达了进一步加强中马农业领域交流和合作的诚意。阿里松诚恳地表示，马达加斯加以种植水稻为主的状况与湖南很相似，但马国产量低，每年都大量进口大米。为改变这一局面，已决定在总统府附近开辟几十公顷的农业示范园，专门用来种植高产水稻，以带动本国粮食生产，争取早日自给。此次前来考察学习，就是特别希望湖南能从专家和技术力量等方面给予大力支持。

2006 年 10 月 26 日一大早，杨耀松正在办公室忙碌着。“滴答”，电脑响起。原来是阿里松发来的一份国际邮件，上面写道：

亲爱的杨耀松先生：

下面是我今天就杂交水稻项目给马达加斯加驻中国大使信件的有关信息。

大使阁下：能否请您加速杂交水稻在马达加斯加研究与开发项目的批准及实施进程？一方面，该项目已得到我国农业部及上次我在中国访问和中国商务部副部长访问马达加斯加时的确认。另一方面，该项目已得到湖南省农业科学院的确认。在此，我想借机引起您的注意，马达加斯加的水稻季节已到，时间非常紧迫，希望能尽早立项并实施。非常感谢您的宝贵支持……

在此我也拜托杨教授，希望在贵院的支持下，该项目能尽早实施。

祝商祺。

阿里松

二〇〇六年十月二十六日

原来阿里松回国后，对长沙之行非常满意，更加重视双方合作，加快了杂交水稻合作项目立项的进程。为早日启动项目，他多次亲自发函，请求并催促湖南省农科院和马驻华大使馆加快推进立项进度，给杨耀松的邮件仅是其中之一。

此时，令阿里松和湖南省农科院都想不到的是，此后仅一周的中非合作论坛上，胡锦涛向全世界宣布，中国决定实施对非农业援助的十个示范项目。

3 申报国家主席项目

湖南省农科院和马达加斯加的杂交水稻合作项目已经做好了充分的准备，下好了先手棋，占尽了优势。一切都昭示着合作水到渠成，只待项目瓜熟蒂落。国家主席项目出炉后，国家商务部认为，湖南省农科院在全国同行业中具有很高的研发水平，拥有一大批高级专业技术人才，有能力承担并执行好该项目。因此，接到湖南省农科院的项目申报后，国家商务部对外援助司就两次听取全国农业技术推广服务中心的咨询意见，并多次对项目进行认真研究。

此后，因请求援建农业技术示范中心的非洲国家特别多，商务部将援建项目增至 15 个，并分两批确定实施企业：第一批 9 个，第二批 6 个。马达加斯加和利比里亚、莫桑比克、苏丹等成为第一批受援国，南非等被列为第二批。湖南又成为全国第一个取得两个项目的省份。

此期间，为落实湖南承担的两个“援非农业技术示范中心”项目，商务部和农业部联合组成考察组前任长沙。湖南省农科院安排方志辉全程参与陪同。

第一次是 2007 年 1 月 6 日，调研组由前国家商务部对外援助司东南非处杨树增处长、综合处孙丕文副处长、法规制度处科员马欣和农业部国际合作司亚非处李嘉莉处长四人组成。袁隆平院士于当天上午 9 点亲自接见了考察组一行，阐述了意见。他说：“在非洲建杂交水稻示范中心非常好。为世界做贡献，体现我国负责任的大国形象；从地理位置和气候上讲，马达加斯加适宜杂交水稻的生长。建杂交水稻示范中心，推动企业‘走出去’，将会有显著效益。”考察组在详细调研了项目的准备情况后，于 7 日下午 3 点在湖南省农科院召开座谈会进行详细研究。湖南省农科院表示将组建以院长邹学校为组长、以袁隆平院士为技术后盾的领导班子，专门负责项目，并承诺在项目立项协议办妥后的45 个工作日内，向国家商务部对外援助司提交细化完善后的项目实施文件作为议标的依据。国家商务

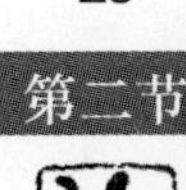

部则表示在收到具备议标条件的资料后45天内完成决标程序，并尽快下达承担项目的任务书。同时要求湖南省农科院要在受命30天内派出项目实施先遣组。

第二次是2007年3月12日，时任商务部副部长魏建国亲率十人小组来湘，对国家杂交水稻工程技术研究中心进行实地调研。时任省人民政府副省长贺同新率省商务厅毛叙保厅长、蒋怀章副厅长陪同。中心主任袁隆平院士和党委书记、常务副主任青先国召集汇报会，湖南省农科院党委书记宋再钦、院长邹学校、副院长罗赫荣和隆平高科董事长伍跃时、总裁颜卫彬等参加，向考察组详细汇报了项目进展。会上，贺同新对湖南省以杂交水稻为代表的先进农业技术、医疗卫生以及特色机电产品进行了重点推介，袁院士对杂交水稻的研究和国外推广情况进行了介绍。他说，湖南是推广杂交水稻的主省，自1973年以来先后援助了亚洲、非洲、拉丁美洲和大洋洲的共37个国家，31个农业项目效果良好。隆平高科和湖南省农科院在多个国家和地区试种杂交水稻，均使当地水稻增产30%～50%。并请求国家商务部加大对品牌的支持，扩大湖南农业援外项目的规模。魏建国向与会者转达了吴仪和唐家璇对项目的关切，并指出，在此全国两会召开之时，自己特意请假前来湖南专门调研，说明了杂交水稻援外项目的重要性，国家商务部将大力支持湖南援外工作。要求湖南精心准备，发挥优势，再创援外辉煌。

2007年元月18日，时任外交部部长助理翟隽专门致函给马国外交部部长马塞尔·兰杰瓦。

马达加斯加共和国外交部部长、马塞尔·兰杰瓦先生阁下：

我谨代表中华人民共和国政府确认，我们双方经过友好协商，达成协议如下：

一、根据马达加斯加共和国政府的要求，中国政府同意帮助马达加斯加政府建立杂交水稻示范中心，提供部分示范推广所需农用物资，派遣5名中国技术人员对水稻示范种植进行技术指导，并在当地和在华培训马方技术人员。合作期限为3年，所需费用在中、马两国政府2006年10月9日换文规定的无偿援助项下支付，不足部分由两国政府另行商定。

二、为有利于双方开展杂交水稻生产技术合作，马方需成立相应的工作机构和配备必要数量的管理及技术人员（不少于5人），组织实施杂交水稻技术推广工作，所需费用由马方负担。

三、马方无偿提供适宜的杂交水稻技术推广示范中心水稻试种及中国专家办公住地用房所需场址，并负责该场址地上、地下建筑物的拆迁，平整场地、通水、通电、通路，并负担所发生的各项费用。

四、中国技术人员在马期间享有中、马两国政府各自规定的节假日，并应遵守马政府的法令和当地的风俗习惯。马方协助办理中国技术人员的出入境及居留手续，负责他们的生命及财产安全，并为其提供必要的便利工作条件。

五、马方免除中方为实施本项目所进口的办公用品、种子、化肥、农机具等农用物资及中国技术人员合理数量的个人生活必需品须交纳的关税及其他捐税。

六、有关实施该项目的具体事宜由双方政府指定的机构另签合同加以规定。

以上如蒙阁下代表贵国政府复函确认，本函和阁下的复函即构成我们两国政府间的一项协议。

顺致崇高敬意。

中华人民共和国政府代表

中华人民共和国外交部部长助理

翟　隽

二〇〇七年一月十八日于塔那那利佛

收函第二天，马塞尔·兰杰瓦即代表马国政府复函确认。湖南省农科院作为首批农业援非示范项目的承担者已得到初步确认，接下来的任务是按援外要求完成双边合作的论证及办理相关手续。

4　进京赶考

申报项目过程中，湖南省农科院先后三次派出专家到北京参加项目研

讨会，汇报项目申报工作。大家借用毛主席当年带领政治局从西柏坡进北京时的桥段，戏称“进京赶考”。

第一次是2007年2月22日，由湖南省农科院副院长罗赫荣率方志辉和杨耀松赴京，向国家商务部做项目前期准备工作的专题汇报。在听取了方志辉就湖南援马项目的相关议标程序事项后，原则上同意了湖南省农科院的意见，要求项目实施必须体现湖南杂交水稻的高科技特色，减少固定资产及来往专家费用，尽可能多地进行杂交水稻的示范推广，保持项目可持续发展。

第二次是3月5日，罗赫荣和方志辉再次赴京，在王府井西街的南京大饭店参加了国家商务部和农业部举行的关于落实北京峰会对非援助举措的座谈会。会议明确了具体的援助事项，落实了国家主席项目的援建具体细节，确立了10个农业技术示范中心和派遣的100名高级农业专家，重点探讨了建立农业技术示范中心项目的实施方案和保证项目可持续性发展的运作途径，还决定提高派遣援外专家生活的待遇标准等问题。时任农业部副部长牛盾和时任商务部副部长魏建国出席，当晚，魏建国特邀罗赫荣和方志辉到商务部，进一步详细听取了湖南方面的建议，重点探讨了项目可持续发展的途径与方法。3月12日，农业部国际合作司致函湖南省农科院，要求湖南省农科院推荐2~3名政治素质高、业务和外语能力强、工作作风扎实的人选赴马达加斯加开展援外国家主席项目。湖南省农科院决定按照原计划，委派方志辉和杨耀松参加。至此，湖南省农科院援马项目进入了实质性实施阶段。

2007年3月20日，方志辉和杨耀松第三次到北京参加了农业部的筹备会议，汇报了援马项目外包合同签订中遇到的情况及相关工作建议，提出了解决培训马方100名当地农技员的交通费用和援外物资免税等一揽子问题的方案，最后方案都被采用。

5　杨耀松与空姐的故事

2007年3月30日，方志辉和杨耀松、张立军乘南航国际班机途径曼谷飞往马达加斯加的塔那那利佛，参加中马双方商定的4月1日召开的两国政府、企业及科研单位相关人员的联席会议，讨论在非洲进行杂交水稻推广的事宜。3 个小时后，曼谷时间的晚上 9 时许他们抵达曼谷索万那普国际机场转机。在经过 4 个多小时的转机煎熬等待后，31 日凌晨 1 点，就在准备登机时，杨耀松说要去方便一下。登记前方便一下，是司空见惯的事，他们一开始不以为意，可 10 分钟后，杨耀松还没有从洗手间出来，气氛开始变得异样紧张起来。

凭着多年与杨耀松一起出差的经验，方志辉料定耀松肯定遇到了什么特殊情况。他急忙和张立军交代了几句，匆匆跑到洗手间里，“耀松！耀松!”地大喊起来。

只听得一个虚弱的声音从卫生间掩着的门里传出：“方总，我肚子痛得不行，你到边上等等我。”方志辉顿觉脑袋一片空白，想着“这是得了什么病呀，下面怎么办……”

30 秒、1 分钟、2 分钟，时间一分一秒过去了，还没有动静。方志辉百爪挠心，但又毫无办法。约莫 5 分钟后，杨耀松终于推开了洗手间的门，脸色苍白、踉踉跄跄，如大病初愈，又像刚得大病似的摇摇晃晃，手还按着肚子。

当了解到杨耀松腹部剧痛，又不像是肠道消化方面的问题时，他们一时慌了起来。是登机还是改签？是飞往马国还是返回中国？两个大男人一时竟没了主意，空气一下子凝固了。

他们都知道，中马联席会议若受影响，项目申报等一切工作将从头再来。这可是袁老师久久的期望，眼看就要成功，而且是国家主席项目，外交负面影响无法估量。而现在耀松病发突然，情况十分不明，万一……生命没有回程票买呀！

正在方志辉一筹莫展时，杨耀松却忍着剧痛发话了：“方总，没事的，死不了。我可以挨到马国，再去中国援马医疗队去诊病。”一边说一边还强作镇定，站直腰一笑，“真的，没事”。

而一转眼，杨耀松的脸部又被疼痛扭曲得变了形，豆大的汗珠顺着额头往下淌。

方志辉看在眼里，痛在心里。但艰巨的使命感还是让方志辉做出了最无情的决定：“走，我们去登机。”心里默默祈祷着杨耀松能够一路平安。

航班已经开始登机，方志辉和张立军两人架着杨耀松终于登上了飞往马国的航班。

杨耀松的肚子实在痛得厉害，不得不躺卧在三人座位中间的地板上。方志辉病急乱投药，把随身带的治疗胆结石的药和一些消炎药等胡乱地给他吃下，期望能减少点痛苦。他固执地认为，吃药总比不吃好，至少消消炎也好。

飞机马上要起飞了，美丽的空姐开始进行常规检查。当她发现有人躺在地板上时，要求杨耀松回到座位上坐正。

杨耀松已经没有力气搭理美丽的空姐，只是告诉方志辉，自己肚子痛得要命，实在坐不起来。方志辉于是对空姐说："这是个病人，不能坐起来。"

"他都病得坐不起来了，必须下飞机。航空公司规定危重病人是不准坐飞机的。"空姐立马要求而且用手比画着。

"他是肚子痛，尽管痛得厉害，但不会有生命危险，因此不必下飞机。"

"No，no，no！"空姐连珠炮似的"no"着。

马国人讲法语，马国空姐的英语口语确实不地道，只有这"no"清晰可辨。而方志辉更是操一口被其女儿经常笑谑的"沅江式英语"。于是，两个都半吊子英语水平的国际友人各自从自身立场不停地争论着，夹杂着手势不住地比画，加上两个人争论的问题又涉及医学专业术语，"危重病人""肚子痛"等，谁也说服不了谁。滑稽、着急、尴尬的场面引来众多目光。

方志辉已顾不上这些，他和空姐在"没有大病就应该坐起来，而坐不起来就应该有大病"和"有大病就不能乘坐飞机，而现在坚持能坐飞机，就说明没有大病"的如绕口令般的两个问题之中不停地争论着，僵持着。

这位美丽的空姐有着如湖南人一般的韧劲，让方志辉差一点就坚持不下去了。他甚至想让张立军背杨耀松下飞机去机场看病，自己单独飞往马国参加会议。可他同时又在犯难，因为三人中只有杨耀松的英语最好，自己单刀赴会只能勉强应付一下场面。张立军可是无法开口，让他陪杨耀松去机场联系医院则更行不通。而他陪杨耀松去治疗，张立军去赴会也难应付。左思右想，唯有让杨耀松坚持不下飞机，期望他能挺过难关。

飞机马上要起飞了，方志辉和空姐的争论仍继续着，最终引来了机长的调解。

方志辉像看到救星似的连忙和机长讲："他只要吃点药过几个小时就会好起来的，真的。放心！"生怕机长不相信，当着他的面，拿出随身携带的感冒药、索米痛片以及止泻药各 2 片喂给杨耀松。杨耀松无可奈何，只能任由方志辉摆布，张口吃下药。看到此情此景，再加上方志辉他们几个的蛮劲，机长无可奈何地默认了，也破例让杨耀松躺在地板上。几年以后，谈及方志辉胡乱用药的事，杨耀松都会笑说方志辉："你那是嫌我疼得不够，想把我再搞晕。"

飞机终于起飞了，一颗悬着的心不但没有落地，反而越悬越高，越悬越紧。3 个小时的航程，一个人痛得无法说话，另两个人紧张得不敢说话，一次"最沉重最沉闷"的空中之旅成为抹不去的回忆。

到达马国后，他们立即把杨耀松送到了中国援马医疗队，才知道原来是肾结石病急性发作，不是普通的肚子痛。杨耀松共治疗了 7 天，身体才慢慢恢复。

方志辉才感到莫大的后怕，总觉得差点百身莫赎。他在日记中如此记载：

我估计是他吃了五种药的结果，但到底是哪一种药的作用，到现在我也不清楚。也苦了那位敬业的空姐，她就那样在我们旁边站着，生怕有什么闪失。马航飞机在印度洋上空飞翔，我的心情如同印度洋上的波涛一刻也不能平静。缺席联席会议，我也许可以尽力向中马两国政府讲清，也能向领导详细汇报实际情况。但万一，万一，万一耀松这次出了意外，我不知道如何面对他的家人，也不知道在以后的人生中将如何释怀。但幸好不是万一……感恩！

若再有这样的选择，我必定选择放弃。再怎么样，生命至上。而我当时，确实有些功利和个人英雄主义的成分，总幻想着没有什么问题。可这世界上什么样的药都有，唯独没有后悔药。一项发明，一个项目可以迟到，可以缺席。而生命坚决不能缺席。

我干的蠢事。

2007 年 4 月 1 日，方志辉率湖南省农科院专家组，在马达加斯加阿那拉芒加区安布查吉姆市马义奇镇安查努瓦吉村，代表中方参加了第一次中马联席会议，选定了马义奇作为项目场址。

4 月 2 日至 5 日，方志辉一行在确定了项目场址后，又对相关情况进行了考察，并针对一些具体问题与马国农业部进行了反复商谈，最终达成共识。

一是确定了示范中心场址。它位于马达加斯加中部，距首都伊瓦图国际机场 35 千米。场址是马达加斯加国民教育与科研部属下的、国家农业发展研究应用中心（FOFIFA）原试验基地的一部分。马方提供经改造、维修后可使用的马方专家公寓、办公楼、车库、农机库、大米加工车间及仓库。中方新建中国专家公寓、晒谷坪、保安室、院内道路及围墙。除供、排水系统设施老化，故障较多需改造外，电路、道路状况尚好。示范中心生活、办公区域 0.5 公顷，位于该基地东北面的丘陵山坡上；2 公顷试验田位于基地丘陵山坡下的平原地带。

二是选定了项目合作伙伴。马国农业部推荐 FOFIFA 为项目的马方合作伙伴。FOFIFA 是根据马国政府 1974 年 6 月 10 日颁布的 74 - 184 号法令成立的，是马国最重要的农业科学研究机构，集科研、产业和商业于一体，拥有行政、财务自主权和法人资格。主要研究水稻，选育出了 30 多个优质的、适合不同农业生态条件种植的水稻品种，在 22 个行政区中，水稻种植面积占总面积的 31% 到 96% 不等。在全国有六个科研分部，七个地区试验站。这些分支机构在开展基础研究和应用研究的同时，尤其注重把农业科技成果转化为生产力。355 名员工中 207 名是公务员及编外人员，其余为合同员工。有 110 名不同专业的科研人员，许多人都获得过国际认可的专业资格证书。290 名人员的薪酬由 FOFIFA 负责，其余由政府负责。

三是签署了土建工程合作协议。由安徽外经华安（马达加斯加）公司实施土建。在经参处周芒胜参赞见证下，湖南省农科院院长邹学校与华安俞晓峰总经理签署了合作协议。

四是确认了其他事项。马方同意中方在当地采购援助的汽车与农用机械，以及农药、化肥及小型农机具。

6 省领导的关怀

2007 年 8 月中旬，湖南省商务厅将湖南争取援非农业技术示范中心的情况向时任湖南省委书记张春贤、省长周强汇报，得到了大力支持。8 月 19 日，张春贤批示，同意所提建议，对援非合作应予重视，积极支持。8 月 23 日，周强批示，商务厅工作积极主动，商务部给予了大力支持。此事请甘霖同志牵头，相关部门互相配合，支持湖南省农科院、隆平高科实施好项目。方志辉还了解到，原来周强在年初就已开始关注该项目，2007 年 1 月 29 日，他在《2006 年湖南省政府工作报告》中就指出："积极参与中非、中国—东盟农业合作，在商务部支持下，承建马达加斯加等国杂交水稻示范中心。"

8 月 26 日，时任湖南省副省长甘霖召集省农办、发改委、国土、财政、商务、农业、外侨、中国进出口银行湖南分行、湖南农业集团和隆平高科等相关单位负责人召开会议，专题研究实施援非农业示范中心项目的有关问题。湖南省农科院安排宋再钦和杨耀松参会。会议由时任湖南省政府副秘书长王光明主持，传达了 8 月 10 日商务部援非农业技术示范中心项目座谈会的精神，听取了省商务厅、湖南省农科院和隆平高科关于对非援助工作的汇报，就相关问题进行了研究。会议认为，农业援非工作不仅是一种经济援助行为，更是一项光荣的政治任务。国家把援建马达加斯加、利比里亚国家农业技术示范中心的项目交给湖南实施，是对湖南市场形象、科技实力的充分肯定，是对湖南的高度信任。省委、省政府高度重视援非工作。各有关部门和单位要按照国家对援外工作的部署和要求，深刻认识援非工作的重要意义，以高度的责任感、使命感，分工负责，互相配合，创造性地开展工作，把湖南承担的农业援非项目实施好、管理好。

2007 年 8 月下旬，湖南省农科院立项准备工作全部完成。8 月 29 日，国家商务部下达《关于请承担援马达加斯加杂交水稻示范中心项目实施任务的通知》，要求湖南省农科院精心组织项目施工和技术合作队伍，尽快与马方商签项目对外实施合同。做好项目实施所需的设备、材料等物资的准备工作，及时做好外派人员的思想政治工作、外事纪律和安全保卫教育。

8 月 30 日，湖南省农科院院长邹学校授权中华人民共和国驻马达加斯加大使馆经参处周芒胜参赞，代表他与马达加斯加农业部部长签署了《援马达加斯加杂交水稻示范中心实施合同》。9 月 13 日，副院长单杨与商务部对外援助司赛旦霞副司长在北京签署了《援马达加斯加杂交水稻示范中心项目内部总承包合同》。

黑土地、黑皮肤、黑浓茶，似乎就是那灿烂阳光的结晶。拼搏的征程又将开始，成功的喜悦涌上心头。方志辉泡了一壶自己最喜欢的浓稠的安化黑茶，惬意地享受着，同时也更感受到了那份沉甸。他的心头，反复回响着甘霖在专题会议上对援建项目提出的六点要求。自已作为援马项目的负责人，必须担当起来，把这一条条指导性意见演绎为现实。这毕竟是国家主席项目呀，有书记、省长的期望，有袁老师的梦想，有农科院的关心，更有自己义不容辞的责任。他知道，这中间有很长的路要走。他仔细翻看着会议纪要，一条条赫然在目，同时，也觉得眼前更加明亮了。

……

一、坚持“政府引导、企业主体、科技支撑、市场运作”的原则，确保援外工作的可持续发展。要把政府引导和市场运作结合起来，兼顾受援国利益和我国政治、社会效益和企业经营利益三方面的关系，创造性地开展工作，确保项目实施的公益性、可持续性。湖南省农科院和隆平高科等项目实施单位，要发挥自身技术优势，坚持一业为主，多种经营，推动企业扩大对非农业合作，加快走进非洲农业市场。

二、成立对非援助工作联席会议，及时协调解决项目实施中遇到的问题。联席会议由省政府副秘书长王光明担任召集人，省商务厅、省农业厅为主要责任单位，省发改委、省科技厅、省财政厅、省外侨办、进出口银行湖南分行、出口信用保险公司湖南分公司等单位和项目实施单位为成员单位，根据各自职能分工负责。联席会议办公室设省商务厅。

三、以援外项目为平台，积极“走出去”。在做好项目实施工作的同时，认真调研受援国的实际情况，充分发挥湖南的技术优势、产业优势，有针对性、创造性地开展工作，把援非项目作为实施“走出去”战略的重要平台，把援外与境外投资、外经合作、劳务合作、进出口贸易结合起来，扩展项目内容，创造援非工作新模式。要选派一些善于营销、勇于开拓的经营管理人才，认真研究受援国的市场需要，积极拓展非洲市场。

四、坚持公开、透明、公正的原则，认真筛选项目实施企业。随着援外工作的进一步发展，援外项目将不断增加。今后所有的援外项目都要采取招标的方式确定援外企业。要明确援外企业的责任、义务，确保援外任务按时、保质、保量完成。

五、坚持科学可行的原则，认真做好项目筛选工作。成立援外专家组，组织一批优秀专家，加强项目可行性研究。专家组要对项目进行深入调研，认真研究实施方案，确保项目实施的科学性。

六、积极争取各方的支持，形成合力。要积极争取国家的支持。有关部门要加强向商务部、农业部等国家有关部委的汇报，争取更多的支持，争取更多的援外项目。进出口银行、保险等机构要按照国家援非政策要求，为项目实施提供便利的金融、保险服务。财政要给予大力支持。项目启动的前3年过渡期，项目资金以国家投入为主。过渡期过后，其费用由企业通过经营利润予以承担。鉴于农业援非项目实施的特殊性、风险性，为鼓励企业向市场化经营扩张，实现项目的可持续发展，省财政拟对每个项目给予适当补贴，并根据项目实施进展情况分期拨付，主要用于贷款贴息、专家生活补贴、劳动技能培训和不可预见费用等公共支出部分。

获悉中国政府援马达加斯加杂交水稻示范中心项目合同的顺利签订，项目正式启动，袁隆平院士十分高兴，将亲笔题写的“援马达加斯加杂交水稻示范中心”条幅赠送给项目组。收到老师的题词，方志辉除了高兴，感受更多的就是责任。他将条幅小心地收藏起来，心想一到非洲就将其精心装裱，悬挂在办公室，让老师时时激励、勉励、教育、鞭策自己，在马义奇这个地方“笔直往前走”（在马达加斯加语中，马义奇意即笔直往前走）。

第三节　水稻瀑布挂马国

1　阳光总在风雨后

项目启动后，湖南省农科院为推进项目顺利实施开展了一系列工作。

2007 年 10 月 15 日至 10 月 22 日，时任湖南省人大常委会副主任谢康生在宋再钦和杨耀松的陪同下，应马国农业部邀请考察了马国农业。在与马国农业部主要官员进行了会谈，确定了援建马达加斯加杂交水稻示范中心后，与马国农业部总局长一道赴马义奇示范基地实地考察，对示范中心项目建设进行了实地规划。此后，又安排由开发处刘志刚处长牵头，邀请联合国粮农组织顾问、杂交水稻育种家、国家杂交水稻工程技术研究中心邓小林研究员，博士生导师、水稻栽培专家、湖南农业大学邹应斌教授等一批国内知名专家，对项目组提出的技术方案进行了修改、完善和补充，决定对援马项目简化行政审批程序，采取“多个问题，一次请示，分次盖章”的办法，确定由罗赫荣、单杨专门负责，迅速完成了涉及海关、检验、检疫、外汇、保险、物流、农业等多个部门的援外农用物资出口审批及商务手续的公文办理。由计划财务处张艺处长牵头，制定完善了《援外项目财务管理暂行办法》及具体的援马项目细则，对国有资产的划分处理等方面进行了进一步明确，以便于操作。

2007 年 11 月，湖南省农科院进一步明确项目由方志辉负总责，派出首批专家组赴马达加斯加开展第一期工作。

11 月 10 日，陈剑宝、杨耀喜、张立军、周红波、李顺踏上了马国的土地。仅一周的时间，他们几个人的皮肤就被晒得与当地百姓一样了，手臂、脖子、脸颊、鼻子纷纷脱皮。刚从大学毕业的美女李顺顾及形象，一下班就躲了起来。出门前她学会了“亡羊补牢”，不仅满身涂上防晒油，炎炎烈日下，她还戴着宽檐帽，穿着长袖衣、长裤子，全副武装，把自己包得严严实实，与裙子绝了缘。

男人们坚信黄皮肤不可能被晒黑，对李顺的举措自然是经常开着玩笑。而杨耀喜遭遇的一次误会，却让大家不再对李顺开玩笑。

到非洲后不到一个月，一次杨耀喜与一个中国朋友去中餐馆就餐，朋友遇到几个熟悉的中国美女，于是上去搭讪了，杨耀喜只好在旁边无聊地等着，帮朋友看着放在茶几上的钱包。有个美女看到后，警惕地对杨耀喜的那个朋友说：“小心点，黑人望着你的包呢。”杨耀喜的朋友知道美女把杨耀喜看成了马国朋友，于是就想着开个玩笑，让大家乐和乐和。他狡黠地对着杨耀喜使了个眼色，然后叫杨耀喜对着美女问：“美女，我真的很黑吗？”杨耀喜原以为朋友只是想捉弄下美女们，也就照做了。湖南常德口音的普通话一出口，几个美女惊诧不已，问他到底是中国人还是马国人。杨耀喜问她们为什么说他是马国人，她们异口同声地说他的皮肤黑得和马国人一样。一阵寒暄后，杨耀松得知那些美女都是中国到马岛从事玉石、玛瑙生意的，于是便开玩笑道：“如此眼神，怎能识玉？我是地地道道的中国人。”

马国生态好，田间蛇、虫更是特别的多，常常出没于草丛间，次数多了，李顺也就慢慢地由惊恐万分变成了习以为常。一次到田间，她忽然感觉脚踝像针刺一般，有点疼和痒，一查看只发觉脚踝处有一个小血点，以为是草或者刺扎了下，没在意，就没吱声。可到下田换套鞋时，她感觉到脚肿了，穿不进去。仔细一检查，小血点周边已经变青，这才意识到被蛇咬了，止不住本能地尖叫了起来。身边的人非常紧张，赶紧找来蛇药膏，几天后伤口的淤青才渐渐散去。从此以后谁也不敢再大意，一出门准穿上套鞋。宁愿忍受酷热，也不愿被蛇咬被虫叮。

2007 年，马国的雨季比往年来得似乎更晚了些。往年雨季一般在 10 月下旬就已来临，这年到了 11 月初却一直没有雨的消息，而开耕仪式的时间却已到来。

开耕仪式是马国的一个传统习俗，是根据农时定下来的，变更就会影

响后面的进程，也会影响中国政府援马杂交水稻示范中心项目田间试验的启动，因此，只得如期举行。

11 月 17 日，马达加斯加农业部和中国驻马达加斯加大使馆经参处在马义奇镇示范中心试验田共同举办项目开耕仪式。仪式神圣隆重，极具浓郁的非洲气息。

六位农民用六头耕牛绕试验田犁田一圈，中马双方代表高高举杯，将盛满的马达加斯加朗姆酒洒向试验田，所有人员举杯欢庆，祈祷风调雨顺，获得高产。

开耕仪式后，为了不误农时，专家组成员只好顶着烈日和聘请的马国工人一起去很远的地方取水，然后犁田、播种。

老天像是在专门考验这群中国人，一直到 12 月底也没有等来雨季。而播种后的第三天夜晚，突然电闪雷鸣，一场猛烈的暴风雨不期而至。大家心里直打鼓，雨季姗姗来迟，现在这不及时的雷雨却突然到来，种子怕是会冲得没影儿了。一个个心里焦虑着，冒着大雨跑到田间守着。因久未下雨，干涸的土地一经滋润，便拼命地享受着这迟来的甘露，地面少有积水。等到天亮，大家兴奋地发现大部分秧田里“种子已露尖尖角”，田地吐露新绿，恰如春天到。一群人像孩子似的咧开嘴，在雨地里欢呼着，狂奔着，惹得众多本地人跑来看热闹。

关于非洲的雨，张立军在他的日记里是如此记载的：

黑人临时工“炸锅巴”在被太阳晒得裂缝的秧田里，费力地拔着杂草。他望着万里无云的天空说：“切西窝懒懒，切西法里，切西杀嗄夫，马义奇镇切西法里。”马语意思是没有雨，就没有谷子，没有饭吃，马义奇镇也没有粮食买。说完就张着缺了两颗门牙的嘴嘿嘿大笑。

是幽默，是无奈，还是他们天生快乐的性格，或是他们对欢喜忧愁已经麻木，我不知道。这海拔 1300 多米的高原，没有水库，没有任何灌溉系统，全靠老天。进入雨季很久了，老天虽偶尔会阴沉下脸，可却就是见不着雨。听说在风调雨顺时，在这个还算比较富裕的地方，大部分人家只能靠大米和部分杂粮才能解决温饱。如果没有饭吃，真不知这些原本营养不良的人又会是什么样子。

模糊的记忆中，在儿时青黄不接的春天里，有次准备和小伙伴随大人到湖北去讨米，但因为个子小而没有去成。而邻队的大哥只因说了句“外面形势一片大好，听说妈在益阳城里讨米”的话，就被“积极分子”举报而挨批斗。如果没有饭吃，这里的人们也去讨米吗？……

但考验仍在继续。

专家组刚到时，住进了中国医疗队附近的小别墅里，条件尚可。可这离试验田有 6 千米，去地里一趟得花近一个小时，十分不便。没多久，专家们终于发现在 FOFIFA 马义奇基地里，有美国人和日本人早先援建的楼房正闲置着。大家一合计，房子是破旧了些，但还是能将就，这样一来工作可是方便很多。大家很快就搬了过去。

让大家庆幸的是，在各项技术工作逐渐步入了正轨的同时，中国专家楼的建设已经启动。

要插秧了。插秧似乎不是技术活，可马国人根本不知道如何插杂交水稻的秧苗。

年轻人终究有办法。李顺通过和新雇的保姆兰西沟通，并通过她父亲联系到附近村落的妇女来田间插秧。技术组头一年品比试验田有 34 个品种，专家们没有觉得把品比试验布置好有多难，伤脑筋的是教会当地妇女把秧苗按要求插好。

语言不通，只能用临时学来的非常有限的几个马语单词，手舞足蹈地指挥比画。“扯秧不要太用力，每穴只能插一株苗，移栽时要把秧苗扶正，根部不能用力插入泥土，为把行间摆直，他们只好特地拉起绳子……”在专家眼里，这些最熟悉的专业术语在此刻却变得那么陌生。

再难也还是得教，总不能几个人自己亲手把这些秧苗插完。就是霸蛮，也会误了农时。那些日子，大家每天早上 7 点多就下地指导当地农民插秧，忙到天黑才收工，然后再做其他一些实验。大家起早贪黑地忙乎着，直至插完 2 公顷的试验地才算歇口气。

忙碌最大的好处就是日子过得快。2008 年 4 月，第一个收割季节已悄然来临。专家们却喜悦不起来，国内援助的联合收割机还在途中，不知何时才到。大家又为收割机械愁白了头。

怎么办？一商议就有了主意，看看当地的脱粒机，或许有用。但接下来的场景却让大家傻了眼。当地的脱粒机，仅能一人操作，除了齿轮和脱粒桶外，外壳是用木板拼接而成的，并且价格也不菲。没办法，专家们只好赶紧按照国内农村传统的脱粒机式样，到城里定制了一台铁皮的脚踩式脱粒机。

一切办妥，当大家伙兴高采烈地准备大干一场，秀秀中国功夫时，谁料这脱粒机完全是绣花枕头——中看不中用。外形跟技术组要求的是差不多，用了没几回却罢了工。功夫虽没秀成，却也不算出洋相。专家们只好老老实实地和当地大多数农民一样使用最原始的脱粒方式——雇请人工，割下稻穗后，一把一把地用力在大铁桶上甩，让谷粒落在事先准备好的塑料编织布上。

如此低效率的收割整整持续了一个多月，唯一的好处就是边收边晒，忙而不乱，有条不紊。马国有的是晴天，不用担心稻谷在田地里发芽。

由于效率低，到 4 月时还在收割脱粒，不料到了 4 月就不宜直接在大田中脱粒了。

当地人认为 4 月在田里脱粒会惹怒天神，一定会受到惩罚，冰雹马上就会到来，并且摧毁农作物。一些有文化的人讲，这说法并不是迷信，是有科学道理的，每年 4 月，马岛高原因强冷热空气对流频繁，此时若在稻田中扬谷，灰尘、空壳及细草等随风飘去，只有谷粒垂直下落，下落的谷粒就会招来冰雹。

专家们开始听到仅仅付之一笑，没管没顾，仅仅在遇到当地人阻挠时，尽量尊重当地风俗，把铁桶和塑料布搬到宽一些的田埂边操作，所幸没有引发太多事端。但大家无论如何也没有想到的是，不知是巧合还是真有科学道理，在此后没多久，马义奇真的突降冰雹，包括试验田在内的许多农田受损严重。当地的两个农民还跑到技术组来索赔。

虽然事情最终得到圆满解决，可专家们“百思不得其解”，唏嘘不已。大家宁愿相信，一件事物或观念的长期存在一定有深层的原因，姑且看作是经验。在认知或者科学没有解决之前，尊重当地风俗习惯至少不会惹来不必要的麻烦。

2008 年 4 月 17 日，湖南省农科院邹学校院长率副巡视员刘海军和张艺、邓小林、杨耀松等人来到马达加斯加，对援建项目以及技术组第一阶段的工作进行评议验收。马国农业部部长拉马努埃利纳热情接见。4月19日，由马达加斯加农业部、中国驻马使馆经参处、湖南省农科院、沈阳市工程监理咨询有限公司和安徽华安公司等五家组成的土建工程验收组，对安徽华安公司承建的中方专家楼及改造的马方专家楼和办公楼完成了验收。

福也双至，并蒂莲开。项目组的田间验收结果更加喜人。杂交水稻品种M729每公顷产量达10.41吨，接近第一期中国超级稻每公顷10.5吨的产量，比当地两个对照品种分别增产51.1%和114.6%。一时间，试验区和示范区引起了轰动。

6月21日，援马达加斯加杂交水稻示范中心项目落成仪式在马义奇镇隆重举行。拉马努埃利纳部长、中国驻马使馆临时代办陆慧英和周芒胜、项目所在地省市镇相关领导和中马双方专家组人员悉数出席。

第一次试种杂交水稻产量一鸣惊人，项目所需的中马专家住房、实验室、办公楼及附属配套设施全部建成并投入使用，援建项目首战告捷。中马双方高奏凯歌，盛赞中马友谊，褒奖项目组，展望未来合作。拉马努埃利纳部长在致辞中说："中国杂交水稻的推广将对马达加斯加进行一场绿色革命，为实现粮食产量翻番的目标发挥重要作用。"中马媒体分别以《马达加斯加水稻王来自湖南》《非洲热带雨林的"水稻瀑布"——中国杂交水稻》为题进行了重磅报道。

成功之时，李顺却在日记里记下了这样一段话：

今天又有十五个"马达姆"(马国女人称呼)来为我们移栽秧苗，可还没有到下班的时候，她们就要求发两天插秧的工资，样子迫不及待。

"等把田插完后，一并给你们。"我们开玩笑。"不行，如此就没有饭吃了。"她们说，还威胁着，"如果今天不把工资结清，她们就全部'麻砣利'、'杀嗄夫'(意思是吃住到我们那里)。"

用得着这样吗，我们付的人均工资是3000阿里，当地人请工最高才2500阿里。大家想着。但我知道，对于贫穷的"马达姆"来说，3000阿里仅相当于人民币9元4角，在当地也仅能买到几两猪肉。听方总说前几年

在菲律宾请工，菲律宾女人插秧一天也能挣到150比索，可以买1公斤多猪肉。在国内，插一天秧的工资至少能买3公斤猪肉。发展中国家与不发达国家的差距或许如此，但我分明看到，这些手里捏着两天工资的“马达姆”们虽然满脸疲惫，却非常满足。

2　安齐拉贝还是昂达西贝

2008年2月1日，方志辉、刘志刚、杨耀松等在结束示范中心现场指导工作以后，按行程恰有两天空闲时间。大伙一合计，决定去昂达西贝热带雨林看看。虽然大家常来或常住马国，但真正去游玩的时间还是很少的。这一场“说走就走”的旅行让人很期待，大家早就想去雨林，去那遮天蔽地的原始森林中观赏狐猴，去那人迹罕至的沼泽地寻找变色龙，更想荡舟在那芳草萋萋、野禽猛兽和谐相处的原生态湖泊，近距离观察野生鳄鱼凶猛的捕食场景……

雨林在马达加斯加非常著名，距塔那那利佛130多千米。大伙早早地起床，早早地收拾好行囊，早早地用过早餐，聘请当地司机，驾驶基地的越野车，兴致勃勃地开始了旅程。

想象很丰满，现实偏偏很骨感。

马国很贫穷，塔那那利佛的空气污染比较严重，大量的汽车都是从欧洲进口的二手车，到处黑烟滚滚。

一出门，大家就感受到马国首都塔那那利佛的交通管理似乎有点乱，交叉路口连红绿灯都没有。兴奋中想的都是美好的事，大家反而佩服起马国司机的素质，没有任何乱挤乱插乱鸣喇叭的现象，一个手势、一个表情，一个笑容，众人似乎都心领神会，拥堵的交通却秩序井然。

方志辉总是性格很外向，愉快地与同事们聊了起来。“昨天马国农业部一位处长就对我讲，在塔那那利佛市中心，有一处交叉路口装上了红绿灯。请问方先生，你们首都北京的路上安装有红绿灯吗？当时我有些哑然，只好实话实说，北京遍地红绿灯。看来我只怕是中了套，因为北京拥堵程度恰巧和这红绿灯数量成正比呀。”惹得大家忍俊不禁。

车行了约莫一个半小时，终于穿过了首都，驶上了国道并开始加速。

公路两旁山清水秀，幅幅美景映入眼帘，异国风情让人目不暇接，赞叹连连。

又一个多小时后，青山慢慢隐退，路的两边越来越荒凉，阵阵热浪袭来。大家都感觉到有些不对，议论了起来，最终意识到出了问题，立马叫停小车，要李顺核实路线。“往热带雨林的方向应是森林越来越茂密，气温越来越低才是，怎么好像进入了荒漠?”

李顺用法语叽里呱啦地在电话里向马国农业部的官员询问去“安齐拉贝”是不是往某某方向，对方回答是。于是大家放下心，继续前行。又过了十多分钟，还是看不到高山，更没有半点热带雨林的气息，仍然明显感觉到方向不对。

恰在此时，前方有两位荷枪实弹的士兵在检查着过往车辆，遂把车停在他们身旁问路。活络的刘志刚给士兵每人敬上一支湖南名烟“芙蓉王”，士兵们很热情地用英语问需要什么帮助。

当得知方向没错，还有100多公里时，大家更加糊涂了，“怎么走了这么久，还有一百多公里？可是士兵们都已经讲方向没错，肯定错不了”。

快近中午，非洲的阳光越来越毒辣，偏偏此时，汽车空调又坏了，热浪扑面而来，如同桑拿，大家开始的兴致和热情逐渐消磨殆尽。

刘志刚终于忍不住了，再次要司机停车。这次，他已经不再信这信那，只信自己了。他要李顺给中国驻马大使馆打电话，特别仔细交待：“第一，报告我们现在的方位；第二，要问清那热带雨林到底是不是叫安达西贝；第三，具体方向到底是塔那那利佛的东边、西边还是南边。”

看到李顺的脸色由白转红，由红转青发灰，大家已经明白怎么回事。她把地名弄错了。Andasibe，马达加斯加语应读“昂达西贝”，在马岛东部。她对司机说的都是首都南部的另一个城市安齐拉贝，真正搞了回“东辕南辙”。

骄阳似火，一个个大汗淋漓，肚子也唱起了空城计。马国水果多，他们很轻松地就地找了些热带水果消暑充饥。

如此，只好原路打转。本就是出来玩的，异国他乡处处皆风景，李顺一个女孩子，也不便多说她，气氛却一时有些沉闷。方志辉应对如此场面非常拿手，于是在归途中策起了一个个家乡的段子，并开起了其他玩笑，

巧妙地转移着大家的注意力。杨耀松更是触景生情地给大家重温了朝鲜桑拿的诙谐故事。

回程之路又变得轻松了起来，似乎路近了很多。

3 一桌变六桌

诱惑总是无极限。几人花一天时间终于弄清昂达西贝后，第二天，大家兴致不减，继续旅行。

从塔那那利佛到昂达西贝热带雨林只有 130 多公里，但公路蜿蜒曲折，车行 4 个多小时，近 12 点还没有到达目的地，不过再也不用担心方向出错，倒是可以一心一意地看景。

“风景总在路上，的确如此。风景其实就在身边，生活中处处皆是美，人们所需要的，只是一双发现美的眼睛。”方志辉引导着大家看一路的热带风光，一路的山清水秀，一路的天高云淡，一路的花香鸟语。一步一景，心旷神怡。

途中更是收获了意外的惊喜，算是对昨天的补偿。一行人途经一个叫作蝴蝶谷的地方时，方志辉要司机干脆停车，进去看看，不忙于赶路。

漫天飞舞的蝴蝶让童趣再回身边，大家找这找那，高兴地呼叫“众里寻他千百度”。李顺也从昨日的失落内疚中回到了年轻女孩天真烂漫的天性，找着一只只不同的蝴蝶数，竟然数到 90 多种。

一种长尾蝴蝶引发了大家的兴趣，最终发现它居然不是蝶。这个长得非常像蝴蝶的大精灵，学名长尾水青蛾，是一种彗尾蛾，是世界上最大的蛾，也是马达加斯加独有的蛾类品种之一，其雄性翼展足足有 20 厘米长。大家感慨着，世界真奇妙。而我们科学家的使命就是探寻真相。

过足了蝶舞眼福，大家一个个开始肚子咕咕响。杨耀松提议，不看了，再看就真要“化蝶”。大家一致表示“饿死事大”，要找家餐馆，塞饱肚子再走。

极目四望，除了树木还是树木，到处都是森林。餐馆在哪里？人烟都没有。树林已经不再那么美丽动人，倒像一只只张牙舞爪的魔兽，挡着大伙觅食的前路，大伙只好硬着头皮往前赶。

“柳暗花明又一村”穿过一片森林，大家眼前豁然开朗。

一个雅致精美的小镇巧妙地坐落在浩瀚的热带雨林之中，宛如那荒漠中的一抹绿洲，夏日中的一泓清泉，摇曳在树梢上的一颗红梅……红粉墙、铁皮瓦的房屋显得那么错落有致，整洁的马路延伸远方，精美的店铺有序地林立两旁，似乎在闪烁着诱人的光芒。那空坪隙地里，或热带果树，果压枝头；或碧草茁壮，花儿艳丽。一切都那么和谐，那么美丽，那么动人。

一群人仿佛从来没有看到过这美景，纷纷仔细寻觅着。其实，他们只是在寻找一家中意的餐馆。急性子的刘志刚把大家想说还没好意思说的话大声地嚷嚷了出来：“快，大家都睁大眼睛呀，过了这个村，就没那个店了，最好找家中餐馆。”真正是“境由心造，情由心生”。

话音刚落，车前十多米的地方出现了中文版“美人鱼餐馆”几个大字。那个鲜亮！璀璨夺目，恍如沙漠中一颗耀眼的钻石，大家顿时情绪高涨，欣喜异常。

“踏破铁鞋无觅处，得来全不费功夫”原来是这样来的呀。杨耀松又搞怪起来。

餐馆里，“吃亏是福”“难得糊涂”“知足常乐”“清逸雅致”等几幅装裱精美的中国字画协调地挂在四周墙上，一个鲜红的中国结悬挂在吧台上方，吧台后面倒贴着一个大大的“福”字。餐桌椅子等整个餐厅陈设让人感觉恍如走进了国内一家雅致的小型餐馆。

落座后，一黑人侍者过来上茶，招呼着点菜。

刘志刚主动用国语问：“会中文?”只见他咧着两片厚厚的嘴唇憨厚地笑着。英语问：“会说英语?”仍是憨笑，再问：“懂法语?”还是一脸的憨笑。

“完啦!”刘志刚拍打着脑门。大家已经明白，他肯定只会马达加斯加语了。六人中，李顺懂法语，杨耀松懂英语和法语，其余人只会英语，却无人会马语。

“看样子，这点菜可能会有点问题。”杨耀松嘟囔着：“以后我必须得学马国话了。”他说到做到，此后没多久，杨耀松已经能很轻松地与当地人交流。

突然，大家看到了吧台里还坐着个约莫三十来岁的女人，长得如马国人一样，十分丰满，肤色却跟大家差不多，估计不是华侨就是华裔。

杨耀松眼睛一亮，立即招手示意要她过来，用普通话问道：“中国人？会说中文？”女人一脸茫然，他立即用英语问：“会英语？”用法语问，最终还是茫然。白瞎了，大家刚升腾的心又灰了。

但老板娘够聪明，似乎读懂了这群同为黄皮肤种族的心思，也可能是她的职业经验使然，猜测客人们是要点菜，遂跑回吧台，立即拿了两大本精美的菜谱。

大家欢呼雀跃，这菜谱除了有法文、马文外，居然还有中文。

刘志刚点了一个牛肉，并且比画着要她多加些辣椒。想起她不懂英语，于是张大嘴，哈气，做出辣得不得了的样子。女人点了点头。见着如此，大家很开心地笑着，依次分别点了鸡蛋、鱼、海鲜、小菜等六种。女老板有些不解地狐疑地望了望，张了张嘴，却终没有发声，带着很怪异的神情拿着菜谱走了。大家似乎都没有注意到，六人围坐一桌，又打起了哈哈。

上菜的速度很快。黑人侍者一下就端来了6份菜，在每人面前摆上了一份，却都是牛肉。众人还没缓过神，很快源源不断地，6个菜，共36份，在每人面前层层叠叠地各摆一份，桌子都快摆不下了。侍者比画着，意思是多的可放在邻桌上。大家一时间面面相觑，全傻了眼。

杨耀松哈哈哈地笑了起来：“就是讲喽，我就看那女老板娘的眼神哪里不对，特别是走的时候，看我们像看到一个个怪物一样。原来如此呀！”那最美的常德方言，配上这场景，更是绝妙，逗得大家捧腹大笑，李顺捶着桌子只喊肚子痛。

“我的天，她把我们点的菜全按西餐配置，一式6份。”方志辉接口说道，“这可真好，我们遇到一位黑人魔术师啦，一桌变六桌。这也正好，大家饿了，多呷些，吃饱点。”

刘志刚郑重其事地拿腔拿调演说起来：“同志们，吃吧，吃多少，算多少，吃不完我打包。”

几人再也不听了，哭笑不得地甩开了刀叉。任是六人狼吞虎咽，也折腾不了如此多的食物。餐毕打包，满满几大盆，结账64500阿里。却是不贵，这是马币，折合人民币才300多元钱。

这个故事就从今春持续到了明夏，湖南省农科院的人无人不知。袁隆平听到后，也开怀大笑，说：“都以为我们科学家不食人间烟火，一本正经，他们哪晓得我们幽默起来，那才叫无敌。有谁见识过一桌人一餐呷六桌菜的？只有我们农业科学家才能。呷得才做得。”

午餐后，终于抵达了昂达西贝热带雨林。

4　热带雨林悲喜剧

关于雨林游历，方志辉常讲，“过程是快乐的，风景是美丽的，那感受完全是震撼的”。2016年国庆假期，方志辉和瞿建波、枕戈、袁定安几个人在长沙星沙沁轩茶馆里侃侃而谈，情不自禁又谈到了那次经历。

“在我的脑海中，非洲一直是遥远神秘的代名词。四面八方拼凑起来的零星模糊的影像，让自己始终无法确定它的真正吸引力，直到走进马达加斯加昂达西贝热带雨林，一切才开始真正清晰起来。我曾经访问或游历过欧洲、美洲、亚洲及大洋洲的50多个国家和地区，但却从来没有像来到马达加斯加热带雨林那样震撼。或许是经历了生活的沉淀后更容易产生感悟，或许是马达加斯加保存完好的原始生态令人动容。总之，那次热带雨林之旅始终让我有种时空穿梭，漫步云端的感觉。”

“那到底一种什么样的具体感觉呢?”瞿建波问道。

“到马国前，我对马达加斯加的了解，仅仅是陪女儿看《马达加斯加》电影里的场景，对马国的认知也都是围绕着动物展开的。来之前，我妻子和女儿曾和我开玩笑说，没准儿一下飞机就能看到满眼的狮子、狐猴、长颈鹿和斑马。待到真正游历了马岛的热带雨林，我才意识到这里果真是名副其实的‘大自然博物馆’。

“昂达西贝国家自然保护区，是一个隶属于VAKONA LODGE酒店的私人保护区。这个联合国教科文组织认定的生态自然保护区，占地面积约1850公顷。”方志辉讲道，“保护区位于昂达西贝腹地，由狐猴岛和鳄鱼谷组成。11种狐猴在完全自然状态下悠闲地生活着，鳄鱼谷不止有游弋爬行的野生鳄鱼，那湿滑的山林小径和危险的吊桥，更给我们带来了惊险刺激的原始雨林探秘之乐趣。”方志辉一口气说了下来。

“现在生活好了，国人更加重视健康，到处寻找天然氧吧，到马国的热带雨林去是不二的选择。”方志辉用传神又带些勾引的味道娓娓道出，“马

达加斯加那些特有的珍稀物种如果你不是亲眼看到，你都会不信，一切那么美，美得你惊诧莫名，美得你无法形容。狐猴是最有代表性的。鲜为人知的是，当年入围参与 WWF 图标竞选的三种地球上最可爱也是最濒危的哺乳动物就是中国的大熊猫、澳大利亚的考拉和马达加斯加的狐猴。在此坚守了 35 年的守林人告诉我，马达加斯加是狐猴最后的避难所。除了这座岛屿，这种长有一双美丽大眼睛的灵长类动物已经在地球上的其他地方消失了。这里的狐猴共有 11 种之多，最著名的是体型最大，也是仅有的短尾狐猴 Indri。当我们深一脚浅一脚地在遮天蔽日的热带雨林中前行时，Indri 那特有的高亢叫声不时响彻耳畔。透过参天大树的缝隙，我终于观察到了行踪神秘的 Indri 与大多数狐猴的不同之处——警惕性极高，很少理会'嗟来之食'。通常都稳稳地盘踞在高高的树桠上俯视凡间众生。Indri 目前只在该区域生存，迄今都没有被成功驯养的先例。"

"是呀，猴总是惹人喜欢的，灵巧敏捷，思维接近人，却已经不喜欢与人类交朋友。"袁定安点点头，似乎在沉思着。

"对呀。"方志辉说，"有一次我到马国最大的国家公园马苏阿拉，就见识了我们人类的残忍。"接着他为大家讲起了这次公园见闻。

2009 年 8 月，方志辉到安塔拉哈水稻种植区考察，有幸到马苏阿拉公园的边缘一探。同行的有邓小林、张立军、陈剑宝和马国马米苏博士。他们在对 5 公顷中国杂交水稻测产，发现平均产量达到每公顷 7.2 吨，比当地品种增产 152.3%，表明杂交水稻非常适应，心里非常高兴，几人就想顺便考察下植被。虽说这公园太大了，看看总是不错的。

马苏阿拉公园以世界独一无二的喀斯特石林地貌著称于世，是最早入选世界自然遗产的马达加斯加国家公园，因原始闭塞，才完整地保存了亿万年来马岛孤独进化的地质地貌和原始生态。高耸严峻的石林有的高达 200 米，密布于深涧幽谷。垂直分布的生态环境孕育出复杂多样的植被，更有最适合狐猴生存的树种。被誉为"世界最大的天然迷宫"，至今还没有任何一支科考队能完整翔实地探测该地区，是"背包客"梦寐以求的地方。但方志辉的这次探险考察，却成为他记忆中拂之不去的伤痛。他觉得世界唯有贫穷才是真正可怕的，因为可怕的不是贫穷本身，而是它背后必然产生的乱象。

以前，他们的车子一到安齐拉贝市，就有很多卖水果和特产食品的人围上来，更有无数乞儿，就因为当年国家政变，外援资金与游客一道锐减，无数孩子失学，流落街头。徒步穿越森林时，又遇到无数伐木者，为了生存，盗卖珍稀红木，各种乱象环生，而最严重的便是森林遭受的破坏。还有更沉痛的，是人们为了金钱，或者为了活命，已经开始捕食狐猴，有的人一天就能抓 18 只狐猴。政变后的桑巴瓦镇，竟然有三家餐厅菜单上都列出了狐猴。红领狐猴、叉斑鼠狐猴、粗尾侏儒狐猴等，正飞快地从雨林消失。尽管马达加斯加的物种丰富，生态多彩，但随着雨林在非法伐木中的快速消失，狐猴极可能会随之灭绝。这一切对于价值逾万亿美元的潜在旅游价值而言，对于经典吉祥物狐猴而言，对于大家共住的地球而言，损失已经无法估量。

“不讲这沉重的话题了。”方志辉看到朋友们也一个个神情严竣，面露悲戚，赶紧岔开了话题。“这不是我们能够阻止的，人类的贪婪本性不控制，在哪儿都一样，一个国家的发展必须要让人们守规矩，引导人们树立健康向上的思想观念，弘扬正能量。不讲这个，我们还是欣赏风景。”他接着讲了下来。

“马达加斯加令人大开眼界的动物很多。有种类繁多的变色龙、青蛙、鸟类等，都令人不得不惊叹大自然的神奇。对我而言，这些神奇的物种倘若不是在马达加斯加亲眼所见，想必这一辈子都没有机会接触。”方志辉接着讲，仿佛又回到了那曾经征战、与之共舞、寻找梦想的地方。

“在昂达西贝热带雨林，我最喜欢的动物除了狐猴，就是变色龙。说到变色龙，大家可能立即就联想到契诃夫同名小说中那位翻手为云、覆手为雨，为巴结奉承将军丑态百出地糊涂乱断狗案的警官，是那些善于伪装、狡猾多变、趋炎附势、出尔反尔、讨好权贵的小人形象，讲话亦是虚伪无耻。以前我也是这样认为的，却不料这次昂达西贝热带雨林的游历，彻底改变了我的感观。这种小动物，美丽多变，古怪精灵。刘志刚在他的《深山老农絮话》一书中有精彩描述：‘变色龙居然一下在我眼前变得阳光正面起来。去掉它的引申义，去掉它的比喻义，剩下的就只是一个鲜活可爱的、恰如其分的、小爬行动物的名字了。见过之后即被深深吸引，想说不爱还不行。’变色龙有 100 多个品种，且绝大多数在非洲大陆和马达加斯加，马达加斯加占到了 60%。大家知道，叫变色龙是因为它善于随环境的

变化，随时改变自己身体的颜色。变色既有利于隐藏自己，又有利于捕捉猎物。这种生理变化，是在自主神经系统的调控下，通过皮肤里的色素细胞的扩展或收缩来完成的。它尾巴很长，能缠卷树枝，有个学名，译为‘避役’。役即出力，避役就是可以不出力就能吃到食物，因为它有很长而且非常灵敏的舌，长度是其身长的 2 倍，舌尖上有腺体，能分泌大量黏液粘住昆虫。捕食时快若闪电，仅需 1/25 秒。它的眼睛特别可爱，呈环形，上下左右 180 度转动自如，且左右眼球可以各自单独活动，不需协调一致。这种现象十分罕见。”

一谈到变色龙，方志辉那科学家的求实本真面貌全然呈现，不给人以任何插嘴的机会。“值得说明的是，不是所有的变色龙都能变颜色。变色龙大家族里还包括一些不会变色的种类，也不会爬树。生活在树下的变色龙体型很小，最小的不到 2 厘米长，甚至不如一只蚂蚱，而他们的魁梧兄弟——‘国王’，却长达 60 厘米。”

方志辉一边说，一边从手机里翻出一组变色龙的照片给大家看，兴致勃勃地科普和发挥自己独到的见解，“你们看，这变色龙的四肢极像拳击运动员的手套。大大的吸盘抓住人的时候，吸力很大。当时我正在仔细观察，一只变色龙悄悄爬到了我身上，吸力之大让我惊悚，浑身战栗。但一看到它走起路来摇摇摆摆的样子，又觉得憨态可掬，亲切自然起来。它皮肤下面充满各类色素细胞，随环境、光照、温度、情绪而变化。你可以清晰地觉察到，当雄性遇到异性，立即鲜艳明亮，如孔雀开屏一般，展示自己。雌性看到不喜欢的异性，立刻暗淡无光，掉头就走。大家不禁感叹生物界的奥妙，让我们很是开心了一阵子。”

方志辉略带抒情的科普浪漫搞得瞿建波和枕戈神往不已，他们早已按捺不住向往的神情，接口说道：“方总，有机会你一定要让我们去感受一下变色龙。我们要把它的美写出来，让大家不忍亵渎。如此，我们生活中就会少去许多变色龙，多了许多真心人。自然，才是最美的。”

“有机会一定带你们去。定安的袁氏种业在马岛有项目，方便。”方志辉笑着说，“今天不讲了，下次我再给你们讲讲马国风情，还有很多神秘的事情”。

方志辉再一次吊足了这几人的胃口。

第四节　热土潇湘院士情

1　院士的牵挂

2008年9月12日，长沙星沙明城国际大酒店彩旗飘飘，喜气洋洋，四海宾朋齐聚，世界专家在此会商。

袁隆平作为“中国长沙第5届国际杂交水稻学术研讨会”的大会主席，主持会议。开幕式现场，他深情开讲：“自1986年首届国际杂交水稻学术讨论会在中国长沙召开以来，经过科学家们的不断努力，22年后的今天，不仅杂交水稻技术取得了非凡的成就，而且许多国家在政府与企业的推动下，杂交水稻的种植面积得以迅速发展和扩大。特别是自2002年5月在越南召开第4届杂交水稻国际学术研讨会以来，杂交水稻的研究又取得了新的重要进展，新一代超级杂交稻的成功将水稻的产量潜力再次提升到了更高水平。在推广应用方面，杂交水稻在解决世界粮食问题方面发挥了越来越突出的作用。这次大会的召开，不仅将促使世界范围内水稻技术的进步，而且对保障中国乃至世界粮食安全将产生重要影响。”

方志辉作为中国政府援外项目专家代表，和来自包括马达加斯加在内的23个国家和国际组织的专家、学者和企业界人士共450多名代表参加了盛会。时任国际水稻研究所副所长阿齐姆·多伯尔曼，联合国粮农组织官员阮凡吾等久负盛名的专家和时任中国科技部副部长刘燕华、农业部副部长张桃林、中国水稻研究所副所长廖西元，时任湖南省委常委、常务副省长于来山，省财政厅、科技厅、农业厅、发改委、湖南省农科院和湖南农业大学等单位的领导应邀出席，规模宏大。20多名国内新闻工作者闻讯

赶来参加了开幕式。

这次由国际水稻研究所、湖南省人民政府、国家杂交水稻工程技术研究中心及水稻研究所共同主办，国家杂交水稻中心和湖南省农科院具体承办的研讨会开了整整三天。

与会者以“加快杂交水稻发展”为主题进行了广泛研讨，着重研讨了解决杂交水稻育种、制种、栽培、分子技术应用以及资源管理、经济学和企业间合作等方面的问题。会议举行了第5届“袁隆平农业科技奖”颁奖活动，代表实地考察了湖南湘潭、浏阳和杂交水稻中心的超级杂交稻高产示范现场，见证了中国杂交水稻研究的最新成就，深切感受了其蕴藏的巨大增产潜力和广阔应用前景。

国际水稻研究所副所长阿齐姆·多伯尔曼高度赞赏了中国在杂交水稻研发上取得的巨大成就和为世界其他国家应用杂交水稻技术所起的榜样作用。他认为，中国杂交水稻在提高水稻产量、确保世界粮食安全方面蕴含着巨大潜力。

刘燕华称：“水稻改良，尤其水稻杂种优势利用，是以袁隆平院士为杰出代表的国内外广大农业科学家长期艰辛探索、不懈奋斗并取得重大革命性成就的领域，也是几十年来中国科技发展的重点之一。杂交水稻研究的不断推进，技术成果应用的持续扩大，为农业科学与农业生产的发展、为中国十几亿人口粮食供给问题的解决做出了巨大贡献。”

张桃林说，杂交水稻在带来水稻产量大幅提升的同时，对农业科学方法的创新做出了重要贡献。以袁隆平为首的中国杂交水稻科技人员先后采用的“三系法”和“两系法”杂交稻培育方法，是中国农业科学创新发展史上的一次重大突破。

袁隆平院士非常重视杂交水稻在非洲的发展，特别牵挂马达加斯加的杂交水稻项目。他利用会议间隙，诚邀马达加斯加农业部总局长马米博士，国际水稻所彭少兵、毛昌祥博士，湖南科裕隆种业有限公司董事长孙梅元研究员以及邓小林、张昭东等国内外著名专家一道，专题听取了方志辉就援马达加斯加杂交水稻示范中心项目进展情况的汇报。当他获悉项目组在马岛遇到的杂交水稻植株普遍变矮等技术问题后，专门和专家们一起分析原因，最终提出了适合马达加斯加稻作生态体系的杂交水稻栽培技术。

袁院士当着专家的面，反复交代。一方面他请大家多多关爱自己的学生方志辉。同时要求方志辉如在今后遇到技术问题，要及时请教专家们。恩师的关怀备至和细致周到让方志辉不止一次地觉得在无形中倍增了无穷力量。让他更为感动的是，袁院士不仅在技术层面大力支持，亲自主持研讨，而且在政策领域更是十分关心援非的农业举措。

现行杂交水稻种子出口的许多具体政策大多是20世纪70年代制定的。随着改革开放的不断深入，原有的一些规定已难以适应新形势。农业部须从实际出发不断调整制定新政策。但这些政策往往沿用国内通行的会议形式，很少付诸公文，更没有出台相关的政策法规。这在国际上很难行得通，会阻碍项目的顺利进行。

为解决此问题，早在2007年，方志辉通过湖南省农科院领导一同向袁院士汇报，请求老人家以书面形式直呈农业部部长，以期得到书面回复，并在实际操作中有标准可循。为了解决此种政策问题，2007年6月19日，在当时的农业部部长视察长沙时，袁院士为此做了专题汇报，并于25日向农业部递交了书面报告。

2007年8月22日，危朝安副部长代表农业部正式回函，言辞恳切地说："农业部十分重视院士的汇报和来信，指示部里认真研究，逐条落实，切实为袁院士的科研工作做好服务。"并从三个方面进行了细致解答。

一是关于杂交水稻杂种一代种子出口的问题。回函称，近年来，为适应我国杂交水稻"走出去"的需要，农业部根据《种子法》的要求，多次组织专家论证，对杂交水稻技术出口政策进行了修改完善。按照修改后的规定，允许已审定3年的三系杂交稻杂种一代种子和已审定5年的两系杂交稻杂种一代种子出口。从农业生产实践来看，水稻品种在审定后才开始大面积制种，一般审定2~3年后才会有大量商品种子供应。从国际惯例来看，出口种子要先在进口国试验种植，一般需要3年左右的时间，只有试种成功后进口国才可能申请购种，进行大面积种植。因此，我国杂交水稻种子出口政策是符合农业生产实际和国际惯例的，也符合我国水稻产业发展的长远利益，能够满足杂交水稻技术"走出去"的要求，实际上也就相当于全面放开了杂种一代种子的出口。

二是关于杂交水稻亲本种子出口的问题。原来杂交水稻技术的出口政

策只允许出口杂种一代种子，禁止亲本种子出口。为提高竞争力，降低成本，现行政策调整为允许携带三系杂交稻的不育系和恢复系到国外制种，为保持我国技术优势，暂不允许携带三系杂交稻的保持系、两系杂交稻的亲本出境。

三是关于与国外有关研发机构开展合作的问题。回函高度肯定了院士所提建议，明确指出农业部不仅要支持有实力的农业科研单位与国外研发机构合作，也要支持与外国其他机构合作，不仅支持在国内开展研究，也要支持到国外投资开发科研产业。

这个书面答复成了尚方宝剑。此后，湖南省农科院援马项目组在办理杂交水稻杂种一代种子及亲本种子出口的行政许可审批手续时，持着危朝安副部长给袁隆平的信件，畅通无阻。

方志辉的干劲更大了。此后，他又向老师建言，提出将保护种子出口知识产权的行政审批制改为农业行政部门与涉核企业的协议制，再度得到了袁隆平院士的高度肯定和赞扬。

2　非洲徒弟

2008 年 9 月 25 日上午，研讨会后的湖南杂交水稻研究中心院内喜庆依旧。方志辉、刘志刚和杨耀松精心筹备的湖南省农科院援马达加斯加杂交水稻培训班的开学典礼隆重举行。仪式恢宏隆重，由时任湖南省农科院罗赫荣副院长主持。时任国家商务部对外援助司何定处长，蒋怀章、雷秉乾、何铁林、青先国等专家悉数出席，专门为来自马岛的马克西姆、马米迪亚纳、达达尔、莫代丝蒂娜、安德烈、波罗、亚历山大、阿科多扎菲、韦隆帕诺、贝尔坦等十名学员举行开学典礼。

典礼上，袁院士发表了热情洋溢的讲话。他说：“马达加斯加是除亚洲以外生产稻谷历史最长的国家。那里的人民有着丰富的水稻种植经验。特殊的气候与光照条件，使该国有水的地方甚至可四季种植水稻。杂交水稻技术援助马达加斯加，将会缓解马达加斯加粮食短缺问题……”说完，他还风趣幽默地和非洲朋友秀起了外语，开学典礼欢笑阵阵。

时任院党委书记何铁林对远道而来的学员表示了最热烈的欢迎。中马项目马方总协调马克西姆在郑重表态安心求学之后，指出，中马两国政府的合作从2007年10月开始，在马义奇建立杂交水稻示范中心，并同时开展试验。试验中心于2008年6月落成，而试验田中的杂交水稻最高产量达到每公顷10吨以上。中国杂交水稻的增产魔力，已经引起马达加斯加政府的高度重视。马国农业部认为，推广中国杂交水稻，将对马达加斯加成功推进绿色革命、实现粮食产量翻番发挥重要作用。

《湖南日报》《潇湘晨报》《长沙晚报》等媒体纷纷对此次活动给予了高度关注。《潇湘晨报》头版刊发了题为“非洲‘徒弟’来湘学种水稻”的报道，专门配发了袁院士会见马达加斯加学员的照片。

菲律宾原农业部副部长乌马里博士不止一次地深情称赞：“世界杂交水稻的中心就在长沙，这里是世界杂交水稻科研工作者的‘麦加’；对水稻科研工作者来说，如果你没有见过‘杂交水稻之父’袁隆平，那么你的科研旅途才刚刚起步。”

乌马里博士讲这话其实有个缘由。为帮助推广杂交水稻，联合国粮农组织聘请袁隆平为首席顾问，并聘请国家杂交水稻工程技术研究中心10多名专家作为国际技术顾问。中国专家多次赴印度、越南、缅甸、孟加拉等国指导发展杂交水稻。为促使杂交水稻在美洲发展，国家杂交水稻工程技术研究中心于1994年开始与美国水稻技术公司合作，常年派专家前往该公司进行技术指导。与此同时，在湖南长沙举办了40余期杂交水稻国际培训班，培训了来自东南亚、南亚、非洲30多个国家和地区的专业技术人员逾千名，大力传播了中国杂交水稻技术和其他先进农业技术以及优秀的农业推广经验，在广大发展中国家产生了深远的影响，持续获得学员和所在国的高度评价。

1998年的湖南国际杂交水稻培训班，方志辉担任培训部办公室主任，开启了他的海外拓展历程。就在那一年，适逢方志辉母校沅江一中百年校庆。授课中，方志辉与学员们谈起了湖湘文化，尤其是他那美丽的家乡洞庭湖和沅江，引起了学员们的浓厚兴趣。加上沅江正是鱼米之乡的代表，方志辉也就在筹备母校校庆的时机，安排学员们进行了一次湖湘文化之旅。

中国第一大湖城沅江，可不是浪得虚名的。一入沅江，大家就能感受这“水城”的独特风光。地处“八百里洞庭”腹地的城市，“山襟七泽，水接三湘”，是银光璀璨的湘、资、沅、澧“四水”汇集之处。极目四望，眼前除了水还是水。只见水中有城，城中有水。湖中有岛，岛中有湖。沃野沙洲，芦苇万顷，候鸟群集，莺飞草长。水在城内，醉人般地荡漾，水在城外，碧波激荡回旋，仿佛沅江历史的生气和灵气全在这水字的韵味里了。当细细品味这延续了千百年的水韵时，又有多少迷惑，多少停留，有多少梦自此放飞。

方志辉邀请客人一行到母校参观，受到了沅江一中老校长楚乔、时任校长等校领导的热烈欢迎。消息传开，师生都围拢了起来，纷纷与外国友人合影留念，让这些外国朋友充分感受到了中国人民的友好。

时任沅江市市长卢应群、市农业局局长曹涤环赶来了，代表沅江市人民热烈欢迎远道而来的异国客人，亲自带领客人们考察南洞庭。

“推窗看鱼跃，蛙鸣入梦来。”梦里水乡胜景让客人感到美不胜收，极目之处，原绿充盈，野趣横生，美丽如画。“三分垸田三分洲，三分水面一分丘。”放眼皆围田，一望无际，稻田成片，棉麻如林，农家屋后是鱼塘菜地，堤边湖岸是杨柳柑橘。

“鱼米之乡”名不虚传，友人众口齐赞。这正是名副其实的“东方威尼斯”呀。

一行人泛舟洞庭湖上，听那湖水“哗哗”作响，投入地聆听着方志辉继续讲述：

“儿时的时候，我是经常坐船横穿洞庭湖的。记得那个时候车少，坐船应该是最经常的事情了。也没有什么桥，随便去哪里，可能都是要坐船的吧。是这湖水，湖水中的生灵，让我挺过了小时候挨饿的日子。一个孩童，未必能有什么才情，未必懂得什么诗情画意，但我却就偏喜欢晚上行船的感觉。坐在船头，那里有清凉的夜风，听着橹声阵阵，桨声依稀，那感觉真的可以说是让人沉醉了。”

煽情的话语一出口，立即迷醉了大家的心，“我就喜欢那样静静地坐在船头，看着夜色掩盖下的湖面。也许我性格中沉静的部分，便是在那样一趟又一趟的旅程中养成的吧。”

“‘且就洞庭赊月色，将船买酒白云边。’虽没有酒，可我最喜欢的还是看着那一轮黄澄澄的月亮从湖面的另一端慢慢地升起来，柔柔地洒下一缕淡金色的月光，给湖中万物都镀上一层朦胧的光华；那些在风中摇曳的芦苇，时不时会惊起一些不知名的水鸟，扑打着翅膀在月下盘旋，更有些小鸟会眯缝着眼睛，静静地在水面上漂流。这湖就是它们的家，即使随波逐流，醒来后也绝不会到了异乡；想必那也是一种身在母亲怀抱的温暖吧。”恰如游子的乡愁。

方志辉接着为客人介绍：“你们看那镇江的凌云塔，那时候是不知道雷峰塔隔绝‘白娘子’故事的，或许知道，却还没有掺杂‘宝塔镇河妖’的深层含义。咦，奇了怪，以前那么熟悉的镇江塔典故，我现在却居然不曾记得清楚了。只是看它孤独地伫立在湖中央，在夜色下显得朴素而又神秘。”

这群外国友人是听不懂方志辉所要表达的内涵的，但似乎又明白了些什么。只听他接着讲道：“到底是历史人文重要，还是物质更重要？这些年，我已经熟悉了都市生活，却始终留恋着家乡，又不完全记得那些风烟往事，只是那塔，却永远驻扎在心中。宝塔八面，可惜我却无一颗七巧玲珑心，无法去体会那些古朴和沧桑……记忆里的宝塔，就是那样孤独而又坚强地守护在湖的中央，默默地凝望着洞庭儿女劳作生息。”

本来因为保护文物关闭的凌云塔，在市长的特批之下得到了开放，方志辉带领大家现场登顶，感受洞庭湖的浩荡和博大深沉。

一行人兴尽而归，当天，大家又去了方志辉的老家，拜访了方志辉的母亲毛淑娥。在方志辉的家乡，客人听到了许多关于方志辉、关于方家、关于沅江的故事。大家口口相传，为此后方志辉开拓海外之路埋下了伏笔。当天晚上，沅江市农业局还专门为客人准备了一场盛大晚会，不仅留在了客人心中，也留在了沅江人民心中，写进了《沅江一中校志》。

3　湖南的“两块牌”

湖南省农科院为马国学员准备了丰富的教学体验，除了在院内安排了理论学习外，还特别安排到农业生产第一线实习，让学员充分了解湖南的水产、畜牧业情况。

受到那次沅江行得到培训学员高度称赞的启发，此次培训班，方志辉

他们又做了到常德市郊和汉寿县考察养殖业、赴贺家山原原种场专业实习的安排。为了让学员们更多地领略湖湘文化，还安排了张家界之旅。

2008年10月5日，位于汉寿县岩汪湖镇的“西洞庭湖青山湖国家城市湿地公园”迎来了这批异国客人。

说是公园，其实是水乡，一叶扁舟载着他们穿行于深深的芦苇荡中，湿地风光尽收眼底。只见湖外有湖，湖中有岛，渔帆点点，芦叶茂盛，港汊迂回，洲滩突兀，鱼游水底，鸥鹭翔飞，可谓岁月四季景不同，一日之中有千姿。夜宿杨幺水寨，美食与秀色兼得，水波荡漾中恍若世外。童年的记忆在心窝窝里不停地打转，水乡让方志辉再拥有更多灵性，成为日后创作的绝妙灵感。

在常德市畜牧水产局，一行受到热烈欢迎和盛情款待，该局网站称：“2008年10月6日，马达加斯加农业部马克西姆司长等一行，在湖南省农科院方志辉处长的带队下，考察该市养殖业，并实地参观了湖南湘云生物科技公司常德基地和湖南阳光乳业公司牛奶加工厂及第一牧场，对两家企业的先进管理和生产技术表示出了浓厚的兴趣。”

总面积30.66平方千米的湖南省贺家山原种场，系农业厅直属单位，有育种、加工等各种设备设施500多台(套)，是湖南水稻、优质棉原(良)种生产的重要基地，也是“三系”杂交水稻的发源地之一，全国首批国家级原种场，主要承担南方稻区水稻区域试验及湖南水稻区域试验(预备试验)、湖南水稻品种(组合)生产安全性鉴定、两用不育系生态鉴定、湖南及南方稻区水稻新品种引进筛选展示推广、杂交水稻亲本种子提纯繁殖等的科研及生产任务。

10月7日，已是农场党委书记兼场长的方志辉昔日农大的同窗杨孚初研究员，热情地接待了老同学及其门生，亲自披挂上阵，为马国学员上了一堂生动的专业课。

按照计划，定于10月10日去张家界游览。可听说到张家界就是看山，他们在家里看得多，加之归家心切，马国学员准备打道回府。他们说“除非方教授能说出一个让大家不得不去的理由”，否则他们就不去张家界了。

为了让马国客人更多地领略湖湘秀色，方志辉把原总理朱镕基“要搞好湖南建设，就得打好两张牌，一张是袁隆平，一张是张家界”的讲话转述给了客人。并反问他们“你们见了袁隆平，就不想见见张家界？”听这么一说，马岛客人顿时兴高采烈，要求继续之后的行程。

张家界归来不看山，这座世界顶级的地质公园真的不是浪得虚名。当张家界从深闺中走向前台时，人类都傻了眼。神奇的张家界，大自然的鬼斧神工让一切语言显得那么苍白无力，历经上亿年形成的石英砂岩堆叠出奇峰三千，清澈的溪流迤逦延伸于峰峦幽谷间。神秘迷人的溶洞、古老原始的森林、澄明宁静的湖泊……如诗如画的美景，让马克西姆等马国客人兴奋不已。

一连三天，马国客人流连忘返。10 月 12 日，他们最后来到了黄龙洞景区。青山环抱，绿水长流，风景殊胜已经让马国客人多少次惊掉了下巴。

当马国人在哈利路亚的音乐厅前坪，发现坐在达尔文《进化论》书上的猴子，一手拿着人类的头骨，一手拿着卡尺量那尊雕塑时，竟开心得像炸开了锅。大家嘻嘻哈哈地论个不休，纷纷拍照留影。

方志辉不知道这些朋友们要表达什么，应该是“好景同游不同赏”吧，只好叩问心灵，直击天籁。

4　隆平文化的宣讲

“希望能与湖南的一些涉农企业进行座谈，探讨能否开展农业科技与经贸交流的合作。”在培训班即将结束之时，马克西姆对方志辉讲道。

“这是一个好主意，我也正有此意。”方志辉回答。

10 月 20 日上午，在湖南省农科院三楼会议室，罗赫荣主持召开了中马农业科技合作的座谈会，有湖南省湘科农业科技产业集团、湖南省农业集团有限公司、湖南科裕隆种业有限公司、湖南万家丰科技有限公司、湖南娄底农科所农药实验厂、湖南盈马资源投资有限公司、长沙大地农业环境研究所、长沙利诚种业有限公司（简称利诚种业）、长沙惟楚种业有限公司、袁氏种业、成胜（马达加斯加）农业发展有限公司等涉农企业、马国外宾及湖南省农科院相关研究所的专家参加。

当天下午，受长沙大地农业环境研究所所长尹云强的邀请，马国外宾实地参观了位于芙蓉新区种业硅谷的长沙大地农业环境研究所、袁氏种业及利诚种业三家企业。在参观过程中，外宾们对袁隆平题词、袁隆平雕像、袁隆平照片、袁隆平画册及袁隆平传记等产生了浓厚兴趣，纷纷问："这是不是隆平文化?!"

见国际友人提及隆平文化，方志辉立即来了兴趣，这正是自己一直大力弘扬的，并当作自己一生的事业来做的。于是他滔滔不绝地科普起来："可以这样认为，如果把隆平文化比作花的海洋，那么今天大家看到的仅仅是几朵小浪花……"

当外宾们在长沙大地农业环境研究所展览厅看到四幅巨大的超级稻照片时，一个个内心无比震撼。他们驻足照片前，久久不愿移步。

"这些超级稻品种是在袁隆平院士的指导下，由张昭东教授选育而成的。"尹云强说。

"良种配良法。照片中的超级稻，采用的是种、肥、管、防简化栽培技术。"方志辉不失时机地补充着。

在展厅国际合作部分，尹云强与时任马达加斯加农业部副秘书长尼里于 2007 年 1 月在马来西亚出席一次国际会议时的合影也深深地吸引着马国朋友的目光。方志辉立即介绍："就是在这次会议上，尹云强介绍了杂交水稻专用拌种剂配套栽培技术，探讨了在实现农业增产增收的同时，怎样减少农业对环境的压力的问题。"

"尼里对这项技术措施非常感兴趣，希望能与杂交水稻一道引进到马达加斯加。"尹云强接口说："我就是靠院士呷饭，因此，我们长沙大地农业环境研究所多年以来一直在探索用隆平文化作为企业文化。"参观时，尹云强不断地向马国朋友们宣传着自己的企业，就如介绍自己的孩子："年初，我已计划在年底邀请方教授到公司来为全体员工讲授一堂关于袁隆平文化的课。如果你们感兴趣，我可以把讲座时间提前到培训班结束以前进行，届时欢迎你们光临。"

听了尹云强的介绍以及受到如此诚挚的邀请，马克西姆当即表示非常想参加："只是添麻烦了，因为语言问题，又是谈隆平文化，我们需要细致地了解。除了讲座现场需增配法语翻译外，能不能提供法文版的讲稿。"

尹云强这时已经没了退路，他也确实想将隆平文化不失时机地推荐推荐，立即接口说道：“没问题。”

说干就干，都是一群做实事的人，讲座时间现场就定了下来。

方志辉想着，回去要认真把讲稿好好修改下，因为推介隆平文化，正是自己一直致力的事业。其实，这些天在游览张家界的过程中，他已经断断续续地把隆平文化讲了个透。为了能做得更好，他再次整理了几个要点。

隆平文化，是袁隆平及其发明的杂交水稻对人们物质生活和精神生活产生巨大影响的总和。包括整个隆平团队的顽强拼搏奋斗，从开始奠基到小树初成，到国内成功，最后逐步把杂交水稻播撒全球，隆平团队体现出个性鲜明的精神文化面貌。说到底，就是在这三十多年里，袁隆平率其弟子和团队致力“推广杂交水稻，造福世界人民”的宏伟心愿，誓言将号称“东方魔稻”的种子撒播全球，解决人类的吃饭问题，捍卫粮食安全的整个艰辛历程所体现出来的精神文化。

隆平文化是湖湘文化不可或缺的一部分，它在传承湖湘文化的同时，发展了湖湘文化。隆平文化丰富了湖湘文化，这是因为享誉世界的科学家袁隆平已成为湖湘文化中的科技代表人物，弥补了湖湘文化代表人物中极少有自然科学家的缺陷；杂交水稻文化已为湖南炎帝农耕文化增添了新的内涵。

隆平文化之魂是湘人之魂，是一种新的湖南之魂。这种灵魂，让湖南人的脉管里永远流淌着奋勇向前的血性，奔腾着敢为人先的精神，蕴藏着胸怀天下的境界。

第五节　一波三折响惊雷

1　委员长接见

2008年10月中旬，方志辉项目组在马国的第二年度试验种植开始。

一切顺风顺水，这一年，似乎所有一切都有好兆头，连老天爷都开了眼。风调雨顺，雨季早早地到来了，大家再不用担心要想办法去引水灌溉，气温和降水都适宜杂交水稻的生长。各方面的试验结果显示，马国杂交水稻的开发之旅已取得了阶段性成果。大家心里都美滋滋的。

更高兴的是来自大使馆的消息。吴邦国一行将访问非洲五国，马达加斯加是主要的一站，会在这里着重考察农业项目。

消息传来，群情振奋。虽然方志辉慢慢心情平静了很多，作为负责人，这些年推广杂交水稻，经常性地和外国政要，包括很多国家元首打交道，而且有受朱总理接见的经历，但他仍然不敢有丝毫放松，早早地开始准备起来，尤其是在如何汇报杂交水稻在马国取得的成果方面动起了脑筋。

方志辉表面上是轻松的，他告诉大使馆方面，自己早就轻车熟路，要他们放心。这就是多年来方志辉养成的习惯——勇于担当责任，更为同事们分担分忧。他自己也讲不明白，这么多年在外推广杂交水稻，无论是在隆平高科还是后来又回到省农科院，同事们就是愿意和他一起共事。朋友们夸奖他有亲和力，极具领导才能，天生具有领导艺术和人格魅力。

听到这些时，方志辉总是谦虚地笑着说："那是没有的事，要是有，也是袁老师袁院士的功劳，是杂交水稻的魅力和功劳，而自己，恰好站在了风口，用句不好听的话讲，‘是猪也会飞翔’。自己总比猪强些。”

谦虚归谦虚，静下心时方志辉自己也还是如常人一样，会经常想想这些事，回味那些峥嵘岁月。貌似波澜不惊，却也做出了一些看上去也惊艳的成绩。但有一句话是实在的，他确实从来没有把自己当领导看。这一切是在一步步的历练之中自然得来的，这中间，除了感恩袁老师之外，还应该感谢中南大学颜爱民教授等给自己和这个团队上的管理课程。

科学就是这么神奇，袁老师充分运用自然科学，创造发明了“杂交水稻”这个神话。中南大学这些教授们则是用人文科学，把我们这些平凡人，推向了风口，一步步将“杂交水稻覆盖全球”的梦想演绎为现实。自己何曾会想过，一个农家子弟，能够有幸奔波全世界50余个国家，能够多次得到党和国家领导人的接见，能够见外国政要如朋友们一般的寻常见面。这一切，自然归功于党的伟大和国家的强盛，也归功于“杂交水稻湘军”这个圈子。

“想来，我这根稻草，注定是和大闸蟹捆绑在一起了。”方志辉每念至此，就自嘲似的嘿嘿笑，然后该干吗干吗。现在，他得准备委员长来访的事情，尤其是如何展开“国家主席”援非项目的汇报。他暗自想：“这是不是战略上藐视，战术上重视呢？当然，不是对敌人。”他总结着：“对待巨人，就该有这种心态。”

这中间，除了高兴、激动、难忘，大家的想法还是各有不同的。除了方志辉和陈剑宝等因必须接受委员长会见而紧张、兴奋和忙碌之外，最紧张、欣喜和激动的自然是李顺了。李顺负责的是中马两国经济合作框架协议签署仪式的中方主持工作。这个2007年7月从中南大学法语专业毕业的姑娘，工作才一年多的时间，那种忐忑不安的心情可以理解。

“方总，这主持若出半点差错，其后果，不敢想象，丢脸的可是自己的祖国，而且丢到外国来了。我哪担当得起?!”李顺不止一次地向方志辉汇报着自己的思想。

方志辉将自己的感悟不止一次地给李顺分享着，同时特别叮嘱：“别那么想，人生不可能总是那么完美。何况这更是你的幸运呀，别人一辈子也不一定有这个福分。话说回来，是人，就总有犯错的时候，你尽心尽力就好。万一有什么差错，也并不是你的错。还有我呢！”

李顺后来常讲:“若不是方总,真的不知道怎么过这个坎,怎么突破。他就像一个兄长,不,应该是父亲,扶持着我走过了这最荣光的日子。”

尽管如此,在此之前,在经商处领导的引荐下,李顺和马国外交部礼宾司的工作人员做了多次充分的沟通和预演,包括彩排。而这一切,方志辉之前是并不知道的。

该来的终究到来了。

2008 年 11 月,当地时间 11 日上午,吴邦国一行如期访问马达加斯加。方志辉和陈剑宝代表湖南省农科院援非“国家主席”项目受到了委员长的亲切接见。

方志辉向吴邦国简要汇报了中国政府援马达加斯加杂交水稻示范中心的运转情况,得到了委员长的高度肯定和评价。在后来的国事活动中,委员长屡次提起这个杂交水稻项目。方志辉和陈剑宝还作为中国科技界代表,受邀全程陪同。

在马达加斯加总统府,马国总统拉瓦卢马纳纳正式会见吴邦国。委员长在转达胡锦涛对总统的亲切问候后,代表中国对拉瓦卢马纳纳总统长期以来为推动中马关系发展所做的工作表示高度赞赏。

吴邦国指出:“中马有着深厚的传统友谊。近年来,在双方共同努力下,两国关系快速发展,迎来了历史上最好的发展时期。……我这次来访的目的,就是与马方一道,落实两国元首达成的共识,推动中马关系深入发展。为此提出三点建议:一是加强中国共产党和我爱马达加斯加党间的党际交流。……二是深化农业领域特别是水稻品种改良和水稻种植等方面的务实合作。中方将向马方提供一批水稻种子,并派遣农技专家,帮助马方推广水稻种植技术。希望双方充分发挥已建杂交水稻示范中心的示范效应,以点带面,扩大合作规模,帮助马达加斯加提高粮食产量和农业生产能力。三是加强两国企业间的合作。……”拉瓦卢马纳纳总统表示完全赞同吴邦国对双边关系的评价和建议,认为双方对深化两国关系的看法一致。

随后,马国政府举办了一系列活动,中马两国政府签署了《中华人民共和国和马达加斯加共和国经济技术合作协定》等合作的一系列文件。

一切都十分顺利地进行,李顺的主持也很顺利,没有出一点点纰漏。

当然，方志辉和李顺等人在整个过程中既兴奋又紧张。尽管有以前多次的外交经验，尽管经过充分的精心准备，尽管这是反复预演的结果，完全按流程走了下来，但面对清一色的高级官员，特别是有吴邦国和马国总统及众多新闻媒体，方志辉依然时刻保持着那种兴奋、惶恐和紧张。

2　难忘今宵

欢快的日子总是过得太快，2009 年中国农历春节转眼来到。正应了“好景不常有，好花不常开”的说法，在这个难忘的春节里除了有委员长的到访外，还有马达加斯加的动荡局面开始了。

大年三十，马义奇技术组成员应中方驻马的水电朋友的邀约，早早前往机场附近度佳节。

快进城时，陈剑宝一行发现路两边的行人比往日多了好几倍，附近的工人罢工了，正在游行示威。

交通要道全堵塞了，警察在忙着疏导，却没有什么效果，游行的人越来越多。到了下午三点，一切没有改观。眼看情形不好，陈剑宝只好赶紧掉转车头。

“我们还是回去，还是待在中心好。”陈剑宝向朋友表达了歉意，同时向方志辉电话汇报局势，拜年祝贺。

身在国内的方志辉眼见马国政局不稳，早没了心情过节。问询到的情况是塔那那利佛城里也不安全，大家不敢出门。很庆幸电话是通畅的，身在马国的技术组成员一个个打电话给方志辉拜年，这让他安心不少，于是反复叮嘱注意人身安全，尽量少出门。

这都还好，但如何面对袁老师的问询，方志辉很是苦恼和纠结。

以前，他最乐意的自然是见到老师。听到老师的声音，哪怕是批评，也很开心，那都是语重心长的教诲。可今年的春节，方志辉没敢像往常一样给老师拜年，磨蹭着不愿意走，只是象征性地把心意和祝福送到，找个机会就想溜出来。在老师家里，他就如“十五只吊桶打水”，坐立不安。他无法给袁隆平一个明确的答复，更不敢欺瞒。

方志辉又怎么可能瞒过袁院士那睿智的眼睛，他早已经知道马国动荡

的事。院士的心和他学生方志辉一样，牵挂着非洲马国，但他更不想给学生太大的压力，彼此心照不宣地似乎在回避着这个问题，唯默默祈祷一切安好。

待方志辉告别时，袁隆平只是轻轻地对方志辉说了声："早点过去看看吧，别担心，一切都会好起来的。"

简单的一句话，方志辉只觉得喉咙像是被什么堵住似的，再不敢多说一句，只是哽咽地连忙答应着："老师，您多保重！"说着就转身迅速出了门。

驻马技术组却是乐得清闲。城里不能休闲，大家干脆跑去乡间钓鱼、野炊。却是别有一番情趣。对于暴乱的情形，方志辉用他那因酷爱文学而特有的敏锐和笔调记录了下来。他在日记中回忆着：

2008 年 12 月的某天，从报纸上看到总统拉瓦卢马纳纳用国库的几亿美金买了架波音 747 私人飞机！

报纸大篇幅报道强调，总统拥有专机是一个国家强大的标志之一，马达加斯加是非洲的一个强国，总统不可能没有私人专机！这个总统的确狂妄自大，迟早一天要栽跟头！他不仅垄断了国家的面粉和奶制品市场，家族开了家公司免税进口货物，别人进口的商品要征收 20% 的关税。已是非洲总统首富，还要用国库里那寥寥无几的国民财富买飞机。

果然，没几天，首都闹事了。虽然导火线是 12 月 23 日政府关闭了电视台。但飞机肯定是其中的一个诱因！电视台是反对党领导人拉乔利纳经营的，擅自播放了前总统拉齐拉卡的讲话。

一时间，人心惶惶！这期间，大使馆、经商处的领导不停地给我打电话，提醒驻马水稻技术人员注意人身安全，尽量不要外出！

天天盯着报纸看最新消息，向马国朋友了解最新动向。

塔那那利佛的暴乱从 2009 年 1 月底开始，乱得一塌糊涂，原因就是政局不稳。这个国家像一夜之间得了狂躁症似的，人们天天上街游行示威，烧总统的超市、加工厂，抢中国人的商店……就像闹剧一般，此起彼伏，高潮迭起，让人摸不着头脑。1 月 31 日，塔那那利佛市市长拉乔利纳宣布，"接管国家政权"。2 月 3 日，拉瓦卢马纳纳总统宣布："解除拉乔利纳的市长职务。”拉乔利纳不服，呼吁支持者继续抗议，直到总统辞职！

一市之长竟敢与总统叫板，这在我们中国人看来简直不可思议。未经任何程序，一国总统随意解除一个国家高级公务员的官职，简直如同儿戏。

也只怪拉瓦卢马纳纳当政期间搜刮民脂民膏太多了，民众积压已久的愤怒顷刻点燃，数万人在首都中心广场集会公开反政府，支持拉乔利纳成立新政府。拉乔利纳顺势宣布：“出任马达加斯加总统，成立过渡政府。”

此后，塔那那利佛危机越演越烈。报纸天天报道集会游行示威和抢劫事件。越来越多的人要求拉瓦卢马纳纳下台，公开支持拉乔利纳。拉瓦卢马纳纳不甘心，进行反击，打击示威者的集会活动，试图突袭抓捕拉乔利纳。军政要员有临阵倒戈的，有态度暧昧的，总统位置岌岌可危，舆情也对他极为不利。

尽管如此，双方似乎还是口水战升级。塔夫总体上还很平静。中国在塔夫工作的技术人员接到领事馆的通报，虽然做好了随时回国的准备，但大家并不太担心，街上商店依然照常营业，海边还是那样热闹，这里的人们依然悠闲。真正闹到塔夫，已过元宵。

回到马国，我依然十分揪心。恰好在农业部遇到总局长马米先生，便向他了解。他满脸悲戚，很是绝望地说：“这是马达加斯加的悲哀！谁也没想到会发生这样的事情，一点心理准备都没有！总统在南非还没有回来，不知道卫队能不能保住总统府。军队已经分裂，情况很不乐观！谁也不知道接下来会怎样！”我感到万分震惊，才几天时间，这个貌似强大的国家怎么就风云突变了呢？

“暴乱期间，保证驻点人员生命安全是第一要务。”大使馆给项目组下了硬任务。为了尽快做好预案，2 月 6 日，我单枪匹马从塔那那利佛来到了塔夫。

2 月 7 日，塔那那利佛，总统卫队和示威群众爆发冲突，卫队向群众开枪，至少 300 人死亡，无数人受伤。事件如原子弹一般引爆了全国愤怒，更大规模的暴动开始了。塔夫不再平静。

那天上午，塔夫还如往常一样平静。艳萍同基地副总经理范畴到市中心买了一些日常用品，准备送给距市区 25 千米的桑巴鲁试验田的同事。

我遂与他们同行看望，也好现场做些安全保卫调研。一切都很顺利，午餐后返回时，一路上大家还在聊着首都的动乱，庆幸动乱没有蔓延到塔夫。不料刚进市区，我们就遇上了。

范畴突然刹车。离总统超市“MACRO”几百米，一大群人正朝着我们走来。有的拿着袋子，有的拿着石头，有的拿着木棍，也有两手空空的。人群越来越近了。正当我们不知所措之时，前面一开着丰田皮卡的印巴人瞬时调转车头逃了。范畴也连忙跟着绕道。不一会儿就听到总统超市那边传来了枪声！而我们经过平时熙熙攘攘的小市场时，罕见地没个人影。

听着枪声，艳萍吓得尖叫起来。范畴车子更是开得飞快。我脑子一片空白，只知道把车窗关紧，双手死死地抓住扶手。庆幸下午两点多时，我们终于平安返回驻地。

没多久，超市方向已经飘来阵阵浓烟。随即我接到几个马国的朋友电话，说塔夫开始乱了，超市被抢，包括有名的中国电器店“宝来”也被抢了，近段时间大家最好在家待着。艳萍也接到塔夫警察局局长的电话，说从艳萍所在的驻地到市中心的路已经封锁，外国人已成攻击对象。塔夫市中心已经很乱了，一连几天我们只好待在驻地靠电话了解情况，赶紧到桥边就近买来很多食物，以防不时之需。

暴乱一直持续了十多天，到2月中旬，才慢慢平静下来。回到塔那那利佛时，我感觉此次在塔夫的日子好像都是睡过来的，整整睡了半个月。

驻地离市中心比较远，市中心暴乱情况我们仅有些概念，都是朋友告诉的。暴乱后，我在市中心大市场，看到旁边的很多店子有烧过的灰烬以及被抢过的痕迹，商店的门窗都被焊死了，市场里很多东西被砸得稀巴烂。一个老侨的店子雇了很多马国人日夜巡逻。

我们还了解到，其间总统专门到塔夫来看他的超市和面粉加工厂。超市被抢一空，仓库被烧了，加工厂由于在海边，又有总统卫队守着，倒是没事。那天正好立军、范畴和艳萍要去乡下。经过机场时，看到很多警车警戒，并拦着不让出城，说是总统要来巡视，还讲现在塔夫到处在管制，很多地方人也不让走。因为要给桑巴鲁基地的专家同事送口粮，几人和宪兵协商了很久。看着没有丝毫通融的可能，艳萍赶紧电话求助警察局总局长热拉尔。在两名警察的全程护送下，三人最终平安完成了任务。

3 塔夫记忆

马国动荡自然影响到了项目进程。前总统拉瓦卢马纳纳外逃南非，拉乔利纳成为过渡政府总统，但非盟和南共体拒绝承认他的合法性，美国和欧盟等主要援助国也停止对马援助，政府资金严重不足，公务员工资减半甚至根本发不出，导致公务员消极怠工，或者干脆休假。

2009 年 2 月底，中国援助马达加斯加政府 56 吨种子中的第一批 20 吨，抵达塔夫港口。原来协商由马国农业部在提供免税文件的情况下，委托当地一家代理公司负责清关。但因政变，原农业部长已经辞职，无人敢在任何文件特别是涉及财政方面的文件上签字。代理公司在农业部不能提供费用承担书的情况下一拖再拖，这让李顺和马方联络官懊恼不已。

塔夫位于马达加斯加东部，距首都约 370 千米，是马达加斯加最大的港口，也是全国第二大城市。城市的命名源于一个颇为有趣的传说：相传马达加斯加第一位建立中央集权统治的大国王——拉达马一世，在出巡视察其国土时，第一次来到海边尝了一口海水，哇地叫了一声“真咸”，如此就叫出了这个海边城市的名字。和其他东海岸城市一样，塔夫最早也是海盗们最常光顾的地方。从 16 世纪开始，就有东印度公司的商船定期靠岸进行贸易。城市真正开始规模化发展是在 19 世纪。最早是英国殖民者，后来是法国人。20 世纪初，塔夫奠定了马达加斯加最大贸易港口的地位，占据马国国内 50% 以上的进出口贸易量。工业也比较发达，有较大的炼油、水泥和纸浆厂以及肉类加工、船舶制造、制糖业等。

种子到港日期越来越长，随之而来的滞港费和罚金也越来越高。陈剑宝和李顺及时将情况汇报。时任大使馆经参处长周芒胜亲自协调马国财政部海关关长、财政部预算司司长，安排李顺和马国联络官当面反映实际困难后，终于得到了回复。

2009 年 4 月 17 日，陈剑宝和李艳萍终于拿到高层批复，到塔夫办理种子入关手续。这期间因当时农业部部长由旅游部部长暂时兼任，陈剑宝和李顺反复跑旅游部。马国农业部派驻示范中心的马方技术专家马米苏博士和种植业司种子监控管理处处长拉拉·埃利鲁前往，并雇用了两名宪兵

随行以保障安全。

马国如此局面，使得原本简单的事情也变得极其复杂。找公务员自然是一拖再拖，塔夫这个马国第一大港口也是经常找不到人。方志辉丝毫不敢大意，一再叮嘱陈剑宝、张立军和李艳萍等负责做好前期工作，以便顺利提取援外种子。陈剑宝知道李艳萍跟塔夫农业局局长马米迪亚纳关系比较好，要求她提前联系，并请张立军协助尽快办好。

4 月 18 日，大清早几人就到港分头行动。李艳萍和马国农业部、塔地农业局官员去海关办理相关手续。陈剑宝、李顺因不熟悉情况，就留在港口等候，应对突发情况。

大家总希望运气好一些，可一切依然还是在意料中。李艳萍得知，提取货柜签字处的负责人没来上班，可能第二天才会来。陈剑宝非常着急，电话中命令李艳萍“今天务必提出种子”！

好在李艳萍熟悉情况，她立即电话联系区政府经济发展局局长马科斯、农业局局长马米迪亚纳，请他们想办法联系这个负责人。马米苏等专家也不停地打电话向农业部高层汇报情况。大家都知道种子已经压了很久，而时间已经到了播种季节。好不容易办妥了手续。此种情况下，不怕一万，就怕万一。万一情况又变，那个负责人老不上班，提取种子就可能遥遥无期。非常时期官员说的话是非常不可信的。

功夫不负有心人。上午 11 时许，那位负责人终于在“自己本来都已经在去百多公里外的瓦特曼出差的路上，接到好几个电话，要他务必回来签字，让中国专家今天顺利提取种子，如此才赶回来”的各种抱怨和表功中来到了，真是好险。

下午 3 时许，载着中国杂交水稻种子的卡车从港口驶出来了。陈剑宝、马米苏等人都站在港口边宽阔的马路上，兴奋地看着卡车从远处慢慢向身边驶过。此时台风刚过，天空细雨霏霏，潮湿的空气中夹杂着丝丝凉意，但是无人在意。李艳萍更是天性释放，不停地拍照。卡车一进货场，货柜立即打开，种子清点即时进行。

当方志辉看到“工人们用长长的扳手把密封锁撬开”这个由李艳萍发来的现场视频时，终于长长地舒了一口气……

2010 年 3 月，马国暴乱基本平息。方志辉和杨耀松一行再到塔夫签订合作合同，确定示范田地并实地考察，跟相关种植农民交流，普及杂交水稻种植要点。几句话就能讲清楚的事，一件件做起来却并不容易。

任务完成后，几个人有机会得以坐在海边，喝着新鲜的椰子汁，吹着潮湿温热的海风，听海浪拍打的声音，看渔民们拉网捕鱼，闻海鲜的腥味，尽情地欣赏这洋溢着活力的海滨城市。张立军决定趁着这个机会，驱车前往距塔夫北边60千米处的富尔普安看海。塔夫水稻专家阿科多扎菲很热情地前往陪同。

富尔普安海是马国有名的度假胜地。一行人两小时就赶到了，投宿的旅馆老板恰巧是个华侨，大家更是高兴。而且他们得知，因这里3月上旬仍是台风期，前几天台风刚过，旅游的人不多。

我们住进依海而建的独栋小别墅，看着这别墅以茅草为顶，以木板和晒干后的旅人蕉的长杆捆绑成的墙，高大的椰子树在海边迎风飘扬，海浪阵阵，枕涛而眠，甭提多惬意。沙滩上稀疏的有几个游人在散步，旅游船员因没有生意，同居住在此的浪漫法国人一样，懒散地打着沙滩排球。正是电影里经典的场景。

李艳萍是广西桂平人，粤语讲得很地道。华侨老板听到久违的家乡话，很是兴奋，说很久没有听到乡音，撞着乡情，立即叫工人摘椰子。

我们决定下午出海。这里的富尔普安海湾因为深海和浅海界线分明成名，2千米内是浅海区，仅0.5米深，可一过界线，就是陡而急的斜坡直插印度洋海底。阿科多扎菲介绍说，无风之时，交界线处就有二三米的巨浪，有风时则高达5~8米。地质学认为，真正的陆块边界应是浅海和深海的交界线。海浪只在深海处不停地推涌，却进不了浅海区，所以人们可以放心地坐着木船在浅海区看海胆、海星、海螺、珊瑚和海蛇等。

几人租了两条木船，各有一个黑人船夫兼导游，一路向深海区划去。导游很是尽职地介绍各种海产品，还随时捞起海胆、海星、珊瑚，让大家近距离欣赏拍照。接近深海区时，大家下到海里，小心翼翼地向交界线走去，近50米时，再也不敢冒险，驻足不前，开始拍照留念。

浅海区很是宁静，而不远处的交界线上清晰可见巨浪翻滚，涛声震耳欲聋，彼此说话几乎要靠吼叫方能听到。上岸时，李艳萍说右小腿下海后就一直在痛。原来她被海胆的刺戳伤了。黑人老半天找了一根粗粗的大头

针来挑刺，吓得李艳萍哇哇大叫，最后还是哭着把海胆刺挑了出来。

最美不过夕阳红。这里更是有如此感悟。夜幕降临时，夕阳的余晖洒满海滩，雪白的海滩残阳绯红，天际的晚霞闪耀着绚丽的光彩，最是迷人时刻。大家望着浅水区与深水区交界线上长城似的巨型浪墙，望着烟波浩渺的海水遐想……一半红得像火，一半金光闪闪，水天一色，无边无垠。岸边则是绿荫婆娑，一幢幢美丽而别致的宅院掩映其间，那种朦朦胧胧的神奇之感，让人恍入仙境，恍成神仙。

晚上海边烤龙虾更是有趣。台风刚过，城市停电，黑漆漆的夜晚，几个人挤在小茅草棚子里面，拿着手机当手电筒用，任外面海风呼呼，涛声阵阵，也一心只在美食上。

烤龙虾的黑人手艺很绝，嘴里叼着手机，手不停地翻烤。另一个黑人拿着一小盅油，小心地一点一点淋在上面，其神情仿佛生怕浪费了一滴油。除了大龙虾，黑人拿了几斤八爪章鱼，还有一条足有 5 公斤重的绿色的不知名的海鱼。大家一边帮忙烧烤，一边不停地照相，还跟黑人说笑聊天，忙得不亦乐乎。

一个多小时后，终于可以开饭了。大家围坐一团，举着啤酒和饮料，高兴地叫着“开吃”，然后狂吃海喝起来，手机光下的晚餐别有风味。老板和服务生烤完后，也在中国友人真诚的邀请下加入了狂欢。

一顿晚餐吃了两个多小时，大家酒足饭饱。黑人问，还剩几条龙虾，要不要一起吃掉。精明的方志辉为大家算起糊涂账，这里一条约一公斤重的龙虾，只要人民币 30 元，长沙要 530 元，多吃一条烤龙虾就多赚 500 元，于是倡议每人再吃一条。杨耀松、张立军立即响应。李艳萍说怕长胖，阿科多扎非说吃厌了。第二天离开时，华侨老板得知情况后说：“怎么能在那里吃呀，那水可不干净，水井旁边不到一米就是个粪坑，那水，呵呵。”

“啊！晕!! 都已经吃完了!!! 艳萍立马大喊大叫起来，呕吐起来，却什么也没有呕出来。”方志辉在和朋友讲这故事时，就总是学着李艳萍的样子，经常逗得大家哈哈大笑。

此时，方志辉就有点小得意地说：“多亏我急中生智，想出一条锦囊妙计。我立即安慰大家，肯定不是那样的，旅馆有餐厅，肯定是因没有照顾生意，华侨老板才故意这么说的。如此一说，几人放心了，‘眼不见为净’。”“其实我认为老板讲的是实话。”方志辉讲：“我有点小坏吧，只能损人了，那也是没有办法，万一大家要进医院检查，再洗胃折腾，那浪漫的美好情景将荡然无存。境由心生，事实证明大家确实没事。结果是，因为吃得太撑，接下来大家几天都见饭饱，其实还是倒了胃口。”

方志辉又把话题扯到科学上：“在考察富尔普安海滩以后，我对马达加斯加岛的形成和地质、地形产生了浓厚的兴趣，对相关的几种学说进行了研究，并最终接受了魏格纳在《海陆的起源》中提出的大陆漂移学说。学习真有趣。”

大陆漂移学说主张，1.85 亿年以前，马达加斯加曾是冈瓦纳古陆的一部分。那时印度洋、非洲、澳洲、南美洲及南极洲是一块相连的大陆。到第三纪，地球发生了激烈的变化，冈瓦纳大陆发生断裂，一股由北向南的巨大海水淹没了这块陆地，成了海洋，出现了今天的莫桑比克海峡，马达加斯加也从此脱离，屹立在碧波粼粼的水天之间，独领风骚，长期风化演变最终形成马达加斯加岛。这个学说认为，浅海淹没的大陆架都是大陆的一部分，陆块的边界以深海陡坡为准。

方志辉终究忘不了他的本行，最终又绕回了农业。

“丛林密布、群山相连，山坡处和山间盆地多由肥沃的火山土壤所覆盖，为农业发展提供了有利的条件。东部地区狭长的沿海平原地带，起伏较小，沙丘与潟湖星罗棋布，宽阔而平坦的田园呈现在两级阶梯之间，阿劳特拉湖盆地和曼古鲁河谷地全是冲积平原，地质肥沃，有利于农业发展。西部地区向莫桑比克海峡倾斜，呈阶梯状逐步降落到宽阔的海滨平原，贝齐布卡、芒戈基等河流注入，现代冲积物厚，可耕土地众多。”

4　检疫之困

2013 年 9 月 23 日，一个很平常的日子。傍晚，方志辉好不容易有了些自由自在陪同家人的时间。吃过晚饭后，他和妻子黄秋林在杂交水稻中心院内散步。

湖南杂交水稻中心，也在湖南省农科院内，工作家属区与大多以前的

单位一样，建在一起，又自然分开，自成整体，相得益彰。四周树木葱茏，小道林荫遮蔽，幽静不失清雅，热闹而有秩序，一切和谐融洽，非常有人情味。

自从方志辉归国后，他更加感觉到陪伴亲人的重要性，想将那些丢掉、错失的光阴补回来。这些年在全世界奔走，他觉得最亏欠的自然是家人，因此除了一有时间就陪陪妻子外，就是和远在上海求学的女儿打打电话，嘘寒问暖一番。或者就是找个周末，驾车跑回沅江，听听父母的唠叨。人就是奇怪，当一切成为过往之后，追忆逝去的时光往往就成了最幸福的事情。那些年面对家人的啰唆，甚至抱怨，总没往心里去，有时甚至心生厌烦。现在想起，总是愧疚得慌。陪家人久了，或者还有闲暇之时，就是上班之余，找几个好友小聚，几杯小酒，再无海喝，但神侃自然是少不了的，要么回味一下逝去的岁月，要么分享一下最近的心得，或者感慨一番奇闻逸事。日子过得就如白开水一般，淡然却别有一番风味。或者更像他自己喜爱的茶，苦涩之后，自有馥郁甘甜。

正当方志辉天马行空之时，电话响了起来。原来是好友杨耀松打来的。杨耀松现在已是袁隆平院士的秘书，这时间打电话，他知道应该是有什么事，否则大家心心相通，一般是不会打扰的，方志辉心想着，便立即接听了电话。

“方总，没在家吧。肯定是在陪嫂夫人散步吧，快回家。”杨耀松还是那样快人快语，称呼也未曾改变，“快看电视，央视《新闻直播间》正在播放我们援建马岛的节目呢。”

方志辉只觉得突然走不动了，又要有事干了，记忆一下子像过电影般地全部回到了脑海。

他记起了这档子事。还是前些时候，杨耀松就和他讲起央视《新闻直播间》要做一期他们援建马岛的节目。毕竟那是“国家主席”项目，自然容不得推辞，就让他们做吧，平静的心没有任何波澜，就当听了听，也没有完全当回事。他是想把自己安静、沉寂下来。

真正的科学家们都如此，只管自己勇敢笔直向前走，当一切理想实现，所有期待成真时，总觉得自己并没有做什么，只是尽了自己的本分而已。至于媒体方面，尽管方志辉从事的是推广事业，作为负责人，免不了要和他们打交道，但也是没怎么在意的。而杨耀松，因为是隆平办公室主任，自然少不了接触和关心各种媒体。不在意并不就代表不闻不问，这节目他还是必须要看的。马岛于他，于他的身边的一切而言，已经有了更深的情结在里面。

自2005年11月21日，方志辉与维克多大使在北京签订《合作备忘录》开始，到2012年11月10日圆满完成项目任务，他和同事们在马岛工作的时间是整整七年。人生有几个七年呢？更何况是自己生命中最旺盛的七年。

方志辉想起，在这七年里，他到伊瓦图国际机场迎来送往，已经记不清有多少次，对机场的熟悉早已超过了长沙火车站，就如孩提记忆中的沅江车站一样。那些求学的日子，父母就是那样迎送着他。他也是每次都在焦急中等待领导、同事和朋友，又依依不舍地送别他们。因为熟悉，就成了习惯，也就少了即兴感触，事后想起，却每每全是感动。而点燃这一切的，或者是其中的某个偶然，就如2012年11月10日，当他自己再次踏入这熟悉的机场，知道自己即将告别马达加斯加这片曾经作为第二故乡的美丽土地时，回头望望来时的路和身边熟悉的、将继续驻留在这片土地奋斗的朋友和同事，心中自然感慨万千。

看到丈夫接了杨耀松的电话，说起马岛，神情就陷入迷离的那一刻，黄秋林就知道丈夫的“老毛病”又犯了。

尽管丈夫一再和她讲，向她保证，说不再为事业疯狂，不再漂泊追逐，只是想陪陪家人，在湖南省农科院农产品加工所当当书记，做做“不撞钟的和尚”，打发余下的时光。那怎么可能?！她懂自己的爱人，她自己也是做农业科学的，知道外人惊奇于“东方魔稻”的产量，是它解决了人民的温饱问题。而在他们业内，看到更多的是执着与坚守，理解这种无私奉献与默默付出。袁老师如此，上一批水稻人也都如此，自己的丈夫，还有她自己，以及那么多的从事杂交水稻的科学家们谁又不是那样。志辉为了推广杂交水稻放弃了他最挚爱的科研事业，做着行政、外交、商业的纵横捭阖的路，外人或许不懂他，甚至有更多的误解和猜疑。但自己的爱人，懂他。

黄秋林想着这一切，看到自己熟悉的爱人，这个在她眼里普通得不能再普通的男人时，心中也是浮想万千，却不容多想。他们心中其实有一个

默契，就是见事知根。于是笑着对方志辉说道：“又要梦回马岛了呀。那你就再给我讲讲你还有哪些牵挂呗。”

妻子的话正好撞上了自己的心，方志辉不无感激地回望了妻子一眼。

“好吧，我们回去看电视去。我给你先讲讲我记忆深刻的那些故事吧，有些以前可能断断续续已经讲过的，讲到哪算哪，看电视时正好也可以讲讲，你会更加明白和理解。”方志辉回道。

黄秋林觉得这个男人顿时又伟岸起来。她听到那个熟悉的声音此时似乎更有迷人的韵味。成熟的味道是最让女人眷恋的。

“那是2012年10月6日下午，我到马义奇河的河边散步，看见一个穿着短裤和无袖T恤的年轻男子站在空空的独木舟上，撑着一根长竹竿逆水而上。这个年轻人，我和他很熟悉，名叫阿曼德，以前好像和你讲过，他是马义奇镇安查努瓦吉村的水稻种植户。浅浅的河水飞快地从他身边流过，留下许多浪花。几个顺水而行的舟夫驶过他身边。我看到阿曼德们大声地相互打着招呼。都是同村的农民兄弟，小船上都装着几筐稻谷。我知道这些都是他们的余粮，准备卖给下游拉哈布吉粮食市场的米商。阿曼德忽然看到我，忙将小船靠岸，兴冲冲地跑来对我说：‘感谢你们，这几年种植了你们的杂交水稻，每年我家里都可以卖掉几担余粮。我才从集市返回哩。’我很是为他高兴，连忙讲‘恭喜你啦！’‘听说袁氏种业正通过公司+农户的方式做杂交水稻种子，效益会要好很多吧？’阿曼德问。我说：‘嗯，确实要好许多。’阿曼德立刻带着充满期盼的眼神望着我，郑重说道：‘拜托您告知袁氏种业的张立军总经理，我期待与他签订生产杂交水稻种子的合同。谢谢您！’我答应了，并将这事告诉了立军，而且事也办成了，但那眼神我至今难忘。”

黄秋林说：“是呀，现在国内少有人关注粮食的重要性呢，这也是好事，说明我们的梦实现了。社会越关注什么，越提出什么，就说明什么缺失呀。现在大家不看重粮食，表明人们吃饭已经不再是问题，吃好吃饱了。袁嗲嗲和你们，不正是盼着这一天吗？老师用他的杂交水稻演绎了这个神话。我们这辈人，都经历过挨饿的滋味，现在国家强盛了，像女儿她们这代人，是断然不会知道粮食的重要性的。还好，我们的女儿知道，这也是一笔财富呢。我们得感恩袁老师，感恩我们的党和国家。”

方志辉笑着说："就你懂我。再给你讲个事。就是我们省农科院项目组离开马岛的前一天下午。对了，这日子我不会忘记，那是去年11月9日。马国农业部马米、兰度、拉拉埃利祖、马米苏、多雷、朱丽叶、米歇尔和玛丽叶特等官员，中国驻马经参处李凡斌、杨国露，袁氏种业张立军、廖秋彬、龙小安、李德生、耽玉，湖南盈马资源投资有限公司吴理觉、何丽琼等三十多个中马朋友，到马义奇示范中心为我们送行。夕阳下，草垛边，中马两国的男人都带着泥土的清香，中马两国的女人均忘却了都市里的矜持，我们坐在谷垛上，尽情地享受着蓝天白云下的宁静和轻松。整个示范中心弥漫着愉悦却有点淡淡的忧伤气息，这是一种纯真的友谊。那情那景，不需要言语，大家内心都充满了默契，每个人都在心里期许下一次马岛相聚的日子……"

"长亭外，古道边，芳草碧连天……"方志辉不由自主地哼唱起专属他们那个时代的送别之歌，心思更是回到了那些奋斗的日子，那些艰难中的欢笑日子，那充满激情的马岛岁月。他想到了一个个同事，耀松、柏章、艳萍、李顺，一个个马岛的朋友，还有那些华人、华侨，尤其是朋友兼伙伴的立军、定安，还有很多很多。

央视《新闻直播间》分别以"粮食紧缺寄望杂交水稻""杂交水稻让当地农民增产增收""杂交水稻被纳入马国发展计划"为题，连续三天报道了中国在马达加斯加推广杂交水稻的盛举——"马达加斯加的粮食自给梦"。节目中的画面将方志辉又带回了马岛。黄秋林陪丈夫看了三天电视。

央视记者分别采访了当地的农户、农场主、政府官员及科学家。在看电视的过程中，方志辉一边和黄秋林分享着相关场景，同时根据部分被采访者的录音整理了相关文字：

厄内斯特(当地农户)：我的家族多代种植水稻，我们懂得水稻，我也种植过来自法国、日本的水稻品种。现在我种杂交水稻，因为其产量高、品质好，我希望种得更多些。今年我种的75亩杂交水稻，产量比当地常规品种的产量高出两倍多。卖到市场上去，折合人民币大约是5万元，除去成本，纯收入是人民币3.5万元。每亩纯收入是人民币460多元。而种当地水稻品种，每亩的纯收入只有人民币100元左右。

安卓娅卢西(当地农户)：开始我很反对我丈夫种杂交水稻，但是我丈夫非要种也就种了，现在看来产量很高。

迪于多内(当地农场主)：我认为杂交水稻有以下特点：一是杂交水稻比当地的水稻生育期短、成熟早；二是杂交水稻成熟以后，带毛刺的剑叶还是挺立着的，可以避免鸟来偷吃。我们这里鸟偷吃水稻的情况很严重；三是杂交水稻的收成比普通水稻多一倍以上；四是杂交水稻比普通水稻抗旱抗涝。杂交水稻是我家农场未来的希望。

马路易斯·安住曼提(阿劳察·曼古卢行政区副区长)：杂交水稻每公顷产量可以达到10至12吨，比马国当地的水稻品种产量高很多。马达加斯加一半以上的稻米产自我们地区。我们计划下一步把我区的稻米产量提高到原来的两至三倍。

菲安齐纳那(马达加斯加农业部首席技术顾问)：在马达加斯加，粮食生产困难重重。尤其是今年粮食大规模减产，中国的杂交水稻来得正是时候。由于中国杂交水稻展现出很多优势，已经纳入了马达加斯加的国家粮食发展计划。我希望在这方面与中国开展进一步的合作，扭转马国粮食进口的局面。

“看到这些、听到这些，我非常开心，甚为欣慰。开心的是，杂交水稻已花开马岛；欣慰的是，七年来，我和同事们兀兀穷年的耕耘已小有收获。”方志辉欣然写道。

看完电视，黄秋林也知道了自己爱人在马岛耕耘的更多艰辛。她记忆最深的是丈夫用“七年之痒”形容马岛拓荒。

方志辉讲道：“‘七年之痒’最初的意思是指因排水系统不良，导致地表水长期渗入地下，并在地下任意滞留时，土壤或岩石强度因长期浸水而日渐软化，排水路径亦因渐遭细粒阻塞而使得水压日渐提高，终致发生山坡崩坍的情况。据统计，国内外多处坡地社区，常于七年左右逐渐发生此类灾变，是我们自然科学的范畴呢。”

看完电视后，方志辉讲了“七年之痒”的来源，之后又给黄秋林讲了这样一个故事。

不知是巧合还是因循了七年之痒的规则，他们在马达加斯加推广杂交水稻也出现了“七年之痒”现象。2012 年是湖南省农科院执行项目的最后一年，也是湖南省农科院在马达加斯加推广杂交水稻的第七年。那年 2 月，当第四批援马稻种达到马国时，马国检疫部门突然提出，第四批稻种经检验含有检疫对象稻腥黑粉菌，决定对该批稻种进行退货或焚毁处理。

方志辉郁闷地说：“你知道的，从 2009 年至 2011 年，同样品种的稻种我们赠送了三批。从生产、加工到仓储；从田间检疫、熏蒸除害到中马两国官方样品检测，从报检、报关到海运，所有的程序、标准及流程全部相同。为什么前面三批没有问题，而唯独第七年赠送的第四批种子有检疫问题呢？这的确令人费解。”

2012 年 5 月 16 日，中国国家质量监督检验检疫总局动植物检疫监管司和检验监管司为此给国家商务部对外援助司下了份公函，认为马方突然将稻腥黑粉菌列为关注检疫性有害生物是问题根源，再次质检意义不大，结果也会有差异。

公函称，湖南检验检疫局依照法律法规和马方检疫许可证，已对马方关注的狼尾草腥黑粉菌等 4 种检疫性有害生物实施出口检疫并出证。多年调查监测证明这 4 种有害生物在湖南水稻出口产区从未发生。稻腥黑粉菌是世界广泛分布的水稻病害，我出口稻种不可避免带有该病菌，马方在过去多次输马的稻种中并未提及关注稻腥黑粉菌，在这次前期送检样品检测中，马方也认为“从来源于中国的杂交水稻种子样品中，没有发现检疫性病害”。但这批稻种抵达后，马方突然以检出稻腥黑粉菌为由拒绝货物入境，并在这次中方专家组赴马交涉中称稻腥黑粉菌与狼尾草腥黑粉菌均为马国不允许进入的检疫性病害。因此，马方突然将稻腥黑粉菌列为关注检疫性有害生物，是这次退运问题的根源。再次质检，考虑到种子为活性生物体，其发芽率、水分等生理生化指标随时间会产生变化，特别是经过长途运输及不同温湿条件储存后客观上会存在差异，且涉及抽样代表性等，不会被采信。中马双方对本批稻种质量检验结果并不存在分歧。若仍需再检，拟组织湖南局及相关专家实施。但此批稻种出口前湖南局已进行了最终检测，结果符合纯度≥96%、净度≥98%、发芽率≥80%、水分≤13%等指标。

“既然如此，那为什么前面三批稻种没有检出稻腥黑粉菌呢？”黄秋林

问。科学家夫妻的交流就是不一样，探索的都是科研命题。

方志辉说："我推测有三种可能，一是在前面三批稻种中稻腥黑粉菌的含量非常小，再加上马国的仪器设备陈旧落后，因此检测不出。二是取样有误。三是马方根本就没有检测。因前三批稻种抵达马达加斯加时，时任马国农业部部长说湖南省农科院的稻种没有质量问题，到港后种子不必进仓库，直接发往各省稻区。实践证明，前三批稻种确实没有出现问题。"

最后，方志辉将这事的最终解决过程给黄秋林说通透了。

病虫害检疫问题，是国际农业合作中不可避免的技术性问题。为了弄清原因，国家商务部对外援助司两次组织国内 6 名相关权威专家，包括中国水稻研究所朱旭东研究员、中国检验检疫研究院吴品珊研究员、农业部农技推广总站赵守岐研究员、南京农业大学窦道龙教授、广东省检验检疫局鲍洪恩研究员、中国农业科学院沈希宏博士，分别在塔那那利佛和北京进行了论证。最终找出了产生这一现象的真正原因。

第一个原因是学术观点不同。植物被腥黑粉菌感染后，产生三甲胺，三甲胺的味道像腐烂的鱼腥味。因此被称为腥黑粉菌，比较复杂，本项目仅涉及狼尾草腥黑粉菌和稻腥黑粉菌。狼尾草腥黑粉菌（Tilletia barclayana，TB），孢子堆生在少数至多数子房中，呈卵圆形或近球形，长 2 ~9 毫米，宽 1.5 ~5 毫米，初期外面有绿色的膜包围，后期膜破裂。孢子团呈黑色，粉状。黑粉孢子呈球形或近球形，(16.5 ~26.5) ×(15 ~23.5) 微米，暗栗褐色，半透明，壁厚 1 ~1.5 微米；鳞片状瘤，瘤高约 2.5 微米，扫描电镜下可见瘤间有联结；外有无色胶质鞘包围，有时表面有渐尖突起。不育细胞呈球形、近球形或卵圆形，(19 ~34) ×(18 ~25) 微米，无色或浅黄色，光滑；壁厚 1.5 ~5 微米。寄生在禾本科植物上。主要分布在亚洲及美洲，目前未见有其分布在非洲的报道，中国南方稻区也只有极少数地方存在这种病菌。稻腥黑粉菌（Tilletia horrida，TH），孢子堆生在少数子房中，不引起明显的肿胀。孢子团呈黑色，粉状。黑粉孢子呈球形或近球形、宽椭圆形或椭圆形，(21.5 ~33) ×(20 ~30) 微米，暗褐色，不透明，粗瘤，外有无色胶质鞘包围，偶见表面有尾状突起。不育细胞近球形或卵圆形，(12.5 ~18) ×(12 ~17.5) 微米，无色或浅黄色。寄生在禾本科植物上。主要分布在亚洲、美洲和非洲的许多国家，在中国南方稻区以及塞拉利昂等非洲水稻主产区均普遍存在。前辈专家 Tullis 和 Johnson 通过交互接种，于 1952 年认为 TB 与 TH 属于同一个种，Duran 和 Fischer 在 1961 年，Kakishima 在 1982 年采信了这种观点，马达加斯加植物病理学家费达尔博士也认为 TB 与 TH 属同一个种。而 Singh 在 1979 年则认为，这两个种在细胞学、形态学和培养特征上明显不同，是不同的种，并对 Tullis 和 Johnson 的接种方法提出了疑问。我国王云章于 1963 年已提出，这两个种在黑粉孢子和胶质鞘方面有区别，视为两个不同的种。1999 年，章桂明通过核的 rDNA 的 ITS 区段的测序，表明这两个种的碱基差别较大，应为不同种。袁隆平老师和郭林也分别在《杂交水稻学》和《中国真菌志》撰文指出，TB 与 TH 属于不同种。

第二个原因是中马两国的检疫标准不同。中马两国关于水稻病害的检疫标准存在巨大差异。现行《马达加斯加检疫法》是 1986 年参照 1960 年欧洲标准制定的，而我国的检疫标准则是参照 2000 年北美标准制定的。马国进口许可证中黑粉菌的拉丁文单词 Tilletia barclayana，马语译为稻腥黑粉菌，中文则是狼尾草腥黑粉菌。由于各国对病害的检验检疫标准、管理

杨耀松（左）在观察马达加斯加关注的检疫性病害

程序存在差异，对于检疫标准也存在不同的理解，很可能出现对对方国家检验检疫品种、检验标准等信息了解不全面的情况。中马两国尚未签署有关商品进出口检验检疫的协议，故此出现了不一致的地方。

针对此情况，中马两国政府最终达成共识，决定按国际贸易规则将该批稻种退运回原产地，马国基本维持从中国进口杂交水稻商品种子的数量，中国加大技术援助力度帮助马国尽快扩大杂交水稻种子本土化生产的规模，双方共同开展杂交水稻种子检疫标准问题的研究，为将来签署有关商品进出口检验检疫协议创造条件。

“最终结果如此，听起来有些费解。但同时也正好说明我们虽是援助，可也不一定那么顺利。”方志辉不无感慨地说道。

第六节　人在囧途雕岁月

妻子女儿很是关心方志辉在外的生活，他自然也很乐意告诉妻子和女儿许多异国见闻，分享丰收喜悦。

2010 年 11 月 30 日，马达加斯加杂交水稻发展研讨会在马国首都塔那那利佛举行。方志辉、杨耀松和马国农业部长马米迪亚纳、马国 22 个地区农业局局长、中国驻马使馆经商参赞周芒胜、中非农业投资有限责任公司副总经理华伟、湖南袁氏杂交水稻国际发展有限公司董事长袁定安、援马杂交水稻示范中心项目组成员等 100 多人参加了研讨会。

方志辉、杨耀松、援马杂交水稻示范中心项目组长陈剑宝和马国农业部农作物管理局局长兰图女士分别就中国杂交水稻的发展历史和现状、中国杂交水稻在马国试种三年取得的成果及发展前景、中国政府赠送的 56 吨杂交稻种在马国的推广情况以及与马国现有强化栽培体系的融合等内容做了主题发言。与会代表普遍认为，中国杂交水稻对马国的气候和土壤条件具有良好的适应性，双方应进一步加强此领域合作，逐步扩大在马国本土生产杂交稻种试种面积，以提高马国农业发展和粮食安全保障能力。

研讨会上，马米迪亚纳部长、周芒胜参赞和袁定安董事长共同主持了马达加斯加杂交稻种本土化生产项目启动仪式。袁董事长、华副总经理先后向与会者介绍了各自公司的业务范围及希望与马国开展合作的重点领域，引起了马国与会者的浓厚兴趣。

援马杂交水稻示范中心项目自 2007 年 11 月启动以来，取得了良好成果，筛选出来的 10 个优良品种平均产量为 8.8 吨/公顷，是当地品种单产的 3 倍，在马国当地产生了积极影响。根据马国政府要求，中国政府已同意实施该项目二期合作。

这次研讨会由马国农业部和湖南袁氏杂交水稻国际发展有限公司联合主办，其目的是总结和交流杂交水稻在马国种植三年来的成果和经验，确定双方在此领域今后合作的重点、方式和途径。

上午的会议结束后，方志辉、杨耀松应邀参加了当天下午马达加斯加的国家选美大赛。

一年一度的马达加斯加选美大赛，如香港小姐选美大赛一样隆重而热烈，有着法国式的浪漫。马国佳丽报名踊跃，这可是一个改变命运的机会。选出的美女将送往中国学习汉语，然后回国安排到马国的公关公司，从而进入上流社会。

1896 年，马达加斯加沦为法国殖民地。1960 年 6 月 26 日宣布独立，成立马达加斯加共和国。虽然独立了，但法国人在马达加斯加的地位仍然排在第一位。中国人在马国一直受到礼遇，与法国人的地位并列。

这次选美大赛，中国大使作为贵宾就安排在第一排最中间的位置，方志辉、杨耀松依次挨在大使旁。因为大使晚来几分钟，人山人海的观众把进来的通道给堵死了，大使进不来，主办方便将大使的位置安排给了方志辉，让他在最佳角度欣赏美女。杨耀松至今还在羡慕方志辉："你享受了大使待遇。"

1　贫穷滋味

2011 年 2 月 10 日，方志辉、邓小林一同受命赶赴马国，指导中马技术员选育杂交水稻新组合。

黄柏章早早就来到伊瓦图国际机场接机，刚出机场，就碰上中心那台破旧的尼桑皮卡罢工，检查发现一个前轮和车轴已经分离，沥青路面被砸出了一个小坑，轮胎滚到了一边。就在大家埋怨之时，方志辉首先安慰起来："吉人自有天相，你看，我们幸好没上高速，也幸好没到陡坡、悬崖，老天有眼了。"

抛锚在人来人往的机场出口，机场工作人员却没来。几个幸灾乐祸的黑人闲汉围了上来，他们搭讪着表示可以帮忙。他们真有那么热心吗？那幸灾乐祸的模样一看就知是趁火打劫的。都不是第一次，大家已经见惯了这场景，无人理会他们，可这些人却是不会放过这有利可图的机会，一位闲汉走近看到轮骨与半轴分离和散落一地的钢珠后，说了声“打巴喳”(全部坏了)，然后向其他几个闲汉摊了摊手，便大失所望地离开了。

黑人闲汉散了，车一时半会修不好，只能停在机场出口道路中央，黄柏章这个暂时的东道主心急如焚，只好打电话向华盛工程公司的好朋友陈前良求助。这时，一辆依维柯突然停在我们身旁，车窗里露出一张华人面孔，问是否能帮上忙。“人是故乡亲”，大家纷纷感谢这位异国他乡的热心同胞。

不一会儿，华盛工程公司项目经理陈前良在百忙之中亲自开车赶了过来，看到车坏成这样子他也只能摇头。

“还是先联系中国人开的修理厂吧，把车拖到那里再说。”陈前良说。热心的中国修理厂老板带上黑人修理工赶到现场察看后无奈地摇摇头说：“没有配件，只能找拖车把车拖到修理厂再说。但修理厂老板竟然不知哪里有拖车，在这里待了17年的陈前良也不知道哪里有拖车，并讲从来还没有看到过拖车。时间已是下午四点半，陈前良因一起劳务纠纷，约好与马国劳务部门负责人会面，便只好顺道把他们送到了一个马国人开的修理厂，并介绍黄柏章与老板吉米见面。经黄柏章提议，老陈带上邓小林老师匆忙去了宾馆。

“在家时时好，出门事事难”如方志辉一样的异乡客感受最深的就是如此。有时候看上去一件不起眼的小事往往横生枝节，让你不得不感叹世事维艰。这次又是如此。吉米的修理厂竟然没有车，示范中心的另一辆尼桑吉普要到晚上8点以后才可能赶来。为了修车，方志辉不得不和黄柏章、吉米站在街边拦出租车。

一连串的出租车都不肯去机场，好不容易上了一辆要价8000阿里(1000阿里折人民币约3元)的出租车，还没跑一公里就要钱加油。在马国乘坐出租车需先付油费。可拿到钱后，司机却绕道去附近加油站买了一可乐瓶油，不慌不忙的司机甚是得意地把油瓶塞进座位下，又若无其事地发动汽车，这时方志辉想到的一个词就是“哭笑不得”。他叹了口气，不免喟叹着说：“都是贫穷惹的祸呀，仓廪实方知礼节，此话不虚。”黄柏章笑了笑，吉米和助手却是一脸茫然，却似乎又明白了这两个外国人的心思，只得尴尬无奈地笑了笑。

一路颠簸着来到了在机场抛锚的车旁，吉米和助手还算专业，卸下了轴轮的残部件后，说需要买副新轴轮才能移动得车子。黄柏章很是急切地回应："买就买吧，都快六点了，时间不等人。"那个可叹的出租车司机倒是蛮机灵，一直在等这趟回头生意。黄柏章用手比画示意，请他先送吉米去买轴轮，回头再付钱给他。

吉米走了。用相对论的观点讲，等人的时间是过得最慢的，一个个等得心烦意乱，但吉米却如那一去杳无音信的黄鹤，几人嘟哝着这家伙办事太不靠谱，却又无能为力。黑人修理工不时用手指着肚子说："饿了。"其实不用说，黄柏章正准备安排，天都快黑了，早过了饭点。这位饥肠辘辘的伙计拿到好几个面包和水后的表现让人啼笑皆非，先满是不舍地吃了一个，把其余的悄悄地藏进了工作服口袋。黄柏章看着方志辉不解的眼神回应，"这面包的用料和制作在他眼里可是高大上的玩意儿，这顿饭至少抵得上他一天工资"。

方志辉想着，这就是贫穷的滋味吧。自己是过来人，其实能懂，只是这些年又忘却了。

又一个多小时仍不见吉米的踪影。清冷的机场外，几人烦躁地来回走动。那黑小伙又喋喋不休地说着"伊娃、伊娃"。真是闲啊。黄柏章好奇地打电话问陈前良，只听到那头哈哈大笑："'伊娃'是水，你都不知道吗?"柏章恍然大悟："我知道'伊娃'是水，但这家伙说得太不标准，法语不像法语，马语不像马语，干脆说马语或比画，我们也会懂。渴'死'活该!"几家店铺像是故意和这黑人师傅过不去，明明亮着灯，这会儿却忽然灭了。黄柏章四处寻找，总算在一家有人赌博的店铺里买到了水。

老陈、吉米几乎同时赶来，同时来到的还有雨，淋在身上冰凉冰凉的。老陈吩咐黄柏章把钥匙交给吉米，并将出租车费给了让出租车司机走人，此时，出租车司机却狮子大开口要收事前谈好价格的四倍车钱，边说边用手比画着"去那里那里"，在老陈的翻译下，大家才知道原来这家伙逮上大生意了。一个小小的配件，出租车费却是配件的几倍，几人心里有些窝火。这时又过来了一个穿西装打领带夹着公事包的黑人，自称是机场工作人员，说天冷想喝咖啡，要 1000 阿里。黄柏章颇为鄙夷地给了他，他却很开心满意得像捡了个金元宝一般地走了。

方志辉就这样在马路上，从下午 2 点到晚上 8 点多，风里雨里傻傻地等了 6 个多小时。眼见这一天的奇闻逸事，他再没吱声，也没了嘲讽，只是感觉肩上的担子更加沉重了。消除饥饿，消除贫穷，不正是马国之行的目标吗，可这过程，却委实让人有些难受。他又想到了中国，想到自己听到父辈们讲的中国闹饥荒的事情，那些所谓的“易子而食”的悲哀不会再发生了。“填饱肚子”真是最基本的需求，这也是马斯洛需求理论所描述的。

在吉米他们冒雨修车时，老陈把方志辉和黄柏章接去先吃饭。当热乎的面条配着煎鸡蛋吃到口里时，方志辉只觉得幸福居然可以如此简单。

2　剑宝负伤

2012 年 7 月 18 日，陈剑宝驾车带着黄柏章、刘琛和李艳萍，从马哈赞加杂交水稻高产示范种植区返回马义奇，一连行驶了 500 多千米。晚上 10 时即将进城时，意外发生了。刚到马义奇镇与中方专家驻地间的土路时，车辆又发生故障。陈剑宝下车查看时，踩空摔倒，谁料竟站不起来了。

黄柏章见状急忙去扶，他痛得大叫：“不要碰我，好痛！”大家顿时觉得不对劲，急忙一边打电话找救护车，一边联系华安的陈医生。陈剑宝认为只是扭了脚，以为没啥大事，要黄柏章扶他起来，试着揉下。可还刚碰到就痛得不行。

救护车终于来了。医生听说是人摔下去都不敢动了，于是让两个牛高马大的人好不容易把他扶到担架上，随行女医生准备先作简单的救治，还只碰到他小腿，陈剑宝立马尖叫起来：“别碰那里，痛！”医生准备冷敷，哪知当布包着的冰块一到腿上，又是撕心裂肺的尖叫“好痛”。并坚决不肯再试，医生坚持说这样更加要冷敷。如此反复让陈剑宝再不信这几个医生，连救护车都不敢坐了，最后是坐中心的车到的医院。（陈剑宝痊愈后对此依然心有余悸：“冰敷是最遭罪的，比打石膏、术后麻醉醒了，还要痛千倍万倍！”）

晚上 12 点方到马国首都的陆军医院急诊室，扶上推车时又是一阵鬼哭狼嚎。旁边的黑人都惊讶地围过来：“没出血呀，什么事让他如此疼痛？”

医护室里连医生的影子都没有，好不容易找到一个护士后，几人颇费周折终于找到唯一的女值班医生，还正忙着给一个浑身是血的病人缝针。

李艳萍着急地问："还有其他医生吗？"

"在一边等着吧，我这边忙着呢！"得到的却是她冷漠的回答。看她那阵势，估计一时半会儿忙不完，只好回头再找护士和另外的值班医生。

十几分钟后，等来了一个慢吞吞的男医生，叫他们先填表格。华安的陈医生也赶到了，建议先拍片，看看是不是骨折。无奈之下，医生只好打电话给放射科，叫醒了睡眼惺忪的值班医生。又等了十几分钟，可以等拍片了。

陈剑宝被推进去拍片时，那男医生直接说："我可是帮了你大忙了！"李艳萍毕竟是常待马国的，立即微笑着递给他几万阿里。男医生马上满面春风起来，连连说："没事的，放心，片子出来后立即过来看。"

X 光结果是"右脚脚踝处断裂骨折"。难怪陈剑宝一直嚷着"痛死我了！快点叫医生打麻醉药，不要让我这么痛啊"。华安公司的陈医生建议："如此严重的骨折，最好回国做手术。非洲的医疗远远赶不上国内，这边治疗极有可能跛脚。"还举例说他们公司的某某某骨折也是在这边做的手术，因治疗不到位最后竟然一脚长一脚短，最后回国硬是把脚再打断，重新手术。

陈医生的话让大家一个个脊背发凉，谁也不敢拿陈剑宝的脚开玩笑。待医生开出药单，李艳萍跑去药房缴费买药回来后，已经是凌晨 2 点了。塔那那利佛周围的朋友杨先义、马瑛，沈阳地调的刘忠，宝马矿业的刘海军和郭磊等人都闻讯赶了过来。输液，等待打石膏，大家忙得团团转，陈剑宝终于慢慢安静了下来。

只有李艳萍最熟悉情况，她一边跟马国医生沟通，一边一趟趟地跑药房买药、买纱布、买石膏，跟国内汇报。打石膏了，两个威猛的男护士用力地拉扯着纱布，把腿抬高。陈剑宝疼得不行，嘴里紧紧咬着手机，额头冷汗淋漓。黄柏章和刘琛紧紧地压着他胳膊，陈剑宝一只手紧抓着床沿，另一只手死死地抓住刘琛的胳膊，抓出一片瘀青。这阵势让李艳萍一个劲地跟两男护士说："你们轻点，慢点！"陈剑宝咬着手机哆嗦着说："小李……没事，这点……痛我还是可以忍受的！叫他们快点弄！"一个硬壳手机竟被他咬出了深深的牙齿印。

7 月 19 日一大早，方志辉就向湖南省农科院和国家商务部国际经济合作事务局的领导汇报了陈剑宝在马国负伤和治疗的情况。

当李艳萍得知安排回国治疗时，通宵忙碌的她，依然头脑清醒地记得病人出境必须要有《病情证明》。她在昏暗的楼道七弯八拐地找到了那男值班医生，开好了证明，又马不停蹄地赶去经参处汇报。事发突然，参赞很难相信平白一好人下个车竟然摔得这么重，李艳萍费了一个多小时口舌才让使馆方面相信。当她气喘吁吁地爬上医院 5 楼时，见到的值班护士却是满脸不悦，责问她怎么会迟到，早上 8 点就要安排取片开药，时间早过了！

法语医院只有她能说得上话，无奈她只好先借片子，找值班医生开处方，跑下 5 楼到药房买药。马国的医院跟药房是分开的。医生开的药，有的在药房里有的又没有，还得到外面的药店买。忙碌之余，她又给马国农业部说明中方技术组陈剑宝组长负伤的情况，告知要回国治疗。马国农业部种植司农业研究应用处处长拉拉埃利祖受部长委托专门到医院看望。听到要到外面的药店买药又没有车时，处长主动地开车带李艳萍去买药，跑了很多药店，最后几经周折才在安塔尼那亨那区的“珠宝一条街”买到药！

湖南省农科院技术组的人缘不错。一个上午，除了众多电话慰问外，更有许多专门探视的，苹果、香蕉、橘子、饼干、巧克力等慰问品堆满房间。值班女医生蛮横不客气地说：“这里的住院费很便宜，对有钱的中国人来说，简直就是九牛一毛！每天打扫房间的清洁工很辛苦，你们应该给他们点感谢费！”李艳萍冰雪聪明，立即给她塞了几万阿里。女医生又公然讨要苹果。原来马岛水果虽四季不断，但苹果却要从南非进口，很是昂贵，一般人可买不起。李艳萍立即给了她一袋苹果，并讲不够可随时去病房拿。接着又用阿里征服了那个总是对着电脑玩蜘蛛纸牌的值班护士。唉！真是“有钱能使鬼推磨”。此后李艳萍办事一路绿灯。就连医院中午 12 点前必须退房的规定也破了例，还申请到了一辆救护车。如此，去机场也就格外顺畅了。

从塔那那利佛飞广州要 12 小时。对于右腿骨折的剑宝来说，最恐惧的事情就是上洗手间，陈剑宝偏偏又吃坏了肚子，回程共上了八次厕所，

李艳萍却只能送他到卫生间门口……在白云机场办理换机手续时，考虑到从广州飞长沙的是小飞机，陈剑宝身材高大，还绑了石膏，坐不了，又退掉机票，改坐高铁。

3 大湖寻梦

关于贫穷与理想，方志辉还有这样一个经历。2012 年 9 月 1 日，他和杨耀松、陈剑宝、李艳萍前往安吧通扎卡考察和看望在那里驻点的同事。

黄柏章开车经过首都塔那那利佛后，进入了一条尘土飞扬的土路，被颠簸弄醒的他们，睁眼看到的是一条完全陌生的土路后就傻眼了，大家有点着急地问柏章驶入这条土路有多久了，"约半个小时吧。"黄柏章说，前面柏油路公路已断，经路中的黑人警察顺手一指，只好随载客中巴驶入了这段土路，原想前面不远转个弯又能上柏油路，谁知就转到了这荒山野岭中。

偏偏这时汽车油表亮起了黄灯，大家又为没在城里加满油而后悔起来，后悔能有什么用呢，还是先离开这荒山野岭再说，最不喜欢记路的黄柏章一路上逢人就问。热情的黑人说前面五千米就是柏油公路。但不知经过几个五千米，车终于在大家的提心吊胆中驶上了山脚下的柏油公路，加油站也如灯塔般地出现在土路与柏油公路交接的地方。

午饭后出发，离目的地有 160 千米路程，我们在翻过一座陡峭和凶险的山岭时，发现山脚刚才还看到的蓝天白云没有了踪影，灰暗的云笼罩着上山弯曲的坡路，雨也跟着来了，不得不打开刮雨器。艳萍说："这座山有些邪门，我此前好几次路过这座山时，都是这个样子。"或许他们正在经过的这座山，就是传说中的热带雨林。越往前行，土路越破，车辆时而隐入桉树林中的土路，时而在满是荒草的山顶上行驶，时而又一个急转弯驶入坡底。明明看上去还算平坦的路，又突然出现一个大坑。坑坑洼洼，人烟稀少，灌木丛和荒草丛中还偶尔冒出一个黑人，一手提一把"安起"(一种手柄不太长的砍刀)，一手提一只竹篮，也许是在打柴或在寻找野果。也有几处坡底有水的地方。在路边又破又矮的茅草房前，有黑人提着不知名的水果和河鳗，朝着从他身旁驶过的汽车拼命招手推销他们的产品。

下午五点多，车辆终于到达这座马达加斯加东北部的重镇，被称为“马国粮仓”的大湖区扎卡城。这座辖有三万多平方千米土地的省城，还比不上国内的一个集镇。黄昏的街道上，只见几辆带拖箱的八十四马力的拖拉机，神气地爬行在尘土飞扬的老街上，穿着又破又脏已经分不清颜色衣服的黑人，却是悠闲地吆喝着双头牛车穿行在破旧的房子下。街道上稍好一点的建筑，非城区路边的教堂莫属，教堂上的十字架，就是这座城市的地标。

夜幕降临时，大家找到一家中餐馆，据说是这里唯一的中餐馆。在车灯的照射下，中餐馆门前旗杆石座上的三颗小星星很是璀璨，大家心中纳闷：在这样的地方怎么会有“三星饭店”？原来这顿晚餐与“三”真有不解之缘：在摆有三张桌子就显得紧凑的大厅，催了三次才端上鱼，马国有名的“three horse beer”（三匹马啤酒），喝完三杯啤酒后，大家决定到“三星饭店”不远的烧烤摊和小吃摊上瞧瞧，摊点上昏暗的马灯，带给大家温馨和浪漫，近距离观察到了在80年代就分手的“朋友”——“马灯”，上面清晰地印着中国制造。

“没想到在这异国他乡的黑漆漆的街头，最终为我们带来温馨和光明的竟然还是祖国制造的马灯。”大家几乎同时慨叹着。

第二天上午，尼桑车又一头扎入土路的灰尘中。凹凸不平的路面使车子摇摆不停。才买一年不到的新车不但空调坏了，车窗坏了，刹车也是吱吱声不断。

车外的灰尘随风跑到车内弥漫，一眨眼，就能感觉有东西从眉毛上往下掉。高低不一的茅草房和衣衫破烂的行人不时闪过。用一块布裹着小孩的黑人妇女结伴而行，衣服难辨颜色，赤着脚，只见着一团黑，头上还顶着一个草筐或包袱，草筐中伸出的或鸡或鸭的脑袋左右摇晃。她们却视若无物地很愉悦地聊着，惬意地走着，仿佛时光顷刻慢了下来。路旁稻田中的禾苗又细又黄，高出禾苗许多的杂草仿佛是一个个胜利者，骄傲地在风中恣意摇摆。突然，一个很苗条很黑，也不知是营养不良还是发育不良，分不清是女孩还是女人的她，竟然满脸笑容地对着徐徐经过的车，大声说着：“马拉和拉（你好）！”竟然发现她的笑容是那么的清甜，牙齿是那样的洁白整齐。

“马国粮仓”是否名实相副不得而知，但这位姑娘则是“货真价实、如假包换”。

在此驻点已有一年多的胡月舫早已等候多时。他比半年前更像马国人了，如果说马语，当地人都会误以为他是老侨。他住的地方离当地村民生活区较远，生活用水要人挑或车拉，得从两公里外的地方弄来，雨天才能沉淀浑浊的雨水，吃顿猪肉则更要到15公里以外的扎卡城。驻点一派荒凉，到处杂草丛生，众多蚂蚁山四散分布。结实坚固的蚂蚁山风吹不倒，雨冲不垮。这些由黄色土壤垒起的小土山，仿佛精细的人工作品，细致密实，一般高1米左右，多则可达2米。每座山都是由千百万蚂蚁用唾液和着泥土建造起来的。马岛可常见如此奇观，也是一大特色。胡月舫介绍：“每一座蚂蚁山生活着一个蚂蚁的家族。它们分工明确，蚁王是至高无上的统治者，雄蚁和雌蚁负责繁殖后代，数不清的工蚁就如蜜蜂般，只知辛苦劳作，不停地外出觅食，不断地修补蚂蚁山的里里外外。”

方志辉饶有兴致地用铁锹打开一座山。大大小小的洞穴和四通八达的交通网纵横交错，密密麻麻的蚂蚁藏身其中。这些蚂蚁与国内的不同，产卵前长着翅膀能飞，产完卵就死了。产卵大都在雨后的夜晚，它们成群结队地飞往房舍，扑向灯光。当地人用桶或盆盛上水，放在窗下灯下捕捉后食用。胡月舫遇到这种情况总是赶紧关上门窗。

老胡的试验田里，绿油油的禾苗秆壮茎粗，和湖南本土几无二致。若不是有黑人站在旁边，这场景就如故乡的某个高产示范田。他指着田垅另一边高低不平的、长满含羞草和其他杂草的荒地说：“我这片田原本是杂草丛生的荒地，后来雇请当地黑人将其改造过来了。这含羞草能长得比人高，非常顽固坚韧，我一个小脚指甲就是被它弄没的。”

马岛的含羞草为何能长得比人高呢？方志辉思索着，这马岛的物种，真是太丰富太神奇了，无论哪一样，都值得探究一番。

临别时，老胡依依不舍地说：“明年来这里一起种田吧，袁氏种业要在这里建一个杂交水稻种子的生产农场。”那眼里分明全是希冀。

当方志辉给妻女讲起这些时，心中也在质疑，这些简单的道理对女儿的成长不知是否真有潜移默化的作用。但他想，那些惊心动魄的往事，还是别让亲人，特别是小孩子知道。

4　危桥惊魂

2012 年 4 月 4 日，方志辉受袁氏种业的邀请和委托，陪福建阳光农业有限公司董事长钟林其和总经理卢苇，对袁氏种业位于马达加斯加东北部的马拉切斯和马拉努努两个杂交水稻制种基地进行考察。

几个人带着马国农业专家利贝阿都和马国司机索菲特，开着一台改装过的丰田越野车奔向目的地塔夫。

上坡、下坡，左转、右转，越野车在这条由中国于20 世纪90 年代末援建的盘山公路上行驶着。卢苇感叹着说："这条公路恰如广东到湖南的老国道的公鸡岭段，一样的狭窄、一样的陡峭、一样的弯曲。唯一不同的是那条老国道全程才一百多公里，而这条路有三百多公里长。"

中午 2 时许，几人带着转得晕晕的大脑和空空的肚子，来到了一个不知名的小镇，找到了一家相对比较干净的餐厅，享用了一份马国的快餐，然后继续上坡、下坡，左转、右转……

晚上 9 点终于到达塔夫，几人找到了当地一家比较有名气的中餐馆——翡翠餐厅。在与老板娘的交谈中得知，她们已经是第六代华侨了，她们的儿女已经不会说中国话了，可中国菜做得地道，麻辣豆腐、红烧肉、椒丝、腐乳及馄饨等，让这些远离祖国的人尝到了一丝家乡的味道。

第二天凌晨4 点，几个人顶着满头的星光继续赶路，开始是沿海公路，路况不错，太阳升起时正好来到了塔夫最美丽的"六十公里海滩"，望着车窗外一望无边的玉带般的沙滩，碧蓝的海水轻抚，青白色天空被海平面上刚刚升起的橘红太阳染成红中带有一丝金线的朝霞，海边成片的青绿椰子树，灰色小木屋点缀其中……"人间仙境！"大家不约而同地喊了出来，喜悦、兴奋，莫可名状。那一刹那，大家开玩笑说："放下一切，就地生活。"

车依旧在前行，美景渐渐远去，纵然难舍，但大家深知使命所在，不敢丝毫停留。

正所谓好景不常在。塔夫、马拉切斯和马拉努努均是海边城市，中间有北部山脉阻隔，故没有真正意义上的完整公路，城市之间靠一条条的小路、无数的海渡口以及渡海木桥连通，到早上 7 点半，几人就来到了行程

中的第一个海渡口。

眼见一艘只能容纳 4 辆小车和二三十来人的平板渡船航行了十来分钟，就把车辆和行人放在了一个不知名的沙洲上。沙洲上，已经称不上有路，那是一条被前车反复碾压而形成的搓板路，这样子很像汽车越野赛的场景。改装过的车辆发挥了用处，完全可以行驶不超过 1 米深的水坑。然后在 20 来分钟后，到达第二个海渡口，渡海，走沙洲搓板路。

下午 3 点，车子到达了一个不一样的海渡口。40 多米宽的海面上根本没有渡船，索菲特熟门熟路，摁了几下喇叭就熄了车辆的发动机。七八分钟后，当几个中国人在暗自揣测时，渡口对面的拐角处划出了几条竹筏。

这时中国专家们才知道，原来在马国窄于 100 米的海渡口，汽车是用竹筏载着运过去的，而人是用牛拉小木船运过去的。汽车晃晃悠悠地上了竹筏，在竹筏工人的号子声中飘到了对岸。在岸边，几人找到了沿途第一家马国快餐店——两顶草棚、一张三片木板砌成的长桌、两张小马扎凳、一个架在几块石头上的小圆煎锅。就卖两样食物——油炸面球和海鱼。

所谓饥不择食，大家一顿乱吃，董事长、总经理也概莫如此。接着又是渡海，走沙洲搓板路。到晚上 7 点多钟，几人坐了一天车，浑身都散架了，可终点无期。最后到达一个约有二十多户人家的村庄，这里是用木桥渡海，桥却已经断了。经问询，方知要等到晚上 10 点，等大海涨潮时，可以用竹筏渡。晚餐不得不吃了，还好，村庄小商店里在售卖油炸海鱼、饼干和矿泉水。餐毕，几人在车里将就着歇息了下。

晚上 10 点，涨潮蛮准时，车上了竹筏。大家已是累得不行，都沉默着。在这漆黑的夜里，车在竹筏上随着海浪摇晃。听着海风以及海浪拍打海岸的声音，方志辉突发奇想："我在哪里？我在干什么？为什么要来这里？"

还没有想个究竟，车身一抖，竹筏已经顺利靠岸，外面又下起了雨，改装的车子密封性不是很好，车内也下起了小雨，几人心情也如潮水般，从早上的兴高采烈，到此时就如淋湿的衣服，低落而沉重。

转眼已到晚上 12 点，雨还在下。车已经驶离了沿海路段，开始走山路。山路也并不是真正的公路，一条不到 2 米宽的土路，一边峭壁、一边悬崖，悬崖下面就是大海，路中间随时有些下雨时滚落的石块，大家只听到颠簸的车身不时地与路上石块撞击，发出“砰”“砰”的声音，更可感知石头的分量。但这车是改装的越野车呀！在行驶到最窄的道路时，只见司机索菲特专注的神情，他车技了得，已经将左边车轮斜开上山壁，让车身与路面形成了大于30度的夹角，勉强驶过。

行走在这样的山路上，几人的心情忐忑起伏着，再没有人说一句话，开一个玩笑，心都随着车辆跳动，命运之神仿佛把他们都交给了司机，大家唯有心中祈祷，听着海风呼啸、海浪敲击悬崖巨石发出的“砰砰”声、车辆底盘与路上石块的撞击声以及山壁上的树林里偶尔传来的几声狐猴低沉的嘶鸣……

凌晨4点半，第一个考察点——马拉努努终于到了。这段不到两百公里的路程，车辆却整整行驶了24小时。而此时得知，同方向行驶的另外五辆本地车，有两辆在离目的地不到5公里的地方滑到了路边由大雨冲刷出来的水沟中，所幸车上乘客无恙。望着司机索菲特深陷的眼窝和疲惫的神态，几个中国人对他表达了发自内心的钦佩。

外面一片漆黑，马拉努努这个城市无半点灯光。大家对此地都很陌生，无法找到旅馆，几人就只好枯坐在漏雨的车子里默默等待天明。

到早上7点，天终于放晴，马国的清晨依旧是那么的美丽，但大家早已无心赏景，几人开车在城里转了一圈，发现这个号称城市的地方却是出奇的小，就如国内一个小乡镇大，半小时不到就转了个遍。

好不容易敲开一家韩国旅馆，虽没有热水，但大家还是洗了个澡，放松了下心情。随意吃了些早餐，没有时间休息，大家就在当地农技人员的指引下，来到了袁氏种业位于马拉努努市西郊的杂交水稻制种基地。

中午12点，带着考察得到的本土化生产杂交水稻种子的资料，几人又踏上了下一个征程。这次大家变聪明了些，先问询了旅馆的韩国老板，得知到下一站马拉切斯也需要15个小时。因为钟林其、卢苇必须乘第二天中午的飞机回马国首都，才能赶上第三天回中国的飞机。只好再辛苦索菲特师傅了，吃完中饭后大家决定不再休息，直接开往马拉切斯。雨水和劳累让钟林其和利贝阿感冒了，还发着烧，只好在路边药店买了几种不知名的药物服下，可路还得继续赶。

在通往马拉切斯的道路上，只有一台车在行驶着，大家更加担心的是——同样无尽的沙洲搓板路、渡海船、渡海竹筏、渡海木桥。到晚上 7 点，在渡口快餐店解决了晚餐后，雨又开始下了。海边气候就是如此。

晚上 8 点 25 分，险情从天而降，因天雨路滑，车从渡海木桥的行车木板上滑到了承重木方上。马国的渡海木桥每隔 25 厘米左右有一条 8 厘米左右宽的横向承重木方，承重木方上平行铺盖着两条 30 厘米宽、3 至 4 厘米厚的平行行车木板，两条纵向木板中间的间隔，刚好能让一台小车驶过，所有大型车辆均不能通过。

幸得索菲特眼疾手快，他猛踩油门，车辆飞快地冲向了对岸。车后传来一声声木方断裂的咔嚓声，让人惊心动魄，那场景恰如好莱坞动作片里的飞跃断桥。

一番惊险之后，几人熬不住进入了梦乡。真的是无独有偶，“砰”的一声，大家再次被惊醒。方志辉一看表，晚间 11 点 27 分，他只迷迷糊糊地感觉到车头翘了起来。下车一看，原来车辆经过了一个小桥，桥板已经断裂了。好在河沟不宽，桥板断裂后并没有断开，加上车头已经冲过桥头，车辆底盘挂在断裂的桥板上，两个后轮已经悬空，无法动弹。车上五个人用尽全力也无法把车拖上来。无奈之下，索菲特说去试下往前走，看看能不能找到当地人帮忙。

一个多小时后，索菲特终于带着八个当地人，背着木方、木板过来了。经过众人 10 多分钟的努力，车终于摆脱了困境。

还没有来得及松口气，凌晨 2 点 14 分，坐在前排的钟林其突然大喊：“停车！停车！”就在紧急刹车的同时，“嗵”的一声，车辆的右后部猛地一沉，停了下来。几人急忙下车，后背上的冷汗止不住地淌了下来。眼前一条 40 米左右的木桥，车已行驶上桥 10 米左右，就在前方不到 3 米的地方有一个方形大洞，那地方本应该有将近 1.5 米长的承重木方和行车木板却消失了，车右后轮已经悬空，压着的行车木板和承重木方刚刚断裂并掉下了桥。所幸车辆有轻微的右斜转，车辆的左后轮刚刚压在了前面的行车木板上，避免了整车滑落。用手电往下一看，几人全呆了，木桥离海面有至少 5 米高。

大家倒抽一口凉气，战战兢兢地从桥上返回，摸索着下到岸上。几人已经顾不得还下着雨，就一屁股坐在了路边的杂草中。

此时，方志辉突然想起了国内的妻女，一种前所未有的恐惧涌上了心头。卢苇说：“想哭，但除了身体不自觉地颤抖外，恐惧已经阻止了其他所有的动作。”

过了十多分钟，几个人才慢慢地缓过来。

所幸桥头还住着五户人家。在他们的帮助下，经过 30 多分钟的努力，车辆安全无损地退回到桥头地面。好心的当地人告诉他们，并亲自当起向导，走了一条只有当地人才知道的小路，才绕过了这座断桥。

正应了古语说的“事不过三”，4 月 7 日，经历过三次午夜惊魂后，险情终于再没有发生，除了一样的路面导致车辆不停地颠簸、跳跃后，上午 8 点，一行人终于到达了本次考察的终点——马拉切斯。

大家惊奇地发现，司机索菲特那连续开了 52 小时车后，他的黑脸居然显现出黄种人死后才特有的蜡黄。

一张张疲惫的脸，一双双充满血丝的眼，出现在当地条件最好也是风景最美丽的海滩酒店，一切显得极不协调又极为协调。大家看着无比美丽的海景，享受着露天餐桌上热气腾腾的海鲜面条时，死里逃生和无限风光在险峰的感觉交织着，一个个心中就像打翻了五味瓶。但终究无人言悔，也许这就是生活，上天都准备好了这一切。

吃完早餐，大家要求索菲特就在酒店休息，在当地技术人员带领下，一行人另租车去了水稻制种基地考察。钟林其和卢苇还重点考察了农田灌溉基础设施。

中午 12 点，考察圆满结束。大家在酒店吃完中餐后，稍许恢复了元气的索菲特坚持开车送钟林其、卢苇和方志辉到马拉切斯机场，再返回塔那那利佛。

望着索菲特蜡黄色的脸，想着他还要和利贝阿都开车回去，大家只能为他们默默祈祷：“愿菩萨保佑！朋友，祝回程平安！”

第七节　收获总在风雨后

1　唯一的亮点

那一日，方志辉想了很多很多，央视《新闻直播间》将他的思绪又拉回到马岛。人在回忆之时，想到的，除了坎坷之外，更多的还是那种对成功的无限渴求和享受，这就是支撑自己往前冲的理由。所谓信仰永生，精神无限，人总是要有点精神的。正是有袁老师等一大批水稻科学家勇于拼搏、无私奉献的精神，才激励着大家一直地往前走。

方志辉感慨着自己这十余年的得与失，推广的最后一站就是马岛，心里常常是不自觉地错把异乡当家乡，也总是自觉不自觉地关注着马岛的一切，尽管自己回来后还有很多事要做。

他记起了2010年3月25日，一个值得铭记的日子。虽然这一日他没有在国内参加杂交水稻项目的现场验收活动，但是他自己已与这个活动联系在一起了。这天，马达加斯加农业部隆重召开了中国援助马达加斯加杂交水稻项目的现场验收会。当马达加斯加农业部农业总局局长马米在会上宣布“中国援马杂交水稻种植成功并获得高产”的刹那，会场内掌声雷动，援马专家的眼睛都潮了。几年耕耘、几年求索、几年奋斗，终于结出了硕果。

这个由马米主持的验收会就是为了迎接这一喜庆庄重的时刻的到来。中国驻马使馆经参处一秘李凡斌、湖南省农科院巡视员黄仲先以及院部专家刘志刚、杨耀松和邓小林出席了验收会。中国驻马达加斯加使馆的有关人员、驻马技术组专家、马达加斯加农业部相关司局的官员和当地试种杂交水稻的农户代表都应邀参加了盛会。

黄仲先代表湖南省农科院详细介绍了“援马达加斯加杂交水稻示范中心”技术组的试验情况。他讲道：“前两年参加品比试验的 34 个杂交水稻组合中，有 27 个比马达加斯加的对照品种增产。今年试验田及农民示范田里的杂交稻已抽穗灌浆黄熟，长势非常喜人，估计最高单产可达每公顷 11 吨以上。为进一步推广杂交水稻技术，湖南省农科院在进行示范栽培的同时，还有步骤地开展了技术培训。在长沙培训了 10 名马国农业技术高级管理人员，其中就包括当时马达加斯加的农业部部长。在马达加斯加培训了 100 名当地农业专家。2009 年，中国政府无偿援助马达加斯加 56 吨杂交水稻种子，全部交由马达加斯加农民试种，可种 2400 公顷，预计可增产稻谷 6000 吨。到今天，共收割了 680.7 公顷，最高产量每公顷 10.2 吨。”

马米更是饱含深情地说：“引进中国的杂交水稻，有利于提高我们的水稻种植水平和加快绿色革命进程，是我们解决粮食自给的重要途径。美国人可是花大价钱买中国的杂交水稻技术，而中国政府派袁隆平先生的学生和助手，无偿地把杂交水稻技术传授给我们，我们有什么理由不做好杂交水稻的推广工作呢?”接着他风趣地说，“我们马达加斯加人是混血人种，其中就有不少华人血统，中国人的后代能够适应马国的环境，中国的杂交水稻当然也能够更好地适应马岛的气候和生态。现在，就让我们伴着这丰收的旋律，走向稻田，验证这神奇的时刻。”

雷鸣般的掌声中，全体与会人员走进了杂交水稻试验示范田。金灿灿、沉甸甸的稻穗让大家赞叹不已。镁光灯下，马米兴奋地接受着马国电视台、电台、报纸和网络等媒体以及中国新华社记者的采访，现场欢声笑语，一派喜气洋洋。

3 月 26 日上午，塔那那利佛大学农学院报告大厅济济一堂。这是为了让更多马岛人了解杂交水稻的基本知识和发展态势，马国农业部特邀杨耀松与邓小林举办杂交水稻的学术报告会。杨耀松是个多面手，他即兴开讲，用多媒体专题介绍了杂交水稻在全球的发展现状和杂交水稻在马岛的试种情况及发展前景，并与邓小林一起现场解答了塔那那利佛大学师生的提问。

随后，马国农业部部长马米迪亚纳在首都塔那那利佛为中方专家举行

午餐答谢宴会。宴会好不热闹，一个个情绪高涨，欢庆胜利。李凡斌代表使馆和经参处对项目给予了高度评价。他说："项目的成功，让我们的外交更有成果。使馆要感谢你们，在马国如此的政治形势下，杂交水稻是我国所有援马项目中唯一的亮点！"

2 荣誉无限喜登台

2010年5月24日，《人民日报》海外版头版头条刊出《杂交水稻为世界做出新贡献》，两次提到了援马达加斯加杂交水稻项目取得的成绩。文章指出，该岛国气候非常适宜杂交水稻的生长，第一阶段已试种成功。这是中国杂交水稻继亚洲成功推广后，在中美洲和非洲掀起的又一次杂交水稻热潮。并引用了马达加斯加农业部农业总局局长马米（Mamy Andriantsoa）的访谈讲话："我已经被中国技术专家的能力、令人赞叹的素质、对工作的积极性所征服，他们的才华在执行与我国合作的这个项目中得到了充分施展。引进杂交水稻有利于提高我国水稻种植水平。"文章结尾，援引了杂交水稻之父袁隆平的采访实录："我有两个愿望：一是2010年超级稻能实现亩产900公斤的目标，二是将杂交水稻在全世界推广到1500万公顷，多养活1亿世界人口。如果杂交水稻种植面积占到世界水稻总种植面积的一半，那么世界上的总水稻产量可以增加1.5亿吨，每年可以多养活4亿人。"

中马两国政府更是对湖南省农科院及专家项目组和袁氏种业的技术人员论功行赏，奖励之多，不胜枚举。

2010年6月16日，经马达加斯加总统签署命令，马达加斯加农业部为中国政府援马杂交水稻示范中心项目专家举行隆重的授勋仪式，马米迪亚纳部长代表马达加斯加政府授予陈剑宝"国家勋章"，授予李顺、杨耀喜、周红波、张立军和李艳萍"农业骑士勋章"。这是中国援马达加斯加农业专家首次获此殊荣。仪式上，马米迪亚纳无限深情地说："中马友谊源远流长，现在更结硕果，中国杂交水稻种植技术在马国的成功应用和推广，对于帮助马达加斯加实现农业增产具有非常积极的意义。我们真诚感谢中国政府长期以来向马国政府提供的无私援助，中国湖南农业专家在杂交水稻种植技术方面为马国农业发展提供了良好示范。”

2011 年 4 月 21 日，国务院新闻办公室首次发表的《新中国成立以来对外援助白皮书》列举了 7 个重点项目，其中 2 个粮食作物项目中就包括湖南省农科院承担的中国政府援马达加斯加的杂交水稻示范中心项目。

袁氏种业张立军在接受记者采访时说：“在马岛推广杂交水稻，袁氏种业取得了骄人的成绩。这离不开湖南省农科院，特别是方志辉所带领团队的无私拼搏，自然，首先得感谢袁隆平院士发明的杂交水稻。连我们的打稻机都成了马国的明星。”他无限感慨地诉说着，“一件简单机械和一个中国人，竟然参加了马达加斯加国家成立 50 周年的庆典表演。”原来，袁氏种业运到马达加斯加的那台柴油机带动的打稻机竟然三次亮相当地电视台，一次受到农业部部长接见，最后还参加了该国阅兵式，真正成了马岛“明星”。我国南方稻区的人都知道，最开始的打稻机是人力踩踏带动滚轴转动，后来发展成机械带动，现在国内差不多都用上联合收割机了。而 2010 年 6 月 26 日，马达加斯加成立 50 周年纪念日，举国欢庆。作为马国第二大城市的塔夫，也举行了阅兵仪式和群众游行。当地农业局为了展示最新成果，邀请袁氏种业参加庆典，并借了一台打稻机参加游行。经过主席台时，袁氏种业技术员潘海阔在游行车上现场展示了收割、脱粒的过程，接受检阅。

张立军接着说：“不到马岛，你都想不到他们对农业的重视程度。”

2010 年 8 月 4 日，塔那那利佛举办了马达加斯加第十二届农业国际展览会，共设展台 175 个，有马国主要大区的农业代表团、本国私营商户以及部分外国企业代表团参展，而袁氏种业是唯一被马国农业部邀请的中国参展商，主要展示中国杂交水稻优质大米、稻种、肥料、除草剂和脚踏式打稻机。展会期间，前来参观和咨询的人络绎不绝，大部分对杂交水稻种植技术、除草剂和打稻机等表现出了浓厚的兴趣，一些企业现场就向张立军和李艳萍表达了合作愿望。

还有就是 2010 年 11 月 30 日，塔那那利佛举办了由马达加斯加农业部和袁氏种业联合主办，国际农业发展基金、中非基金及湖南省农科院协办的马达加斯加杂交水稻发展研讨会。马国农业部部长马米迪亚纳、农业部秘书长菲勒贝，马国 22 个地区的农业局局长，时任中国驻马使馆经商参

赞周芒胜、袁氏种业董事长袁定安、中非农业投资有限责任公司副总经理华伟、湖南省商务厅国际合作处副处长文志权，湖南省农科院援马杂交水稻示范中心项目组成员，联合国粮农组织、国际农业发展基金、日本国际合作社以及其他国家援外机构代表共百余人参加。会上，杨耀松、陈剑宝和马国农业部种植业司司长兰图女士分别就中国杂交水稻的发展历史和现状、中国杂交水稻在马试种三年取得的成果及发展前景、中国政府赠送的56 吨杂交稻种在马国的推广情况以及与马国现有强化栽培体系的融合等内容做了主题发言。与会代表普遍认为，中国杂交水稻对马国的气候和土壤条件具有良好的适应性，双方应进一步加强此领域的合作，逐步扩大在马本土生产杂交稻种的面积，以提高马国农业发展和粮食安全保障的能力。研讨会上，马米迪亚纳、周芒胜、袁定安共同主持了马达加斯加杂交稻种本土化生产项目的启动仪式。作为袁隆平院士长子的袁定安，在仪式上还发表了讲话，引起了与会者的浓厚兴趣。

他介绍说："湖南袁氏杂交水稻国际发展有限公司，是一家致力于在海外推广杂交水稻的专业公司，由湖南袁氏杂交水稻国际发展有限公司和长沙惟楚种业有限公司共同发起设立。袁氏农业有限公司生产的杂交水稻种子主要销往巴基斯坦、印尼、孟加拉国、越南、菲律宾等亚太国家。从2008 年起，每年销往国外的杂交水稻种子都在 5000 吨以上，为中国杂交水稻种子出口企业前三强，是中国杂交水稻种子出口协会理事单位。长沙惟楚种业有限公司是中国在海外研发、推广杂交水稻有影响的企业之一，拥有一大批在海外推广杂交水稻的专业技术人员，在杂交水稻国际合作、国际援助、国际推广及国际培训方面取得了骄人的成绩。"

他接着说："近年来，在马达加斯加农业部的大力支持下，在中国驻马达加斯加大使馆经参处和中国湖南省农科院的帮助下，我公司在马国推广杂交水稻进展顺利。第一，在马岛成立了杂交水稻研发、推广子公司；第二，在马岛开展杂交水稻品种比较试验和示范取得了一定的成绩，现有三个杂交水稻品种通过了马达加斯加国家审定；第三，在马岛开展了小规模的杂交水稻制种试验，本土生产的杂交水稻种子已在塔夫等地试种；第四，2010 年 8 月，作为中国唯一的参展商，参加了马达加斯加第十二届农业国际展览会，获得了参观者、展会举办方以及中国驻马达加斯加大使馆经参处的高度赞许；第五，2010 年 9 月于长沙，与马达加斯加农业部签署了在马达加斯加开展杂交水稻种子本土化生产合作项目协议，为在马达加斯加大面积推广杂交水稻奠定了基础。”

最后他深情地说：“发展杂交水稻，造福世界人民。这既是家父袁隆平院士的宏伟心愿，也是我公司的宗旨。为促进马岛农业生产，增加马岛粮食产量，我公司将积极推动马达加斯加杂交水稻种子的本土化生产项目。”

3　庆功宴上秀功夫

中国援马达加斯加杂交水稻示范中心第一期项目证明，中国杂交水稻适合在马国推广，并且有巨大的增产潜力。可如何在马国进行杂交水稻种子的本土化生产，如何利用中国的育种技术和马国的种质资源，培育出适合在马国种植的新品种，如何落实企业跟进，从而真正实现杂交水稻在马国的可持续发展，成了方志辉急需在第二期解决的主要问题。

“我们就是来解决问题的。”在湖南省农科院的总结会上，援马项目组达成了共识。由方志辉负责的第二期短期指导专家团队再度组建，成员依旧是以杨耀松、邓小林和刘志刚为主。同时，陈剑宝、杨耀喜、黄柏章、刘琛、李艳萍和胡月舫等技术人员长驻马义奇。垦荒的前期开发之路困难重重，后期建设事业也并不简单。方志辉等人依旧在艰难中探索，期待着丰收的那一天。

第二期项目进展顺利，马国农业部按年度在马义奇召开了两次现场评议会。每次，湖南省农科院都派出了院领导和专家赴会。2011 年 4 月 9 日，罗赫荣率刘志刚、杨耀松及邓小林参会；方志辉和院领导刘文珠、院党委办主任李继承研究员、杨耀松参加了 2012 年 4 月 4 日的现场评议会。

马义奇示范基地，由马国新任农业部部长韦瓦杜率农业部近 30 名高级官员与湖南省农科院领导和专家一起，进行验收评议。罗赫荣代表湖南省农科院向韦瓦杜部长介绍了杂交水稻在马国的推广情况和取得的成果，陪同参观了示范基地的亲本观察、品种比较试验和大面积示范田。当看到 M729 品种在大面积示范田里结着沉甸甸的稻穗时，韦瓦杜非常高兴，他真诚感谢中国政府长期以来向马国政府提供的无私援助，并热情赞扬湖南

省农科院派出的技术人员在杂交水稻种植技术方面为马国农业发展所付出的巨大努力。他说，中国杂交水稻种植技术在马国的应用和推广，对于帮助马国实现农业增产，提高粮食安全保障具有积极意义。希望在中方帮助下，马达加斯加不但能够通过扩大杂交水稻的种植面积，实现大米自给自足，还能实现由大米进口国向大米出口国的转变。

中午，韦瓦杜设宴款待罗赫荣等中方专家。宴会气氛很是热烈。刘志刚更是串起场子，非常投入，他熟练地用英文挑起开场白，端起酒杯，按照中国礼仪，从部长开始，一个个地敬酒。在他的带动下，一时间，宴会厅里觥筹交错。而那酒，正是当地闻名的酒劲特别大的“三匹马”啤酒。

大家都从未见刘志刚醉过，以为他酒量很大，“很能喝”。其实他实际上是很会吐。他最不喜欢喝啤酒，那东西胀得肚子难受。而且只要是酒，他喝到一定程度后，身体就会起排斥反应。这时他总是跑洗手间，很自然地就将酒吐掉，归席后便可照常豪饮。一个多小时过去了，酒早已过三巡，刘志刚已是“三进”洗手间。而酒桌上他依旧神采飞扬，很多人已经东倒西歪。

司长们坐在隔壁包厢。刘志刚昂首挺胸，笑容满面地又走过去敬酒。一位年轻司长看到，醉眼蒙眬地举杯问他：“孔夫……孔夫……”

“孔夫，功夫?”刘志刚愣了一下，接着就明白了马国朋友肯定是想问他会不会中国功夫。其时，中国功夫早已进军好莱坞，在国际上影响很大，诸如成龙等国际影视巨星声名远播，很多国际友人知道中国都是从知道中国功夫开始的。

“Yes. I can!”他一边说，一边放下酒杯，学着成龙的样子，双腿下沉，来个骑马蹲裆式，双手还摆出太极拳的云手……

一桌的高官们看得目瞪口呆，几秒钟沉寂后，雷鸣般的掌声和叫好声爆发出来，将宴会又推向了一个新的高潮。大家纷纷要求合影、共饮。有个副司长，酒量并不大，但他的同事却起哄要他跟刘志刚喝。此种场景，根本由不得他拒绝。于是，喝了一杯又一杯。到第四杯时，刘志刚抽空溜了趟洗手间，转眼又是两杯下肚，副司长已经两眼通红，摇摇晃晃，语无伦次了……

刘志刚单刀对阵马达加斯加群英，又是醉倒一片，而他依然豪气冲天。也许酒这东西，到哪都一样，有讲豪气、好客以及比拼面子的含义。看到此情景，开始讲自己不会喝酒的韦瓦杜部长也站起来说要与他喝一杯，估计就是想扳回面子。

刘志刚大手一挥："OK，要干大家就一起再干五杯!"此种场景下，众人齐声告饶："免了，免了……"

4 稻香马国丰收时

2011 年 11 月 22 日，方志辉和陈剑宝、李艳萍、黄柏章专程到塔夫，参加塔夫农业局杂交水稻试验田的现场测产。约好 8 点钟在市农业局见面的波罗先生，已过 8 点半还不见踪影。大家只好相视一笑，都知道马国人是向来不准时的。打手机也是无法接通，于是几人干脆趁着波罗局长没在的机会，参观一下马国第二大城市的农业局办公楼。

一栋破旧的两层楼，泥泞的院落，杂草丛生，钢筋窗户满是灰尘、锈迹斑斑，墙面上被雨水冲刷得伤痕累累。门前两棵大树却枝繁叶茂，上百岁树龄的树干上，古老沧桑，好几个当地黑人坐在露出地面的树根上，手里各自拿着几页皱皱的纸张，似乎也是在等待官员的到来。

大家闲着无聊，于是提议与同是无聊的当地黑人留影。大树下，几人高兴地合影。照完后一查看相机："哇，我们肤色也变黑了，可我是地道的中国人呀!"原来，相机中的人像全都黑黑的，中国人、马国人一个样，大家相互打起趣来，又度过一段快乐时光。其实这只是因为大树的树枝向四周伸展得太长，遮挡了阳光。

就在大家打趣的时候，波罗局长打来了电话，说要再过一个多小时才能来。10 点多钟，波罗终于来了，见面就介绍身边紧跟着的留着平头、穿着短裤、年过半百的男子，居然是这座城市的首席记者。记者却很是热情，说一起去杂交水稻的测产现场作报道。说话间，局长带着大家来到他的办公室。在非常狭小的一个类似于储物间的地方，摆放着一张办公桌，陈设更是类似于我国最普通的那种办公室，丝毫没有局长的格调。

11 点半，考察出发了。波罗和经济发展局局长坐皮卡引路，在刚驶离市区时，却又停了下来，说要去接另一个记者。10 多分钟后，皮卡车终于

拐向了一条沿河的窄窄的公路。

百米宽的小河清澈透明，两岸青草、灌木和香蕉树翠绿一片。河中央，一个黑人悠闲地划着装满黄沙的独木舟。已停靠在岸边的独木舟上，有黑人把沙铲上岸，还有黑人用铲子把沙掀上小汽车。过了这个小型沙石场，汽车又在坑坑洼洼中慢慢行驶了一公里，路两边出现了许多矮小棚子，棚里棚外有许多黑人正挥舞锤子敲打石头。马国没有鹅卵石，需要如此的石材都得把大石块敲碎。男女老少，各有分工。男人把大块石头移向棚里，女人将石块敲成小石子，小孩则在旁边帮大人捡石块。

汽车里看不清辛苦劳作者的表情，无法得知是否在快乐地工作着，偶尔仅能看到他们一眨一眨的黑亮的眼睛和喘气时张嘴露出来的满口白牙。那一堆又一堆大小不一的碎石，为他们换取少许柴米油盐。靠山吃山，靠水吃水，黑人过的就是这种简单的生活。马岛碎石场的工人也并不例外。

在弯曲坑洼的土路上，偶尔还能看到路边树下的茅屋。茅屋周边，杂草和野果树遍地丛生。开阔地能看到或近或远的香蕉树，上面挂着许多青绿色的香蕉。路边的山坡上红红点点，被中午的阳光照得格外耀眼。正是荔枝成熟的季节。没想到在异国他乡能看到从小神往的荔枝树，更没想到在陌生的非洲荒野里，荔枝成熟时的绿叶红果竟是如此漂亮，大家终于来了兴趣。

土路在前面再一次大转弯。阳光照射着清澈的河面，留下斑驳的影子。白鹭栖息在竹林中梳理羽毛。没有微风，映入眼帘的是一幅幅美丽而又恬静的山水画。汽车驶过一段又一段坑坑洼洼的路，越过一座又一座锈迹斑斑的小铁架桥。尼桑吉普已经好几次被土包顶住，被皮卡远远地甩在后面，好多次险些陷在陈旧木板铺就的铁架桥里。

越往前行，越感觉这荒山野岭令人窒息。突然，路旁树林中传来一声“笨猪”(法语你好)。仔细一瞅，是一位高鼻子法国人。大家挥手回应了一句“笨猪”。他是冲着山中廉价的荔枝来的。一位推自行车的黑人，车架上驮着三个装满木炭的编织袋，满头大汗，气喘吁吁。当车经过时，他也很是热情地打招呼，不住地说着“你好”。那纯真的笑容，洁白的牙齿，纯朴的面容和清澈的眼神，没有一丝杂质。大家纷纷讨论着：“十七公里的山路，汽车都跑了大半个小时，到现在还不知路在何方。这个黑人推着自行车驮着三大袋木炭，究竟何时能走出这泥泞？”大家不禁为他慨叹起来。“生活真的艰辛！但马国人却如此热爱这简单的生活。”此时，大家的心里，也许都想起了祖国，那时祖国人民也是如此一路走来。现在生活富足了，却又感觉似乎少了些什么。

一个半小时后，终于到达了一个长满杂草的山坡上，几位黑人农民热情地挥舞着手，招手示意：“目的地到了。”村长鲁瓦苏带着众人步行穿过一片芭蕉林，村里有五十多位黑人，都主动地打着招呼。

鲁瓦苏指向一片稻田，满脸喜悦地向两位局长汇报着。顺眼望去，山洼中那是一片约60公顷的稻田，栽种的都是大家很熟悉的杂交水稻。一块接一块，一直沿着山丘向前延伸。两旁小山丘状的稻田长势良好，很像中国山区的“蓑衣丘”“斗笠丘”。随后他又与两位记者眉飞色舞地嘀咕着什么。那神情猜都不用猜，写满了“丰收的喜悦”。取样后，鲁瓦苏村长高兴地说：“今天，我请客。我要用新鲜椰子、荔枝和烤玉米招待你们。”

许多黑人农民正在把剥好的玉米放在火上烤。一位黑人满脸笑容地递上来椰子，还未等喝完鲜椰汁，又有一位黑人递上来烤得黑乎乎的玉米棒。大家早已饿得饥肠辘辘，顾不上吃相，接过喷香的玉米棒就啃，还不忘用玉米叶子擦着手。

黑人们见到大家的“馋”相，又看到一个个满脸黑“胡子”，嘿嘿地傻笑个不停。笑声中，鲁瓦苏又搬出一大筐荔枝……

现场测产工作很快结束了，测产结果是每公顷8.12吨。黑人们奔走相告，两位局长非常得意，随行记者收获满满。大家此时也忘记了上午长时间等待的烦恼，忘记了一路颠簸的疲劳，忘记了啃玉米时不经意露出的“洋相”，浮现在脑海中的只是那些景象——那片山谷中金灿灿的稻田，那些淳朴善良友好的黑人农民，那位可敬的村长，还有那碧蓝的天、轻飘飘的白云、翠绿的植物和那香喷喷的玉米棒、沁甜的椰奶和火红的荔枝，加上那不对称的让人心疼的贫穷。

2012年4月16日，应马国农业部韦瓦杜部长邀请，方志辉、陈剑宝、李艳萍一行，在马米苏陪同下，在马岛南部马其阿察区参加了菲亚娜楚镇瓦度阿瓦村举行的水稻收割仪式。这是每年水稻收获时水稻主产区都会举办的桑达巴礼。过去，水稻收割仪式的主角是本地的常规水稻，这次的主

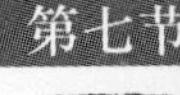

角可成了杂交水稻。

仪式定于上午 9 点开始，大家 8 点就已抵达会场。守时理当是文明人的象征。区农业局相关负责人已经把会场布置得差不多了。主席台左右摆放着一些民族图腾，稻田旁边的空地上支起了长长的横幅，上面写着“杂交水稻丰收仪式”，还印有农业部的标志。对于不守时的马国人来说，这次有些不同，才 8 点多钟，附近很多村民已经聚集在田边等待。区农业局农业技术服务处负责人莎荷洛特女士拿着扩音器，大声地介绍着：“这块田地测产时虽然产量只有每公顷 5.3 吨，但今年雨季经常遭遇台风、水淹，该地区其他种植本地常规水稻的已是严重歉收，只有杂交水稻算丰收！大家看，这旁边正好是歉收的本地品种，对比鲜明，地正好在公路旁，方便组织人员观看。”

马国农业部部长、总局局长、司长等依旧未到。陈剑宝和李艳萍拿起相机不停地拍照。大概是很少见到外国人的缘故，很多围观的学生都偷偷地凑到背后跟着，慢慢地他们胆子大了些，要求合影。过了 10 点，部长、区长、市长、镇长和民间权威人士以及当地有威望的老人等十几人终于来了。部长很热情，也很高兴，一个劲地握着方志辉们的手称“兄弟”，还开玩笑说他比陈剑宝白，更像中国人。

10 点半，仪式终于开始。让 · 马舍郎镇长，也是水稻田的主人发表讲话。他拿着大喇叭讲话很是大声，但中国专家对于马语却是一头雾水，翻译根本使不上力。冰雪聪明的兰度司长及时翻译。镇长称他今年种植的杂交水稻品种是惟楚 901，去年也种了，每公顷产量达到 8 吨。今年虽说因天气影响，收成没有去年好，但比本地稻好很多。他感谢杂交水稻，感谢中国专家。同时，也鼓励农民都种杂交水稻，放心去种。

“收割开始！”莎荷洛特女士用她那特有的大嗓门宣布。大家都到田边站着，人手一把镰刀，开始割稻子，自然只是象征性地割一下。割下来的稻子都被搬到脱粒机旁边，从部长开始，每人打一把谷子。

接着进村。一个简易木台子进入大家的视线，正面悬挂着约 10 米长的红白绿三色布条，4 根缠着树叶的柱子撑着的台子上摆放着 20 多把 4 排的椅子，空旷的草坪上坐满了近千人。靠近主席台的地方，有 4 排凳子，坐的是盛装打扮的当地名角，接着是穿着各种校服的学生席地而坐，外围是众村民或站或坐着。

专家在主席台就座。方志辉受邀坐在部长左边，陈剑宝和李艳萍分坐区长两边。前排从中央分开，左右两侧依次坐着部长和区长等官员。国歌之后，又是镇长以试验田主人的身份，汇报了种植杂交水稻取得的成绩。农业局局长作为东道主讲了话。中方作为在马岛杂交水稻项目的主体和推广杂交水稻的主角，由陈剑宝详细介绍了杂交水稻及项目的相关情况和取得的成绩。部长最后发言，充分肯定了杂交水稻在马其阿察区取得的成绩，在全国取得的令人满意的成果，表示在他带领下的农业部将继续努力，发展杂交水稻。

会议开了很久。因为大部分人不懂法语，中文由李艳萍译成法语，马米苏又将法语翻译成马语。当专家表示听不懂马语时，人群中爆发一阵阵善意的笑声。当地农民准备了稻谷作为礼物送给中国客人。原来，马岛自古以来粮食紧张，于是形成习俗：家里来了客人，送上稻谷是最好的礼物，也是对客人最大的尊重。

一位黑瘦的少妇，头顶着一个装有稻谷的篓子，和着音乐的节拍，扭着夸张的动作走到方志辉面前，把篓子奉上，并把脸凑上来行贴面礼。方志辉怔了一下，还好，及时把脸凑了上去。

午餐在当地的学校里进行，几条板凳和桌子凑成一张四方形的餐桌，摆满一堂。每个桌子上都摆着一大瓶矿泉水和一瓶可乐，还有瓶洋酒。大家围坐一桌，菜却只有一道——猪肉炖豆子。猪肉的味道鲜美，席间欢声笑语不断……

5　成功境界孤独棋

说起这些成功，张立军动情地说，这真的是熬过孤独、耐过寂寞才取得的。回望成功，确实值得喜悦，但那些孤独的日子，却更让人难以忘怀。“我就下得一手‘孤独棋’。”他说，然后，他和方志辉一道回忆了马岛的一些见闻和感悟。

在马国工作，最大的困难就是克服寂寞、孤独。为了消磨时光，他和同事们在马义奇觉得闷的时候，常常会去逛工艺品市场，在观光的同时，

购买一些特色手工艺品。在马国的工艺品市场里，能看到琳琅满目的各式各样的石头。有的是未加工的原石或矿石，有的是经过切割打磨后的成品。各种工艺品琳琅满目，丰富多样。最吸引人的自然是祖母绿、红宝石、海蓝宝石、碧玺、猫眼、黄玉、石榴红、紫水晶等各种宝石。在马国，常见的中高档宝石一点都不稀奇，见惯不怪，然后你就没有了兴趣。

那就淘化石吧，各种各样的动物化石和植物化石让人目不暇接。木化石为主的植物化石颜色丰富，纹理动人，马国艺人巧夺天工，他们把这些上千万年前的化石加工成形状各异的烟灰缸、圆球或制成切片，件件值得把玩。动物化石也是品种丰富，珍贵的有色彩艳丽的鹦鹉螺类的海洋古生物化石，还有鸵鸟蛋和恐龙蛋化石。而且化石类的，基本上都货真价实，不像宝石，容易掺假。

珍贵的鹦鹉螺化石是几千万年前已经灭绝的腔肠类动物形成的古生物化石。全世界目前最为集中出产鹦鹉螺化石的矿脉就在马达加斯加西海岸。这些形成于3亿年以前的鹦鹉螺化石，出土后去掉覆盖在表面的泥土，就能露出里面的石化外表。如果表面有隆起的菊石，就基本保持原状，不用去打磨，如果是扁平的，大都会进行打磨。因为只有经过打磨，才能露出其真正漂亮的外衣。有的化石因为有特别的印记而备受人喜爱。最受亚洲人追捧的是那些表面在石化及多种矿物质共同作用下，已经形成了釉状的鹦鹉螺化石，也就是斑彩螺。据风水学考证，斑彩螺之所以能形成斑彩，是因为吸取了天地精华和能量，所以具有强大磁场。斑彩螺是改变人们财运的最灵验的宝石，香港人都把它叫作发达石。

让人感兴趣的还有各种木雕。人们对非洲国家的一个很感性的印象之一，大概就是非洲形形色色造型奇特的黑木雕和面具。马达加斯加虽然不在非洲大陆，但其木雕制品也同样独具特色，是这个国家和民族的文化历史的一种表现和象征。马国盛产珍贵林木，马国的木雕及其他木制品也多取材于此，如紫檀、玫瑰木、巴厘桑等。木雕样式中以人物和面具为多。或具体，或抽象，或写实，或夸张，或柔美，或狰狞。在这些木制的精灵面前驻足良久，人们往往会遐想它们都有属于自己的故事……不管怎样，挑一两件精工细作又具有浓郁异国情怀的黑木雕作为纪念品，或是归国后当礼品送人，那都是既大方又有收藏价值的。

此外，马达加斯加又是一个能歌善舞的民族，反映在乐器上，则是品种丰富，击打、弹拨、吹拉都有。最有意思的是一些弹拨的弦乐器。小的用竹木为身，有长有短，竹身上往往雕刻有各式的图案；大一点的则有仿吉他形的，其中比较特别的一种是用掏空的大葫芦制成的，可能真是因为腹大的缘故，拨动琴弦，音色十分清脆悦耳。他们使用得最多的乐器是牛皮鼓，这也是一件不错的旅游纪念品。根据大小形状来区分，有手鼓、腰鼓和摆放在地上的大鼓等几种类型。牛皮的鼓面，巴厘桑的鼓身，状似一个沙漏，上宽下窄。巴厘桑鼓身上刻有精美的图案，无论是真的用来击打还是作为摆设，都别有味道。

除了乐器，女士们喜欢的传统手工制作的纺织品，也让人爱不释手。马达加斯加人喜欢用一种天然野蝉丝来做围领和披巾。经过良好处理的生丝，柔软而无刺，有纯色的，也有鲜艳的染色品。若搭配得当，效果不俗。还有那些可爱而富于民族特色的编制品，如手袋、钱包、挎包、大小篮子等。虽然是传统特色，但无论是款式、色彩还是配饰方面，都引入了一些时尚的元素。此外还有珍贵的鳄鱼皮制品、精致的船模、神奇的沙瓶画，以及那些趣味盎然的铁皮做的猴面包树，都是让人看了心动的玩意儿。

在购买工艺品时，和马国老板讨价还价很有意思，且需要耐心、技巧和智慧。有时简直就是一场心理上的较量，有时观念上的差异会弄得你哭笑不得。在马国人眼里，中国人都是有钱的主儿，一看到就漫天要价。这就需要艺术性地还价。需要你将价格拦腰砍半截或者只报三分之一的价，而后再一点点地涨，他则会一点点地降，这样慢慢地接近双方的心理价位。当价格谈不拢双方陷入僵持时，经验告诉你就是必须果断地立马走人，绝不可回头张望，这时老板往往会追上来“好商量”。于是，新一轮较量开始，无论买方还是卖方都乐此不疲。其实马国人的经营之道和国内不一样。国人主张薄利多销、快进快出，而马国人则认为砍价后顾客买得越多他就赔得越多，因此往往不肯批量卖，宁愿天天守株待兔。于是要多买只能先杀单价，再谈总价，最后在总价上再还价。对于这种“换汤不换药”的方式，马国人却能很高兴接受，觉得如此就不吃亏。

当然，在异乡的马岛，你不可能永远只是买东西，旅游是一种不错的选择。在那工作的朋友，在漆黑的夜里，除了数天上的星星，感慨是否共

一轮明月之余，排解思乡的苦痛，就是下一盘具有马达加斯加特色的孤独棋。这名字取得好，让人莫名地爱上它。这个南非前总统曼德拉早年在监狱中为打发无聊时间而发明的益智游戏，由于只有一个人玩，因此被称为孤独棋。

它既是一盘棋，又是一种摆设。棋盘是用巴厘桑特有的硬木做成的，盘上刻有37个小坑（棋子位），用39颗（2颗备用）球状的五彩矿石做棋子。棋盘和棋子的大小规格多样，最小的棋盘只有手掌大，大的可能要用两只手抱起才能移动棋盘。孤独棋流行于整个非洲，因马国盛产宝石，故最漂亮，可做室内装饰品或收藏。玩法很简单，就是跳跃取子。一开始，先随意取出棋盘上的任意一颗棋子，然后将相邻的棋子依次横向或纵向（不可斜向）跳过另外一颗棋子并将它放在空位上。每跳一次就将被它跳过的那颗棋子取出。就这样一直走下去，走到不能再跳为止。从表面上看像一个人在玩跳子棋。

这是一个真正孤独者的游戏，无所谓输赢。它的最高境界是，玩到最后，棋盘上仅剩一颗棋子，这颗棋子还应该在开始时第一个被取出棋子的空位上。

"这规则看似简单，但要达到至高境界却不容易。虽然经过几年的练习，我和马义奇的同事也都没有修炼到孤独棋设定的最高境界。要成为真正的孤独者，盘上只剩一颗子，非常困难。这就如人生，要不迷失自我，经过孤独的修行并最终找回自己，更是难上加难。"张立军孤独地说着，仿佛在思考接下来的日子里，自己能否真正挺过孤独，再创杂交水稻以及袁氏种业的下一轮辉煌。

第八节　马国风情记忆中

1　迪戈候机长见识

大家最喜欢听方志辉讲故事，那是一种享受，因为他跑的地方多，见识广，上下五千年，纵横全世界。他的思维是发散的，却始终紧扣中心，就如散文的境界，形散而神不散。而且时不时的他会来点冷笑话，或者是黑色幽默，充满着悲天悯人的情怀，却时时充满着正能量。“但你也一定不知道‘下一秒他将说什么’。”熟悉方志辉的人总是如此评价。

“说起马达加斯加的杂交水稻就不得不说迪戈。”方志辉是个记忆力很好又很健谈的人，在一次朋友聚会中，他又打开了话匣子，也算是履行了承诺之一，“既然马岛之旅大伙暂且不能成行，我就先带大家神游。

“对马义奇示范项目而言，迪戈的地位近似于海南三亚。迪戈，也叫的哥，这个马达加斯加最北端的海滨城市，近赤道，典型的热带气候，自然是我们水稻育种基地的首选。内地人都喜欢看海，若诗人海子来迪戈，可能会写出比‘面朝大海，春暖花开’更美的诗句。”方志辉的文人情怀随时迸发，说话时习惯引用一些美丽诗意的词句。“迪戈海湾是世界第二大海湾，洁白无瑕的海滩安详地在海滨延展，渔民或商旅的阿拉伯小帆船和双桅帆船来来往往。海水蓝成碧绿，偶尔有岩石露出水面，海浪轻拂，《浪花一朵朵》《外婆的澎湖湾》《军港的夜》……一首首经典通俗歌曲就会在你耳边不经意地盘旋。那点点散散的小岛，慵懒舒适地在温柔的海湾里静卧。几株棕榈，几棵旅人蕉，几户人家，仿佛时间从来没有流逝过，无论是过去还是现在抑或将来，一直不曾改变。

“迪戈是马达加斯加历史最悠久的城市之一，是一个在多种文化影响下发展起来的‘世界风’小城。”方志辉接着说道，“最早登陆这块土地并予以命名的外来者，是1500年的葡萄牙航海家，城市到了17世纪下半叶才有，也是拜海盗所赐，称‘乌托邦之国’。自古以来，阿拉伯和印度洋的海盗常常在此出没，并逐渐形成一定规模。最后，在海盗首领 Misson——一个法国人的带领下，建立起了城市，并创立了不分国籍、凡是来投奔居住者一律欢迎接纳的制度。如此很快声名大噪，我们的理想社会——乌托邦因此而来，至今还有当时的遗迹留存。英法殖民者光顾后，法国殖民者最晚撤离这里，因而殖民建筑风格保留最为全面，也是马达加斯加移民杂居成分最复杂的城市，有法国人、也门人、科摩罗人、印巴人、阿拉伯人等，当然，中国人也不少，我们有郑和！”

说到这里，方志辉的神情有些复杂，接着沉稳地扬开手：“迪戈，她恰如一位深山中的少女，带着野性，带着不羁，却十分纯洁，让人着迷而倾慕。她又像一位多情的少妇，性感、丰满、激情似火，让你无法抗拒她的诱惑。然而去迪戈的旅途却往往是艰辛而又不平凡的。”

不待人插话，方志辉自然知道朋友想听什么，“那是2010年5月15日，黄仲先、邓小林、志刚、耀松到迪戈去考察杂交水稻育种材料以及由中马两国专家共同选育出的杂交水稻苗头组合。飞机是5点40分起飞。凌晨4点半，大家匆匆坐上宾馆提供的车，急驶首都机场。一切如旧，排队，换登机牌。突然，黄仲先大惊失色，说刚下车时太匆忙，行李包忘在车上了。耀松当机立断，陪他打的回宾馆找那辆车，志刚和邓小林则继续排队办理手续。当登机牌换好，耀松总算把行李找了回来。可安检处怎么也找不到，问一位机场的黑人，他看了看机票很是平静地讲，飞机晚点，要到11点30分。大家一下子蒙了，要等近六个小时，只好打的回宾馆休息。

“好不容易熬到上午10点，大家顶着烈日再到机场。志刚这时认真看了看登机牌，顿时目瞪口呆，竟然四无，无登机日期、无起飞时间、无登机口、无座位号。惴惴不安的几人找了位态度很是友好又漂亮的值班黑姑娘打探。她认真地看了机票，笑得更是灿烂地说，飞机又晚点到下午1点。

“几个人再也不想折腾了，就在机场休息。但这国际机场候机却不像国内有专门的候机室。这里是室外候机，几排座椅，随意休息。”方志辉笑着说："终于知道什么时间最长，相对论诠释得真是好——等，就是等的时间最长。等人、等车，尤其是等着上厕所，这漫漫无期的航班延误恰如排队如厕，你永远不知道下一秒将发生什么。"方志辉又习惯性地玩起了黑色幽默。

"时间它还是公平的，纵使再慢，但 12 点终究会按时来到。按国际惯例，得提早安检。"方志辉停顿了一下，大家其实已经知道航班又要延误，果然，他接着说道，"询问工作人员，他悠闲地笑笑，把手一挥，一串令人更加沮丧的英语单词飘过，'航班第三次晚点，下午 2 点 30 分'。"

方志辉接着说了下去："'三人同行小的苦'，苦熬的时间里，苦的自然是耀松，谁叫他最小，英语最在行，还会法语，并且会点儿马语，能在当地进行简单沟通。而且他性子也好，笑嘻嘻地跑进跑出，不厌其烦，帮大家买这买那，这联系，那沟通，还不时讲几个笑话，时间总算在不经意中流逝。晚点九个多小时后，终于盼来了登机。这下好了，可以走了，大家谈笑着安检，可转来绕去，就是找不到安检门。问保安，他很奇怪地说，国内航班不用安检。几人哭笑不得。

"排队检票了，想到登机牌上没座位号，志刚便问检票员该坐什么位置，检票员忙着，也可能没听懂，随口说：上机后问空姐。见到靓丽黝黑的空姐，大家更乐了，原来空姐一脸灿烂地说'随便坐'。居然坐飞机也可和坐公交车一样，可以随便坐，大家真长了知识。"方志辉笑得也很是灿烂，接着说道，"一趟飞机三次晚点，竟然晚了 9 个小时，无须安检，上了飞机又随便坐，放往常，该乐呵好一阵了。可几个人早已被折腾得精疲力竭，不想再说一句，只是心里偷着乐，说是欲哭无泪更为准确。那仅能乘坐 80 来人的螺旋桨小飞机，终于歪歪扭扭地腾空了。"

方志辉接着爆料："这边，我们为了配合他们 4 位专家考察，我和剑宝、艳萍以及马国的专家马米苏已提前到了迪戈接机。这番等待的煎熬可是一点也不比他们差，艳萍不住地祈祷，剑宝和我还得强装镇定，不停地安慰，这情形想想就知，我就不啰唆了。接着讲试验田吧。"

2 害虫青蛙蛇无毒

方志辉接着绘声绘色地为朋友们讲述起另一番奇遇记来。

“试验田位于热带雨林迪戈琥珀山国家公园附近，灌溉水就来自琥珀山。试验田周围的旱地里有各式各样叫不出名来的热带植物。马米苏很是热心地为大家介绍说，这些植物对于土著人而言可是十分重要的，每一种植物都能治某种病。因为等待太久，到了试验田边时，大家飞奔而去。”讲到这里，方志辉神色诡秘地端起茶杯喝了口茶，大家知道他又卖关子，也不理他，纷纷喝起了茶。

果然，他按捺不住了：“‘好大的蛇’，艳萍失声尖叫。我们看到好大一条黑色的蛇趴在田埂上，吐着信子像是和我们打招呼。来到马岛，我们都知道这里的蛇是无毒的，可女人的敏感天性还是自然展示出来。马米苏及时安抚，说马岛所有爬行动物都是没有毒的，让大家放心，又在地面的枯枝落叶中翻找着什么。我们也好奇地探视着，一会儿就看到他捉起一只拇指大小的蜥蜴放在掌上说，看，世界上最小的蜥蜴。其情形好像是怕我们不信他动物无毒的说辞，非常可爱。迪戈的蜥蜴和变色龙真多。树上墙头，红的绿的，到处都是，就连住的宾馆，你打开门，也会有几只蜥蜴迎接。有一次，我正在洗脸，抬起头时，突然看到一只30多厘米长的绿色蜥蜴爬在脸盆上方的玻璃镜上。尽管已经知道没有毒，但那模样还是着实吓了我一跳！

“在马岛的日子，除了那些惊心动魄的场景外，也还是有很多有趣的民俗的。马米苏博士就非常细心、贴心，知道我们中国人爱热闹、喜欢猎奇的心态，每次和他一起去考察，都会在安排考察时间、路线时，兼顾一些参观，让在马岛的中国农业专家尽可能多地了解马岛的民俗，也算是为当地旅游做了贡献。”方志辉讲起这些特殊的待遇时总是神采飞扬。

“接下来我们去考察农民种的丰产田，马米苏带路，我们穿过一个大峡谷，全是红土高原被河流侵蚀而成的山坳，谷底是一条河，正当我犹豫着怎么过河时，却见马米苏直接踩着沙洲就过去了。原来，这些河沙的支撑力超强，不像国内的沙洲会陷进去，是断不能踩的。于是我们也有样学样地感受了一次‘水上漂’。这神奇无处不在。”方志辉不愧是科学家，最喜欢的就是探秘，讲到这些神秘之事，他还真是很得意：“过了小河，就到了微型石林。这石林也是红土被水冲走之后留下的坚硬砂岩，形成一根根像针一样的石签，密密麻麻耸立在河边，走进里面，如同置身刀剑丛中，真让人惊叹造物主的神奇。”

他绘声绘色地讲道：“在马岛，你得随时准备好感观的颠覆和视觉的冲击。袁氏国际栽培专家胡月舫讲，除了病虫害、鼠害、鸟害外，迪戈的青蛙和变色龙对杂交水稻的危害最大。”

“青蛙是害虫？谁都知道青蛙是益虫，这仿佛就是公理。”不知道是谁忍不住接口就问。

方志辉笑呵呵地说：“对呀，当初我也是这样问，为什么会这样。老胡告诉我们，迪戈有一种青蛙最喜欢吃秧苗，不管是杂交水稻，还是当地水稻的秧苗，它都喜欢吃，那还不是害虫呀？只不过当地品种每穴秧苗有10 多株，吃掉些影响不大，而我们的杂交水稻每穴只插 1 株，那就麻烦了。老胡看到我们紧张的样子，不敢再吓我们，立即补充起来：‘不过没事，我们还是有办法的，这蛙只在热带雨林中活动，仅仅对雨林周围的稻田有危害。’他知道对我们这群国内来的顶级水稻专家，不敢不解释清楚。我喜欢变色龙，于是担心地问，那变色龙不吃秧，不呷谷，怎么也是害虫？老胡解释说，当地品种产量低，植株稀，变色龙就只能在植株下面爬，不影响。可杂交水稻植株密，产量高，特别成熟时，稻穗差不多连成一片，变色龙最喜欢在稻穗上爬行，如此造成大片大片的水稻植株倒伏。唉，不是它的错。”

方志辉表情有些复杂，悲天悯人的情怀写在脸上。

3 “翻尸”惊魂引深思

马米苏不止一次地和中国朋友讲：“对于来自文明古国的你们而言，确实值得去看一看马国最神秘的翻尸节。”

翻尸，顾名思义，就是将死者的尸体从墓穴中挖出来，给尸体翻翻身的意思。这样的做法听起来颇觉得难以理解甚至有点残忍，不近人情，在

马国却是个节日，是马国人缅怀已故亲人、表达牵挂和尊重的一种特殊方式。他们认为，把亲人的尸体重新取出，既可以让生者有再一次直接祭拜死者的机会，祈求先人庇佑。同时还认为死者在阴冷黑暗的地下埋了若干年，就应该挖出来透透气，晒晒太阳。祈求人之轮回，世界原来大同。

“翻尸节这种仪式并非在整个马达加斯加岛都流行，而主要集中在岛上的中部，以及中部往东和往西俗称高原的广大地区。”马米苏补充说。

方志辉早已按捺不住，听到“翻尸”二字，心里就有了别样的感觉。中国人可是讲究“入土为安”的，经常会因为不得已的原因而迁移墓地。

2009 年 6 月上旬，马米苏告诉了方志辉一个消息：“距塔那那利佛杂交水稻示范中心约 230 公里的一个村庄正好举办翻尸节，这次指导的杂交水稻示范点到该地区只有不到 1 小时车程，大家可以一观究竟。”

天赐良机，方志辉几人非常乐意去看这耸人听闻的仪式，早早地就做好了准备。一路上，马米苏还不停地介绍着这节日的盛况。

翻尸节的举行一般是在死者入土后的 5 年或 7 年，这给了尸骸一个足够腐烂的时间，另外出于卫生的需要，也一定是在旱季举行。翻尸的墓穴，露在地表的是石砌的坟冢，地下会深挖，隔出一个一个空间，可以容纳几十具尸体，供几代人使用。也正是这样，为每隔几年进行翻尸提供了足够的空间。翻尸的具体日期事先由这个村里的长老商定。仪式中，尸体被翻出，人们小心翼翼地用麻布包好，在众人的簇拥下游行。其间男男女女会又唱又跳，越是热闹越显得对死者的尊重。有时也会换上新的裹尸布，换一块新的墓地再葬。下葬前须将尸体反复翻转 7 次，最后封土。总之，翻尸仪式的排场程度与当年下葬相比有过之而无不及。

马米苏说：“中部高原地区的黏土地貌非常适合建造这种大墓穴。”

因一路有马米苏博士这个兼职导游做介绍，虽然是翻山越岭，但大家觉得时间也过得很快，接近中午时分，方志辉知道已经到了。他们听到了热闹的音乐声。

村子坐落在一个山坳之中，约四十户人家。村长亲自到村口迎接，足见对客人的尊重。他忙不迭地介绍：“今天要翻尸的墓穴属于这个村里的大族，从附近的一些村庄来的都是远亲或近邻，还是中国客人有福气，今天要来参加翻尸仪式的人会很多，整个活动会从早上持续到傍晚。”

进了村，当地人见来了外宾，而且听说是中国的杂交水稻专家，便褪去了平常的拘谨，将开朗好客的非洲人天性展露无遗，他们更加投入，更加活跃。众多小孩也围了上来，稀奇地打量着这些天外来客，叽叽喳喳吵闹个不停。村长和几位管事的人以及主持交代几句什么后，就领着几位老者来到客人面前，再次郑重地表示欢迎，言下之意是希望客人们能像他们的族人一样融入这个氛围中。因这是宗族节日，方志辉等人一路总担心如此参加是否唐突，故略显不安，一见情形如此，再也没有了顾虑，也更感觉不虚此行。

很快就有人将盛着大块牛肉的大碗端来了。通过介绍，大家得知翻尸节必须宰牛。宰牛除了是为了祭祀外，更重要的就是要给参与过节的父老乡亲一个大块吃肉、大碗喝酒的机会。看来这翻尸的仪式也不是家家户户都能随便举办的，一场热闹的仪式下来要花不少的钱。这次盛大的活动，就是三家同族共同筹备的，据说至少要花到 4500 美元。对于富起来的中国人来说，这都已经是很大一笔开支了，更不用说对于相对贫穷的非洲人来说这意味着什么。可见，也只能是望族才有条件举办翻尸仪式。

没过多久，蜂拥的人群出发了。方志辉一行人跟着队伍一起向山坳的另一边走去。大家以为是要开始激动人心的翻尸了。没想到，转过两个弯，来到一个山谷，又听到一阵更为热闹欢快的音乐。就在大家疑惑时，村长介绍："这些人也都是散居在偏远地方的同族。因先前场地有限，所以赶来此处等候，一同庆祝。"

看情形，这里的人估计早已经将牛肉瓜分了。此次除了热情未减外，端上来的已不再是大碗牛肉，而是酒杯。方志辉一看，这可是要命的马国人自制的朗姆酒。他们早知这酒是一种很烈的酒，由甘蔗发酵而成，勾兑程度且不说，度数可是吓人。但几人在好客的当地人面前，再为难也得喝，好在当地人不怎么逼人喝酒，于是一人喝了一杯，那种滚烫的感觉立即流经全身，酒量小的几个人已经有点头晕。

也许这酒就是让人晕的，因为热情的人们已经将客人拉入载歌载舞的人群中。大家肆意摇摆，就在这时，陈剑宝已经注意到舞动扭摆的人群当中，有好几个人都抱着一卷草席举在头上尽兴地摇摆着。

一看这情形，几人就感觉到头皮发麻。果然，陈剑宝是"好奇害死

猫”，打听到了其中内幕。还好，这草席虽然是拿来裹尸的，但是现在还没有尸，也就是一个跳舞的现成的道具。但饶是如此，几个中国人已经没有了摇摆的兴致。

好不容易等到预备活动结束，人群又开始前行。这次已经有了规矩，老人在前，乐队随后，之后就是那些跳舞的没有停下来，继续手舞足蹈地跟进。这才是真正朝着目的地进发。

墓穴在村子后山的半山腰。远远看去，周围没有别的坟冢，只有孤零零的一座。居然还有一些早已抢占有利位置的小商贩，就如赶集一般，兜售着饼干、烟酒和烤熟的花生、地瓜等。

下午 2 点 30 分，已有七八百人兴高采烈地聚集在坟冢周围。望着眼前眉飞色舞、载歌载舞的人群，看着眼前那真实的大坟包赫然矗立着，几个中国人除了震惊还是震惊，一个个傻了眼，“难道这是纪念先人先祖?”马米苏也没有作声，任由几个朋友疑惑着，也许这才是民俗的魅力吧。

村长倒是很热心，指着这个约 2 米高的长方形坟冢说：“今天一共有约 20 具先人的遗骸要从里面取出来进行翻尸。”大家仔细一看，这坟墓倒修建得蛮堂皇，正面像个门厅，上面画有颜色鲜艳的图饰。

终于，闹腾的人群慢慢安静了下来，有三位身着米黄色制服和一位西装革履的人已经来到人群当中。仪式要开始了。村长介绍说，穿西装的是镇长，其他三位是平时负责这几个村子治安的巡逻员。镇长和巡逻员的到来是为了预防活动即将结束时人们酒劲一发可能出现的混乱。

镇长和村里的几位族人代表登上坟冢的顶部，把一面国旗插在了坟顶。接着，镇长开始讲话，仪式正式开始，现场的乐队奏起了国歌。

一个个立即庄严肃穆起来。

族人代表讲话，场面又开始有点乱了起来，迫不及待的人们已经聚集在墓穴的面前，等待着进入墓穴之门。

族人代表开始念起一长串的名字。每念一个名字，就将手中的酒洒向墓穴的周围，人群中一阵响应，看来念的就是要翻尸的名单。

突然，聚集在坟前的人们发出了一声喊叫，墓穴门已经开启，等候已久的各家代表开始进入到墓穴中去认领各自的“亲人”。同行中的王翠可是有备而来，她经过镇长和长老的许可，被破例允许进入墓穴拍摄。如此，几个中国人也就大致了解了里面的情形：墓穴在地下也约有 2 米深，有几级台阶，里面空间并没有想象中那么大，尸体全是用麻布包裹着的，整齐地安放在两侧，分成一格一格的。有的麻布感觉还算完好，有的则已经开始腐烂。那些尸骸，几乎都像腌制过的干鱼。

第一具尸体很快从墓穴中被抬出，人群中又爆发出一阵欢呼声。紧接着乐手们奏起了欢快的乐曲，死者的家人们争相扑拥到尸体前，一个个纷纷高举着尸体，连唱带跳地走到墓穴不远的草地上，早已有人在地上展开了新的草席。他们却没有展开亲人那已经破败的裹尸麻布，而是全部围坐，抚摸着尸体，彼此交谈着。

尸体一具接一具地从墓穴中被抬出。家人们各自簇拥着自己的“亲人”，在空地上坐下。

突然，有一家人发出了哭声。瞬间，哭声弥漫开来。这时，那此起彼伏的哭声终于渲染出了悲伤的情绪，欢快的鼓乐也变得低沉起来。毕竟这是一个与亡者重逢的时刻，无论一个个亲友刚才是如何兴奋，但当看到故人的音容笑貌都已只是眼前被麻布缠裹的“枯尸”时，任其是谁，都抑制不住悲伤的情绪。

方志辉想，这就是人类共通之处吧——情感，是掩饰不住的。无论是以哪种方式纪念，心怀感恩都是人类的共同法则，缅怀过去，展望未来，才有了人类社会永无穷尽的进步和发展。几个异乡人都被这悲伤的情绪感染着，虽然此时他们语言不通，却心灵共通。作为局外人的他们，此时此刻，似乎恍然悟出翻尸节的真实意义。

慢慢地，家人们又开始把裹在尸体最外面的麻布展开。里面还有旧里，或许是上次翻尸留下来的，或许是最初入土的素裹。大部分尸体其实都没有展开到最后一层，因此比预想的场面要平和很多。接着，家人们用预先准备好的白麻布把尸身一层层仔细地包好，用布带扎紧。有人嘴里念念有词地在新裹尸布上涂抹着一些东西。马米苏解答了大家的疑惑：“涂的是蜂蜜。他们认为，蜂蜜是亡魂们最喜欢享用的美食。”最后家人们又为了下一次的准确重逢，在新的裹尸布上写上记号。

最终，人们终于依依不舍地把故人的尸骸再次送回墓穴。

太阳快要落山了，悲伤渐渐散去，热闹的音乐再次响起。人群又纷纷

重新抬起了尸体，绕着墓穴反复地转着圈。慢慢地，愉悦和兴奋又重新回到人们的脸上。

在一片欢呼声中，墓穴的门被徐徐关上。

仪式快结束了，天也近黑，刚刚经历悲喜两重天的人们又喜庆地欢歌着。方志辉们却没有兴奋起来，这群来自古老的文明国度中的农业科学家们，他们有一种独有的悲天悯人的情怀。尤其是方志辉，在异乡亲历了这样一个奇特的与先人晤面的仪式之后，想得更为深远了。他仿佛在思考着生命的意义，又仿佛没有思考，只是冷峻地缄默着，沉思着。

没有等仪式完全结束，他们就和镇长、村长及几位长老告别，提前离开了。翻过一个小山头后，他们还能听到山那边依然有欢快的音乐和喧闹声传来。

4　面包树下有知音

饭菜上了桌，方志辉有些自嘲地讲："光听我卖弄了，不说了，吃饭，吃饭。"他喝了口茶，继续说道："大家如果有兴趣听，我还是讲，看到这饭菜，我想起了猴儿们的食物——猴面包。"

"边吃边讲，边吃边讲。"有人插话进来，于是方志辉又讲起一个神奇的故事。

"到马达加斯加不看猴面包树等于没去，会遗憾一辈子！为了不留遗憾，我和耀松、剑宝、艳萍决定去穆隆达瓦。猴面包树作为地球上古老而独特的树种之一，目前只分布在非洲大陆、北美部分地区和马达加斯加岛，全世界 8 种猴面包树中的 7 种都能在马达加斯加见到。树高从十几米到几十米不等，腰围粗大，活像一个硕大的啤酒桶，最粗的甚至要数十人才能合抱。它是植物王国中的老寿星，能活 4000 ~ 6000 年，有极强的适应当地环境的能力。热带草原终年炎热，有明显的干湿季节。雨季中，这树能依靠自身松软的木质，拼命地吸水，并将水贮存在树干里，一棵树能贮存几千公斤甚至更多的水，身躯可以替代根系吸水。树喝足水后，长出掌状复叶，开出很大的白花，果实有葫芦那么大，呈褐色椭圆形，外壳坚硬，果肉酸甜多汁，是猴子、猩猩们的美味佳肴，猴面包树便由此而得名。而在旱季来临时，又迅速地落叶，减少水分的蒸发。这东西极好，当你干渴时，就可以从树身上吸水，为此它还有‘生命树’之美誉。

“2009年4月1日，我们在马方技术员萨米的陪同下专程去欣赏猴面包树。萨米的英语、法语、马语都很好，是难得的导游加翻译。穆隆达瓦市位于马达加斯加西南部，靠近莫桑比克海峡，距首都塔那那利佛约700公里，一天车程可到。这里曾经是马岛最古老最强盛部族的居住地。撒卡拉瓦王朝后来分裂为3个部族，梅那贝部族得益于得天独厚的地理环境和独有的资源，以穆隆达瓦为中心发展，成了现在著名的旅游城市。猴面包树，还有丰富的物产，农产品和海产品均负盛名，被红树林、潟湖包围的海岸、细沙海滩，带平衡杆的双桅帆船等都吸引着四方来客。

“当晚上7点抵达穆隆达瓦时，原野上高大的猴面包树在车灯和绚烂金色晚霞的掩映下若隐若现。茅草搭建的近海餐厅四周通透。我们坐在椅子上，呼吸着略带燥热干旱的海风，听海潮声声，看洁白海滩上椰树的倒影，绰约美景在前，舟车劳顿烟消云散。

“萨米说，日落时的猴面包树大道最好看。第二天下午，我们终于如愿以偿。这个距离穆隆达瓦市区往北约20公里的猴面包树大道，是马岛乃至全球最佳的欣赏猴面包树的地方。土路两边的牛车缓慢行进在传奇的情人猴面包树下，两颗硕大的树干拥抱缠绵，向天伸展，众多情人不远万里来树下誓愿。沿着猴面包树大道远远望去，一排排胖子树挺直腰板，守望茫茫草原，虽不婀娜，却甚壮观。夕阳西下，落日的余晖将树干映红……此时，恰有几个小姑娘售卖猴面包，还有大小两只猴子机灵地乞讨，引得众多游人围观。如此独特圣景，让你情不自禁地迷恋此地。我们试着吃了些果实，并在酒店榨了鲜果汁，味道的确还可以。耀松更加有心，特意带了一颗回国，送给了我女儿方昳。方昳特别高兴，没舍得吃，将其制成标本珍藏了下来。”

5　溶洞历险寻鳄鱼

故事讲完，大家已是酒足饭饱，方志辉看着方昳期待着，就说：“看着大家神往，就再讲个鳄鱼溶洞历险记的故事。

“那是2009年的五一，我在马岛西部的波马拉哈青戈自然保护区考察水稻，巧遇马国旅游部国际合作司司长埃里克带领一支国外科考队来此考察鳄鱼。认识他，是因马国旅游部部长曾兼职农业部部长。”方志辉打开了话匣子。“因为我对鳄鱼感兴趣，于是全副武装地临时成了该科考队的一名特殊队员。为确保我的安全，埃里克让我走在最后，并一再要求科考队的两名马岛土著重点保护我。尼瑞纳是马岛爬行动物专家，其女助手约瑟芬也是博士。这位棕色皮肤的专家一到洞口，就不停地告诉我要多注意，而我这个爱探险的人哪里会怕。当地人说这洞里的鳄鱼有7米多长，尼瑞纳却讲他见过的只有4米多长。忽然，一个大大的鳄鱼脚印出现了。‘好家伙，这回真的撞上大家伙了！’尼瑞纳说完再不出声，看其紧张兴奋的神情就知怎么回事了。我很想问究竟有多大，但却始终张不开口。灯光打在了地上，大家开始搜索更多的鳄鱼踪迹。我看到三道清晰的平行线向洞穴深处延伸，一会儿爬上了岩石台地，一会儿又蹿进了小池塘。两边的是爪子印，中间的是尾巴印。星罗棋布的小池塘是几小时前的暴雨后，伏流潮涨潮落形成的。印迹如此新鲜，就仿佛那硕大的鳄鱼在几分钟前刚刚爬过。我有些后悔自己的冒险，旋即又放下心来，因为洞内有许多沙丘。我知道鳄鱼不喜欢沙丘，并继续自我安慰，‘这两位马岛土著，绝对是规避鳄鱼袭击的高手……心一放松，就能欣赏眼前美景。’非常粗大、如百年橡树的钟乳石从洞顶垂下，成堆的蝙蝠倒挂在石壁之上。清澈的阴河水冲进平静的小池塘，密密麻麻的幼蟹轻盈地掠过水面，稍深些的地方，小龙虾、成年蟹，还有那众多叫不出名的鱼儿，缓缓地贴着水底自由地游弋。四周却是黑漆漆的，只闻阴河里涛声阵阵，清脆悦耳，犹如天籁。

“正当我投入地赏景之时，尼瑞纳突然发声，‘探险就此打住，再往里走，岔道更多，没有向导会非常危险’。我极不情愿就这样结束，正好法国探险家彼特希望再往前走一走，还问我有胆吗。我说想感受一下二人小组的惊奇探险。哪知尼瑞纳当即就出乎意料地说‘没问题’。当我忐忑地迈入齐小腿深的阴河随彼特逆水而上时，开始的兴奋劲早就消失到对黑暗的恐惧之中了。焦虑如影随形，我满脑子都在想象遭受鳄鱼袭击的情形。前面突然传来的半呜叫半吞咽的奇怪声音中断了我的白日梦，难道真的是鳄鱼？探灯照过，左边的小池塘里，一条长长的黑影卧在那里。我立即惊恐地叫了起来：'鳄鱼？'彼特轻声说：'不用怕，一条无毒蛇。'接着，我们继续向前走，其实我敢向前迈进一半源于自信，更多的是鬼使神差。刚走几步，又隐约看到前方沙滩上有只闪光的眼睛，这家伙约30厘米高，比周围乱蹿的昆虫高出好多。'难道是一只小鳄鱼？它的妈妈应该就在附近。'我的脑子嗡的一声麻木了。'鳄鱼妈妈会像熊妈妈一样保护她的孩子吗？那伏在沙子下面的鳄鱼妈妈会不会用硕大的嘴来拥抱我们？'我一阵胡猜。'它一定是与我们前进方向相对，横躺在那里的，因仅有一只眼睛。'当终于看清它仅是一只蹲在石头上的青蛙时，我又虚张声势，假装很是自信。终于返回了，我像幽灵一样快步转身，生怕落在彼特后面，竖起耳朵捕捉每一丝声音，用探灯不断地四下扫射，查看水中每一个可疑的物体，却毫不顾忌脚底下的一摊摊泥巴，几次险些摔倒在光洁的沙滩上。那一团飞虫始终盘旋在我的头顶周围，似乎飞行的它们也跟了我逃跑似的步伐。当终于拐过来时的那个熟悉的弯道，望见前方的日光时，我知道终于安全了。可到了洞口，埃里克却告诉我，其实尼瑞纳宣布探险结束时就断定溶洞中没有鳄鱼，原因居然也是干沙丘太多，即使有鳄鱼也只是顺潮路过。约瑟芬讲，其实彼特十分清楚，否则他即使有10个脑袋也不敢往里走，更不敢邀你随行。看来这就是法国人的浪漫，我似有所悟。虽事隔多年，但这次神秘的探险，却让我回味连连……"

6　吉祥神龟祈如意

方昳吵着说："这就完了，也太不过瘾了。爸爸，你再讲一个故事好吗？"

方志辉拿这个女儿真没办法，从小他就觉得亏欠她娘俩很多。"就再讲一个故事吧，还是讲马岛的动物，大家都喜欢的吉祥龟。2009年2月至5月，我和耀松、剑宝自驾汽车对马国6个自治区的杂交水稻示范片区进行指导。这些地方在不同的生态区，让我们有机会游历了近半个马岛，也正好见识了马岛的神奇，印象深刻的还有那些龟，包括亚达伯拉象龟、阿加诺卡龟、辐射龟、蛛网龟和平背蛛网龟等，都是马岛特有的陆龟，其中让人印象最深的是亚达伯拉象龟和阿加诺卡龟。象龟因四足粗壮如象腿得

名。以前，亚达伯拉群岛也有陆龟，现在只有马岛北方有了，因此成了第一种受国际公约保护的陆龟。它是世界上最大最长寿的陆龟，雄龟可达130厘米长，500斤重，移动它得用吊车。雌龟小点，成年的90厘米左右长。陆龟的寿命在三四百岁，个性温和，喜食绿色仙人掌，能吃任何植物，一天可吃20多斤，但其实它们并没有将食物消化掉，而是将其储存起来了。象龟生活在海岛，却只喝淡水，为找水经常要爬行好几公里，它们将大量的水储藏在膀胱。当地人缺水就可以找它，与猴面包树相似，也是非洲的特色生物吧。它可以载人跑，在动物园我就坐过，感觉很神奇。当地人将其龟壳做成婴儿的摇篮，寓意安康，过去华侨喜欢吃龟肝，因为传说可以延年益寿。华侨，也是杂交水稻种植户的张小龙告诉我说，一副龟肝可供30人吃。不过，现在陆龟受保护了，这样挺好的。

“阿加诺卡龟又名安哥洛卡象龟，胸甲扩展凸出状如犁头，还叫犁头龟，主要分布在马岛西北部，也是吃草的。但因其幼龟生性孤僻，对环境敏感，对食物挑剔，栖息地大幅减少已经威胁其生存，非法宠物贸易更是对其伤害甚大。因马岛人和我们国人一样有许多民俗，对这种龟特别尊重，不敢任意伤害，相信吃卡龟会走霉运，但是他们却认为小鸡同它待在一起能保证小鸡顺利长大，因此常把它捉回去，所以马岛人对它非常熟悉。卡龟的最大特点是，其性别是由孵化时的温度决定的，31摄氏度以上产生雌性个体，低于28摄氏度则为雄性个体。这与两系杂交水稻，两用不育系的育性转换受温度控制的机理十分相似。如培矮64S在幼穗分化雌雄蕊分化期，到花粉母细胞形成期，当温度高于23.5摄氏度时，雄性不育，只能做母本，用于制种；当温度低于23.5摄氏度时，雄性可育，能自交结实，可用于做不育系繁殖。”

听到这里，方昳哈哈大笑：“老爸呀老爸，你是不是要让所有的人都去研究和种植杂交水稻呀！”

方志辉赧然一笑：“哪有，你这个丫头。我想说的是，由此可见，人类探索生物的奥妙之路还很长很长……”

7 在长沙会见“马达加斯加友好大使”

在马达加斯加的田间地头工作和考察了七个年头，方志辉一直有个心愿，就是能在假期带老婆孩子，去这座印度洋西部的神奇岛屿走一走看一看。无奈由于工作繁忙，这个计划始终没有提上日程。

彼时正是2010年的冬天，马岛的项目已经迈入正轨，方志辉也回到了长沙和家人共度农历新年，恰逢长沙野生动物园在举办安哥洛卡象龟的巡展。这种乌龟又名马达加斯加陆龟，它们是世界上最稀有的物种之一，也是马达加斯加特有的“国宝”，相当于我们中国的大熊猫。此番作为友好大使来中国做客，也给了中国朋友近距离接触马岛的机会。

得知这一消息，方志辉全家驱车来到位于长沙市南郊的野生动物园，特地去拜访几位从遥远的非洲远道而来的“马达加斯加大使”。可爱的象龟不仅成为两国人民友谊的纽带，更时刻提醒着全人类，在发展经济的同时必须牢记保护生态平衡的重要性。

黄秋林（左）；方昳（中）；方志辉（右）

这份久违的天伦之乐，也使这位常年奋战在杂交水稻国际推广一线，

而无法陪伴家人的汉子内心歉疚不已。其实，在科研人员把袁隆平研发的“希望种子”散播到世界各地的背后，是家人默默的支持和无怨的守候在支撑着他们的小家，支持着他们的事业。正因为这份来自长沙的“鼎力支持”，才让方志辉和他的团队能够在马岛“全无后顾之忧”地工作。

虽然有着截然不同的身份，但从某种意义上来说，这些奔波的水稻工作者，与安哥洛卡象龟有着相同的使命：在两国之间传递爱与和平，为当地人民带来幸福快乐。这粒神奇的水稻种子不仅象征着温饱，更为人类带来了美好的生活和无限的希望。

第九节　妈妈，稻子熟了

1　湖南卫视的晚会

援非项目收到了显著成效，马国客人开始了密集访华，有答谢，有学习，还有交流。

2010 年 3 月 12 日上午，马达加斯加副总理兼外交部部长皮耶罗专程到长沙拜访袁隆平院士，看望在长沙的援马项目专家，并就第二期技术合作方案与湖南省农科院达成了共识。同年 4 月 20 日下午，巴齐尔带领由 100 名马达加斯加议员组成的代表团访问湖南省农科院。9 月 1 日，马国农业部农业总局局长马米又来到长沙，开始了他为期 12 天的中国之行。

受袁隆平委托，几次活动都由方志辉负责接待。

马米到长沙后，因为专业原因，马不停蹄地开始了考察活动，先后与湖南省农科院领导和专家座谈，总结援马达加斯加杂交水稻示范中心项目的第一期成果，推进第二期项目启动，并前往湖南省农科院在怀化的杂交水稻制种基地，对中国政府援马达加斯加稻种质量进行田间检验和检疫。其间适逢上海世博会召开，他自然舍不得这好机会，特意安排从上海出境，参观考察，也可顺道了解世界的变化、中国的崛起，把中国经验带回国。

前面 5 天，马米一刻也不敢停歇，很快达到了目的，他受到袁隆平院士和湖南省农科院领导和专家的热忱欢迎，感受到了这个泱泱大国的好客和友善，以及中国帮助马国的无私态度和坚决信心，心情自然很是高兴。

9 月 6 日上午，马米在刘志刚等人的陪同下，饶有兴趣地参观了岳麓

书院，这座湖湘圣贤、湖湘文化的大本营。因为对中国和中国文化不是很熟悉，马米也就是走马观花地浏览了一番，感受了一番湘人的精神和湖湘文化对中国文明和世界文明的贡献。

马米的运气很好。那天，正好湖南卫视举办了一场专门献给袁隆平院士 80 华诞和首届中国杂交水稻大会的、以“为了大地的丰收”为主题的晚会，他自然作为国际友人受邀出席。方志辉的爱人黄秋林和杨耀松的爱人赵旭萍也幸运地参加了这次活动，可以享受与爱人待在一起的珍贵时光。

几人早早地来到晚会现场，一个个喜气洋洋的，待在现场的时间过得飞快。

“袁隆平对湖南，对中国，对世界的贡献是巨大的。希望观众能多了解袁老，也希望大家更多地了解那些每天辛勤工作在田间的杂交水稻科研人员。”随着主持人张丹丹那圆润、磁性、甜美的声音响起，晚上 8 点，节目正式开始。

一个个精彩纷呈的节目让马米大饱眼福，也让马米了解了袁隆平和他的杂交水稻团队的创业故事。

马米一个劲地鼓掌，一个劲地竖起大拇指，都不知道如何表达自己的情感。而最让马米感动的是，这台晚会居然有个场景是专门为他而设的。

“下面演出的节目是《非洲丰收之歌》。听这名字，您大概就知道我们尊敬的袁院士发明的杂交水稻已经香飘世界。作为我们最要好的朋友，非洲友人亲自登台演出，演员均来自在隆平高科培训、学习的马达加斯加、加纳、埃塞俄比亚及肯尼亚等国的学员。而这个节目，也是我们隆平高科副总裁兼隆平国际培训学院院长周丹和隆平国际培训学院常务副院长冯霞辉精心选送的……”主持人那抑扬顿挫的语调瞬时拉紧了马米的心，他看到一个个同胞在台上尽情舞蹈，看到马达加斯加姑娘吉西热情地领唱，心情十分激动。

吉西是马达加斯加农业部一名年轻的技术员，她来中国湖南学习就是马米批准的。看到她的成就，马米已经沉浸到节目之中了，那种激动之情溢于言表。

异国他乡，马米看到自己的同事在杂交水稻之父的生日晚会上演唱本民族的丰收之歌，那是一种怎样的喜悦和激动的心情呀。

和马米同样激动的还有方志辉和杨耀松以及他们的家人。方杨二人又让节目拉回到了那些在马国的艰难岁月，重温了一次创业的艰辛。还有什么比历尽艰难困苦之后的收获更能让人激动和欣慰的呢，他们的妻子一起分享了成功的喜悦，同时又感受着自己丈夫的不易。

观众掌声雷动，马米更是自顾不暇。此时，主持人的声音再度传来："下面，由著名艺人汪峰朗诵抒情散文——《妈妈，稻子熟了》，让我们的掌声响起来，以此感恩我们伟大的科学家袁隆平老先生为我们解决温饱问题，为世界杂交水稻做出的牺牲与贡献。"

妈妈，稻子熟了

稻子熟了，妈妈，我来看您了。本来是想一个人静静地陪您说会话，安江的乡亲们实在是太热情了，天这么热，他们还一直陪着，谢谢他们了。

妈妈，您在安江，我在长沙，隔得很远很远。我在梦里总是想着您，想着安江这个地方。

汪峰那煽情、磁性的男中音一出声，现场的观众的眼睛就湿润了，大家如此亲近地走进了一个伟大科学家的内心世界。

原来，伟人与凡人一样，心中不乏真情，而平时大家看不到，只是因为他们为了人类的事业，把自己的内心埋藏得更深。此时，经节目一演绎，大家感觉到伟人就在身边。

袁院士和夫人邓哲老师早已热泪盈眶，他们的思绪又回到了安江的田地间。

人事难料啊，您这样一位习惯了繁华都市的大家闺秀，最后竟会永远留在这么一个偏远的小山村。还记得吗？57 年前，我要从重庆的大学分配到这儿，是您陪着我，脸贴着地图，手指顺着密密麻麻的细线，找了很久，才找到地图上这么一个小点点。当时您叹了口气说："孩子，你到那儿，是要吃苦的呀……"我说："我年轻，我还有一把小提琴。"没想到的是，为了我，为了帮我带小孩，您也被拖到了安江。最后，受累吃苦的，是

妈妈您呐！您哪里走得惯乡间的田埂！我总记得，每次都要小孙孙牵着您的手，您才敢走过屋前屋后的田间小道。

安江是我的一切，我却忘了，对于一辈子都生活在大城市里的您来说，70岁了，一切还要重新来适应。我从来没有问过您有什么难处，我总以为会有时间的，会有时间的，等我闲一点一定好好地陪陪您……哪想到，直到您走的时候，我还在长沙忙着开会。那天正好是中秋节，全国的同行都来了。搞杂交水稻不容易啊，我又是召集人，怎么着也得陪大家过这个节啊，只是儿子永远亏欠妈妈您了……其实我知道，那个时候已经是您的最后时刻。我总盼望着妈妈您能多撑两天。谁知道，即便是天不亮就往安江赶，我还是不能见上妈妈您最后一面。

太晚了，一切都太晚了，我真的好后悔。妈妈您当时一定等了我很久，盼了我很久，您一定有很多话要对儿子说，有很多事要交代。可我怎么就那么糊涂呢！这么多年呐，为什么我就不能少下一次田，少做一次试验，少出一天差，坐下来静静地好好陪陪您。哪怕，哪怕就一次。

妈妈，每当我的研究取得成果，每当我在国际讲坛上谈笑风生，每当我接过一座又一座奖杯，我总是对人说，这辈子对我影响最深的人就是妈妈您啊！无法想象，没有您的英语启蒙，在一片闭塞中，我怎么能够用英语阅读世界上最先进的科学文献，用超越那个时代的视野，去寻访遗传学大师孟德尔和摩尔根？无法想象，在那个颠沛流离的岁月中，从北京到汉口，从桃源到重庆，没有您的执着和鼓励，我怎么能够获得系统的现代教育，获得在大江大河中自由遨游的胆识？无法想象，没有您在我的摇篮前跟我讲尼采，讲这位昂扬着生命力、意志力的伟大哲人，我怎么能够在千百次的失败中坚信，必然有一粒种子可以使万千民众告别饥饿？他们说，我用一粒种子改变了世界。我知道，这粒种子，是妈妈您在我的幼年时种下的！

稻子熟了，妈妈，您能闻到吗？安江可好？那里的田埂是不是还留着熟悉的欢笑？隔着21年的时光啊，我依稀看见，小孙孙牵着您的手，走过稻浪的背影；我还要告诉您，一辈子没有耕种过的母亲，稻芒划过手掌，稻草在场上堆积成垛，谷子在阳光中哔啵作响，水田在西晒下泛出橙黄的味道。这都是儿子要跟您说的话，说不完的话啊！

稻子熟了，妈妈，我想您了！

台上的汪峰几度哽咽，台下的观众一次次掌声如潮。晚会进入了最高潮，偌大的会场竟有不少抽泣声。

马米早已失声哭泣，他的情感更复杂，有激动，有感动，更多的还是庆幸，自己有幸结识了中国这样一位伟大的科学家。也想到了自己，更想到了非洲，想到了中国友人一次次和自己提及的院士的“两个梦”。此时的他，似乎更加理解方志辉等援非科学家们为何对袁院士那么地爱戴和敬仰，自己对袁院士也更是无比地敬仰和爱戴了，他用那充满崇敬的眼神再度深情地凝望了边上就座的这位慈祥的老人，觉得这个普通得不能再普通的老者，不知道何时身上已经拥有了那样一种磁场，一种超能力，看似很近，却又很远。望着很远，却又是那么地近——如此平易近人，正如大地一般。

他此时想起了自己刚学来的一句中国诗句，觉得用在这里最合适不过了，于是告诉身边同样满是泪水的方志辉说：“为什么我的眼里常含泪水？因为我对这土地爱得深沉……”

方志辉自然更加领悟艾青这脍炙人口的诗句的含义。这诗句的确适合在场的每一个人。于是他满是肯定，并告诉他说：“马米先生，你知道吗，这台意义深刻的晚会差一点就没有办成。”

看着马米满脸惊诧的模样，方志辉接着说：“你不知道，这原因，其实就是因为有一个人不同意。他，他就是袁隆平院士。”

接着方志辉说起了原委。原来，节目组在敲定晚会后，去请示袁院士，院士说：“这样不好。为了杂交水稻，我是做了一些事，但是必须老实讲，这个成绩是大家一起干出来的，而不是我一个人的功劳。现在为我的生日举办这样一台晚会，真的不合适。”

作为家喻户晓的科学家，袁隆平谦虚稳重，面对各种荣誉，他都保持着良好的心态。他是如此和蔼可亲，一如一位老父亲。在他黝黑的脸上，灿烂的微笑永远和金黄的水稻联系在一起。正如袁隆平自己说的那样：“杂交水稻对我永远具有诱惑，即使我年过百岁。”此后，经过省领导出面，站在推广杂交水稻、庆祝会议成功召开的角度上，院士总算勉强同意。

马米在听到这些后，心情久久不能平静。

2 参观袁隆平旧居

袁隆平院士与马达加斯加朋友在杂交水稻稻田

（右二：袁隆平院士；右三：马达加斯加农业部秘书长菲勒贝；左二：马达加斯加农业部农业总局局长马米；左一：方志辉）

2010年9月7日，马米在方志辉、邓小林、杨耀松等人的陪同下，率援马达加斯加杂交水稻示范中心项目第二期的技术人员和袁氏种业即将派驻马岛的技术人员——李联芳、龙小安、李德生、匡常贵、廖秋彬和陈彦彪等，一行16人浩浩荡荡地赶赴怀化制种基地——安江镇和托口乡考察。

考察结果令人鼓舞，产量均超过了年初设定的目标。在安江制种基地的邓小林教授总结经验时说："一是技术已过关，二是人努力、天帮忙、祖宗保佑。"

原来这两处制种基地，距袁老师母亲华静女士的墓地都很近，而且年年制种产量都高，许多人都认同，这是她老人家在保佑。

得知这故事后，马米更是想去拜祭一下华静女士，大家自然都想。方志辉虔诚地说道：“离开安江以前，我们去祭拜华静奶奶，感谢她保佑我们。”

一行人在上午11时来到了华静女士墓前。方志辉主持了这简洁而又特别庄重肃穆的祭奠仪式。

当陈剑宝、黄柏章燃放鞭炮和礼花时，马米和邓小林代表大家敬献上花篮。

杨耀松和李艳萍再度合作朗诵了晚会上的那篇散文——《妈妈，稻子熟了》——那封饱含深情的“信”。

同样的信件，不同的场景。此时，华静女士就安睡在这方热土，静卧在他们身旁，此情此景，所有在场的人依然忍不住动容失色，抑制不住地抽咽起来。热泪中，大家排队依次恭敬地行起了跪拜之礼。

在参观安江的袁隆平旧居时，马米知道了更多有关杂交水稻的故事。当马米看到袁隆平旧居被列为全国重点文物保护单位时，禁不住地问道：“在湖南这种类型的全国重点文物保护单位有多少？”

方志辉说：“之前在湖南，国家将在世的重要人物生活、工作过的地方公布为全国重点文物保护单位的只有韶山毛泽东故居。

“巧合的是，7400年前发明种植粳稻的神农氏就住在沅水北岸的高庙，而7400年后发明籼型杂交稻的袁隆平院士则住在沅水南岸的安江农校。只要有一叶小舟，从安江农校沅水边上船，约航行50分钟，就可以到达斜对面的高庙遗址，这可是一个集8000年文明于咫尺的旅游景点哟。”方志辉接着介绍起来。

“传说中的神农氏与考古发现的稻作文明的发祥地，与杂交水稻之父袁隆平工作的地方如此巧合地重叠于同一片土地，其中的奥妙实在是太神奇！在中国农业文明史中，安江的传奇应该值得浓墨重彩地大书特书。”马米感慨地说道。

9月11日，方志辉和杨耀松陪马米到上海参观世博园。马米只有不到一天的时间可以参观上海世博园。于是大家最后确定只参观非洲联合馆和中国馆。

机缘巧合。当一行人从上海世博园浦西园区5号轮渡码头乘渡船过黄浦江时，正好遇见方志辉的女儿方昳。此时她正就读于上海大学，适逢世

博会，有机会被选作志愿者，正好负责此片区的服务工作。

这下好了，有了个免费的义务导游，为行程又增加了亮色。马米入乡随俗地说：“这真的是华静奶奶在保佑哟。”

一席话说得大家开心大笑起来。确实，在上海世博会参观，有个熟悉情况的人做导游，那就方便多了。

非洲联合馆是非洲国家展馆汇聚的地方，展馆特别大，不用排队就可以进入参观。

一到展馆，首先映入眼帘的就是联合馆外墙上绘着的各式各样的树木、动物及城市、乡村简洁的轮廓。一派非洲风情。

走进大厅，迎面而来的是一幅巨大的人脸群像图。在形态各异的人脸上，展现出独特的“非洲微笑”。

馆内，更是一个浓缩的非洲，包含莫桑比克、津巴布韦、马达加斯加、马拉维、布隆迪、卢旺达、加纳、塞舌尔、科摩罗、坦桑尼亚等42个非洲国家的展馆，民族特色非常明显。

这些非洲国家把各自国家的美景和民间艺术品原封不动地搬到了自己的展馆，展示的是原生态的非洲风情。

独到的参展理念和独特的展品，演绎了非洲深厚的历史文化底蕴。非洲联合馆营造的是一种质朴、欢快、具有强烈视觉冲击的自然气息，在古老、神秘的韵味背后，是一个绚丽多姿的真实非洲，也是一个朝气蓬勃的未来非洲。在非洲联合馆内，游人可以零距离地感受原汁原味的非洲生活，领略狂野而神秘的非洲风情。

大家自然重点参观了马达加斯加馆。穿过一片用金黄色水稻装饰的田野，那里有著名的猴面包树。在经典读本《小王子》中，猴面包树被视作爱情的象征，如此更为马达加斯加馆增添了几许浪漫。

一座具有马达加斯加民族特色的乡村小屋更是大放异彩，游人放慢脚步，品鉴着每一件展品。这间乡村小屋给人一种走进了遮天蔽日的森林深处的感觉，可以让你体验当地闲适的生活场景——妇女们把树叶摘下并晒干，经过加工变成材料，将其编织成围巾或者鞋子；劳作了一天的男人们坐在木制折叠椅上放松身心，折叠椅的靠背上雕刻着精致的图案；老人们慢慢摇着古老的织布机，用麻线、棉线及树叶制成的线，缝制各种手袋、钱包及挎包。

从小屋出来，穿过桥梁，便到了马达加斯加的城市。

片刻之间，就能体验到马达加斯加的乡村和城市生活。

除了接受大自然的馈赠，马达加斯加也希望通过城乡的完美对接，实现其国家馆主题中提出的理念——“自然生活生态多样化—文化—发展—旅游”。

无独有偶的是，参观的当天，值班的工作人员又是两位从马达加斯加来华学习的留学生。女生叫作爱尔萨，在上海大学国际贸易专业读本科。男生叫作威杰索旦，在上海财经大学信息管理与工程专业读博士。

他乡遇故人，自然都是喜出望外。

来自马达加斯加水稻主产区安巴通扎卡的爱尔萨得知方志辉和马米等人的身份后，立即主动汇报起来：“我家里就种了中国的杂交水稻，上次袁隆平院士来马达加斯加馆，自己正好不在值班，一直心存遗憾。今天，能见到他的学生，同样深感荣幸。”

杨耀松不失时机地指着方昳对爱尔萨说：“还有更幸运的呢，来，我给你介绍一下，她叫方昳，是方志辉的女儿，也是你的校友。”

气氛更加愉悦和谐了。

下午参观中国国家馆。上海世博会中国国家馆又称“中国馆”，作为东道主，那设计更是一流，整个中国馆体现出一种“东方之冠、鼎盛中华、天下粮仓、富庶百姓”的理念。

馆内中国特色建筑——斗拱，一下子就吸引了大家的眼球。那层层叠加的木质结构，秩序井然，越抱越紧。

方志辉讲：“看似零碎的部件，却有难以估量的承载力，可以托起千钧重量。世界上有三大建筑体系，只有中国古代建筑极其智慧地采用了斗拱。”

马米说：“一个好的建筑，可以给人多方位的观察和理解，并引发丰富的联想。看来确实如此呀，中国馆从中国古代建筑的斗拱中，直接获得了艺术灵感和精神依托。”

杨耀松补充道：“中国这么一个人口众多的多民族国家，数千年来，就是依靠一种超常的凝聚力和忍辱负重、和衷共济的精神，才一步步走到今

天的。斗拱是一个极具象征性并能引发发散性思维的意象，我们都愿意赋予它这样的意义。同时，前来参加世博会的外国人一望便知它是中国的。”

在中国馆超级水稻展区，有上海世博会中国馆策展主笔、上海大学葛红兵教授亲自陪同大家参观。马米慨叹着说：“把袁隆平的超级水稻田搬进中国馆，真是一个绝妙的创意。”

听到马米如此说，葛教授介绍道：“中国是稻作文明的发祥地。袁隆平的超级杂交稻最能代表中国的农耕水平。把袁隆平的水稻搬进中国馆，是对中国近40年来辉煌成就的一个重要展示。”

虽然中国馆展示的水稻只占有大约10平方米，但能在上海世博会上看到超级水稻这一领先世界的成果，马米感到非常高兴，问题一个接着一个。

“中国馆的水稻产量有多高?”当得到“种在田里的话，可以达到每公顷12吨的产量，在这种展馆的展示环境条件下，也有可能达到每公顷10.5吨”的答复后，他又问：“袁隆平院士来过上海世博园吗？他参观过哪些国家馆?”

“6月下旬，袁院士到过上海世博园。据我所知，他看过几个国家馆，但重点是中国馆和马达加斯加馆。”方志辉回答着，并根据长沙晚报的报道，给马米描述了袁院士参观上海世博园中国馆和马达加斯加馆的情景。

6月21日，在上海世博园“科技创新与城市未来”论坛引发“杂交水稻风暴”的袁隆平院士，在媒体大爆“最想看沙特馆”的传言中，却率先踏访了一直念叨着的中国馆。在探访“爱子”——馆内展出的超级杂交稻后，他直奔湖南馆，在桃花源内流连忘返，题字、品黑茶，与家乡人拉家常。

在中国馆里，一片“稻田”圈在一个约10平方米的密闭玻璃房内，“田”里长出的超级杂交稻比农田里的“同胞兄弟”提前约两个月挂穗，其瀑布形态与袁隆平在田间选育的超级杂交稻相比毫不逊色。记者如此描述到。

“室内也能种出水稻，是人造仿生态环境创造的神奇吗?”“超级杂交稻的茁壮成长离不开阳光照射。这片丰收在望的稻田，是分期播下的稻种在室外生长到一定时期后，在馆内分批轮值的结果。”袁隆平的回答出人意料。

这片责任田的首席专家、上海市农科院研究员宋祥甫说，这片超级杂交稻有十多个品种参加了这届杂交水稻高产竞逐的“世界杯”，平均每10天换一批“队员”上阵，展示将一直延续到上海世博会闭幕。中国当代震惊世界的“第五大发明”，将在本届世博会画上令人回味无穷的惊叹号。

在国外展馆区，袁隆平踏访了上海世博会迄今为止参观人数最多的非洲联合馆。当袁隆平走进如热闹集市的展馆时，许多中外游客一眼就认出了这位非凡的世界级科学家，并欢呼着朝他涌来握手与合影留念。

马达加斯加国家馆的异域特征在馆内十分抢眼，特别是该馆以金黄色水稻装饰的国家形象，让“杂交水稻之父”涌起难以掩饰的温情。原来，一直种植常规稻的马达加斯加在袁隆平和他的科研团队的帮助下，引进了中国杂交水稻及其技术，其单产增长50%以上，有的甚至翻番。

看到马达加斯加以中国杂交稻来展现国家的希望和未来，袁隆平非常感动。他说：“非洲是水稻增产潜力最大的地区，也是最适合杂交水稻种植的地区。”

在金灿灿的中非“混血稻田”前，他留下了人们熟悉的身影。

“感谢袁隆平先生把杂交水稻带到马达加斯加，改善了我们当地人的生活。”马达加斯加馆馆长卡特林娜向“杂交水稻之父”深情诉衷肠。

马米听到此，也是非常高兴，原来袁院士对马国也是偏爱有加呀。

3　马国总统会见袁隆平

2017年3月24日，应马达加斯加共和国政府邀请，马达加斯加共和国总统埃里·拉乔纳里曼皮亚尼纳，在海南博鳌金海岸大酒店会见了袁隆平院士。

埃里总统表示，与全球闻名的“杂交水稻之父”见面非常高兴，感谢中国政府及袁院士对马达加斯加发展杂交水稻的大力支持，希望袁隆平院士继续帮助马达加斯加发展杂交水稻。袁隆平院士表示，我们将拿出最好的品种、最好的技术力量，在试验示范、本土化制种及人力资源培训上与马达加斯加开展更加密切的合作，争取使马国早日实现稻米自给。双方就杂交水稻在马达加斯加的进一步合作交换了意见。

马国总统会见袁隆平

（左二：袁隆平院士；左三：埃里总统）

4　第三方评价

2017 年 12 月 10 日，湖南省农学会组织湖南省农委、隆平高科、湖南农业大学、省机电职院、金健种业的 7 名专家，对方志辉主持的“杂交水稻在马达加斯加本土化研究与应用”进行第三方评价。评价会议由学会理事长柏连阳教授主持，青先国研究员担任专家组组长。

评价结论如下：

该项目将杂交水稻技术引入马达加斯加，开展本土化研究及应用，形成以下创新及成果：1）研创了引种筛选与本土化育种相结合的新途径；2）创新了种子贸易与本土化繁殖制种相结合的供种模式；3）创新了杂交水稻高产栽培技术与当地生产技术相结合的技术；4）创新了中国国内培训与当地培训相结合的技术传播方法；5）创新了杂交水稻走出去的推广模式，是杂交水稻外交和国际化实践的一个成功典范。

专家们一致认为，项目总体技术水平达到国际先进水平，其中惟楚902－3等3个品种在马达加斯加的选育及种子生产本土化研究居非洲领先水平；该项目能进一步促进中非友谊发展，将在“一带一路”倡议中发挥重要作用，具有重大的经济外交意义。

第十节　因缘际会首战捷

1　总理、总统齐接见

“生命里程中，那确实是个值得记忆的日子。那是我人生的至高荣耀和对自己工作的无上褒奖!”方志辉心想，不由得回忆起有幸受到朱镕基总理接见的往事。“朱总理可是当下国人，尤其是长沙人、湖南人心里的偶像人物，是和开国总理周总理比肩的受到尊敬的人哟。”

2001 年 5 月 12 日，朱镕基总理正对巴基斯坦进行国事访问。巴基斯坦全国工商联在伊斯兰堡市中心的万豪国际连锁酒店举行了一场盛大的欢迎午宴。巴国总统穆沙拉夫和工商界的名流受邀参加。受巴全国工商联主席 Tikhar Ali Malik 邀请，隆平高科董事、国际贸易部总经理方志辉和联合国粮农组织顾问、国家杂交水稻工程技术研究中心周承恕、项目经理胡智辉等人应邀参加。

接到通知后，他们兴奋不已，不停地设想、预演：怎样汇报、怎样与总理合影、怎样捕捉珍贵的镜头等?

提到隆平高科，不得不说那个特别的日子。1999 年 6 月 30 日，以湖南省农科院为主，湖南杂交水稻研究中心、袁隆平院士、中国科学院长沙农业现代化研究所、湖南东方农业产业有限公司和郴州市种子公司联合发起，创立隆平高科。

2000 年 5 月，隆平高科股票公开发行；同年 12 月，隆平高科股票在深交所正式挂牌上市！通过中国科学院和科技部认证的农业高科技企业——隆平高科——组建伊始，就有两个第一：全国第一家以著名科学家命名的上市公司，全国第一家由农业科研单位牵头发起创立的上市公司！

隆平高科的诞生，为农业科技成果转化为生产力的苦苦探寻提供了蓝本。一时间，中国农科院、天津农科院等20多家科研院所纷纷前往长沙取经，清华大学MBA班把隆平高科的创立作为案例写进了教材。中国长沙再一次成为中国农业乃至世界农业，或者是农业科学界的圣地麦加。

尽管如此，方志辉和他的同事还是想："当然，那么重要的场合，总理那么忙，怎么可能有空接见我们。"他们相互打趣起来，就如懵懂孩童一般。

"但是，万一又接见呢，我们是老乡啊。"方志辉几人想，同时抒发着畅想，"老乡见老乡，两眼泪汪汪。故乡情总是每个人都挥之不去的梦萦。"于是他们一遍又一遍地查找起总理进行国事访问的各种资料，好好地恶补了诸多纷繁芜杂的外交礼仪。然后，一遍又一遍地演练起来。穿什么衣，用什么样的姿势，保持什么样的表情，又模拟接见场景，如何说话，如何汇报等，不厌其烦地反复操练，相互检查，生怕一不小心就遗漏了某个关键环节。

几人一个晚上都没有睡着，或者说根本就没有睡。

第二天，大家不约而同地起了个大早，早早地收拾起来。从衣物鞋袜、面容神情、举手投足等外在的每个细节，到带的资料、相机，都不厌其烦地再仔仔细细地又检查了一番。

方志辉一改往日宽容敦厚、幽默轻松的性情，为每个人的着装等细节又细细地检查了一遍。确认没有任何瑕疵之后，他又把几人叫在一起，一个个地把早已经背诵了几十上百遍的台词又演习了一遍。确认没有任何问题了，他似乎稍微放松了点，再次提醒各位，"打起精神，壮我国威"，搞得众人都有点不习惯。

大家的神经都被兴奋、紧张、激动等各种情绪充斥着，没有来得及细品这个不像领导，更像兄长的老大哥怎么突然就有了这些转变。倒是事后回忆时，几人相互开玩笑打趣时才蓦地发觉当时的各种"不寻常"，而当时竟然都愉悦地接受，并一一照做了。

段继春不止一次地回忆说："最好玩儿的还是我们方总，都临出门了，他又照了下镜子，自顾自地对着镜子，用他那特有的、浑厚的，永远都改

变不了的沅江普通话，有板有眼地一遍又一遍地重复，‘总理，您好，我是来自长沙的方志辉，是袁隆平院士的学生，是中国杂交水稻中巴合作项目的隆平高科的负责人。我来向您汇报我们开发合作的情况……’突然，方总好像忽然发觉哪里不对似的，一下子冲进卫生间，用冷水很快地洗了个头。当洗完出来时我们问他：‘方总，你怎么了呀?’这才知道，他还是觉得用摩丝把头发固定了显得好不自然，最终又回到了平时自然的模样。‘总理是个很自然、随性的人，我们这样太拘谨了怕是不好。’然后他又自嘲地讲：‘我是不是太紧张了，大家放松，放松。总理不会太注意我们的，不损国家形象，不损总理脸面就好。’唯独那一次，我们当时都没有开玩笑……”

好不容易到了举办宴会的万豪酒店，那场景让他们更加紧张了。

早已料到戒备森严。第一道关，每个参加宴会的人就要将照相机、手机等贴好标签，分别存放在早已准备好的不同类型的框盒里；第二道关，那可是比坐飞机更严格的安检。

“合影、照相等计划看来都没戏了。”段继春满脸失望之色，看看同行的人，也都不无落寞。

“静观其变吧，我们主要是向总理汇报工作的，大家打起精神来，我们照不了相，巴国会照的，到时讨要去。”方志辉见状，给大家打气鼓励。

好在一入席，他们就高兴得不行了，紧张以及那点小失落的情绪早就消失得无影无踪。原来，巴基斯坦全国工商联为每位入会者准备的新闻简报封底竟然是袁隆平院士的巨幅照片，还有介绍湖南省农科院、隆平高科与该国企业合作推广中国杂交水稻的文字材料。

果然，朱总理发现了。他们看到总理当即询问坐在身边的巴国工商联主席。当得知隆平高科有代表参加午宴时，总理马上安排请隆平高科专家上主席台就座，并亲切接见了方志辉一行。

虽然很是期待能在异国他乡见到敬爱的朱总理，而且总理还是长沙人。但当这一刻来临时，方志辉还是紧张、激动得不行，下意识地连忙说：“总理，您好！我是长沙的。”

朱总理微笑着，神情很是平静。

“我是袁隆平院士的学生。”方志辉接着说了下去，似乎要将早已准备好的台词一口气说完，却又生怕总理不给时间，都不知从哪里开始。

方志辉瞬即捕捉到朱总理听到“袁隆平”三个字时心动的眼神。于是赶忙将隆平高科在巴基斯坦合作推广杂交水稻的进展情况向总理进行了简短汇报。

“巴基斯坦是个农业大国，你们在这里搞好这个项目，是很有意义的！”果然，朱镕基总理微笑着耐心地听完方志辉的汇报后，满是赞许地发表了指示。

在接下来的宴会上，巴方已经安排将他们的进餐位置紧靠着朱总理和穆沙拉夫总统的餐桌。他们发现，总理的食品竟然和大家一样，也就是面包、饼干、香蕉、饮料、矿泉水，没有一点点特殊。

午宴很快就结束了。他们又知道，原来隆平高科竟然是本次宴会上总理唯一接见的中国公司！当天在巴基斯坦两大主要报刊上刊登的欢迎朱总理的大幅海报上，赫然印制的正是隆平高科和中国国旗图样！

“还有什么最能表达朱总理和巴基斯坦政府对隆平高科的高度肯定呢！还有什么比这种礼遇更尊贵呢！我们以前吃的那点苦和这比起来又算得了什么呢！真好！”方志辉几人止不住地兴奋激动起来。

段继春回忆说除了兴奋激动了好几天外，此后，他们几乎就是见人便分享这段经历，都快变成鲁迅笔下的祥林嫂那样絮絮叨叨永远不忘的“阿毛”了。

“但光荣呀！”胡智辉说。

方志辉自然也常常回想自己和同伴们在巴基斯坦的那些风风雨雨，特别是这次接见。他在日记中写道：

说起总理接见，还有件事我得记下来。

当时赴宴因为被安排了陪总理和总统，就坐到了前排，出门时我们自然落在了后面。到门口，胡智辉发现他原来存放手机的框子里只剩下几个手机，与他型号相同的手机已经只有一个了，却不是他的。于是智辉自然想到是别人拿错了，心想算了，就一个手机嘛。可我想，一个手机多贵(当时需要近万元)，还是向会务组反映一下吧，兴许能找到呢。会务组立即表示了歉意，在问明手机价格后，同意立即用美金赔偿。

段志雄事后得知这个事情后，开玩笑说："这件事能立即得到处理，那可是朱总理和袁院士两位的面子太大了！"原来，在外交活动中，像这种事情很常见，而处理一般都是少则几个月，多则一年半载，而且手续纷繁复杂，很多是最后都不了了之了。像这样现场赔付的不说没有，至少他是没有见过，也没有听说过的。

还有件事让我感受颇深。刚上班一年多的段继春后来经常讲，就是那次活动，穆沙拉夫总统对隆平高科留下了深刻印象。段继春一个毛头小伙子，竟然也受到了总统的专门接见。原来，此后的第二年秋天，穆沙拉夫总统在西部边境省考察时，竟然特地跑到隆平高科项目实施基地，执意要慰问中方驻点专家。因为当时形势紧张，慰问活动先后准备了多次，而总统却始终没有放弃，最终仍然在高度戒备中来到了我方驻地，并在慰问中高度评价了中方专家的工作，还与小伙子亲切合影，事后还让工作人员把照片专门送到驻地。

这就是国力，这就是价值。而这一切，不正是老师希望看到的吗？

2　踏破铁鞋无觅处

天降大任，看似有某种偶然因素，实则是必然的。

1999年6月，时任湖南省农科院海威进出口公司常务副总经理的方志辉，受湖南省农科院委派，担任隆平高科董事、隆平高科国际贸易部总经理。

湖南省农科院下属七个实体全部投入，隆平高科国际贸易部（简称国贸部）承担杂交水稻的国际开发工作，是隆平高科国际化战略的重要窗口，此后也自然成为中国"水稻外交"的顶梁柱。

受任伊始，方志辉脑海里思绪万千，一刻也歇不下来。

尽管此前出访过众多国家，考察过新加坡、马来西亚和泰国等国的农业或者商务状况，也有过多年国际培训的经验，但是能胜任隆平高科的国际开发这样一个政策性、技术性都非常强的系统工程的工作吗？

拿到任命书时，方志辉眉头紧锁，愁云密布。在同事们的祝贺声里，他除了有些兴奋，更多的是担忧，感觉自己就像大海中一叶飘摇的小船，好像看到灯塔在前，却又感到风雨欲来，只觉得肩上的担子好沉好沉。这不仅关乎同事们的利益、农科院的家当、老师的声望和希望，而且还关乎国家利益。他深感责任重大，如履薄冰。

创立隆平高科之初，恩师袁隆平的担忧又浮现在他眼前，“拿我的名字做公司，还上市？我不干，这不是我一下值钱，一下又不值钱呢，这像什么话？我又不要赚钱，我只想研究杂交水稻……”

老师现在已经“从自己的房子里面走出来了”，而且“袁隆平”三个字估价1000亿。我可别把他搞砸了。杂交水稻国际开发该怎样进行？开发之旅从哪个国家开始？如何找好第一个合作伙伴……各种问题一股脑儿全蹦了出来。

那些天，方志辉都不知道自己是怎么过的，为了平抑自己的心情，让日子恢复平静，方志辉多年来养成了一个习惯，就是喝茶、看书。他慢条斯理地泡起了茶。都说岁月如歌，人生当欢。他却总是想，“岁月人生更如茶”吧。

初尝滋味苦涩，静心细品，苦尽甘来的茶韵总让人陶醉。在心绪搅动之时，往杯中注水，看那被沸水冲泡的茶叶缓缓起舞，起伏、飘零，不正是人生吗？那一小簇青碧碧的绿叶，在水的浸润下，绿得让人感到只有宁静，总让人心头蓦地清静单纯下来，鲜活着味觉，灵动着思想，涤荡着灵魂。慢啜细饮，热流自舌尖直抵肺腑，心湖如花般徐徐绽放……世界，就在这似有若无的清香茶味中逐渐变得沉静起来。茶正是一道让人心神安宁的镇静剂，余音袅袅，清香苦涩都在一杯方圆中。闭上眼，静静地用心听，有一种倾诉，在耳边呢喃盘旋。声音温柔恬静，轻抚心房。似雨落，似花开，不知不觉，心生无限感激与宁静。

偶尔还能喝上一杯上好的茶，如老友相会，即是茶缘，再静静地捧上一本书，随手翻阅，也许不要观其内容，上下五千年，纵横全世界，一下子就可让自己的灵魂得到净化，许多答案也就如此莫名地浮现了出来。端起茶杯，他轻品一口，茶香馥郁，心头有了些许放松，信步踱到书架前。

《秘密》突然展示到眼前。

他记得这本书，是澳洲著名作家朗达·拜恩写的一本畅销全世界的励志书，而且依此摄制的电影在当地引发了收视狂潮。作者在有一年父亲突

然去世、工作遭遇瓶颈、家庭关系陷入僵局、人生跌至谷底、生活即将崩溃之时，意外发现了这“百年秘密”。这些秘密亘古以来存在于各种口述的历史、文学、宗教与哲学之中，更藏在人与世界的各个互动层面，每个人自身都存在着自己所不知道的能量——“吸引力法则”，即中国人常挂在嘴边祝福时用的“心想事成”。但全世界却仅有1%的人真正知道。知道这个秘密的人都是各行各业的佼佼者：幸福、快乐、健康、金钱、人际关系，这个秘密都能给你！了解这个秘密，就没有做不到的事；不论你是谁，你想要什么，这个秘密都能给你！

“柳暗花明又一村，谁说不是呢！”方志辉眉头舒展开来，“好茶，好香好醇好韵味。”

方志辉这些天的一切心思丝毫没有逃脱袁隆平的眼睛。他是知道自己这个学生的，低调、沉稳、谦和又不失果敢，凡事要做就必须成功。“湖南伢子嘛，就是吃得苦、霸得蛮、耐得烦，绝对不服输的，他是差把火哟。”袁隆平心想，于是他把方志辉叫到了办公室。

“志辉呀，愁什么？怕什么呢？有我在呢！”老师一直就是这样，一句话就点燃、放飞了希望，方志辉心里更宁静了。

“秘密”，他真正懂了。

1999年7月下旬，方志辉的一个好友，时任湖南省科技厅科技处处长的段志雄给他打来电话，称自己被外派到中国驻巴基斯坦大使馆科技处工作，特地辞行。

“天助我也！”方志辉喜出望外，好像忽然明白了“茅塞顿开”这个词原来就是这样来的。巴基斯坦！那不是有名的“用大米换外汇”的国家吗！志雄当了驻巴国外交官，这家伙精明能干，英语倍儿棒，我何不将巴基斯坦作为我杂交水稻开发的首发之国。真是“得来全不费功夫呀”。方志辉高兴得咧开了嘴，这感觉似乎比当年迎娶老婆还惬意、还开心。

当段志雄了解到方志辉的想法后，两人一拍即合。

“湖南人哪有不崇拜袁院士的呀，若我能在巴基斯坦工作期间，搞好中巴杂交水稻科技合作，那也是居功至伟，对得起这份膜拜之心了。”段志雄心想。于是，他告诉方志辉：“放心，我抵巴以后，首先帮你弄清土壤、气候等条件，以及他们的水稻种植面积、种子市场和大米消费习惯，再帮你找好下家，寻找愿意合作的科研机构、有实力的涉农企业；我还会将种子进口及相关贸易壁垒等政策调研清楚的。等我的好消息吧。”

不愧是省科技处的，三条意见下来，明明白白，根本不用方志辉再劳神。吃辣椒的湖南人都一个“样范”，干净、利落、爽快！

动作好迅速呀！8 月下旬，方志辉就收到了段志雄的邮件：

巴基斯坦国土面积 79 万多平方千米(不包括克什米尔地区)，人口 1.36 亿。68% 的人口居住在农村，其中 52% 的人口从事农业生产。小麦是当地人民的主食，水稻是排在小麦、棉花之后的第三大作物。

巴国大部属热带干旱、半干旱气候，年平均气温 27 摄氏度。夏季多雨，一年也是四季，从 12 月至翌年 3 月为相对干燥凉爽的冬季，4—6 月为干旱高温夏季，此期间信德省个别县市最高气温可逾 50 摄氏度。7—9 月为雨季或称为西南季风气候，10—11 月为季风回溯气候。整体气候干旱，大部分地区年降雨量在 500 毫米以下，变幅在 125 ~ 1000 毫米之间，约 80% 的降雨量发生在 7—8 月份。

与南亚和东南亚其他国家不同，水稻在巴基斯坦主要作为经济作物，稻米主要供出口换汇。巴国每年出口约 100 万吨大米，其中 25 万吨为长粒型、带香味、质优的巴丝玛蒂米，主要出口中东市场；非巴丝玛蒂、长粒型大米主要出口南亚和东南亚，量 50 余万吨，主要品种是 IRRI6 和 DR－92，皆为 20 世纪 70 年代的品种，虽有 30 多年种植历史，但已严重退化和混杂。

该国引进水稻品种对米质的要求很高。巴基斯坦国家研究机构非常注重巴丝玛蒂水稻品种的选育与改良，培育出了许多优质高产的常规品种，目前还启动了杂交品种的研究，但对非巴丝玛蒂水稻新品种的研究几乎处于停滞状态。因此，若要在巴基斯坦开发、推广杂交水稻，应主要针对以信德省为主的 70 多万公顷的非巴丝玛蒂水稻产区。

收到邮件，方志辉立即组织工作人员进行认真研究分析，研究结论为除气候不理想外，其他推广种植要素已基本具备。他将这一情况上报公司，建议可以进行接洽，开始合作，迅速迈出第一步。

隆平高科认为，若国贸部一时找不到更好的目标国，倒不如“摸着石头过河”，先摸索，先启动。于是原则上同意将巴基斯坦列为公司在海外的第一个目标国。

简要履行程序后，方志辉和国际贸易部副总经理杨耀松带着“认真开拓巴基斯坦市场，及时摸索解决遇到的问题，为开拓其他目标国市场奠定基础、积累经验”的艰巨使命，正式开始了艰难的探路开发之旅。

此后，一谈起杂交水稻的国际开发，方志辉准说：“万事开头难，多亏我这个好朋友段志雄，要说记功的话，他立了首功呀。良好的开端是成功的一半，他让我至少成功了一半。”

3 巴基斯坦风情

巴基斯坦意为“圣洁的土地”或“清真之国”，位于南亚次大陆的西北部，东接印度，东北与中国毗邻，西北与阿富汗交界，西邻伊朗，南濒阿拉伯海，曾经是英属印度的一部分，人口大部分为穆斯林。起初这个新生的国家还包括东巴基斯坦（于 1971 年独立为孟加拉国）。巴基斯坦全境 3/5 为山区和丘陵，喀喇昆仑山脉绵延巴基斯坦境内，地势高峻。

在巴基斯坦，人们严守穆斯林传统。穆斯林的主要宗教活动有每年的朝觐、每天 5 次祈祷、年度《古兰经》朗诵比赛等。信奉伊斯兰教的正统穆斯林严格禁酒，禁忌与猪有关的图画和食品，12 岁以上的女性外出要戴头巾。每天，当清真寺的喇叭开始播放《古兰经》时，穆斯林一准放下手中的事，礼拜，跟着诵读。有次，他们坐着出租车，喇叭响了，司机立即停车，拿着一个拜垫，走到街上，虔诚地礼拜起来，根本不管还在车上的他们，无奈，他们只得下车步行。这时，他们幽默地心想，若此时的穆斯林教徒正在洗手间呢，是不是也得停下来，礼拜完后再来？但至今都没想明白。可还是发自心底地感慨：“这就是信仰的力量呀！”

首都伊斯兰堡始建于 1961 年，地处内陆，背依高耸的喜马拉雅山，面向辽阔的印度河大平原，是一个具有传统的伊斯兰色彩的城市。在这样的环境里建都，既安全，又交通方便，为此巴国于 1965 年将首都从拉瓦尔品第迁都至此，成为世界上最年轻的都市之一。市区严格按规划设计建设，布局合理，整齐有序。市内街道笔直宽广，建筑新颖，有政府大厦、议会大厦、最高法院、真纳大学、费萨尔大清真寺等主要建筑，住宅区则多为别墅式庭院。这里几乎没有污染，花草繁茂，绿树成荫，空气清新，气候宜人。

出发之前，方志辉和杨耀松认真了解了巴基斯坦的基本情况，以备不时之需。

1999 年 9 月 5 日，方志辉和杨耀松一行从长沙乘飞机出发，顾不得欣赏祖国西南的大好风景，到乌鲁木齐后立即换乘，越过白雪皑皑的天山山脉和昆仑山山脉，两个半小时就抵达了伊斯兰堡。迎接他们的自然是中国驻巴基斯坦大使馆科技处的段志雄处长。特别令人庆幸的是，段志雄还为他们联系到了多家愿意合作的科研机构和企业。

此刻，他们坐着大使馆的车，欣赏着伊斯兰堡的美景，他乡见故知，心中那个美呀，似乎看到了稻花正在惬意地散发着芬芳。

稍事游览，在一番推杯换盏、把酒话桑麻的热情接待后，他们住进了小山公园边上干净精致的小旅馆。一路上，从段处和大使们的热情介绍中，他们知道了一些秘闻，更加兴奋起来，觉得这次还真的是选对了地方。

小山公园(Shakar Parian)位于伊斯兰堡南部，说小并不小，特别是对中国来说那名气可就更大了，真的是“山不在高，有仙则名”。最有名的是，就是从这里打开了中美建交之门。当年美国国务卿基辛格博士访华，为避过众人耳目，先是假访巴基斯坦，抵达伊斯兰堡后就假装生病，称要上山静养，然后将车队开上了山，迷惑了记者，而自己却悄悄坐了另外的车到了中国。待到世界明白时，中美已经走出了建交的关键一步，原来“山姆大叔”也会“明修栈道，暗度陈仓”。就这样一条绵延的山路，却开启了两个大国的通道，太不可思议了。

是不是此次的“中巴水稻外交”，就从我和志雄那一个不经意的电话开启了呢？方志辉不禁浮想联翩起来，有了些小嘚瑟。

大使们还介绍，登上小山公园山顶，既可鸟瞰伊斯兰堡全景，也可以感受伟大、友好之情。外国国家元首、政府首脑访巴时都要到山上栽种“友谊树”。1964 年 2 月，敬爱的周总理就栽了“乌桕”，象征中巴友谊万年长青。此后，刘少奇、李先念、杨尚昆、江泽民、李鹏、万里等党和国家

领导人都来此种过“友谊树”。

“你们俩有空也去栽两棵‘友谊树’，等我们的杂交水稻推广事业成功了，后人也会铭记我们的。你们可是中国杂交水稻考察团的代表呢。”欢迎宴席上，段志雄幽默诙谐的话语引得大家开怀大笑。

玩笑归玩笑，段志雄办起事来却是风风火火，雷厉风行，不打一点折扣。接下来的几天，他亲自驾车数千公里，带着方志辉和杨耀松两人组成的“中国杂交水稻考察团”，马不停蹄地奔赴几省考察、洽谈和寻找合作伙伴，直到最终敲定旁遮普省嘎德公司作为隆平高科的第一个国际合作伙伴。

嘎德公司地处旁遮普省省会拉合尔，这里是巴基斯坦第二大城市，位于伊斯兰堡东南约300千米，距巴印007边界30千米，人口550万，是巴基斯坦的历史文化名城，素有“巴基斯坦灵魂”之称。1021—1186年，迦兹纳维王朝建都于此，1525—1707年，为莫卧儿王朝都城。主要古迹有大清真寺、古堡、夏利玛花园和博物馆等。巴基斯坦独立后建成的巴基斯坦独立纪念塔和伊斯兰国家首脑会议纪念碑是具有纪念意义的著名建筑物。旁遮普在乌尔都语中意为五河之地，指印度河的5条支流杰赫勒姆河、杰纳布河、拉维河、比亚斯河、萨特莱杰河汇流处。巴印分治正是从旁遮普划开，故印度也有一个旁遮普邦。

4 成功第一站

1999年9月8日，是一个值得记忆的好日子，按中国民间的说法，堪称“要久久久发”。隆平高科和巴基斯坦嘎德农业研究服务有限公司举行友好会谈，正式达成杂交水稻国际合作的共识。

9月9日，巴基斯坦官方主要媒体，创刊于1947年的《巴基斯坦时报》对此进行了重磅专题报道：

本报伊斯兰堡消息：在中国大使馆科技处二秘段志雄先生的陪同下，一个由2人组成的中国代表团访问了国家农业研究中心，并探讨了杂交水稻及蔬菜种子生产合作的可能性。

会谈由巴基斯坦农业研究理事会主席 Kasaer Abdllah Malik 博士主持，作物委员会委员 Badarud-din Soomro 博士、国家农业研究中心主任 Ali Ahashmi 博士及其他科学家出席了此次会谈。袁隆平农业高科技股份有限公司国际业务部方志辉总经理及杨耀松副总经理向大家说明此行的目的，主要是推进合作及寻找贸易合作伙伴。巴农业研究理事会主席对杂交水稻生产技术表示了浓厚的兴趣，并表示将派 3 名巴基斯坦科学家参加在中国举办的有 40 个国家的科学家出席的杂交水稻培训。有关多方合作在巴进行杂交水稻种子生产的协议也将随后达成，此外还将进行杂交马铃薯、黄瓜、西瓜、辣椒及花菜种子的合作生产。代表团还对农药特别是除草剂在巴的应用表示了很大的兴趣。

巴基斯坦农业研究理事会主席表达了该理事会愿与中国有关机构进行合作研究开发的意向。

国事活动原来也并不复杂，成功就在一念间。9 月 10 日，该公司首席执行官兼巴基斯坦全国稻米出口协会主席 Mr Malik 与中方签订了以下谅解备忘录。

谅解备忘录

袁隆平农业高科技股份有限公司(以下称作“主方”)位于中国湖南长沙市芙蓉区马坡岭

GUARD 农业研究服务有限公司(以下称作“代理方”)位于巴基斯坦拉合尔 Taiwind 路

根据双方 1999 年 9 月 8 日举行的会谈，达成本协议：

A. 主方同意无偿提供四个不同杂交水稻组合，每个组合 104 公斤，共 416 公斤种子给代理方试种，并由主方付费空运至拉合尔，清关及进口税费由代理方负担。

B. 代理方同意将这四个不同杂交水稻组合布置在 10 至 13 个试验点进行试种，每个点面积为 4 英亩(1 英亩 =6 亩)，并负担杂交水稻讲座及现场指导费用。

C. 在各个试验点，代理方将要求并可以得到巴基斯坦农业研究理事会

及水稻研究所的农业科学家的帮助，记录从播种育秧到水稻收获全过程的数据资料。

D. 主方将派一名科学家在巴进行为期 3 个月至 3 个半月的工作，以便指导并记录每个试验点的数据。该科学家的机票由主方负担，食、宿及在巴国内交通费以及在巴 3 至 3 个半月期间，总额为 1000 美元的零用费由代理方负担。

E. 在试验成功，并选出合适的杂交水稻组合后，主方同意在巴基斯坦将代理方作为进行技术合作的独家代理。有关在巴基斯坦进行杂交水稻种子生产的条款将在以后进行讨论决定。

5 机遇只给有准备之人

交流谈判合作首战告捷，方志辉和杨耀松终于在拉合尔有了一个下午的空闲时间。

中国人出门总是爱热闹，在拉合尔这样的边境城市，巴印对峙自然成为他们的关注点。此前不久，也即 1998 年 5 月，先是印度，后是巴基斯坦，两国分别在短短十几天内进行了 5 次和 6 次核试验，震惊世界，成为 20 世纪末为数不多的人类头等危机。

稍有世界史常识的人都知道，巴基斯坦和印度原来同属一个国家，1947 年 6 月，第二次世界大战后，英帝国主义迫于印度民族解放运动的强大压力，由英国驻印度最后一任总督路易斯 · 蒙巴顿提出了著名的《印巴分治方案》——“蒙巴顿方案”。方案规定，印度教徒居多数的地区划归印度，穆斯林占多数的地区归属巴基斯坦，克什米尔的归属则由各王公土邦自己决定加入印度或巴基斯坦，或保持独立。当时，克什米尔地区 77% 的人口为穆斯林，他们倾向于加入巴基斯坦；克什米尔土邦王是印度教徒，他开始既不想加入印度，也不愿加入巴基斯坦，最终倾向于加入印度。由于克什米尔归属问题一直未能得到彻底解决，留下了两国关系的后遗症，分治后不久，双方就为争夺克什米尔主权，在克什米尔地区发生了好几次大规模武装冲突，出现了历史上有名的“印巴对峙”。

嘎德首席执行官 Mr Malik 明白了中国朋友的想法，安排其助手 Mr Rizwan 带他们去参观巴印边界。他们也就顺理成章地接受了主人的盛情邀请，直接感受了一回边境对峙的场面。方志辉在其作品《十年一探》里这样记载。

我们在靠近边界的时候就渐渐觉得有点不对，刚刚还是尘土飞扬、摊贩凌乱，怎么突然整洁到这个程度？完全像进入了一个美丽的国家公园，繁花似锦、喷泉草坪，而通向边境的那条路也越来越平整光鲜。终于到了边境，岗哨林立，大门重重，我们被阻拦，只能站在草坪上看。看什么呢？说过半个小时，会有一个降旗仪式。我们一看时间是下午3点45分，那就等吧，照点边境线上降旗的相片也有些意思。接下来我们看到的景象，就是著名作家余秋雨《千年一叹》中精彩描述的生动再现：

边境有三道门。靠这边一个红门，属于巴基斯坦；靠那边一个白门，属于印度；在红门和白门中间有一个黄门，造得很讲究，是两国共用之门。共用之门的左右门柱上各插一面国旗，左边是巴基斯坦国旗，右边是印度国旗，一样高低，一样大小。三道门却是镂空的，一眼看过去，印度一边也是繁花佳树、喷泉草坪，一样漂亮。想来两方都是要做国家形象的近距离对比，只要对方做了什么，另一方一定追赶，直到打个平手才安定。

两方军人，都是一米九以上的高个子年轻人。巴方黑袍黑裤，上身套一件羊毛黑套衫，系一副红腰带，一条红头巾，红黑相间，甚是醒目；印方黄军装、白长袜，头顶有高耸的鸡冠帽，比巴方更鲜亮一点。正当我们打量两方军人的时候，发现身边已经聚集了一批批学生和市民，他们好像也是来观看降旗仪式的。令人惊讶的是，印方那边也聚集了不少人，人数与构成也基本相同。

四时一刻，一声响亮而悠长的口令声响起，似有回声，仔细一听，原来是印方也在喊口令，一样的响亮，一样的调门。他们是敌国，当然不会商量过这些细节，只是每天比来比去，谁也不想输给谁，结果比出来一个分毫不差。

口令声响起的地方离这里还有一点距离，那里降旗的礼仪部队在集合，集合完之后便正步向这里走来。由于印巴双方要同时走到那个共用之

门，因此正步走的距离也必须一样。更重要的是姿势，步步都关乎国威，不能有丝毫马虎，两边士兵都走得一样夸张，一样有力，一样虎虎有生气。

每一步都传来欢呼，到这时才知道，那些学生和市民不是自己来参观的，而是组织来欢呼的。印度那边也是一样，军人比赛带出了民众比赛。

我们站得比较前面，身边全是拥挤的市民。

这边仪仗队中走出一个士兵，用中国戏曲走圆场的方式在这国境大道上转圈，速度之快可以用“草上飞”三个字来形容，转完，回队，就有一个士兵用极其夸张的脚步向边境大门走去。夸张到什么程度？他屈腿迈步时膝盖抵达胸口，迈几步又甩腿，一甩把脚踢过了头顶。更惊人的是每步落地时的重量，简直是咬牙切齿地要把皮鞋当场踩碎，把自己的关节当场踩断。用这样的步伐向印度走去，像是非把印度踏平了不可；对方也出一个士兵，脚步之重也像要把巴基斯坦踏平踩扁。

两人终于越走越近，目光中怒火万丈，各不相让，这倒让我们紧张了一会儿，因为从架势看似乎两人都要把对方囫囵吃了。但是，就在他们肢体相接的一刹那，两人手脚的间距不到半寸，突然转向，各自朝自己的国旗走去，让我们松了一口气。

一个刚在国旗下站定，仪仗队中就走出了第二个士兵，完全重复第一个的动作，要把皮鞋踩碎，要把关节踩断，要把敌国踏平，要把对方吃了，然后又在半寸之地突然转身……这时我们就不紧张了。

好，现在一边五个站满了，彼此又挺胸收腹地狠狠跺了一阵脚，然后各有一名士兵拿出一支小号吹了起来。令人费解的是居然是同一个曲子，连忙拉人来问，说是降旗曲。两面国旗跟着曲子顺斜线下降，斜线的底部交汇在一起。两边的仪仗队取回自己的国旗，捧持着正步走回营房。

哐啷一声，国门关了。

看完这个仪式回到旅馆，Mr Malik 请我们吃晚饭，当他得知在袁隆平院士的指导下，印度已培育出自己的杂交水稻品种，并开始在生产上应用时，他显得很是着急，连忙讲，只要印度有的，巴基斯坦必须有，并且巴基斯坦推广杂交水稻的速度一定要超过印度。下个月他就要到长沙去拜访袁隆平院士，要我尽快安排。直到这时，我们才意识到，今天的边境参观，其实也是 Mr Malik 在给我们上的一堂巴印对峙形势现场课。

归国后我向袁老师谈起这边境奇观时，他轻轻一笑说："我第一次到印度时，印度朋友也带我观看了这个仪式，内容一模一样，不同的是我可是在印度观看的。"

我感叹，原来对抗之中的竞争，无时无处不在！不过很好，这正是机会，我们已经准备好了。真是恰逢其时呀。

6 忘不了马芳

Mr Malik 请方志辉、杨耀松在一僻静的"别墅"用餐。说是别墅，其实装修极其简陋，只是悬挂在三楼屋檐下的大招牌引人注目，上面正正方方地写着五个汉字"黄鹤楼餐馆"，让中国人感到格外亲切。女主人叫马芳，年近三十，单身。关于其身世和经历，杨耀松总结为"此生难忘"。

马芳出生在湖北武汉。她祖父是印巴人，1938 年随同印度援华医疗队到中国协助抗日，是著名的柯棣华医疗队队员，抗战期间，在中国娶妻生子，年老后回国。其子留在中国，即马芳的父亲，在湖北武汉一家工厂工作，娶了一名同事为妻，并养育了两个女孩。马芳十三岁的那年，其父强烈要求带着一家人回到巴基斯坦卡拉奇。但她母亲和姐姐却不愿离开武汉。

马芳跟随父亲来到卡拉奇，祖父母都已过世，举目无亲，语言也不通。在卡拉奇艰难度过几年后，父女俩在首都伊斯兰堡租下了这栋三层别墅。马芳父亲凭借着勤劳和努力，渐渐把生意做起来了。马芳辍学，在自家餐馆里做了名小帮工。这个餐馆每层 200 平方米，三楼是四间客房，一年租金 4 万美金，经济压力可不小。马芳好学，很快学会了本地语，招呼本地客人用餐，还主动联系中国客人。因为餐馆带住宿，有旅馆的功能，并且价格公道，口碑极好，大使馆的、华为的以及其他来卡拉奇的中国人都喜欢光顾，生意也渐渐好起来了，这里几乎成了中国人的中转站。

好运并没有一直伴随马芳。与往常一样，马芳的父亲一早起床，去集市采购黄豆，在途中被车撞了，成了植物人，肇事司机也没找到。马芳的妈妈和姐姐也只好从武汉来到伊斯兰堡，从此一家人一边经营一边日夜照

顾父亲。马芳也扛起了经营餐馆的重担。

在巴基斯坦工作的日子，方志辉、杨耀松一干人马，经常光顾这家餐馆，也许，是同情马芳的不幸遭遇，也许是感谢她祖父协助中国人抗日的那份恩情。回国多年以后，杨耀松还说，忘不了那个苦命的女孩。

7　那些直面生死的日子

1999 年 10 月，嘎德首席执行官 Mr Malik 终于得遂心愿来到长沙。这位执行官和湖南人的豪爽性格倒是很相近，一见到袁隆平院士，就径直提出请求，希望经过 1 ~2 年试种，就大量进口中国杂交水稻种子，以便尽快赶超印度。

袁老婉拒了执行官急切的心意，并耐心地安抚着："中国有句俗话叫'心急吃不得热豆腐'，必须按科学规律办事，在巴国大面积推广杂交水稻至少需要 5 年。要顺利通过筛选、区试、审定、示范关，待一切成熟才能大面积应用。万万不可操之过急，'欲速则不达'。"

Mr Malik 信服了，在采信袁院士建议的同时，还饶有兴趣地学起中国俗语，直说"不简单"。最终科学地调整了巴国发展杂交水稻的计划，并按照这个计划与隆平高科签订合同。他戏谑地自我开解："自己一定是笑到最后的人。"

一切按计划悄然进行着，然而过程却总是充满着艰辛困苦。方志辉他们每次归国总是不忘把经历感受汇报给老师听，这一切成了约定俗成，就如"孩子见了娘，无事哭一场"。在这"哭哭闹闹"的过程中，一方面能加深彼此的感情，另一方面他们也能聆听老师的教诲，同时找到诸多问题和困难的解决办法。这也是袁隆平及其团队的法宝。

一个夏日，方志辉、杨耀松回国后如往常一样向袁隆平汇报。那次他们看到老师兴致蛮高，就又讲起他们在巴国的经历来。

方志辉最善于抓住机会，开口就说："老师，长沙是号称'火炉'吧，可您知道为什么我不怕热吗？今天气温 37 摄氏度，可我从大街过来，却觉得凉风习习。"他故意卖起关子，逗老师开心。

袁隆平心里最清楚这两人又是卖弄来了，也不说破，只是笑着。

果然，杨耀松接过话头："我知道，你不就是孙猴子经过了'炼丹炉'了吗？还好意思在这里讲，老师什么阵势没见过，还不知道那'信德'火炉。你没有老孙本事大吧，他是来去自如，你却差点有去无回。"他那湖南最美方言"常德话"一出口就是"竹筒倒豆"，音律很美，损人也是十分到家。

原来，在 2001 年 6 月，巴基斯坦已经是 52 摄氏度高温，方志辉与联合国粮农组织顾问、国家杂交水稻工程技术研究中心周承恕研究员、技术员杨忠炬正在巴国信德省 Jacobabad 县开展杂交水稻栽培技术培训。他们住在县城一个小旅馆里，房间只有约 16 平方米，虽说有台 1.5 匹的空调，但哪怕空调始终不停，中午室内气温仍高达 35 摄氏度。洗澡就更必须先把水从浴室用桶子接好，再放到房间"冷却"后，方能用。窗户就和我国北方防寒的玻璃一样，用的是双层玻璃，但若在室内触碰，也会被"烙猪脚"。方志辉开始不相信，试着轻轻地用手指碰了一下，结果手指立马起泡了。

袁隆平院士（左）与 Mr Malik（右）亲切交谈

尽管他们去之前已经做好了各种准备，备齐了降暑药，而且总以为再热也不就那么回事，"长沙就是闻名的火炉嘛"。他们却自信能受得了，然

而有几个人真正体验过那50摄氏度以上的高温，那可是比“托马斯汗蒸”更“牛皮”(厉害)，谁能在汗蒸房一待就是几个小时？方志辉一天也未能坚持住，抵达巴国的当天下午，就感觉头晕目眩、浑身无力、食欲全无。这是中暑了！

他们来时为了减轻下乡负担，已经把备好的药品寄存在下乡前住的拉合尔 Avari 宾馆了。于是他们体验了回中小学课本中《为了六十一个阶级弟兄》中描述的“飞机买药”的奢侈。经过一小时的夜间飞行，他们来到了卡拉奇郊区的一个药店。可偏偏售药员的英语地方口音太重，他们怎么也听不懂，药品盒上又全是“乌尔都语”，他们也看不懂，只好对着满架药品“望药兴叹”。就弄了点勉强能认出的“广谱性”消炎药，在卡拉奇的宾馆住了下来，以观后效。

第二天，方志辉的病还是丝毫未见好转，可是 Jacobabad 县的学员们还等着培训呢。于是他们决定，方志辉在宾馆休息，周承恕、杨忠炬去培训现场授课。

方志辉一人在宾馆，真正地感受到“独在异乡为异客”的那种落寞和孤寂。他觉得自己快要死了，书中描写的那些“濒死”的情节全在他脑海中浮现出来：

一下子是想家想亲人，想到年迈的父母，想到自己还未尽孝，家中兄妹是否能照顾二老，妻子辛苦，孩子年少，没有他这顶梁柱，那日子该如何为继，想到此次一别长沙，竟是诀别。一下子又是回忆，袁老师的殷殷嘱托，亲友们的热情关怀，恩情难忘，还有这刚刚启航的杂交水稻推广之旅……

他拿起电话，准备打给老师，终究还是忍住了，怕老师过于担心。于是头一次在印度洋彼岸，给母亲和妻子各打了一个长途电话，习惯性地问好，其实只是想“最后听听亲人的声音”。也许是因为这病，他流露出对家对国对亲人的强烈思念之情，以致最后“无语凝噎”。

“人到那一刻，才知道自己是多么脆弱。”方志辉羞赧地说。

黄秋林事后回忆打趣地说：“那会儿觉得，今儿太阳是从西边出来了。同时也预感到不好，但终究没有说破。”原来常年的国外出差，他们夫妻早有约定，为了节约国际长途话费，只有到达目的地后打一个“报平安”的电话，其余时间没有紧急事情一般是不联系的。

一连三天胡思乱想，方志辉就这样等呀、盼呀、想呀地煎熬着。待培训搞完，第三天他们才回到拉合尔，气温也低了许多，又吃了降暑药，方志辉终于痊愈。

此后，方志辉对新到巴基斯坦的下属交代的头等大事就是：“在巴基斯坦，你们不干活，能够战胜高温生存下来，就得了 100 分，如果还活得好好的，并干了活，我给你们打 120 分。”

听到两人挤兑，袁隆平呵呵地笑了起来，说：“志辉、耀松，你们在巴基斯坦确实做得不错，不仅人挺过了高温，而且让我们的杂交水稻得以成功种植。我知道，巴国一年只有 4 至 6 月种植一季水稻，在当地气温，特别信德省部分地区持续 10 天以上达 43～53 摄氏度高温的情况下，你们能够研究出合理的播种期，让杂交水稻抽穗扬花期有效避开高温危害，继而得到好收成，可以打 200 分！”

原来，杂交水稻对温度是相当敏感的。水稻虽说起源于低纬度的热带地区，形成了适应高温和短日照生态环境的特性。但其生长发育却有一定的适宜温度范围，其中水稻孕穗至抽穗扬花期对温度最为敏感，最适温度为 25～30 摄氏度，如遇日均温度高于 32 摄氏度，日最高温度高于 35 摄氏度，水稻抽穗扬花就受到影响，造成花器官发育不全，花粉发育不良、活力下降，水稻开花散粉和花粉管伸长受阻，导致不能受精而形成空粒，从而造成严重的产量损失和品质下降。2003 年 7 月下旬至 8 月上旬，我国南方稻区出现了历史上罕见的高温天气，部分稻区 38 摄氏度以上的高温天气持续了 20 天，最高气温达 41.3 摄氏度。此时正值中稻抽穗扬花期，水稻遭受严重热害，给南方稻区产量造成了极大的损失。巴基斯坦目前的主栽品种——巴丝玛蒂、IR6. R9 均为感光性品种，其秧龄期可达 45 天，甚至 60 天而不早穗，且抽穗成熟期受播期的影响较小；而中方提供的杂交水稻均为感温性品种，秧龄期必须控制在 30 天以内，抽穗成熟期受播期的影响较大。

方志辉听老师讲完，不好意思地笑了笑说：“那还是老师指导有方，耀松更是‘大难不死，必有后福’。”

杨耀松用他那特有的湖南常德澧县话讲：“港（说）我命大福大造化

大，‘大难不死，必有后福’。我那住过的地方都还被恐怖分子炸了呢，不是一根汗毛都没有少!”他讲的，正是方志辉总结的“五响吉祥”。

2001年，正是杨耀松讲的一个“神奇的年份”。他这一年去过国外的5个地方，然而这5个地方在他去后都无一例外地遭受了恐怖袭击。

那一年5月，他就到过举世闻名的美国纽约“双子塔”参观。“9·11”事件更让此塔闻名，让到过和没有到过双子塔的人都记住了这个美丽而又凄惨的名字。

这一年，他住进了伊斯兰堡市中心的万豪国际连锁酒店，就是朱镕基总理接见方志辉的地方。他们在巴基斯坦首府一般都是入住万豪国际酒店，而且经常出席会议。2008年9月20日晚，一辆装载炸药的汽车在冲向万豪酒店门口后爆炸。这次恐怖袭击共造成38人死亡、257人受伤。此后，专家们再也不入住此酒店。

在印尼，入住珍珠大楼酒店(印尼的万豪酒店，在首都雅加达)。2009年7月17日，发生两起爆炸，造成9人死亡61人受伤。

阿伯塔巴德，因本·拉登和美国海豹突击队闻名。2011年5月2日，本·拉登在巴基斯坦阿伯塔巴德的一座豪宅里被美国海豹突击队第六分队突袭击毙。杨耀松那年就在此地搞培训、种植。

2001年6月14日，卡拉奇大街。巴基斯坦美国驻卡拉奇总领事馆遭到自杀性汽车炸弹袭击，多人伤亡，石油总裁遇害。爆炸发生时，杨耀松等中国专家就在爆炸中心不远的100米处，直接感受到了爆炸的冲击。此后，该地几乎每年都发生过自杀性恐怖袭击，如2009年12月28—30日，巴基斯坦民众过27日的阿舒拉节，举行游行集会时，就接连发生了4起恐怖袭击。

“9·11”事件后，杨耀松在日记中这样写道：

看到新闻，美国东部时间2001年9月11日上午(北京时间9月11日晚上)，恐怖分子劫持的4架民航客机撞击美国纽约世界贸易中心和华盛顿五角大楼，包括美国纽约地标性建筑世界贸易中心双塔在内的6座建筑被完全摧毁，其他23座高层建筑遭到破坏，美国国防部总部所在地五角大楼也遭到袭击。有近三千人遇难。事件中有中国公民死亡2人，受伤1

人，并有35人失踪。这就是“9·11”事件。

事件遭到国际社会的一致谴责，一些传统上采取与美国不太友好政策的国家领导人，如利比亚领袖卡扎菲、巴勒斯坦法塔赫领导人阿拉法特、伊朗总统哈塔米、古巴人民党时任主席菲德尔·卡斯特罗以及阿富汗塔利班政权都公开谴责事件，并对美国人民表示同情。我也如此。

纽约世贸中心我2001年到过。那是一组精心设计的建筑群，是人类智慧的结晶。大楼始建于1966年，历时7年，1973年竣工以后，两座塔楼均以110层411米的高度载入史册，号称“双子星”，它打破了“帝国大厦”保持42年之久的世界最高建筑的纪录，是纽约的标志性建筑，所有到纽约的人，人还没进入纽约，远远就能看见这两座高耸入云的大厦。在两座大厦内，有很多著名的大公司，楼顶有电视台的发射塔。这两座大厦是纽约的骄傲，也是美国的骄傲。

2001年5月的一个风和日丽的上午，我们来到曼哈顿下埠码头，等候乘轮渡去自由岛。倚着大西洋西岸码头的栏杆，眺望那一片大楼的森林，尤为醒目的，正是屹立在哈德逊河畔高耸入云的摩天大厦——世界贸易中心双子塔。大楼外墙是排列很密的钢柱，外表包以银色铝板，在骄阳的映照下，泛着颇带炫耀色彩的银光。我们终于有机会近距离细细品味华尔街这座著名建筑，摄下那现在已成世纪绝唱的镜头。

听做接待的纽约朋友说，如果到了纽约不上世贸中心就像到了北京没上长城一样。朋友介绍，整个世贸中心有5万名工作人员，有来自世界各地的贸易公司和贸易代表团办公室，每天来办事和参观的人不下3万人。两座大楼共有239部电梯及71部自动扶梯，其中有46部高速电梯、114部区间电梯、8部货梯。因此我们也拜访了这个奇观，感受了她的富丽、堂皇、繁华和高贵。

伫立在双子塔之下，就有种被摩天大楼压得喘不过气来的感觉。这使我更注意楼房间那片片绿地。要说绿地，在曼哈顿并不缺乏，甚至这里还有中央公园，世贸中心旁边的树林里还跳跃着灵巧的小松鼠。有人说，绿在今天并不是大自然的本色，有钱能使大地绿。这里的绿色就让你感觉蒸腾着一股骄横之气。

进到塔楼的底层大厅，那里足有三四层楼高，内有种类齐全的商业性

服务行业，人流不绝，却无人声喧哗，只有高跟鞋与大理石地面接触发出的噔噔声。

我们每人花了8美元，转了3次电梯，上到顶层看纽约。世贸顶层，那硕大的餐厅却摆放着不超过50张餐桌，其他空间被鲜花和花香占据，流水似的音乐飘来荡去。有很多人坐在靠窗的位置，或吃饭，或品咖啡，惬意地观赏着纽约的无限风光美，场景真令人如醉如痴。

我真不敢设想，当这座摩天大楼突遭飞机撞击时，这里的人们是如何睁大了惊恐绝望的眼睛的！对于全世界的人民而言，反恐怖活动将是人类社会一项长期、艰苦和复杂的斗争。这次事件沉重地告诉我们，在当今的文明世界里，由霸权主义衍生的"恐怖主义"已成了我们人类共同的敌人。

今后，我们这些长年在国外游走的人，一定要远离这些是非之地。可谁知道，哪些地方才是真正的和平之地呢？我想，只有我们自己的祖国，才是安全的。可使命在肩，我只能祈求我的同事们永远平安吉祥。

8　拉瓦尔湖的甲鱼

除了那些惊心动魄、直面生死的日子外，方志辉在巴基斯坦更多还是体味那平常的岁月，趣味的时光。最值得回忆的是"拉瓦尔湖的甲鱼"。方志辉家乡沅江就与"中国甲鱼之乡"汉寿相邻，同属洞庭湖区，因此他对甲鱼更有着别样的情感。

"仁者乐山，智者乐水。"方志辉没有这样想，可他从小在洞庭湖边长大，那碧波荡漾的"八百里洞庭"和漫天遍野的芦苇沼泽地自然是他儿时的乐园和心灵的皈依。还有那屈子放逐沅江时，描绘的满山坡的至今都被叫作"南橘"的水果，已经不是一般的水果了，在沅江人心中已如圣物。他记得，少不更事时，就已经能背诵那首脍炙人口的《橘颂》，是屈子名篇《九章》中很重要的一节，虽然那时还不解其意，只知道是讲沅江，讲沅江橘的。更弄不明白，那个屈大夫，为何要把个橘子搞得这么复杂，却又能那么出名，几千年就那么传了下来，就连村里大字不识几个的人都能摇头晃脑地吟诵：

后皇嘉树，橘徕服兮。
受命不迁，生南国兮。
深固难徙，更壹志兮。
绿叶素荣，纷其可喜兮。
曾枝剡棘，圆果抟兮。
青黄杂糅，文章烂兮。
精色内白，类任道兮。
纷緼宜修，姱而不丑兮。
嗟尔幼志，有以异兮。
独立不迁，岂不可喜兮。
深固难徙，廓其无求兮。
苏世独立，横而不流兮。
闭心自慎，不终失过兮。
秉德无私，参天地兮。
原岁并谢，与长友兮。
淑离不淫，梗其有理兮。
年岁虽少，可师长兮。
行比伯夷，置以为像兮。

以至于他那只读过几年书一辈子都务农的父亲，也爱吟诗作赋，就在他出生的1962年，在本村白沙洲创办的《白沙诗社》上，发表了《党洒雨露好长禾》的称为“诗”的文章。

谷子丰收歌也多，唱完一个又一个。
千歌万歌同一韵，党洒雨露好长禾。

此后老爷子当了近三十年的大队长、村主任，又陆续发表了一些。但在儿子出书成了正经的作家后，就不怎么讲了，自己也不大记得了。

“哦，对了，我们白沙洲村被国务院授予‘全国诗歌之乡’，白沙诗社社长，农民诗人陈定国还代表村里进京领奖，受到周总理的亲切接见了。”方志辉心里兴奋地想着：“我何德何能，怎么就永远都能和大国总理扯上关系呀。”

“也许自己真的赶上了好光景，也圆了父母的梦吧，做起了农业科学家，还能师从世界顶级农业科学家，杂交水稻之父——袁隆平。难道‘冥冥中真的自有安排’？”

但无论如何，方志辉始终认为，一座城市有了山，就有了高度和厚度，有了水，便有了深度和灵气。因此，他无论到哪，只要有空就非常喜欢看看山，乐乐水，在伊斯兰堡更是如此。那背依的高耸的马尔加拉山，那东临的清澈的拉瓦尔湖，特别是南面那一片葱绿的山丘，纯朴自然，最像沅江的赤山，有一种“清水出芙蓉，天然去雕饰”的感觉。拉瓦尔湖虽然没有洞庭湖那么浩渺，但也是一个被森林环绕的大湖泊，虽没有复杂的旅游设施，其简洁随和却与家乡的湖如出一辙：岸边尽是野生乔木和灌木，湖里各种野生水草，各种野生鱼类，如果不远眺周围的现代建筑，典型就是一个原生态湖。湖的周围僻静处，有来自亚洲、美洲和欧洲的友人钓鱼，真正是来自“五湖四海”。

“水不在深，有龙则灵”这“龙”当然就是拉瓦尔湖里的甲鱼了。由于巴基斯坦人信奉伊斯兰教不吃甲鱼，所以甲鱼特别多，还特别大。段志雄陪方志辉钓鱼时告诉他，湖里的甲鱼有时爬到附近公路上，都能经常引起交通堵塞，这些甲鱼每只的重量有 5～25 公斤不等。

在异国他乡聚会时垂钓，既能减轻思乡之苦，还能改善生活，所以段志雄一有机会，就会带方志辉以及中国杂交水稻项目组专家到拉瓦尔湖钓甲鱼，这也成为外援专家们最兴奋和惬意的事。

他们在巴基斯坦，几乎每天都吃牛肉，以至于方志辉一回国，见到牛肉就想吐，还经常被女儿笑话“老爸不解风情，不懂品味生活，没有生活情调”。在孩子们心里，西餐该是多浪漫的一件事，而在中国，“牛扒”则是西餐的代名词。

于是，专家们偶尔能吃上一顿甲鱼，其兴奋之情可想而知。对于方志辉而言，更是“睹物思乡”，别有一番滋味在心头。

2002 年，时任湖南省农科院党委书记、院长左连生到巴基斯坦慰问项目组专家，华侨马芳送了一只足有 20 公斤重的甲鱼尽地主之谊。甲鱼放在地上，好像一只直径一米大小的“脚盆”（澡盆），甲鱼的裙边都有 20 厘米厚。

大家好奇地围着甲鱼，感慨良多。中国的“甲鱼之乡”是左连生任汉寿县委书记时建成的，沧海桑田，“岁月催人老”，这甲鱼的年岁又经历了多少风雨。而左书记无论在哪，总能引领时潮，如今又将湖南省农科院搞得红红火火，“是金子，在哪都发光”……湖南人就是如此，无论务工务农，还是从军从商从政，都是弄潮儿，都是风向标呀。袁院士如此，左书记亦如此，古往今来，潇湘儿女从来都未曾落伍，而我们这些援外的科学家，或者大使，或者华侨，任谁不是中国的脊梁，承载起祖国的希望呢。

大家开始忙活起来，段志雄负责宰杀，只见他用铁钩将甲鱼的头吊起来，三下五除二就把这样一个庞然大物收拾停当。左书记也是没有架子，客随主便，在众人的鼓动下，亲自动手烹饪起来，那技术可是了得，充分展示着汉寿的地方炒菜特技。不一会儿，一大盆色、香、味俱全的红烧甲鱼被端上桌来，大家垂涎欲滴，这无污染的野生甲鱼加上左书记精湛的厨艺，那味道真的是无与伦比，秒杀“满汉全席”。

大家放开肚皮，把甲鱼当饭吃，个个撑成了“西瓜肚”，解了“半年不知肉滋味”的馋。此后，只要谈到吃，几人无不回想起这世间美味来，津津乐道。

时移世易，国人特别喜欢吃甲鱼，一是实在营养可口，“中华鳖精”名噪一时；二是国人总能将其与“寿”接轨，与文化挂钩。随着我国改革开放的纵深发展，“拉瓦尔湖甲鱼”更是声名大噪。近年来，去拉瓦尔湖钓甲鱼的华人越来越多，甲鱼最终越来越少。为了保护野生资源，维持生态平衡，伊斯兰堡地方政府不得不出台了一项禁止外国人在拉瓦尔湖垂钓甲鱼的法规。

“我们只有一个地球。”方志辉听到这个消息时，陷入了沉思，“成也萧何，败也萧何。国门打开之后，袁院士为了造福人类，誓言将杂交水稻覆盖全球，解决人类特别是欠发达地区人民的吃饭问题。可复兴的中华民族，以唯一一个五千年文明不断流的古国著称的中国人，在环保问题成为全球的头等大事面前，是否都有造福全球的理想，把文明礼仪之邦的形象充分展示在世人面前呢？”

9　杂交水稻出天山

2001年11月13日，湖南日报以“杂交水稻出天山”为题，对杂交水稻在巴基斯坦的推广情况专门报道。

本报讯：11月12日，记者从省科技厅了解到，我省杂交水稻专家帮助巴基斯坦，筛选出5个杂交水稻新组合。在巴基斯坦试种的3000亩新组合及配套技术，通过该国农业部验收。

巴基斯坦位于亚热带地区，是世界上第二大稻米贸易国，但其水稻品种落后，抗性下降。巴基斯坦农业科学家自20世纪80年代以来，着手研究杂交水稻，至今未能取得实质性进展。我国的杂交水稻研究一直处于世界领先地位。2000年，应巴基斯坦请求，省农科院受命帮助该国，建立杂交水稻及配套技术示范区。

方志辉（右五）、周承恕（右六）出席巴基斯坦引种的杂交水稻米质评审会

今年省农科院提供的5个杂交水稻组合，在巴基斯坦各省示范种植3000亩，比当地对照品种增产25%以上，米质和抗性明显优于当地对照品种。巴方非常满意，希望大面积推广。

相对上述报道中的5个组合，通过审定的品种增产幅度更大。目前已有GNY50、GNY53两个杂交水稻品种通过巴农业部的品种审定。GNY50、GNY53参加巴基斯坦国家区试平均产量分别为每公顷9.30吨和9.44吨，比对照品种IRRI6分别增产32.86%和34.86%。在大面积生产实践中，杂交水稻在巴基斯坦具有显著的增产优势和普遍的适应性，一般增产幅度达40%~50%，得到当地政府和农民的广泛好评。2005年隆平高科向巴基斯坦出口杂交水稻种子120吨，2006年出口350吨，2007年出口500吨，2008年出口的种子加上当地生产的种子达1000吨。到2009年，杂交水稻在巴基斯坦的推广已进入大面积应用的初级阶段。

在成绩面前，方志辉等没有止住脚步，更不会忘记老师的嘱咐："及时总结经验教训，为下一步在其他国家有效推广寻找范例。"他认为，杂交水稻成功推广的主要经验有如下几个。

一是要找到一个在当地非常有影响、有实力且对发展杂交水稻感兴趣的企业。(1)企业家必须懂农业；(2)有雄厚的资金实力，因为杂交水稻投资周期长，回收慢，但成功后效益稳定；(3)有广泛的人脉关系，方能打通若干环节、突破政策瓶颈；(4)有丰富的技术人才储备，科技事业的进步永无止境；(5)有强烈的忧国忧民情怀，必须把杂交水稻推广当作事业，因为前5年几乎是投入，无回报。后四点对国家发展杂交水稻或者推动科技事业发展都有借鉴意义。

二是要有效开展政府间的合作。如与巴国的合作，就是得益于湖南省科技厅国际合作处特别是鲁华处长的大力支持，才让"中国—巴基斯坦杂交水稻合作研究与开发项目"于2000年列入中—巴政府间的科技合作项目，得到了国家科技部和湖南省科技厅的重点支持。

三是要两国科技界开展良好的合作。如此次湖南省农科院与巴基斯坦国家农业研究中心开展了良好的科技合作，为杂交水稻在巴基斯坦的应用提供了可靠的技术支撑。

“前途是光明的，道路是曲折的。”毛主席老人家在重庆谈判的教诲和预见也印证了中国杂交水稻在巴基斯坦的推广开发之路。

2003年，嘎德公司正式开始从隆平高科批量进口杂交水稻种子，并要求隆平高科提供ISTA证书。ISTA是International Seed Testing Association的缩写，即国际种子检验协会。该协会成立于1942年，致力于在种子测试领域开发和出版标准程序。ISTA在全世界超过70个国家设有成员实验室，其成员已形成了一个全球性的网络。

当规则中所包含检验的结果被要求出现在ISTA国际种子分析证书(International Seed Analysis Certi. cate)上时，ISTA标准被强制性执行。同时，对任何一项标准的解释必须遵照标准相关附录的要求。由于ISTA标准已被众多种子生产大国与进出口大国所接受与应用，任何违反或违背ISTA标准的行为，都可能导致种子在这些国家以及其他国家之间的贸易受阻。

普通实验室要想成为能颁发ISTA证书的认可实验室，应通过ISTA的认可程序。(由于中国台湾地区先以“中华民国”身份加入了该组织，为避免在国际上出现“两个中国”，故我国政府一直未加入ISTA。)因中华人民共和国不是成员国，所以隆平高科的实验室就不能通过ISTA实验室认证，自然无法出具ISTA国际种子分析证书。

方志辉所在的隆平高科，为了符合巴基斯坦提出的ISTA证书要求，对于每批出口巴基斯坦的杂交水稻种子，都需要到农业部授权的检测机构办理种子质量检验证书。这自然增加了项目成本，必然在一定程度上影响项目的进程。

不过这已是后话了。

第十一节　稻香异域写传奇

1　孟加拉国歌与文豪泰戈尔

“在那11月和12月里，芒果林中清香扑鼻，使我心醉，使我神迷。在那9月里和10月里，稻谷一片金黄，长得无比温柔，无比美丽。金色的孟加拉国，我的母亲，我爱你。在那榕树下，在河岸上，你铺开你的长裙，你的样子多么神奇。你的话语有如甘露，令人心旷神怡，金色的孟加拉国，我的母亲，我爱你。”

优美的诗句，动听的旋律，经常让身在巴基斯坦的中国专家对孟加拉国神往不已。尤其是那句“在那9月里和10月里，稻谷一片金黄，长得无比温柔，无比美丽”。把稻谷写进国歌，这在世界上也应该是绝无仅有吧。

方志辉在巴基斯坦的时候，终于又寻觅到这个国家曾经的另一半——孟加拉国，地理环境更为优越，推广杂交水稻优势明显。

有了在巴国的成功经验，方志辉迅速打开了孟加拉国的大门。

关于请湖南农科院承担为孟加拉国举办杂交水稻技术培训班任务的函

湖南省农业科学院：

根据中国政府和孟加拉国政府1999年11月30日和12月28日换文规定，中国政府同意于2000年12月23日至2001年4月5日在孟加拉国举办杂交水稻技术培训班，帮助孟方提高杂交水稻种植技术。

经研究，此项培训任务交由你院承担。请你院认真做好培训班各项准

备工作，选派政治素质高、专业水平强、经验丰富、身体健康的专家赴孟工作，并按要求将培训工作需要的杂交水稻种子、实习及生产材料和少量配套农机具及时运抵孟国。请你院于项目结束后的一个月内向我部报送工作总结。

完成上述培训任务所需费用，由我部与你院签订培训项目内部承包合同加以规定，在我多边援外费项下列支。

请你院严格履行与我部签订的培训项目内部承包合同，圆满完成此项援外任务。有关具体事宜，请径与我部对外援助司联系。

中华人民共和国对外贸易经济合作部

2000 年 11 月 10 日

当方志辉收到国家对外贸易经济合作部的《关于请湖南农科院承担为孟加拉国举办杂交水稻技术培训班任务的函》(外经贸援函字〔2000〕第594号)时，一切顺理成章了。

孟加拉国朋友(左)；袁隆平院士(中)；方志辉(右)

世界上最远的距离不是生与死的距离，而是我站在你面前，你却不知道我爱你。/世界上最远的距离不是我站在你面前你却不知道我爱你，而是爱到痴迷却不能说我爱你。/世界上最远的距离不是我不能说我爱你，而是想你痛彻心脾却只能深埋心底。/世界上最远的距离不是我不能说我想你，而是彼此相爱却不能够在一起。/世界上最远的距离不是彼此相爱却不能在一起，而是明明无法抵挡这一股气息却还得装作毫不在意。/世界上最远的距离不是树与树的距离，而是同根生长的树枝却无法在风中相依。/世界上最远的距离不是树枝无法相依，而是相互了望的星星却没有交汇的轨迹。/世界上最远的距离不是星星之间的轨迹，而是纵然轨迹交辉却在转瞬间无处寻觅。/世界上最远的距离不是转瞬间便无处寻觅，而是尚未相遇便注定无法相聚。/世界上最远的距离是鱼与飞鸟的距离，一个在天一个却深潜海底……

这首让中国人特别喜欢的世界顶级文豪泰戈尔的作品《最遥远的距离》让方志辉着迷。

对于孟加拉国人民而言，泰戈尔是他们的骄傲，因为他不仅创造了伟大的文学作品，他的作品更是深刻影响了孟加拉语的发展，让孟加拉语成为世界使用人口最多的语言之一，孟加拉国人民为此深感自豪。

对孟加拉国这一脱胎于印巴，独立于1971年的国家，方志辉只是从中国电视和新闻中对其获得一些印象，那就是混乱的政党政治，充斥着暴力、暗杀的军人政治，几任总统都被暗杀或者被灭门；有关消息总是和洪灾联系在一起，是一个饱受灾难折磨的国家，水患世界闻名，每当雨季来临，许多地区排水不畅，泛滥的洪水给该国人民带来无尽灾难。

他于是“百度”了一下相关知识：

孟加拉国的国土面积跟中国的辽宁差不多，可人口总数却是辽宁省的4倍多，超过1.5亿，可以想象在达卡、吉大港等这样超大城市里的人口密度，事实上，差不多孟加拉国南部所有城市都人满为患，嘈杂拥挤。

孟加拉国人称“水泽之乡”“河塘之国”，是世界上河流最稠密的国家之一。全国有大小河流230多条，主要分为恒河、布拉马普特拉河、梅格

纳河三大水系。其中布拉马普特拉河的上游是我国的雅鲁藏布江。内河航运线总长约6000千米。这里河流纵横，密如蛛网，池塘众多，星罗棋布。全国约有5.6万个池塘，平均每平方公里约有4个池塘，如同镶嵌在大地上的一面面明亮的镜子。

中国与那个古老的邻国已有逾千年的交往史。近年，中国积极参与建设孟加拉国的化肥厂、发电厂，开采煤矿及沿海石油，开发港口、铁路、公路、电信业和水利灌溉。

中孟关系也常常被双方领导人称为不同制度国家之间关系的“典范”。中孟在国际政治上利益比较接近，基本上可以算作是相互支持；文化上各自都很自豪，相互也有一定的吸引力，所以关系也不错；在经济上虽然互补性不强，但中国商品和工程服务对孟加拉国还是有很大优势和吸引力的；军事上中国是主要军事训练和装备供应商，关系十分密切。

应该说，虽然孟加拉国的国际地位不高，但是因为两国关系好，孟加拉国人对中国人总体印象和态度都比较好。

孟加拉国大部地区属热带季风气候，湿热多雨，光、温、水、土资源十分丰富，年平均最高温度32.02摄氏度，最低温度18.03摄氏度，年平均降水量为2500毫米，变幅为1290～4339毫米。全国主要受热带季风气候影响，雨季从6月开始，至10月结束，此期降雨量占全年降雨量的80%。水稻是孟加拉国的主要粮食作物，一年栽培两到三季，主要栽培季节是旱季(11月至翌年5月)和雨季(6—10月)，2005年种植总面积为1070万公顷，平均单产每公顷2.5～3.0吨，总产为2500万～3000万吨，尚不能满足全国1.3亿人口对粮食的需求，在大多数年份，每年要进口200万吨稻谷。稻米是孟加拉国人民的主食，他们对米质要求不高，只要直链淀粉含量在22%左右，米饭不黏、适于用手抓食即可。

孟加拉国水稻栽培品种多为国际水稻研究所的改良品种或地方品种，这些品种表现生育期长且产量不高。早熟和适合雨季栽培的高产抗病品种十分匮乏。在孟加拉国，杂交水稻虽研究多年，尽管有一个名为BRRI－HYBRID的组合通过审定，但因优势不强，生产上尚未大面积应用。孟加拉国全年需水稻种子30多万吨，国内种子部门只能提供需求的5%，其余均为农民自行留种和依赖进口。人们普遍认为杂交水稻不能在雨季种植。

有了这些认知，方志辉对在孟加拉国推广杂交水稻更有信心了。

孟加拉国和巴基斯坦国情相似，气候接近，有了巴国的成功经验，在孟加拉国推广杂交水稻应该不是问题，可能还会搞得更好，因为该国对粮食的需求应该“压倒一切”。第一仗的关键在于改变该国民众，特别是当地水稻专家们的固有观念。

2　中国新“四大发明”

“思想是行动的先导。”湖南省农科院、隆平高科一致决定采纳方志辉的建议，派专家先期到孟加拉国举办国际培训，让该国水稻行业对杂交水稻有具体的认知。通过培训，最终实现从杂交水稻国际培训到杂交水稻国际推广的模式转变。

2000 年 12 月，湖南省农科院、隆平高科委派方志辉、王秀松、刘冰两人到孟加拉国水稻所举办培训班。共有 21 名学员参加此次培训。通过 3 个半月的杂交水稻理论和实践培训，孟加拉国学员对杂交水稻有了较深入的认识，对杂交水稻技术有了更多的了解。

第一节课，方志辉对专家们面授机宜。因为他一直是这样做的，屡试不爽。而对于孟加拉国人民而言，悠久的历史文化更能打动人心。这是一个从心底里认可文明传承的民族。

于是，教案出来了，既有对古老文明的认知，诱惑着孟加拉国的专家的胃口，又有实在的杂交水稻解读，包含着理论和实践的充分结合，“事实胜于雄辩”。

培训下来，每个学员都对《你应该知道的中国新“四大发明”——杂交水稻》耳熟能详。

“杂交水稻”“复方蒿甲醚”“汉字激光照排”和“人工合成牛胰岛素”，同被列为中国当代新“四大发明”，它们对世界有着突出的贡献。这里，自然对大家讲解神奇的杂交水稻。

水稻是世界主要粮食作物之一，中国60%以上的人口都是以稻米作为

主食。近年来，全国水稻播种面积占粮食作物播种面积的30%，而总产量已经占粮食总产量的42%，单位面积产量比其他的粮食作物平均单产高出45%以上。其中一个重要的因素就是杂交水稻有被广泛种植和推广。

杂交水稻(hybrid rice)指选用两个在遗传上有一定差异、同时它们的优良性状又能互补的水稻品种进行杂交，培育具有杂种优势的第一代杂交种用于生产，这就是杂交水稻。杂种优势是生物界的普遍现象，利用杂种优势提高农作物产量和品质是现代农业科学的主要成就之一。

水稻具有明显的杂种优势，主要表现在生长旺盛、根系发达、穗大粒多、抗逆性强等方面，因此，利用水稻的杂种优势以大幅度提高水稻产量一直是育种家梦寐以求的愿望。但是，水稻属自花授粉植物，雌雄蕊着生在同一朵颖花里，由于颖花很小，而且每朵花只结一粒种子，因此很难用人工去雄杂交的方法来生产大量的第一代杂交种子，所以长期以来水稻的杂种优势未能得到应用。

袁隆平院士率先在我国开展杂交水稻的研究，经过十多年的不懈努力，以袁隆平为代表的我国农业科学家终于把水稻杂种优势利用的梦想变成了现实，在1973年实现了杂交水稻的三系配套，并于1976年开始大面积的推广。

要进行两个不同稻种杂交，先要把一个品种的雄蕊进行人工去雄或杀死，然后把另一品种的雄蕊花粉授给去雄的品种，这样才不会出现去雄品种自花授粉的假杂交水稻。可是，如果技术人员用人工方法在数以万计的水稻花朵上进行去雄授粉的话，工作量极大，实际并不可能解决生产中大量用种的问题。因此，应当研究培育出一种水稻做母本，这种母本有特殊的个性，它的雄蕊瘦小退化，花药干瘪畸形。靠自己的花粉不能受精结籽。

为了不使母本断绝后代，要给它找两个对象，这两个对象的特点各不相同：第一个对象外表极像母本，但有健全的花粉和发达的柱头，用它的花粉授给母本后，生产出来的是“女儿”。“女儿”长得和母亲一模一样，也是雄蕊瘦小退化，花药干瘪畸形、没有生育能力的母本：另一个对象外表与母本截然不同，一般要比母本高大，也有健全的花粉和发达的柱头，用它的花粉授给母本后，生产出来的是“儿子”，长得比“父母亲”都要健壮。

这就是广大农民需要的杂交水稻种子，一个母本和它的两个对象，人们根据它们各自不同特点，分别起了三个名字：母本叫作不育系，两个对象，一个叫作保持系，另一个叫作恢复系，简称为“三系”。

雄性不育系：是一种雄性退化（主要是花粉退化）但雌蕊正常的母水稻，由于花粉无力生活，不能自花授粉结实，只有依靠外来花粉才能受精结实。因此，借助这种母水稻作为遗传工具，通过人工辅助授粉的办法，就能大量生产杂交种子。

保持系：是一种正常的水稻品种，它的特殊功能是用它的花粉授给不育系后，所产生的后代，仍然是雄性不育的。因此，借助保持系，不育系就能一代一代地繁殖下去。

恢复系：是一种正常的水稻品种，它的特殊功能是用它的花粉授给不育系所产生的杂交种雄性恢复正常，能自交结实，如果该杂交种有优势的话，就可用于生产。

三系杂交水稻是指雄性不育系、保持系和恢复系三系配套育种，不育系为生产大量杂交种子提供了可能性，借助保持系来繁殖不育系，用恢复系给不育系授粉来生产雄性恢复且有优势的杂交稻。

有了“三系”配套，配制杂交水稻水到渠成：一块繁殖田和一块制种田，繁殖田种植不育系和保持系，当它们都开花的时候，保持系花粉借助风力传送给不育系，不育系得到正常花粉结实，产生的后代仍然是不育系，达到繁殖不育系的目的。技术人员可以把繁殖来的不育系种子，保留一部分于来年继续繁殖，另一部分则同恢复系制种。当制种田的不育系和恢复系都开花后，恢复系的花粉传送给不育系，不育系产生的后代，就是提供大田种植的杂交稻种。由于保持系和恢复系本身的雌雄蕊都正常，各自进行自花授粉，所以各自结出的种子仍然是保持系和恢复系的后代。

由于杂交水稻产量高，所以种植面积迅速扩大。杂交水稻三系的成功为农业科学和农业生产发展史竖立了一座里程碑。1980 年，中国农业育种专家们开始了对两系法杂种优势利用的新探索。

与三系相比，两系法具有三大优越性：一是不育系可以一系两用，不需要保持系，减少了生产环节和不育系的繁殖面积，降低了种子成本；二是配组自由，大部分的常规品种都可成为恢复系，扩大了杂种优势利用的

种质范围，大大提高了选到优良组合的概率；三是光温敏核不育性遗传行为简单，较容易转育到其他性状优良的水稻品种(系)中，有利于改良品质、抗性等性状，同时它的不育性受细胞核控制，从而避免了细胞质不育对杂种优势的负效应，以及因细胞质单一化而导致某种毁灭性病虫害爆发的潜在威胁。

到1995年，两系法杂交水稻的育种终于获得成功，育成的两系法杂交稻比同期成熟的三系法杂交稻单产增加5%～10%；它的繁殖、制种和栽培技术也已经成熟配套。

两系法杂种优势利用的是我国独创的水稻育种高新技术，是继三系法杂交水稻之后农作物育种的又一次重大技术革新，并于1998年开始大面积示范种植。可以毫不夸张地说，中国在杂交水稻这个领域的研究和发展在全世界都是领先的。这些宝贵的研究对其他国家杂交稻方面的发展也起到了不可小觑的作用和影响。

培训班结束后，隆平高科又先后安排毛学权、刘发余、张前盛等几位专家长驻孟加拉国指导杂交水稻推广。并在孟加拉国家水稻研究所的试验田示范栽培了15个中国杂交水稻组合，旱季示范结果表明，杂交水稻完全适应在孟加拉国种植，增产幅度在30%以上。

杂交水稻的高产示范效应引起了孟加拉国政府和企业的高度关注，2001年7月，隆平高科与孟加拉国伊斯兰集团AFTAB公司签订了杂交水稻合作研究与开发的协议。当年11月又派遣了3名杂交水稻专家赴孟加拉国进行杂交水稻品比、示范。通过2001年、2002年连续两年的雨季试验，还发现GNY50在雨季也表现得非常突出。该组合不仅在雨季产量可达每公顷8吨，而且能抵抗孟加拉国雨季流行的细菌性条斑病。

终于，方志辉所领导的隆平高科国贸部又打开了另一条通道。

3 梦里水乡竟缺水

初到孟加拉国，方志辉就见识了这个国家的水，到处都是河流，到处是沟渠湖网。这样的自然条件，排水系统又不畅，一旦进入雨季自然是灾难性的，基本上寸步难行，尤其是近几年，很多土地差不多被淹成孤岛，周期性的台风也是每来一次，生灵涂炭。3 月则是恐怖的夏天，那感受和巴基斯坦又有些不一样，尤其是肮脏的环境再加上 40 摄氏度以上的高温，各种传染病可能会随时侵蚀人的肌体，付出生命的代价。

船是孟加拉国这样一个水乡的生活必需品。乡村的交通十分不便，如果到乡下指导，处处都需要用船。可那是怎样的船呀，在孟加拉国的乡下，随时可见的就是那一条条仅可载两三人的在国内被称为“筏子”的小木船，当地人在水中就推着走。而去远一点的地方，就是坐汽车也得过轮渡，还有很多地方则必须坐轮船。每天浏览新闻时，随时可见车毁人亡的悲剧上演，就如同国内的车祸报道。

这些船，和家乡沅江的是无法相比的。沅江与舟，世代结缘，绵延不绝。千百年来，舟楫往来，商贾富足，百物汇集，四方百姓咸享其利。“日有千人拱手，夜有万盏渔火”的景观如白居易笔下《忆江南》中的“日出江花红似火，春来江水绿如蓝”之句。这些既是湖乡文化的章节，也是舟的生命进程中温暖的火种，一团团、一片片、一簇簇地在历史的天空中燃烧，洞穿混沌世界，在洞庭湖上生生不息，穿过时空的隧道。黄昏的洞庭湖，暮霭沉沉，湖水浩渺，渔火如花，开得满满当当，像万盏明灯在水面上游动。有声有色，热热闹闹。一派扬帆弄潮的盛景。记忆中，20 世纪六七十年代，“千帆竞渡、百舸争流”依然是洞庭湖蔚为壮观的景象，当时仅有一横一纵两条街的沅江县城，有将近 2 千米长的沿河吊脚楼，过往船只就停泊在吊脚楼附近，是当时沅江最抢眼的风景。当时的吊脚楼港口，是沅江的唯一商埠，也是沅水流域物资聚散中心地。舟楫是与各地友好往来、共谋发展的桥梁和纽带。

而今天的沅江不但以舟为荣，而且以舟为乐。5 月时，放于百里，乡人为龙舟之会，凭吊屈大夫。观者画船云合，首尾相衔，女士如山，乘潮上下，日已暮而未散。洞庭湖龙舟竞渡盛况当前，千舟竞渡，万桨齐发，纪念和表达着“一叶扁舟，忧国忧民”的情怀。不少奇迹和印记诠释着舟的涅槃的生命进程：谁可曾料想到，曾经在洞庭湖上风雨飘摇的小舟，今天却成为跻身世界先进行列的“太阳鸟”游艇。太阳鸟游艇公司成为第一家本地上市企业，也是我国第一家游艇上市公司，就如沅江这艘巨轮，正迎

着朝阳，驶向美好的明天。今天的璀璨沅江，便是洞庭湖最炫的标志。正如那首由沅江市第十八届市委书记邓宗祥亲自作词、沅江籍著名作曲家向东流作曲的《幸福沅江》所描述的那样。

中华腹地
长江之滨
洞庭湖畔
璀璨沅江
四水如龙聚会
五湖绕城歌唱
历史珍藏瑰宝
千秋鱼米飘香
时代的春天
绿色的水乡
开放的橘城
美丽的地方
中华腹地
长江之滨
洞庭湖畔
璀璨沅江
坚持科学发展
绘就民富市强
人民安居乐业
子孙幸福绵长
甜蜜的生活
崛起的沅江
文明的沃土
富裕的家乡

想到这些，方志辉百感交集。抬眼望去，正见那一片美丽的孟加拉国花——睡莲，花和叶多半浮在水面上，或是伸出但近于水面，当涟漪微动，它似一尘不染的美人睡卧在碧波之上，神色安详，态若含笑。每天清晨，如仙女般睡在自己圆圆叶面上的睡莲，从梦中醒来，修长的花柄如《天鹅湖》中那只白天鹅秀美的脖颈，缓缓地抬起，缓缓地舒开花瓣。

美极！睹此思彼，方志辉再度梦回家乡。

沅江生物多样性极其丰富，植物多达863种，鸟类164种，鱼类114种，集多种珍稀濒危水禽和野生植物一身，洞庭湿地闻名遐迩，是国内少有的天然内陆鱼库，区域内越冬的水禽约1000万只，中华鲟、白鲟、白头鹤、白鹳、中华秋沙鸭等十余种水禽位居国家一级保护动物。阳光充足，雨量充沛，日照无霜期较长，尤其是湖洲芦苇面积达2.5万公顷，是世界上最大的苇荻群落。野芹菜、野藜蒿、芦笋和蓼米等“洞庭四珍”天然绿色有机，倍受人们珍爱。万顷芦荡、百里柳林、万洲迷宫、湖上草原、芦花飞雪、洞庭观日……这方水乡泽国堪称世界罕见的淡水库、固定碳库、物种基因库、珍禽生态库和天然氧库。

然而“水火无情”，打小就见识过水的厉害的方志辉，在这样的国家做杂交水稻推广，自然最担心的还是水。虽然来自洞庭水乡沅江，可以说是“水鸭子”，但人力和大自然比起来，有时却是那样的微不足道。童年，以及此后那洪灾每每让方志辉铭心刻骨，记忆犹新。

沅江自古以来就是洪灾施虐之地。沅江的历史，与洪水共存。每当洪水季节，洪水所到之处，一个个村庄、一栋栋房屋、一条条鲜活的生命，顷刻之间，不复存在。这些年，国家强盛了，基础条件好了，尤其是洞庭湖的治理纳入了国家规划，堤垸、排水以及交通等基础设施日新月异，特别是那害人的“血吸虫病”得到基本根治。水资源的合理开发让国人已经不是那么怕水了，而是更加爱水、乐水，尽情感受水的美丽、水的丰盈、水的灵动、水的富饶，可“水祸”在方志辉头脑中却永远无法抹去，“又爱又恨”是最妥帖的比喻。

远的尚且不说，就在1996年的那次洪水也是每一个沅江人都忘不了的。那一年，沅江几乎遭遇了灭顶之灾。百年不遇的洪水洗劫了家园，一夜之间，城区浸泡在一片汪洋之中，田园被淹、房屋被毁，全市停电停水，洪水的阴影笼罩在整个城市的上空，撤县建市后的沅江建设再度遭遇重

创。自古以来，沅江屡遭水灾：1475 年，县城琼湖镇筑土墙；至明末，城墙全部塌毁。每逢春秋洪水泛滥，灾民涌入地势较高的庆云山高地避难。但就是这样，一代一代的沅江人还是在洪流之中挺起了脊梁，以智慧和坚韧在这一片土地上生存繁衍。但这种苦难却是任谁也不想看到的。

但储存在方志辉的记忆中的那一幕幕是怎么也删除不掉的。每逢洞庭湖涨水，沿河街道尽被水淹，店铺或在水上搭摞，或搬至高地；如若水大，则正街的房屋淹到屋檐。正是为了防洪，沿河一线道路全用麻石铺成。1983 年，经由县委书记田秋生四方呼吁，最终组织了五万民工将资水支流的航道外移，从八角亭到安宁垸沈家湾筑成了一条长 5187 米的环城土堤，堤面高达 38 米。同时，在下琼湖修筑了一条湖心路，把东西两翼连接起来，使县城的规划，得以扩展。10 多年过去了，大家本以为从此可以高枕无忧，逃离洪水的威胁，乐享太平了。可那一场史上绝无仅有的、铺天盖地的洪水，还是撕破了坚固的防线。灾后惨景，哪一个沅江人不心疼？哪一个沅江人不流泪？有人说，沅江就是 10 年也恢复不了元气，也有人说，沅江财政保证工资按时发放维持正常工作运转都成了问题，建设已无从谈起。面对十垸九溃的重创，沅江人最终以湖湘人的担当，不屈不挠，从灾难中崛起，一往无前的英雄气概溢满了这座因遭受洪灾而一度水深火热的城市，并将其建成了“东方威尼斯”。此后，温家宝到沅江，见证了沅江人的奇迹，挥毫题写“团结奋斗，振兴沅江！”即使天灾无情，家园在人民的齐心建设下也依旧美丽如初。

有一次，方志辉到孟加拉国的乡下指导工作的路途中，遇上了暴风雨，在一个很大的渡口等渡，亲眼看见了一条渡船翻沉。事后得知那次竟然淹死了 27 人。他更加担心起来，从那以后，只要在电视上看到孟加拉国翻船的新闻，他就怕船上有自己的技术员，担惊受怕成了他日日夜夜的最大困扰。

而更可怕的是，孟加拉国很多地方的水都自带砷（砒霜的主要成分），而且含量过高。人一旦喝了这种水，轻则染病，重则中毒，直至丧命。因此，为了下属的健康，所到一地，方志辉所做的第一件事就是进行水质调研，而且规定所有外援技术人员必须坚持这一首要工作。在搞不清水质的地方，只能喝矿泉水，煮饭也必须用矿泉水，绝不能有丝毫马虎。

4　人力车夫 VS 杂技演员

“潺潺的波浪流经稻地。芒果和枣椰的树梢耸入天空，树外的天边是毛茸茸的云彩。棕榈的叶梢在微风中摇曳。沙岸上的芦苇正要开花。”

大师优美的笔墨，悦目爽心的画面却始终掩盖不了方志辉初到孟加拉国时，看到首都达卡那破旧、脏乱、落后的景象，那种发自内心的凄凉和悲悯感。

他不由得想起了20世纪70年代家乡沅江的旧貌，对比现在的家乡盛景，想想中国改革开放的成就，不由感慨万千，那种难得的骄傲和自豪感油然而生。他又好像回到那改革开放刚刚开启之时，国内人看到欧美等国家及其他地区的友人入境时，所表现出的那种艳羡之情。如今，中国人走到世界其他地方，再无这种艳羡之情。而第三世界国家相比我国初开放时更加贫穷，因此杂交水稻的推广，大都以这些国家为主。

达卡是世界知名的航空中转站之一，许多国际航班特别是海湾国家的国际航班都要在此转机。达卡机场在建设上很有特色，将伊斯兰文化的精义和现代建筑艺术融为一体，宽敞的候机大厅，规范的行李传送带，专门为穆斯林准备的祈祷间里，精美的地毯和装饰雍容华贵，俨然一派都市的奢华。与首都落后的街景、世界上最贫穷国家之一的背景对比鲜明。

军队在主干道上实施宵禁。行人衣着破旧，建筑简陋至极，公共汽车油漆斑驳，道路拥挤——行人、汽车、三轮车、CNG(当地一种以天然气为燃料的交通工具，类似国内小地方才有的“摩的”)在毫无规划的马路上交错穿行。不时可以看到狂奔着的人们，用各种高难度的动作和技巧挤上疾驰中的巴士，巴士顶上还坐着众多“杂技演员”。

最壮观最令人震撼的是那些完全可以用“气势磅礴”来形容的人力三轮车大军，他们浩浩荡荡、川流不息地穿梭于大街小巷，车技高超如入无人之境。这景象绝对让任何一个到过孟加拉国的外国人无法忘怀，真的是名副其实的“人力车王国”。在达卡，至少有几十万辆人力三轮车，这对于一个城市来说是何等的壮观！在孟加拉国的日子，专家们几乎每天都融入这人力三轮车的海洋中，终于慢慢地熟视无睹。这种脚蹬的人力车是底层

平民最常用的交通工具，一两个街区10 TAKA，不到1元。车身装饰富有艺术气息，座位上罩着个带竹骨的花篷子，晴天放下去，雨天拉起来。花篷子的每一寸表里都油漆上了最俗丽的颜色，彩绘上花花绿绿的装饰，花鸟虫兽，美女艳照，包罗万象，就如一道流动着的亮丽风景线，算得上是孟加拉国的“国粹”，也算地道的平民艺术。此后在越南，方志辉又见到街头那如蝗虫般、铺天盖地的摩托车，再次感同身受的同时，却发现少了些什么，原来是缺少了这种特别的美感。孟加拉国是一个真正爱美的民族，即使再贫穷，人们也穷得漂漂亮亮。一件孟加拉丝绸织成的纱丽可以放进火柴盒里，甚至一把雨伞上都会被画上花朵。正如作家三岛由纪夫所言：“连贫穷都是鲜艳多彩的。”

孟加拉国的城市用电较为充裕，可是只要一出城就黑漆漆一片。城际公路上都没有路灯，常常是经过半个小时的路程后到达小镇才有些灯火。小镇很小，一分钟的时间钟车就能穿行而过。很多小镇没有电，只是在沿着马路的夜市上到处点着煤油灯，影影绰绰地如同一大片萤火虫，又是别样一番景象。初到孟加拉国时，虽然如方志辉年纪的人对煤油灯并不陌生，但还是会产生一种如重逢多年不见的老友依然寒碜时的莫可名状的心境。年轻人则是像见到怪物似的盯着这些昏黄的灯火，除了怜悯之外，就是些许鄙夷。他们哪里知道，中国离开煤油灯并没有多久，在一些很偏僻的乡下，依然能找到它的踪迹。

没有路灯的晚上，人力车和行人却不少。在对面车灯的直射下，根本无法看清路边的情况。人力车没有尾灯，人们在其底盘靠右的车轮边，挂着一盏煤油灯权当信号灯。昏暗的光亮只能当作心理安慰，路边行人更是只能自求多福。方志辉想，国内经常出现爆笑的“女司机”版本，若这些司机来，可能每天头版全是“冷血夜魔碾死数十人”“疯狂女司机又造惊天惨案”等新闻。所幸，孟加拉国的车流量不是很大，首都也如此。但饶是这样，翻车撞死人的事每天都有发生，司机撞人都敢扬长而去，而满车乘客竟然还支持司机肇事逃逸，可见人们对此的麻木……

乡村交通不便，合作的AFTAB公司处处表现出对专家们的极尽支持。哪怕创造的最好条件就是搭乘摩托车，可那份纯朴真实却处处令人感动。

孟加拉国的正宗公路交通，却是东南亚南亚国家中效率最高、班次最多、服务最为正规的。这似乎有点不可思议，和它的破旧混乱似乎格格不入，但这就是事实。又比如，这个国家环保意识特强，全面禁用塑料袋，特别民主，有高度的新闻自由。同时，超载超速又让交通事故率极高，成为严重的社会问题。大街上，你随时可见在仅仅两车道的马路上，汽车常以 100 公里的时速狂飙，而且基本不鸣笛。司机低头驾驶飞奔，售票员站在前后门死命地拍车身，大声吆喝路上行人避让，这一切都是孟加拉国公路上最经典的场景。

司机驾车速度不会减一分，急拐弯的频率比刹车高得多。走在路上，你能随时感觉身边突然一阵风，却竟然是汽车呼啸而去……方志辉经常如是想，无论到哪里，最担心最叮咛的一定是安全问题。

5　远方的家里人

闲暇时，方志辉会到处走走，感受异国风情，顺便激发一下创作灵感。他有较重的文学情节，到了孟加拉国，神交泰戈尔，就更甚了。一个休息日，他来到了集市。

孟加拉国人民很讲礼貌，不仅对外来游人，本地人之间也是这样。你经常可以看到，两个当地人站在街上聊天，第三人会绕行，绝不会从其中间穿过。聊天的也会主动挪挪身子让过路客直行。站在街头路边聊天也是孟加拉国的一大风景，无论老少经常三五成群闲聊。由于人口众多，工作机会很少，人们经常以这种方式打发时间。在国内，这场景仅在一些农村方能见到。与中国人不同的还有，他们无论在街上、餐馆、公共汽车或在电话亭从不大声说话。“我们中国人哪怕是紧挨着，为何说话声音还那么大呢?”方志辉想，“应该是从娃娃开始，从小在家就是被父母大声训斥教育，进了学校，上课时要求大嗓门，老师也是大嗓门……这是习惯使然。在外国人眼里，总感觉中国人喜欢与人争论。其实只是大嗓门。”

已经习惯了这种“怪异交通”的他们，对街道景观已不再感兴趣，径直来到一个批发市场。这里地处繁华路段，建筑外观颇像国内的一些“烂尾楼”，到处是裸露的水泥外墙，一捆捆胡乱圈起的电缆线……走到里面，却是另一片天地，热闹非凡却秩序井然，每一家商铺都装修得非常精致。有

儿家贺卡专卖店引起了方志辉的关注，国内随时可见的普通婚庆宴会贺卡，孟加拉人却无比用心，小小物件无论是用料、款式、花样，都精美绝伦，礼仪文化足以让国人汗颜。他想拍照留存，老板婉拒了要求，正纠结时，恰路过卡片制作“一条街”，老板又免费赠送了一些，让大家得偿所愿。

批发市场中许多店铺都是批发中国小家电小商品的，所有店铺明码标价，绝不打折，方志辉一行更是“百思不得其解”。经了解，孟加拉国70%的进口商品来自中国。归国时大家想买点礼物带回国。惊诧的是，市场里美容护肤日用品、糖果等点心，几乎清一色地“MADE IN CHINA”。当店主看到犹疑时马上会解释，“中国货质量很好的哦”。他们哪知方志辉一行的心思，“怎能带上国产的这些东西，又送给国内的朋友?!”

精致的女装店总能吸引目光，让人不愿离开，这里可让人充分感受到在孟加拉国做女人是一件多么幸福的事。孟加拉国的传统女装名叫 Shalwar kameez，中文译名为夏瓦尔，有传统三件式的，包括一件长及膝盖的上衣，一条或宽松或窄脚的长裤，还有一条搭在前胸的围巾。不仅每一款衣服的设计都是独一无二的，而且每一款的镶珠、绣花，领口、袖口的设计都可以依着个人的喜好有所不同。衣服设计浑然一体，巧如天成。莎丽也是传统服饰，据称孟加拉国婚礼上的新娘99%都着莎丽。

大家赶忙为亲友挑选礼物，方志辉很少给爱人和女儿买衣物，这次却破天荒地给娘俩一人买了一套。这让黄秋林着实感动了蛮久，“原来老方也是有点小资情调的”。女儿方昳则更是如获至宝。一段时间，只要到他们家做客，方昳一准过来给你“炫耀”。

午间来到一家餐厅，餐厅生意极好，人来人往，餐厅的客人吃得也快。餐厅里男女比例正常，大多是下班的白领，有的全家出动。餐厅备有干净的卫生间和洗手液，穆斯林用手抓饭，每个人都注意饭前洗手。每一个孟国人都能从容不迫地把羊肉从骨头上剔开，动作十分灵巧。咖喱土豆的金黄色的酱汁和米饭拌在一起，拌饭的动作既有节奏又很规范。方志辉饶有兴趣地尝试了一回孟加拉国的“手抓饭”，真正感受了肉汁和米饭交融的美味。确实不错。从此，归国后的他们保持了饭前洗手的习惯，而且比平常更积极更卖力。方志辉笑称：“这归功于孟加拉国人民的鼓励。”

孟加拉国人中很难见到胖子。他们吃饭绝对“光盘行动”。不铺张，不浪费，吃完饭，人们都会将碟子盘子收拾得很干净，不会有剩饭剩菜倒掉。方志辉几人着实感慨了一番。大家知道毛主席当年一直这样，20 世纪五六十年代国人大都如此，而现在，一个个似乎慢慢忘记了粮食的珍贵。

方志辉后来了解到，这里也有西餐店之类，肯德基、汉堡等很受欢迎，能吃得起的是少数。一份肯德基得花去三轮车夫一天的收入，而这钱做家用，却够一家人两三天的生活。民族餐饮源自印度风味，这里也有中餐馆。方志辉好奇地看了下中餐馆菜单，上面有多种“炒面”。端上来的面条却非中式，还是“印巴风”的——把煮熟的挂面用虾仁、鸡蛋等炒一下，味道也依旧是印巴味。

孟加拉国出产椰子、芒果、菠萝、火龙果、香蕉等水果，市场上却随处能见从澳大利亚或者中国进口的苹果、葡萄和柑橘。当问当地人为何不种这些水果时，得到的回答竟然惊人一致：“土地不够用，我们首先需要生产稻谷解决吃饭问题。”这个面积仅 14.4 万平方千米的国家，人口逾 1.5 亿，占世界 2.16%，系世界第八大人口国。达卡每平方千米平均 19447 人，而北京只有 7470 人。了解到这些，方志辉觉得此行的使命更加神圣了。

在孟加拉国的日子，很少见到西方人，当了解到方志辉是来自中国的水稻专家时，人们不约而同地赞叹：“中国？中国好呀！”“中国是个伟大的国家，也和我们一样是发展中国家！”

方志辉不由得想起 90 年代以前，国人对外国人的友好态度。当时在公共汽车或地铁上，国人总是主动给“远方来的外国客人”让座。现在是几乎所有中国人都见惯了外国人，不会再惊奇，谈论，或者追捧，看“西洋镜”。而在孟加拉国，你若穿着庄重，戴着白帽，都会迎来老少穆斯林的热情问候——“瑟兰”。无论在大街上、商场里，还是在其他公众场所，只要戴帽子出现，就会受到人们尊重，感受到孟加拉国人的热情。

孟加拉人还常会问：“您是基督徒吗?”宗教对于他们来说十分重要，穆斯林、天主教徒、印度教徒和佛教徒在这个国家和平共处。穆斯林占比约 85%，主要以伊斯兰四大法学派中的哈乃非学派为主，也有一些类似于中国的门宦之类的，还有数量不小的索菲神秘主义派。孟国任何一个地方，都能找到洗净、礼拜的地方。礼拜时间坐巴士，司机会停下来，让人

们先礼拜。

“食人虎”声名远播。方志辉几人自然想去看一下孟加拉虎，这类似于大熊猫，是一级保护动物。于是几个人去孙德尔本斯国家公园领略了一番大自然的壮美。

在孟加拉语中，孙德尔本斯的意思是“美丽的森林”，横跨印度和孟加拉国两国，位于孟加拉国西部的库林纳地区。恒河、布拉马普特拉河与梅克纳河三大河冲击而成的三角洲上，森林覆盖面积达 10269 平方千米，是世界上最大的三角洲综合体。这里生长着营养物质丰富的红树林，同时，也是众多海洋动物返回大海之前，度过孵化期的栖息地。1987 年，印度孙德尔本斯国家公园首先被联合国教科文组织作为自然遗产列入了世界遗产名录。

这座公园拥有迄今为止几乎未经过任何人工培育的原始森林。大自然把它塑造成一个像是经过精心管理过的幽雅的人工林区，绵延 16 千米。高耸入云的林木形成了一片浓密的天幕，高低起伏，错落有致的各类红树让人耳目一新。蜿蜒的小溪流向河流，流入大海，景致十分迷人。孟加拉虎在河里自由游泳，鳄鱼懒洋洋地晒着太阳，鹿群躲进阴暗处纳凉，只有猴子总是欢叫跳跃。

红树林内没有游道，交通工具只有船。伐木工为了抵御野兽的袭击，在林边建起了 2.44 ~3 米高的临时住宅，其他的人都住在船上。

公园最具吸引力的是皇家孟加拉虎，有 400 多只，是公园中数量最多的居民。食人虎声名在外，但还是很难被发现，因此追踪食人虎成了探险家的至爱。这里是鸟儿的天堂，有锄嘴鹭、大秃鹫、小秃鹫、西伯利亚大嘴鹬、翠鸟等 200 余种鸟类在舞动着轻盈的翅膀，欢快鸣叫。当它们飞过数千只载满木材、圆瓦、蜂蜜以及海鲜的帆船的时候，大自然更显得妖娆动人。坐船驶过浓密的红树林，静静地坐在甲板上，听鸟儿啁啾，看姹紫嫣红，赏白云飘飘，听流水潺潺，梦幻之旅毕生难忘。漫步丛林，聆听天籁，欣赏美景，探索自然，呼吸大自然赐予的新鲜空气，在世界上最大的红树林里体会山野的宁静，与渔翁、伐木工、养蜂人亲密地交谈，此情此景，不亦乐乎。

方志辉一行在此遇见了一位年轻人。这位年轻人会说一些中文，大家都以为他是在中国留过学或是进孔子学院学习过的。攀谈后得知他在一家设在孟加拉国的中国公司工作了三年，中文是向中国同事学的。在返程的航班上，又遇见了一位苏州女士，她是前往达卡探望在那儿工作的丈夫的。

孟加拉国人民虽然仍处贫穷之中，但优美的自然风光令人陶醉，尤其是人民十分快乐，其国歌就能充分说明。如方志辉这个年龄段的人，更在乎精神层次的享受和领悟。看来，孟加拉国并非缺乏旅游资源，相反这个国家的文化、民族、自然等旅游资源十分丰富，只是旅游设施还较落后。这样一个“原生态”的国家，比起那些面貌大变的国家，可能更会让游人喜欢。这应该是笔巨大的潜在财富。

特别让大家难以忘怀的是，这个国家的人民非常热情和友好，非常好客，若你茫然无助，一定有人主动询问你是否需要帮助。早在机场，他们就见识了机场的警官、保安以及门口的士兵都非常乐意为每一位旅客提供最热心的服务。

一次，当他们在瞻仰一个纪念泰戈尔的纪念碑时，一群孟加拉国姑娘也过来了。一个个眉清目秀、楚楚动人，身着五彩缤纷的衣服，像花蝴蝶似的飞来飘去。遇有邀请合影留念，总是非常愉快并大方地接受，毫无忸怩之态。欢快自然的脸上，根本看不到生活的阴霾。专家们欣欣然地把请她们合影作为一大收获，归国后总要赞扬感慨一番。“湘女多情，孟加拉国的女人也美丽多情。”此情此景，方志辉就不免想，贫穷并非罪过，追求富裕而快乐的生活是每个人都希望的，但如果富裕可遇而不可求，人们大可以退而求其次，只要拥有快乐的生活，就算贫穷也未尝不是一种幸福。

由于考虑中印、中巴等国际关系，中国在联合国第一次行使否决权时，是反对孟加拉国加入联合国的。孟加拉人表面上说孟中关系十分友好，不在意中国最初反对其国家入联一事，但每当有机会他们总会提醒一下。1995 年，时任中国外交部部长钱其琛访孟时，孟外长致欢迎辞时就打趣过此事。玩笑出自真心释怀。孟加拉国人对这件事肯定有些在意。但当问起对中国的印象时，孟加拉国人的语气会马上变得郑重：“这是一个源远流长的文明古国！孟加拉国人觉得中国很伟大，你们到这里比印度人还早，远在古代时期就把手工艺品带来。现在孟加拉国市场上从小商品到技

术产品，‘中国制造’比比皆是。中国人给我们的总体感觉，应该不完全是外国人，更像是我们的家里人。”

6 专家追星梦圆怀化

2004年9月8日至10日，“2004中国·怀化国际杂交水稻与世界粮食安全论坛”在杂交水稻发源地——湖南省怀化市举行。论坛主题是“杂交水稻——解决世界粮食安全问题的有效途径”。与会代表有来自22个国家(地区)和两个国际组织的政府官员、科学家和企业家。会议围绕杂交水稻的历史、现状和未来的发展趋势，特别是杂交水稻与世界粮食安全，加强各水稻生产国之间的技术合作等方面进行了富有成效的研究和探讨。

与会代表一致认为，杂交水稻在增加粮食安全方面潜力巨大，为了更好更快地“发展杂交水稻，造福世界人民”，必须加强杂交水稻在世界各国的合作研究和推广，并达成加强杂交水稻技术的合作研究、加快杂交水稻推广与普及以及相关政策方面的共识。会议认为，各水稻生产国要通过建立合作机构，参与杂交水稻育种的基础研究，利用网络、期刊、会议等多种载体沟通。要成立杂交水稻推广应用专业机构，专门从事最新水稻的推广应用，试种优质高产的杂交水稻品种，减少农户风险，建议放宽粮食生产政策，支持民营企业和种植者大胆运用新技术与引进新品种，保护耕地，保护种植者的积极性，扩大开放度，降低关税，消除壁垒，共享共赢。

早在5月14日，袁院士就发出邀请函，邀请孟加拉国伊斯兰集团主席Mr Azharulislam和执行董事Mr Habibui出席9月8日在湖南怀化举行的世界粮食安全论坛。9月6日，方志辉前去上海接机，他们一下飞机即提出了要单独拜见袁院士的强烈愿望。方志辉知道会议日程很紧，袁院士事务很多，因事先没有预约，只能到了怀化再成全。最终，袁隆平的日程表实在无法再增加任何内容，即使合影都没有时间。客人得知后虽然失望却表示理解。方志辉遂提议见下院士的三子袁定阳，并告诉客人院士三个儿子中，定安、定江皆从商，定阳却是跟其父一样的研究杂交水稻的科研人员，且年轻有为，热爱杂交水稻事业。客人非常开心，立即表态：“如能拜访袁定阳公子，如同单独拜见袁院士。虽有遗憾，但同样会非常满足。”

袁定阳最终不仅陪外宾参观了原安江农校的杂交水稻展览室，而且还与他们认真交流了杂交水稻的有关技术，让孟国专家十分感激，并诚挚邀请袁定阳访问孟加拉国。临别时，坚持要与袁定阳一起在袁老师巨型照片前合影，就如国内“追星族”一样热情。他们崇拜袁院士，同样也崇拜追随袁院士事业的中国杂交水稻专家。

7　稻花香里说丰年

付出终有回报。自2001年以来，隆平高科与孟加拉国AFTAB公司合作开发孟加拉国杂交水稻市场，杂交水稻品种GNY50通过了孟加拉国品种审定委员会的旱季审定和雨季认定。2001年和2002年的旱季国家区试，平均产量达每公顷8.21吨。大面积推广产量优势十分明显，比当地常规品种增产30%～60%。2005年，AFTAB公司从隆平高科进口杂交水稻种子150吨，2006年进口400吨，2007年进口800吨，2008年进口的种子再加上本土化生产的种子达1200吨。最近几年发展速度很快，势头良好。2003年种植面积仅为1万公顷，2004年增加到5万公顷，2005年达19.1万公顷，2006年达46.5万公顷，占孟加拉国水稻总面积的4%。AFTAB农场场长Mr MonwaRul说：“中国杂交水稻现已开始造福孟加拉国人民。”

可这中间有着多么艰辛的一段路呀！方志辉奋笔疾书时不免心中感慨，又想起了那件往事。

2004年3月中旬，隆平高科正在办理120吨杂交水稻种子出口孟加拉国的许可证。3月下旬，公司接到省商务厅转发省发改委的通知，该批种子不能办理出口许可证，因为国家有关部门已对种子出口实施限制。

近年国家一直鼓励杂交水稻种子出口，怎么突然又限制了呢？原来是海关编码出了问题。从2004年元月开始，国际粮食市场出现紧张局面，隆平高科出口杂交水稻种子受到限制。在这种背景下，国家发改委发出了关于停止大米出口的紧急通知。

由于在海关编码中，水稻种子属于大米，文件的下发标志着隆平高科应停止向孟加拉出口种子，也就意味着隆平高科为此需要支付大额违约金，同时导致下一年度出口的制种计划无法实施。隆平高科向省政府和时

任分管农业的杨泰波副省长递交了专题报告。杨副省长立即亲自出面解决了问题。

方志辉想，杂交水稻种子出口是一件新鲜事，先前国家在制定海关编码时没有考虑这种情况。这次种子问题虽经省政府出面解决了，但为方便国际贸易和国际合作项目的操作，应建议国家应从长远出发，修改水稻种子的海关编码。问题解决的当晚，他立刻呈报了这一建议，引起了相关部门高度重视，并开始着手解决。

"稻花香里说丰年，听取蛙声一片。"这是怎样一种蛙声呀，方志辉的思绪又回到那些拼搏的日日夜夜，心情久久不能平静。

第十二节　千岛稻米香万家

1　成果鉴定

2006 年 12 月 15 日，一场隆重的研究成果鉴定会在长沙中天大酒店召开。

由湖南省科技厅牵头，时任省农业厅雷秉乾总农艺师任主任，国家杂交水稻工程技术研究中心青先国研究员和湖南师范大学陈良壁教授任副主任，农业部对外技术合作中心高级农艺师屈四喜、中国科学院亚热带研究所研究员王克林、湖南省农业厅李建国，研究成果鉴定会研究员、湖南农业大学陈立云教授、湖南省种子管理站刘厚敖研究员、湖南省土壤肥料管理站高级农艺师钟武云等专家组成的鉴定委员会，专题对“中国杂交水稻在巴基斯坦、孟加拉国及印度尼西亚试验研究及其应用”项目进行评审。专家们认真听取了方志辉主持的项目实施情况汇报，审查了项目资料，并通过质疑与答辩，在认真讨论后，出具了权威的鉴定结论。

鉴定认为，项目资料齐全，数据翔实可靠，选题准确，对解决目标国粮食短缺具有重大意义。项目试验中的 GNY50、GNY53 稻种分别通过巴基斯坦、印度尼西亚用于旱季的品种审定，GNY50 通过孟加拉国用于旱季品种审定，探明了 GNY50 等品种在目标国的生态适应性，并在巴基斯坦研创出杂交水稻避旱避热的高产栽培关键技术，在孟加拉国研创出以保水、保肥和防病为核心的杂交水稻旱季高产栽培关键技术，在印度尼西亚研创出杂交水稻一年三熟品种搭配及配套栽培技术，完成了湖南出口杂交水稻种子的有害生物风险分析（PRA），建立了集“选择非疫区制种基地、落实

无疫害措施、检查无疫害状态和强化产地检验检疫”于一体的质量保证体系，创建了我国第一个杂交水稻种子出口的非疫区生产基地，并采取中国经援项目起步、企业跟进的商业化运作模式，累计出口杂交水稻种子1248吨，推广杂交水稻8.32万公顷，增产稻谷16.64万吨。最后，专家们一致认为，项目立项准确、意义重大，技术路线科学、方法先进，其成果具有创新性，总体上达到了同类项目的国际先进水平，其中GNY50在目标国生态适应性研究居国际领先水平，产生了良好的国际影响。

得知此结果，方志辉和外援专家群情振奋，倍受鼓舞。在庆祝晚宴上，往事一幕幕浮现在心头，情景历历在目。他深知，这成果来之不易。他特别想起了在此次项目的最后一站——印度尼西亚，省农科院左连生等冒着生命危险撒播杂交水稻的艰辛之旅。

2　万隆新篇

印度尼西亚(简称印尼)，地处赤道线上，以“千岛之国”闻名于世，由太平洋和印度洋之间的17508个大小岛屿组成，面积居世界前13位的大岛就有5个，即伊里安(东半部属巴布亚新几内亚)、加里曼丹、苏门答腊、苏拉威西和爪哇，合占印尼国土面积的92%。位于东亚与西欧、亚洲与大洋洲之间海上通道的十字交汇处，海岸线长54716千米，地理位置十分重要。是东南亚面积最大的国家，也是世界上最大的岛国。境内土地肥沃，加之高温多雨的热带雨林气候，植被丰富、四季常青，整个印尼群岛就像挂在赤道上的一串绿宝石，闪烁着诱人的光彩。人称印尼有“五多”：岛多、海多、火山多、雷雨多、植物种类多。广阔的雨林、神秘的火山、千姿百态的海底珊瑚和热带鱼，无不为这个亚洲海岛国家增添着奇异的热带风情。

印尼总人口2.3亿，是全球第四人口大国，以稻米为主食。水稻种植面积在1100万~1200万公顷，产量约每公顷4.5吨。一半面积种植两季，其中雨季(11月至翌年3月)种植面积700万~750万公顷，旱季(4—10月)400万~450万公顷，旱季产量略高于雨季。2004年水稻种植面积为1197万公顷，产量5434万吨。年进口大米200万吨以上，2002年达300

万吨，已成为世界最大稻米进口国。杂交水稻研究刚刚起步，Sukmandi 国家粮食作物研究所及其下属机构为主要研究平台，以国际水稻研究所为技术依托，引进 IR58025A 和 IR62829A 两个不育系杂交配组，没有培育出自主品种。并以 IR58025A 和 IR62829A 为母本，以 BR827 和 IR53942 为父本，连续 3 年试制种研究，也因不育系不纯和花期不遇没有成功。为此，印尼政府迫切希望与中国政府开展杂交水稻科技合作，引进中国杂交水稻技术。

2001 年 10 月 3 日至 16 日，时任农业部副部长刘坚应印尼农业部邀请，率团访问印尼，方志辉和王秀松作为杂交水稻专家陪同。

万隆，因"万隆会议"著称。在这里，周恩来总理曾率领中国代表团经过不懈努力，推动会议取得成功，促进了亚非团结，并通过与各国代表广泛接触，加强了中国与亚非各国的相互了解，为后来许多国家与我国建交创造了条件。万隆会议作为亚非团结反帝的一个具有伟大意义的事件彪炳史册，是战后两极世界向多极世界演变的一个重要转折点。中国人都知道，没有万隆会议，也就没有中国再次在联合国入常。最重要的是，此次会议中国提出的"和平共处五项原则"后来逐步演变为国际关系处理通行准则。

印尼方自然安排了访问团一行参观万隆会议旧址。在独立大厦，方志辉重温了周总理当年的豪情和儒雅，同时感受到了自己推广杂交水稻的不易。

1954 年 6 月，周总理访问印度和缅甸，在中印和中缅两国总理会谈的联合声明中一致同意，并共同倡导将"互相尊重主权和领土完整、互不侵犯、互不干涉内政、平等互惠、和平共处"五项原则作为处理国家关系的准则，受到国际舆论特别是亚非拉和欧洲国家广泛支持和响应，有力促进了亚非各国的团结合作发展，使亚非万隆会议水到渠成。

1955 年 4 月 18 日，亚非人民冲破帝国主义的重重阻挠和破坏，万隆会议隆重召开。340 名代表出席会议，代表着占世界面积将近 1/4 和世界人口约 2/3 的 29 个亚非国家，并有 5 个国家派代表团列席。

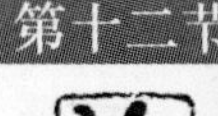

历时 7 天的万隆会议本着求同存异的精神，讨论了民族独立和反帝反殖民斗争、世界和平以及与会各国的经济和文化合作等问题。经过充分的

协商，会议一致通过了包括经济合作、文化合作、人权和自决、附属地人民问题、促进世界和平和合作的宣言等内容的《亚非会议最后公报》。其中《关于促进世界和平与合作的宣言》，提出了处理国际关系的十项原则。体现着亚非人民为反帝反殖、争取民族独立、维护世界和平而团结合作、共同斗争的崇高思想和愿望的万隆精神因此诞生。和平共处五项原则被正式认为是处理国与国之间关系的准则，成为国际上公认的处理国家关系的基础。会议取得了重大的历史性成就。《亚非会议最后公报》包括经济合作、文化合作、人权和自决、附属地人民问题、其他问题、促进世界和平和合作、关于促进世界和平和合作的宣言等七个方面。经济合作决议，强调促进亚非区域经济发展的迫切性，提出与会国在互利和互相尊重国家主权的基础上进行经济合作，强调亚非国家间合作的重要性。促进世界和平的决议，支持巴勒斯坦的阿拉伯人的权利，支持印尼和也门维护民族权益的斗争。要求联合国会员的普遍性，安理会要支持接纳具备会员国条件的亚非国家，提出以互相提供技术援助、鼓励促进亚非国家间的联合企业、扩大贸易往来、采取集体行动稳定原料商品国际价格等多项具体措施，加强亚非经济合作，成为第三世界经济合作和争取国际经济新秩序的先导。万隆会议还为与会国提供了难得的相互接触的机会，让亚非国家自由地接触，促进了相互了解和尊重，加强了亚非国家的团结，是和平共处的生动体现，是亚非人民团结合作、求同存异、协商一致精神的结晶。

正当壮志满怀和情绪兴奋之时，方志辉抓住机会向刘坚详细汇报了在印尼推广杂交水稻的计划和遇到的困难，现场呈送了工作请示，表达了尽管国家对两系杂交水稻种子出口管理很严，但希望按照要求可以赠送少量种子在印尼试种的意思。

刘坚当场表示将大力支持。农业部批复，在确保技术秘密和商业秘密的基础上，同意由隆平高科提供两个两系杂交水稻品种各两公斤种子到印尼试种。

2001 年 10 月 8 日下午，两国农业部成功举办“关于农业合作的谅解备忘录”的签字仪式。

3　书记受伤

高层合作拉开了杂交水稻在印尼推广的序曲。印尼华侨纷纷来长沙寻求合作，期盼在印尼能迅速开发和推广中国杂交水稻。湖南省农科院和隆平高科最终选择印尼普世家农业总公司、印尼能源（新加坡）有限公司和印尼西努省恒盛有限公司作为合作伙伴。

2001 至 2002 年，两国专家在印尼选择了有代表性的 10 个点开展了杂交水稻品比试验。隆平高科国贸部提供了 5 个适宜印尼热带气候的优质高产，特别是对热带地区特有的病虫害具有抗性的杂交水稻品种进行品比，两个组合表现十分突出。这些成绩的取得，来自一点点的积累。

2002 年 3 月，方志辉陪同时任湖南省农科院党委书记左连生在苏门答腊岛考察，上演了一回“生死时速”。就在车辆将要冲进海湾时，司机本能地一脚急刹，车是停下了，左书记却手臂骨折，因重大疾病不能乘坐飞机，无奈只好在印尼诊治，其苦自在其中。当方志辉想表示点歉疚时，左书记笑道：“你忘了当时的情景呀，我们是大难不死，必有后福呀。如果哪怕是稍微慢下那么 0.01 秒，你想道歉也没有机会了。”当时，方志辉坐在车的最后排，也被急刹撞击得直接冲到了最前排，他想起印尼友人和中国驻印尼使馆对左书记的形容：“为了杂交水稻事业，左书记不仅操了心，而且流了血”，真是恰如其分。

在那全球扼腕的 2004 年印尼大海啸爆发之时，国贸部印尼项目经理陈毅丹和助手田永久正在苏门答腊岛，“马六甲”差点成为永远之殇。谁能想象，在通讯中断的时候，当电视机里全是那惊天巨浪、尸横遍野之时，他们家人的那种心境，已经不只是绝望。幸运的是他们终究平安。

2002 年，巴厘岛连续两次受到恐怖袭击。那一声声惊天巨响，并不亚于“9・11”事件。而那时黄大辉的住地与爆炸中心近在咫尺，幸而安然无恙。

4 婆罗浮屠

劫后余生的感觉让方志辉想起了印尼圣景，真的是冥冥中自有天意。

在中爪哇的日惹市郊，有一处杂交水稻推广示范点。方志辉有幸瞻仰了婆罗浮屠。这个世界著名的佛教圣地，也令不信宗教的方志辉好像顷刻完成了灵魂皈依。

婆罗浮屠佛塔矗立在印尼爪哇岛中部城市日惹市西北约 40 千米处的克杜山谷里。在一个信仰伊斯兰教的国家，居然存有世界最大的佛教神塔，这本身就是一个令人费解的现象，让人感慨沧海桑田。这座佛塔得名于梵语 Vihara Buddha Ur，意即山顶佛寺，是现今最大的佛塔遗迹，世界七大奇迹之一，与中国长城、印度泰姬陵、柬埔寨吴哥窟并称古代东方四大奇迹，也是南半球最宏伟的古迹，世界闻名的石刻艺术宝库，素有“印尼金字塔”的美誉。这一建于公元 8 世纪的佛塔，是几十万名石材切割工、搬运工等工匠，花了 50 至 70 年时间才建成的。火山让佛塔群下沉、隐藏于热带丛林近千年，直至 19 世纪初才被发现。

走进婆罗浮屠公园，早已等候在那里的当地人立即热情相迎，将来访的人们团团围住，似乎在热烈欢迎，又仿佛是希望手中的竹雕、帽子、工艺品能被买走。这种特殊的欢迎，让方志辉受宠若惊，却又有点消受不起。

浮屠不同于国内常见的佛塔寺院，它完全是一座由巨石垒起的建筑。整个佛塔用石 200 余万块，无门无窗无梁柱，就是一个“石头阵”构成的几何体，如古埃及金字塔般地绝妙，让人望之感到肃穆庄严。塔共 9 层，下面的 6 层是正方形，四周都有石阶通向顶层，直达塔顶。顶层的中心是一座三层圆形佛塔，被七十二座钟形舍利塔团团包围。游人进入，必须在规定路线上，顺时针绕行，以便能更好地去感受层层佛境，领悟佛的“天地洞开”之神韵。

整塔按照佛教“天圆地方”以及“三界”学说构造。从欲到色到“无欲”，极具匠心。从上往下看它就像佛教金刚乘中的一座曼荼罗，同时代表着佛教的大千世界和心灵深处。每座舍利塔装饰着许多孔，里面端坐着佛陀的雕像。佛塔的建筑材料是取自附近河流约 55000 立方米的石料。这些石料被切成合适的大小，由人工运至建筑地点。石块之间用榫卯连接。建筑完工之后工匠们在石块上刻下浮雕。佛塔建有良好的排水系统，以适应当地的暴雨。为防积水，每个角上都有装饰着滴水嘴兽的排水孔，整座佛塔共有 100 个这样的排水孔。

塔基代表欲界，五层的塔身代表色界，而三层圆形的塔顶和主圆塔代表无色界。婆罗浮屠的台阶和走廊引导信徒们拾级而上，直至顶层。婆罗浮屠的每一层都代表着修炼的一个境界。信徒们的朝拜路线装饰着象征佛教大千世界的各种图案。色界中细致装饰的方形在无色界演化为毫无装饰的圆形，象征着人们从拘泥于色和相的色界过渡到无色界。

从底层沿回廊走上去，看过一幅幅浮雕，恍如经历从尘世走向极乐界的路程。浮雕总面积达 2500 平方米，约 2760 块，1460 块叙事浮雕，1212 块装饰浮雕，分布于隐藏的塔基和塔身，覆盖了建筑的立面和回廊。

叙事浮雕 11 组，环绕整座建筑，总长 3 千米。第一组浮雕在隐藏的塔基中，其余十组从婆罗浮屠东门开始分布于塔身的下面四层。墙上的叙事浮雕呈顺时针分布，而回廊上的呈反方向分布。这种分布方式符合佛教徒朝拜圣迹时的右旋礼：信徒顺时针绕行，而圣迹常在右侧。隐藏塔基里的浮雕叙述了佛教的因果报应律。塔身第一层墙上的浮雕分上下两栏，每栏各 120 块石板。上栏叙述了佛陀的生平，下栏和塔身第一、二层的回廊一起叙述了佛陀的前生（本生）。其余的浮雕叙述了善财五十三参修成正果的故事。

除了石头上雕刻的佛教大千世界故事之外，婆罗浮屠还有许多佛像。双腿交叉的佛像端坐于莲花座上。它们分布于塔身（色界）的五层正方形和塔顶（无色界）的三层圆形上。塔身的佛像供奉于壁龛中，在栏杆的外侧围成一圈。随着面积逐层缩小，佛像的数目也逐层递减。塔身的第一层（最底层）有 104 个壁龛，第二层有 104 个，第三层有 88 个，第四层有 72 个，第五层有 64 个，总共 432 尊佛像。塔顶的佛像被安放在多孔的舍利塔内，第一层（最底层）有 32 座舍利塔，第二层有 24 座，第三层有 16 座，总共 72 座。塔身和塔顶的佛像共计 504 尊，其中三百多尊被部分破坏（多数缺头），而 43 尊全无踪影。

初看佛像几无差别，其实它们的手势（印相）有微妙的差别。塔身佛像共有五组印相，代表五个方位。东（右手结镇地印，左手结根本定印）、西（双手结根本定印）、南（右手结施愿印，左手结根本定印）、北（右手结施无畏印，左手结根本定印）、中（双手于胸前结讲经印）。塔身从下而上的四层佛像手结前四种印相，与面对的方位对应。塔身最上层佛像一律双手于胸前结讲经印。每种印相代表五方佛（或称五智如来）的一方，分别是东方金刚不动佛（不动如来），西方阿弥陀佛（无量光佛、无量寿佛、无量光如来），南方宝生佛（宝生如来），北方不空成就佛（不空成就如来），中央毗卢遮那佛（大日如来）。塔顶佛像是结转法轮印的释迦牟尼。

浮屠全塔共有姿态各异的佛像 505 尊，舍利塔中的佛像被塔身罩住，只能从塔孔见到。相传如能用手从石块间的孔中摸到佛像的手，这人便会走上好运。于是，游客们个个艰难地俯身从孔中将手挤进去，探摸一回，企望真的能给自己招来红运，方志辉也不由自住地探摸一下，期盼杂交水稻能够给印尼人民带来好运。

千年古迹，历尽艰辛，重见天日，是人类的幸运。而刻满岁月沧桑的宝塔内，由于历史原因或人类的熏天私欲，使得一些雕像遭到无情地掠夺、肢解。在现场发现，一些佛像的头被宰割得不知所终。当问及为何不给这些佛像修补或重新安装头颅，以消弭这一人为的伤痕时，身边的当地人几乎沉默无语，谁也不愿直面这个难题。

当经过封闭压抑的漫长回廊，登临上部三层圆台时，方志辉顿感天开地阔，精神为之豁然开朗。他想，若能在黎明时分，在此观赏日出，其情景之美妙，该是人生最纯净的体验，也该是佛中最高境界了吧。

5　稻香印尼

佛予启示，自然收获满满。

2002 年 8 月，隆平高科在印尼研创的两个杂交水稻组合通过印尼国家农作物品种审定委员会审定。

在这期间，王秀松与李召华一起在中爪哇办了一期轰动全印尼的杂交水稻培训班。在西爪哇，鲁华促成两国政府签订杂交水稻国际合作协议，彭正明手把手地教农民制种技术，这让印尼人看到了杂交水稻本土化的前景。在加里曼丹，宁葵办样板田，种示范片，努力传播高产栽培技术。在泗水，湖南省农业厅雷秉乾总农艺师牵线搭桥，让中国湖南和印尼西努缔结为友好省。在新加坡对面的廖内群岛，隆平高科总裁彭海华研究员和副总裁廖翠猛博士亲临示范田，亲自指点。在苏门答腊岛廖省杂交水稻的旱季示范现场，杂交水稻的品种优势和栽培技术优势得到了充分体现，印尼农业部、廖省省政府和社会各界高度重视，决定在示范基地举行杂交水稻现场评议会。

9 月 13 日，廖省省政府在洛甘呼噜县按照当地的民族习俗，举办了隆重的丰收庆典暨杂交水稻现场评议会。方志辉与杨耀松、陈毅丹、宁葵以及中国驻印尼大使馆经济参赞谭伟文、廖省省长、廖省农业厅厅长、洛甘呼噜县县长、30 多家新闻媒体记者以及各地农民代表等 500 多人出席。与会者对中国杂交水稻品种及高产栽培技术给予了高度肯定。谭伟文参赞、廖省省长等在隆重的开幕式后，亲自下田挥镰剪彩，现场当众测量产量。

印尼水稻专家代表在 30 多家新闻媒体的见证下，用印尼的方法科学测得 30 公顷示范稻田的平均产量为每公顷 8.93 吨，而当地对照品种单产为每公顷 5.68 吨，30 公顷杂交水稻大面积示范产量比当地对照品种平均增产 57%。中方专家重点栽培的 0.66 公顷高产示范丘块最高单产为每公顷 12.08 吨，平均单产为每公顷 11.15 吨，专家责任田产量比对照品种平均增产 96%，最高的达到 113%。

消息一经公布，现场欢呼雀跃，谭伟文参赞、廖省省长致辞祝贺。谭参赞表示："今年 4 月，印尼总统梅加瓦蒂访问了中国，希望把袁隆平先生发明的杂交水稻及其高产栽培技术引进到印尼。仅仅四个月，隆平高科在洛甘呼噜县进行 30 公顷大面积杂交水稻示范就取得了成功，已初步实现了梅加瓦蒂总统的愿望。"廖省省长激动地说："中国的杂交水稻在我省首次大面积示范成功，最高单产达到每公顷 12.08 吨，创下了我省水稻栽培的历史记录，我很高兴！希望全省农民从下季开始，全部改种中国的杂交水稻，并认真学习中国先进的高产栽培技术，这样不仅能够完全解决我省长期以来粮食短缺的问题，而且还能大幅度地提高农民的经济收入。"洛甘呼噜县县长也讲："中国杂交水稻在我县大面积示范取得成功，证明我县

完全适合发展中国的杂交水稻，并为我县大幅度提高水稻单产找到了一条捷径，我非常高兴！决定从下季开始推广中国杂交水稻1800公顷。”洛甘呼噜县宗教部长更是率在场的穆斯林教徒向真主祷告：“真主保佑，印尼农民今后年年岁岁种植中国杂交水稻都有今天的好收成。”

一夜之间，中国袁隆平和他发明的杂交水稻在廖省及周边省市家喻户晓。从现场会当天开始，廖省各大新闻媒体连续一个多星期对现场会盛况进行了详细报道，电视节目的黄金时段、报刊的醒目版面、电台的专题节目等都在争先报道中国杂交水稻在洛甘呼噜县大面积示范取得成功的消息，社会各界对中国的杂交水稻有了新的认识。来自廖省省内外的许多政府官员、农场主纷纷致电隆平高科合作伙伴，要求尽快种植杂交水稻。

杂交水稻在印尼旱季种植取得巨大成功后，印尼农业部又向隆平高科提出新要求，希望开展雨季杂交水稻种植示范。

2003年雨季，爪哇岛西努省Lombok Tengah县连片种植的20公顷杂交水稻获得成功。方志辉和黄大辉应邀参加了西努省省长在Lombok Tengah县Jenggat镇Puyung村主持的盛大收割庆典。庆典由西努省恒盛有限公司承办。

4月15日早上8点，总裁林豪亲自驾车到酒店迎接，驻印尼大使馆经济商务参赞处一等秘书周琛和何春红一同前往。在一片金黄的稻田旁边，现场临时搭起一座帐篷，座无虚席。西努省省秘书、农业厅长、农检局主任、粮食局局长、玛打兰大学农学系主任、知名华侨和农民代表早已赶到。

在筹委省农业科技调查研究院主任Dr IrMashur致了热情洋溢的开幕词后，西努省省长动情地讲道：“1984年绿色革命提出指标，我国粮食由这一年基本自给。可惜这个特别成绩坚持不久，1994年我国再次成为米粮输入国，并且是世界进口米粮最大的国家，年输入量为310万吨。根据联合国粮食机构预测，输入数量将到440万吨。如何提高米粮产量已成为必须突破的首要任务。去年8月份，我国西努省和中国湖南省签订了两省农业合作意向书，西努省恒盛有限公司直接同湖南省隆平高科合作，并在其专家教授实地指导以及省政府有关部门的协调配合下，在此地试种。现在大家亲眼见证了中国湖南省优良品种试种成功的成绩，它比IRRI64每公顷增产2.5吨。我们非常感谢中国湖南省政府的帮助，我们希望他们不仅给种子，同时也祈盼能够传授培育种子的技术，不要像日本人那样，在人工培植珍珠方面的技术，为了商业利益保密。苏南省政府看了恒盛有限公司3月23日至26日在巨港举行的稻米展后，立即要求订购2.5万公顷稻田所需稻种，很遗憾，我们还在试种阶段。”接着他将恒盛有限公司捐送的1台农药喷雾器交给农民，象征完成了一批农药器械的捐赠与接受，并同周琛一起下田割稻。

西努省农业检疫局局长还阐明中国稻种不会带来虫害，说：“中国政府对此项目非常谨慎，经过多层次的检验以及我省检疫部门同样严格检验，还有中央农业研调部主任 Dr AndiHasanudin 证实，袁隆平杂交水稻种不含任何检疫性病害因素，所以广大农民朋友可以放心选用中国杂交水稻种。”实地测产表明，MS1213 品种每公顷产量为10.6吨，MS099 品种为9.8吨。

收割庆典仪式结束后，省长邀约专家到 Lombok Tengah 县长官邸共进午餐。

6　检疫破局

印尼普世家农业总公司经过两年的试种，于2002年5月决定从隆平高科试进口18吨杂交水稻种子。但印尼政府担心进口我国杂交水稻种子会给当地带来检疫性病虫草害，种子一到雅加达港，即被印尼植物检疫部门封存。

方志辉和杨耀松、陈毅丹受命就种子进入印尼检疫问题与印尼农业部检疫署进行广泛沟通。2003年7月，印尼农业部检疫署专函，要求按其提供的格式出具一份植物检疫信息表和对47种水稻主要病虫害在中国及湖南发生的情况进行有害生物风险分析（PRA）。中方专家立即向湖南出入境检验检疫局汇报，并与湖南出入境检验检疫局伍建国副局长、植物检验检疫处陈白碧处长和该局首席科学家黄志强研究员一起拜会了袁隆平院士，汇报了相关情况，研究讨论了湖南省上报国家质检总局的文件及方案。

时任国家质检总局夏红民副局长立即指示，一是根据印尼检疫要求，

进行杂交水稻出口风险分析，对于不合理的检疫要求要积极交涉予以解决，对于合理要求研究制订风险管理的措施；二是研究建立有利于出口的检疫关键检测技术和病虫杂草处理方法；三是建立能大规模生产合格种子的出口(示范)基地，严格控制病虫害，特别是出口受影响的关键疫情。基地要建立完整的检疫规程，树立对我国种子的信心。

在湖南出入境检验检疫局的大力支持下，方志辉等开展了一系列工作。一方面与国家质检总局和湖南省出入境检验检疫局配合，进行印尼关注的47种水稻主要病虫害的有害生物风险分析(PRA)，确定了有42种有害生物均在湖南水稻上不发生，只需对5种有害生物进行风险控制。另一方面与湖南出入境检验检疫局共同选择了制种基地，按国际检疫标准在基地建设、病虫草害控制、检疫资料整理等方面进行建设再造。湖南贺家山成为全国第一个杂交水稻种子出口的非疫区生产基地。

2003年7月，方志辉代表隆平高科与湖南出入境检验检疫局植检处共同在贺家山制种基地举办了为期3天的国际植物检疫措施标准培训班，培训了20多名技术和管理人员。同时，他一方面通过印尼普世家与印尼检疫部门积极沟通，请求印尼检疫官员到我国实地考察杂交水稻种子生产过程中的检疫程序，并实施装船前检验。另一方面积极向国家质检总局报告，恳请国家质检总局通过外交途径和印尼检疫部门进行交涉，以期能在较短时间内解决检疫问题。

2003年12月30日，国家质检总局副局长葛志荣率中国质检代表团赴印尼与印尼农业部检疫署署长Budi Tri Akoso博士率领的农业代表团举行工作会谈。在遵循SPS规则的基础上，建立了检疫合作机制，并形成纪要。明确加强在出入境动植物检疫方面的合作，在WTO框架下，加强在实施检疫措施方面的合作与交流。邀请印尼方面在2004年派专家访问中国，考察中国湖南稻种生产基地及有害生物发生的控制情况，讨论水稻种子的检验检疫议定书，解决实际问题，降低对贸易的影响。同时中方向印尼通报了实施国际植物检疫措施第15号标准，双方交换了意见，加强了高层互访和管理技术层面交流，并开展了技术培训。

2004年7月29日，印尼农业部检疫署代表团抵达长沙，与中国质检总局动植司、湖南出入境检验检疫局和中国检验检疫科学院专家组成的中国检验检疫代表团进行了广泛交流和深入探讨。

代表团首先拜访了袁隆平，然后参观了湖南出入境检验检疫局技术中心，实地考察了杂交稻种生产基地，调查了杂交稻种生长期间以及种子加工、包装、运输过程中病虫害控制、防治等措施及除害处理；共同对拟出口印尼的200吨稻种进行熏蒸处理，并与中方检疫专家一起在湖南出入境检验检疫局就双方认可的检疫性病毒和细菌进行种子健康测试试验，未检出印尼关注的检疫性有害生物。

8月10日，双方代表团在长沙签署工作纪要，明确湖南出入境检验检疫局对杂交稻种的检疫检测方法能够满足印尼方面的要求，确认湖南常德贺家山原种场为出口印尼的杂交稻种的非疫生产基地，其他输送印尼的杂交稻种生产基地经湖南出入境检验检疫局按照国际植物检疫措施标准(ISPM)考核并注册后，由中国质检总局向印尼农业部备案，出口印尼的杂交稻种将不再预检，印尼检疫署根据湖南出入境检验检疫局出具的植物检疫证书和ISPM的检疫标准及程序签发进口许可。这份纪要解决了杂交稻种出口印尼的检疫难题，为隆平高科的杂交稻种出口印尼扫平了障碍。

2007年10月23日，“中国杂交水稻在巴基斯坦、孟加拉国及印度尼西亚试验研究及其应用”项目获湖南省科技进步奖。消息一经传来，方志辉百感交集。他想到在他带领下的隆平高科终于打赢了这推广的第一仗，在国家层面，获奖就意味着认可，老师交给自己的使命终于迈出了第一步，老师可以放心了。

“获奖的事情老师肯定是提前知道的”，他想，“我不用汇报了”。方志辉看了看案头的五篇科研学术论文：《中国杂交水稻在孟加拉国、印度尼西亚及巴基斯坦的试验研究与应用》(作者方志辉、杨耀松、廖伏明、胡智辉、陈剑宝，《杂交水稻》2007年第4期)、《中国杂交水稻在孟加拉国试验示范与应用》(作者方志辉，《农业现代化研究》2006年第4期)、《中国杂交水稻在印度尼西亚试验示范研究报告》(作者方志辉、杨耀松、陈毅丹，《湖南农业科学》2005年第6期)、《杂交水稻引种巴基斯坦的试验》(作者杨忠炬、方志辉、杨耀松、陈毅丹，《湖南农业大学学报》自然科学版2002年第5期)、《中国杂交水稻种子进入印度尼西亚市场的技术措施》(作者杨耀松，《杂交水稻》2006年第5期)，不免沉浸在那些拼搏的日子，往事

在时任湖南省人民政府副省长和印尼农业部部长的见证下，
方志辉（签字席右）与印尼签署合作开发杂交水稻协议

一幕幕又浮现在心头。

“梅花香自苦寒来”，这些年看似离科学家身份已渐行渐远，但这些学术研究却让我好像又徜徉在科学殿堂。不管它了，在接下来的日子里，我自然是“革命尚未成功”，就“不知何年是归期”，往前走吧。今日之努力，必将成为明天的路基，我付出了，就无悔。想到这里，方志辉心情平复了下来，竟然一夜无梦。

第十三节　再战南洋结硕果

1　圣诞欢歌唱响国际乐章

谈起水稻和农业，不能不提菲律宾。菲律宾是国际水稻所和东盟农业组织总部所在地，是国际先进农业技术示范基地。

菲律宾共和国位于东南亚菲律宾群岛，有大小岛屿7107个，海岸线总长1.85万千米，多曲折，多良港，多海峡。陆地面积29.97万平方千米，吕宋岛、棉兰老岛、萨马岛等11个主岛占到96%。岛屿多山，山地占3/4以上。地处太平洋西岸岛弧和火山带，多火山和地震，海洋热带季风气候。人口7060万，主要是马来族人，包括他加禄人、伊洛戈人、比萨亚人和比科尔人等。少数民族有华人、印尼人、阿拉伯人、印度人、西班牙人和美国人。

自20世纪90年代初开始，菲律宾国家水稻所等机构，先后与日本国际协力事业团、美国孟山都公司和先正达公司、德国拜尔公司、印度生物科技公司以及中国云南农业大学、福建农林大学、江西农科院、广西水稻所、国家杂交水稻工程技术研究中心等开展水稻技术合作，从上述国家和地区先后引进了1000多个杂交水稻组合在菲律宾试种。前期的试验试种，种种原因效果都不明显。1997年，菲律宾获联合国粮农组织推广杂交水稻的专项资助，之后，菲律宾许多有实力的民营企业也加大了对杂交水稻研究与开发的投资力度，在近几年取得了明显进展。

中菲杂交水稻技术合作也未曾间断。20世纪90年代中期，云南农大在菲试种中国杂交水稻，小面积示范曾获得好成绩，后因亲本繁殖未达成

协议，合作中断；福建农林大学与菲律宾国家水稻所的技术合作也起步较早，90 年代末签署了合作研究与开发杂交水稻的协议，以后因多种原因中断了协议的执行；广西通过该省水稻研究所高级专家受聘于国际水稻研究所的方式与菲律宾进行过一些技术交流和项目合作；江西农科院自 1997 年开始，12 年来每年与菲律宾国家水稻所互访，一直为该所提供杂交水稻制种、亲本繁殖和提纯等技术支持。

独特的地理优势对于在菲律宾搞好杂交水稻品种的选育及示范，以及加速杂交水稻在全球的推广而言具有重要战略意义。方志辉自然不会放弃这个挑战。

1999 年 8 月，在方志辉的大力推荐下，中国杂交水稻中心派出张昭东副主任、白德朗研究员以高级杂交水稻专家身份赴菲律宾，与菲律宾西岭农业技术有限公司开展杂交水稻研发合作，于第一年就取得了可喜的成绩。

中菲农业技术中心，坐落在菲律宾新怡诗夏省姆纽斯科学城中的吕宋大学内，在中心工作的 9 名中国员工，在菲律宾过的是正宗圣诞节。菲律宾是个东西方文化高度融合的岛国，是一个多民族多元文化共存的天主教国家。当东北季风带来微凉时，就是稻谷收获的季节，此时的菲律宾人一边收获丰收，一边庆祝圣诞。

“每年的圣诞节，都是和菲律宾朋友一起，过得热热闹闹。”隆平高科黄柏章农艺师每每回忆此事，皆可娓娓道来，让人对此情此景恍如置身其中。他在日记中写道：

教堂、弥撒、神父

圣诞节前夕，菲律宾的传统黎牙溜弥撒仪式，是以感恩形式开始的。从 12 月 16 日起，每家每户都会点上蜡烛或灯笼，教堂的钟声从鸡啼时响起，提醒人们，可以到教堂做弥撒了。

2004 年 12 月 24 日早晨，我随参加弥撒的菲律宾朋友，来到建在小镇主街道的教堂。教堂大院里人来人往，停满了小车和许多载客用的三轮摩托。一拨人往教堂外走，一拨人往教堂里拥，搞不清状况的我们一脸茫然。菲律宾朋友告诉我们“黎明弥撒”才结束，还有“天明弥撒”。

随人流涌进教堂的我们刚在前排长椅上坐稳，在庆幸和上帝有了零距离接触的时候有人伸过来一只带盖子的竹篮(化缘的道具)。大家曾听说牧师帽子或募捐的竹篮是有讲究的，里面铺上了毛绒或毛毡，投硬币时几乎没有响声，我们丢了些硬币进去，果然响声不大。

竹篮依次从长椅上人们的手中传递后，我才有时间欣赏教堂景观，外表陈旧的教堂，里面装饰却金碧辉煌，1000 余平方米的教堂有许多小窗户，每个小窗户上都有耶稣或众神的画像。大堂正中十多米高的壁画上，圣母玛利亚头现祥光，许多信众虔诚地向她跪拜着。下面更有众多塑像，其中，被钉在十字架上的耶稣塑像，耷拉着脑袋，瘦弱的胸膛上赫然是暗红色的血印，显得那么无助。可戴着金冠的神父却肥头大耳，又有些慈眉善目，穿一件红色袍服，表情严肃地坐在耶稣塑像下，众多身穿镶有两条黄色带子白色教服的牧师们则分侍左右，很是庄严神圣。

一会儿仪式开始了，麦克风音响中传来“哈里路亚”的祈祷，大家虔诚地随神父的诵经声默默念叨着，从表情中可分明判断是教徒在感恩上帝，祈幸福平安。这冗长的仪式就如国内做法事，一直到神父胸前画“十”字方为结束。这是西式电影中经典的镜头。

然而大家并没有忘记给他们带来福音的神父，众星捧月般簇拥着他，来到教堂外停着的一辆乳白色的丰田车旁。取下金冠后的神父，一低头钻进车内，颇像国内网上疯传的“和尚配豪车”的景观，教父近乎秃顶，那白净的头皮在柔和的朝阳照射下一时“祥云万丈，光芒四射”。神父似乎并不在意教徒们的虔诚，流线型的丰田载着祥云立即消散在视线里，下一站福音将要开启。于是教徒们才如梦初醒般地围坐在教堂四周的小食摊前，吃米糕和苏曼(菲律宾粽子)，当然，闲人则品尝着热气腾腾的咖啡或清凉可口的冰茶，回味着、憧憬着、享受着新一年里的又一个“马太福音”。

开心礼物

自 2003 年起，每年都有 100 多人(中心员工及其家属)参加圣诞庆祝活动。

到了迎圣诞聚会这一天，全体员工，包括与会职工家属，每人都能得到一份吉祥开心的礼物或钱，部分来自单位的公共预算，部分来自慈善员

工的个人捐赠。礼物多半为食品，中方专家自然不能有失礼仪之邦的大国风度，特意将从国内带来的小纪念品捐赠。小朋友们如国内一样，最高兴的自然是排队领“压岁钱”——这是中心中菲双方的主任早已提前准备好的。“压岁钱”一般每份是20比索，有时则有50比索或100比索。小朋友越来越多，中方“压岁钱”已经由原来一人发放改为多人发放，气氛就更热烈了。有的小朋友本身机灵些，或者在家长的鼓动下，轮番出击，如“躲猫猫”似的上蹿下跳，就钻了空子，多领了些，更是带动了其他小朋友争相效仿，一个个欣喜若狂，逗得大人们也加入其中，吆喝声不绝于耳，场面更加热火朝天。

2005年圣诞节聚会这天，中国专家组还精心为一位菲律宾大龄姑娘准备了一份“特殊礼物”。姑娘名叫艾雅，年满三十未嫁，为人善良，性格外向，是中方专家的好朋友。我怀揣大家的心愿，郑重其事地将礼物送到她的手中，煞有介事地郑重告诫，必须要回宿舍方能打开。可这姑娘爽直，非要当众拆开。

当她费力地将这里三层外三层的包装打开，一件活灵活现的“木雕裸男”呈现在众人面前，大家一个个笑得前仰后合，人仰马翻。姑娘自己则是红云满面，桃花朵朵，最后是忍俊不禁，捧腹大笑。这从此成了她生活甘甜的引子。

抓茄子

菲律宾人幽默，在每年一度圣诞节聚会的游戏表演中更表现得淋漓尽致。

2006年的圣诞节，大家玩起了一个游戏——“抓茄子”。主持人从观众席上随意选出10余位男士围成一个圆圈。工作人员将每位男士用小绳索绑上一根光溜溜的小茄子，垂在大腿中间随腰部扭动晃荡着。茄子是特意从农贸市场上挑选的。随着主持人一声“游戏开始”后鼓声响起，一群女士个个兴高采烈地上场，她们瞄准各自选中的对象——男士身上的茄子穷追不舍，男士左躲右闪，直到鼓声戛然而止。

游戏规则是一轮结束，被抓住茄子的男士和未能抓住茄子的女士淘汰出局。如此三轮过后，场上只剩下二位女士和二位男士。

此起彼伏的喝彩声再次响起。又一轮过后，这位女士好不容易抓住了一根茄子，没想到对手耍了个花招，故意往后一仰，被抓住的茄子又从女士手中脱落了。就在这时，鼓声骤停，观众席上有人立即高嚷起来，这突然的叫喊声引来了一阵阵哄堂大笑。

拜菩萨　爬竹竿

在中方专家离任回国前的最后一个圣诞节，中菲双方员工同台表演了一台别开生面的“舞龙驱鬼拜菩萨”的节目。

一阵鞭炮声中，三尊菲律宾“菩萨”依次上场，当大家目睹光着上半身，光脑袋上涂上了几排麻点，平均身高1.63米，平均体重104公斤，屁股下兜着一块婴儿尿不湿，双手合十、怡然自得、优哉游哉的菩萨步入舞台时，大厅里不时爆出一阵又一阵的吆喝和欢笑。

三位“菩萨”全部上台后，依次拉开距离，合腿打坐在大厅中央的舞台上。三位姑娘和我最后端着碗粥来到“菩萨”面前，按中国礼节作揖三次。当我与头号“菩萨”对视时，竟然忘了导演的特别嘱咐，被“菩萨”一本正经的滑稽表情和台下的欢叫打动，不免“扑哧”一声笑了，于是全场笑声不止。

紧接着，“龙”上场了。“龙”是因陋就简，用纸、竹和编织袋做成的。伴随着《真的汉子》的歌声，一条八米长的“巨龙”翩翩起舞。

就在大家指手画脚、评头论足之时，宋祖英的《好日子》传来，三位漂亮的菲律宾姑娘挥舞彩带，欢快地跳入舞台。身着青底白花睡袍、头戴青帽的“妖魔鬼头”也一路吆喝着登上了舞台。舞龙的队伍前呼后拥，在“导龙神”的率领下向“魔鬼”穷追猛打，直打得“妖魔”落花流水、一败涂地。

蔚为壮观，忙乱又不失秩序的混合场面一次次赢得了满堂彩，一阵又一阵长时间的掌声此起彼伏，大家脸上都笑开了花。

“菩萨”刚拜，“老鼠爬竹竿”比赛又正式开锣。一片欢呼声中，蓝队和红队开始了第一轮“老鼠爬竹竿”比赛。规则明确，杯口粗的青竹，长五米。青竹表面涂满了植物油，顶上插一面小旗，谁先爬上摘到顶上的旗子为胜。

原本很滑的竹竿涂满食用油后更显溜滑。两队领先上场的俩小伙都是争胜好强的，在裁判“开始”的口令中，两人箭步上前，抓住竹竿就往上爬，却重心不稳，东倒西歪，两人还没爬上半米就双双滑落下来。第二轮

中，队友遂提醒两个望着竹竿急得团团转的小伙，手抓面粉往上爬，也只一半双双滑落。第三轮比赛，这次换上了两个壮汉，只见两人拉开架势，分别搭起了人梯，在大家的助威声中，红队的小伙子率先爬了上去，可就在摘旗的节骨眼上，人梯却阴差阳错，突然垮了，人又滑了下来。蓝队则充分吸取对手的教训，抓住机会，稳扎稳打，在众人的呐喊助威声中成功摘下了旗子。

“我们赢了！我们赢了！我们赢了！……”蓝队欢呼雀跃，弹冠相庆，红队则捶胸顿足，失望不已，那激动震撼的场面可一点儿也不亚于世界杯、奥运会。

难忘今宵

平安夜，在菲律宾人心目中的地位，就是中国人心目中的除夕。每年中菲中心的平安夜活动，都会提前安排在12月22日隆重举行。中心有一位节目主持高手，就是漂亮能干的伊洛伊莎女士，圣诞节这样的活动自然少不了她。

然而天妒英才，2007年她却不幸患上了乳腺癌，因化疗掉光了头发。大家深感惋惜，心想离别的平安夜晚会却看不到熟悉的面容。

平安夜晚会如期而至，活动开始，大家深感震撼，见到美丽动人的女主持依然神采奕奕地登场，出现在舞台上。场下立即一阵响起惊呼声、喝彩声。只见她笑容满面，头戴一顶绒帽子，手拿麦克风，笑容满面地挥手和大家招呼着。晚会开始，她风度翩翩，主持风格一点不曾改变，时而大声嚷嚷，时而手舞足蹈，俨然国内“超级女生”的现场版，全场的人无不被她的精神所感染，晚会气氛一丈高过一丈。

当她一次次宣布游戏比赛结果时，有扫地的老大妈在台中央高兴地挥舞着获奖的几小袋方便面；有菲方水稻组组长艾本博士举着奖品——巧克力糖，露着缺牙嘿嘿地笑个不停；有保安的小儿子骄傲地昂着头，小手紧紧捏着游戏节目获奖的50比索抿嘴微笑；有唱中文歌获奖的中方两位翻译，举着奖品草编手提包向“老菲”可劲地致意。主持人从麦克风中传出的喊叫声、观众席上的叫好声天衣无缝地混合在一起，就如美丽的交响乐，弥漫着整个大厅。大家事后回忆，从来没有想到，高分贝的噪声也可如此悦耳动人。

整天的庆祝活动和游戏结束了，亢奋的“老菲”和“小菲”们，只得依依不舍地离开了中菲中心。

难忘今宵，今夜无眠。他们中的大多数人，晚上还要去中吕宋大学参加更大规模的庆典活动，直到凌晨两点。大厅中央木板上的英文“中菲中心庆祝2007年圣诞，通过中菲文化交流，理解和平！”依然那样醒目。

明年这里的圣诞庆祝活动和平安夜肯定依然如此热闹欢愉。不知他们会否记得，这里的上空，曾经也洋溢着我们这些异乡人欢快的笑声。黄柏章想，记忆便不由自主地回到了那些年。

方志辉看着同事们的描述，心随境转，也想起了恩师袁隆平院士选择张昭东的那些台前幕后的故事，感慨连连。这欢愉的场景，充分证明自己的选择是对的。

2　杂交水稻之子

2000年4月30日，湖南省农科院院办秘书、现任湖南大学研究生院隆平分院书记卢以群在《湖南农科院院报》上发表了一篇题为《杂交水稻在菲律宾备受青睐》的文章，对第一年试种取得的成绩和影响进行了介绍。他深情地回忆着：

中菲中心副主任张昭东和研究员白德朗在菲律宾指导发展的杂交水稻长势良好，呈现高产优势，菲国总统埃斯特拉达考察试验田后，号召菲律宾农民大量种植。中心张贴的巨幅照片就是力证。3月29日，菲律宾多家报纸均头版报道：埃斯特拉达总统在内湖省仙达古律示社的内湖稻子农场考察，欣喜地手持杂交水稻留念。

当时菲律宾的水稻平均亩产仅200公斤，粮食增产是该国急需解决的三大问题之一。菲国曾制定2000年选育出亩产800公斤的超高产水稻计划，却因技术路线问题无法实现。时年8月，为取得突破，专门邀请湖南杂交水稻研究中心的专家赴菲，指导发展杂交水稻，时间为三年。经过专

家们短短几个月的努力，内湖稻子农场试验田内的杂交水稻就长势喜人，每亩可达600公斤左右，比当地高产品种增产50%左右。总统非常高兴，特意来到内湖稻子农场考察，还品尝了用杂交水稻煮的米饭，连声称赞："好吃!"并指出，"菲国的农场跟邻国一样，有资源、人才和技术，如果我们种植杂交水稻，我认为我们在水稻生产上没有理由不赶超邻国。菲国农民要尽可能地大量种植杂交水稻，促进我国农业得到足够发展。"

2003年4月19日，袁隆平院士应邀率团赴菲律宾内湖省考察验收。试验田实收712.5平方米，收获鲜谷重785.6公斤，干谷折每公顷10.4吨。菲律宾总统阿罗约在碧瑶市总统行宫接见袁隆平院士一行，召开了新闻发布会，向全国公布了热带杂交水稻先锋组合在菲律宾选育成功的消息。

国际水稻所彭少兵博士率课题组到SL—8H示范田取样研究后指出，SL—8H杂交水稻的高产是由于部分地解决了水稻生理学中的几大矛盾，即大穗与籽粒充实度的矛盾、大穗与多穗的矛盾、高植株与高收获指数的矛盾、高植株与抗倒伏的矛盾。

4月22日，西岭公司董事长林育庆先生为袁院士举行了盛大招待会。菲律宾参议院议长、国防部部长、农业部部长、警察总监、国际水稻所主管科研的副所长，菲律宾国家水稻所所长、副所长等出席了招待会。时任中国驻菲大使王春贵和菲华裔总会会长等旅菲华人名流也应邀出席。与会华人振奋不已，以与袁院士同族为荣。各位政要和科学家高度赞扬了袁院士在菲律宾发展杂交水稻、造福菲律宾人民的巨大功绩。

通过5年努力，专家组成功选育并推广了菲律宾西岭农业技术有限公司第一个杂交水稻组合SL—8H。2004年，SL—8H在菲律宾累计种植35.8万公顷，平均产量每公顷7.1吨，比常规稻平均每公顷增产2.5吨。2005年旱季，SL—8H最高产量达每公顷15.2吨。因为米质优良，SL—8H大米已成为菲律宾几家快餐连锁店的专供米。菲律宾西岭农业技术有限公司成为中国以外亚洲最大的杂交水稻种子公司，生产的以SL—8H为代表的杂交水稻种子占领了菲律宾杂交水稻种子80%以上的市场。

2003年6月，袁隆平农业科技奖励基金会专门为张昭东颁奖，授予他

“袁隆平农业科技奖”。

颁奖会上，由菲律宾西岭农业技术有限公司副董事长陈先生介绍了张昭东的业绩。陈生先做完基本情况介绍后，专门客串了一个袁隆平做“翻译”的趣事：在2004年SL—8H菲律宾全国水稻示范现场会议上，菲律宾国家水稻研究所所长Obien博士称赞张昭东是“son of hybrid rice”。然而他英语没有讲清楚，与会人员大多数不明白他讲的什么。此时，袁隆平院士从座位上站起来，对大家大声翻译说：“刚才Mr Chen讲的‘son of hybrid rice’，是‘杂交水稻之子’。”

3 美女总统很恋旧

为感谢袁隆平院士对亚洲与菲律宾的粮食安全和农业发展所做出的巨大贡献，菲律宾总统阿罗约先后两次给袁院士颁奖。

2001年8月31日，袁隆平院士前往菲律宾首都马尼拉，接受了由菲总统阿罗约亲自颁发的2001年度拉蒙·麦格赛赛奖政府服务奖，奖金5万美元。此奖是为纪念拉蒙·麦格赛赛总统专门设立的。拉蒙·麦格赛赛是菲律宾共和国第3任总统，他在20世纪50年代的一次空难中不幸遇难。

2004年9月3日，到中国访问的菲律宾总统阿罗约，特别约见袁隆平院士，再次亲自签署并给他颁发了奖状，感谢袁院士为在菲律宾发展杂交水稻所做出的巨大贡献，盛赞中国的杂交水稻为菲律宾的粮食增产发挥了重大作用。

阿罗约总统在嘉奖中称，袁隆平教授致力于将杂交水稻技术推广至菲律宾，使菲国能在未来2~3年内达到粮食自给自足。同时她对袁教授获得“世界粮食奖”表示庆贺，认为这是国际社会对他提高亚洲特别是菲律宾的水稻生产力所做出贡献的承认。

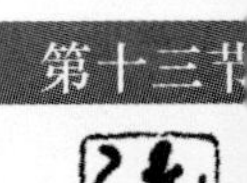

时任菲律宾总统阿罗约接见袁隆平院士

4　欢乐颂遇上军事政治对抗

2003 年 12 月 27 日，方志辉和段继春陪同联合国粮农组织顾问、国家杂交水稻工程技术研究中心邓小林研究员，从广州乘飞机抵达菲律宾首都马尼拉，对隆平高科承担的中菲农业技术中心的杂交水稻项目进行考察与指导。

菲律宾西岭农业技术有限公司执行副总裁张昭东、菲律宾国家水稻所(Philrice) Dr Redona、中菲农技中心中方主任成良计处长、农艺师王春涛和黄柏章到机场迎接。

虽然根据行程和航班时间，方志辉一行只能在马尼拉参观一天，但却也感受到了昔日南洋的繁华，目睹了今日滨海之美景。

马尼拉是一座历史悠久的城市，具有浓郁的热带风情，素有“东方明珠”之称。市区可供游览的名胜古迹有很多，其中最著名的当属罗哈斯滨海大道。它将菲律宾国父纪念公园黎萨公园、西班牙王城、菲律宾文化中心等著名景点串在了一起，也是著名酒店的集结之处。

徜徉在这条 10 千米长的大道上，可饱览马尼拉湾的独特风韵。一边是一排排棕榈和椰林掩映之下的高楼大厦，鳞次栉比，棕榈和椰树在海风的吹拂下摇曳多姿，另一边则是烟波浩渺的海面。黄昏时分，夕阳西下，漫天的彩霞将海水染成金黄色，落日徐徐融入海水中，落日、海水相映，水天一色。“马尼拉湾落日”诗情画意，令人流连忘返。

在日落大道，当太阳从大道旁的海湾缓缓沉落时，正好是孩子们放学的时间，这里便成了孩子们嬉戏的天堂。圣地亚哥古堡原为西班牙殖民者的庇所，现在菲律宾政府将古堡墙根开发成了高尔夫球场。在滨海广场有许多少年抱着小吉他，拨弄着几根琴弦，清脆的歌声从他们口中传出。一群花季少女随着节奏起舞，那是一种介于民族舞蹈和迪斯科之间的舞步，要领就是随心而动。这些音乐和舞蹈轻而易举地操控了游客热情的细胞，使他们不由自主地跟着摇摆，让异国他乡的人们可轻松地忘记外国人的身份，在美妙的夕阳下热烈欢快地舞动。

方志辉一行在接下来的几周里，先后到中菲农技中心考察，看望在这里工作的成良计处长、育种家袁光杰以及王春涛、黄柏章、唐立新等农业专家；参观考察了国际水稻所（IRRI）和菲律宾国家水稻所，与国际水稻所著名水稻生理生态专家彭少兵博士和项目科学家毛昌祥博士等开展了相关课题的学术研讨。

最后，方志辉一行考察了西岭农业技术有限公司的所在地——拉古纳省的斯达克鲁兹市。

元月，长沙正值三九严寒，菲律宾却是炎炎烈日，竟然没有四季之分，只有旱季和雨季，旱季大约从 12 月下旬至翌年 6 月下旬，几乎不下雨，而雨季几乎是天天有雨。

在张昭东的引领下，方志辉一行来到了斯达克鲁兹市郊区，考察西岭公司的一个示范现场。

农场里的菲律宾员工都亲切地又称昭东为 Andong 教授（Andong 是张昭东的英文名）。张昭东告诉家乡领导，菲律宾人被誉为“世界上最快乐的民族”是真正名副其实，特别是到过这里的人，肯定是第一个认同“菲律宾人是快乐的最好典范”。这里无论晴雨，人们的心情永远放晴。在当地人的辞典里，根本就没有悲伤以及类似的词语，他们很容易就能找到快乐。这里雇佣员工采取的是日工资制，而且也只能采取日工资制。因为员工领

到当天的工资后，第二天就是花钱，去喝啤酒，随即载歌载舞，或者带老婆孩子逛商店，放风筝。钱花光后，第三天又会来农场要求做事，第四天又会去享受快乐。如此循环往复。虽无半文积蓄，住得也非常简陋，但他们的幸福无处不在。他们的快乐不分场合，不分时间，只要有菲律宾人在，就有快乐的理由和方式。试验田中，男男女女几十人在插秧的同时，田埂上也会放着一个大大的收音机，边插秧边听音乐，还载歌载舞，国人几乎会觉得不可思议。当插秧队伍离收音机越来越远，声音越来越小时，便会有人主动移动收音机。插秧队伍在移动，收音机在田埂上也同步移动，劳作的人们在无忧无虑中前行。

菲律宾人这种及时行乐的人生态度给了方志辉及其团队极大的感染和熏陶。他们时常激励自己、激励大家在工作中学会轻松，学会快乐。大家纷纷感慨，若有一天妻子因家里不很富裕而抱怨时，一定要带她到菲律宾走一走，让她实地感知一下。快乐其实只是一种感受，与财富和地位等世俗之物根本没有丝毫关联。

可就是在这样一个快乐的国度，张昭东身边却有两位警卫保卫着他的安全。据说，其中一位是从总统府派过来的，另一位曾服役于海军陆战队。二人武功高强，枪法一流。当问及为何要搞得如此紧张时，才得知，原来安全与快乐无关。在菲律宾，首要的还是必须时刻注意人身安全。

在菲律宾，仅被欧盟和美国政府划为恐怖组织的反政府武装就有四个，分别是菲律宾共产党领导的新人民军（也叫红军）、摩解、摩伊及阿布沙耶夫组织。

菲律宾共产党成立于1968年12月26日，次年3月建立了军事组织新人民军——红军。他们以夺取国家政权为目标，进行着长期的武装斗争，历届政府都宣布它为非法组织。菲律宾共产党原总书记、现全国民主阵线主席，流亡荷兰的何塞·玛丽亚·西逊就是菲律宾共产党和红军的缔造者和导师。

菲律宾西岭农业技术公司部分种子生产基地恰好在红军与政府军的交界地带，这样就为红军家属提供了临时就业和赚钱的机会。在农忙季节雇用临时工，根本分不清哪些是红军，哪些是红军家属，哪些是普通老百姓。值得一提的是，红军对中国专家很友好。

摩洛是16世纪西班牙殖民者对菲律宾马来穆斯林的统称，实际上是沿用西班牙历史上对伊比利亚地区穆斯林的称呼。菲律宾的摩洛穆斯林人口439万，约占全国人口的5%，主要集中在菲律宾南部的棉兰老岛等地。20世纪80年代中期以前，菲律宾历届政府通过“整合政策”，对南部摩洛穆斯林实施强迫同化政策。1957年菲律宾政府颁布了1888号法令，正式制定对穆斯林的“整合政策”，其具体措施之一就是向南部移民大量的天主教徒。此后，摩洛人和天主教徒之间为了争夺土地不断发生武装冲突，双方的仇恨越积越深。政府通过政治、经济、文化等多种手段同化南部的穆斯林，使南方穆斯林人口占比越来越小。目前，棉兰老岛地区，75%是天主教徒，20%是摩洛穆斯林。出于对政府同化政策的反抗，当地的穆斯林民兵组织在1972年改名为“摩洛民族解放阵线”（简称摩解），宣布南方独立，开始了与政府的血腥斗争。1996年9月，菲律宾政府与摩解达成停火协议，摩解逐渐融入主流政治生活之中。

摩伊是1978年从摩解中独立出来的，现有成员15400人。摩伊一直主张闹独立，要在棉兰老岛建立一个独立的伊斯兰国家，所以一直和政府军打打停停。

除了摩解、摩伊外，阿布沙耶夫组织也是个让政府头痛的摩洛反政府组织。但人数较少，其核心成员只有200人左右，外围成员约有2000人。

美国出于全球战略考虑，也在东南亚寻找落脚点。反政府武装与政府军的持续对抗，正好为美国对菲律宾实施军事介入提供了借口。只要菲律宾反政府武装不放下武器，美国就可以借“反恐之名”给菲律宾提供军事援助，类似于“超级保镖”。至今美军在菲律宾仍建有强大的军事基地。

方志辉有幸也体会了一下这种拥有“超级保镖”的感觉。去野外考察，张昭东总是会派贴身警卫中的一位充当他的临时警卫。

5　隆平之花香中泪

在菲律宾开发、推广杂交水稻是菲律宾西岭农业技术公司、中国国家杂交水稻工程技术研究中心和隆平高科共同的追求和目标。三家单位开展了一系列合作。

2004 年 10 月 13 日于马尼拉，在邓小林研究员的见证下，方志辉和菲华商联总会董事、菲律宾西岭农业技术有限公司董事长兼总裁林育庆签订了一份《合作协议》。协议明确：西岭公司在菲律宾开展了多年的杂交水稻推广，在销售和推广方面具有很强的技术力量和网络优势。隆平高科作为中国的一家农业上市公司，在杂交水稻方面具有很强的研发能力，在 2003 年承担了由中国农业部援助菲律宾的农业项目——中菲农业技术中心项目的杂交水稻部分，经过雨季和旱季的品比试验，已筛选了几个适合菲律宾当地气候条件的组合。为了使这些组合能尽快地进行商业化运作，针对筛选的组合，由西岭公司与菲律宾农业部和检疫部门进行协调，办理示范成功的杂交水稻种子进口的有关手续，并按菲农业部杂交水稻示范要求，大面积示范。西岭公司作为独家总代理，在菲律宾进行商业化开发与推广。

杂交水稻在菲律宾的推广面积和产量日益增加，到 2004 年，菲律宾杂交水稻总种植面积为 17.5 万公顷，2005 年为 27.4 万公顷。2009 年，菲律宾种植杂交水稻达 40 万公顷。按每公顷增产 2 吨计，年增产稻谷 80 万吨，为实现菲国粮食自给自足奠定了良好的基础。

湖南省农科院、国家杂交水稻工程技术研究中心、隆平高科、湖南省农业厅等多家单位与国际水稻所、菲律宾国家水稻所建立了不同形式的合作关系。

袁隆平院士自 20 世纪 70 年代开始，先后 27 次访问了菲律宾，为菲律宾杂交水稻发展提供了直接的技术指导和帮助。阿罗约总统先后两次邀请了袁隆平院士访菲。受中国商务部委托，湖南省农科院、隆平高科连续举办了多次国际杂交水稻的技术培训，安排菲律宾学员参加，共培训了 70 多人。

中菲两国政府间的农业技术合作，也是从杂交水稻开始的。

1999 年，中国农业部部长访菲，两国政府签署了《中华人民共和国政府和菲律宾共和国政府关于农业及有关领域合作协定》，中国政府向菲赠送 1 吨杂交稻种子，由菲律宾农业部委托国家水稻所进行全国的区域适应性试验，拉开了中国杂交稻在菲全境较大规模试种的序幕。

2000 年，在 1 吨中国杂交稻种子试种的基础上，经两国农业部批准，湖南省种子公司向菲律宾出售中国杂交稻种子 60 吨，同样由菲律宾农业部委托国家水稻所进行全国的区域适应性扩大试验。

2003 年，中菲两国农业部在马尼拉签署了《关于中菲农业技术中心项目技术合作的会谈纪要》，中国专家组一行 9 人于 6 月 26 日抵达菲律宾，进行了为期 5 年的杂交稻和农机技术合作。

2007 年，中菲农业技术中心有两个杂交水稻组合通过了菲律宾的国家审定，并开始生产应用。

2008 年，隆平高科在菲律宾投资成立了杂交水稻研发中心。技术合作一直独领风骚。

2000 年 6 月 17 日至 19 日，方志辉参加了农业部种植业管理司和对外经济合作中心在长沙召开的中菲杂交水稻技术经济合作的座谈会。中国种子集团总公司、中国农科院品资所、湖南种子集团总公司、湖南省农科院、江西省农科院、广西农科院、福建省农科院、福建农业大学、四川省种子公司等部分在菲律宾开展杂交稻合作的单位参加了会议。会议交流了近年来在菲律宾开展杂交稻育种、制种和生产技术合作的情况和经验，分析了当前合作中存在的问题，探讨了对策措施，研究了如何充分利用中菲农业技术中心的条件，发挥其协调和服务功能，促进菲律宾杂交稻生产技术及中菲经济合作的健康、有序发展。

方志辉认为，中国在菲的经济援助和基础建设都不及日本，但菲律宾依然仰仗中国，其关键就是中国有软件优势，杂交稻技术一直领先世界。为此，对外开展杂交稻技术经济合作必须注意既发挥优势，又保持优势，始终掌握技术上的控制权，保持领先地位。在对外提供品种和技术上，要有所予、有所留、有储备、有计划，可以转让或出口一些先进的产品和技术，但领先的和核心的技术要保密，主要新品种要保护。具体的农作物品种推广，只审定推广 5 年以上的品种，F1 代杂交种可以出去；在可控制的情况下，三系不育系和恢复系可以出去，但保持系不能出去。而且，在对外提供和开发品种时，不要一下子把所有品种都带去，筛选、培育的品种也不要一下子都进行商业化开发。要从长远发展来进行计划安排，统筹考虑，战略性部署。什么品种先期推广，3 至 5 年后亲本流失、种性退化、已推广一定面积后，再推广什么品种，一定要有品种储备和推广计划，以保证不断有接班品种和代换产品。

方志辉在主持会议时说，依法合作就是要严格按有关法规开展合作。一方面，要遵守我国相关管理法规，商品种子出口、亲本种子和种质材料出境，都需要办理审批手续，但有些单位图省事，不经审批就擅自将其带出去，一旦查出，如按技术失密处理，后果就严重了。各有关单位必须认真履行手续，该报批的一定要报批。农业部正逐步改进审批制度，尽量简化手续、缩短时间、方便申报，并可根据具体情况妥善处理特殊情况，如在可控制条件下，可以批准亲本种子出去扩繁和制种。另一方面，要遵守菲方有关管理法规，如品种区试、审定、推广和环境保护等。同时，要考虑杂交稻技术性强、区域性强而菲律宾农民和基层技术人员缺乏有关技术知识，对杂交水稻的推广要积极探索、稳步发展，一定要把适宜品种和成熟技术相配套，种子走到哪里，技术就跟到哪里，不要操之过急。不能只管卖种子，不管技术是否跟上。否则，一旦出现问题，就可能前功尽弃。

他接着侃侃而谈，我们的许多品种目前都是共同品种，谁都有亲本，谁都可以制种。但随着植物新品种保护条例的实施，越来越多的品种将申请保护，因此，在对外进行经贸和投资合作时都要注意品种的产权问题。美国孟山都在我国投资设立了四个合资种子公司：两个棉种公司，一个油菜种子公司，一个玉米种子公司。每个合资公司都是以具体品种为依托的，美方把品种注入合资公司，作为技术入股，并在此基础上先按种子的生产量从销售收入中提取技术许可费，然后再按股分红，从而体现其品种的价值，保证其品种的知识产权得到回报。这些做法，值得我们今后在设立商业化种子公司时借鉴。

会议最终达成共识，明确了一直沿用至今的中国国家种子出口的管理规定三原则，即坚持发挥优势、保持优势，坚持依法合作、稳步发展，坚持保护知识产权、合理回报。

到 2009 年底，三原则实施了近 10 年。方志辉想，基于保护我国杂交水稻技术的知识产权，当时制定的这些原则是积极稳妥和有效的，但随着杂交水稻在国外发展的变化，这些原则也许应该做出相应改变了。除中国外，一些国家如印度、越南、菲律宾等和国际机构如 IRRI 都已开展了多年的杂交水稻育种研究，并培育出了一些适合当地或热带国家种植的杂交水稻品种，不管是三系还是两系杂交水稻的遗传资源，他们都已有所掌握。

如印度已审定20多个杂交水稻品种，近年杂交水稻的发展速度很快，已开始向周边国家输出杂交水稻种子；越南审定了两个两系杂交水稻品种。同时，国际上的一些大型种业企业如先锋、孟山都、先正达、拜尔等跨国公司也都纷纷加入杂交水稻的研究和开发。杂交水稻国际市场的开发将面临激烈的竞争。

方志辉思考着，在这个层面上讲“长沙会议”确定的原则，特别是第一条已不适应新形势发展的需要，若不尽快调整和修订，将严重阻碍我国杂交水稻在国外的产业化发展，很可能将失去我国杂交水稻在国际市场竞争中的优势。为此，就进口国而言，有些国家如印度，不允许直接进口杂交水稻种子，只允许在当地生产和销售种子；有些国家则对进口水稻种子有严格的进口年限限制，如印尼规定为品种审定后2年，孟加拉国规定为品种审定后5年，此后必须在本国生产和销售。其中最重要的原因可能是进口国政府担心，随着种子贸易量的增加，过度依赖杂交水稻种子进口将会对本国粮食生产产生不利影响，甚至会危及本国粮食安全，因而对杂交水稻种子生产本地化的要求日益强烈。因此，就杂交水稻对外的发展战略而言，出口种子只是权宜之计。随着国外需求量的大幅增加，为避免受一些国家对水稻新品种种子进口年限和植物检疫等贸易壁垒的限制，从降低种子生产和运输成本等多方面考虑，实施杂交水稻种子生产本土化将是我国种子企业应走的必由之路。

方志辉沉思着，习惯性地端起茶。一个清晰的《实施杂交水稻种子生产本土化应是我国种子出口企业的必由之路》科研调查报告的构架轮廓已赫然在案。

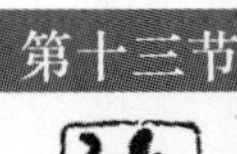

第十四节　便引诗情到碧霄

1　开会坐在第三排

自古逢秋悲寂寥，我言秋日胜春朝。
晴空一鹤排云上，便引诗情到碧霄。

2003 年 9 月，湖南农业大学生命科学楼内，300 多名从事农业科学的研究生和本科生济济一堂，“杂交水稻走向世界”的专题讲座正在开讲。在该校毕业近 20 年的校友——隆平高科董事、国贸部总经理方志辉为大家深情讲述杂交水稻走向世界的故事。

方志辉见到这些莘莘学子，不由感慨万千，思绪一次次回到从前。

他激动地说，自己本为农家弟子，生于食堂初散年代，童年和少年在“文化大革命”的动荡中荒芜青春，幸而不曾中断学业，为了自己那个“让大家吃饱饭”的誓愿能够实现，坚持学习，终于跨进象牙塔之门，考入湖南农大，毕业后有幸师从袁隆平先生，研究杂交水稻。尽管自己的文学和艺术细胞不够发达，但还是喜欢卖弄一下风雅，正如借用开头的这首刘禹锡的《秋词》来表达下自己的豪情。

方志辉说，从巴基斯坦迈开第一步，再到 40 余个国家和地区一步步复制经验，经历了许多国家、民族，见识了不同人文地理和风俗习惯，一步步惊心动魄，险象环生，但同时景美人醉，喜不胜收。尤其是在一个个国家成功推介了中国杂交水稻，将袁隆平老师的“让杂交水稻覆盖全球梦”变为现实之时，那种喜悦感和获得感无从比拟，唯有身临其境方能体味一二。

方志辉讲道，大家对斯里兰卡的“猛虎组织”应该不陌生，这个由普拉巴卡兰领导的极端组织，一直不间断地从事暗杀行动。他们第一次到斯里兰卡时，印象最深的就是这是一个内战国家，到处都有自杀式人体炸弹的威胁，随时可能会发生生命危险。担心和恐惧时刻萦绕在他们心头，每一根神经都绷到了极致，一刻都不敢放松。

普拉巴卡兰因于1975年参与暗杀贾夫纳市长阿尔弗雷德·杜莱亚帕的行动而一举成名。1977年又因暗杀泰米尔族议员M.卡纳加拉特曼，巩固了在猛虎组织中的领导地位，最终在发展过程中逐渐吞并了其他泰米尔准军事组织，成为一支能与政府军武力对抗的军事力量。而这一切都源于泰米尔民族问题。

泰米尔民族问题是由一个被称为“只能使用僧伽罗语的法案”点燃的。斯里兰卡1948年独立后，斯里兰卡政府认为泰米尔人在英殖民时期享有特权，因而在1956年，由自由党领导人所罗门·班达拉奈克主导，在议会通过了“只能使用僧伽罗语法案”，主要内容是将僧伽罗语作为斯里兰卡唯一的官方语言。这一法案收到了预期的效果。1955年，斯里兰卡公职人员中绝大部分是泰米尔人，而到1970年时，绝大部分公职都由僧伽罗人担任，因为大部分泰米尔公务员不能讲流利的僧伽罗语。所有的政府机关都只能使用僧伽罗语，使得泰米尔人获得政府服务的职位非常困难。相应的，斯政府出台的其他一些政策同样不利于泰米尔人，如剥夺中部茶园93万 泰米尔劳工的公民权；鼓励贫穷的僧伽罗人向东部和北部传统的泰米尔人聚居区移民；根据人口比例确定大学入学人数，增加落后地区僧伽罗人的入学率，大学录取新生时，泰米尔学生的分数线高于僧伽罗人；禁止从泰米尔纳德邦进口泰米尔语电影与书刊，切断泰米尔人的文化血脉等。这些自然导致了泰米尔人的强烈不满，代表泰米尔人主要利益的政党泰米尔联合解放阵线在1976年提出了从斯里兰卡分离出去的口号，但该党进入议会后无法兑现选举承诺，从而使武装抗争的念头在一些激进的泰米尔人中产生。自20世纪70年代开始，被剥夺了学习和工作机会的泰米尔青年开始组织各种各样的准军事组织袭击政府。1983年7月，某泰米尔青年激进组织在北部打死了13名政府军人，招致僧伽罗人激进分子在首都科伦坡地区的激烈报复，打死了400～3000名泰米尔人，使很多泰米尔

人逃离僧伽罗人聚居区，这就是有名的“黑色七月”事件，也是该国内战正式开始的标志。普拉巴卡兰就是其中之一。

猛虎组织鼎盛时期，除了常规的陆上武装外，还包括由约2000人组成的海上武装和由少量小型飞机组成的空中武装。“黑虎队”因经常开展惨烈的自杀性袭击而比较有名，从1987年7月5日开始，共开展100多次袭击，先后有300多名“黑虎”身亡，同时也给人民带来了无尽的苦难：1991年，印度前总理拉·甘地被暗杀；1993年，斯里兰卡前总统普雷马达萨遇害；1996年1月，科伦坡中央银行大楼爆炸，90人死亡，1600人受伤；1999年，总统库马拉通加夫人等受伤；2001年7月，科伦坡国际机场被袭，8架军用飞机和4架民用飞机被炸毁。并因此引发了4次伊拉姆战争，直到2002年政府军才与猛虎组织签署停火协议。

方志辉说，他和王秀松、黄大辉、刘冰四人就是在2000年8月25日乘飞机从香港出发，中转曼谷后于26日7:30到达科伦坡的。那个时候，中国人在那里可以说是非常憋屈的。当地人一见，首先就问是不是日本人，再问是不是韩国人，最后才讲那就是中国人。好在培训中心对他们很重视，农业土地部部长 D. M. Jayaratne 第二天就来培训中心看望，并邀请参加在县政府举办的一个群众性集会。

“人肉炸弹”的威力大家是知道的，尽管猛虎组织一般只炸本国高官，不炸外国人，但当外国人和斯里兰卡高官在一起时，炸弹可是不长眼呀，哪怕他们是贵宾。其危险不言而喻，但他们没有人轻言放弃。

为确保安全，在斯里兰卡政府人员的主动申请下，就有了参会时中国农业科学家唯一一次不坐主席台第一排的场景。尽管该国农业部部长向他们诚挚邀请，尽管坐第一排有利于拍照和电视摄影，有利于推广杂交水稻。但大家更知道，只有生命存在，才可能有一切。

“这一刻，”方志辉讲，“大家都知道我胆子大得出奇，以为我会接受邀请，但我没有丝毫的犹豫，而且语气不容置疑，请安排我们坐第三排以后。

“事后证明了那次我胆小是对的。2008年10月9日下午，斯里兰卡前农业部长西里塞那的车队在首都科伦坡郊区遭到自杀式袭击，虽然部长本人未受伤害，但随从中有1人死亡，包括农业部副部长加姆拉特在内的7人受伤。

“当然，战乱并不影响这个国家的美丽，就如战乱曾让我国空前团结，并出现了西南联大的‘斯芬克斯之谜’一样。可是，我们依旧呼唤和平。而这醉人的美丽会让人暂时忘记在战争中对死亡的恐惧。”

方志辉看到同学们一个个惊恐地张大了嘴，他不愧是天才的演说家，随即话锋一转，将众人立即从地狱带上了天堂：“兰卡，僧伽罗语就是‘乐土’的意思。这个南亚次大陆南端、印度洋上的岛国，陆地面积6.56万平方千米，处在连接非洲、欧洲、中东和西太平洋的海上交通要道上，是印度洋东西航运的必经之路。僧伽罗、泰米尔、摩尔、印度、柏格、印欧混血、马来和欧洲等多种族混居，人口1830万。这里物产丰富，茶叶、椰子、橡胶被誉为‘兰卡三宝’，而且宝石蕴藏量非常丰富，被称为‘宝石之国’，蓝宝石、红宝石、黄玉石、月亮宝石、紫水晶、猫眼石等有30多种，而且特别重，克拉钻简直稀松平常。

“首都科伦坡非常美丽，气候宜人，规划设计得非常好，大楼高耸却树木繁茂，街道宽阔整洁，现代气息十分浓郁。主道高尔大街由北向南笔直延伸100多千米，直通高尔城，道路两边椰树夹道林立、树影婆娑，可称一绝。老城中，印度教、佛教庙宇、伊斯兰教寺院和基督教的教堂交相辉映，足见现代中的沧桑。最大的文物收藏地国立博物馆位于维多利亚公园的南面，于1877年修建但却保存完好，陈列着大量的绘画、古物。中国在这里举足轻重，郑和下西洋时建造的纪念碑赫然在目，虽然碑顶镌刻已难辨认，但图案和文字的中国印记依然清晰。上流社会的华贵欧式建筑在沿海沙丘边展示着这个城市的繁华。

“可老城区沼泽低地里贫穷的辛哈里人的矮小木屋却时时冲击着高度现代化的都市视觉，而且时刻见证着反差。”方志辉接着描述道。

“当我们一行赶赴距科伦坡150多千米的斯里兰卡国家农业培训中心佩拉德尼亚时，3个多小时的路途彻底让大家蒙圈，这完全可以说是世界上弯道最多的公路。原来，农场主和农民都不同意公路笔直穿过自家的农田，政府最后只能退让，最终协商，公路所经之地，相邻地各出一半，造成这公路弯弯曲曲，比‘浏阳河九十九道弯’还弯，车辆兜兜转转，好不麻烦。

“这真是美丽与平凡，现实与浪漫的完美结合呀。”方志辉感慨道。

2　也是“杂交水稻之父”

“第三天，斯里兰卡国家农科院召集会议，该国专家与中方科学家一起讨论中国杂交水稻在斯里兰卡的试验示范方案以及在当地举办杂交水稻培训班的计划。早在会议之前，部长 Dr Pitigala 就告诉我们说，他们非常重视，国家的水稻研究最高权威、‘杂交水稻之父’阿贝博士（Dr Abeysekera）将亲自到会，并主持会议。”方志辉讲道。

阿贝，其实大家都熟悉，说起来还是“他乡遇故知”。方志辉笑称，他还是我的“学生”呢！原来阿贝于1998年在长沙参加中国国际杂交水稻培训班时，方志辉就负责培训班的教务工作，对他非常熟悉。可他怎么也被称为“杂交水稻之父”呢？面对疑惑，部长告诉方志辉，阿贝之前就是斯里兰卡的高级水稻育种家，长沙进修后，他一方面积极引进中国杂交水稻，另一方面利用袁隆平院士赠送的育种材料和斯里兰卡自有的种子资源，成功培育出了几个有价值的杂交水稻组合。于是阿贝便成了斯里兰卡成功引进杂交水稻的第一人，相对于袁隆平而言，这位本国权威，被称为“斯里兰卡杂交水稻之父”也不为过。

方志辉动情地回忆着：“科学没有国界，科学家却是有祖国的，反之亦然。阿贝博士也让大家同样感受到袁院士的无私和平易近人。在斯里兰卡，阿贝可以说是德高望重，又身居要位，而他却天天和我们在一起，不但共同探讨杂交水稻技术，还教我们做当地菜肴。临别时，他夫人还精心制作了一幅家和万事兴的彩色油画赠我，成为我和阿贝、中国和斯里兰卡的杂交水稻情谊的见证。”

谈斯里兰卡，就不能不说咖喱，英语单词是“curry”。据英国《牛津大词典》注释，该词是经葡萄牙语、法语和早期英语转化而来的，源于南印度泰米尔语中的“kari”一词。Kari 在泰米尔语中是变咸和变辛辣的意思。汉语采用音译，成了咖喱。咖喱这个词及这种烹调法应是葡、法、英等西方人从印度一带传入斯里兰卡的。咖喱粉就是调味粉，但并非单一香料研制而成的调味粉，就如我们的五香粉。在斯里兰卡，僧伽罗人称这类调味香料为三五，调味粉即三五粉，即包含三、五种香料的意思，主要成分为肉桂皮、丁香花萼、胡椒籽、小茴香籽、香菜籽、小豆蔻籽等，还有僧伽罗人称为卡拉宾甲和仑芭的干树叶粉，有的还掺入少量的干辣椒粉。这样研制成的咖喱粉呈现出草绿色和褐色相混合的颜色。我国出售的咖喱粉呈黄色，估计是掺有不少姜黄粉在内的原因。在斯里兰卡，干辣椒粉和姜黄粉是分开包装出售的。姜黄粉是姜黄根（或称郁金根）研成的粉末。在当地，直接用咖喱粉调味的主要是饭馆和食堂。家里做菜调味一般讲究用原香料，自家当场加工研制。这样可以根据菜肴和口味的不同进行调味，味道更为浓郁、纯正。在斯里兰卡，几乎每家都备有小石臼和碾子，用来研制香料粉末。卡拉宾甲和仑芭则用市场上出售的鲜叶，有的家庭自己还种这些树。阿贝博士就亲自研制了一包咖喱粉赠送给大家，大家尝后确实感到味道很正宗。

阿贝等几位斯里兰卡朋友手把手教我们做咖喱菜肴的基本方法：将鸡、牛肉等肉类切成自己所需大小的块状，倒入咖喱粉、姜块、蒜末、盐后腌渍半小时左右。当地人还加一种酸味的果实，这种果实能使肉更易煮烂，有的代之以柠檬汁或白醋。为了增加辣味，还另加胡椒粉和干辣椒粉，有的还加鲜辣椒。当然，有的还另加姜黄粉及洋葱。腌后用些油炒一会儿，注温水炖煮熟后即可食用。当地人荤、素菜肴一般不混合制作。

阿贝说，僧伽罗人做的咖喱菜肴与南亚和东南亚其他民族的咖喱菜肴有所不同。最大的不同是僧伽罗人在炖煮快熟时一定要放椰乳。椰乳是当地人的称呼，就是将鲜椰肉刨制成椰丝后用清水泡制一会儿、过滤去渣后所获的白色液体，外观像牛奶，称为椰乳。椰肉含有丰富的植物脂肪，是榨椰油的原料，并含有其他营养成分和椰香味，煮后还增加菜肴及汤汁的鲜味。当地人喜欢用各种菜肴的汤汁拌入白饭中一起吃，这就是“咖喱饭”。

咖喱菜肴的辣味主要来自放入的干辣椒粉，颜色越红的菜越辣。但当地人更喜欢放大量的胡椒（与中国胡椒相似）。因此颜色不红的菜，因为放了大量的胡椒也很辣，但辣感不一样。有一种极小的鲜椒非常辣，很像甘肃、四川一带的朝天椒。大蒜和洋葱生吃也很辣，把这些加在一起，往往会辣得你嘴唇发麻，有时刚吃上一两口就会不停地打空嗝。为此，当地人吃饭时都会备一大杯凉水或冰水。辣得受不了就喝口凉水。怕吃辣的也可

要一盘鲜椰丝，拌一些在咖喱饭里，这样辣味会减轻，而且味道更鲜美。除了咖喱菜肴以外，斯里兰卡人还用鲜椰丝拌洋葱或鲜辣椒的碎末，或拌干辣椒粉，有点像中国人的凉菜。他们还喜欢将菠菜、空心菜、萱菜等绿叶菜在沸水中烫一下，再切成碎末，拌上椰丝做成凉菜。斯里兰卡人在吃饭时还准备了一些像中国的油炸薄饼一样的食物，用手弄碎后拌在饭里吃。由于斯里兰卡人的传统习惯是吃饭时不喝汤，所以咖喱菜谱里没有汤类。

在斯里兰卡期间，每天都吃咖喱饭，开始因为不习惯，吃饭时总觉得很难受。经过一段时间的适应后，大家都喜欢上了，如今在中国也流行“咖喱文化”。对咖喱、咖喱粉、咖喱饭、咖喱菜肴有了较多的了解，并且能亲自动手做。

既然咖喱是一种烹调法，当然各种荤、素菜肴都可使用。斯里兰卡是“手抓饭”，不用刀叉或匙。“手抓饭”有讲究，不能乱来，否则会吃得满嘴、满手到处是饭、菜。吃法是，待饭、菜上桌后，每人会分到一小碗清水，供洗手用的，正是这个原因，到过斯里兰卡的人，或者喜欢吃咖喱饭的人都养成了饭前洗手的好习惯。然后用扁平的大盘子盛好白饭，用公匙把自己想吃的几种菜肴放些在饭边，用右手把白饭和一些菜肴拌、捏起来。饭菜拌捏成一小团，放在不包括大拇指在内的其他四指形成的小窝里，不超越五个手指的第一个关节，放近嘴边时用大拇指顶入口中。斯里兰卡人从小就这样抓饭吃，利落、干净。因为“手抓饭”，斯里兰卡人不喜黏性大的米饭，讲究粒粒分散。为保持大米的营养成分，他们在碾米前往往将稻谷先蒸一下，闻时有股豆豉味。

“到阿贝家做客，我们又遇到一件趣事。”方志辉讲。

那天阿贝邀请大家到他家吃晚饭，提前问有什么特殊要求。想到他不是穆斯林，大家就提出想吃辣椒炒猪肉。然后他说大家必须与他一起开车到一个距市区有 2 个小时车程的小村庄才能买猪肉。异国他乡能吃辣椒炒肉也是幸福，大家都愿意往返 4 个小时。

称肉时，阿贝选购了一块 1.1 公斤重的猪肉，谈好价钱后他讲：“方先生，请你付钱，共计 2.2 美元。”

没加思索付钱后，他却想不通了。“阿贝请客，既然能吃猪肉，为何要客人付钱？是要求过分吗？可分明是他问有没有特殊要求。难道是宗教信仰规定？可他又不是穆斯林。或许这本身就是当地僧伽罗人的一种饮食文化吧。”方志辉笑呵呵地讲，“直到今天，我仍然没有弄清楚到底是什么原因。此等区区小事至今不能忘却，大家懂得，这可绝对不是钱的事。就是这些回忆，让异国情谊历久弥新，一件件往事灵动丰富起来，一个个朋友生命鲜活起来。”

3　便引诗情到碧霄

其实斯里兰卡引种中国杂交水稻早已获得成功，但由于连年内战，推广速度却非常缓慢，目前，斯里兰卡种植杂交水稻的面积为 15 公顷，仅占全国水稻总面积 75 万公顷的 0.002%。据调查，在佩拉德尼亚地区，斯里兰卡最好的水稻品种单产为每公顷 4 吨，而试种的杂交水稻单产已超过每公顷 5.6 吨，增产幅度在 40% 以上。尽管推广规模小，但隆平高科、湖南省农科院在该国开展杂交水稻试验示范及技术培训的影响却非常大。2000 年 12 月 30 日，时任湖南省农科院书记左连生在院报上发表了文章，记载了斯里兰卡国际杂交水稻培训班结业典礼的盛况，客观地描述了中国杂交水稻专家在斯里兰卡举办培训班的经历，也从侧面反映了当时隆平高科、湖南农科院红红火火搞国际开发的场面：

2000 年 12 月 11 日，斯里兰卡农业部为培训班举行了隆重的结业典礼，斯里兰卡主管农业的政府官员、科技界知名专家、教育界知名学者、商业界大贾、学员以及我国驻斯里兰卡的大使、参赞、秘书等共 300 余人参加了仪式。农业部正副部长和中国驻斯里兰卡大使等自始至终出席了典礼，并做了热情洋溢的讲话。方志辉和左连生、田际榕在隆平高科国贸部刘英的陪同下，应邀参加。

在斯里兰卡期间，阳光明媚，气候宜人，庆典这天又加上了节日般的装点，使这颗印度洋上美丽的明珠更加绚丽多姿。会场周围旗帜如林，民族艺人载歌载舞，各路宾客鱼贯而入，围观群众络绎不绝，警察军人忙个

不停。国际培训班举办了十余期，结业典礼如此隆重和壮观的场面还是第一次。

典礼首先举行升旗仪式，中国大使与农业部部长同升各国国旗，然后按照斯里兰卡国礼举行点灯仪式。方志辉三人与部长、大使分别点燃了九盏。

三个半月前，方志辉带领王秀松、黄大辉、刘冰三个小伙子在斯里兰卡开荒辟地，抛秧下种，课堂传授，田间辅导，扎扎实实地工作、真心实意地合作。现在却是出席国事活动，让方志辉几人感慨无限。

结业典礼上，专题视频正在上演。当他们看到自己培训的学员，带领大家开荒种地的情景，王秀松孜孜不倦的授课风范，黄大辉田头辅导的任劳任怨，过 36 岁生日时和学员们一起的尽情欢乐……

方志辉在斯里兰卡国际杂交水稻培训班开幕式做主旨演讲

一个个精彩的场景再现眼前，方志辉等人十分感动。王秀松悄悄说，一次刘冰独身在田间观察，一条很大的眼镜蛇像强盗李鬼一般横锁道路，对这个刚走出校门的孩子而言，其情景之恐怖可以想见。幸好老天有眼，他没有跑动，否则后果可是不堪设想。

方志辉坐在主席台前排，不会斯里兰卡僧伽罗语，望着台下 300 多张异国面容，脑海里产生了许多联想……

如果不是袁隆平院士的声誉和影响，杂交水稻是难以打进国际舞台的。他想，今后要进一步打好袁隆平品牌，把握入世机遇，开展更加广泛的国际交流与合作，使湖南省农科院在国际上有一席之地。

如果不抓住发展的主题，就难拓宽视野，把培训班由国内推广到国外，由培训人员到培训市场，由感情交往变为经济交流。他想，今后要更好地高举发展的大旗，更新观念，解放思想，敢想、敢干、敢闯。

如果不是拥有像刘英、王秀松等一批去异国他乡艰苦创业、勤奋工作的科技人员，也是难以打开局面，难以在这片异国他乡的土地上赢得信赖与荣誉。王秀松离开家3个多月了，本来可多休息几天，但又要急着去孟加拉国举办培训班，可谓马不停蹄、兵不解甲，又奔上新的战场，跨世纪元旦和春节也只能在异国他乡遥念亲人。黄大辉已年过36岁，却一再推迟婚期。

方志辉浮想联翩，又想到在乌拉圭的王联芳、薛灿辉、张玉烛、王子平，在菲律宾的张昭东、白德朗，在柬埔寨的郭国强。“每逢佳节倍思亲，盛典之下总忆情”，对他们只能是由衷的想念和感谢……

入世在即，湖南省农科院的国际开发正迎接上了这个机遇。当年自己提出搞国际开发这个题目，究竟怎么搞，心中没有一个底，现在终于初露端倪。方志辉激情满怀地想着，这条路大家一定能坚韧不拔地走下去……

“晴空一鹤排云上，便引诗情到碧霄。”出国归来，感慨怀之。方志辉有感而发，将QQ签名换成了此句，以示向这批在国际舞台上辛勤耕耘的同志们致意，并祈望他们干出一番更大的事业来。

4　播撒中柬希望的种子

柬埔寨气候宜人，非常适合种植水稻。这个位于中南半岛（亦称为中印半岛）南部的国家，东部和东南部同越南接壤，北部与老挝相邻，西部和西北部与泰国比邻，西南濒临泰国湾，面积仅18.1万平方千米。湄公河自北向南纵贯全境，海岸线达460千米，有20多个民族混居。方志辉的国际推广之路自然不肯放过这个国家。

2000年9月15日，应湖南三湘集团（金边）有限公司李波宁总经理的

邀请，方志辉和杨耀松、郭国强从广州出发，约两小时航程，就来到了柬埔寨首都金边。

金边是柬埔寨最大的城市，“金边”原为柬埔寨高棉语“百囊奔”。“百囊”之意为“山”，“奔”是人的姓氏。“百囊”和“奔”合在一起，就是“奔夫人山”。史书记载，公元1372年，柬埔寨发生大水灾。首都河岸的一座山岗上，住着一位姓奔的夫人。一天清晨，她到河边提水时，发现滚滚的洪涛中漂来一棵大树，树洞里露出金光闪闪的佛像。她立即叫来几个妇女，把大树打捞上岸，原来树洞里有4尊铜像和1尊石佛像。奔夫人是虔诚的佛教徒，认为这是天赐之物，于是她和其他妇女便把佛像洗刷干净，隆重地将这些佛像捧回家中供奉起来。后来，她和邻居们在她房前堆起一座小山，并在山顶上修建了一座佛寺，将这5尊佛像供奉在里面，从此，洪水再也没有肆虐这方土地了。后人为纪念这位奔夫人，就将这座山命名为“百囊奔”，华侨就称“金奔”。华侨大都来自广东，粤语中“奔”和“边”发音相似，久而久之，就演变成“金边”，沿用至今。金边以王宫和波列莫罗科特佛塔为中心。东边的皇城包括王宫、皇家博物馆、皇家花园和国家博物馆等建筑。金边的西部为新区，有现代化的建筑、宽阔的林荫大道和众多的公园，花草繁茂，空气清新。

刚进机场海关及移民局大厅，方志辉等人就被热情的工作人员团团围住。有两个人很客气地把他们领到一边，告知要填写落地签证表，然后按每人10美元收取落地签证费。可待人刚一转身，几个工作人员就开始在旁边分刚才收到的钱。一开始大家对移民局的热情还感动了一番，可转眼的场景，却让人哭笑不得。

9月17日，专家组一行到位于金边毛泽东大道156号的中国驻柬埔寨大使馆经商处接洽杂交水稻的推广工作。参赞柴治周听说祖国来人，十分热情。

攀谈中，柴参赞猛然得知，专家来自隆平高科，来自袁隆平院士的科研大院，而且是袁院士的高足，他热情的脸上不由自主地迟疑了一下。

方志辉一见，觉得“这中间肯定有事”。一打听，原来，就在此前的元月份和3月份，参赞已先后接待了两批袁隆平团队。

“还有这事?”方志辉心想，“可这不可能呀？院里，包括隆平高科来人，我不可能不知道呀。”

“难道有真假美猴王？”杨耀松笑道，“得认真查查，有人敢冒充院士的团队那还得了。”

结果很快查明，原来都是货真价实的隆平团队。元月份来的是云南农业大学的，领队李铮友教授是袁隆平院士的好朋友；3 月的团队是湖南湘潭市农业局的，湘潭市泉塘子乡有袁隆平院士多年的示范基地，都是“真美猴王”。

接下来他们还得知，1999 年开始就有印度专家在柬埔寨组织杂交水稻试种，现在还在。

方志辉心想，幸好来了，差点就迟了。科学家的性子就是认真，大家一商议，决定立即去现场。

原来印度专家也是第 4 期杂交水稻技术国际培训班的学员，真是“大水冲破了龙王庙”。

“一家人不假，可这国际推广也得有个正主。”方志辉立即从企业的角度捕捉到了这中间的问题，他想：“我得立即向老师汇报，抢注 Yuanlongping、Longping 国际商标，并同时在柬埔寨、巴基斯坦、越南、印尼、孟加拉国、菲律宾等六个国家申请，使用范围为杂交水稻及其他农作物杂交种子。”

他当即电话请示了袁隆平，得到了老师的高度肯定，袁隆平表示，待他一回国，就立即授权委托，并前往国家商务部等相关部门办理此事。

此后，国家商务部高度重视，并资助了申请费用，成功完成了商标抢注。

事实证明，此次商标申请，为后来项目的顺利推进奠定了坚实的基础。

方志辉看到柬埔寨的杂交水稻工作已经进展得如此之快，哪里还坐得住，立即要求参赞帮忙协调，在柬埔寨磅士卑省和马德望省安排了两个试验点。

柴参赞很是热情，一路联系，一路陪同。到磅士卑省城就餐时，大家忽然发现省城居然只有如此一条比国内乡镇小街还要差的街道。又不免感慨一番。

一路上，大家对柬埔寨的农业有了更进一步的了解。

柬埔寨的作物育种工作尚未起步，也没有品种审定制度。农户种植的水稻品种繁多，主要的就有5种：一是当地古老的地方品种，如“姜花”，种植了至少百年以上，至今产量最高；二是是由泰国米商从泰国引进，如“茉莉花”，由柬埔寨西北部马德望省种植，收获后又由米商统一收购，稻米加工都在泰国，这是个优质的香稻品种；三是政府引进的品种，如“善碧稻”，是政府作为救灾品种从越南引进的，是早熟矮秆品种；四是国际合作引进的品种，如IRRI66，由澳大利亚政府资助项目引进；五是农户自发选育的新品系，极少数种田大户有穗选留种的习惯，由此形成了一些有一定种植面积，却无名称的水稻新品系。

深水稻一般都伴随雨水生长，从出苗到齐穗一直生长在淹水条件下。每个稻茎大多数情况下只有1～2片叶露出水面，有时甚至只有穗子露出水面，直到成熟时水才退去。这些品种一般具有如下特征：分蘖力强，茎秆较细但有韧性，秆高节长，株高一般在130cm以上，高的超过200cm，叶片较窄，平均每穗总粒数少于75粒，成熟时落色好，结实率在93%以上，耐瘠薄，稻米垩白率低，品质优，抗病虫性较强。

结合杂交水稻实际情况，考虑到排灌条件，专家们选择旱季在磅士卑省芝巴蒙县种植3公顷、在马德望省格巴道县种植2公顷。每个试验点均试种7个杂交水稻品种和两个柬埔寨对照品种。其间主要由郭国强负责。

柬埔寨虽然屡遭兵祸，至1998年才结束战乱，却是一个很少有天灾的国家，从来没有发生过地震、海啸。劫后余生的人们充分享受着大自然赋予的一切，个个脸上都透着乐天知足的安详，仿佛这里就是世外桃源。忙完一切工作后，专家们自然想到要去这个与金字塔、万里长城、婆罗浮屠并称为“东方四大奇迹”的吴哥遗迹朝圣。

近代的柬埔寨和斯里兰卡一样，在世人眼里是一个动荡不安、战事连连的国家，常常令旅游者犹疑着裹足不前。然而，硝烟和战火难以掩盖的曾经的辉煌历史和浩瀚文明却又永远吸引着天涯朝圣者接踵而来。世界七大奇迹之一的吴哥窟，是一个记载千年信仰的胜地。

这是一组巨大的石建筑群，吴哥窟全貌就像一座方形石城，城池内还有一座方形石城，全部结构几乎都用很大的石块堆砌而成。在面积约45

平方千米的原始森林中，分散有各种建筑遗迹600多处，主要包括吴哥窟、吴哥城和附近一些庙宇。吴哥古迹的每一座建筑、每一块石头都是经过精雕细刻的，每一个浮雕都显得想象力格外丰富、惊人，简直到了让人难以想象的地步。层层回廊是一个套一个的正方形。寺内有3层台基，第二层台基四角各有一尖塔，第三层台基中央矗立一尖塔，高达42米。五塔排列和谐，结构紧凑，状若芙蓉，气势宏伟。吴哥窟的伟大宝藏之一便是长达800米的浮雕回廊，题材大都取自印度史诗《罗摩衍那》和《摩诃婆罗多》中的神话故事，也有一部分是反映当时高棉人战争场面的情景和当时人民生活的生动场面。其雕刻技法的娴熟、构思的精巧、含义的深远，令人叹为观止，不仅显示了古代高棉国王的财富和权势，而且反映出了其国民精湛的技术和艺术才能，虽然被湮没在雨林中近千年，但一朝现世，便让整个世界为之惊叹。

丰收季节很快来临，柬埔寨农业部组织专家对两个点分别进行了现场测产。

2001年1月19日，在大使馆柴参赞和王健、汪舵秘书以及湖南三湘集团(金边)有限公司李波宁总经理等人的陪同下，柬农业部计划司长克成先生和一位农业官员参加了磅士卑省芝巴蒙县试验田的现场测产。

测产结果表明：中国7个杂交水稻品种的平均产量比两个对照品种的平均产量高出37.7%。其中LST66单产为每公顷8.3吨，比最高对照品种增产91.7%。马德望省测产的情况与磅士卑省的情况差不多，其中LST66在马德望省的单产为每公顷8.0吨，尽管比磅士卑省的单产略低，但仍表现出了强大的杂种优势。

现场测产时，一名叫作“春”的放牛老农摸着中国杂交水稻的稻穗说，他种的稻子每年都不够吃，如果有这种高产水稻，他就不愁没有饭吃了。

对此次测产活动，柬埔寨《星洲日报》以“中柬播撒希望的种子”为题，用大特写图片对杂交水稻丰收景象进行了专题宣传，柬埔寨《东华日报》《华商日报》均以“中国湖南袁隆平高科技水稻在柬埔寨试种成功”为题，对现场验收情况进行了报道。

5　不得不说的越南

越南人自称其国名为“夜郎”，直到1976年越南社会主义共和国成立。这个扼守太平洋与印度洋之间的海上交通要道的国家，古时曾作为中国的郡县达千年以上。一直以来，深受中华文明的熏陶，在人文风俗方面和中国有着千丝万缕的联系，但又有其独特之处，在文化上是与中国文化同工而异曲的一个东方国度，而中国人对其的印象，却大部分来自那场尴尬的战争。

越南国土形状南北狭长，两头宽，中间窄，人们常用“一条扁担挑两只米篓”来形容。“一条扁担”指的是纵贯南北的长山山脉，“两只米篓”指的是北部的红河三角洲和南部的湄公河三角洲。境内共有大小河流1000多条，多发源于高原，上游水流湍急，穿越山地丘陵，中游汇集支流浩浩荡荡入海，下游就造就了广阔的冲积平原，成为物阜民丰的鱼米之乡，因此也是传统的水稻生产国，地方水稻品种资源丰富。因紧靠中国、老挝、柬埔寨等国家，品种来源难以确定，名称都是农民根据水稻品种的颖壳颜色、稻米垩白度、株型、叶型及抗逆性状等自取的，从品种名可直观感觉到品种的某些特性，如颜色、植株高矮，是否抗风、耐旱、耐深水，能否在山坡上种植，以及米质优劣、有无滋补作用等。

尽管越南水稻品种繁多，但生产技术落后，单产低，历来部分粮食依赖进口。20世纪90年代初，联合国粮农组织将推广杂交水稻列为解决发展中国家粮食短缺问题的战略措施而首先就是在越南等水稻生产大国实施。

2002年5月14日，第四届国际杂交水稻学术研讨会在越南首都河内隆重召开。越南国家副总理阮公臧、农业部副部长和有关官员出席了开幕式。会议主题是：利用水稻杂种优势，保障粮食安全，减轻贫困并保护环境。这个由国际水稻研究所、越南农业与农村发展部、联合国粮农组织以及中国国家杂交水稻工程技术研究中心共同主办的会议，经费由亚洲开发银行的杂交水稻项目预算提供，并得到了美国 Rice Tec 公司、印度 S. M. Sehgal Family 基金会、正大集团中国襄樊农业发展公司等单位的资助。共有 20 多个国家和国际组织的 180 余名代表参加了会议，中国代表有 50 多人。袁隆平院士任会议国际组委会副主席，在方志辉的陪同下亲临现场。杨振玉、李成荃、卢兴桂、周坤炉、邹江石、杨仁崔等老一辈著名杂交水稻专家和华中农业大学张启发院士都有应邀参加。

历时 4 天的研讨会上，袁隆平院士和世界知名水稻育种家库希博士等分别做了全局性的学术报告，阐述了 21 世纪全球水稻和杂交水稻研究与发展将面临的挑战和相应的对策。

越南政府对在越南杂交水稻发展中做出杰出贡献的袁隆平院士、国际水稻所的费马尼博士和联合国粮农组织的陈文达博士授予荣誉徽章。

到 2003 年，越南杂交稻种植面积已突破 60 万公顷，已成为继中国之后，实现了杂交水稻大面积商业化生产的少数几个国家之一。这中间，自然离不开中国的帮扶，袁隆平院士就先后派遣了湖南杂交水稻研究中心 10 多名专家作为联合国粮农组织的国际技术顾问，多次赴越指导发展杂交水稻。据越南呈递联合国粮农组织的一份报告称，1993 年越南直接从我国购种，种植杂交水稻 4 万多公顷，在不增加投入的情况下增产稻谷 1 亿公斤。

隆平高科农平种业有限公司就是我国在越南推广杂交水稻的主力军之一。在推广的过程中，边贸手续的办理是一个复杂的过程，因此，隆平高科安排由隆平高科国贸部配合农平种业接洽这方面的工作，方志辉自然经常往返其中。

广西凭祥，就是中越边境贸易的中转站。这里商业气氛浓郁，充满异国情调。其独特的商业氛围和营销模式令人印象深刻。走在凭祥狭窄的街道上，随时都可以见到那些头戴草帽、身材矮小、面庞黝黑的越南人。他们或者兜售越南土特产和走私品，或者大肆抢购中国物美价廉的日用品。

边境贸易区浦寨与越南谅山省文朗县接壤，西南连接越南谅山市新清口岸经济管理区，是一个坐落在山谷中的小镇，周围是陡峭的边境特有的山峰，中越边境的 15 号界碑就位于此处，距凭祥约 30 千米，距越南北部门户谅山省首府谅山市也只有 30 千米，是我国面向东南亚市场最便捷的陆路通道和物流中心，也是构建中国—东盟自由贸易区的前沿区和合作区，与防城港齐名，是中国广西与越南贸易的主要集散地之一。

贸易区面积 2 平方千米，于 1992 年开发建设，累计投资 5 亿多元，现

有1000多套商业铺面，农贸市场、东南亚水果交易市场、货场等服务设施齐全，边贸年均成交额都保持在10亿元人民币以上。浦寨街道上，以中越两种文字书写的招牌，像"越南中原咖啡""越南风味饭店""越南货物贸易商行"等随处可见。到了夜晚，街面上就只有卖消夜的小吃，而对面的越南方却灯火辉煌，那是越南专为外国人开放的赌场，赌场老板都是外国的，本国人不能进入。

方志辉及农平种业就在这个小镇上与越南人做杂交水稻种子的边境贸易。首先和越南客户签订边贸合同并办理相关边贸手续，然后用汽车将杂交水稻种子运到浦寨农业银行附近，到此地后，种子仍装在车上不卸车，待和客户见面后，中越就共同检验汽车上货物的数量和质量，共同确认越南客户存放在浦寨农业银行的货款，确认无误后，一手交钱一手交货，最后由越南客户押车，我方货车负责将杂交水稻种子送到中越边境的越南境内。

在这里，他参观了友谊关。

友谊关史称镇南关，距凭祥市区18千米，322国道终端穿过拱城门，与越南公路相接，是通往越南的重要陆路通道和国家一类口岸。它始建于明洪武年间，历代为中国南疆边防要塞、战略要地，与嘉峪关、山海关、居庸关、紫荆关、平型关、雁门关、娘子关、剑门关、五胜关并称中国古代十大名关。1885年，清军名将冯子材率军在此痛击法国侵略者，镇南关大捷举世闻名。1907年，孙中山、黄兴在此领导了名垂青史的镇南关起义。20世纪50年代改名为睦南关，1965年，更名为友谊关。

关楼左侧是左弼山城墙，右侧是右辅山城墙，犹如巨蟒联结两山之麓，气势磅礴。仰望关楼，正前方两百米处是越南领土，后方是望不尽的中国群山。陈毅元帅题写的"友谊关"，由汉白玉雕刻而成，苍劲稳健。关楼第一层陈列历史图片，第二层展示中越高级领导人会晤室，20世纪五六十年代，周恩来两次会晤越南胡志明主席。第三层是中国古代九大名关的展览厅。

友谊关见证了中越兄弟般的友谊。中国援助物资通过此关，源源不断地支持越南抗法、抗美战争，直至越南战争结束。友谊关也是中越交战的战场，1979年中越自卫还击战的战火就此点燃。现在，关口两旁的山道依然竖立着用中越文写有“小心地雷”的标志牌。中越边境设置有一道铁栅栏，栅栏往前百米处，有一块红顶白座石碑，石碑上写着“km0”字样，这就是“零公里界碑”。“零公里”界碑是一座坐标，标志着中国南疆的终点，又是一扇大门，象征着睦邻友好的起点。

关楼上，方志辉忆古思今，他看着来往交织的中越两国人流，思考着与越南的边境贸易，倍感国内企业竞争无序，甚至相互压价、恶意竞争的现象，就连杂交水稻种子出口也是如此。由于缺乏行业规范以及种子企业不重视商业秘密和知识产权保护，导致我国种子企业合理的经济效益得不到保证，已严重制约着我国杂交水稻在国外发展。如越南每年杂交水稻种子的需求量约1.5万~1.6万吨，其中80%以上(约1.2万吨)从我国进口。这中间，却有多少种子公司在做着只管赚钱，不顾国家利益的勾当。

一种与生俱来的使命感和责任感油然而生，他觉得肩上的担子更重了。“科学是没有国界的，而科学家是有祖国的。”老师的谆谆教导响彻耳畔。“我必须站出来！”方志辉眼前豁然开朗了。他经过认真调研，一份《成立中国杂交水稻种子出口行业协会迫在眉睫》的调研报告逐渐成熟。

第十五节　富得流油话文莱

1　老师的面子

随着中国杂交水稻在国外的不断开发推广，方志辉的杂交水稻国际之旅顺畅了许多。

1999 年 12 月 24 日，在文莱的斯里巴加湾市，方志辉和时任湖南省农科院常务副院长青先国研究员、湖南国际经济技术合作公司副总经理任辉、文莱坎普兰农业合作社私人有限公司董事长哈吉先生共同签署了合作备忘录。隆平高科国际贸易部客户副总杨耀松和湖南省水稻所所长余应弘研究员以及湖南国际经济技术合作公司项目经理韦虹女士也应邀参加，文莱开发之旅的大幕徐徐拉开。

2000 年 3 月 26 日，方志辉和杨耀松应文莱政府农业局邀请，再次到文莱对投标书具体内容进行答复，整体进展顺利。

2001 年 12 月，以文莱工业与主要资源部农业局局长尤索博士为团长的文莱农业代表团成功来湖南考察。12 月 5 日，长沙，《文中合资华山农场有限责任公司》的协议书正式签订，中文杂交水稻合作正式达成。

此后，方志辉和同事们经常频繁往来于文莱。来往奔走中，他记忆最深的还是老师的影响力。

原来方志辉在深圳口岸也经历了老师袁隆平在北京火车站的那一幕，而他似乎幸运很多。

2002 年 9 月 1 日，方志辉从深圳皇岗口岸过关前往香港机场，计划搭乘当日香港飞文莱的航班。这次他是救灾去的，因为文莱的试验田遇到了鸟虫害，文莱方面束手无策。

文莱是落地签证，一般情况下，持有护照的中国公民如有文莱国的正式邀请函(原件)，就可以顺利出关。可由于事情紧急，文莱传真了一份邀请函。这显然与规定不符。文莱国承诺，只要中国口岸能放行，一旦到达文莱机场，由文莱国家农业局出面协调，凭邀请函复印件，就能帮助他办理落地签证。

时间不等人，方志辉知道这传真件不合规定，还是想努力试一试。他不想错过对方准备好的合作机会。于是抱着试试看的心态，带着护照等相关证件赶到了深圳皇岗口岸。

正如预料的一样，一个美女工作人员礼貌地拦住了方志辉，清楚表述，按规定，凭传真件可不能放行。方志辉经常往返国门，也没有什么不好意思，找出理由百般解释，厚着脸皮求她帮忙。这美女就如袁隆平在北京西站候车室遇到的那位工作人员一样，原则性不是一般地强，没有丝毫通融的意思。

“怎么办?”方志辉看着时间一分一秒地过去，心中很是着急。突然他灵机一动，耍起了性子，对美女海关人员提出强烈要求，希望见值班领导。

两人在口岸你一言我一语地相互陈述着理由，引来众人围观。方志辉不顾脸面，依旧不依不饶，终于引来了值班领导。

得知原委后，可答复依然是很决绝：“不能放行。”而且他还和颜悦色地建议方志辉在深圳住几天，让文莱方面特快邮寄邀请函原件过来。

这边方志辉急得不行，一股脑儿向值班领导诉苦，大打情感牌，言辞恳切地讲，中国在文莱种植的杂交水稻现在遇到了鸟害、虫害，再迟去几天，谷子将可能就会被鸟、虫吃完，云云。好在这值班领导态度很好，耐心地听着方志辉讲述，努力地分辨着方志辉那蹩脚的普通话。

方志辉分明看到值班领导听到杂交水稻时眼睛一亮，心想：“这下好了，应该有戏。”

果不其然，值班领导接过了话：“那你认识袁隆平教授吗?”

“岂止认识，我是袁老师的学生，这次去文莱就是受老师安排，去完成任务的。”方志辉赶紧顺竿爬，“这可如何是好？时间来不及了，他老人家会对我很失望的。”

“你真的是袁教授的学生?”值班领导神情瞬间崇敬了起来。“袁老可是了不起，我们都知道，全国人民都知道。”他接着说，并且那态度明显有了缓和。

过了一阵，他像是下了很大决心似的说：“这样吧，今天我就破次例。”

他将方志辉的护照、身份证、工作证等手续再仔细认真地查验了一次，确认了方志辉的确是湖南省农科院的科研人员。又查验了中国政府和文莱政府的相关合作资料，确认了方志辉是政府间合作项目的执行者后，对方志辉说道：“既然你是袁隆平教授的人，为了不影响你们的工作，这次特批允许你出境，但下不为例!”

方志辉喜出望外，一连串地说着“好”和“谢谢”，然后飞奔着过关，那神情就像怕工作人员忽然反悔一样。

此后，方志辉很是嘚瑟了一阵，逢人就讲：“还是老师牛，老爷子的面子大，都可情震海关。”他心里想着，“看来胡锦涛在视察湖南杂交水稻研究中心时指出的，‘在依靠科学技术提高粮食产量方面，袁隆平教授和杂交水稻科技人员承担了光荣的任务，做出了巨大的贡献，全国人民都知道’这样的盛赞作用可是大得很。‘全国人民都知道’，不就是对老师和我们最大的褒奖吗？胡主席的话就是实在。这不印证了吗?!”

2　几到文莱方初识

此后行程顺利。飞机抵达文莱上空降落时，方志辉俯瞰着大地，神情格外清爽，他好像从来没有觉得文莱竟然这样美。一片绿意葱茏，全是郁郁葱葱的热带雨林。

这片位于加里曼丹岛北部，东、南、西三面与马来西亚的沙捞越毗邻，并被沙捞越把国土分隔为互不相连的两部分的土地，北临中国南海，国土面积仅 5765 平方千米，海岸线长 193 千米，森林面积占国土的 3/4，“文莱”在马来语中就是“植物”之意，果名专指芒果，就是香甜。真正是“婆罗洲明珠”。这里距离赤道只有 400 多千米，没有台风灾害，四季不明，仅分雨、旱两季，终年炎热多雨，是典型的热带雨林气候。沿海为平原，内陆多山地，西部多沼泽。文莱旧译“婆罗乃”，汉语古籍称之为“渤泥国”，有1400多年的历史。15世纪初伊斯兰教传入，称苏丹国。16世纪初达到极盛时期，曾远征加里曼丹岛的东海岸、爪哇、马六甲、吕宋等。

文莱首都斯里巴加湾市人口约10万，是该国最大的城市，市区集中了全国的中枢机构——政府各机关，但却全无大城市的喧嚣：城区很小，既没有高层建筑，也没有商业街。市中心建有能停1000辆汽车的大停车场，宽阔的大草坪上可以踢足球、放风筝。清真寺、国会大厦等建筑千姿百态，路上行人少得出奇，静静的城市中，几乎只有来往车辆发出的轰鸣声。

此后，方志辉聊天时经常会讲，对文莱，他有两个特别印象。第一，文莱航班的空姐全部是外国女孩，而且是来自不同国家的。他后来问为何如此，华侨杨谦福说，由于文莱国际航班很多而人少，文莱国内几乎无人供职空姐，只能到世界各地招聘。第二，文莱国家太小了。有一次，国家农业局局长在首都一家五星级宾馆宴请宾客，在聚餐的前前后后，他一次性就遇到了国家文化教育部部长、能源部部长、国防部部长以及国家航空公司总经理，加上农业局局长，一顿饭就受到了五位部(局)长接见。

文莱国土面积狭小，境内河流却众多，其中较大的有白拉奕河、都东河、淡布伦河和文莱河。白拉奕河为文莱最大的河流，发源于文莱和马来西亚沙捞越交界的山区，由东南向西北，纵贯白拉奕区全境，最后注入南中国海，全长32千米，其河谷盆地出产水稻。

在斯里巴加湾市，穿过市区的文莱河在市中心形成一个水面宽阔的河湾，这里有一个由3000多栋房屋组成的40个“水村”群，目前大约有3万居民，约占文莱人口的10%。这里不仅有民宅，还有清真寺、学校、诊所、警察局、消防局，以前还有市场。很多房屋由蜿蜒的栈桥相连，栈桥总长达36千米。文莱湾的水在雨季有7米深，旱季则是5米深。

高高的木桩或者水泥桩立在河里，上面坐落着一栋栋房屋，一艘艘快艇载着往返居民飞速驶过，远处一位老汉正在垂钓，近处两名妇女正在把床单晾晒在窗台上，五个工人正在更换一栋房子的屋顶……

如果不是亲眼看到，你可能不会相信在今天，有1300年历史的“东方威尼斯”—— 文莱水村依然如此生机勃勃。方志辉感慨着。

1000多年前，文莱到处是原始森林，野兽和虫蛇很多，为了安全起

见，文莱人想出在水上建造房屋的主意，利用水边唾手可得的红树搭建房屋，形成了最初的水上村落。最初的几位文莱国王就在这里度过了一生，死后才葬到陆地上，因此水村被文莱人看作是王国的发源地。到了20世纪40年代，水村的房屋开始改用新材料。原来用树干做桩，容易腐烂，现在大多数房屋都用水泥桩做基座，屋顶也开始使用铁皮等金属材料。

农业科学家自然关心农业。文莱的土壤贫瘠，农业落后，耕地面积只占国土面积的5%。20世纪70年代以后，由于石油、天然气的生产和公共服务业的发展，更多人弃农经商，传统农业备受冲击，以致现代农业没有起步。目前仅种植少量水稻、橡胶、胡椒、椰子和木瓜等热带水果，生产力水平较低，以家庭式经营为主。

大米是文莱人民的主食。全国每年需要3万吨大米，人均约90公斤。98%以上的缺口需要进口，现主要从泰国进口。2001年，文莱从事农业的人口为3080人，不足总人口的1%，其中男性2520人、女性560人。水稻种植面积为491.42公顷，产量为538吨。长期以来，文莱对农产品的进口实施零关税，也没有非关税壁垒，只是对某些食品实行较严格的清真控制。为了满足国内需要，文莱政府在澳大利亚购置了一块比本土面积还大的牧场，有5793平方千米，专门饲养牛羊，供应文莱国内市场。

3 国王接见

1984年，文莱完全脱离英国的殖民统治而独立，建成了君主立宪制的国家，世袭的苏丹是国家最高统治者，无论是政治、经济、军事、文化、外交，都是他一个人说了算。

方志辉及其同事来到文莱的时候，正是第29任苏丹 Hassanal Bolkiah 统管国家。无论是餐厅、酒店，还是车站、码头，国王和王后的照片随处可见，像是在时刻宣示着他们至高无上的地位。

努洛伊曼王宫，国宴之地，房间多达1700多个。平常王宫只能在宫外眺望，参观则必须等到国庆，或在斋戒日结束时的开斋节。尽管如此，方志辉和科学家们依然受到了苏丹接见。

文莱也有农历新年，假期只放一天假。过年的时候民众都要到王宫向苏丹拜年，而苏丹和王后也会给老百姓发“红包”。

2001年文莱农历新年，中国驻文莱大使馆经商处刘更生二秘带方志辉和张玉烛、陈小瑜等中国专家给苏丹拜年。

上午10点左右，一行人到达王宫，等候了一个多小时后，见到了苏丹。大家分别给他拜年，并致以新年问候。

苏丹见到中国水稻专家到来，很是高兴，除了发“红包”之外，还特意给每人赠送了一个礼品盒，装的是文莱特色食品。此后，苏丹又特地邀请专家们在王宫进午餐，让方志辉们享受了一次“国宴”。

“准确地说是‘绿包’，符合环保吧。”方志辉想，“这理念真与时俱进。”原来“红包”封面却是绿色的，装的自然也是钞票。文莱就这样，哪里都是绿意。

每逢受到国外礼遇的时候，方志辉的心里就如众多科学家们一样，又骄傲自豪了许多。和国内朋友聊天时，聊得最多的就是国家的强盛对长年在异国的华人的帮助。方志辉和他的同事挂在嘴边的话就是“那地位真正称得上是大国复兴。只有国家真正强大了，出国才有面子。我们这些长年奔波在国外的中国人，一天天看着就扬眉吐气起来。这些，可是实在见证了的”。

那一刻，他们心中涌动的民族情结到了极致。这情结感染着每个人，令身在异国的同胞们都振奋不已。

4　富国守心

文莱最吸引人的自然是“富”。作为这个世界上最富有的国家之一，2001年国民人均收入现已超过2万美元，居世界第二位，称得上“富得流油”。

富自然有富的好处，国家福利好，医疗、教育免费。因为人少，国家鼓励生育，孩子出生后，政府就承包了所有的教育。看病不花钱，得了重病还可到国外医治，政府不光管治病的费用，来回机票都给报销。当地人建房子，只需向政府象征性地交一林吉特（文莱元）买地，即人民币5元。

1929年以前，文莱靠出产黄金、胡椒、香料等资源维持运转。而在这

个象征近乎世界末日的 1929 年，当有很多国家在这一年进入到一个痛苦的挣扎阶段时，文莱却因为这不同寻常的一年开始了一段新的里程。

这一年，文莱在赛瑞亚（Seria）和木拉（Muara）发现了富饶的油田。这一重大发现为文莱创造了一个经济奇迹。

石油带来了巨额财富。石油和天然气出口占文莱外汇总额的 70% 以上。46% 出口日本，20% 远销美国，17% 出口东南亚。“东方石油小王国”因此得名。

这账是很好算的，这个国家才 33 万人口，每天却能生产 20 万桶石油！细算一下账，不富得流油才怪！望着文莱因石油而得来的繁华，方志辉几人有些艳羡，想着是否也可以找到让国家以油致富的捷径。几人专门为此进行了一番调研。

中国对南海油气资源的开发主要集中在北部湾、珠江口一带，中国海洋石油公司已经进行了相当充分的油气勘探和开采工作。但是在争议比较大的南海南部，特别是在南沙海域，中国尚未涉足。许多专家认为最重要的原因还是中国政府为了维护南海稳定，对在南海争议海域开采油气资源采取十分克制和回避的态度。同时成本高也使中国的油气公司“望洋兴叹”。这些地区距离大陆遥远，中国最南端的国土——曾母暗沙距离大陆 2000 公里左右，开采出油气要登陆，这样远的距离，铺设管道成本很大，接驳船运油也不现实，即使借道邻近国家如菲律宾等，但在南海问题妥善解决前恐怕难以实施。

于是几人就只能叹思了。“既然这样，干脆移民到文莱吧。”有人开起了玩笑。

“好啊，我们结婚吧。”华侨杨谦福立即帮大家释疑。原来文莱不鼓励移民，要入籍只有一个办法，就是和当地马来人联姻，同时改信伊斯兰教。那可不是走形式，要正式地依照各种清规戒律生活，正规地在当地上学。各种规定严之又严。凡事均有代价，别的不说，就是每天 5 次朝拜，对于一般人来说就恐怕吃不消了。

文莱的大街上很少有行人，只有在餐厅、商场才能发现走动的身影。这里交通全靠自己开车，公交车和出租汽车几乎没市场，全国才 50 辆出租车，公共交通网络很不发达，想打“的士”，必须提前电话预约，并承担比较昂贵的预约费用，除了游客，当地人基本不与出租车打交道。

马路上高速穿梭的都是奔驰、宝马一类的名车。文莱平均每人 1.5 台车，一般家庭都有 3 ~4 台车。与中方合作的华山农场董事沈兴利先生，在村子里是有些名气的华侨老板，他家就拥有 12 台世界名车。老沈喜欢买车，也喜欢玩车。方志辉在文莱的日子里，老沈经常安排接送，而且司机每次都驾驶着不同品牌的汽车。

方志辉和杨耀松第一次参观老沈的爱车时，感觉就像进入了世界名车展览中心：劳斯莱斯、林肯、兰博基尼、悍马、法拉利、保时捷、奔驰、宝马、沃尔沃、奥迪、雷克萨斯、丰田佳美等。其中，丰田佳美是他私人花园里的工具车。

“又过了瘾。”方志辉用他那独有的大嗓门说道，“其实我只有那么爱车，开始是艳羡，但享受过后，觉得也不过如此。其实人生很多时候并不是想拥有，只是好奇。在文莱生活，我看没有比国内幸福多少，奢侈品看多了，也就习惯了。就如歌里唱的，山珍海味吃多了也会烦。平常心，平常事，人生还是平常好，总得要有自己的事业和追求，哪怕是爱好也好。”每当如此，方志辉又会感慨一下人生。

5　香事雅致

一日，方志辉归国，湖南日报记者、好友瞿建波来迎接，见面就讲：“方总，你成天满世界跑，今天我领你去个地方，包你满意。”

“跟我还绕弯子，说说，又有啥收获。”方志辉问。

“到了便知，到了便知。”瞿建波把方志辉请上了车，两人一溜烟来到了长沙市开福区。下车后两人来到了一个雅致的场所。

还未进门，门楣上装裱得极淡雅的招牌——“素味平生”，如同灵魂中伸出的手，正可劲地召唤，让人欲罢不能。

“原来是个香室，这对我可是旧识了。”方志辉心想，“长沙现在也有人玩起沉香来了，沉香的确是个好宝贝，只是一直养在深闺人不识，以前都是富贵人家才能弄的东西。”

老板喻均华，也就是香室主人，早早地迎了上来，见过方志辉后，随

意聊着进到里间，枕弋、杨耀松、黄崎等都在。

厅堂内，一丝丝淡雅的幽香若有若无地迎面袭来，沁入心脾，让人不经意间心生宁静，灵魂深处霎时空灵了起来。

这个香室，通过了精心的设计装修，里面完全是木头结构造型，大都是用原木材料，包括地板。喻均华介绍说，用原木，除了美观之外，最主要的是因为木头能吸附香味，更让雅室生香，香韵幽远。

香室空间不大，走进去，给人很幽静的感觉，墙上随意地悬挂着几张装裱得甚是简意的书画，方志辉认得那是旅美湘人何山大画家的手笔，是带点印象派风格的中国山水，又不像是山水的水墨画。

室内一桌几椅，皆是原木，仿明朝家具式样，也看不出究竟，只是格调都很雅致。桌上放着精巧设计的青瓷香炉，一套三个，大小微有差异。这是香席。“一个香席三炉香”，比较适合主客品赏，旁边是同色系的香盒和香渣碟。

插在素净瓷瓶中的整套香具，全部都是银的，每个香具的把手都雕刻成竹节形状，虽因年份久远，已经氧化乌青，但是看上去却匀称古雅。香席也许是有明朝人香席的底子在那里，看上去只觉得熨帖。

里间还有四人就座和多人就座的，或者把闻香区别开来，更不用说细节的种种不同。

香席上，随意地搁着一壶茶。壶用的是很考究的青花，几个小杯自成一体，与品香炉、闻香杯等浑然天成，很是怡心宁神。

一看都是熟人，方志辉更觉得舒适。心里直说，“今天又来对了”。今天的他，显得格外放松，浑身上下透着一种说不出的清爽。

落座下来，方志辉一向快人快语，很快就有了话头，和朋友们讲起了文莱的故事，文莱的富有。

“人们常说，福无双至。而文莱，却因为它的小，把福攒齐了。这个国家，还有样宝贝是我最爱的，这个真让人羡慕。一个宝贝是石油，这个大家早就知道，另一个正是今天我们的主品——‘沉香’。我很喜欢关于沉香的一首现代诗，就分享给大家。”方志辉如是道来。

面对沉香，我心仰之

我惊叹于它身上的孔眼
我痛苦于它身上的创伤
我唤不回岁月，抹不去它身上的沧桑
……
高举理想的火把，挺起一个不屈脊梁
啊，沉香
……
摸得我的心啊，滚热、发烫

香室主人也按捺不住了，接口吟道：

透过时光隧道
我看到沉香在黑夜里闪着火光
把我心头的热望点亮
……
虽然它化作青烟离我们而去
但以另一种方式证明自己的存在
让我们看看天空吧
那舒卷的祥云，就是它自由精神闪耀的光芒

大家欣喜地听着，纷纷赞道："这莫不就是方总的写照。"

"心若沉香，何惧浮世。沉香被称为植物中的钻石，木中舍利，集天地之灵气，汇日月之精华，蒙岁月之积淀，承天香以护人。千百年来，极品沉香价格已达黄金的数十倍，古时便有'海南沉香，一片万钱'的说法，但这仍然阻碍不了人们对沉香的偏爱。"喻均华不失时机地给众人普及起沉香的基础知识来。

他接着说道："古人以中华为尊，言我中华地物博。其实，沉香的产地不止有海南，现在惠州、香港的沉香也很好。香港香港，得名就来自沉香之意。此外还有惠安系，包括越南沉香、柬埔寨、老挝、缅甸等地产的沉香。再就是星洲系大沉香产地，包括方总刚才说的文莱，还有加里曼丹、

马来西亚、达拉干等地产的沉香，已成为人们新一轮的追逐目标，自然是沉香市场的爆发点。”

接着，喻均华开启了香道，同时不忘普及沉香知识。“我是商人，逐利是本真。但同时，我也更爱香之本真。大家知道，沉香是一种名贵的药材，被称为药中之王，自古在中医药方面应用非常广泛，我国所有的医学古典名著，都有沉香的记载，《本草纲目》就记载：沉香，气味辛，微温，无毒。主治，风水毒肿，去恶气，主心腹痛，霍乱中恶，邪鬼疰气，清人神……现在把它当作文玩的一个品类。由此看来，说沉香作为文玩的一种，保健功效远远大于文玩核桃、星月菩提、松石南红、藏传天珠，以及这珠那珠的，一点也不过分。长期佩戴对身体好处多多。其主要成分是沉香醇、倍半萜类物质，有镇静安神，平心静气之功效。大家已经感受到这香气让人心情愉悦舒畅。若用极品棋楠泡酒，更大益心脏，比如日本有名的救心丸就含有棋楠。天然野生沉香煮茶，可顺气排毒，很多喜欢沉香的朋友都有体会。常用香则相对于同龄人年轻，不易得病，可谓身心同养吧。”

“不知何时，文玩热风靡全国上下，火过了头。这年头走在街上，人际交往，手上不戴串珠，不撸个串，你都不能说自己是中国人。价格自然爆炒。”一香客接话说道。“品香、斗茶、挂画、插花，中国文人四大雅事由来已久，文人品香是古人雅聚必有的一个流程。沉香之所以再热乎起来，跟中国厚重的香道文化有着直接关系，古人用香由来已久，最早可以追溯到四五千年以前，兴于唐而衰于清，即便如此在今天依然有着很大的影响力。四大名香‘沉檀龙麝’，以沉香居首，在香道文化中占据着非常重要的地位，香道基本是以沉香为主。”

方志辉讲道：“是呀，香，芳也。馨，香之远闻。它能超越语言的隔阂，弭平种族文明的差距，在它之中，所有人都能恣意畅怀，任心灵悸动。这就是香，它是人类史里颇富美感的一页，也是文化长河中最粲然耀辉的光影。作家沈嘉禄曾讲，所谓香道，就是通过眼观、手触、鼻嗅等闻香形式对名贵香料进行全身心的鉴赏和感悟，并在略带表演性的程式中，保持令人愉悦的秩序，使我们在那种久违的仪式感中追慕前贤，感悟今天，享受友情，珍爱生命，与大自然融于美妙无比的寂静之中。说得多好。”

方志辉接着说：“一炉香，一缕烟，可静思，又能洞察梵烟缥缈。凝神静观缕缕青烟，或笔直冉冉而上，或迂回缭绕而行；时而旺炽澎湃如堕五里雾中；时而形单孤拔如绝壁卓然静逸。潜心摄入鼻根之香气，或馥郁，或清新，或雅致，或醇厚……人们对香的喜爱是形而上的，是人本性的需求。朱熹的《香界》诗云：'幽兴年来莫与同，滋兰聊欲泛光风；真成佛国香云界，不数淮山桂树丛。花气无边熏欲醉，灵芬一点静还通；何须楚客纫秋佩，坐卧经行向此中。'古代学界对香的这种高度肯定的态度既确定了香的文化品位，保证了它作为雅文化与精英文化的品质，同时也把香纳入了日常生活的范畴，而没有使它局限在祭祀、宗教之中，这对香文化的普及与发展都是至关重要的。"

喻均华说："是呀，尽管如此，大众对沉香的误解却很深，也许是《金瓶梅》等古籍以及央视等媒体'管中窥豹'，盲目描述，让人产生错觉了吧，古称皇室专用，今日'土豪'专属，并不是普通人可以觊觎的。其实不然，沉香价格远没有想象的高，是可以飞入寻常百姓家的。"

商人就是商人，他边说边和大家算起了账，"现在熏香普遍用电熏炉的比较多，一般的沉香十几块到一两百元一克，一般我们一次正常熏闻所使用的沉香大约只有 0.2 克左右，每次可以熏三到四天，这样算下来每天也就一两块钱。

"就是极品棋楠，熏料一般在五千元左右一克，但熏闻棋楠一次只需 0.05 克左右，棋楠是香中极品，发香时间极其持久，这 0.05 克可以熏两三天的，1 克棋楠可以用几个月时间，算下来每天也就是几十块钱。只是我们在购买沉香时，香费的总数比较多，所以给人感觉还是很贵的。"喻均华一口气说了下来。

"瞿记者，这可是你的最爱。不仅可如此熏闻，还可制成线香，或者制成香品，现有很多人在研究香方呢。"

喻均华说道："方总，好见识。是哟，线香制品就更便宜了。同时，好的沉香不仅仅是一件饰品或者摆件，那永不消失的香味可以永远传承，算下来就更节约了。而且这还是投资。"

方志辉说道："这得归功于我此次的文莱之行。文莱沉香的味道我特别喜欢，此次有幸得识，于是研究了一番。以前在越南，我忙水稻去了，没有研究。现在我也明白了，星洲系其实也蛮好的，如文莱沉香就属于一

流香韵。因区域小，产量也就不高。文莱出产的沉香特征是香韵有变化，清闻甘凉，再品会有乳香味，还带一些醇厚的香味，被奉为上等货，价格比邻近的东马沉香贵30%左右。物以稀为贵，自然更加珍贵。”

喻均华讲：“‘乱时黄金，盛时收藏’，野生沉香历经千百年方能形成，精品价格年年成倍上涨，如今琼脂都近乎绝迹了。沉香已经不是简单的收藏，对很多人来说，已经成为致富的一种手段，就如我一般。”

“如文莱沉香手珠，取料非常讲究，实心部位顺纹车制，均匀的毛孔走位组成的纹路酷似蛇皮纹，品相非常好。在华丽的外表下，香味同样惊艳。初闻，清晰可辨，阵阵花香瞬间征服嗅觉，侵入脑海。再闻，凉意上头，内心愉悦之感难以用语言表达。可以说，这世上绝没有相同的两块香，如此既养身，又怡神，还是存钱传承的路子，真是一本多利。大家有兴趣可弄串提升一下品位。”他一边说，一边取来几串沉香佛珠，“关键是低调中的奢华，不怕被抢。一般人不懂，以为就几块烂木头。”

喻均华的话逗得几人忍俊不禁，在氤氲馥郁的情怀中观赏、品闻起手串来。

6　功成华山

“华山公司”，英语名称为 BRUNEI - CHINA WASAN FARM CO.，LID.。地址就设在文莱斯里巴加湾市。合资企业的注册资金为50万文莱币(约250万元人民币)，文莱坎普兰农业合作社私人有限公司(甲方)占51%的股份，以现金形式入股，中国湖南国际经济合作公司(乙方)占29%的股份，袁隆平农业高科技股份有限公司(丙方)占20%的股份。乙方所占29%的股份中，15%的股份以在中国采购的机械设备作价入股，另外14%的股份以优质蛋白玉米、甜玉米及鱼、鸭养殖技术作价入股；丙方所占20%的股份，以下述技术作价入股：采用丙方部分水稻种质资源，在文莱筛选适合文莱栽种的高产优质水稻，特别是杂交水稻；采用当地水稻品种，进行高产优质水稻综合栽培技术研究；采用当地水稻品种作亲本，选育推广高产杂交水稻品种组合。合资公司的董事会由11人组成。董事长由甲方指派，总经理由乙方指派。合资公司的期限为20年。

文莱农业局对合资公司提出如下要求：项目运作要以标书为依据，即以260公顷的面积种植双季稻，另40公顷面积种植诸如蔬菜、玉米等经济作物；土地租金为每公顷每年25文莱币；项目所在地范围内现存的建筑物、设备及基础设施的租金待项目正常运作以后再确定；项目将由文莱坎普兰农业合作社私人有限公司和中国的袁隆平农业高科技股份有限公司和中国湖南国际经济技术合作公司按所有者权益执行。

农业项目开发是文莱经济多元化所鼓励的重点领域，华山农场是文莱政府在1978年花费巨资兴建的一个农业项目，目的是大力发展农业，推动国家经济多元化，减少农产品进口。该农场面积约367公顷，其中耕种面积约300公顷。项目建成后，先后由几个国家的公司进行水稻种植，但由于种种原因，效果不理想，产量低，每公顷仅产1.5吨，造成严重亏损，项目终止后，大片田地荒芜，无人照管。为改变这种状况，文莱工业及主要资源部农业局于1999年年底以公开招标的方式推出华山农场以出租形式开发，种植水稻。根据文莱贸工部关于华山农场开发运作招标书和中国驻文莱大使馆的推荐，为便于参与华山农场开发运作的投标及在中标后开发并运作该农场，以帮助促进当地粮食生产，满足部分粮食需求，中国和文莱双方三家单位（中方：袁隆平农业高科技股份有限公司，中国湖南国际经济技术合作公司；文方：文莱坎普兰农业合作社私人有限公司）经过对华山农场的现场考察和1999年12月18日至12月24日的友好讨论，双方代表建议在文莱首都斯里巴加湾市投资设立中文合资企业。

中文农业合作项目产生了深远的影响。2001年12月6日，《文莱华语报》发表题为"文中加强农业技术领域合作"的报道，称中国在本届东合+1会议中，对技术、农业、人力资源、能源建设等领域提出互惠的合作构思和具体方案，深获东合各成员国的欢迎。消息指出，在东合前景下，中国与文莱的合作关系也预期会在未来有进一步的提升。消息表示，文莱苏丹陛下和外长莫哈默亲王于2001年年中到中国开会和访问时，皆提及中国协助文莱稻米种植计划，而中国方面也看重与文莱良好的经贸往来和技术合作关系，积极地配合。中国自2000年签署了促进两国贸易的协议和向文莱购买石油的合约后，2001年开始每日向文莱购买两万桶原油，这也使文莱与中国的双边贸易，出现了利惠文莱的贸易顺差。

为进一步促进两国经贸的往来，中国方面也积极研究多个在文莱的投资和合作项目，祈望通过多方面的合作关系，创造双赢的形势。中国方面计划在文莱(华山)种植一种高产优质水稻。

专家的研究报告指出，文莱无论在土质、气候、土地等方面，都有条件发展高品质稻米的种植，而中国世界知名的水稻专家袁隆平于年前新发明的优质杂交水稻，正适合文莱政府推动稻米自给自足的努力目标。除了稻米种植作为文莱中国新一项合作努力的开端外，消息表示中方也积极准备在其他方面如工业工程、基本建设、专业人才培训等领域，与文莱开展更高层面的合作。

2002 年 2 月 25 日，《亚洲周刊》也发表了题为“袁隆平在文莱开发高产稻米”的消息。称文莱一向依赖进口大米，为了达到自给自足，文莱农业局局长尤索博士于 2001 年 12 月访问中国，和中国政府签署中文水稻种植的合作协议书。根据协议，文莱农业合作社、袁隆平农业高科技股份有限公司和中国湖南国际经济技术合作公司三方在文莱都东县的华山(WASAN)，共同开发 300 公顷的高产水稻田，预计 2002 年下半年，婆罗洲将首度收获袁隆平的高产稻米。

华山农场种植杂交水稻项目启动以后，隆平高科通过与湖南省水稻所合作，派出了以湖南省水稻所副所长、著名水稻栽培专家张玉烛研究员为组长，以陈凯林、凌伟其和肖光辉为成员的技术组，将试验期安排在 2002 年 3 月至 10 月，分三期播种。

由于华山农场为 Bijat 土壤，pH 为 2.9～4.0，大部分地方 pH 为 3.2。一般来讲，这种酸性土壤很难种好水稻。为摸索解决这个问题，技术组在土壤改良和未改良两种状态下进行品种比较试验。第一种方案，选择 30 公顷土地进行改良，每公顷施石灰 1 吨，用石灰调节酸度和补钙。第二种方案，选择 1 公顷未改良的土地种植水稻。

试验结果表明：在未改良的土地上，文莱水稻品种最高单产为每公顷 1.5 吨，中国杂交水稻最高单产为每公顷 2.9 吨；在已初步改良的土地上，文莱水稻品种最高单产为每公顷 2.3 吨，中国杂交水稻最高单产为每公顷 4.5 吨。两种状态下，杂交水稻比当地品种分别增产 93% 和 96%。

尽管杂交水稻在文莱的绝对产量不是很高，然而与当地品种比较，杂种优势仍然十分明显，因此受到了当地老百姓的喜爱。但因种种原因，该项目却在2003年停了下来。一方面因为土壤酸性太强，要彻底改良土壤，需要4500吨石灰，而文莱不产石灰，这些石灰必须开车到马来西亚购买，运费十分昂贵。另一方面是因为缺人。农场地势低洼，地下水位较高，有些地方地下水溢出地表，导致泥脚太深，农业机械不能下田。全部采用人工操作，由于文莱人均GDP很高，劳动力成本太贵，短时间农场难形成规模生产，取得规模效益。再就是华山农场附近的Imang水库是全国大部分人饮用淡水的唯一水源，归国家水利局管理。农场每次需要灌溉水时，须由公司先向国家农业局报告，再由国家农业局与国家水利局协商。如此几个回合下来，不能及时供水，等水到时，已有部分地势高的禾苗变黄。而最最不能忽视的是，文莱是一个以穆斯林为主的国家，信奉不杀生，加上生态环境又是十分好，当水稻成熟时，鸟类铺天盖地飞来啄食稻谷，会严重影响最终产量。

直到2009年5月，文莱土地与主要资源部和湖南省农科院在长沙再次签订了该项目技术服务合作协议，文莱杂交水稻发展终于步入正轨。原来由于世界金融危机和文莱国内油气贮藏量越来越少，杂交水稻项目停顿几年后，文莱政府最终痛下决心发展粮食生产。2009年初，文莱政府再次致函中国政府，请求指派湖南省农科院相关专家帮助其发展杂交水稻。

这次的条件与第一次完全不同，开始时，文莱是用象征性价格将农场租给中方合资企业，文莱政府不收钱也不投资，完全让企业自负盈亏。现在文莱政府决定投资农田改造、给排水设施建设以及防止鸟害所需设备，并将Imang水库移交给了农业局管理。湖南省农科院水稻所不仅不负担农场运行成本，还能收取技术服务费。

第十六节　也有风雨间或情——抉择

1　适当的酒还是要喝的

转眼就是2004年深秋，一直在菲律宾打拼的张昭东休假回国，对于方志辉来讲，这是那段时间最好的一个消息。可他还是无法高兴起来，因为有个晴天霹雳的消息传来——袁隆平农业高科技有限公司要从湖南省农科院分出去了，不再隶属于湖南省农科院，不再是国有。

原来，2004年8月6日，湖南省农科院与长沙新大新集团有限公司签订了《股权转让协议》。农科院将其持有的26500000股国有法人股全部转让给新大新公司，转让价格为9.55元/股，转让总价款为253075000元。股份转让前，湖南省农科院持有隆平高科25.24%的股份，为隆平高科第一大股东。转让完成后，湖南省农科院不再持有隆平高科的股份，新大新公司持有隆平高科26500000股，占总股本的25.24%，为隆平高科第一大股东。

“这消息要告诉昭东吗?”方志辉想着，“还是告诉吧，无论于公于私，都是要说的。于公，这个就是昭东最初的设想，隆平高科曾经是按张昭东的计划书蓝图建立起来的。于私，虽然自己在工作上是领导，可昭东是自己最好的朋友，现在面临着以后是留湖南省农科院还是仍然在隆平高科做国际贸易部总经理的两难选择。说说也许就有结果了。”

对于方志辉来说，这是一个抉择。当初作为参与组建隆平高科的重要人员之一，他跟妻子皆在隆平高科上班，这么多年以来，一直任隆平高科国际贸易部的总经理。如果继续待在隆平高科，意味着暂时来说有一份高薪的工作，意味着他刚刚起步的国际开发之旅也许会闯出一片更大更好的天地，但同时也意味着要放弃"铁饭碗"，放弃在湖南省农科院稳定的工作与生活。而如果选择回到湖南省农科院，则意味着就保留老一辈人的观念，有稳定的经济收入，旱涝保收，但同时也将放弃隆平高科这么好的平台，持续低薪。最重要的是，他那正一步一步往好的方向发展的国际开发的脚步，就此停滞。

"这真是艰难的选择。"方志辉想着，他知道张昭东这期间在菲律宾正受到排挤，情绪也有些低落。"行吧，同是天涯沦落人，我们真的是兄弟，见面聊聊也好。"于是他拨通了电话，得知他正在尹云强的工作室，探讨研究室的工作，那心里更是"万马奔腾"的躁动。方志辉知道，尹云强的研究室工作这期间也是举步维艰，"真的是难兄难弟呀"。他想着自己对这个艰难抉择郁闷于心，正好大家好不容易有空聚一起，"把酒问东风"，去喝吧，也许酒在这时正好是灵丹妙药，事情或许又有转机呢。

当方志辉赶到时，二人正在热烈地讨论着，表面上看不出有什么焦灼，但他知道大家心里都压抑着呢，他遂插话进来："要不我们出去聚聚吧。"话音刚落就马上得到附议。

他想："老师的公子袁定安也是大家的朋友，古有桃园三结义，今日不妨来个隆平四志士，虽然云强和定安都不是隆平高科的人，定安自不用说，就是云强，也与隆平心心相系呀。"于是说："干脆把也对未来迷茫着、不知何去何从的定安叫上来一起。"

"正好，正好。"两人高兴地连忙说道。

袁定安是袁隆平的长子。毕业后，搞过农业，也做过其他生意，又在湖南省农科院上过一阵班。特别是他本人老想着若是总在父亲的翅膀下，难以成事，就算做出点点成绩，也会被人认为是沾了父亲的光。因此，他一直想着出来自己单独做一番事业，哪怕没有什么大成就，但总得靠自己，活得像个男人。决心是下了，却始终还没有找着北。

当听到方志辉说去喝酒时，袁定安本来和方志辉、张昭东、尹云强等都是极要好的朋友，自然是欢喜地满口应承了下来。

华灯初上，几人找到一家干净的家常菜馆。在小包厢的雅座里，有着地道的湖南菜肴，推杯换盏中，几个人话题慢慢地在不自觉中就扯到了农

科院、隆平高科以及杂交水稻等的话题上面。

“其实我对农科院、对隆平高科的感情都非常非常深。留在哪边工作都是一件难以取舍的事，不得已而为之啊。从心理学上来说，这是双趋式选择。”方志辉明显已经有了些许醉意。

尹云强接着感叹起来：“有时候最无奈的是，明明知道一个选择更好，却只能选择走另外一条路。人生呀，面临鱼和熊掌只能取其一，很多时候是无法两全其美哟。”

“定安，其实啊，我更愿意留在隆平高科。”方志辉看着袁定安讲，“你知道的，农科院毕竟是国有制，规章制度不够灵活，这也在一定程度上限制了隆平高科的发展，所以我理解高层的这一次大动作。对于个人抱负来说，自然是留在隆平高科这么一家上市公司要好一点，平台、起点、薪资待遇都不是一个级别的。但就算这样，隆平高科也有其自身的局限性。”

平时方志辉不管是工作还是下班时间，都会有事没事去袁隆平家里聊天吃饭，和袁隆平的三个儿子关系都挺好。袁定安从小外向活泼，加之自小奶奶华静教的是英语，灌输了许多西方文化，独立性特别强，有个人独到的见解，对农科院、隆平高科的情况亦了如指掌。因此方志辉与他的感情更加深厚，偶尔还会在一起商量如何解决工作上的难题。于是在这次遇到问题时就一股脑儿地把心中的思虑搬了出来。

袁定安好像并没有进入状态，不解地问：“局限性？比如？”

方志辉抿了一小口酒，接着说：“隆平高科好不好？好。作为第一家以老爷子名字命名的上市公司，当然好了。而且我们的技术在杂交水稻这一块，一直走在世界的前端。但要说它的局限性，也是非常显见的。一家公司上市，就意味着公司必须要对全体股东负责，就必须要盈利。可农业毕竟不是短期项目呀，投入又大，而且不是投个一年半载，就能立马盈利的，风险性很大。这还不说，要想长期为人类服务，要想一直走在世界的前端，那就要先保证技术上的先进。这一点，昭东可是深有见解的，在菲律宾，尽管林氏集团是那样大力支持，可还是纠葛不断，兴盛时期都纠结，困难时期那就是更纠结。你看，现在昭东不正愁着吗?!”

众人点头称是，张昭东更是欲言又止。几人又相劝着喝起了酒。

“正是如此呀，无论是作为一个国家，还是作为一个企业，发展无非就是三个方面，技术，制度，文化。”袁定安接口说道：“关于制度和文化，中南大学颜爱民教授为隆平高科的高管上过培训课，在你们身上看到了显著效果。技术这方面，虽然老爷子的名声可以支撑几年，你们也很不错，现在也走在世界的尖端，可在这每天都在更新的信息知识爆炸时代，的确要有一定的危机感才行的。”

张昭东感叹了一句：“是啊。人家那些国际大公司，像孟山都、先锋、先正达等都在研发转基因水稻了。”

几人一边讨论着农业方面的话题，一边没有停歇地喝酒，几巡下来，方志辉此时已有点大舌头了，指着张昭东说：“我跟昭东你也说过，搞技术要钱，而我们连一个分子技术研究室都没有，要钱啊。万一研究个十年二十年的，公司投入几千万上亿进去，又没有研发出来高新技术怎么办？股东会同意吗，董事会会同意吗？就算是研发出来了，时间也等太久了。隆平高科毕竟要考虑绝大多数股东的利益。”

“再说，股东他也不会答应。”他继续说道：“转基因到底好还是不好？现在还没有人知道。但研究还是需要研究的。老爷子也是这个观点，新疆90%的棉花都用上孟山都的转基因技术了。万一要是有什么不合适，我们中国人自己也知道啊。不会傻乎乎地被人忽悠。”

沉重的气氛忽然弥漫开来，大家沉寂着埋头吃菜，喝酒。

袁定安看到这样子的气氛，觉得再下去会更加不堪，于是举了举杯子打破了沉闷：“今天是特意过来喝酒的呢，好久没在一起聚了，我们不说这些不开心的。这些话题涉及国家、世界和科学、未来，未免太沉重了。我们还是团结一致向前看，且行且珍惜，该来的终究会来的，还是喝我们的酒吧。”

尹云强也附和着：“是呀，没事呢。大家扯哪是哪，说的也都是实情。但我们作为中国的一员，又是做这一行的，考虑这些事情都在情理之中，探讨下没啥，兴许就策出个一二三来了。”

方志辉明显有了些醉意，不管不顾地说：“定安啊，要不你开一家公司吧，你具备这个能力。如此我们就可以做长期技术的研究，不必过多考虑股东们的感受。不能用老师的名字注册了也没关系，反正我们有这个实力就行。以你的智慧，你的为人处事之道，肯定可以做好的。我们的年龄都

等不起了，能在下半辈子为国家、为人类做一点贡献，也值了，而且顺带着也是为家做点贡献呀，国家国家，国和家总是联系在一起的。对吧，我跟张主任都坚定地跟着你走。昭东，你看怎么样？"

"这是好主意，定安。"张昭东接口讲道，"你知道吗？这么些年，我一直在国外打转，菲律宾总统对我说，其实世界上所有国家的总统都不穷，但是缺一个东西。缺什么，缺的就是国家的安全。国家的安全首先拿什么保证，粮食呀。粮食、军事都是保证国家安全的。你刚说的对，技术、制度、文化是衡量一个国家、一个企业、一个人的宏观标准，但有了制度跟文化，有没有安全感，还是没有嘛！关键还得有科技，要技术。粮食与军事更是需要技术的不断更新，尤其是粮食，关系整个人类的命脉。"

袁定安说："如果真要做，我们全心做事就行，只是我不懂技术呢。"

"怕什么，定阳还是香港中文大学水稻方面的博士呢。你还有我们这么一大帮科学家呢。"方志辉趁热打铁地讲道，"到时候，我们跟那些国家做资源置换。我们的农业模式为国家换取一些好的东西回来。昭东也说了，其实很多国家总统都说，只要我们把农业模式、造血机制引进给他们，

袁定安（左二）接见尼日利亚州长代表团

他们国家给一些好资源给我们是应该的。对，这个我也应该给隆平高科国际贸易部的下任接班人交接一下。”

“我也支持。不过我就精神上支持。哈哈！”尹云强不忘插科打诨地鼓着劲。

不久之后，袁氏农业高科技有限公司在合肥成立。

一顿饭、一杯酒，抉择之时几个失意落寞之人却无意间竟然做成了这么一件壮举，成了农业界、企业界和科学界的一个美谈。看来，适当的酒还是要喝的。

2 抉择之后留遗憾

2004 年 11 月 1 日，湖南省农科院对在隆平高科工作的员工提出了一揽子安排方案。明确对要求回湖南省农科院安排工作的员工一律妥善安排，人事关系在各研究所(中心)的，头 3 年保障工作岗位，享受原单位管理和后勤人员的同等待遇，在机关各处室的，编制仍在各相应单位，工作由院统一安排。距退休年龄差 5 年的以及工龄满 30 年以上职工，可以申请提前退休。对原担任领导职务的，将安排担任相应的领导职务，有相应专业技术职务的，初聘 3 年。允许辞职，一次性发放 5 年基本工资的辞职金。对要求停薪留职继续在隆平高科应聘的，也予以允许，3 年一协议，并免交职业保证金。同时对一系列具体事项一一予以明确规定，保障员工权益。

方案很快下发，并被送到每个员工手上，一时间，湖南省农科院、隆平高科都炸开了锅，走到哪人们都是问询，都是商量，都是相互之间的议论。

方志辉作为隆平高科的公司高管，方案的制订、研讨和出台自然是早早参加，提前知晓了。毕竟是领导，他懂得把握分寸，不会和大家扎堆议论的。虽然心里已经翻江倒海，表面上依然波澜不惊。其实风声也早已经传了出来。

方案正式下发，真正的抉择终究是来临了。

2005 年 1 月 28 日，时任隆平高科总裁颜卫彬，给袁隆平院士专门递

呈了《关于请予帮助挽留国际贸易骨干员工的请示》，请求院士出面协调，对那些隆平高科想挽留却选择回农科院的一批骨干予以挽留。特别点名要求方志辉留任，声称“国际贸易部的方志辉，准备和国贸部的骨干员工回农科院，并将开展同样的业务。如此一方面造成公司国际业务人员青黄不接、业务断档的情况，同时面临和农科院的直接竞争”云云。袁隆平院士收到请示后，当日就提出了“关于挽留国际贸易部骨干员工的几点意见”，要求尽力留住国际贸易部骨干，尽快成立隆平高科杂交水稻国际开发有限公司(简称隆平国际)，注册资金1000万，允许自然人入股，建议由方志辉任总经理，杨耀松、陈毅丹任副总经理，并具体负责隆平国际的组建。

2005年3月，是湖南省农科院在隆平高科工作的员工做出抉择的最后期限。当两种选择摆在方志辉面前时，他无法抉择。

3月12日，植树节。这天，天气依旧有些阴冷，在抉择中犹豫的方志辉的心情就如这天气一样，焦虑不安，却透着种种寒意。除爱人黄秋林同意其自行选择，女儿尚未成人不好做判断外，其余家人均强烈表示要他回农科院。特别是父母传统思想十分浓厚，一门心思认定了国家干部身份更能够让他们放心和自豪，措辞自然更是十分严厉，强调必须回去。留在隆平高科，可担任隆平国际总经理，待遇高，但工作不保险；回农科院，尽管待遇低，但工作稳定。怎么办?

就在方志辉还在想出路之时，电话响了。他拿起电话一看，原来是老师打来的。心里更加紧张了。他知道，此时老师的电话，必是与自己的去留有关。也好，听听老师怎么说吧，这么久了，除了和定安谈论一下之外，平常都是躲着老爷子的。主要是怕老师操心。现在老师主动召见了，又怎好当面回绝?不由多想，方志辉赶紧接听电话。

果然，老师要求他去办公室一趟，说有事找他。方志辉明白，肯定就是这件事。任是头皮发麻，他还是得赶紧赶过去。

到了袁隆平院士办公室，一切如故，可方志辉却觉得似乎哪里不对，有点拘谨了起来。袁隆平依然是那慈祥平和的样子。

“志辉呀，来了啊，快坐。也没有其他事，我们俩爷子说说话吧。”袁隆平笑着对方志辉说道，“我已经知道你的意思了，那天你和定安、昭东几人喝酒，喝大了吧，定安都像打了鸡血似的，这孩子，从来没有看到他有如此大的干劲。也好，让他自己闯闯。”

老师开门见山的一席话让方志辉心头轻松不少，他接过院士递过来的茶，赶紧说道：“老师，是我不对，您老批评我吧。本来我要向您汇报的，可是我一来不敢，怕怫了您的心意。二来，这点小事，也不好打扰您。”

“这还是小事?！男怕从错行，志辉呀，你还是见外吧，我可是把你和定安几兄弟一样看待的，难得我们有这个情分，都是缘。韩愈讲得好，师不必强于弟子，弟子也不必不如师。这些年来，别的就不讲，你在隆平高科可是做出成绩了的，还有昭东，他在菲律宾也不错嘛。还有，你们几人当初劝说我发起成立隆平高科，那种劲头。现在怎么呢，要跑？我知道，这不是你的原因。可改革嘛，总是要付出代价的。”

方志辉本来放松的心又提了起来，但他感觉老师神色还是如平常一样温和，又舒服轻松了不少，就没有出声，接着听袁院士说。

“可话又说回来，每个人都是家里的顶梁柱哟。这么些年，你们一直在外奔波，没有顾到家里，我知道。再者，在我眼里，农科院和隆平高科没有什么两样，都是研究农业嘛，你也知道，我对原来兼任隆平高科董事长心里也一直是不乐意的。我不想当官，嫌麻烦。我不是做生意的人，又不懂经济。我的兴趣和事业就在杂交水稻研究。搞农业是我的职业，早年我就讲过，我不专长政治，因此还差点挨了批，还是杂交水稻救了我。可你不同，你是科学家中的企业家。因此，你可以试试。颜卫彬专门写了请示给我，要求我把你留下，我觉得我是留不住的，别人评价我自由散漫，我对你们也没有什么要求。今天来我们交流下，就是想听听你的真实想法，看看老师是否能帮你。如果你决心已定，我不会强迫你做什么的。”

听到老师如此讲，方志辉终于平静了下来，说：“老师，您老知道，您过去那些事迹我们都知道。但我确实犹豫。如果老师必须要我留下来，我就留下了。但现在老师让我选择，老师，您知道，我留在隆平高科，可以利用已有的工作基础，在杂交水稻国际开发方面做出更大的成绩。但面对激烈竞争的企业压力，我总担心力不从心，拖垮身体，而且做不好，会累及企业。说我是企业家，我哪够格呀，您还不知道我的斤两。这些年还不是托您老和院里的关爱，才有了那么点成绩，但那是没有后顾之忧的。可现在不同，改制我没有见过，更怕尝试。我和您一样，特别是我只想轻松

些。而回农科院，虽意味着丢掉这些年的工作积累，许多事情须从头开始，也很难说短时间内能做出什么成绩，但工作轻松，有利于修身养性。老师，您说对吧。以前总顾虑着您和颜卫彬总裁的意愿，无论是情分还是事业都应该慎重考虑。今天您如此说，我反而放松了。我愧对您对我的期望了。”

方志辉心里一直想着，让在隆平高科行政法律部当经理的妻子留在隆平高科闯市场，而自己回院里吃“皇粮”，“一家两制”，既合理，又保险。尤其是不能辜负父母的担心和期望，在袁老师如此一番教导下，他心里的目标更加清晰了。

“父母在，不远游。”说罢，他下定了最终的决心。

“老师，您放心，我知道颜总裁的顾虑。我向您保证，回农科院后，我保证不涉足在隆平高科从事过的国际业务。同时，我将在科研单位框架内尽最大努力争取国际科技合作项目，继续为杂交水稻走向世界做些力所能及的事情。”

袁隆平是知道自己的学生的，他笑了，说道：“志辉，没事，你也不必保证，都是做农业的，我的根子就在农业，就在杂交水稻。其他都是次要的。走吧，今天植树节，我们在院子里也栽棵树去。”

方志辉似乎更明白老师的心了，“十年树木，百年树人。老师选择这个时间找自己交流谈心，肯定有他自己的用意的。我就不再猜了，履行自己的诺言吧”。

从袁隆平那里回来后，方志辉心里陡然轻松了。他曾反复思虑，特别是经历过那次酒局，有了袁定安的公司筹措规划后，几经挣扎后最终向隆平高科递交了辞呈，回到了农科院继续“吃皇粮”，以慰父母亲友之心。

尽管如此，他还是觉得愧对老师栽培。事后每提及此事，方志辉却还是不免感慨：“我忘记了‘游必有方’。我自己就是‘方’呀!”

3 初起成书作家梦

回到湖南省农科院后，方志辉的工作果然没有多大的变化，依然主攻海外市场，做的还是老行当，从事杂交水稻的海外推广事业。除了工资少点，其他也没啥变化，依然可以聆听恩师袁隆平的教诲，因为老师还是农科院的领导。因此，对于方志辉来讲，那段时间除了心底波澜外，一切似乎都没有太大的变化。人们似乎也忘记了农科院和隆平高科竟然还有那段抉择的故事，大家各忙各的事，方志辉也似乎忘记了那段历程。只是每当妻子回家时，就问一些隆平高科的事情，间或想起了些什么，又似乎什么都没有想。

日子平静了一段时间，隆平高科从农科院正式剥离后，方志辉的工作也步入了正常轨道。

这些天，方志辉在想，从 1999 年自己到隆平高科任职到离开，刚好是 6 年，人生中的 6 年，确实不过是惊鸿一瞥，但对于自己来讲，则似乎是人生最鼎盛最辉煌的时期，似乎过去不值一提，未来也不值一提。是啊，36 岁，对于男人而言，真正是而立之年的开始。他想起了人到中年的感觉，现在 40 出头了，是不是有些迟暮了呢。按现在的标准，40 岁应正当风华正茂，自己却像被抽掉了骨头一般，忽然有了老去的感觉。

他心里暗暗地告诫自己，不能如此，正是有了隆平高科的海外岁月，自己的生命才愈发多彩。虽然以前在农科院也出访了很多国家，但绝没有如此系统从事将杂交水稻推向世界的事业，那是一种怎样的担当和豪情，怎样的执着和付出！6 年时间，2000 多天，自己的足迹几近踏遍了亚非，那些丛林的日子，那些荒漠的日子，那些思乡的日子，还有那些差点见证死亡的日子，又浮现在脑中。那些人。那些事，恍如隔世，却又仿佛发生在昨天。

“我该做些什么了。”方志辉心里想着，“做点什么了，对呀，我们沅江人可是以文化著称的，最有意义的事，我看莫过于写点东西。”虽然自己的童年和少年在“文化大革命”的动荡中荒芜，高中选择的是理科，文学艺术细胞不是很发达，但我就写纪实文学吧。就如流水账一般地写下来，如此

就能让后辈们看到我们走过的路，或许就能绕过那些泥泞坎坷，同时可汲取我们的成功经验，避免探索的弯路。

想到此，方志辉眼神透亮了起来，目光坚定。

“是啊，6 年海外征战，6 年奔波劳苦，功劳很少，苦劳颇多。岁月留下了许多美好和辛酸，那么多的国家、那么多的故事，特别是那些对自己有过帮助的朋友，甚至仅仅只有一面之交，就如那些海外的华人、异国的普通人。尤其是老师于我，更是恩同再造。唯有把他们一一记录起来。我这个农家弟子，幸而缘于袁老师的威名，选择了湖南农学院，研习水稻，才有机会师从老师，才有了今日之我。”

“古人有言，滴水之恩，必当涌泉相报。大家对我，何止是滴水恩呀。从征战巴基斯坦开始，一路上那么多恩人、亲人，还有我那些可爱的战友同事们。我的路还得继续，我得想想，开始准备吧，待空余时就零星记起，否则以后靠我个人的回忆和整理是有很大的遗漏的，若丢了重要的故事，那么对我曾经拼搏的团队里的每一份子可不公平哟。”

方志辉想到这，就拿起笔，准备开始。清脆悦耳的手机电话铃声却不依不饶地响了起来，打断了方志辉那野马脱缰般的思绪。

他笑了笑，摇了摇头，看来目前想静心专门写点东西太难。还要工作呢。思虑至此，他接通电话，却正是恩师打来的。

“志辉呀，好事情。”方志辉一接电话，就响起了袁老师那温和爽朗熟悉的声音，“你过来一趟”。

方志辉立马收拾，赶到袁隆平的办公室，方知自己又要开赴新的征程。

第十七节　回院再战海外篇

1　兵发朝鲜

关于请承担援朝鲜农业合作项目的通知

湖南省农业科学院：

根据中国和朝鲜两国政府2005年4月1日的换文规定，我同意承担援朝鲜的农业合作项目。所需费用在我根据该换文规定向朝提供的援款项下支付。

经研究，上述援外任务交由你院承担。请你院严格按照该项目对外协议和内部总承包合同的规定，选派经我部审定的5名专家赴朝鲜，全面履行上述协议规定的由中方承担的各项义务，圆满完成此项援外任务。实施该项目的实际支出金额经审定后，另签内部总承包合同加以规定。

为该项目所供的物资材料和设备，必须在经国家质量监督检验机构检验合格后，方可组织发运。在办理援外物资口岸验放时，本通知可分批次使用。

有关具体事宜，请径与我部国际经济合作事务局联系。

中华人民共和国商务部

2005年4月26日

走进袁老师办公室，袁老立即给方志辉递上这份通知。

原来，随着杂交水稻海外推广的连连告捷，“水稻外交”已成为中国外交部的利器。2005 年 4 月 1 日，中华人民共和国驻朝鲜民主主义人民共和国大使馆临时代办吴华兵就在平壤给朝鲜贸易省副相致函，告知中国政府将向朝鲜政府提供三百万元人民币的无偿援助，用于对朝开展农业合作项目，并由中朝两国政府各自指定机构，签订合同，正式开启援助，帮助朝鲜搞农业开发，解决“温饱”大事。当日朝鲜贸易省李龙男副相即复函确认。

看到这，方志辉明白了老师叫自己来的目的，又要“征战”了。

“朝鲜推广更艰难，这担子还得你担。没有问题吧？”袁隆平说。

9 月 6 日，受两国政府委托，湖南省农科院和朝鲜民主主义人民共和国农业科学院在院 5 楼会议室举行了合作项目签字仪式。时任院党委书记宋再钦、院长邹学校出席了签字仪式。邹院长与朝鲜农科院水稻所所长李太植签订了项目实施合同，方志辉和农科院相关处所负责人参加了签字仪式。

这中间，朝鲜代表团的专家专程拜会了袁隆平院士。袁院士对合作项目非常关心和支持，并安排方志辉陪同朝鲜代表团参观了院试验田、院信息研究所以及浏阳、湘潭杂交水稻生产基地和大面积丰产示范片，实地走访了杂交水稻的种植大户。

9 月 7 日，《湖南日报》《潇湘晨报》等省内报刊以《中国援朝农业合作项目在湘启动》为题作了新闻报道，公开表明袁院士称有信心帮助朝鲜，把水稻产量从现在的 5 吨/公顷提高到 7 吨/公顷。

根据合同规定，由院开发办牵头，湖南农科院派专家在朝鲜开展为期两年半的杂交水稻本土化的生产试验和示范推广，提供技术指导、技术培训，并提供相关的物资和设备。朝方选派技术人员参与合作实施，组织相关领导和专家到中国进行考察，开展学术交流。

中方派出的专家是方志辉、杨耀松、胡智辉、张立军、程本华和梁正波 6 人，方志辉照例担任领队。

大家还是习惯沿用在隆平高科时对方志辉的称呼，“方总”。

起初，方志辉有点纠结，后来也释然了，就一称呼嘛。

2　耀松日记

根据约定，中朝双方项目专家定于2005年5月3日至5日在朝鲜新义州召开座谈会，讨论项目实施方案及工作计划，为项目合同签署做前期准备工作。

5月2日，方志辉、杨耀松一行6人抵达辽宁省丹东市，住进了国门酒店。5月3日，从丹东过国门到新义州。

两个国家，其实就隔着鸭绿江。大家想着难得来一趟，就提议说这次不坐方便的汽车，改而坐火车，毕竟火车是北京—平壤的国际列车，感受一下国际列车的滋味总是期待的。

但这个期待差点成为笑柄。杨耀松有写日记的习惯，他把这次国际列车的滋味写进了当天的日记。

2005年5月3日，晴　丹东—新义州

在丹东国门酒店吃过早饭，我马上到酒店对面的中联饭店商务中心去修改并打印中、朝会谈纪要初稿，张立军则拿着三本因公护照和三本因私护照与程本华、梁正波一道到丹东火车站去联系赴新义州事宜。

这次6人的护照有因公、因私两种类型：张立军、程本华、梁正波3人的因私护照已办好去平壤的签证手续；我和方总及小胡所持的因公护照本应在湖南省外办办理赴朝出境证明。由于约定开会的时间紧迫，且据丹东朋友讲我们3人的因公护照可在丹东口岸临时办理出境证明，因此，我们准备在丹东临时去办。不一会儿，张立军电告方总，说三本因公护照因时间紧迫，临时很难办理出境，方总非常着急。

8点15分，方总打电话给我说，赶快把正在修改打印的会谈纪要拿回国门宾馆。我跑回宾馆时，在宾馆门前遇到正准备去火车站的方总和小胡，随即一起打的到丹东火车站(约1000米)。不料，到火车站时，张立军正在请丹东某旅行社一姓杜的先生帮忙办理三本因公护照的出境手续。该人神通广大，把三本因公护照拿到口岸，反复向口岸人员说明我们是因公过去搞国家农业合作项目的，居然每本护照只花了500元钱就把手续办好了。

这边梁正波则购了三箱水果，另还买了方便面、啤酒等准备带到朝鲜去。在杜先生办理因公出境证明的同时，张立军也没闲着，一直忙于办理另外3本因私护照的出境手续。过了一会儿，他对我们说3本因私护照也已办好手续，这样6个人全部可以去朝鲜了。

由于早上张立军打电话给方总后，方总及小胡急匆匆赶往火车站，因此，国门宾馆房间还没退，张立军就要程本华、胡智辉马上去退房，两人得令后，飞奔出站。此时离丹东至新义州9:45的火车开车时间仅剩15分钟了，两人打的直奔国门酒店，将房卡交给总台，要总台将716房、704房房的物品收归816房，马上又打的到火车站，前后仅花了10分钟。

两人一到站，姓杜的即带我们6人鱼贯而入，进了丹东站站台。一踏上站台，发现仅两节客车厢和一节行李厢孤零零地卧在铁轨上。

奇怪的是，整列火车仅3节车厢，竟然连火车头都还没有。一问站台工作人员，才知道要等火车头去朝鲜那边过来后，火车才能开走。

站台上总共大约有80名客人，大家一直等啊等啊，等到11:30，列车车头才从朝鲜那边开过来。待车头与车厢接好后，边检人员拿着厚厚的一叠护照过来，按照护照上的名单，边喊客人的名字，边让人上车。

上车后发现，两节车厢都是卧铺车厢，等人上完后，总共3节车厢的火车大约在12:10才叮叮当当地从丹东车站出发了。

两分钟后，列车行驶在鸭绿江大桥上。这一刻，我伏在窗玻璃上，眼望着20世纪50年代初朝鲜战争时期被美国军队炸毁的断桥，思绪又回到了1986年我第一次到丹东时的情景。当时，我非常希望跨过鸭绿江，亲眼去看看在50年代中国人民志愿军抗美援朝流血牺牲的那方土地。可当时我一无护照，二无金钱，只好乘游船到鸭绿江靠朝鲜那边的江边上巡游了一番，心留遗憾地离开了。20年后的今天，我终于可以乘火车跨过鸭绿江，去亲眼看看新义州了。尽管去年9月，我已乘飞机从沈阳飞抵平壤进行了访问，但这次乘火车入朝，心情不同，怎不叫人激动。

叮叮当当行驶的火车行驶不到10分钟，即到达了朝鲜距丹东最近的城市——新义州，火车刚停靠在新义州站台，一队朝鲜人民军边防人员有的挎着枪，有的拿着金属探测器上了车。

一个边检人员一上车后，就把我们的护照收上去了，并要我们填入境卡和检疫表。我和方总、小胡三人在13号车厢，除了方总随身携带一个小挎包外，我和小胡均是未带任何行李的，随他们检查。一位检查人员用朝语问我们是什么公司的，我们用英语说是湖南省农科院的，只见他在入境卡上记载了些什么；然后又问我们到哪里去，我们说就到新义州，我们是和朝鲜农科院的人员在新义州开会的；最后，他到底仍未懂我们是干什么的，只好请车上一位准备到平壤去的会说中、朝两国语言的中年妇女做翻译，问我们是哪里的、干什么的，我们只好又说了一遍。这名妇女翻译给他听，这次他似乎听懂了，拿一个探测器来对我们三人进行人身检查，结果也没发现什么违禁物品。检查人员问小胡带手机没有，因我们均知道在朝是不能带手机的，早在丹东站就将手机交给旅行社的小杜了。

等检查完身体，边检人员说可以下车了。一下车，小胡就想到12号车厢看另外三个人怎么样了。刚走了几步，一个身挎短枪，手拿口哨的人连忙吹响口哨，不让小胡乱跑。

方总、我及小胡只好站在13号车厢的出门口，与从车上下来的中方的列车员交谈。这时，一位会一点儿中文的边检人员问我们朝鲜农科院的人来接站没有。我们说不知道。他则说，没有人来接站，你们就不能出站。

这下子我们真有点着急了，手机已放在丹东，联系不上，也不知朝方来接人的人来了没有，那边三个人也不能去看。整个是一片乱糟糟。

大约一个小时后，站台上的人走了不少，只剩下不到20个旅客，我们见吹口哨的人放松了一些警惕，就一边慢慢地踱到12号车厢去看三名兄弟，一边睃眼看吹口哨人的反应，见他没太关注我，则跑到12号车厢门口，见张立军、梁正波已下车，三个水果箱、一箱方便面和一箱啤酒已搬下车。此时，只见12号车厢的边检人员对张立军他们用半生不熟的中文说："到平壤，到平壤。"

我们说不到平壤。他说："你们护照上的签证是到平壤，不能在新义州下。"一听到此，我们顿时全都紧张起来，总共6个人，到此时在新义州1个多小时了，接我们的人仍未见面，却要12号车厢的三个人到平壤去，这怎么办呢？

张立军急得马上说："我们不到平壤，不到平壤，我们是到新义州开会的。"那个边检人员看我们急成这个样子，也不再讲话，悻悻然上车去忙别

的，把我们几个人丢在一边不管了。

我一见此，马上跑到坐在13号车厢附近，对坐在水泥阶梯上晒太阳的方总说："张立军他们三个的护照上签的目的地是平壤，边检人员要他们到平壤去。"方总一听，顿时也急了，马上跑到12号车厢去交涉。

不久出现了转机，大约过了5分钟，一边检人员带着两个人来见我，我忙用英语和中文向他俩打招呼，一问才知道他们是朝鲜农科院李元才和朝鲜国际经济技术促进协会的崔永男。

我急忙跑向12号车厢，边跑边喊："方总，方总，朝鲜农科院来人了。"朝方人员也跟我一起向12号车厢走去，并与方总等做了介绍，此时，已快下午4点钟(平壤时间5点钟)了。

原来，12号车厢边检人员在检查张立军他们所带物品时，张立军给了检查人员一条烟，搞好了关系，还要边检人员用朝语在一张A4纸上写下"朝鲜国家农科院"字样，程本华则拿着这张纸到接人大厅去晃了一番，可能是朝方接人的人看到了，才进来接我们的。

崔永男去喊的士，并拿了我们6个人的护照，这时边检人员也不要张立军他们三人去平壤了。我们6个人抬着行李，在朝方人员的带领下，欢欢喜喜地出了火车站。

朝鲜农科院水稻所李太植所长及裴明席研究员在站外迎接。至此，一颗自早上8点就悬着的心总算放了下来。一行人乘两部的士前往新义州鸭绿江宾馆。放下行李，每人吃了一碗方便面，即到二楼会议室与朝方人员会谈。

由于此前会谈纪要已传真给他们，这次我们带的会谈纪要文本与上次已传给他们的虽有出入，但变动不大，因此，只1个小时左右，朝方参会的4人(包括朝鲜农科院水稻所所长李太植、水稻专家裴明席、情报所李元才及促进协会的崔永男)即对我们会谈纪要的内容进行了了解，并表示愿意签会谈纪要。

晚餐在宾馆举行，席间朝方服务员赵玉珠大方热情，给每位客人敬酒，并即席唱了多首中、朝两国歌曲，至9:30宴席方散。

这欢喜的一天。

3　鸭绿江大桥和三八线

朝鲜对于多数国人而言，最熟悉的自然是鸭绿江大桥和“三八线”。这也是方志辉他们非常感兴趣的。

鸭绿江大桥其实有两座，相距不足百米。朝鲜战争开始时，美国飞机多次轰炸，第一座桥成为废桥，剩下半截，朝鲜那边仅存几个桥墩。第二座桥就是通常意义上的鸭绿江大桥，到现在依然是联系中朝两国的纽带。这座 1937 年开工建设，到 1943 年才交付使用的桥是双层结构的，上跑火车，下驶汽车。

方志辉几人毕竟是科学家，此次旅行考察还搞清了当年美军没有炸毁第二座桥的历史谜案，居然是国人熟知的“马歇尔”的一句话。

原来，1950 年 8 月上旬，朝鲜军队将美军和韩国军队逼在大邱、釜山地区，以洛东江对峙。1950 年 9 月 15 日，以美国为首的“联合国军”在麦克阿瑟总司令的指挥下反攻突破，战火迅速燃烧到中朝边境。在中国安全受到严重威胁的情况下，10 月 19 日，中国人民志愿军赴朝参战。各种物资、装备通过鸭绿江大桥源源不断地运往朝鲜前线。

麦克阿瑟认为，鸭绿江大桥是中国军队和物资进入朝鲜的生命线，对“联合国军”危害巨大，应立即炸掉。空军部队精心筹划，集中了 90 架 B—29 轰炸机，准备于华盛顿时间 11 月 5 日凌晨 1 点炸桥。

很多事情可能是冥冥中自有定数，就在飞机起飞前，麦克阿瑟忽然考虑到鸭绿江大桥涉及中朝两国，应向美国参谋长联席会议（简称参联会）例行请示。参联会更认为事关重大，随即报告了国务院。国务卿艾奇逊接到报告，正在开会的他立即向在堪萨斯城参加竞选的杜鲁门总统汇报。

陪同的助理国务卿腊斯克说，美英有约，未经会商，不得采取涉及攻击鸭绿江中方一侧的任何行动。因此事涉及苏联，苏中是互助同盟。杜鲁门一时无法决断，遂征询时任国防部长马歇尔的意见。马歇尔认为，除非发现中国军队在丹东集结，威胁联合国军安全，否则轰炸是不明智的。当艾奇逊向杜鲁门转达马歇尔的意见时，也建议总统，在尚未获得中共局势的更多事实之前，此次轰炸确不应进行。

杜鲁门最终指示，暂时不实施轰炸。参联会还通知麦克阿瑟，在未得到进一步的命令前，所有距离中国东北8千米以内的目标，都不能轰炸。此时离计划的轰炸机起飞仅隔1小时20分。

断桥犹存，引得人们思考，“还会新建鸭绿江大桥吗?”2009年10月，时任国家总理温家宝访问朝鲜时给出了答案。温总理同金正日等朝鲜领导人在共同总结回顾60年来中朝关系的发展历程，规划两国关系的未来时，一致认为，中朝友谊是两国老一辈革命家亲手缔造和培育的，是两国共同的宝贵财富，符合两国人民愿望和根本利益。双方将以建交60周年为新的起点，继续本着“继承传统、面向未来、睦邻友好、加强合作”的精神，在相互尊重、平等相待的基础上，保持高层交往、深化经贸等领域的务实合作，加强在重大问题上的沟通协调，推动中朝睦邻友好合作关系不断向前发展，更好地造福两国人民，促进地区的和平、稳定和发展。同时签署了两国政府经济技术合作协定等的一系列合作文件，宣布新建中朝鸭绿江界河公路大桥。

众所周知，斜穿朝鲜半岛的“三八线”，是位于朝鲜半岛上北纬38°附近的一条军事分界线。这是二战末期，美苏等盟国协议以朝鲜半岛上北纬38°线作为苏、美两国对日军事行动和受降范围的临时分界线，北部为苏军受降区，南部为美军受降区。这与曾经的“柏林墙”一样，此后就成为朝韩的国界，俗称“三八线”。此后，朝鲜半岛的紧张局势就围绕这条纬线展开。

界线全长241千米，共有1291个黄色的界标。朝鲜与韩国都在朝鲜半岛，位于亚洲大陆东北部，半岛北部和中国大陆相连的部分最宽，东西直线距离约360千米；半岛南北间最长的直线距离达840千米，因而有“三千里锦绣江山”之称。这里的山地是亚洲大陆上的山系从北向南的延伸，地势北高南低、东高西低，其间比较著名的有朝鲜境内位于半岛东部的金刚山，韩国南部的汉拿山等。水利资源非常丰富，有著名的图们江、鸭绿江等大河以及众多的湖泊。

有意思的是，“三八线”向着朝鲜一面的是用朝鲜语和中文标示的，韩国方向的则标示的是英韩双语，标明了军事分界线两边各2000米为非军事区，意在避免双方摩擦。“三八线”就像一把无形的剑，截断溪河，从不同角度越过崇山峻岭，穿过公路和铁路，形成两国的屏障和界线。“三八线”可以将统一的国家一分为二，但朝鲜半岛的完整终究是人力无法改变的，更不能影响朝鲜半岛上山脉的起伏绵延和河流的曲折贯通。

“三八线”成为朝鲜半岛军事行动的一条主线，贯穿了朝鲜冲突和朝鲜战争的全过程：朝韩双方的军事冲突一直沿着“三八线”展开，美苏以此线对日反攻，建成了两国；朝鲜军越过“三八线”让美国发动朝鲜战争；联合国军越过“三八线”向北进击迫使中国出兵朝鲜半岛；志愿军不接受停火协议打过“三八线”，中国被联合国扣上了“侵略者”的罪名；麦克阿瑟因主张越过“三八线”，被杜鲁门罢免；停战谈判又回到“三八线”。经过了激烈的战斗、斡旋、谈判、争辩，周而复始，最终回到原点，这是终点，又是起点，“三八线”依然是朝韩双方的分界线。

曾经名不见经传的板门店因“三八线”闻名于世。但其得名却是很久以前，为方便来往开城的过客，就有人在这里用木板建了个小店铺，此后就叫“板门店”。1953 年 7 月 27 日，朝鲜停战协定签字后，板门店就此扬名，现成为国外观光客到朝鲜半岛必去的旅游景点——到朝鲜访问的客人一般都要安排去板门店参观，韩国也把板门店作为旅游精品路线的一个景观。

方志辉和大多数中国人一样，对朝鲜战争很感兴趣，就了解到其实朝鲜停战谈判最初是在朝鲜控制的开城郊来风庄进行的，到 1951 年 10 月 10 日才移到板门店，自然是因为这里处于军事分界线上。谈判之初，这里没有像样的建筑，就临时搭起军用帐篷作为谈判会场。在停战协定签字的头天晚上，朝中工程技术人员竟然奇迹般地建起了一座具有朝鲜民族特色的木结构大厅，为的就是使签字仪式显得更加庄重。朝鲜停战后，朝韩双方在这个直径大约为 800 米的“联合安全区”内，建起了 24 座建筑物。朝鲜建造了“板门阁”“统一阁”，韩国建好了“自由之家”“和平之家”，主要是两国的联络机构和对话场所，唯有签字大厅与当年的谈判会场已成为历史见证，依然如昔。

“联合安全区”横跨在南北军事分界线上，而军事停战委员会内的那张谈判桌刚好坐落在“三八线”的正中位置。开会时，双方代表各坐一侧。房子外面，朝鲜与美国、韩国警卫人员各隔一条 5 厘米高的水泥线——军事分界线相视而立，双方不得越过一步。

而方志辉在这里也留下了奇迹，用杂交水稻搭建了另一座桥梁，就在“三八线”两侧，开辟了实验基地，无论朝韩，中国杂交水稻比当地水稻品种都增产 17% ~28% 。

4 朝鲜桑拿

“援朝农业合作项目”的工作一切进展顺利。项目组分两组试点，一组驻平壤，聘请邓小林、陈学斌两位研究员为技术顾问。一组驻新义州，安排陈剑宝、张立军为技术顾问，程本华、梁正波、范畴作为负责人。

专家们的辛勤劳动换来项目组第一期工程的阶段性成果。根据外包合同及内部承包合同，在项目执行中和项目结束后，湖南省农科院分别进行了项目验收。程本华、梁正波、范畴三名技术人员因为负责新义州的杂交水稻种植的技术指导，便是基本住在丹东，只是定期地坐汽车过鸭绿江指导工作，而邓小林和陈学斌就没有那么幸运，只能住在平壤。

在平壤生活，自然就有很多趣事。最让他们难以忘怀的是“桑拿”。

一次，方志辉和杨耀松代表湖南省农科院去看望两位专家。院里来了领导，家乡来了亲人，邓小林两人自然喜出望外，于是就带他们去转转，难得有机会去看看街景，感受生活。几个人来到酒店，忽然发现有“桑拿”服务。

大家觉得奇怪，在朝鲜这么保守的地方怎么也有“桑拿”？一打听，原来酒店是外国人投资的，也是五星级。几个男人带着新奇的心情就想去感受下。

哪知一进入“桑拿”大厅，几个人就立马傻眼了。在近 200 平方米的大厅内，四个角落各站一名彪形大汉，每个人面前有一只盛满水的大木桶，其中两桶是热水，两桶是冷水。洗桑拿的客人站在大厅的正中央，然后四彪形大汉用瓢取水，轮番向享受“桑拿”的客人一瓢冷的，一瓢热的，不停地泼水。客人被刺激得哇哇大叫，高声喊：“不洗啦！不洗啦！”杨耀松等人首先是看得目瞪口呆，接下来哈哈大笑。谁也没敢去享受了。方志辉讲道：“还是回房间休息吧。”

此后，几人为这次桑拿相互打趣，这故事传到袁院士那里，惹得老爷子乐呵了好久。

2006 年 9 月 11 日，时任湖南省农科院党委书记宋再钦带领邓小林、陈学斌和杨耀松三位专家组成的代表团，赴朝鲜对“援朝鲜农业合作项目”进展情况进行考察评议，并就来年的合作事宜进行具体磋商。朝鲜农科院水稻所李太植所长和时任中国驻朝鲜大使馆经商处谷金生参赞到机场热情迎接。在朝期间，代表团成员在朝鲜农科院专家和中国驻朝鲜大使馆经商处工作人员的陪同下，连续 5 天，马不停蹄地考察了项目中的 3 个试验示范点——平安南道萧川郡松德农场、温泉郡元雾农场和朝鲜农科院试验基地，对杂交水稻组合在朝鲜的试验示范表现进行了详细的考察评议。

9 月 16 日下午，宋再钦书记一行在驻朝鲜大使馆刘长海秘书的陪同下，与朝鲜农科院高金学副院长及朝方专家进行了会谈，充分肯定了项目执行专家的努力付出和成果，认为项目有着非常好的发展前景。高副院长在接受了宋书记代表袁院士赠送的礼物，听了湖南省农科院的介绍后激动地说:“成立于 1948 年的朝鲜农科院，下设有 30 多个专业研究所，特别是水稻研究所在育种、栽培技术等方面有着深入研究，与中国农科院、辽宁省农科院等单位均有合作，但像与湖南省农科院这样的深层次合作却是第一次，朝鲜方面将会十分珍惜这样的合作机会，让项目更有成果。”

2007 年是援朝项目第一期工作的最后一年。2007 年 8 月 30 日—9 月 4 日，湖南省农科院再次派出以邹学校为组长、单杨为副组长，方志辉、刘海军、刘志刚为成员的湖南农业代表团专家组，到朝鲜农科院验收。代表团在朝鲜农科院考察了 17 个杂交水稻组合在朝鲜的试验示范情况，着重对杂交水稻在朝鲜抗稻曲病的情况进行了考察，对抗病性强、推广潜力大的组合进行了测产，杂交水稻组合 HA5132 的产量达每公顷 9.5 吨，对照增产 18.13%，具有明显增产、抗病优势。并针对朝鲜部分地区水稻品种因生育期长，无法在马铃薯收获后种植的问题，筛选了两个生育期短的杂交水稻组合。HA702、HA616 的生育期分别为 105 天和 107 天，两个组合的产量均超过每公顷 6.8 吨，适合在朝鲜进行马铃薯—水稻轮番种植。同时，制种研究也取得成功，小面积制种 0.4 公顷，收获 F1 代杂交水稻种子 1.25 吨，制种产量达到每公顷 3.12 吨。

第一期项目如期顺利完成。

5 阿里郎

方志辉为援朝农业项目的顺利进行，先后与相关专家五到朝鲜。除前面那次特色的国际列车之旅外，两次是从北京、沈阳乘飞机到平壤，另两次是坐汽车到新义州，还先后两次到韩国指导杂交水稻工作，分别从上海和日本东京乘飞机去的首尔。记忆中全在奔波。因多次去朝鲜，方志辉终究感受很深，除了难忘的“桑拿”外，他最难以忘怀的其实是朝鲜人民的精神。这个国家虽然很穷，但人民乐观向上、激情澎湃的热情时刻感染和激励着他将杂交水稻事业进行到底。

方志辉和同行的科学家经常谈论朝鲜，他们说，这个国家你绝对听不到消极落后的言论，看不到搓麻将或玩扑克等赌博的身影，随时能听到的是革命歌曲高昂激进的旋律。街道旁、广场上、公园里，尤其是在演艺厅等地，随处能听能见的就是群众自发地或者有组织地传唱革命歌曲，就如中国曾经那样。这让方志辉很是留恋，很是回味。

朝鲜群众的合唱很有特色，男青年着白衬衣、蓝裤子；女青年则穿着朝鲜民族的连衣裙，也是上白下蓝。年长的打扮差不多，只是裤子或裙子

参观金日成故居

以青黑为主。歌曲则是时刻与政治联系在一起，成为朝鲜人民的生活写照，成为一种武器或者是斗争的手段，即原朝鲜最高领导人金正日提出的“音乐政治”，每个朝鲜人耳熟能详。年龄与方志辉相近的中国人也都知道这些，而年轻人则只能听父辈和爷爷辈讲述，或者上网搜寻了。

金正日非常热爱音乐，他说：“音乐是我的第一个恋人。”在年轻时亲自创作了《祖国的怀抱》《祝福之歌》《我的母亲》《大同江迎日出》《朝鲜啊，我要为你增光》等革命政治歌曲，至今被朝鲜赞誉为“不朽名曲”。并撰写有《音乐艺术论》等专业著作。朝鲜媒体称：“音乐政治，就是音乐不仅仅是欣赏，更重要的是要将其作为号召人民投身于社会主义强盛大国建设的政治手段。要通过音乐政治调动千百万人民的热情，推动时代和历史前进”。

什么样的时代就有什么样的歌曲。在朝鲜“先军政治”的时代，热情歌颂领袖，强调加强国防保卫祖国，反映部队生活，突出军民一心的歌曲，自然成了“音乐政治”的主题。《正日峰的雷声》《我们的将军是第一》《先军长征之路》《白头山啊，你说吧》《复兴强盛阿里郎》《祖国的蓝天》等歌曲，是朝鲜广为传唱的名曲。歌颂领袖的歌曲更是不计其数，几乎每个朝鲜人都会演唱《金日成将军之歌》和《金正日将军之歌》。每天下午5时方才开播的朝鲜电视台，首先播放的就是由朝鲜功勋国家合唱团演唱的这两首歌曲。所有传唱的歌曲均充满斗志，豪情满怀。

词、曲作者中最为著名的是朝鲜已故作曲家金元均。这位《金日成将军之歌》和朝鲜国歌《爱国歌》的作曲者，在20世纪70年代，领导朝鲜文艺工作者先后创作了《卖花姑娘》《血海》《密林啊，你说吧》《党的好女儿》《金刚山之歌》等“五大革命歌剧”，被朝鲜人民称为“经典之作”。金元均自然赢得了朝鲜人民的尊敬和爱戴。2006年5月9日，平壤大同江畔落成了一所新的音乐大学，金正日当天前往视察，不时称赞金元均是“民族骄傲”，最后命名为金元均大学，并当即指示在大学里立一座金元均的半身像。现在，金元均音乐大学教学楼前的半身塑像创意精美，金元均双手交叉胸前，手拿一本乐谱，深邃的目光凝视前方，似乎仍在思索着新的乐章。基座上“作曲家金元均，1917—2002”赫然在目。

方志辉在朝鲜时刻见证着音乐伟大的无穷的作用，除了参观现场外，

还有机会在平壤目睹了“音乐政治”的盛况。

朝鲜五一体育广场，博大的体育场如巨大莲花花瓣盛开于天穹。2007年9月30日晚，方志辉、邓小林、杨耀松、张立军等人在此观看欣赏了一场名为《阿里郎》的大型歌舞体操表演。

《阿里郎》歌剧，是朝鲜从2002年开始组织的一项国家重大文艺项目，表演演员达10万之众，2/3是群众演员，仅背景图就是由18000名小学生手持各种颜色的翻板组成的，根据表演内容，随时变幻各种各样色彩绚丽的图案，动作整齐划一，令人叹为观止。此后每年8月15日至10月15日的两个月里，每周4场表演。对朝鲜人民是组织免费观看，对国外游客，需要观看就得购票，票价50～100美元，可以算是顶级消费了。

方志辉事后讲，那表演用宏伟、壮观、震撼人心都无法形容其巨大的艺术感染力和视觉冲击力。“反正我形容不好，你不到现场，你就完全想象不到其神奇和无穷的魅力。”他不止一次地向朋友们叙说着那观赏盛景。

“阿里郎，阿里郎，阿拉里哟，几时能见你，盼了又盼。别离痛苦哟，几时才完？到几时才能够，重新相见？”“歌曲婉转凄美，是朝鲜人民民族情感迸发出来的心灵呼唤。但那翩翩起舞的演员绽放的则是心底洋溢着的满满幸福感。这矛盾的一切让人费解，如何能做到完美结合，因此让人久久无法释怀……”杨耀松如是说道。

张立军称，表演开始时，整个体育场沸腾着，雷鸣般的掌声排山倒海。朝鲜观众，都以饱满的热情，为这场歌舞盛宴山呼海啸。置身其间，游客们均自发地为这热烈的氛围所鼓动。

《阿里郎》的表演整整有两个半小时，由序幕、四个场次和终场组成。从最初的凄美悲情歌声、风雪交加的画面中一对青年男女的分离到后来的《幸福的阿里郎》《复兴强盛的阿里郎》，依次展示了朝鲜民族的历史和朝鲜民主主义人民共和国建国后在工业、农业、文化、体育、军事等方面取得的巨大成就。这已经是朝鲜的一个文化符号，从中可以窥见朝鲜文化在世界文化的大潮中渐变的浪花。

邓小林补充着，《阿里郎》强大的生命力，还在于它表达了渴望南北统一、向往和平的主题。当巨大的背景板上变化出一列火车，上书“新义州—釜山”的字样时，全场响起了经久不息的掌声，真是民心所向。

“《阿里郎》的灯光、舞美、音乐、服装，与世界一流的大型表演相比毫不逊色，有过之而无不及。朝鲜艺术家们善于从民族文化的元素中提炼时代精神，从审美的角度吸引人的眼球，《阿里郎》的艺术含金量已经远远超过了人们的想象。这值得我们思考。如果不是亲眼所见，很难想象这个连温饱问题都还没有完全解决的国家，竟然会有如此的盛世华章！”方志辉等到过朝鲜的农业科学家们一谈及《阿里郎》，都不由自主地赞叹着。

那神情有骄傲，有兴奋，有回味，更多的却是思索。

第十八节 畅游海岛梦起航

1 太平洋上的甜岛

斐济的海洋是最美的，也成了他海外工作的终结站。他脑海中恰如有一阵清凉的海风拂过。

印象中的大海是蓝色的，斐济的大海却是彩色的。柔美的蓝天，五彩斑斓的沙子、礁石、珊瑚，在阳光的折射下，海水变得五颜六色。海风吹拂高耸入云的椰林，岛上热带树木浓绿成荫，一座座美丽别致的教堂与一幢幢各式风格的别墅相映成趣。宽阔的马路上，各种豪华跑车、轿车川流不息，男男女女在街道两旁或聊，或走，或驻足，或漫步，还有跳街舞的，处处都洋溢着欢乐和谐的气息。

海里畅游的年轻人，尽情地逗弄着身边自由游弋的鱼。那些平日在电视上才常见的十字海星、小海马、虎皮斑纹贝，这里随处可见，海水纯净得毫无杂质，一条条巴掌大的小丑鱼一会儿从身边游过，又有大群大群的鹦鹉鱼如入无人之境，色彩斑斓的海底世界尽收眼底，正游泳的人如在太空般无重力地漂浮着，也变成了鱼。洁白的沙滩、奇形怪状的珊瑚礁、色彩斑斓的鱼儿将海水搅得五彩缤纷。

周围是一片大小不一的岛屿，被环状的珊瑚礁包围，到处是鱼儿的乐园，更是人间天堂。这里岛屿众多，每个都很精致。远处的高尔夫娱乐场，一片片绿茵茵的草地，黑皮肤、白皮肤、黄皮肤的，有老有少，俊男美女，尽情惬意地挥舞着球杆，挥洒着汗水。岛礁上，几个装束随意的人，扛着帐篷和整箱啤酒行走在洁白的沙滩上，三三两两惬意随性地等待欣赏日出日落。似神仙一样的生活。

回首一步一步走过的路，方志辉的记忆渐次清晰了起来。这不正是“涅槃的凤凰在飞翔”吗?!

他想起了那个斐济农业部部长要送宝岛给自己的故事，不由得独自笑出了声。

“太平洋上的明珠”——斐济。由 330 多个大小岛屿组成，领土面积 183 万平方千米，仅为中国宝岛台湾的一半。土地肥沃，因盛产甘蔗，有“太平洋上的甜岛”的美誉。最奇特的是在西经 177 度至东经 175 度之间，180 度子午线正巧从群岛中部穿过。

“一寸光阴一寸金，寸金难买寸光阴。”在斐济有个叫怀耶沃的小镇，却不是这么回事，它的昨天却是今天。早在英国殖民时期，教会为了让所有居民周日都去教堂礼拜，规定禁止商店在星期天营业。有个商店老板瓦尼亚，就利用店铺恰为日界线所通过的巧合，开了个后门，平时在前门营业，一到周日，就在后门营业，因为后门已是星期一了。教会对他毫无办法。

这就是日界线。地球每天由西向东自转一周，新的一天究竟从哪里开始呢？既然没有一条永恒的昼夜开始之线，就人为地规定出一条线，称之为国际日期变更线。日界线西面是“今天”，线东面却还是“昨天”。海轮和飞机航行在太平洋上，从西往东越过日界线时，日期就要减去一天，撕去的日历要重新贴上，那失去的光阴仿佛重新“返回”来了；如果从东向西经过日界线，就要马上从日历上撕下一页，那一天没有度过，就要告别，时间仿佛一下子“失踪”了。日界线是按经度 180 度线定的，怀耶沃镇正好在线上，所以那个店主便自称日界线从他的店里穿过，店的东、西两边应该有两个不同的日期，因此避开了星期天。

如今，怀耶沃镇在子午线上修了条旅游公路，在穿越 180 度经线的地方，立着一块大石碑，左右两面清楚地刻下“今天”“昨天”，中间划着日界线通过该岛的位置，并刻上了醒目的标识“这是在南半球穿越 180 度经线的唯一机动车道，新的一天由此开始。”

故事总是唯美的，就如他在异国他乡落寞孤单之时，想到的是女儿的开心的笑容，妻子的心灵陪伴。可谁知道在最开始的那些岁月，因为通讯

不便，远洋电话太贵，他们家人相约，除非重要事情，平常不打电话。

想到这里方志辉的眼眶蓦地潮了一下。

中国在斐济是有影响力的。2014 年中国的“欢乐春节”品牌就一炮打响，唐朝乐队又到斐济巡演、首届“广场文化日”等在当地民众中成功掀起了一阵阵的“中国热”。特别是在全球最大的区域性大学南太大学，孔子学院被纳入其总部教学体系，扎根和发展，为岛国民众熏陶和浸染上了中国文化。大学由 12 个太平洋岛国共建，总部在斐济首都苏瓦。孔子学院如今还在瓦努阿图开设了孔子课堂，在劳托卡建立了教课点，3 年时间就由初期 70 名学生发展到 500 名学生。连校长夫妇都坚持到孔子学院学习中文，斐济总统和总理也大力支持孔子学院的推广，鼓励税务、移民和警察等部门公务员报名上课。孔子学院中方院长李登贵在当地已成名人。

斐济首都苏瓦，南太平洋的最大城市和交通重镇，是政治、经济、商业中心，素有南太平洋“文化十字路口”之称。市区三面环水，一面靠山，市中心靠海，这里堪称花的世界，树的海洋，人间天堂。街道两旁绿树成荫，花团锦簇，绿草如茵，空气清新，气候宜人。高大的椰树、面包果树、芒果树在海风轻拂下摇曳。各种建筑物掩映其中，构筑成一座座整洁、清新、美丽的大花园。尤其是年轻人最喜欢的斐济海底花园就在苏瓦港。乘坐艇底由玻璃特制的游艇，既可欣赏美丽的海洋风光，又可看到海底五彩缤纷的珊瑚和热带鱼类。服务员都是本土的青年，人人拥有过硬的本领，他们或可快速用韧叶编制手工艺品，或可即刻下海捕捞小鱼、珊瑚、贝壳。他们善于把握时机，将产品出售给游客，既传递了文化，又赚了钱，从此生活不羡仙。

第一次到斐济，方志辉是和周寰、张丹丹去的。当飞机在苏瓦降落时，大家都以为到了仙境，一个个惊诧得合不拢嘴——世界上竟然有紫色夕阳。

那一刻，方志辉想，若不是带着老师的重任，而是举家出游，那该多好。如此就可享受悠闲自在的私人空间，在美丽的海滩边陪着娘俩静静享受朝阳的沐浴，欣赏夕阳的余晖。浪漫夜空下，围着篝火，和土著青年一起欢快的载歌载舞。“人生如此，夫复何求!”

但方志辉每次出国，自嘲都是带着别人的老婆、别人的孩子，自己的老婆和孩子却不在身边。对此他是这样解释："带着前者是为了工作，她们是同事，带上后者就变性了，成了旅游。"

2　面朝大海，春暖花开

2014 年 4 月 22 日，方志辉拿着袁隆平亲笔签署的《授权书》，回到家就立即查阅起斐济的相关资料。这是他多年来养成的习惯，每次到一个新的国家，开辟新的战场前，先熟悉情况，让心中有个轮廓，思绪同时信马由缰。

第一次听说斐济，应是在电影《甲方乙方》里葛优所说："斐济，南太平洋上一颗璀璨的明珠。"看样子不错嘛，他心里自娱一下。汤姆·汉克斯在《荒岛余生》中有过描述："流落在一个有着碧海蓝天细白沙滩的荒岛上，比麦兜口中'椰林树影、水清沙幼'的马尔代夫更具震撼力。"

女儿喜欢的张小娴，在《流浪的面包树》中的描述就更给力："每逢月满的晚上，螃蟹会爬到岸上，比目鱼也会游到浅水的地方，天与海遥遥呼应……这个岛上，几乎到处都可以看到攀向蓝色天空的面包树……"那生动的描写，就像窸窣爬动的蟹脚一样挠得人心痒痒的。还有那个浑身带着阳光印记并有着天籁歌喉的女歌手葛米儿，也是来自这个遥远的岛国的……

他不禁有些神往了起来。打开电脑，方志辉查到了更详细的资料。

斐济群岛由火山喷发而成，或是由火山底基上石灰岩抬升而形成的，共 320 余个岛屿，在碧波浩渺的南太平洋中，如众星拱月般组成斐济国，19 世纪欧洲航海者到达维提岛后，听土著人发音记录而成"FIJI"，意即"最大的岛"。国土面积约为 10429 平方千米，只有 106 个岛有人居住。斐济是个多民族的国家，全国人口 86.8 万，其中 51% 为斐济族，44% 为印度族。居民信奉基督教、印度教和伊斯兰教。官方语言为英语、斐济语和印地语，通用语言为英语。

15 世纪以前，这里的土著居民是皮肤黝黑的美拉尼西亚人。后来，擅长航海的波利尼西亚人乘风破浪，来到此地，与美拉尼西亚人通婚融合，逐渐形成具有混血特征的斐济人。1970 年独立后，成为英联邦成员国。当

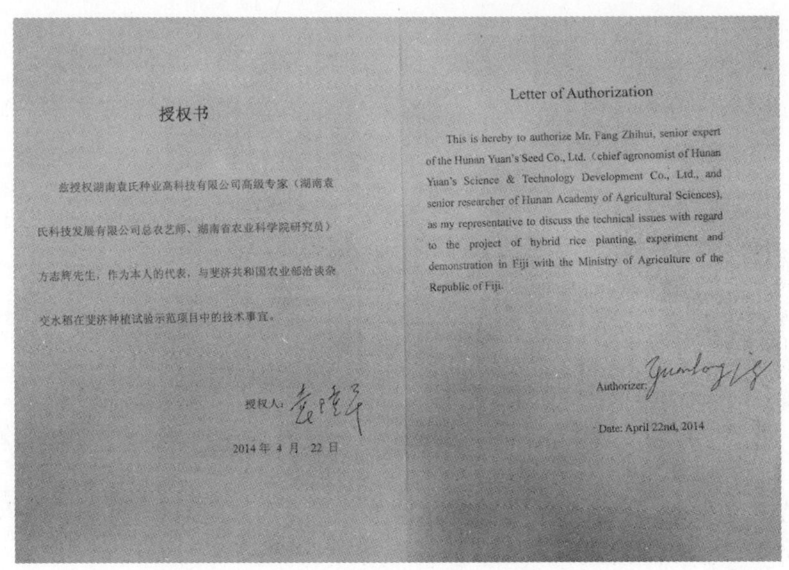

授权书

兹授权湖南袁氏种业高科技有限公司高级专家（湖南袁氏科技发展有限公司总农艺师、湖南省农业科学院研究员）方志辉先生，作为本人的代表，与斐济共和国农业部洽谈杂交水稻在斐济种植试验示范项目中的技术事宜。

授权人：袁隆平

2014 年 4 月 22 日

Letter of Authorization

This is hereby to authorize Mr. Fang Zhihui, senior expert of the Hunan Yuan's Seed Co., Ltd. (chief agronomist of Hunan Yuan's Science & Technology Development Co., Ltd., and senior researcher of Hunan Academy of Agricultural Sciences), as my representative to discuss the technical issues with regard to the project of hybrid rice planting, experiment and demonstration in Fiji with the Ministry of Agriculture of the Republic of Fiji.

Authorizer: Yuanlongping

Date: April 22nd, 2014

袁隆平给方志辉亲笔签署的《授权书》

初英国人曾招募 6 万多印度人到岛上种植甘蔗，沿袭至今，因此被称为“甜岛”。

斐济人能歌善舞，热情好客，民风淳朴，崇尚自然。斐济妇女巧手善织，斐济男子特别爱俏，喜欢打扮得花枝招展，爱穿大红大绿的肥大的长裤，颈项戴各色花环。未婚男子常常在耳边插上一朵火红的扶桑花。最有趣的是斐济的警察，身穿一件大红衬衫，下配一条纯白的裙子，裙边还剪成锯齿状，尽管表情严肃，忠于职守，却令人忍俊不禁。只有在庆典表演战斗舞时，斐济男子才再现英姿雄风。舞蹈者身穿草裙，一手持矛，一手执扇(代表古代盾牌)，踏着急速的鼓点，跳跃腾挪，突刺进击。霎时鼓声如雷，吼声震天，矛影飞舞，舞姿雄健，令人如临战场，惊心动魄。

斐济人烟稀少，风景瑰丽，被誉为“洒落在南太平洋上的珍珠”。180 度子午线穿过塔佛乌尼岛把地球分成东西两半，成为“太阳燃烧的地方”。云海中喷薄而出的太阳，如火燃烧。欧美人士早将此地作为度假首选，是全球情侣最热衷的“十大蜜月游胜地”之一。纯朴的当地居民会热情地为每一对来此举办婚礼的新人提供独一无二的婚礼策划。

微风吹拂的海边，绿荫笼罩的树下，这“二人”的世界，让人永世难忘。在蓝天碧海中，原生态草亭下，本地土著轻歌曼舞里，众多教堂临近海滩，装扮独特。新人盛装礼服，山盟海誓，交换信物。多文化交汇的“世外桃源”的婚礼，谁不神往。在“甜岛”举行婚礼，还可图个甜甜美美的好兆头。

近年来，中斐在人文领域的务实合作已经全面开花，增强了两国民众联系的纽带。斐济总理姆拜尼马拉马说：“中国一直是斐济的朋友，而近年来，中国证明了自己是位伟大的朋友——愿意在这充满挑战的时期站在我们一边，支持我们，尊重我们自主选择道路的主权权利。”

斐济常年平均温度为22摄氏度，11月至次年3月是它的夏季，冬季从5月开始，气候也宜人。可以说是“手指插进土地里，都会发芽”。

这是好兆头，看样子很适合杂交水稻生长。方志辉想，我国援斐又要多一个水稻项目了。他不会忘记自己的正事，经常出国的他，对旅游并不是那么心动，心动的自然还是“发芽”。

方志辉眼前更加光明。斐济的可耕地面积约28.8万公顷，主要生产甘蔗、椰子、香蕉等。主要粮食作物水稻自给率不足20%，粮食安全形势严峻。斐济引进的是印尼水稻种植技术，仅进口大米每年就要花近2亿斐元外汇。

2014年4月1日，方志辉、周寰、张丹丹三人抵达苏瓦，在飞机降落时就感受到了斐济特有的美丽。

那种美，可是比资料中描述的不止美上百倍。方志辉几人常年在世界各地奔走，对美的欣赏境界是越来越高了，但依旧惊诧于世界竟然有如此美妙的人间天堂，只知道张大嘴，赞叹不已，“哇！真美，太美了!”那种视觉的冲击无可名状，穷尽词汇也描述不出一二，唯有身临其境方能感同身受。

斐济首府苏瓦位于维提岛南岸，一面靠山，三面环海。沿海一带，放眼皆是热带雨林。整个城市在和谐的环境下显得既清静又典雅，既古朴又现代，套用古人宋玉在《登徒子好色赋》中对女人美的描述：“增之一分则太挤，减之一分则太虚，着粉则太白，施朱则太赤……”一切就是那么恰到好处。

方志辉走出通道口，远远就望见许多姑娘们穿着火红鲜艳的衣裙排着队，有的拿着鲜花编制的花环，有的端着酒杯，中间则有三个男人举着牌子，不时地向飞机降落的方向眺望，似乎在等候尊贵的客人到来。

待到走近，方志辉方才看到这牌子上用中英文写着他们的名字。斐济水稻发展主要负责人乔恩和水稻专家乔希已早早来到机场，用这样气势恢宏的阵容迎接中国水稻专家的到来。饶是他们经常出国考察，各种欢迎场景都经历过，但这种迎接仪式却如“大姑娘上轿”。几个人心里是又惊又喜，同时也感到压力山大。

“布拉”“布拉”，几人强压着激动情绪，保持一副镇定自若、见惯不怪的具有大国风度的样子，与对方打起招呼，问好。

那群手持花环的姑娘立即上前将花环戴在三人头上，身上。端酒杯的姑娘也连忙上前，将似酒非酒的橙黄色液体斟满杯子，献上，示意他们喝下。此情此景，三人啥也顾不上了，只能接过，一饮而尽。

味道还蛮好，不像酒，更像是饮料。后来得知，这传统礼仪是专门针对尊贵客人的。饮料或酒名叫“卡瓦”。卡瓦汁是由洋格纳树根茎磨粉后，掺上凉开水，经手工加工制成的，据称有长生不老的效果。从斐济氏族社会起，族民就有向酋长和长老献卡瓦汁的传统，并形成一种庄严、神圣的仪式，后逐渐演变为对贵宾的高尚礼仪，被誉为斐济国粹。

“看来追求长生不老是世人共同的心愿呀。”方志辉心道一句，脸上始终保持着镇定的外交笑容。

姑娘们看到客人喝完饮料，立即跳起舞来，舞姿翩翩，三人一边欣赏，一边与接机的朋友攀谈起长生不老的“卡瓦”来。欢迎仪式后，顾不上休息，几人驱车立即赶往维提岛。

一路上，满目皆是高大的棕榈、粗壮的椰树、散发着幽香的蕉林，还有许多叫不出名的热带树木迎风飞舞，绰约多姿。蓝天绿树下，一二层的小洋房别墅和十几层的高楼错落有致地矗立着，自成一体。宽阔的柏油路四处延伸，现代化设施一应俱全，小商品市场琳琅满目，人群三三两两地一起，悠闲漫步。一切随意而有序，浑然天成。

方志辉一行人在欢快地欣赏着仙境美景的同时，也完成了在维提岛和瓦努阿岛的田间考察，会商了当地农业官员，现场问询了当地水稻种植户，实地调查到了关于水稻的土壤和水利、气候等条件。

维提省农业厅，斐济国家农科院院长迈利、斐济北部农业发展负责人约翰、当地水稻专家普伦等人早已等候多时。进入会议室，斐方就开始分发相关资料，由斐济专家开始介绍。在专家们你一言我一语的介绍后，方志辉一行人在会上就基本了解了维提岛以及相关的农业和水稻种植等的情况。

作为斐济最大的省份，位于主岛西部，有农户400余户，主要作物为甘蔗，种植主要依靠降水，时间主要是在当年11月至次年4月。现有250余户种植了水稻，有200余户间种水稻，斐济政府希望这些农户每家能种植1~1.5公顷水稻。但斐济整体仍处于小农经济状态，种植水稻人力成本高，品种不好，产量低，每公顷只产2~2.5吨。种植机械化程度低，耕种设备少，农民也仅有简单的收割工具，碾米的设备非常少。大米加工厂主要在北岛，加工的品质不高。年轻人大都到城里打工，不愿意务农。

20世纪80年代，斐济大米自给率约有65%，其中80%就来自维提岛。现在只有11%自给，绝大部分来自灌溉区。目前维提岛政府提出了“水稻振兴计划”。因为人少，只要每公顷水稻增产1.5吨，就能实现稻米自给。但斐济人特别懒，因此需要选择高产品种，加强种植管理，引进机械设备，节约用水、用肥、用药，这样才可能实现增产目标。这和中国人的勤劳朴素的品质是不一样的，因此也被戏称为“懒人种植法”。

方志辉一行人马上就相关问题与斐方进行了磋商，达成了基本共识：由双方专家组成团队，在一两个地方试种中国杂交水稻，直至大米加工、销售的试验，通过互相学习交流，找到彼此合适的合作模式和方法。

接下来的几天，方志辉还在迈利院长、普伦和乔恩等陪同下，对纳武种植区实地考察。不巧纳武刚与韩国一投资企业签订了长达20年的土地租用合同，也是用于水稻种植，面积有560公顷，而且已经进入了实质性阶段，平整了土地，开好了水源，挖好了沟渠，避免了海水浸泡。方志辉进一步了解到，斐济农业研究院共有8个所，维提岛主岛5个，北岛2个，塔弗尤妮岛1个，每个所各有任务。研究院由农业部管辖。

当方志辉知道部长将亲自会见他们时，综合长期以来国际合作的经验，将合作条件、相关检疫以及科学选址等情况与斐方再次明确，也达成

了合作意向。双方拟在首都苏瓦附近建立示范区，进行小规模的试种试验，由双方共同协商如何选送种子，办好相关检疫的手续，斐方提供科研人员的住处、土地、灌溉等基本设施。中方负责肥料、种子、农机和人员工资等。

到达斐济的第三天上午，方志辉一行人受到斐济农业部长塞瑞拉图、常务秘书理伽瑞、副部长怀特的热情接见。部长们盛赞袁隆平院士为杂交水稻事业所做出的贡献，特别是其将杂交水稻推向世界，让全球共享这一科技成果的壮举，并详细询问和介绍了相关水稻种植的情况，同时表示，斐方非常期待湖南袁氏农业来斐济推广杂交水稻技术。

此后几天，他们又接连考察了斐济北岛、沿海岸线向东地区和楠迪等地区。在楠迪，还了解到中国福建农业大学开发了一个蘑菇种植项目。

短短的几天考察结束了，方志辉依然留恋于这里的彩色的海、蔚蓝的天、洁白的沙滩、紫色的夕阳。

这串“太平洋的珍珠”仿佛就是人类的童话，耳边常常回响起怀布特部长的临别赠言：“如果我们合作成功，能够减少斐济 50% 的稻米进口，我们国家将把斐济最美丽的海岛、海景别墅送给大家，那里有最纯净的蓝天、最美丽的海岸和最漂亮的沙滩……”

方志辉心知他们不需要这些。这么多年奔波，根本不为图名，更不为图利，大家只有一个共同的梦想，正如将杂交水稻的稻香即将芬芳斐济这方美丽的海岛一样，全人类都能吃上老师研究发明的杂交水稻，不再受饥饿之苦，恰如海子之诗描述的——面朝大海，春暖花开。

“民以食为天。”通过部长的愿望，可以看出，对于一个依赖粮食进口的国家，杂交水稻是多么的重要。粮食生产对一个国家的重要性，早已不言而喻。方志辉觉得自己肩上的担子更重了，使命更加神圣了。

“推广杂交水稻，造福世界人民。”老师奋斗不止，探索不息，80 多岁高龄，依然乐观向上，从不计较个人得失。自己一路跟随，从一个莘莘学子，已步入知天命之年。过程复杂曲折，其实却很简单，一个“缘”字道尽万千。就如众多的隆平人一样，为了“让杂交水稻覆盖全球”的梦想一步步成为现实。

如今，这个童话梦幻般的国度我又来了。

“路漫漫其修远兮，吾将上下而求索。”屈子千年吟唱不绝于耳。从沅江扬帆起航，乘风破浪，再唱楚辞，书九歌，赋离骚。巴基斯坦那处子开发之旅就如在昨天，一幕幕又清晰地回放到方志辉的眼前……

第十九节　大写的湖南人

网上有篇文章，称方志辉为“科学家中的文学家”“文学家中的科学家”，同时，因为他担任过隆平高科的创始董事，做过杂交水稻的生意，也被人称为“科学家中的企业家”，成为罕见的跨界“杂家”。

方志辉能成为“科学家中的文学家”，除了他在30多个国家种植过杂交水稻，有着丰富的“布稻”经历，并在这罕见的布稻过程中善于捕捉生活细节，积累了第一手的文学材料外；还在于方志辉与文学界、国学界以及商界等有直接广泛的交往，与很多大家有着直接的对话交流，耳濡目染间，在生活中汲取了丰富的文学和国学营养，再加上自己还过得硬的文学底子，要想不成为文学家也难。

华声在线记者瞿建波，是方志辉的老朋友。华声在线，以“湖南味道，中华声音”为立网宗旨，成为中国融合创新新闻网站10强之一、中国门户网站十大品牌之一……

在湖南，同时还有另外两大特色网，都很“大”，虽然立足的是湖南，但放眼的是全世界，有着湖南人心忧天下、敢为人先的胸怀和气魄，因而名噪天下。它们就是“大茶网”和“大同思想网”。

因缘际会，似有天意。通过瞿建波引荐，方志辉后来认识了大同思想网的创始人枕戈，通过“袁隆平丛书”的众筹，又认识了大茶网的创始人刘健，他对弘扬隆平文化同样表现了浓厚兴趣。这样，华声在线、大茶网、大同思想网都成了“袁隆平丛书”的支持平台。

刘健说，天猫并不是卖猫的，大茶网也并不是只卖茶叶，还卖各种其他农产品，同时也有弘扬茶文化和中华文化的功能。而枕戈创办的大同思想网，却是名副其实的思想网站，卖的是思想，弘扬的是国学。

1　做像袁隆平一样大写的湖南人

2016 年 3 月 17 日，大同思想网公众号发布消息，“袁隆平丛书”正式面向全球众筹，湘商文化创始人、商会活动家伍继延先生担任“众筹召集人”。著名慈善家、“共享主义者”卢德之先生、公益慈善家黄培莹女士等公开力挺此次众筹。

3 月 21 日，新媒体“新湖南”对这个新闻事件进行了重点报道，以“‘袁隆平丛书’启动发起人称欲众筹一个‘袁隆平和平奖’”的标题横空出世。按照枕戈的说法，“这是体现中国崛起、彰显中国主体性的举措之一”。众筹一个“袁隆平和平奖”的说法在湖南引起一时轰动，引发热议。

正是因为这次众筹，欲图以“袁隆平和平奖”来媲美诺贝尔和平奖而展现出来的湖湘英雄主义情结，吸引了同样有雄心、有大爱的大茶网创始人刘健加入了众筹行列。他不但当即用个人微信支付 5 万元支持“袁隆平丛书”的出版，并担任丛书副主编，同时也希望集合湖湘志士，推动“袁隆平和平奖”的设立。

4 月 12 日，在长沙青山花卉大市场旁的一个古色古香的四合院茶馆里，刘健与方志辉、瞿建波和枕戈，以及大茶网的一干美女们，喝茶品茗，谈古论今，纵横天下，甚是痛快。四人对“袁隆平和平奖”的可行性交流了意见，虽然觉得当下的条件还不够成熟，但都认为这个奖项的设立对推动世界和平发展有重大意义，是一个值得一生去做的事业。临末，刘健邀请众人周日去参加大茶网策划承办的“4.20 全民品茶周”的盛大开幕式。大家欣然应允。

4 月 17 日下午的橘子洲头，茶香四溢。蓄势已久的“2016 中华茶祖节大茶系 4.20 全民品茶周”在一片别样的茶香中正式起航。这让已走遍了 50 几个国家的方志辉也顿觉耳目一新。

橘子洲上一时人山人海，名流荟萃。中国国际经济交流中心副理事长、商务部原副部长魏建国，时任国务院参事、全国养老服务业专家委员会主任魏津生，时任湖南省人大常委会原副主任罗海藩，人民日报湖南分社社长刘磊，人民日报湖南分社总编辑周立耘，华声在线股份有限公司常

务副总裁、三湘都市报总编辑张云梦，华声在线股份有限公司副总裁石家友，湖南省茶业协会荣誉会长曹文成，湖南省农业委员会副巡视员戴美湘，湖南省农业科学院研究员、湖南省农产品加工研究所书记方志辉，湖南省茶叶研究所所长包小村等在台上启动了开幕式。瞿建波和枕戈作为嘉宾也见证了这一盛举。

刘健在开幕式上致辞："'互联网+，茶也可以时尚化。'在这样一个人人使用手机的时代，在这样一个产业链条均被重塑的时代，每个人都成了产业链条中的一员，每个人都是自我消费的主宰者，我们更容易用这种年轻人的方式，通过年轻人的渠道，一起去做这样一个事情，我相信，对于茶这样一个传统事物来说，积极拥抱互联网，增加年轻受众，绝对是一个值得尝试的方式。"

魏建国在致辞中表示："传统产业的发展需要创新，年轻人是创新的核心力量，而在互联网飞速发展的今天，充分把握我们老祖宗留给我们的茶叶产业优势，借力互联网，自主创新，打造属于中国茶业的世界品牌，是传统产业永续发展真正的突破口。"

农业部农村经济政策研究专家、全国茶产业研究专家刘年艳盛赞该活动的意义："大茶网举办的全民品茶周是一场全国性、全民参与盛事，祖国的大江南北、长城内外、城乡社区，有大茶网足迹遍布。大茶网也是有着巨大希望的创新大事业，这个大事业在于你们正在融入时代的潮流，用互联网的思维和方法，推动着传统茶业的大变革，同时，推动茶业走向全球，引领着传统茶业市场，贴近顾客，实现着中国茶业市场化，实现中国茶业中国梦。"

作为"2016中华茶祖节大茶系4.20全民品茶周"的重头戏部分：全民品茶现场俨然成了这周末属于橘子洲头特有的一道亮丽风景线。绵绵春雨中，年轻的茶艺师们，娴熟地摆弄着手中的茶盏，三五成群的年轻人围坐帐篷，似乎有聊不完的话题。袅袅茶香茶让氛围变得格外惬意。不时高举的镜头里，写满了年轻一代对茶的别样情愫。

4月25日，"2016大茶系4.20全民品茶周闭幕式"在北京举办。9天、70城、319家媒体、2000多个自媒体、335762个参与人、300多万K友会会员，以及背后影响的千万人群，让"2016大茶系4.20全民品茶周"创造了国内茶业界的一个奇迹。

活动结束后，刘健对方志辉讲，为什么要举行这个全民品茶周公益活动？原来，他发现了一个数据：从 2005 年至今的 10 年时间里，中国茶叶产量年均增长达到 13%，但茶叶消费量的每年增长仅维持在 5% 左右；一个现实：中国喝茶的主力人群在 30～60 岁，20～30 岁的年轻人更爱喝咖啡；一个无奈：上万家茶企，却各自为政，导致中国缺少茶业世界级品牌以及领军人物……

人们常会感叹：几千家中国茶企，比不上一家立顿。

中国作为世界最早发现和利用茶树的国家，拥有全球第一的茶园面积，可茶业产值却未能与种植面积形成正比，虽为茶叶消费大国，但品牌茶叶、名牌企业却寥寥无几。

所以，刘健直言，大茶系的对手一开始就是咖啡、可乐，作为一个胸怀天下的湖南人，他愿与全国茶企抱团发展，做大茶叶消费的蛋糕。大茶网作为一个平台，在努力为更多茶企提供走出去的机会的同时，获得了国内无数茶企的呼应，造就了全民品茶周的盛宴和狂欢。

刘健把中国茶叶事业崛起的希望寄托在年轻人身上，而大茶视界的主旨也是为了激活年轻人对茶叶的消费习惯，“誓爱你·约泡吧”成了大茶网的独特口号，颇具年轻人的时尚感染力：“年轻，就代表了未来，他们的选择，将是中国茶业崛起的希望，他们的定位，将是中国茶业筑梦的关键。”

颇为有趣的是，刘健在从商之前，其实一直是个新闻人，也算是半个文艺青年，文艺青年所拥有的一切特质都在刘健的身上有所体现。不同于其他商人，今天叱咤风云的刘健在很多公开场合都以蓄胡的形象示人。蓄胡只不过是为了做一个商人中的文艺青年，文艺青年中的商人，拥有一颗年轻的心。

和许多人一样，生在茶乡湖南的刘健，从小对茶就有着特殊的感情，而且，中国又有着上千年的茶文化历史，茶对于刘健来说已不仅仅是商品，而是一种民族精神的传承，一种传统文化的传承。

所以，当刘健离开了工作过多年的传媒行业时，他毅然踏上了光复家乡茶叶的道路，即使这条路上荆棘密布，即使这条路上满是坎坷，但刘健心中只有一个目标，那就是要让茶文化延伸到每一个老百姓的家里，要将

中华茶文化弘扬海内外。

在茶行业正处于市场变革，迫切需要整合资源、开拓市场的时期，刘健的风华致远(湖南)生物科技有限公司(以下简称风华致远)应运而生。

风华致远以做大做强茶产业为己任，建立“种植、加工、研发、应用、终端市场”的涉茶产业链，提供原产地有机、健康的多元化茶类产品，设立品牌茶销售体验店，在全国构建茶叶营销网络，以促进茶产业的大流通，为整体推进茶产业的发展而不懈努力。

同时，风华致远承接经营了湖南省茶业协会电子商务专业委员会创办的涉茶电商门户——大茶网，打造了一个全国最大的聚合茶叶名优品牌的网上商城，致力于为消费者构建一个安全、可靠、便捷的电子商务平台。

不仅如此，大茶网还集结了茶行业产业链上下游资源，运用O2O模式，将线下商务的机会与互联网结合在一起，让大茶网——体验店成为线下交易前台，真正打造了一个茶行业实时、专业的信息分享与在线交易相结合的网络平台。

对于茶这种特殊的消费品，其口感和香气才是最重要的。所以，大茶网根据茶这样的特殊性质，选择了线上交易、线下体验的这样一个O2O创新模式，做到既能方便购买产品，又可追踪产品质量，确保消费者安全消费、放心消费。

有人说，湘茶是后起之秀。但刘健觉得，这并不贴切。因为湖南产茶、品茶历史悠久，素有“茶乡”美誉，且湖南茶文化底蕴非常深厚，湖南的茶陵是中国唯一一个以“茶”命名的县，炎帝曾在此采茶，这里被誉为中华茶祖文化的发源地，所以湘茶怎只是后起之秀?

但是，我们都知道，即使地理和品种资源再有优势，依然需要有一个良好的推广平台。所以，湘味十足、面向全球的大茶网便横空出世了。

说起电子商务，很多人想到了淘宝、京东，甚至也有人将大茶网比喻为茶产业中的阿里巴巴。但是刘健却并不认同这个看法，他说：“马云只有一个，刘健亦只有一个。选择O2O模式，是因为我觉得这个模式更适合茶行业，更适合大茶网而已。因每个人的口味不一样，所以品茶便成了消费者在购茶之前所必须要经历的过程。而O2O模式，也是基于这个考虑所选择的。”

2017 年 1 月 27 日，是除夕夜。刘健在微信上以诗一般的语言写下了《生活不止眼前的苟且，还有诗和远方》。

对于互联网公司，特别是农业互联网公司来说，每一年都是艰难的，每一年都是比前一年更难的一年。幸好，2016 年，我们顺利地走过，并且取得了很好的成绩。

2016 年，我们时常看到新闻、朋友圈曝出那些“阵亡”的企业，在我们身边也不断地倒下了许多的同行，许多农业电商企业都在坑中艰难喘息……

每一天，我们都在拼创新、拼预见；每一天，我们都在与行业赛跑；每一天，我们都在努力地超过自己。

还好，这些拼命的奔跑，让我们得以继续前进。

2016 年，我们开始涉足农产品领域，产品类目迅速增加，产品数由 2000 多款激增至 11000 多款。

我们打造了多个标有“大茶”标签的节日，4.20 全民品茶周，9.9 孝心节，网友春晚，大茶公众品牌迅速提升。

我们积极推动平台升级，开发大茶 2.0 模式，让直采与开放共享齐头并进，实现实体零售的新转型。

我们助力精准扶贫，“我是县长我代言”“我是市长我代言”“扶贫夜话”，让我们实现了品牌与销售的双丰收，连“中国扶贫”都为大茶点赞。

我们进一步丰富市场实体，体验店转型为区域服务中心、大茶吧、服务站、店中店接连开花，体验店超过 2000 家。

我们希望，再通过三年的时间，我们的线上、线下能组成一个完整的电商 O2O 的闭环，我们通过服务中心、服务站的布局，能积极促进各地农产品的流通。

我们希望，再通过 3 年的努力，让农业信息的闭塞成为过去式，中国的农产品品牌在国际上崭露头角。

这是我们的信念，也是我们的使命。

希望，那一天，离我们一起努力拼搏的今天并不遥远。

奔跑吧，大茶！

短短几年时间，大茶网借助互联网已然创造了不少奇迹。

1975 年出生于桃源县西安镇的刘健，已获得2013 年中国湘商“十大新锐人物”“湖南茶叶十大新锐人物”“湖南养生领军人物”“中国世界功夫茶十大风云人物”“创新中国‘2015 中国优秀创新企业家’”“2015 年度最佳自媒体达人”“2016 首届微商春晚联合发起人”“全球中小企业联盟杰出企业家精准扶贫先进人物”等众多称号或荣誉。

但是，每次和方志辉、瞿建波、枕戈他们在一起相聚时，他总是说，袁隆平是他永恒的偶像，要做一个像袁隆平一样大写的湖南人，助推中国茶叶崛起，造福人类。而推动“袁隆平和平奖”的设立，既是方志辉、瞿建波、枕戈他们一生的梦想，也是刘健对中华之崛起的渴望……

2　袁隆平是为人类做出大贡献的“儒家人物”

2016 年9 月1 日是大同思想网四周年的生日。那一天，枕戈在微信上发表了文章《大同思想网四周年：开启一个脑洞大开的时代》，引起了朋友们的广泛关注。

大同思想网一直探讨大陆新儒家思想、湖湘新儒家思想，倡导共享主义、天下大同的思想。

9 月上旬和中旬，因为大同思想网的发起人之一、大陆新儒家代表人物、世界新文明史观的开拓者杜钢建教授尚在意大利实地考察希腊罗马时代的考古成果，故大同思想网四周年的纪念活动定在9 月24 日举行。枕戈不忘邀请好朋友瞿建波、方志辉、刘健一起来参加纪念活动，共襄思想文化的盛举。

24 日下午，在岳麓山能量谷，凤凰轩书苑，秋天的暖阳照进来，古色古香的书苑显得十分安静祥和。

新儒家代表杜钢建、黄守愚、枕戈，道家代表肖早良、陈之斌，新文明史观代表周行易、黄饮冰、流波，作家代表方志辉、陈小平，政界代表王强，企业界代表何真临、刘健、黄晓明等陆续到场，济济一堂。

杜钢建教授作为重量级嘉宾以《历史儒学、法律儒学与大陆新儒家》为题发表讲演：“20 多年以前，我就构思能不能把‘大陆新儒家’这个旗帜举起来。我反对那种做法，说大陆新儒家就是几个人的事情，就是那么一小撮人的事情，甚至自我标榜‘我们才是大陆新儒家’。其实很多广大热爱传统文化、弘扬传统文化的人士并没有自我标榜是儒家。什么是儒家？他在做儒家的事情，他就是儒家。什么叫大陆新儒家？就是针对港台新儒家，针对海外新儒家，针对韩国、日本的新儒家来讲的。我们生活在大陆，我们面临着过去的历史包袱，和过去历史的经验总结，面临着未来道路的开拓，所以大陆新儒家的提出和崛起就很正常。”

杜教授顿了顿，着重强调：“今天，我认为在座的都是大陆新儒家。而且我来之前在网上已经阅读了各位朋友的大作，学习了很多。今天我们谈的大陆新儒家，应该说是十八大以来中央高举的一面旗帜，就是传统文化的旗帜，是为了弘扬中华传统文化，振兴中华。”

后来，搞文明起源研究的湖北学者黄饮冰说，那天听杜钢建教授讲演，记忆最深刻的就是“在座的都是大陆新儒家”，原来自己搞文明起源的研究，为中国历史正名，弘扬中华传统文化，也是“大陆新儒家”。

原三一副总裁、中南大学国学研究中心理事会名誉理事长何真临先生作为枕戈的忘年之交，回顾了2009年以来与枕戈交往的点点滴滴，对大同思想网在风风雨雨中成长并取得丰硕的成果表示祝贺：“为什么大同思想网能够在这几年不断升华，发展得这么快？因为它符合了天道。大道之行，天下为公，选贤修能，讲信修睦，是为‘大同’。别小看了‘大同’这几个字，几个小年轻人的眼里出来的‘大同’，是符合天道的。还有大同思想网常宣扬的是由卢德之提出的‘共享主义’，也都是符合天道的。”

方志辉一边在一旁静静地听着，一边像小学生一样，虚心地向这几位大家学习，这向来是方志辉的优点，能够博采众长，兼容并蓄。

轮到方志辉发言，他说：“我是学水稻的，我的专业是研究遗传育种，不是搞学术研究。今天为什么参加这个会？也许像肖早良老师说的，也许前世就有个什么渊源，佛道都讲个缘分嘛。我原来认为，‘大陆新儒家’是块大牌子，一般人是不敢沾边的。后来发现，我在袁隆平老师身边工作的过程中，发现他很多的观点、思想尤其是行为，颇有‘新儒家’的味道。原来我认为只有杜钢建教授是‘大陆新儒家’，但是今天杜老师说，我们在座的都是‘大陆新儒家’。在座的教授们、专家们，你们可能是在理论上做研

究，但是袁隆平老师是在用行动体现‘大陆新儒家’的理念啊。”

杜钢建教授插了一句：“方书记讲得非常好。袁隆平老师仁爱天下，造福人类，是真正的儒家代表，是为人类做出大贡献的儒家人物。所以你在创作下一本书的时候，就应该从儒家代表的角度来写袁隆平。”

方志辉接着说：“各位老师和专家学者，我常看大同思想网发表的文章，重点学习了杜钢建、黄守愚、周行易、黄饮冰、流波等各位老师的思想和观点，他们的文章让我脑洞大开，受益匪浅。各位老师光大湖湘文化，弘扬儒学的精神，实在让我敬佩。我希望各位老师不吝赐教，我把你们的思想和故事，也写进我们的‘袁隆平丛书’，好不好？”

大家连连说“好”。

刘健给大家介绍了大茶网以及创办大茶网的初衷：“我经常说茶是东方文明的一个代表，也是中国文化的精髓。我们先不说它有几千年的历史，但是在国外听人讲到中国时，人家第一个想到的就是茶叶。所以为什么叫大茶网？很多人以为就是一个卖茶叶的网站，其实不是的，很多农业的东西我们都在做，但没有做工业品，只专注农业。因为在全世界各地，你讲到茶叶，别人想到的就是中国，不是讲印度或者斯里兰卡。印度和斯里兰卡确实是产茶大国，也是茶叶消费大国。而中国的茶叶在国外的影响是最深远的。我们取名“大茶网”，就是要告诉世界：茶叶是起源于中国的，我只是以植物来命名。就像天猫并不是一个卖猫的东西，还有搜狗、云猴，他们以动物命名，我只是以植物来命名我们的网站。

“我办大茶网的初衷，也是弘扬中华文化，想让更多年轻人回到传统文化中来。所以我看到枕戈这么年轻就在做大同思想网这个事业，以及推广隆平文化，众筹‘袁隆平和平奖’，我说我也义不容辞支持，只要是有利于民族团结、有利于国家发展的事情，我都会义不容辞地支持。”刘健强调。

第二十节　沅江之子

1　有诗有远方

杂交水稻，造福人类。杂交水稻湘军，名闻天下。水稻湘军有三支劲旅，分别是湖南省农科院、隆平高科和袁氏种业。在这三支劲旅中，有一个人身份特别，他既是湖南省农科院的研究员，又是袁氏种业的首席科学家，还曾是隆平高科的董事兼国际贸易部总经理。他叫方志辉，是杂交水稻之父袁隆平院士的亲传弟子，也是袁隆平院士派往海外推广杂交水稻的授权代表，深得袁隆平院士的信任。在海外的日子里，方志辉除了工作，就是著书立说，被业界誉为科学家里的文学家。他说："人生必须立志，生活不能苟且，应该有诗有远方。"远方，在方志辉心中，是挡不住的诱惑。他讨论远方，如诗般优美："美妙的生活都在远方，一生不变的想法是能走多远就走多远。走不远，就读诗，诗就是你坐在这，远方就在眼前。"

湖南杂交水稻研究中心谢长江教授，对方志辉的事迹了如指掌。他说，为了实现袁隆平院士"发展杂交水稻，造福世界人民"的伟大梦想，从1999年至2009年，方志辉和他的团队先后赴巴基斯坦、孟加拉国、印度尼西亚、菲律宾、斯里兰卡、柬埔寨、越南、文莱、朝鲜、马达加斯加等亚洲和非洲十多个国家推广杂交水稻。这是一项造福人类的崭新事业。在袁隆平院士的指引下，从目标国的确定、合作伙伴的选择到试验品种、杂交组合的层层筛选，经过艰难实践，探索了目标国和受援国的杂交水稻栽培技术，探明了杂交水稻在国外的推广模式，探究了杂交水稻种子出口的限制因素，探讨了中国政府援外农业技术的可持续发展途径，提出了许多富有

意义的举措。

这10年间，方志辉把工作的经历与生活中的见闻都写进了自己的日记，每次回到国内，就拿出来与老婆和孩子分享。女儿方昳是个文学迷，对方志辉说："爸，余秋雨写《千年一叹》，您去过的地方和他去过的几乎一样多，您为啥不也写一本？何况他只是旅游，您还是工作，感悟比他深多了！"

方志辉觉得有理，萌生了创作的冲动，说："好啊，我就写一本《十年一叹》，这10年，有太多的感慨。"

妻子黄秋林笑着说："你不是十年一叹，而是'十年一探'。你是在那里探索了10年，圆满完成了国家、企业和单位所交付的任务，取得了骄人业绩。和他不一样，你比他，在我们母女心中，伟大多了！"

书名，就这么在一家人的闲聊中定了下来：《十年一探——为了丰衣足食的世界》。2010年1月，该书由湖南人民出版社正式出版，袁隆平院士亲笔题写书名，谢长江教授应邀作序。在序言中，谢长江教授写道，该书有三大特点：不是散文，胜似散文，好读；不是总结，胜似总结，好用；不是游记，胜似游记，好玩。

2　相约回沅江

时间过得真快，转眼已经是2016年7月，炙热的阳光烘烤大地，湖南省城长沙素有"火炉"之称，也确实名不虚传。

袁隆平丛书第二册《非常稻》出版前一个月，方志辉、枕戈和编委会其他成员每天晚上都会一起探讨文章修改、装帧设计以及印刷等事宜，忙得不可开交，倒是没有特别感觉到热。

主编瞿建波天天在月湖公园早晚各跑几圈，用他的话说是"进行一番头脑风暴"。方志辉等人则比较喜欢静，就在公园里的"悦为邻"茶庄喝茶。这里基本上已经到了市郊，环境幽静雅致，有湖有水，空气也好，特别适合做这些编辑创作之类的工作。到15日，书稿已经基本定型，差不多大功告成。

这下，方志辉把编委会成员又都叫上，庆祝的饭局之后，又开了茶席，互相分享喜悦。几个人相互打趣，各自畅谈着对创作此书和阅读后的感受。你一言我一语，好不热闹。

静静的音乐如流水般抚过心田，在这炎炎夏日里，自然是格外清凉，格外惬意。忽然，一阵清丽的歌声传来：

天上那个云波咯，水里的霞哟呵！八百里洞庭啊，我的家嘞！
日从家里出呃，月在家中挂嘞，桨开千条路呦，网撒万朵花。
嗨咯嗨！嗨咯嗨！

这首《八百里洞庭我的家》大家都耳熟能详。方志辉、瞿建波都是洞庭湖边长大的人，对这首歌更是别有情怀，唱得他们心里痒痒的。方志辉是一个音乐细胞不是很发达却特别喜欢音乐的人，经常被朋友戏谑为“附庸风雅”，但他却不以为意，反而有些洋洋得意。他说：“听见这首歌了吧，我真的想回家哪。”

飞鸟也吃金丝鲤咯嘿，芦苇垂钓红须虾咯嘿。
船举金杯露斟酒，柳摇那个绿扇嘞，浪煮茶嘞。
椒红天无色呃，棉白地披沙嘞，稻熟天下足咯，沃土生精华。
嗨咯嗨！嗨咯嗨！

话语中甜美的歌声阵阵飘来，颇为应景。

“是呀，家乡总是非常亲切的。这书已经基本告一段落，方总，你老家有很多亲人，伯伯、伯母年龄大了，是该回去看看了。不像我，虽也确实想回老家，但父母都跟我一起到了长沙，却不知心归何处。也许唯有父母在，心中才有永远的牵挂吧。要不这样，这个周末我们都陪你回去看看，反正闲着也是闲着。”瞿建波接口说着。

别人种豆自得豆咯嘿，我家种豆也得瓜咯喂。
只等小姑蒙头帕，鞭炮那个炸落呦，满天霞嘞。
天上那个云波咯，地上的花哟呵！八百里洞庭啊，我的家嘞！

“多少次梦回洞庭，多少次梦见那湖畔的波光粼粼。我知道我是依恋那里的，还有那哺育我们成长的小城——沅江。即使在这个追逐名利的虚浮城市里，我依然渴望那种湖边上月朗星稀时的宁静，虽然我明明知道，这样的岁月，已经离我越来越遥远了。”方志辉顺着余韵的歌声感慨着，把大家的心情从这湖景中带回，唏嘘起来。

“那个年代的世界是纯净的，夜就是夜，绝不会有一丝外来光线的干扰，即使是那天空的星光，也要耀眼得多。或者是我们都厌倦了现在这昏暗天空下的霓虹，才会有如此感慨。但不说我们可能也都清楚地知道，那记忆里的洞庭涛声，那船那景，那月光那归鸟，都已经渐行渐远了。大家看，也许人们正用母亲湖的遍体鳞伤，换取短暂的富足，但那幅宁静的画卷，已经被现实的车轮无情地碾碎，抛洒在风里。在梦里，我们或许还能听到那曾经嘹亮多情的渔歌……”

几人现在都已经是地道的都市人了，可乡梦永远不曾灭过。这也是大家为何能聚在一起创作这套“袁隆平丛书”的一大动因。

大家一个个身在都市，却心怀感恩。尤其是袁院士成功发明的杂交水稻，让大家远离了饥荒之苦。这群20世纪60年代、70年代初出生的中年人，几乎都经历了大饥荒时代，更目睹了父辈为了生计，为了填饱肚子而尝尽苦头。“洞庭鱼米乡”“湖广熟，天下足”。这一句句俗语也好成语也罢，全天下人尽知，可有谁晓得，那可是湖湘儿女舍自家、为千家而做出的奉献和牺牲？那些年月，父辈为了响应国家号召，栽种的稻米虽然产量不高，但为了保全国，为赢这赞誉，谁家不是勒紧自己裤腰带，把粮食基本都上交了公粮。而自己家里，则第一满足孩子，满足老人，最后才是青壮劳力们喝点稀粥、糊糊，拼点野菜地瓜红苕苞米，尽可能填饱肚子，让饥饿的感觉尽量少点。至于营养和饱餐，基本上就只能存在于梦里和理想之中了。

想到这些，这些沅江儿女都有些感喟。方志辉讲道：“真心感恩诸位，谢谢大家，是你们，才使我得以将传播恩师的梦想变为现实。当初，就因为缺衣少食，我才立志攻读农业，结果考取了湖南农学院，也就是现在的农大，才有幸师承袁老师，也才有了我的今天。至今，我儿时经历的那件事，依然难忘。”

接着方志辉讲述了一个大家可能都经历过的儿时往事，或者是完全相同，或者是异曲同工。

原来，小时候的方志辉，因为营养不良，身体也不是很好。到了十一二岁的年龄，个子很是瘦小，经常犯病。有一次，他又脑壳晕、肚子疼。母亲不知道从哪弄了个偏方，用鸡蛋冲甜酒，然后加一些草药。当母亲把这“土方药”端来正要喂给方志辉吃时，父亲正好从外面劳作回来，看到后，一把抢过，就径直喝了起来。母亲见状，立即抢过碗放在桌子上，然后把父亲扯到了另一间房里。隔了许久，方志辉才见到母亲走出来，重新把“药”加热，喂给小志辉吃。那一刻，方志辉永远清晰地记得，母亲眼角分明挂着泪痕。他当时的第一反应就是父亲饿了，抢儿子的东西吃。要知道，那年头，鸡蛋可是稀罕物。

讲到这时，方志辉眼中再度湿润了。过了良久，他才静下心神，接着讲道。

当时也不好问，只是心里从此埋下了些阴影，甚至是怨恨。然后又过了多少年，直到他大学毕业，参加工作了，一次偶然的机会，才得知事情的真相。

原来他的父母从不当着孩子们的面争吵，有事都是背地里解决。当时正如他所想，母亲也以为父亲饿坏了，抢孩子的东西吃。然后就和父亲理论。结果是父亲也知道这个偏方，但他更知道，这药方子在不同的时间吃，有不同的效果，弄不好会加重病情，甚至会要命。因此必须得先试药，没有问题才能让病人吃。纯朴的父亲就是担心方志辉试药会加重病情，因此才没有作声，就自己先尝。

那是一个什么样的年月呀，饥饿都能让至亲产生如此的隔膜。看来古时“易子而食”只是一个编造出来的残酷的故事。父母，也只有父母，才是天底下最无私的。而老师，也是完全可以和父母媲美的。因此，农村的神龛上，供奉的匾牌，都是书写“天地国亲师”的。

一个故事把大家都拉回到了自己的童年时光，带回到了对父母亲人的回忆中，场面一下子安静了下来。

一阵唏嘘感慨之后，方志辉打破沉寂，“这样吧，我告诉你们，过几天

就是我母亲寿辰了，大家兄弟一场，就随我回乡，我们去看看梦中的地方，是否还是儿时的模样，就不用在这抒怀感慨了。对了，你们还有几个不是洞庭湖边的，但湘韵永在，湘音依然，总是被贴上了洞庭的标签，洞庭情结也是有的，所谓湖湘文化，也不仅仅只是洞庭。就如这《非常稻》里描述的一般，安东教授，你这东安人，也出个声，对不对？在外面，听到洞庭，是不是就有回家的感觉？”

“确实如此，刚才见你们讨论得如此热火，我是个旱鸭子，插不上‘水鸟’的话，却正想说这个意思呢。或许，此次归来，还可在《非常稻》中再加上些‘非常’元素。东安也是潇湘之地呀，应该是古湘。以前有种香烟就叫‘古湘’，名气非常大，还是我家乡出产的哩。”

说走就走，说干就干。这便是这几位朋友的习性。所以，他们能聚在一起，而且能够成事。几天后的一大早，他们就向目的地沅江进发，去给方母祝寿，顺道观赏沅江。

现在的交通真是便捷，一路上几人聊着些趣事，继续着那晚似乎还没有聊够的话题，东拉西扯，才一会儿工夫，就到了益阳。车下高速后，转道益沅大道。说是省道，却比高速跑着更舒服，那道路宽得吓人，有 4 车道，路面更是平整。大家常年在都市里堵得慌，遇到如此开阔的路面，心情也不由得开阔了起来。虽说也跑了近半个小时，但从大家的神情看来，好像是一下子就飞到了沅江。

“沅江，我们回来了！”几人忘情地呼喊着。“我们都记得，母亲轻哼的歌曲，沅江，就是游子迷路时回家的地方。”

方志辉不忘单独地夸耀几句：“当然，我认为最激动人心的，当然还是沅江的历史，随着洞庭湖的波涛晃动了千百年。沧海桑田，人文毓秀，文化昌盛，共同组成了历史文化的经典场景。于是，当我们聆听那沅江历史的叙说时，体会到的自然是沉甸甸的沧桑。然而，岁月的沧桑又何能壮我沅江历史，那是远不如与它共生共长的积极的人文历史的。”

大家自然都知道，天地人组成的沅江是一个丰富多彩、鲜活有趣的空间。《涉江》《橘颂》不朽，这是屈原给沅江留下的激情燃烧。“沅江水有梁与罾，沅田树桑可垦耕”“湖山好处得新句，杨柳中间系小舟”，这是迁客骚人官宦名流对沅江历史的感知。李白、杜甫、宋之问、张说、王安石、黄庭坚、王守仁、袁枚、石达开、左宗棠、曾国藩、彭玉麟、胡林翼及一代诗僧海印禅师等不一而足，使沅江历史从此有了一份足够诱惑又足够炫酷的名录。

农民领袖杨幺的义举，范蠡客居蠡山，严子陵“寒潭钓雪”，刘备夜宿“昭烈古城”，陶澍寻访“七仙洞遗迹”，杨阁老“归寝月形山”，对黑暗社会挑战的“为民先锋”蔡杰、徐植南烈士，及沅江女青年江韵芝、吴杏仙、罗曼仙(后改名文路)、张树青(后改名石靖)等12名同志，奔赴延安投身抗日前线；其中还有被毛泽东主席称为“吴氏三姐妹”的大姐吴平、二姐杨达、三姐陈实，及当代国学大师张舜徽取得的惊世成就，都被史笔传成了沅江佳话，证明了沅江人文历史像彩虹一样绚丽。这些近在面前的故事或早已消逝的往事，都赋予了沅江历史文化的灵魂。还有这南洞庭湿地，哪里不是景和画、诗和歌?！贞观景星寺、洪武圣庙、民国海印禅师墓和抗日阵亡将士纪念碑，望为观止，四大古建筑凌云、镇江两座宝塔和魁星楼、琼湖书院蔚为壮观。现代建筑洞庭阁、安澜阁则有千军万马治水鏖战的气势。更有伟人毛泽东、蔡和森、帅孟奇、华国锋、温家宝等踏足沅江的情怀，那是对这方热土的特别恩赐。

说起沅江，这方热土的故人或是游子，几天几夜也讲不完，道不尽。

沅江历史最有幸的际遇，不仅仅只有温家宝视察沅江时的题词“团结奋斗振兴沅江”而已。在大家熟知的国内革命战争历史时期，沅江是洞庭湖区农民革命运动的中心，有无产阶级革命家帅孟奇在魁星楼星夜革命。1917年毛泽东偕学友肖子升，1919年又偕蔡和森，怀革命理想、激情和坚定的意志，在这里作农村社会调查，留宿县城劝学所，星星之火，似乎就此燎原。毛泽东的一生，波澜壮阔，惊天地，泣鬼神，本身就是一篇气吞山河的史诗。他，使沅江的历史绚烂增辉，让“沅江”成了世人心中骄傲的丰碑。沅江千百余年的历史，几乎都与中国历代的政治家、军事家、文学家以及社会名流等有着千丝万缕的联系。有了这些人文历史的渊源，沅江历史文化变得日益丰盈饱满了，沅江人的心灵也变得更宽阔博大了。

历史曲曲折折水，史料更更迭迭山。洞庭水繁荣了沅江千百年历史文化，沅江历史沿革的故事也随着汩汩而流的水产生。

这片土地，多属泽国，自宋代以来，多次大面积的水陆易位变化，沧

海桑田，才有了先民移居此处的繁衍生息。始建于南朝梁武帝三年（522年），1486年前就已置县的沅江，在5000多年前就有人类居住，素有药山、安乐、乔江之称。今日沅江，更是一座充满魅力和希望的城市——“桔城”。无论是生于斯，长于斯的南洞庭人，或是远离故土的游子，谁都在心中收藏着一张沅江的立体地图。

大家你一言我一语地解读着家乡，解读着这方山水、这方人情。他们骄傲着，欢呼着，为自己是湖湘儿女的一分子骄傲，也为自己荣归故里欢呼。

大家眼中看到的是纵横交错、宽敞整洁的城市道路和巧夺天工的白沙大桥，还有那独具匠心的绿化草地，以及拔地而起、风格迥异的建筑群体。可这些充满了现代气息的元素对于都市中的他们来说，司空见惯，并没有引起他们多少新奇，只是谈论着家乡也快变成都市了。

其实，人们对一座城市的爱，必然无法撇开与自己密切相关的人：亲人、爱人、朋友、熟人。那一份亲切得无法割舍也无法替代的记忆，都是生命的一部分，甚至是全部。大家这些天讨论的湘魂，此时忽然变得明朗起来。

“心忧天下”“百折不饶”“敢为人先”“兼容并蓄”，不正是沅江这方热土的写照吗？屈原行舟沅水尾间观橘林而吟成的千古绝唱《橘颂》；钟相、杨幺的农民起义以及洞庭游击队，以及无数先贤仁人的拼搏开拓，正如凌云塔上的对联“文星磊落昭银汉，笔阵嵯峨焕彩霞”。

“洞庭秋水砚池波，且把赤山当墨磨。宝塔倒悬权作笔，苍天能写几行多。”方志辉止不住朗声吟诵，“古今自有湘军在，风流人物水中现！”

说话间，车已到了家门口。

3 “回家真好”

随着一声“嗲嗲，娭毑”，方志辉奔进家门。

老人笑得合不拢嘴。

慈祥的老人看到还有众多客人在，不好再像小时候那样对方志辉仔细端详，问个究竟。父母把心中的这份关切先藏在心中，招呼起客人来。

一行人刚刚落座，方志辉的父母便将各种瓜果点心端了上来，随后又去准备给客人沏菜。一会儿工夫，沅江最有特色的芝麻豆子茶又被奉上来了。

大家开心得不得了。虽说这茶在城里也是常喝，而且家中也有存货。可是，在家乡喝家乡的特色茶，这味道就是不一样。乡味全在这里，少了丁点，那都是不完全的、不纯粹的。几人陶醉地啜饮着这特有的清香和醇甜，心里乐开了花。

呼啦一下，四邻全部围了上来。在邻居心目中他可是从省城里回来的，家乡里出去的了不得的“大官”，是给家乡人长脸的人物！

大家围拢来，叽叽喳喳，七嘴八舌地打着招呼，问这问那，扯东拉西。方志辉知道，他懂得这意思，这就是乡邻的热情，没话找话。

方志辉不知道回答谁的话，或者哪个问题，最后干脆一个劲儿地傻笑着，乐呵着，敬茶敬烟敬水果点心，招呼着大家，一下也不敢怠慢，一刻也不敢耽误。虽有些手忙脚乱，但心是热突突的、甜蜜蜜的。

黄秋林和大家一起替方志辉解围，和亲友邻居们拉着家常，一个个喜笑颜开，其乐融融。

大家被这情绪感染着，心里始终响彻着一个声音：“回家真好。”

阵阵拉话应承中，大家知道了这些年党的富民政策好，更加能感受到沅江变了模样。也知道了方志辉讲的父亲试药的故事，更知道了方老爷子写的诗，以及那种满足感和幸福感。知道了受到周总理接见的乡村农民诗人陈定国老先生，知道了他创刊的《白沙诗刊》，尤其知道了方老爷子最得意的“耕读传家”。

慢慢地，一个个生动鲜活的故事进入了大家的脑海，并扎下了根。

方志辉从小读书就非常用功，在沅江学习时还得到周冕章老师的悉心指导。这个周老师是1961年北京师范大学中文系的毕业生，那中文功底可是不简单，扎根学校数十载。他对方志辉关爱有加，寄予厚望，一直把他当作自己的得意门生培养。说起来，方志辉喜欢文学和能够动笔写点文章多半是周老师的功劳。周老师可是真的厉害，这不，他不仅是省作协会员，还是湖南文艺理论研究会会员，先后出版多篇长篇小说，如历史小说《李白》填补了很多空白，更有写洞庭水乡、写沅江的《海上湾洋海冲》。沅

江人杰地灵，近代黄埔军校毕业的周维寅就是抗日名将，已成为沅江本土的传奇人物，也是小说中的原型。方志辉此后写书的想法更多的是来自周老师的启蒙。

方志辉进省城读大学后，也带动了村里的读书风。“养崽不读书，莫如养头猪”这一句朴实的俗语千百年来流传华夏，家喻户晓。但方志辉的经历才更让纯朴的村里人信服。从此，他就成了当地家教成功的典范。这一方面让方老爷子无比惬意，得意满满。同时他老人家也确实乐意把自己成功的家教经验与村里人分享，比如夫妻争吵不当儿女面，父母是最好的典范和榜样；比如读书要用心，疼儿要疼心；比如万丈高楼平地起，打好基础要耐得烦等。最重要的是，方志辉走出农门后，又把自己的弟妹们全部带了出去，更让村里人看到了无穷的希望。而方志辉，对村里人也几乎是有求必应，总之只记得后生晚辈好像都有受助的渊源。邻居们把方志辉如何教其五弟读书，最后其五弟改变命运的事当作自己的家事，均可随口道来。

方志辉在恢复高考后考上大学，因为家里比较贫困，其他弟妹几个就不想读书了，很早就想帮助父母做农活。后来四弟当了兵，也谋到了出路，在部队勤奋学习，刻苦锻炼，考取了军校。

转眼就到了 1987 年，五弟方武辉已初中毕业。他也想跟村里同龄人一样，不读书了。此时方志辉已在省城立下脚根，自然不肯他放弃学业，坚持要五弟读书。可方武辉此时学习成绩掉的远，补不上了。这时，大哥方志辉灵机一动：“先让他吃点苦头也好。”同时要他别丢书本。果如所料，1989 年的时候，方武辉就受不了干农活，尤其是洞庭湖边那永无穷尽的填坝修堤的劳动。

洞庭水患千年不绝，湖湘儿女记忆中最深的就是，每年冬季，为防止下一年洪灾侵袭家园，家家户户的劳力必须义务出工，挑土填堤。在科技还没有发达到今天程度的时候，那是一种怎样的苦力活呀，每个洞庭儿女感同身受，一句话，那就是没有前路，没有尽头。方武辉终于受不了了，决心还是听大哥的，再读书。其实，说起来修堤是一件功德事，但现实中却有很多洞庭儿女因这永无穷尽的劳作而决意跳出农门。几千年来，“万般皆下品，唯有读书高”的传统思想左右着中华民族的走向，更成为湖湘文化的一个特色。千秋功过，不再评说。

一年后，方武辉在大哥的帮助下，通过努力终于考取了长沙农业学校。1992 年毕业后，他迅速瞄准改革开放后，国家特别重视农牧业的机遇，从农牧渔业科技服务部开始，一步步地做实壮大，并在三哥方俊辉带领下，注册成立了益阳市三益九鼎农牧有限公司，成为益阳乃至湖南有影响力的饲料代理商。现如今，公司事业蒸蒸日上，兄弟几个都在省城买了房，定了居。为此，沅江市文化名人胡松柏老先生为方老爷子贺寿的《贺方训知先生八秩大寿》的诗作“训弟善齐家，喜儿孙报国；知宾欣贺寿，祝松鹤延龄”，成了老爷子最得意的事。

国人大抵都知道，族谱一般都是记录父系家传的，而方氏族谱，却破天荒地将一个女性，也就是方母搬了进来。不仅有记载，而且还记载得非常详细。因为她不仅把家里打理得井井有条，上孝公婆，喜交妯娌，邻里相亲，而且乐善好施。这自然了不得，毕竟修族谱是家族的大事，可乡亲们为客人津津乐道的却是另外一件名动乡里的事情。

那是 2011 年，适逢方母七十大寿。“人生七十古来稀”，这在人生中自然是个值得庆祝的日子。这天，方家聚齐，为慈爱善良、无比优秀的母亲寿辰操办一番。因为其母平日的为人处世，客人自然来得特别多，应该来的都不请自来了。这事热闹一阵本也就过去了，可让方家儿女们都没有想到的是，当时村里修路，方母竟然偷偷地将儿女们为她留下的 5 万元养老的钱全部捐给了村里。这事她没给任何人说，还叮嘱村委会干部“千万别说”。这可是在 2011 年，一位农村的、没有读过任何书的老奶奶做出的决定。

当时村干部答应了她，可当路修成之时，村委会居然“违约”了，他们要请老太太去剪彩。老人不答应。最后干部们一商量，敲锣打鼓地将一面书有“造福桑梓”的大型牌匾送到了家里。如此大家才知道这段佚事。

讲到这里，方志辉才补充道：“说实话，当时得知这事时，我心里有些不舒服，几姊妹也都不理解母亲的行为。这说上来是很高尚的一件事，但在家人心中并不是这样的。那时我们兄妹几个也并不是很宽裕，这钱是母亲养老的钱，就算是修路，我们捐些钱也就行了，一个老人怎么能够一点钱都不积攒，全拿出来捐了。当母亲得知我们几兄妹的想法后，就数落起

我们来，说我们常年在外，很少回家，没有责怪我们，但'亲不亲，家乡人。我修路是积功德，是为你们赎罪修行，想想，家乡给了你们生命，你们回报家乡什么了？'争来争去最后也没有争出个结果，兄妹几个还是没有解开心结。方志辉这几年在马岛做推广杂交水稻的事业时，几次都有放弃的念头，因为在国外太难了。但每当想到母亲的教诲，方志辉愧莫难当。想着母亲一个农村妇女都能如此博大无私，自己真心不敢退缩。你们不知道，当时祝寿时，我们兄妹是计划要请戏班子唱个大戏的，因为母亲一直爱听戏。可母亲讲，别花钱，挣钱多不容易。当时兄妹苦劝，都劝老人家一辈子操劳勤俭，就奢侈一回。但母亲很坚决，兄妹几人就没有再勉强，几兄妹事后还议论说母亲真是小气，一辈子都不舍得乱花钱。却不知道，原来我母亲真的是好大方呢。比我们个个都大方！

"世事有因果，皆自佛缘生。"方志辉缓缓地说道，"我是一个共产党员，是不能信奉和宣扬迷信的，但大家都知道，宗教不是迷信。我们沅江人，因为敬天畏地，有很多人都是信奉宗教的，他们对于科学不是很懂，就将一切疑团带到了寺院里。还别说，小时候我最大的乐趣就是随母亲到庙宇里上香拜佛。到后来，识得几个字，更是觉得寺院中那些楹联铭文，冥冥中总牵引着我的思想。说到这，我觉得这之后我能写点东西，与这个经历大抵也是分不开的。"

方志辉看到大家似乎很专注地听他分享这些经历，知道这些伙伴都是对传统文化很上心的。于是接着讲了下去。

"那时候沅江南大膳镇西良村有个熙福寺很有名气，住持还是现在那个住持，说起来其实你们知道的，就是现在长沙洗心禅寺方丈悟圣法师的父亲。不过那个年代他好像半僧半俗，印象最深的是他帮乡里人治病，从不收钱。

"我去过很多次熙福寺，记忆最深的就是那个很大的香炉上有段铭文，记载的是唐太宗李世民的《百字铭》，至今我还烂熟于心，对我一辈子影响很大。"

说着，方志辉徐徐道出：

欲寡精神爽，思多血气衰。

少饮不乱性，忍让免伤财。
贵自勤中取，富从俭中来。
温柔终益己，强暴必招灾。
善处真君子，刁唆是祸胎。
暗中休使箭，乖里藏些呆。
养性须修善，欺心莫吃斋。
衙门休出入，乡党要和谐。
安分身无辱，闲非口不开。
世人依此语，灾退福星来。

方志辉当时觉得这盛唐的皇帝确实不一般，这劝人的文章写得言简意赅，就抄写了下来。心想这治国的良方，对自己修身肯定有益。方志辉想母亲能够做这些，就是“养性须修善，欺心莫吃斋”使然。一辈子，一个善字坚持到底，成就了她老人家的做人。

“我是头个支持老伴的，她做得很对。要致富，先修路。”这时，方老爷子插话进来：“确实，我们家几个崽女都算是有点出息，可别忘记了，我们都是沅江白沙洲的人，走得再远，根都还在。要想知道白沙洲以前是啥模样，我给你们念首陈定国先生的诗吧。”

众人只见老爷子有模有样地吟诵起来。

故乡吟

白沙洲是我家乡，昔日兵荒霸主狂。
水旱连绵多劫难，人烟稀少遍凄凉。
韶山日出家园幸，故里人歌岁月香。
创建小康民致富，千家万户谷盈仓。
农耕文化万千章，田舍农家翰墨香。
户外村头挥彩笔，蓑衣底下见诗狂。
犁耙浪里寻佳韵，书屋床头步宋唐。
总理欣闻传旨意，授旗故地赞诗乡。

“1956年，周总理欣闻白沙洲农民老少多年吟诗赛诗，授予白沙洲‘白沙诗歌之乡’称号，并在北京亲自接见了陈定国老先生，将锦旗赠给了他。由此你们知道，要发扬白沙洲文化，群众不富怎么行？所以，不修路肯定不行。我们有这点能力，当尽力助之。除了我屋里老大的恩师袁老，他的事迹你们比我更清楚。我们沅江还有周维寅将军，就是周老师书里面写的那个，那也是了不得的大人物，最终为了沅江，‘为有牺牲多壮志’。还有那么些历史人物，名流大家，从屈原到毛主席，一路来多少英雄呀，你们文化人更懂。我们方家没有他们那么伟大，做点实事还是可以的。”老爷子发自肺腑的一番话，让大家倍觉灵魂更加纯净，心中的思绪飘得更远，默念着《百字铭》，似乎对自己的内心检视了起来。

几人会心地笑了，真的是不枉此行。同时，觉得肩上的担子似乎又更沉重了些。

4　忠孝两相全

自古以来，忠孝两难全。方志辉说：“天佑我，忠孝两相全。以前跑遍世界，追随袁老师推广杂交水稻，为国为民尽了忠。在父亲弥留之际，我也尽了孝。”

病来如山倒。2017年3月10日，方老爷子因胰腺癌住进湘雅三医院，生命进入倒计时。方母日夜不离，方家子女轮番守护。方志辉也特地请了假，在医院日夜陪护父亲。连续熬了十天十夜后，年过55岁的方志辉瘦了一圈，体重减了11斤，眼睛肿了，眼圈都黑了，成了熊猫眼。弟弟方武辉打趣哥哥，说“给你每天500元做护工你干不干？”方志辉一脸苦笑：“如果不是照顾父亲，给我一万元一天也不干！这是尽孝啊。”父亲听了，笑着说：“你调子怎么这样高？一万元一天还不干，你有多值钱啊！若是我身体好，一天一百元我都会争着干。”方老爷子此时的身体也非常虚弱，是心痛儿子，故意说笑。

在接下来的日子，老爷子身体每况愈下，没有一点转好的迹象。他把儿女都召集在病床边，说：“你们都是孝顺子女，我一生都很满足，你们都也成家立业了，我对你们也很放心。我知道自己熬不了几天了，有两件事要交代你们，我走了以后，一是丧事从简，所有费用要控制在三万元以内，由你们兄弟姊妹凑钱，不要收礼金，不要铺张浪费，以免造成不好的社会影响，二是如果你们凑的钱有结余，悉数捐给村上，我们村还不富裕，村上集体收益很少，五保户、留守儿童不少，需要用钱的地方很多，‘老吾老以及人之老，幼吾幼以及人之幼’，你们以后要多关照家乡的老人和孩子。”

7月1日，方老爷子安详离世，7月4日下葬。方志辉按照父亲的遗言，将办丧事之后的余款汇集，并与兄弟姊妹一起凑足五万元人民币，捐给了村里的白沙渔场修路，让父亲含笑九泉。

第二十一节　孩子眼里的袁嗲嗲[①]

1　会思想的芦苇

说话间，时间飞逝，转眼就到了饭点。

一桌子菜，满满当当的，都是沅江特色菜。那鲜嫩的“黄鸭叫”，酱白浓稠醇甜的汤就着余温翻滚着，煮上了“洞庭虫草”芦笋。野芹菜、藜蒿，翠嫩诱人，“洞庭三珍”全齐了。还有龙虾、蟹以及沅江水产的鳜鱼、干鱼、晒腊肉、土鸡、山羊，炒牛肉、时令小菜等。

大家垂涎欲滴，空手就干上了。品味之时，又不忘一致感慨：真是生逢其时，现代科技能让人们在各个季节品味“舌尖上的中国”。

“画出江乡三二月，河豚安得配芦芽。”这中间大家最品头论足的当是“洞庭虫草”——芦笋了。时下，大家对大鱼大肉都不觉得新鲜了，细品山珍已成时尚，火热的夏季见到这芦笋，一桌人自然地又摆起了“龙门阵”。

芦笋，这芦苇逢春破土初绽的嫩芽，春天之时，跃然湖洲，姿态万千，欣然步入天南地北。她就如一位季节的使者，隐忍于寒冬，以一枝枯苇与瑟瑟北风对抗，整装待发；在乍暖还寒的清晨黄昏，甚至在雪未消融时竞相生长。三江水暖，春雷鸣空，芦笋脱颖而出，满洲碧绿，郁郁葱葱，矮矮胖胖，万里晴空下恰似一群逐景的牛羊，与东风交头接耳地谈论大地母亲的辽阔。湿洲上，闲云悠悠，大雁翩翩，白鹭荡一湖春水在绿波里招摇，和着芦笋渐齐的恣情拔节的节奏。

① “嗲嗲”为湖南方言，即爷爷的意思。

又是一年笋肥，鱼跃，农忙。柳堤内外，渔家点点，芦笋在湖边，湖在芦笋的趾边，芦笋尖挨着尖，叶牵着叶，笋挤着笋，争先恐后，如同一群欢快的孩子戏耍苇丛。小舟在湖上撒开一张张浪花的网，采笋摘蒿割芹的人背袋系镰，手脚麻利，在一望无垠的绿野上，弯腰汗背纵情收获。

兴起，邀友踏青采笋，吟得“沙渚芦笋肥，碧湖白鹭飞。东风裁柳叶，夕阳客忘归”。夕阳里，霞光万道，湖若明镜，自是一幅天上人间画，写意山水蘸墨丹青，混然物我两忘。

春笋，夏苇，秋絮，在岁月的河流里不断重复着蚕死丝尽之举。春食芦笋。湖乡人的家常菜则正是沸沸腾腾的河鱼煮青笋，火辣辣的腊肉下嫩笋，香飘厨窗的小炒腌笋，色香味脆，想想都让人涎流三尺。而如今，一年四季，都可保鲜长存于冰柜中，或制成笋干，又是别有一番风味。

而这火热的夏季，夏苇则是洞庭湖一道别致少有的风景，更是古往今来文人隐士草根的处世情怀，一片贫瘠的土地以铺天盖地的绿在年复一年中固守湖泊滋养村庄。

“会思想的苇草”，新兴的网络时代，网红或者普通网民给予了它更多的注脚。

秋絮，伴随景星寺暮鼓的佛韵绵绵，绕凌云塔的古迹幽幽，蕴藏莲花坳撂刀口的典故津津，花絮纷飞在袅袅炊烟里，洞庭鱼米奉养一方勤劳善良的父老乡亲。早年，民间习惯用芦苇搓绳辟邪御凶，筑房、编席、织被等。而今科技日新月异，芦苇由笋到茎至叶，食用、药用、材用价值不断得到认可与提升，芦笋文化将带着地域特色，随八百里洞庭通向五湖四海。

正如本土作家所写：“芦笋，携一枚历史的印章，拥缕缕悲秋伤怀之思，伴丝丝漂泊客旅之愁，怀腔腔离情别绪之感。从春秋的《诗经》蒹葭苍苍……稚嫩而出；以独特唯美步入魏晋南北；以顽强拓展托物言志风行隋唐盛世；以色彩分明屹立宋元时期；以一种超然的文学与绘画艺术辉煌于明清；以一种淡泊厚重的意象感染憩息繁荣着一代又一代扎根湖洲的人们。”

大家仔细地品尝着一根根酥脆香甜的芦笋，咂摸着家乡的味道，开心地吃着。那一顿饭，一个个都不再顾忌吃相，真是吃得漫卷西风，风卷残云，一个个肚子胀得难受，直呼：“受不了呢，太美味了。唉，好撑呀。”

方志辉看着大家的吃相，乐从心来："这芦笋确实是不错，我回去得给老师带些，让他老人家一家子也尝个新鲜。"他止不住地想："刚才都只顾着高兴，差点忘记了，这次，他又帮了我一个大忙呀。袁老师对我们老方家，真是恩同再造。我本人就不用说了，就是老三、老五能有这点出息，又有哪一点离得开袁老师呢。对，我得把老爷子那宝贝孙子参观拜访的事情和两位老人讲讲去，也让他们乐呵下。这应该是今年给他们最好的生日礼物了。"

"知子莫如父"同理，知父自然也莫如子。方志辉当然知道虽然父母对孙子孙女同样喜欢，可自己养的女儿已经大学毕业了，生活独立，因此父母最牵挂的自然是身边老五家的孙子。

有一次，老五和方志辉讲，他儿子的同学听说方程浩的大伯伯是袁隆平爷爷的亲传弟子，就将这个消息传到班主任那儿去了，班主任说要组织一次活动，带大家去拜访袁爷爷，参观杂交水稻中心。

参观的事情好说，可是老师毕竟都 85 岁高龄了，一帮孩子去拜访他，虽然老师乐意，可他的身体也受不了呀。何况长沙有那么多学生，每个班都要组织去，那哪能行。

可一想到家里老五被儿子鼓动，被老师期望，尤其是想到自己的父母，即孩子的爷爷奶奶也有两个比较大的心愿：一个就是感激老师，希望袁老师健康快乐。而另一个，现在更多的是疼这宝贝孙子。

方志辉决定还是试一试。其实他知道，只要他开了这口，老师一定会答应的。除了自己这个因素，更多的还是，老师特别喜欢孩子。他的希望和梦想，不就是为了孩子们的未来吗?！孩子就是祖国的未来和希望。

2 "我和隆平爷爷的快乐相会"

2015 年 11 月 6 日，一个朋友很高兴地打电话告诉方志辉，湖南省的名校广益实验中学的官方网站上刊登了有关袁院士和方志辉的文章。方志辉打开一看，里面有他的侄子方程浩及班主任梁老师写的文章。他饶有兴趣地读了起来。

好消息！好消息！我好骄傲！

什么好消息？为何骄傲！悄悄地告诉你。班主任梁老师将借明天周日休息的机会，带我们班几位同学去拜望中国工程院院士、“杂交水稻之父”——袁隆平爷爷。而这次活动，准确地说是我开“后门”才得来的。其实我不会开后门，但这次，为了我的愿望，也是全班同学的愿望，为了我们能亲眼见到这样一位伟大的科学家，我怎么能不愿意去走这个后门！托我的大伯父，同样也是科学家，而且是隆平爷爷的弟子。我们学校组织这个活动，伯父理当支持。

在家里，尤其是我们那个大家庭，我经常耳熟能详地听到的就是，因为有袁隆平爷爷研究发明的杂交水稻，才让我们中国这样一个人口众多的国家摆脱了向国外进口粮食的局面，杂交水稻不仅让中国人不再饿肚子，还解决了世界上很多国家的吃饭问题。他老人家的奉献不仅属于中国，而且属于全世界呢！我多次听大伯父和爸爸、妈妈、爷爷、奶奶讲，隆平爷爷可是我们家的大恩人。我去感谢恩人，那是再好不过的事呢！我必须得争取，因此，我说服了我自己。此生，就走这一次“后门”！

我回家早早地设好闹钟，上床睡觉，想明天精神抖擞地看望袁爷爷。可翻来覆去怎么也睡不着，想着：我经常在照片上看到袁爷爷，可他真实的样子也是那么慈祥可亲吗？袁爷爷会不会很严肃呀？明天我见到袁爷爷会不会说不出话来呢？

不晓得是梦还是仍然在想，转眼闹钟就“滴滴”地催我起床了。一大早，我就来到了学校，同学们也都来得很早。

随着梁老师一声令下，我们出发了。大家一路上叽叽喳喳地讲个不停，很快就来到了湖南省农科院。终于见到了袁爷爷。

就在那一刹那，我竟然一点都不紧张了。你看他虽然是享誉世界的科学家，却和平常的爷爷，和我伯父家照片里的爷爷是一个样子的：个头不高，慈祥得很，穿得更是非常朴素，上身着一件浅灰色毛衣，外面随意地罩着一件浅色西服，那西裤也不是电视里见到的那些大人物穿的那样，总是特别光亮笔挺的，连他脚上的皮鞋也是灰扑扑的，估计是刚从试验田回来不久。见到我们，他一个劲地一直慈祥地微笑着……

真是个“爷爷”，原来，爷爷星期天都不休息的呀。我想，这才是真正

的大科学家吧，我大伯父也是那样，经常不休息，也不在意穿着打扮，更不在意别人对他的评价。他只活在他的事业中，活在他心爱的田地里。

我们向袁爷爷送上了鲜花和各自早就准备好的小礼物。袁爷爷高兴得像小孩子一样，笑眯眯地望着我们，好像看到了水稻田里那一根根最饱满的谷穗。

然后大家小心翼翼地提出想跟袁爷爷合影。哪知袁爷爷立即爽快地笑着答应了。

你看，照片里，爷爷捧着火红的鲜花，沉稳地站在那里，慈祥地微笑着，而我们就如一群天使，永远地守护在爷爷的身旁。真好！

袁隆平（中）；梁小兰（左五）；方程浩（右二）

时间一分一秒地很快过去了。就在我们正沉浸在袁爷爷的呵护中时，梁老师却打断了我的梦："袁爷爷已经八十多岁了，手头还有很多工作要做，今天又是周末，我们不好打扰他很久的。"

我们只得依依不舍地跟袁爷爷告别。

"没事，孩子们高兴。"袁爷爷笑着，又语重心长地对我们说："孩子们，祝你们健康快乐地成长，成为对社会有用的人！"

多么朴实的话语，多么深情的希望。袁爷爷，您放心，我和同学们一定不会辜负您的期望，以后不管做什么，都会努力学习，认真工作，成为对社会有用、能够为国家建设添砖加瓦的人！我心里已经暗暗地下定决心。

读到此时方志辉渐渐明白，原来是方程浩同学在进入广益中学读书的时候，送了他一本自己写的关于袁院士的书——《稻可道》给程浩，这孩子特别亲老师，把书送给了梁老师，梁老师觉得这是一个让学生走近院士的好机会，所以在一个周末带领班上的优秀学生前来拜访袁院士。

从班主任梁小兰的文章中方志辉看到了这次活动对孩子们产生的深刻的影响。

健康快乐成长播撒希望的种子

——与袁隆平院士交流之行

梁小兰

我们今天要和“杂交水稻之父”袁隆平爷爷面对面交流并参观湖南省农科院实验基地。这可是千载难逢的好机会！

11 月 1 日，明媚的阳光一扫连日的阴霾，我带着我们班（湖南广益实验中学初 1513 班）方程浩、刘奕纾、陈晓峰、徐舒畅、陈子轩等 9 位同学，兴致勃勃地往湖南省农科院赶。

一路上孩子们欢呼雀跃。听说有的孩子昨晚兴奋得一个晚上都没睡觉，有的还连夜赶制了小礼物准备送给袁爷爷，有的给袁爷爷写了信，还有的准备了很多问题想当面向袁爷爷请教呢！

上午十点，终于抵达农科院，我们首先去拜望袁院士。在他助手方志辉老师的带领下，我们到了他的住处，等待接见。虽然是休息日，袁老却在还办公室里忙碌，他老人家今年已经 85 岁了。

一会儿，我们平常很熟悉的袁隆平先生一脸慈祥地微笑走来了，还忙不迭地讲“让你们久等了”。只见他着一身米黄色西装外套、褐色羊毛衫、褐色裤子，就如一个普通老者，只是更显精神矍铄、步履健朗，而且特别

让人感受到一种睿智深度的气场，根本看不出已是85岁高龄。来时就听方志辉先生介绍，袁老还经常步行或者骑电摩去500米远的试验田，下田亲自试验。

当他站到我身边合影时，我发现袁老的呼吸还是有些急促。虽然老人家很乐意和孩子们待在一起，但我不好意思叨唠太久，因此立即要同学们和袁爷爷告别。

孩子们依依不舍地齐喊："袁爷爷再见，祝您身体健康！"袁老频频挥手，不忘祝福："孩子们，祝你们健康快乐地成长，成为对社会有用的人！"看得出老人家特别喜欢这群天真可爱的孩子，还要方老师全程陪同我们参观。

接下来我们参观了袁老的住处。这是一座旧式别墅，与其说是别墅，倒不如说是袁老多年来的工作场所。孩子们惊奇地发现，院子里，有农具、有各式各样的花草，其中还有稀有的灵芝，不知道老人家是怎样将其培育出来的。院子后面有一张古朴的木质小书桌和几张木椅，再后面是一块试验田，田里的稻子已经收割了。方先生讲，有个朋友执意要给袁老安排一个大别墅，可袁老根本不愿意接受，他就喜欢住在这里。这里有他心爱的试验田。是啊，真正的科学家就是这样，远离喧嚣，淡泊名利，始终离不开他深爱的土地和种子。

在杂交水稻培训中心参观时，方先生非常自豪地对我们讲："你们别看这个培训中心不起眼，每年都会有很多个国家争着来这里培训学习杂交水稻。我们规定，一个国家最多只能派两名代表。"说到这里，他略微停顿了一下，神情更加慷慨激昂起来："那些不承认中国主权独立的国家，我们是不接受他们的培训申请的！"

大家纷纷鼓起掌来。是呀，有实力就有魅力，方有尊严！

方志辉先生是袁老的助手，也是袁老心爱的学生，从他的身上我们同样鲜明地感受到了袁老学术和做人的魅力。我知道方先生许多故事，而且更知道他还是一个文学家，他把自己跟着恩师袁隆平，以及和他一起奋斗的那些科学家们的故事写成了文学作品，我就拜读过《稻可道》《十年一探》《七年马义奇》等，时刻感受到我们的科学家们敢为人先、不畏艰险、艰苦创业、淡泊名利、无私奉献的精神。他们真正是当代中国最可爱的人！

杂交水稻培训中心的旁边是杂交水稻分子育种实验室，很多抗倒伏、抗病虫的水稻品种就是在这里研究而成的。主楼外墙上“发展杂交水稻，造福世界人民”的巨幅标语昭示着袁院士的毕生梦想和追求。

前坪有一块轮廓分明的世界地图，上面凸显了一块，正是马蹄形的湖南。设计非常巧妙，寓意着“鱼米之乡”立足中国，面向世界。湖南是中国的重要组成部分，多年来形成的“敢于担当、兼容并蓄、家国情怀”的湖湘文化已经成为中华文明最好的传承。同样，中国也是世界不可或缺的重要部分，在湖湘精神的集大成者——毛泽东主席那“中国人民从此站起来”的庄严宣告声中，恰如拿破仑的预言“东方雄狮已经睡醒”，在国际社会中担负着越来越重要的使命。孩子们纷纷在马蹄形的地图上踩过，然后昂首挺胸地往世界地图走去。浑然天成，我也不禁乐在其中。

在湖南省农科院我们还看到了由国际水稻研究所捐赠的和平鸽雕塑，外界评价袁老是“文明的和平的狮子”，他掌握了尖端的杂交水稻技术，解决了世界上很多国家的粮食问题，中国粮食问题的解决见证了中国的和平崛起，同时也推动了中国与世界的和平相处。

参观农科院科研楼之后，孩子们很想去试验田看看。如今都市的孩子都已经不知道水稻长什么样。方先生一路上问了好几个问题考孩子们，以活跃气氛。孩子们的答案也着实让人笑破肚皮。有说花生是长在树上的、榴莲是种在地里的，也有把路边的红薯藤说成是南瓜藤的……我们的孩子从书本上获得的知识甚多，可社会实践真是少得可怜。我不禁想到国家的素质教育真的是任重道远，也觉得肩上的担子分外沉甸，“祖国的希望呀”，心想以后一定要多组织这样的活动。

到了试验田里，孩子们对稻田里面的水稻很有想法，提了很多问题，有的问为什么两块试验田种的水稻不一样，有的问水稻收割以后还会再长吗，还有的问这些稻谷可以吃吗，方先生笑着一一解答了，并顺着孩子们的思路又时不时出了考题，为什么田里的土地要犁翻？为什么有的水稻种在围着网的小块田里？孩子们积极思考，从不同的方面分析解答，体现了良好的科学素养和创新胆识，方先生对此赞誉有加。

在试验田，大家还恰巧遇到了一位来学习的非洲朋友，他非常友好地

和孩子们合影交流。

转眼就到了中午，孩子们不得不回程了，只好恋恋不舍地离开了试验田。这时，一只黑色的大手握着一颗金灿灿的种子的雕塑映入我们的眼帘。黑色正是土地的颜色，金色不正是象征种子的收获吗？

“一颗种子，改变世界。”我再度回想起袁老的临别殷殷嘱托——“健康快乐成长，做对社会有贡献的人”。

希望之种已经萌动了，想到此，我心中顿时温暖亮堂了起来。

希望之种已经萌动了，想到此，还得感谢学校育人有方。不仅追求数一数二的升学率，而且也鼓励学生广泛参加社会实践活动。我有感于廖强校长的办学理念“让生命温暖而幸福”，廖校长的理念与袁隆平院士的理念是契合的，为了中国乃至全世界的人的温暖和幸福而奋斗一生，我们的学生、我们的孩子也将会继承这样的使命感与责任感，为之努力奋斗。

看完侄儿方程浩及他老师的文章，方志辉的思绪又回到了家乡沅江。

“五廊连江湖，七星耀洞庭。”在方志辉的脑海中，依稀浮现着那肥沃的土地，那清纯的湖水，那湖湘文化的阳光雨露。一位位老师，一群群同学，一个个和自己拼搏的同事，日月与共的朋友们，还有那些已经逝去或者永远不会逝去的岁月，一帧帧影像从脑海中如电影般地来到身边，又转换而去，恍如昨天，却又就在眼前。父亲、母亲那清澈纯净的笑容，满足的神情，以及他们的教导，永远萦绕……

3　会长稻谷的树

沅江地处洞庭湖腹地，是久负盛名的“鱼米之乡”，也是中国的“粮仓”。这里的人们对杂交水稻之父袁隆平院士无人不晓，个个充满敬仰。方程浩同学一行拜访袁隆平院士的消息传到了老家沅江，他的小伙伴们羡慕不已，希望有朝一日也能亲眼看到袁爷爷。

作为家乡名人，方志辉被选为沅江市政协常委，会经常回沅江参政议政。

2016 年 3 月以后，他和吕慧英博士一道，带领湖南省农科院特色农产品加工创新团队，开展沅江芦笋采后减损及高值化加工关键技术研究与示范，去沅江的机会就更多了。在方志辉的支持下，吕慧英博士开展了基于代谢组学的沅江芦笋对肠道菌群影响及其吸收作用机理研究，主持的“沅江芦笋深加工关键技术研究”“沅江芦笋优势性营养功能成分挖掘与评价”等课题取得了骄人的成绩。通过与益阳南洞庭湖自然保护区沅江市管理局、沅江市芦笋产业开发协会、湖南平芝农业科技开发有限公司、湖南博大天能实业股份有限公司、沅江市鑫巢生态农牧有限公司、湖南洞庭斋食品有限公司、沅江市永福生态农业有限公司等企业合作，开发了沅江芦笋系列功能食品，制定了沅江芦笋产品团体标准，建立了沅江芦笋新型超声波－热泵干燥产业化示范线。为了把沅江芦笋产业做大做强、拓展海外市场，方志辉与吕慧英的美国导师肖航教授开展了紧密国际合作。肖航教授现任美国马萨诸塞大学阿默斯特分校食品科学系终身制教授，长期从事食品科学研究，综合应用化学、分子生物学、纳米技术等先进研究方法开展食品功能因子、食品营养与保健领域的研究工作，是目前世界上唯一一位同时获得美国食品、营养以及生命科学三大学会科学成就奖的青年科学家。

2017 年 3 月，他再次来到沅江，一是了解项目进展，二是参加政协会议。这次，市政协肖正军主席、刘建斌副主席共同提出，市爱心家园想组织一个活动，在学生中选出优秀代表看望袁隆平院士，请方志辉负责联系。为此，方志辉多次与袁隆平院士的秘书杨耀松教授对接，终于在 5 月 4 日青年节这一天成行，满足了家乡人民的心愿。

“沅江市青少年成长教育·爱心家园”组委会，在 2017 年五四青年节这一天，组织了“从小爱科学·走近袁隆平”的社会实践活动。40 多名中小学生来到省会长沙，参观了杂交水稻中心，见到了梦寐以求的袁爷爷。

当袁隆平院士出现在带队老师和孩子们面前时，大家欢呼雀跃，齐声高喊：“袁爷爷好！”孩子们为袁隆平院士系上鲜艳的红领巾，送上鲜花，周琪瑶小朋友将自己的作品送给了袁隆平院士，祝福袁爷爷健康长寿！袁爷爷看到爱心家园的孩子们，高兴的心情溢于言表，他俯身对孩子们说：“你们是祖国的花朵，我希望你们好好学习，天天向上，把我们的祖国建设得更加美好！”

湖南省农业科学院党委书记柏连阳教授一行调研沅江芦笋产业

（右二：柏连阳；右一：方志辉；左三：吕慧英；左一：沅江市副市长于新胜）

见过袁院士后，方志辉带领孩子们参观了杂交水稻博物馆、袁隆平试验田。给孩子们讲杂交水稻走向世界的励志故事，讲袁隆平院士小时候的趣闻故事，孩子们听得津津有味。方志辉在他们幼小的心灵里，播撒了理想和科学的种子。

在袁隆平试验田，有学生突发奇想，问道："方教授，有一天我们会不会培养一棵会长出稻谷的树来，不用年年播种和收割?"话音刚落，大家都笑了。

在回程的路上，孩子们你一言我一语地谈论此行的体会。与方程浩及堂兄方程炜同村的一位小朋友给方程炜打电话说："程炜，今天我见到了袁爷爷，好开心好开心！你没有来真遗憾!"陈乐小朋友抢过他的话头争着说："我们去农科院见到了袁隆平爷爷，参观了袁隆平爷爷的试验田，知道了杂交水稻已经应用于全世界，他们正在实验更好的水稻——冬天不枯萎，不用年年播种的水稻。袁爷爷太伟大了！科学家真的了不起!"还有同学许愿，将来也要考农大，要培育出"稻树"来！

一切皆有可能，科学永无止境。

4　沅江方氏家风

方志辉入选沅江名人，当地著名作家陈建荣、黎梦龙、杨光辉还专门写了一篇《沅江方氏家风》的文章，被广为传颂。据《方氏族谱》记载，方氏家族源远流长。

方姓，是一个历史悠久的姓氏。据明嘉靖兵部尚书方逢时《方氏族谱旧序》记载："按家乘旧牒，肇帝榆罔太子，封左相雷公，食采方山，因以'方'赐姓，则方氏受姓之始，渊源有自矣。"据大陆新儒家的首倡者杜钢建教授考证，方氏也有一部分源于黄帝的妻子之一方雷氏。此后，方氏在河南发展为望族，所以得堂号"河南堂"。

沅江方氏，按清道光年间方永宗所撰《续修谱序》、民国年间方榶所撰《方氏族谱序》的记载，其远祖"元一公"自"临湘小源徙居监利灵溪河厥沐"，"汤铭公""东祥公"由监利"灵溪河而徙居沅江"，距今已有三百余年。

在历史的滚滚长河中，沅江方氏家族的族规、家训，为后人修身立德制订了行动指南，为子孙后代树立了言行标准，演绎了方氏家族代代出英才、辈辈有贤人的不朽传奇。

方氏家族有教谕、族规。

在方氏所修族谱中，有《族教谕十六条》。

忠孝悌以重人伦，笃宗族以昭雍睦，和乡党以息争讼，重农桑以足衣食，尚节俭以惜财用，崇学礼以端士习，黜异端以崇正学，讲法律以警愚顽，明礼让以厚风俗，务本业以定民心，训子弟以禁非为，息诬诉以全善良，诫匿逃以免株连，完钱粮以省催科，睦邻戚以禁盗贼，解譬忿以重身命。

随着方氏家族世代子嗣繁衍，家族不断扩大。为约束后代子孙的行为，方氏家族于 1992 年冬再次对方氏族规进行修改，将其补充成《族规十二条》（三十一世裔孙方伯华、三十二世裔孙方孝云撰）。

国有国法，家有家纲，我方氏自历代相传，历史悠久，历代以忠、孝、仁、义为本，具有遵规守训之风，爱国护党为我族根本，护族睦邻是必当之务。我中华民族在英明领袖的指导下，党纪国法井井有条，社会发展繁荣昌盛、国泰民安。为了加强族制，协助政府扫除不正之风，特订十二条族规望遵照实行。

一、严格遵守国家法律，维护国家政策，积极缴纳税赋，尽每个公民职责。

二、维护本族利益，遵守族规、家训，不得为亲灭族，违背族内约法、规章，无视宗族。

三、保护各地宗祖坟茔，培整祭挂，子孙不得随便伴葬先祖坟山，破坏古坟的名迹。

四、尊老爱幼倡文明风尚，上不得忤逆祖父母，虐待妇女、病残，不得乱纲乱常，对忤逆不孝者严加教育，屡教不改则按族规处之。

五、本族家长应积极培育后代，从严治家，具有送读完婚之责。

六、严禁打牌赌博、不务正业，因其影响社会治安、败坏家庭，望各关房严格遵守，杜踪灭迹。

七、我族子孙必须以耕读为本，重视科学技艺。对有天智奇才者，族内应大力支持赞助。

八、我族人口众多，不得以强欺弱、聚众殴斗、挑惹是非，但人若犯我，必须据理以还之。

九、夫妇必须平待，勤俭持家、睦邻亲友，遵守古今常规，振吾家声。

十、继承本族传统，续修族谱仍然三十年一续修，违者实属不孝。

十一、谱牒乃方氏传家之宝，子孙务必精心珍藏，不得损坏，违者按族规处之。

十二、修谱一次，加深族谊一层，凡我族众要精诚团结，互助互进。

立此条规，于辅助国政，不无小补。

方氏家族在2015年十四届续修族谱时，又新修订了《十四届续修族谱族规》：

一、遵守党纪国法，尽一切可能为祖国的建设、民族的复兴，多做贡献。

二、孝敬父母，友爱兄弟，夫妻互敬。家和才能万事兴，借以充分发挥我族的优良传统。

三、生活简朴，远离奢华，充分认识和做到"家俭则兴，人勤则健，能勤能俭，永不贫贱"的治家真谛。

四、提倡为人的准则是："心善是根，人和是本，尊师是方，重友是法，能忍是聪，会让是明"。

五、和睦邻里，以诚待人，促进社会和谐。

六、教育子女，努力学习，发奋进取，务必跟上社会不断前进的步伐，做一个对社会有用的人。

七、轻财重义，讷言敏行，俭己厚人，恭己恕人。

八、远离毒品，节制赌博，勤奋劳动，创建好一个和美幸福的家庭。

延续了几千年方氏家族的淳朴家风，蕴含着深刻的修身立德、为人处世的家族管理智慧，潜移默化，润物无声。

沅江方氏家族的主要代表人物有方槦、方正、方向阳、方志辉等。

方槦（方氏家族第三十一代）

方槦（1878—1944），谱名敦阳，字奉曦、恕庵，沅江白沙洲人，生于清光绪四年（1878 年），家境贫寒，忍饥苦读，成为清宣统三年（1911 年）拔贡，吏部注册，候选直隶州州判，后授沅江县典狱官。民国初年，受中国银行行长刘艾堂之聘，延为家庭教师 3 年，嗣后在本县执教十余年。他性情耿直，举止庄重，治学严谨，不苟言笑，名闻乡梓，晚年有"方圣人"之称。

方槦热心社会福利事业，乐于为人排忧解难。民国 15 年（1926 年）水患，灾民遍野，他邀集县绅富户募捐稻谷一万三千多石，在庆云山施粥赈灾。平常每逢酷暑，备置急救药品，以解除过往贫民之疾苦。

民国 33 年（1944 年），方槦临终时，嘱子孙薄葬，将节省的资财存益

阳张家塞虎形村(现属赫山区)和沅江白沙洲(今沅江市共华镇白沙洲村),由当地人经营,作为无息借贷,周济贫民。

方正(方氏家族第三十一代)

方正(1898—1979),谱名敦元,字克猷,沅江大潭口人(今资阳区),生于清光绪二十四年(1898年)。自幼好学,家境清贫,经族兄前清拔贡方恕庵的资助,得以深造。民国8年(1919年),赴法国、比利时两国勤工俭学,后在法国鲁文大学及比利时黎业斯大学获法学博士和政治经济学硕士学位。民国18年(1929年)回国后,任南京国民政府立法院秘书,上海新民大学讲师,及宁夏、贵州、云南等省高等法院推事。抗日战争胜利后,出任云南保山及大理地方法院院长。1959年,受聘为云南省文史研究馆馆员。1979年4月17日,病逝于云南,葬于云南省烈士公墓。

方正性格刚正耿直,在云南保山任地方法院院长时,查获商人官伯安偷运一卡车鸦片。官系腾冲县巨商,买通不少关节,企图私了此案。方不为所动,第一审判处官伯安极刑,成车大烟当众焚毁。后来,官伯安家买通南京的关系,将方调走,此案遂不了了之。辛亥革命元老、云南讲武堂学监李根源得知原委后,亲书"方知青天亮,正是包公明"的对联以赠。中华人民共和国成立后,方正拥护中国共产党,热爱社会主义。他逝世后,中央统战部部长李维汉送了花圈。云南省文史馆的挽联是:"骨骼清高,足扶天下正气;性情耿介,丕具古人风操。"

方向阳(方氏家族第三十三代)

方向阳,女,现年73岁,共产党员,琼湖镇人。父亲方孝彰(1914—1973),字植琼,系方镛次子;母亲皮肃贞(1915—2003),系著名教育家皮金固的女儿,早年毕业于湖南省立二中高中部,终身教书育人。

方向阳1964年毕业于湖南幼儿师范学校,此后一直担任中小学教学工作。1976年开展电化教学试点工作,先后为北京、江西、河南、贵州、内蒙古、青海、广西以及湖南等省、市、自治区二三十个参访团约千余名教师上过电化教学示范课。1980年被湖南省人民政府批准为特级教师,1989年被评为全国优秀教师。退休前系沅江市橘园学校校长。其家庭学习氛围浓厚，无一人有打牌习惯，两个儿子，都是博学多才的优秀人士。

方志辉(方氏家族第三十三代)

方志辉，谱名友松，沅江白沙洲人，生于1962年。湖南省农业科学院研究员、湖南省农产品加工研究所书记、中国政府农业援外项目高级专家、国家科技部国际科技合作项目评价专家、湖南省作家协会会员。曾任袁隆平农业高科技股份有限公司董事兼国际业务部总经理、湖南袁氏科技首席科学家。

作为杂交水稻之父袁隆平院士的授权代表，曾赴50多个国家推广杂交水稻取得显著成效，被国际同行称为“杂交水稻和平使者”。先后受到巴基斯坦、印度尼西亚、马达加斯加、文莱等国总统宴请和受到朱镕基、吴邦国等党和国家领导人接见。作为向世界弘扬湖湘稻作文明的作家，著有《稻可道》《非常稻》《七年马义奇》等七部著作，被媒体誉为“科学家中的文学家”。纪实文学处女作《十年一探——为了丰衣足食的世界》被复旦大学、南京大学、厦门大学等200多所高校选为学生课外读物。代表作《稻可道》入选湘版好书榜和2015年度中国好书榜。

沅江方氏家族的故居在白沙洲。

白沙洲位于沅江市北部，系沅水、澧水夹注南洞庭湖冲积而成的湖洲，因沙洲呈白色而得名。

清咸丰二年(1852)、同治九年(1870)，藕池、松滋相继溃口，洞庭湖的泥沙涌入渐多，白沙洲等湖洲相继淤积增高、增大。光绪二十五年(1899)，白沙洲俨然已成为一块风水宝地。后来，成为拔贡的方恕庵，在白沙洲买下部分田土，周济贫民耕种。他为人性格耿直，爱做善事，受其影响，有更多的人涌向白沙洲安居，白沙洲逐步有了繁华的集贸场所，形成了一条“丁”字街，出现了通往县城、益阳、长沙的主要渡口。

当然，白沙洲最出名的是后来成了“诗歌之乡”，那里还一度是湖南省的文艺创作基地。著名一级作家、原中国作家协会副主席、原湖南省文联主席谭谈先生这样写道：“白沙洲在1958年的时候，由于群众性的民歌创作蓬勃开展，被文化部、全国文联命名为‘诗歌之乡’……特别不可忘记的

是，那里一度是省文联、省作家协会，以及湖南文艺杂志社、湖南群众文艺杂志社、湖南人民出版社的创作基地，每年有众多的作家、艺术家从长沙坐船到洞庭湖彼岸的白沙洲，同那里的农民一起劳动、生活，一起进行文艺创作。现在，我们湖南文艺界的老同志只要说起白沙洲，就一定会打开话匣子，说个眉飞色舞，因为白沙洲给他们留下了美好的回忆。”

“诗歌之乡”白沙洲的文化传承，与方氏家族的方恕庵有着密切的联系。早在1950年6月，家住白沙洲的一名《新湖南报》记者回故乡采风，听到有人在田间、屋场唱山歌。原来，方恕庵喜作诗词歌赋，也教过一些民歌手，对当地的社风、民风产生了深远的影响。时代传承，诗风熏陶，1953年7月，村里回来11个高小毕业生，当上了第一代有文化的农民，他们从小受到湖乡山歌的熏陶，热心创作，一带十、十带百，会写的动笔，不会写的动口，会写和不会写的合作，参加创作活动的人越来越多。1958年初春，出现了群众性的创作热，村里的门板上、黑板上、墙壁上、油印小报上写上了民歌，歌唱国家大事、社会新事、家乡美事，白沙洲成了诗的村落。

白沙洲成为“诗歌之乡”，还与当时担任基层领导的方训知有莫大的关系。方训知（方氏家族第三十二代），亦作方训芝，现年83岁（1934年生），中共党员，1955年参加基层工作，曾任大队长等职29年，带领群众坚持文艺创作，对“诗歌之乡”的发展起了重大作用。

白沙洲的文艺创作队伍成员，在方氏家族中除方训知以外，还有：方吉民（已故）、方菊华（已故）、方文斌、方志辉等人；受白沙洲文艺创作的影响，而成才、外出工作的除方志辉以外，尚有方晋（已故）、方俊辉、方觉辉、方武辉等。

5　家风熏陶，孝道相传

在白沙洲，人们都称道方训知老人一家：五个儿子老大是袁隆平院士的亲传弟子，老二是白沙渔场场长，老四在阳罗镇派出所当所长，老三、老五经商有成，还对农业做出了贡献，女儿们也经商致富。整个大家庭非常幸福，方家就此成了沅江白沙洲村的“齐家治国安天下”的典范，方志辉也被收录进了《沅江名人录》。

方志辉的父母(左：父亲方训知；右：母亲毛淑娥)

方家教育成功的原因，多半离不开方志辉的母亲。方母是中国母亲的缩影，集温顺贤淑、勤劳善良于一身，她不仅把家里打理得井井有条，上孝公婆，喜交妯娌，邻里相亲，而且乐善好施。在方家的族谱上，记录着方母孝悌的事迹。

好家风代代传承，如今方家五个儿媳，个个秉承了方家的优良家风，孝顺公婆，和睦善良，她们为婆婆做到的，有时连儿子也没有想到。当年孝顺婆婆的方母，现在也成了被五个好媳妇孝顺的幸福老人。

方志辉成功的原因，与他的恩师袁隆平院士的成功有类似处。曾经有记者采访袁院士，问他："您取得成功的秘诀，除了勤奋还有什么?"袁院士的回答是："母亲对我一生的影响非常大!"

由此可见，家是社会的细胞，也是文化传承的节点。

第二十二节　王征的有机农业梦

王征追随“杂交水稻之父”袁隆平院士种植有机杂交稻多年，与杂交水稻中心的彭既明、方志辉、张昭东等一大批农业科学家结下了深厚的友谊。功夫不负有心人，让他感到欣慰的是，作为有机农业全产业链整体解决方案及核心科技产品的提供商，他公司自主研发的“农业废弃物快速无害化处理与肥料化利用全链技术”获得重大突破，属国内首创，在秸秆饲料化肥料化基料化利用方面意义重大，并已开发成系列产品。2016 年 2 月 18 日，袁隆平院士向全国政协提交了《关于加大秸秆精肥还田新技术推广，破解秸秆禁烧困局的提案》，希望在“两会”期间引起重视，将新技术、新产品应用到农业生产中来。果不其然，该提案一出，就引起了高度关注，被列为“第九号提案”。

干农业这行，王征算是半路出家的佼佼者。干一行，专一行，王征有这个特质。作为早期湖南卫视从中国传媒大学引进的第一位学广告的硕士研究生，他曾经在湖南的广告业有着举足轻重的地位，说他是湖南广告策划第二，就没有人敢自诩第一。他策划的“1573”酒，凭借产品本身的酒质和“一往情深”的谐音，把泸州老窖推向了酒业品牌的巅峰。2009 年 6 月，王征报名参加了第二期南岳禅意人生修炼营的学习，听从宗显法师的劝导，秉承佛家五戒，不再经营白酒，转行专注有机农业，立誓为天下大众提供有机农产品，守护健康食品的“进口”关，为自己积功累德。他把泸州老窖的股票全卖了，并先后投资了多家农业公司。他投资的“湖南博野有机农业有限公司”，主营有机农产品的生产和销售，有机杂交水稻米就是该公司的主导产品之一。他投资的“长沙碧野生态农业科技有限公司”（简称碧野），主营有机农业技术、农业科技设备，其中“制肥机”就供不应求。

他说："袁隆平院士有两个梦，一个是杂交水稻的谷子有花生那么大；一个是杂交水稻覆盖全球。而我，也有两个梦，一个是天下人都能每天吃有机杂交水稻米、有机蔬菜等有机农产品；一个是碧野早日上市，公司快速发展，碧野科技设备覆盖全球。"

中国已经走上全面复兴和崛起之路，政府在地方扶贫方面动作频频，强大的国家意志显然利好农业的大公司化发展。2016年下半年，长沙碧野携手"上市公司全域旅游产业扶贫联盟"，加入湖南省新化县的精准扶贫行列。王征的有机农业梦已经做了多年，而他的上市梦正在向他招手，这个梦想的实现已是指日可待。

1 秸秆生物饲料的重大突破

6月1日，儿童节。大同思想网发表了题为"现代人与世界文明起源于长江流域"的文章。

作为枕戈的微信圈朋友，身在长沙的湖南博野有机投资人王征也关注到了这个消息。

王征感慨颇深，虽然中华文明历史悠久、源远流长，但在近代被游牧民族出身的西方人创造的工商业文明给打败了，中国人的文化自信受到重挫；长江流域北纬30度上下最适合农耕，历史上，中国开创了最为发达的农耕文明，但在新的时代，中国农业的个体化发展和西方农业的大公司化发展相比，差距还不小。

6月2日，在长沙市开福区金鹰路归心苑旁的碧野科技办公室里，王征与方志辉、枕戈等人一边喝茶，一边畅谈天下。此时，王征不仅仅是一位企业家，更像一位忧国忧民的思想家。

"方教授，你讲得没错，世界文明诞生于地球北纬30度一带，中国人又占有了这一带最大的一片绿洲，在这里繁衍生息上万年。这说起来让我们很是骄傲。但是，历史的辉煌却不觉成了今天的包袱。"

"这里气候温润，四季分明，自然地理环境太优越了，却让中国农民只求小富即安，自给自足。在几千年的封建社会里，让农民养成了懒散贪的习性。在今天的中国，面临全球化市场经济的竞争，农民自己往往是搞不

好农业的。我们可以得出这个结论。”王征接着说。

“那中国农业的未来出路到底在哪里?”枕戈问。

“中国农业的出路在大力发展科技，同时还必须靠城市来帮扶农业，要城市资本、城市精英团体来运作大农业，运作现代农业、循环农业、生态农业。”在王征的语气中，没有一种“城市精英”的自负，而是有一种自信满满的历史担当感。

他直言直语，毫不掩饰发展有机农业的诸多困境，甚至批判起长沙市民的“劣根性”：“长沙人不怕死，口味重、敢消费，比如一包槟榔几十块，一包烟一百块，但是要他去买有机菜，10 块钱一斤他就舍不得买了，没有这个健康意识。现在还好一点，因为现在食品安全的环境确实太恶劣嘛。”

他还直言不讳地告诉方志辉和枕戈，中国农副产品普遍存在的一个问题，就是劣币驱逐良币，好东西都淹没在假冒伪劣产品里面了。其实中国的真正的民优特产品、地理标志产品，都是非常好的，价钱也卖得好，但是被周围的假冒伪劣产品淹没了，大家都不敢买了。为什么?

“因为我们农副产品生产的社会化集中度不高，都是个体生产。像欧美发达国家生产蔬菜、牛奶，全是公司，已经高度社会化、专业化，出了问题可以追诉，但谁都承受不起这个代价。”他说。

不但是现在的食品完全出了大问题，而且在农产品的生产过程中，产生了大量废弃物和污染物，如果不妥善处理，会出现一种恶性循环的状况。这十多年间，博野有机在探索有机农业的过程中的关键环节就是在农业废弃物资源化循环利用方面下功夫。

其一，把稻草秸秆、玉米秸秆收集上来，做成生物饲料喂猪羊牛鸡鸭鹅，不用添加激素和生长素，且非常有利禽畜健康成长，可实现无抗养殖，吃了让人放心。

其二，把动物的粪便跟秸秆混合做成生物有机肥，而不用在土壤里滥施化肥，有机肥才能种出真正的有机产品，同时还能就近就地解决粪便污染和化肥污染的问题。

其三，把秸秆变废为宝，每年就不用在蓝天下焚烧秸秆，造成冲天烟雾，最终生成雾霾。

其四，过去喂家禽家畜耗费大量粮食，如今“以草代粮”，为国家节约了大量粮食，对中国的粮食安全保障意义重大。

博野有机的这套做法，可谓完全符合了中国古代“道法自然，天人合一”的循环往复的思想，而落实这种思想的关键，却是大力发展现代科技，推出新的发明，用“心造”“智造”的力量改造自然，体现人的主体创造精神。

王征高兴地告诉朋友们，最近他们在生物饲料化利用方面获得了重大突破，而且已经生产出了“第五代饲料”。

所谓第一代饲料，叫猪潲，是将纯自然的植物煮熟成饲料；第二代饲料，是在猪潲里加谷糠；第三代饲料，叫配方饲料，把玉米、豆粕配方做成商品饲料后，可以直接倒下去喂猪；第四代饲料，就是现代市场上的工业饲料，在纯自然食物中加入三聚氰胺、激素、生长素、重金属，这是对猪拔苗助长，它的好处就是长得快，三个月就能出栏。但其危害性大家都心知肚明。

第五代饲料是什么呢？叫生物全价饲料，就是用微生物去发酵，特别是欧洲的部分牛得了疯牛病以后，欧洲立法规定，不准喂牛羊工业饲料，只能让其吃用微生物发酵技术做成的秸秆饲料。

疯牛病的起因就是饲料里面加了肉牛骨、猪骨（鱼骨现在还能加），动物吃了自己的骨粉后产生变异，对人类造成危害。现在欧洲喂牛羊以及有机猪，基本上就是将小麦秸秆、荞麦秸秆打成垛，要喂的时候就把它粉碎，撒一点糖化酵母、纤维软化酵母，让它适口性好一些。

“第五代生物饲料，大家都在研究。我们国家在北京有个生物饲料开发国家工程研究中心，跟杂交水稻工程中心是一样级别的。他们研究了配方、喂养方法，就是没有快速发酵装置。而发酵装置和微生物，我们公司都已解决，但是我们不能做理化分析。而他们可以做理化分析，所以我们和国家工程中心一拍即合，立马合作。”王征说。

日前，博野有机在平江和浏阳都设了种养循环示范基地。在浏阳达浒丰东农场，种植了几百亩有机水稻，年产有机稻 10 万公斤，每年出栏肉牛 120 多头，蜂蜜 3000 多斤，另外常年存栏成年母牛 76 头，黑山羊 200 余只，形成了一个集母牛繁殖、肉牛育肥、浏阳黑山羊、蜂蜜养殖和有机水稻、玉米、油菜、牧草等农作物种植于一体的有机生态循环系统，达到了

农作物和畜牧的种养平衡。这是一种纯有机生产和养殖方式，一年出产了不少真正的有机产品，而且不给大自然造成一点污染。这种生产方式，很快吸引了远在菲律宾的“杂交水稻之子”张昭东的浓厚兴趣。

2　下南洋：碧野的“一带一路”之旅

2016年10月7日，在长沙天心阁附近的“农夫良品”有机餐厅。王征设宴招待从菲律宾远道归来的张昭东，一来为张昭东接风洗尘；二来品尝下博野有机的有机食品；三来和朋友们就《非常稻》一书谈谈自己的读书心得；四来交流下国内外先进的农业生产经验。方志辉、彭既明、瞿建波、枕戈等人参加了宴会。

张昭东吃到了国内一等一的有机美食，不禁啧啧赞叹。他曾独自一人闯南洋，在菲律宾不知道吃了多少苦头，可谓历尽千辛万苦，终于在热带雨林成功开发出杂交水稻，并在商业上大获成功。如今，《非常稻》一书称他为“杂交水稻之子”，这是国内对他的最高赞誉。这位出生于东安，英文名叫安东的性情中人，喝了好几大杯酒，有几分沉醉，有几分幸福。

王征作为东道主，在宴席上谈笑风生。在座的有科学家，有企业家，还有作家、学者，也不失为“谈笑有鸿儒”。他回顾着，这些年在湖南发展有机农业事业，尝过酸甜苦辣，也获得过不少成就和荣誉。谈到尽兴处，他也不忘调侃一下“不怕死的长沙人”。这体现了王征作为一名现代“农夫”的赤子之心。他心忧的是天下人的身体健康，虽有时又恨铁不成钢。

酒兴正浓，方志辉插了一句：“东南亚到处是热带雨林，植物茂盛，遍地都是丢弃的枯枝残叶。你们的‘碧野’肥料机，最喜欢吃这种枯枝残叶了，吃进去的是枝叶，吐出来的可是有机肥。如今，你们在生物饲料方面又获得重大突破。这项技术在东南亚可是大有用武之地呀。王征和安东，你们正好可以强强联手。”

枕戈也在旁边煽风点火：“当年袁隆平院士正是在东南亚获得了‘杂交水稻之父’的称号，载誉归来名满天下。然后，中国的杂交水稻果然以菲律宾为跳板，走向了全世界。王总，您何不重走袁隆平院士的南洋之路，把您的有机农业梦想通过‘一带一路’倡议播向全世界？”

彭既明想起了多年前他曾和袁隆平院士之子、杂交水稻国家重点实验室副主任袁定阳博士访问越南的事，其情景还历历在目。回国后感慨良多，他就写了一组《访越有感》的诗歌，保存在手机里面。趁大伙热闹，他主动给大家朗诵了这组诗歌，聊以助兴。

访越有感

滔天海水袭沿岸，稻子蒙灾动米坛。
总理平明诚相请，湄公河畔解疑团。
极端厄氏频繁现，两圈冰山化悄然。
万顷良田遭倒灌，千娇稻穗露枯颜。

从南到北逐一揽，智觅良方解患难。
耐碱敌盐中国稻，悬壶济越大师勘。

专家恳切谋发展，品种超级海外传。
种稻增粮添动力，强国首选是农安。

大伙热烈鼓掌。谈到尽兴处，都赞成王征效仿袁隆平院士，按照国家“一带一路”倡议的精神，从东南亚开始出发。

此事，在王征的心里整整酝酿了近 1 年。

2017 年 5 月 16 日至 26 日，为拓展湖南农机在“一带一路”倡议的发展空间，湖南省商务厅联合省农机局、永州市人民政府和娄底市人民政府，组成湖南农机经贸代表团并带领 17 家农机龙头企业，赴泰国、老挝、越南开展湖南农机走进东盟活动。碧野科技总经理寻立之跟随代表团，进行了友好访问。此次活动共访问了泰国、老挝、越南三个国家，在与三国的交流中，“碧野科技农业废弃物生化处理设备和技术”格外博眼球，并且还发生了不可思议的故事。

在泰国的 3 天，共举办了三次农机推介会，碧野公司总经理寻立之将农业废弃物生化处理设备和技术进行了讲解，当听到“碧野农机”吃进去的

是草，吐出来的是肥和饲料时，满座无不惊叹，泰国农业专家和农机商都表现了极大的兴趣。第一场推介会由泰国农业部副部长主持，在泰国最高档的酒店“维多利亚”召开，会后，举行了国宴招待。大家都情绪高涨，席间进行了深度业务交谈。当席终人散时，只见带团领导四处找人，气氛一下紧张起来。众人是不是有人脱团了，这可是件十分严重的事情。于是纷纷打听，原来泰国农业部种植司司长要找碧野科技的寻立之，有几位农机商急于想了解碧野制肥机情况，开展业务，但找人不到，所以特托司长来找。当寻立之闻信回到餐厅时，客商焦急的神态才舒展开来，他们是赶了几百公里路，特来洽谈制肥机的。短短的交谈，就达成了四台购机意向，推广成功后，下一步想进行长期合作，在泰国全面推广。此次泰国之行收获颇丰。

第二站访问老挝，寻立之差点闹出了个大笑话，因为他要揪出藏在老挝的“假袁隆平”。

到老挝的第一天，老挝政府就主办了高规格的农机推介会，会上寻立之与老挝农业部赞司长进行了深入的交谈，赞司长是中国通，交谈不需要翻译，加上赞司长又是学土壤的，与寻立之是同专业，因此两人谈起来竟关不住话闸，真有相见恨晚之感。最后，表示一定要将碧野制肥机和土壤改良技术引进老挝，大力推广。其间，寻立之也与多位农机客商达成了购机意向。通过了解，在老挝这片古老的土地上，人们从来不知化肥为何物，只施用农家肥。所以，秸秆制肥机在老挝推广市场广阔，寻立之敏锐地感觉到老挝之行意义重大，正在心里酝酿着下一步宏伟计划。

然而，这一切都被第二天的行程打乱了，因为老挝华商将安排去拜访在老挝指导水稻种植的“袁隆平”，这不是明摆着坑人吗！因为作为袁老师的弟子寻立之知道，袁老正在国内参加重要会议，不可能到老挝。所以，寻立之心里了憋了一肚子的火，想着明天怎样去戳穿这个骗局，但又考虑到不能造成国际影响，竟然一时拿不定主意，一夜未眠。

第二天，一行如期而至炫烨(老挝)有限公司考察。炫烨公司是华人创办的农业企业，主力产品为有机大米。出席会议的有老挝农业部部长、种植司司长，还有老挝农业专家、华商老板，可见会议规格很高。观此情形，寻立之真是进退两难。会议开始了，炫烨公司总经理介绍情况，农业部领导和我方领导都讲了话，会议进行了一大半，并未见到“假袁隆平”出席，寻立之正纳闷着。

这时，主持人站起来，用中、老双语郑重介绍：下面请老挝的“袁隆平”做报告。寻立之的心提到了嗓子眼上，然而出乎意料的是，站起来一位老夫人，原来是老挝的一位水稻专家，名叫普达莱·拉瓦来翁。女博士普达莱·拉瓦来翁是老挝塔沙诺稻米研究与种子培育中心主任，是老挝稻米界“国宝”，华人称她是“老挝的袁隆平”。原来如此！此时，寻立之疑惑顿释，开心地与各位客商洽谈，通过与炫烨公司的深度交谈，他们对秸秆制肥机产生了浓厚兴趣，在老挝农业部的见证下，与炫烨公司达成了紧密的合作意向，炫烨公司表示近期会派人前来碧野回访，签订购机协议。一场虚惊变成了一场收获。

越南是本次访问的最后一站，一行人于 5 月 23 日抵达。越南与我国是同志加兄弟的关系，寻立之踏上这片国土，就深感这个社会主义国家与我国 20 世纪八九十年代时有很多惊人相似的地方。如最好的工作是交警，因为有罚款权，油水大；办事走后门，靠关系；人们喜欢住城里，哪怕是三代住在一间狭小的空间里，因为城里有商机。

推介会于 24 日召开，会议地点不在酒店，而在越南招商总会大会议室，会议原定于 8 点半召开，结果越方 9 点才陆陆续续进入会场，使得会议于 9 点半才正式开始，这点也与我们有点神似。会议开始后，领导都论资排辈讲话，做长报告，然后才是专家介绍越南农业和农机发展现状。

主讲是越南产业发展农业工程和收获技术副主任及对外投资技术转让咨询中心主任阮能让先生，他的发言很有深度，当讲到越南急需农业废弃物处理和土壤改良方面的技术和设备时，寻立之终于找到了目标，等他讲完，寻立之恰到好处递上了名片和资料。果然，不久后阮主任在翻译的陪同下，坐到了寻立之身旁，就秸秆制肥机技术进行了深入了解，表示想在他的中心先引进一台试用，然后在全国推广，这无疑又成为碧野技术走向越南的一个“楔子”。寻立之在越南又考察了几个农业企业，了解到水稻是越南主要农作物，机械化程度不高，技术与我国存在差距，蕴藏着巨大商机。

25 日，越南娄底商会请客，由于碧野总部已入驻娄底新化县，所以有

幸在异国他乡享受了同乡的亲情。喝着酒，谈着乡音，寻立之深感娄底人执着团结的精神，更加强化了入驻新化县后大展宏图的信心。5 月 26 日，是考察团回国的日子，一行人一早乘车前往机场，大巴穿过河内繁华的街区，每当绿灯亮起，摩托车潮风驰而过，寻立之不禁想起我国 20 世纪八九十年代的情景，我国的经济不正是这样起飞的吗！越南，碧野不会放弃这个机遇，不久将会再来……

6 月 10 日，越南阮主任通过湖南省农机局转来电话，拟率团前来碧野考察。

3　剑指新化，精准扶贫

碧野科技一方面走向东南亚，走向全球，寻求国际化合作；另一方面响应国家精准扶贫号召，剑指新化，在有机农业、国家扶贫和上市融资三者之间，正探索着一条新路。

这正应了王征本人的那句承诺，城市精英应帮助乡村农业发展，走现代农业、生态有机农业、循环农业之路。

2016 年下半年，长沙碧野携手“上市公司全域旅游产业扶贫联盟”，加入新化精准扶贫行列。12 月 31 日迁入新化，企业更名为“新化县碧野生态农业有限公司”。计划于 2017 年启动 200 个农业废弃物资源化循环利用站建设，总投资 1.6 亿元，由此开创“包村脱贫碧野新模式”。

农业废弃物资源化循环利用，正是碧野科技的拿手好戏。围绕这 200 个资源循环站，碧野科技让贫困人口参与秸秆的收集、运输，闲置的农村劳动力就有了用武之地。传统的玉米秸秆、水稻秸秆的“青储”收藏，都是收集以后埋在地底下，让它保鲜，但是它会起霉，所以只能保鲜几个月。而碧野科技将其做成生物饲料以后，其保质期为两年，且发酵后质量越来越好。

王征算了一笔账，贫困户有劳动力的，参与到收储、运用过程中，每一吨给他 300 元的收运费。一台 10 吨的设备，一年至少处理 3000 吨以上农业废弃物，那就意味着在收运这个环节须支付 90 万元。按照每个人 5000 元的收入，就可以解决 180 个人的脱贫问题，贫困县最低脱贫标准是

3000 元净收入，5000 元里面有 2000 元成本。

“如果再做成生物饲料，由扶贫资金给这些半劳力或者没有劳动力的人提供畜牧种苗，他们再把两头牛养活，再养活几十只羊，养活几十只鸡，现在一头牛最多可卖 2 万元钱，他们就可以达到小康水平了。”王征说。

国家同时出台了相关扶持政策，每个贫困户有 5 万元的贷款额度，但是不能直接给贫困农民，因为怕他们拿这些钱去买吃的、建房子。但是可以通过政府组织来入股，实现分红收益。碧野科技还给了村集体 15% 的分红权。村集体也有个扶贫标准，国家不但是要求个人脱贫，还要求村集体也要在 2020 年脱贫。习近平提出“持续脱贫”，就是坚决反对数字假脱贫和输血性脱贫，光给钱显然解决不了事。这时候村集体要发挥作用，在这个过程中，让每家每户按照政府的要求去签秸秆回收循环利用的协议，谁分配的秸秆谁来运。一定是要贫困户来运，哪怕他租拖拉机来运，最后这个钱也要给贫困户。这就是产业的带动机制。

这 200 个资源循环站，作为新化 PPP 项目的一部分，由碧野科技运营，10 年后以 1 块钱转让给政府。这个过程显然可以挣大钱，里面形成了一个个经济内循环。同时，碧野科技还参与构建了一个全国消费扶贫的资金平台，农民在家里养好了牛、种好了菜，就是所谓的“名优特产品”，碧野科技还包收，放到这个消费扶贫的平台上。贫困农民几乎可以在家里“坐享其成”。他们又何乐而不为呢？

王征说，在中国扶贫志愿者服务促进会的领导下，他们共同创新了一个模式，叫作“产业组团，包县脱贫”。在不断的实践中，结合碧野科技产品的技术，他们总结出来了一个模式，叫“碧野科技分布式包村脱贫产业创新模式”。这里面的核心内容有两个，一个是政策完全响应，二是两个手段保障。

“邓小平同志讲，科学技术是第一生产力。第一，我有高科技产品；第二，我还提供了高标准的种植和养殖标准，所以就解决了农业的四个核心问题，这四个问题解决了，中国农业的问题就解决了。我们首先要让农副产品提质，其次要保证增产，最后还要增收，让有机产品价格提高，让农民增收。最后是要解决名优特农产品销售诚信的问题，这是农产品出路最关键的一个环节。碧野科技十年磨一剑，正好在国家农业扶贫这个环节大

放异彩。”王征微微一笑，显露出自信。

王征是有理由自信的。贫困县的县委书记都不能“动”，只有脱了贫才能动，早脱贫早提拔，有压力才有动力。“如果这个县委书记很有作为，他就马上想和我们合作。因为我可以一年帮他全村脱贫，只要在这个村建一个资源循环站就能脱贫。”

2017 年夏天，一部电视剧《人民的名义》火遍了大江南北，反腐、反地方保护主义、反懒政，成了公众热议话题。“为什么这个片子会在这个时候出来？其实中央去年就想在反懒政、不作为这块下功夫的，从十八大以来，包括今年“两会”的报告，我强烈地感觉到一种信心，那就是习大大治国的信心，治大国如烹小鲜的这种信心。”

2016 年 11 月，王征走遍湘黔滇桂数省，从湖南的新化，到贵州东南地区的岑巩县、贵州西南地区的贞丰县，再到云南的元谋县、广西的河池市，最终他还是选择了新化县。

一来，从长沙坐高铁到新化只需一个小时；二来，新化属省管县，又是湖南省最大的人力资源县，有 142 万人口。更重要的，王征认为新化的书记和县长是新调整过来的，有思想、很开放。县委书记朱前明、县长左志峰也敏锐地发现了碧野科技的潜力和实力，愿意把这个企业引进到新化县。

王征到新化考察，又发现新化的扶持政策非常好，简直是好得一塌糊涂：工业园区地价便宜，政府还帮着建好厂房、免租 3 年；企业高管所得税返回 50%（如果高管就地买房子，另外 50% 也返还），地方留存的 50% 返还给你做科研费用。既肩负着扶贫的重任，又肩负着有机农业的发展。为什么不去呢？就这样，碧野科技从省会长沙转战到了国家级贫困县新化。

4　有机农业梦

2016 年 9 月 9 日，中国证监会发布了《关于发挥资本市场作用服务国家脱贫攻坚战略的意见》，证监会的要求是，只要企业的业绩达到了，即达即报，报到即审，审过即上，有上市绿色通道。这让碧野的上市梦加快了进程。

对于碧野这样的预备上市公司，证监会有两个条件：第一个条件，1年所得税超过2000万，净利润达到1亿多，达到这个条件可以马上报材料；第二个条件，迁址过去3年，每年有2000万以上的净利润。“我们完全可以达到第一个条件，我做上3个亿就够了。因为碧野有自己的独家知识产权，我们的产品利润高。”王征说。

上市公司是公众公司。真正上市了，对于碧野科技这样有着独家知识产权的公司，其好处是显而易见的。其一。碧野科技这几年一直在占领科技和政策的制高点，近年获得了农业部“全国农牧渔业丰收奖一等奖”，最近又获得了林业部的“梁希林业科学技术奖”。上市公司实力强大，可以更好地保护自己的知识产权，碧野就能成为这个行业的企业领袖。

其二，王征准备到中小板上市，可以预期达到100个亿的市值。上市意味着能够更快捷地融资，强大的资本可以助推农业现代化，打造有机农业产业集群。人总要有一个梦想，上市梦也是一个人的梦想。实现上市梦是为了更好地实现自己的有机农业梦。

“在制肥机这块，我们本来是国内领先的，湖南省的地方标准、行业标准是我们碧野起草的。现在也有一些企业跟着我们山寨的，包括中联重机。在这个行业，我当然欢迎参与的朋友越多越好，共同把市场做大，这个市场我们一辈子都做不完，但是要通过正当的竞争手段嘛。”王征说。

王征从一个思想家的高度来谈对未来的展望：

“我们的现实是，农民还很贫穷，讲农民勤劳一辈子还在吃苦，还不能致富，他们在我国各个阶段发展中吃亏了。农民没多少文化知识，我们有时哀其不幸，怒其不争。但这不是农民的事，土地是国家的，环境是国家的，农民做的贡献已经够大的了，人家抛妻别子去打工，最后为城市建设做贡献又买不起房子，又要回老家。这对我们的农民阶层是不公平的。”

“中华人民共和国成立到现在快70年，中国经历了历史上最轰轰烈烈的工业化，但为什么农业还发展不起来？就是因为缺科技、缺产业、缺城市精英对农业的反哺。我喜欢方总经常讲的一句最一针见血的话，‘对我国农业来说，没有产业的扶贫是假扶贫，没有产业的发展是空发展。’”

“把科技引入到农村，把产业引入到农村，但不是那种大而全的、千篇一律的，而是分而散的、因地制宜的，像欧美的美丽小镇一样的。比如波

音就在美国的一个镇里面，它不在大城市里。像空客、宝马全部在小镇里面，而不是在大城市里面，它有一种全球化的思维。在湖南新化，我们也可以打造这样的具有高科技含量的小镇。碧野科技愿做这样的开路先锋。”

谁也不曾想到，7 年前袁隆平院士的一句反问，能促使王征把农业科技产业做得如此巨大。王征回忆，那是在 2010 年 9 月，长沙回龙湖有机杂交水稻研发基地成立时的一个午餐后，王征、余建军、彭既明陪袁隆平在田埂上散步，袁隆平一边查看生长茂盛的水稻，一边问他们：“有机水稻，自然要用有机肥，你们的有机肥从哪里来?”待余建军如实回答后，袁隆平又问：“稻秆能不能制成有机肥?”这一句偶然的问话，迈开了王征向有机农业科技设备开发的步伐。终于在数年之后，王征团队研发出了全新的“农业废弃物高效循环利用系统”，为科技兴农开辟了一条可持续的发展之路。

第二十三节　广济问禅

1　众人问禅

在南岳广济禅寺的放生池旁，有一株古树，比堪称“植物界熊猫”的银杏还稀少，这古树的学名叫“绒毛皂角”。目前全世界存在的绒毛皂角的野生数量仅为4株。这株沐浴着寿岳衡山灵气的绒毛皂角，在晨钟暮鼓、梵呗妙音中生长旺盛，遒劲有力。冬去春来，周而复始，它的树叶长了又落，落了又长，就像庙里的法师一样，来了又走，走了又来。千年般若，法脉相传，生生不息。

2017年2月3日11时，进入立春节气，意味着新年春天的正式开始。

这年的立春很特别，其一，这是120年来最早的立春，因为立春一般是2月4日或5日。其二，今年的农历年中有两个立春日，这被称为“一年两头春”。不过，如果按照中国农历的算法，子时已经进入新的一天，2月3日11时实际上是2月4日子时。

下午2点，方志辉约了袁定安、枕戈、大茶网创始人刘健、湖南博野有机公司董事长王征、长沙升印轩米升博物馆创始人杨杰、国学爱好者罗灵芝一行人从长沙月湖公园出发，自驾前往南岳衡山，到达南岳广济禅寺的时候，已是下午5点左右。

南岳山中残雪未尽，雾凇垂挂，真是别有一番风景。

巧合的是，湖南践行国学公益基金会理事长颜爱民教授，正带领几十名国学爱好者，在广济禅寺参加“禅意人生”的禅修活动。因缘殊胜，大家决定一起去参加“禅意人生”的开营仪式。南岳广济禅寺办公室主任广润

居士负责主持活动，至此，禅意人生活动已开展160多期，他一直坚守在主持人这个岗位上。晚上7点，由南岳佛教协会常务副会长、广济禅寺住持、弘法高僧宗显法师为活动致辞。

宗显法师以“敬畏和关爱生命”为主题作了开示，以他年轻时候许的一个愿开始：

“当年我在九华山地藏菩萨殿堂许愿的时候，我跪下去，脑袋一片空白，不知道要许什么愿。但是，既然跪下去，总要许一个愿，然后我的脑袋瞬间冒出一个念头，我说我要活150岁，那个念头是那么自然，我说我从来没有想过能活那么长。后来我常回想起那个愿，若有所悟，升起了对生命的敬畏之心，我虽然没有笨鸟先飞，但我多飞50年，多干50年，兴许可以为人类多做一点贡献。”

宗显法师顿了顿，接着说：“从今天晚上开始，我们广济禅寺要添加一项重要活动。我们知道，我们湖南有一位大德，他叫袁隆平，是一位非常伟大的人物，我们要为袁隆平院士祈福。袁老已经是八九十岁的人了，他老人家还奋斗在田野的第一线，为人类创造了无量的财富，解决了我们吃饭的问题。大家可不要小看这个问题，这可是个大事，经历了饥饿时代的人们是有刻骨铭心的感受的。所以，我们将历时3天，为他老人家祈福！同时，也为大家祈福，为天下所有的老人祈福，而且我还要为他老人家写‘福’字，希望广济天下，福满人间。恳请大家生起欢喜心、恭敬心。”

宗显法师开示了大约一个小时之后，颜爱民教授接着按“禅意人生”流程，为他带来的国学爱好者授课。宗显法师便领我们一行人到他的会客室去喝茶。南岳区委宣传部副部长朱正光安坐在会客室，恭迎大家。他是这里的常客，因宗显法师自2009年5月发起的禅意人生修炼营活动，每月都免费开办，所以在国学佛学界声名远播，已成为南岳对外宣传的一张响亮名片。朱正光经常带客人拜访宗显法师，常以半个主人的身份自居，这次，他是专程来陪方志辉一行的。

室内几方几案，墙上字画错落有致，让整个房间飘逸着一种说不出的引人入胜的味道，让人觉得舒适、恬淡、幽静、雅致。尤其宗显法师手笔之《莲》系列，让人顿时回到宋代理学鼻祖周敦颐描述的情景中。

水陆草木之花，可爱者甚蕃。晋陶渊明独爱菊。自李唐来，世人盛爱牡丹。予独爱莲之出淤泥而不染，濯清涟而不妖，中通外直，不蔓不枝，香远益清，亭亭净植，可远观而不可亵玩焉。

予谓菊，花之隐逸者也；牡丹，花之富贵者也；莲，花之君子者也。噫！菊之爱，陶后鲜有闻。莲之爱，同予者何人？牡丹之爱，宜乎众矣！

朱正光招呼大家入座品茶。在墙壁的挂席上，有一个大大的“禅”字，非常惹眼。

作为科学家的方志辉，对万事万物总是充满着好奇心和探索欲，便首先向宗显法师提问：“师父，这个‘禅’我不太理解，您能告诉我一下，到底是什么意思呢？”

旁边的王征说：“只有师父是最有禅意的，只有师父才能把这个禅字说得清楚。”

方志辉说：“我不怎么理解，似懂非懂。”

宗显法师讲：“似懂非懂，这就是禅。确实，它什么都是，又什么都不是。”

“似懂非懂，你就找到了禅的这个感觉。我不讲你找到了它的本意，而是找到了这个感觉。它可以是，也可以不是，它可以不是，也可以是。”

枕戈插一句：“科学家向禅宗法师问‘禅’，这本身非常有禅意，构成一个‘禅’的故事。因为科学家总是执着于追求事物的精确性，要着相。而法师却让我们放下，不要执着于名相。”

宗显法师回答：“确实有意思。禅就像水一样，是无形无象。找的是一种感觉，而非用数字可以计算，甚至不用概念。禅宗讲究以心传心，不拘泥于名相。

“我说禅就像水一样，无形无象的，无处不禅。水这样流，它都是没有障碍的，为什么？它本身就是无形的嘛。一个圆的器皿，你把水装进去，它就自然变成这个东西了，所以水无象无不象嘛。禅也是这样，所以你们的行住坐卧都是禅。”

方志辉撇撇嘴，笑了笑：“还是搞不蛮清楚，好多人都搞不清禅。但这个非常有意思。”

宗显法师道："你这个问题问得很好。修禅可以成佛，佛毕竟是个大禅，就是无象禅。"

看大家谈得开心，罗灵芝在旁边赶快拍了几张照片，把"广济问禅"的场景定格下来。

宗显法师继续说："广济问禅，我建议你还是不要讲我的名字。广济禅寺里一个和尚，至于是哪个和尚，让大家猜，就是禅嘛。你不讲我的名字更有禅意。你的这个'问'，就是禅的源头，'问'本来就是禅佛之源。佛教的禅宗里面讲疑起，怀疑的疑。本来这个'问'，就是禅的源头，活水源头。你没有这个问，就不可能问到禅。我们讲'不疑不禅''不疑不悟''小疑小悟''大疑大悟'。"

刘健补充了一句："现在的对答，已经进入了更深层次的禅意境界了。"

众人连连称是。

宗显法师道："禅，实际上是很活泼的。古人学佛，是很快乐的。甚至在学禅的过程中，大家可以针锋相对，相互辩论。苏东坡与佛印就曾留下不少有趣的禅宗公案。一天，苏东坡对佛印说：'以大师慧眼看来，吾乃何物？'佛印说：'贫僧眼中，施主乃我佛如来金身。'苏东坡听朋友说自己是佛，自然很高兴。可他见佛印胖胖堆堆，却想打趣他一下，笑曰：'然以吾观之，大师乃牛屎一堆。'佛印听苏东坡说自己是'牛屎一堆'，并未感到不快，只是说：'佛由心生，心中有佛，所见万物皆是佛；心中是牛屎，所见皆化为牛屎。'苏东坡一点便宜都没有占到。佛教里面的禅宗，就是直指人心，见性成佛，心外无法。

"所以禅是很活泼的。古人的生活游玩都有禅意。有一次，佛印跟苏东坡两个人在一条江上泛舟而下，大热天坐在船上。苏东坡突然眼睛一亮，看到一个奇观，河岸上面有一条狗，那只狗在干吗呢？在吃一根骨头。他就心血来潮，随口就来一句'狗咬河上（和尚）骨'，里面包含了谐音。苏东坡的意思是，"你看，狗在咬你的骨头"，这个一般人是答不上来的，你不吃个哑巴亏吗？没想到这个和尚是很有智慧的，当时是热天嘛，又没有电风扇，他就拿把扇子丢到了这个水上，顺口就来了，'水流东坡诗（尸）'。因为苏东坡在那个把子上给他题了一首诗。这说明禅是很活泼的，很风趣的，很幽默的，两人也高低自现了。"

罗灵芝拍手连连叫好，众人跟着边叫好边鼓掌。顿时，会客厅一片欢声笑语。

杨杰闲不住，也抛出一个问题："师父，我想问一下您，茶杯上这个广济禅寺的LOGO，上方大半个圆，下方掉一滴水，是代表什么意思呢？"

宗显法师答道："你的眼光不凡，我就有那么一点点自豪的东西，现在都被你发现了，以后我在你面前就一览无余了。这个LOGO是我亲自设计的，我再没有自豪感可讲了。"

方志辉问："这又是一种禅意？"

宗显法师说："这真的是我唯一有那么一点点满意的地方。"

杨杰问："到底代表什么意思呢？请师父开示。"

宗显法师道："杨馆长啊，这个杯子就是你的了，现在就送给你了，好不好？"

杨杰马上开心得像一个小孩子，如获至宝："好，师父送我一个杯子，太感谢了。我觉得这是在我人生道路上的一盏明灯，不断照亮我前进。"

宗显法师说："升华！我给他写了两句话，第一句话，禅如清泉能净心，禅就像一滴清泉能净化我们的心灵；第二句，禅若明灯能见性，禅就像一盏明灯一样能明心见性。"

杨杰："这个LOGO，我看起来似懂非懂。刚上课的时候，我都在琢磨这个事情。师父，拿这个杯子过来，我们合个影吧。挺有纪念意义的呀。"

杨杰从随身携带的背包里拿出来几个香包给宗显法师，问："我想把这个LOGO图案放到香包上面，如何呀？"

宗显法师说："很好啊。我很喜欢这个图案。但可以删掉图案之外多余的字，然后写上'广济禅寺·心灵之家'。在香包另一面，再写上'净心第一，利他至上'，这代表广济的宗旨和家风。你先做一个设计方案给我看一看，颜色不一定要这么醒目，如何？"

杨杰连连说好。

宗显法师想把这个香包作为广济禅寺禅意人生修炼营八周年的纪念礼品，送给来来往往的客人。显然，他也被杨杰的用心给感动了。

2 禅茶一味

在“禅”字挂席的右侧，有一副装裱精美的小楷书法作品，读来朗朗上口：

“诗茶品高，花木怡神。益友在侧，荡吾心灵。传道解惑，厚德溢馨。国礼湘茗醉，名望黑茶真。谈笑有知己，佳茗似佳人。闲来弄棋琴，重养生。避浮尘之喧嚣，无世欲之纷争。气清观宇宙，情趣似童心。高人云：茶礼传情！”

这篇“名望茶赋”，出自当代畅销书《三十六策》作者阿窦之手。品茗人一看，就知这里有好茶。安化黑茶中，名望黑茶久负盛名，其中名望·渠江薄片，备受茶人喜爱。据五代毛文锡《茶谱》（公元 935 年）记载“渠江薄片，其色如铁，烹之无渣”“一斤八十枚”，是解油腻、保健身体的上乘佳品。

“大师，禅茶一味古已有之，我却不得要领，这个又如何理解呀。”方志辉问禅似乎已经上了瘾，又抛出一个话题。

宗显法师轻手执壶添茶，众人致意回谢，静听法师徐徐道来：“茶是用来喝的，因此只能靠嘴品，却无法用嘴说个究竟。一份茶的好坏，有缘人自己去品。常见茶人在没有泡茶之前，先将某人某茶说上了天，或某茶人将茶说得下不了地。从海拔高度到树龄，从采摘到炮制，如此等等。当我喝到这杯茶时，就会被突兀而来的几分沉重感与数字化淹没了快感。于是，我想说，茶是用来喝的，可以适当介绍，但别太过。”

方志辉静静地倾听、领悟，间或端起香茗，轻品一口。茶汤热气蒸腾，色如琥珀红酒，晶莹透亮，边镶金黄，醇厚微醺。轻置唇边，一道馥郁之气夺鼻腔直上头脑，径直绕过灵魂深处，心灵为之一松。

他忍不住心里暗暗赞叹，“这安化黑茶珍藏版名望·渠江薄片，真乃好茶，名不虚传。人生得此足矣”，“香于九畹芳兰气，圆如三秋皓月轮。”古人对茶的描述自觉浮上心头，他随即轻啜一口，舌尖甘甜之味上扬，满口生津，甘醇之气钻满口腔，顿感齿颊留香，过喉回味甘爽，心旷神怡。

“爱惜不赏惟恐尽，除将供养白头亲。”真是“居不可一日无茶”呀，这冲泡之水也是鲜、活、清、轻。“怪不得老人都来背水，这寺院里的山泉水泡茶更是别有一番韵味。”喝惯了好茶的方志辉已经沉湎于茶韵之中。

“对，名实相符就好，标签别太多。”见宗显法师一言道出茶之真谛，方志辉轻品一口好茶，接口道来。

宗显法师笑道：“是呀，方老师所言甚是。目前国内茶的名称多，标签也多。仅武夷山大红袍就有三百多种名字，中国人都搞不清，外国人肯定更加搞不懂，直呼‘中国树叶’。最后就只剩下茶人圈里自己玩，和当年的朦胧诗一样。我看，‘中国树叶’这名字就不错。”

“中国树叶，好名字。我看可能又有了个机缘，茶人会竞相而品，茶商可能争着抢注商标呢。”刘健插了句话。刘健是茶专家，他的“大茶网”，在中国茶届无人不晓。

宗显法师接着说了下来：“茶道茶席后面总是多了点东西。没有物质基础，不要玩茶。经营茶叶，以茶谋生者则另当别论。茶道茶席前前后后隐藏着多少商业企图，这茶道一定没‘道’可言，如茶席下压着个不为人知的‘钱’，无论你冠以‘无我’还是‘雅集’，这茶终究会变味。”

“文化的底蕴不可或缺。”王征接了句。

“正是。”宗显法师端起茶轻品一口，接着说了起来，“茶礼、茶药、茶饮、茶禅等，都与文化发生关系，显然，茶人的文化修养就不可或缺。如果少了文化修养，言语举止粗俗不雅而又滥侧于茶人之列，这很像不读书不学习不思考的人搞传统文化教育一样，让人看了眼涩，尝了倒胃口。”宗显法师有感而发。

“要知道，茶绝不是药。三五知音，清清静静，品品茶，养养神，论论道，真的不错。有助于神思，有助于调身。可以解乏，可以安神。”宗显法师说，“但是，你若工作生活婚姻没有着落，混在茶人中间未必有效。我近日在茶席与雅集上发现了不少焦虑的人。这又与佛门一样，没有门槛，不设门槛，来去自由。若将茶讲到降三高抗癌的层面，那已经是江湖中的‘马六甲’了。”

“那茶禅一味怎么看？敢问大师。”方志辉听到这里，穷追不舍。

宗显法师笑道，“同样，茶绝不是禅。对现在人而言，虽然说茶叶协会、茶禅协会、茶展会多得无法统计，‘禅茶一味’‘茶禅一味’如雪片一样

飞，但讲禅我们还真少了点资本。你看破名利、断除五欲了吗？如果没有，不要妄谈！你静心了吗？心尚不静，何必谈禅！你清净了吗？心身不净，何以谈禅？你读经了吗？经且不读，从何谈起！你参禅了吗？参禅没有路头，有甚见地?!”说完，法师呵呵笑了起来。

“因此呀，我说禅茶一味是茶人的标签了。而且滥用得让人生厌。好在国人肠胃与肺与心，抗体强大。方教授，你是科学家，你讲讲我这样总结行不行，茶人需要提高修为。品茶需要境界。茶要降降温。其实，凉茶也可以品。人走茶凉也没有什么不好。说不定本来就是那样子。就像国学，温度不必那么高，学海无涯，而知有涯，十年寒窗很正常吧！”

刘健微笑道：“大师真是无量佛也，从茶人到茶商、到茶品，到茶文化，最后还到国学来了，佩服，看来我还是呷口凉茶，消消热。”

众人都笑了起来，纷纷端起杯子品起茶来。

宗显法师讲，“我与诸位好茶人论道论道人性与茶性吧。佛以为，人性要清明和畅，厚道诚信。我看茶性亦然。常见有茶人、茶具、茶艺、茶礼如演戏一般样样俱全，就是少了茶人的人性。浮躁的人性如同没有经过风雨沉淀的普洱，没有发酵出本色，故形似而神不似。少了细滑绵柔，以及醇香厚重。或者说如同在保存中的茶叶没有保存好，醇化好，被香酒糖药污染了。人性要如茶性一般高洁。柔软绵长乃至入口即化，经泡、色正、经得起品评方是好茶的标准。人性忌火气、躁气、浮气、水气，茶性亦尔。这应就是‘人茶一味’呢。”

“好一个‘人茶一味’。”方志辉不由折服，心头更是轻盈了许多，似乎平生了许多悟性慧根。于是感慨道：“传统文化中的儒释道三家，各有微妙精义而相映生辉。千百年来，无数圣贤之士阐教释义，著书立说，让三家文化在传承发展中演变为祖国文化的瑰宝，折射出中国古人无比智慧高远的世界人生观。今日听大师教诲，再心生顿悟了。可谓随喜。”

“参悟儒释道为代表的中华传统文化，不是寄居江湖之远、不食人间烟火的出世之举，而是在修身养德、砥砺品行中，将古圣先贤们的教诲，内化于心，外化于行，做到天地人三者的和谐统一。”宗显法师进一步开示：“就如我们释家强调‘自性’，自净其意，自觉明悟，自有菩提，心生光明，可谓精髓。其实，这种讲求心领神会的顿悟，暗含了精深的天地人生哲学，不失为高深学问。悟的因是惑，惑的果是悟，惑得越深，悟得越大，前因后果，关系明晰，因缘成熟，便有果生，这或许也算马克思主义哲学的辩证智慧吧。”

方志辉继续求教：“大师，你看我等凡人，所事各行各业，所谓天下熙攘，各有所求。用释家的话来讲，是人生中结下的一种缘。常言道，实践出真知，其实我们懂也好，无悟也罢，却永远都在生活中感受着其巨大的魅力，感受着主客观世界的激烈碰撞。既有使命与责任，更有各种困厄需要开解。我想，这也就是近年来国学兴起的源头。这些年，我国内国外奔波，接触了大量不同面孔，看过许多双内容不同的眼睛，他们神色各异、身份各异，却都不约而同地以一种无声的方式，演绎着现实生活中的辩证法，印证着古圣先贤们的经典论断。我和他们一样，有压力也有动力，有痛苦也有欢笑，常常是痛并快乐着。人们常言，看惯了生活的无奈，却依旧热爱生活。这才是生活的真谛。为此，我就常常扪心自问：该持怎样的心怀面对自己、他人？该修怎样的德行面对天地人生？”

宗显法师沉思一下，接着说，“《易》言，积善之家，必有余庆；积不善之家，必有余殃。这虽从家的角度言善恶祸福，但论及个人，也是一体同观。道家讲‘乘物以游心’‘独与天地精神往来’。儒家讲‘尽物性、尽人性、赞天地之化育、与天地参’，我们和尚们则说，‘万物有情有佛性’，没有高下之分，应是三家各有其妙旨，其实异曲同工，实则殊途同归。诸多经典，自是包含了千古以来颠扑不破的真理。”

看到法师今日有兴致，方志辉索性将心中的想法和盘托出，也算坐而论道了，他想。于是接着请教：“儒家的‘格物致知、诚心正意、修身齐家、治国平天下’，由外至内、由内而外、循序渐进地道明了成就自我所要遵循的步骤和历程，可谓鞭辟入里。其倡导的‘仁义礼智信、温良恭俭让’的品格标准，现已成为世人安身立命的准则，推崇的‘先天下之忧而忧，后天下之乐而乐’的忧国忧民情怀，更是成为仁人志士的毕生追求。”

方志辉接着说道：“而道家恢宏悠远的思想境界、睿智机变的精妙寓意，返璞归真的奇妙思想，我虽不能体悟十分之一，但在这意蕴潇洒的无端崖之词间，倒也能领略几分老庄深谙大道而与天地同游的滋味。大师刚才传递的解惑之悟，更是佛法无边，我实难想象，这世间还有比它们更为

高远深刻的思想吗？我觉得自己真的太渺小了。”

宗显法师见此，也不禁为方志辉所动，心底对科学家更有了一种钦敬，也不道破，遂说道：“拈花一笑、灵犀一悟，正心诚意也好，顺应自然也罢，讲的都是个人对世界人生的一种感悟和态度，是所谓的‘天地与我同根，万物与我一体’的不同侧面，因时因地因人而异。生存在世界中的人，看似独立，却又彼此联系，同时还与世界的其他方面存在着千丝万缕的关系。方老师说自己渺小，和这世界、和历史长河比起来，谁又不是如此。你看这殿堂内那么多尊罗汉、菩萨，还有佛，及众多凡人，若都以此观，您没必要太谦太疚，我觉得个人自觉顺应大道，尽量实现天地人合一，这也就达到了我们释家的菩提智慧了。”

宗显法师继续道：“今日祈福，我将单独诵经发愿。”

“大千世界，芸芸众生，均有自性。心怀光明，普照人间。我想，这就是袁隆平院士的自性，也是大师的自性，是我朋友的自性，是大家的自性。为此，我们都来到这里，结如此缘分。今日聆听法师开示，那可是再读十年书也万不及其一。我以为，今后，我们只要心怀这种‘敬天畏地、反躬自省、知行合一’的自觉性，自觉遵行自然大道，遵行古圣先贤的教诲和大师法谕，自觉弘扬中华文化，做到内化于心，外化于行，我们个个就能‘自性光明，普照人间’，求得内心安静了。”方志辉有感而发。

而袁定安、瞿建波等一干人，自始至终用心聆听，没插一言。

3　广济天下，福满人间

不知不觉，大家一边喝茶一边问禅，已是晚上 9 点。

宗显法师站起身来，说：“来，我们写字去。我说了，我要给袁院士写一个大大的‘福’字，到时还有劳方老师奉送给袁院士。今日宾朋满座，一起来观摩下。”方志辉满心欢喜地应许。

大家铺纸的铺纸，研磨的研磨。宗显法师在一平方米左右的宣纸上就开始写起“福”字了。山上天寒地冻，墨都快凝固得化不开，笔力施展不开来，字的颜色也不会均匀。于是，杨杰用吹风机把热风吹在墨上，使墨融化，墨汁显得油光发亮。宗显法师一气呵成，“福”字甚是潇洒漂亮。

宗显法师接着又写了一张大大的、长长的“寿”字。署名“南岳广济宗显”。

宗显法师歇了口气，说：“也许袁院士这个福字就是我的封笔之作了。接下来，我只给留守儿童写福字，写一万张小的。这也够让我写的了，起码要写一两个月，一天写300个，都要写30多天了。你得站那里不动啊，没有七八个小时是写不完的。其他朋友要我写，我只写‘寿’字，或者写‘佛’‘禅’。”

顿了顿，宗显法师强调：“我为袁院士写这个‘福’字，就是希望天下人向袁院士学习，关爱天下人。这叫什么呢？广济天下，福满人间。以后写‘福’字，关爱留守儿童，让爱的光芒照亮人间的每个角落。我就这么定了。”

晚上10时整，撞钟祈福法会正式开始，按照佛教的祈福法会仪轨，宗显法师带领大家诵经、绕佛、礼拜，虔诚祈福，虔诚祈愿袁隆平院士健康长寿！虔诚祈愿国泰民安、百业昌隆、万家和乐！

“咚……咚……”来宾们轮流撞响了浑厚的大钟，一声连着一声响彻山谷。佛云：“闻钟声、烦恼轻、智慧长、菩提增。”声声钟声，梵音阵阵。

方志辉默默虔诚祈福：“祈愿袁隆平老师永远健康，开心如意，家和事顺！祈愿中国杂交水稻尽早香遍全球，愿人们不再饥饿！”袁定安也在祷告：“祈愿父亲寿比南山！祈愿‘袁氏种业’惠及更多的国家和地区！”

第二十四节　隆平文化驿站 + 大健康

“践行隆平精神，弘扬隆平文化。”在湖南省农科院农产品加工研究所的文化墙上，挂着一块明亮的写真牌匾。这是方志辉到研究所任书记之后精心设计的。

2018 年 3 月，星城长沙已是春暖花开。一年之计在于春，今年为农民朋友做点什么呢？党的十九大后，袁隆平院士倡导“振兴乡村，文化先行”。方志辉苦思冥想，希望通过一种有效的形式，把老师的这种理念推广到乡村、到社区，让隆平精神、隆平文化落地生根、开枝散叶。于是，他召集了好友瞿建波、枕戈、袁隆平院士的秘书杨耀松，以及袁隆平院士的助理、湖南袁隆平丛书文化发展有限公司董事长黄崎博士共同商讨。

黄崎提出，在湖南袁隆平丛书文化发展有限公司下设一个纯公益机构“隆平文化驿站”，聚集公益人士，出钱出力出智慧，向乡村发放《袁隆平丛书》、农技科普书籍，举办公益讲座，推广隆平文化，解决农民实际困难和困惑。大家觉得这个点子好，一拍即合。黄崎办事一贯干净利落，顺嘴说出了他的口头禅：“说干就干，成功一半。”当即决定成立“隆平文化驿站理事会”，从袁隆平丛书公司抽调骨干人员做义工。并提议以方志辉书记为主，与杨耀松、瞿建波、枕戈等 5 人共同作为“隆平文化驿站”发起人，起草理事会章程。

方志辉说：“隆平文化驿站理事会理事长还是由黄崎博士担任，负责驿站的管理。我来做点具体的事，包括发展驿站站点、解读每年的中央一号文件、农技知识讲座。其他几位，利用自己的人脉资源，让更多的公益人士参与进来，把隆平文化落到实处。”大家你一言我一语，群策群力，“隆平文化驿站”的构架和实施计划就出来了。

隆平文化驿站

聘书

袁隆平院士：

恭请您担任“隆平文化驿站”理事会名誉理事长兼首席科学家。

本人乐意任此职

袁隆平 2018.3.19.

湖南袁隆平丛书文化发展有限公司
隆平文化驿站理事会
2018年3月

聘书

此时，袁隆平院士还在海南基地。3 月 19 日，黄崎专程飞抵海南，向袁院士汇报成立“隆平文化驿站”的计划，并请求袁院士担任“隆平文化驿站”理事会名誉理事长兼首席科学家。袁隆平院士听了汇报后，非常开心，并在聘书上亲笔写下：“本人乐意任此职。袁隆平 2018 年 3 月 19 日”。

1 “隆平文化驿站”首站平江挂牌

万事俱备，只待落地。黄崎紧锣密鼓，与平江县的朋友联系。

2018 年 3 月 25 日上午，“隆平文化驿站”首站在平江县瓮江镇新棚村启动并举行了授牌仪式的消息，经《湖南日报》《农民日报》、新华网、腾讯网、新湖南客户端、华声在线、红网等多家报媒和知名网站报道之后，“隆平文化驿站”一时成为网络热搜词。

在互联网上转载量最多的，是湖南日报社岳阳分社社长徐亚平采写的报道《“隆平文化驿站”首站平江挂牌袁隆平院士助推公益和慈善》：

湖南日报 3 月 26 日讯（记者　徐亚平）3 月 25 日上午，“隆平文化驿

站”首站在平江县瓮江镇新棚村挂牌成立，袁隆平院士担任隆平文化驿站理事会名誉理事长兼首席科学家。

“隆平文化驿站”面向全国的基层乡镇(街道)、村(社区)建立站点，将在2018年建立不少于300个驿站，3年内力争建成1000个驿站。驿站将开展农民课堂、庄稼医院、助学济困、美丽乡村建设等一系列公益活动，把精准扶贫、乡村振兴落到实处。

“隆平文化驿站”在发起过程中，得到了袁隆平院士的大力支持。袁隆平院士倡导的“乡村振兴、文化先行”的理念，正是“隆平文化驿站”的成立宗旨。省农科院农产品加工研究所书记、袁隆平的学生方志辉表示，过去更多强调给农村送种子、送科技，现在更强调给农村送文化、送爱心。“隆平文化驿站”提倡送文化下乡、助学济困、关爱留守老人儿童、捐赠爱心物资、义诊义药等，增添了更多慈善、公益的内涵。

挂牌仪式上，长沙市天心区红十字会志愿服务队现场给10名儿童和老人各捐赠1000元现金和相关物资，坤禾生物给村民捐赠了5吨微生物有机肥，湖南省国际稻都农业技术研究院给村里捐赠了农村移动无线Wi－Fi信号覆盖设备，方志辉还给村民开展了农业政策和技术知识的现场讲座。

该报道2018年3月26日在《湖南日报》刊发后，迅速受到社会各界的关注，许多热衷公益事业的企业和社会团体纷纷致电省农科院农产品加工研究所书记方志辉，有的希望做“隆平文化驿站”的义工，有的希望在自己的家乡设立“隆平文化驿站”。在所有的报道中，袁隆平的学生方志辉成了名副其实的“隆平文化”践行者。

2　书记办公室来了个不速之客

4月6日下午，一位三十出头的知性女士轻轻敲开方志辉办公室的门。她落落大方，举止优雅，进门之后微笑对方志辉说：“书记，我叫袁媚英，是看到网上关于‘隆平文化驿站’的报道后慕名而来的。”她说明了来意，也作了一番自我介绍。“隆平文化驿站”的报道在网上铺天盖地，方志辉一时也成了网红。对待这位不速之客，方志辉已经见怪不怪了，这几天，几乎每天都有陌生人上门拜访，咨询驿站的事。

但与其他人不同的是，这位不仅是位专家型儒商，而且是知名公益组织的骨干。她的主业是医疗健康，现任湖南元一堂健康产业有限公司董事长，她还是湖南省人力资源管理学会兼职秘书长，分管国学践行公益研修班的师资对接工作。如果她发真心来参与，对“隆平文化驿站”的发展一定大有益处。这一天，刚好是周五，没有安排应酬，方志辉便主动邀请她晚上到农科院附近的茶馆一起喝茶，并电话通知了枕戈、瞿建波、黄崎和杨耀松过来，商议如何进行深度合作。袁媚英喜出望外，没想到方志辉这么平易近人，没有一点科学家的架子，今晚还能见到袁隆平院士的助理和秘书，激动不已，连声说；“好！好！好！”

湖南农科院附近的早安星城茶馆，开在杨耀松的家门口，是“隆平文化驿站”发起人经常聚会聊天的地方。当晚，大家如约而至。泡茶、品茶，是杨耀松的专长，幽默、风趣，是他的天赋。见到袁媚英，他给每个人都倒好茶，便打开话匣子：“袁美女啊，你作为袁氏宗亲，隆平文化驿站是宣传袁隆平文化，驿站的发展，请把你的专长和资源发挥到极致啊！请你说说你的想法。”说出“袁氏宗亲”这个词，一下把所有人的心拉近了。袁媚英抿一口茶，细细品味，然后将自己的经历娓娓道来。

袁媚英祖籍邵阳，国家一级健康管理，于湖南中医药大学毕业后即到长沙市赤岗冲军队离退休干部休养所工作，专于慢病管理。2006 年至 2007 年间曾任教于广东食品药品职业学院，有过高校从教经历。从 2008 年年初开始，创办健康产业企业，旗下有多家实体，分别从事医疗器械、医药商贸和社区医疗服务。她说：“中国自古以来，都讲医者仁心。药铺行一般都会挂一副对联‘但愿世间人无病；何愁架上药生尘。’不靠卖药赚钱，而是要预防疾病。医药典籍上讲‘上医治未病’，好医生不是治疗有病的人，而是在没发病之前就告诉人们如何预防疾病。”她希望能把健康管理的知识带到“隆平文化驿站”来。

袁媚英说，从事医疗行业这么多年，她总希望有一天通过自己的努力，不再只做一个给病人开处方和发药品的人，而真正成为一个能帮助病人及其家人不生病、少生病或不生大病的“健康管家”。2008 年回长沙自

主创业，就一直用心经营公司旗下新韶路社区卫生服务站，把预防医学应用到社区医疗工作中。2017 年 4 月，该服务站被湖南省质监局、湖南省发改委评为全省首家社区医疗服务标准化试点单位。2014 年，她参加湖南省人力资源管理学会主办的国学践行公益研修班的学习，从此成为国学践行的义工，学习传统文化，弘扬传统文化。她说："隆平精神，就是中国人的精气神；隆平文化，就是优秀的传统文化。我要结合自己的专长，发扬隆平精神，成为隆平文化的践行者。同时，我要发动国学班的师兄们积极参与'隆平文化驿站'的公益活动，一起践行隆平精神，弘扬隆平文化。"

袁媚英有点激动，她说："因病致贫，因病返贫的现象在乡村、在社区都太普遍了。'隆平文化驿站'送科技、送文化到基层，我们元一堂健康产业公司跟着你们送健康、送预防医学知识到基层，以后只要新的驿站挂牌，你们都可以通知我派医生去义诊、去搞健康知识讲座，让基层老百姓了解前沿的基因检测知识，了解预防医学，把'上医治未病'的理念传播到基层去，让老百姓懂得如何在日常生活中自己就能管理好自己和家人的健康，把疾病扼杀在萌芽状态！"

杨耀松频频给大家敬茶，不停地点头肯定。黄崎关心的是驿站与元一堂健康产业公司如何合作，袁媚英说完她的社会经历，黄崎也基本明白了一个大概。方志辉更想了解如何让老百姓了解这些前沿的基因检测知识，从而有更好的健康理念和操作方法去管理一家人的健康。枕戈几次想插言，问问社区医疗服务站的境况。

3　就在身边的基因检测

对基因检测方面的知识，袁媚英胸有成竹。她曾经与华大基因、深圳一道生物等基因检测专业公司有过深度合作，也与这类公司的学术权威有过深入交流。对此，她侃侃而谈。

说到基因，大多数人可能并不陌生，不过基因到底是什么？又是如何在我们生命过程中起作用的？这些问题的答案大部分人就不是很清楚了。

我们都知道的是人体由各组织器官组成，组织器官又是由相应的细胞组成。细胞是组成人体最小的单位，人体大约有 60 万亿个细胞，染色体便存在于人体细胞的细胞核中。染色体的主要组成部分就是遗传物质——DNA，虽然它仅由四种碱基(A/T/G/C)组成，但碱基的排列顺序则千变万化，每一个物种的碱基排列顺序都是唯一的，生命的遗传信息就记载在这千变万化的碱基排列顺序中。基因就是DNA上能够编码蛋白质的功能片段，遵循中心法则决定着生命功能的行使者——蛋白质的合成。

因此，基因是“生命的指导手册”，我们的活动和行为、健康或疾病都由基因操纵和调控，一切生命的生、老、病、死皆由基因决定。

现代医学认为，疾病的发生是遗传因素(内因)和环境因素(外因)共同作用的结果。基因差异是产生“疾病易感性”的内因，基因不同的人群暴露在不良环境因素(如空气、水质及农药的污染)或不良生活习惯(如抽烟、过量饮酒)等外部环境中，发生疾病的风险不同。故对个人的基因进行检测对于指导疾病预防和健康管理都非常有意义。

4　基因检测可以预测和指导预防疾病

方志辉问:“袁医生，如今三高人员很普遍，这类疾病与基因变异都关系吗?”方志辉这些年读过不少基因科普读物，对基因领域的研究有所涉猎，他是想考考袁媚英，探探她的底。

袁媚英不慌不忙，沉着应答。她说，肿瘤、高血压、高血脂、糖尿病等慢性疾病也均与基因变异有着密切的关系。肿瘤本质上是一种基因病，在疾病发生过程中，各种外部环境和内在遗传基因的致癌因素以协同或序贯的方式引起DNA损害，从而激活原癌基因或灭活肿瘤抑制基因，加上凋亡调节基因或DNA修复基因的改变，继而引起表达水平的异常，导致细胞生长不受控制，最终导致恶性肿瘤。

正常细胞转变为癌细胞，再到形成可见的癌症，是一个长期的、渐进的、多阶段的过程，从发生基因突变再累积到组织异常增生、再发展成癌前病变、继续发展为原位癌、再到浸润癌直至淋巴结转移和远处组织器官转移，这通常需要10年~30年，甚至更长时间。

“癌前病变”一般是可逆的。90%的早期癌症是没有明显症状的，若能采用有效的预防及筛查技术，早预防、早筛查、早发现、早治疗、防治结

合，95% 以上癌症都可以治愈。而癌症漫长的发病过程也为预防提供了充足的时间，关键就在于我们如何及早发现这些会引发疾病变异的 DNA 从而控制疾病的发生，进行基因检测就是这个目的。

袁媚英还向大家讲了个小故事。好莱坞女星安吉丽娜·朱莉就曾在《纽约时报》上发表文章《我的医疗选择》说她通过基因检测技术，发现母亲把突变的 BRCA1 基因遗传给了她，这使得她罹患乳腺癌的概率高达 87%，患卵巢癌的概率高达 50%，为了预防癌症的发生，她做了双侧乳腺切除和卵巢全切手术，这使她日后乳腺癌的发病率降到 5% 以下，从而不影响她的生命长度和生活质量。

在人类基因图谱绘制完成的基础上，从事基因研究的科学家进一步研究了特定基因与疾病之间的关系。研究发现，人类患不同疾病的风险与人体中疾病易感基因发挥的作用密切相关，通过检测个人的疾病易感基因就可预知其患某种疾病的风险。

5　基因检测为精准医疗和个性化用药提供依据

一听讲故事，杨耀松又眉开眼笑起来。他说："袁美女，讲个基因检测与名人的故事听听，让我们长长知识。"

袁媚英也不推脱，故事信手拈来。她说，美国前总统奥巴马在 2015 年国情咨文演讲中谈到了"人类基因组计划"所取得的成果，并宣布了新的项目——精准医疗计划。文中提道："精准医疗的目的就是为患者提供最有利的治疗，因为我们已经从基因的层面掌握了精确的病因。确切而言，如果两个患者的病因不完全相同，就不能使用同一种药物。这既能避免不必要的浪费，也能避免出现副作用。能够了解疾病主因的精确缺陷，这主要得益于基因技术和蛋白质生物化学技术。这些技术能让我们识别疾病，然后根据疾病主因的精确缺陷将其划分为若干子集。但精准医疗的另一部分是知道如何开发药物来抑制之前确定的精确缺陷。"

传统化疗药物也可以理解为"毒药"，因其是采用"以毒攻毒"的形式剿杀癌细胞，可以抑制生长迅速的癌细胞，但无法分辨敌我，可谓杀敌一千自损八百。化学药物一旦进入体内，打击的将是所有代谢旺盛和增殖旺盛的细胞。

使用靶向药物治疗则可以靶向打击变异癌细胞，从而进行有针对性的治疗，痛苦和副作用更小，且治愈性更高。而基因检测作为使用靶向药物治疗的第一步，作用就是找到癌细胞的“靶子”，实现精准治疗。

据统计，10% ~25% 的中国人体内的药物代谢基因是弱代谢型，因而对特定药物代谢可能特别慢，造成代谢药物堆积，产生药物中毒等不良反应。绝大部分药物反应的个体差异都是体内遗传因素造成的，人们用什么药、用量多少都要因人而异。通过基因检测则可以对药物与人体体质进行个性化评估、给出个性化的用药指导，从而明确告知个人哪些药要慎用、哪种药物对你无害或毒性最低、哪种药物对你的毒副作用更大，从而筛选出最佳用药方案。这样可以大大避免药物对人体造成的伤害，同时也提高了药物的疗效，减少了不必要的医疗支出。

6　基因检测可以指导膳食

枕戈觉得，“民以食为天，那基因检测跟我们日常饮食有关吗?”这个问题，袁媚英说问得好！基因检测在膳食和营养保健品使用上给了我们一个明确的指导。基因检测后，发现你某个基因缺陷或损伤处于较高水平时，专家会根据你的基因检测结果，评估你对各种食物的消化吸收情况，告诉你每种营养要素对你基因表达的影响，并以此为依据，量体裁衣地为你设计饮食结构，为你配置适合你的个性化营养保健品。这样的膳食和使用营养保健品，才是最科学、最安全、最有效的。

7　基因检测与全民健康

对社会而言，健康是一个国家发达先进的重要标志。开展全民全程健康管理服务能够有效降低重大疾病的发病概率，充分提升全民健康水平，为全民响应我国努力奋斗获取幸福生活的号召打下坚实基础，维持全民健康是社会高速和谐发展的必要条件。

基因检测可以让人根据自己的遗传特点，理性地选择适合自己的生活

方式。例如，通过检测基因，发现你带有风湿病易感基因，那么你如果买房，就一定不要买潮湿的低层；如果检测出肺部有易感基因，少去空气污浊的地方做剧烈运动，定期对肺部进行保养和检测；如果有肝病的易感基因，则要少喝酒、尽量乐观、少发火，同时采取措施避免接触肝病传染源等等。基因检测有利于帮助自己建立健康档案，通过科学指导提高整个人生的质量和寿命。

袁媚英讲得头头是道，黄崎博士问；"袁医生，你对基因检测出来的病人，进行过管理吗?"黄崎注重实操，单刀直入问话。

袁媚英说，2012 年年初，她所在的社区卫生服务站接待了一对咨询做基因检测的叔叔阿姨，据了解阿姨有消化道癌症和乳腺癌家族症史，袁媚英建议她做全套的基因检测。他们俩都做了。当年基因检测的价格还偏贵，一个全套需要近 4 万元。叔叔是一家连锁企业的老总，没有发现问题。阿姨通过基因检测却发现了问题。于是做了早期干预方案，在饮食上少油少盐少酒，增加适当运动和增强免疫力，保持心情愉悦和规律的生活，现在每年的体检结果都非常好，至今没有癌变，并且觉得身体和精神状态较之以前好了很多。阿姨多次建议自己的亲姐姐也去做次基因检测，可是姐姐觉得检测费太贵，身体也没有任何不适，觉得没有必要去做。但在 2017 年年底，阿姨的姐姐总是反复腹泻，并且感觉人疲劳乏力，腹部隐隐作痛，再到医院检查，发现已是结肠癌二期。而接下来的治疗费用至少要花费几十万元。这不仅给家庭带来了巨大的经济负担，也给自己带来了巨大的精神压力，而且也增加了国家的巨额医保开支。近两年，随着基因检测技术的发展，试剂盒的不断更新，目前基因检测的费用在大幅下降，一个系统的检测只需要几千元了，一个单项的检测则只需几百元。相信不久的将来，人人都能享受到基因检测的发展带来的好处。

袁媚英再三强调，基因检测发现问题，需及时采取健康干预措施，因为这个阶段的癌症都是可以慢慢消除或逆转的。并且是越早干预越好，通过调整饮食结构、根据情况控油控盐，改变不良生活习惯、增加适量运动、保持心情愉悦、适当食用保健食品和必要时的中药辅助等，达到管理健康、预防重症发生的效果。

方志辉、杨耀松、黄崎、枕戈，对袁媚英的讲解和回答非常满意，聆听的过程中不时点头称赞。他们决定，“隆平文化驿站”的建设，要把健康知识的传播作为一项重要的内容。要把健康文化，列为隆平文化不可或缺的一部分。

8 袁隆平出席“隆平文化驿站”海南那受村挂牌

“隆平文化驿站”自成立以来，在袁隆平院士和社会各界爱心人士的支持下，逐渐开枝散叶，茁壮成长，先后在湖南、海南、广西、广东等省份落成。

4 月 16 日下午，海南三亚市育才生态管委会那受村“隆平文化驿站”授牌落户仪式，在国家杂交水稻工程技术研究中心三亚基地举行。仪式由三亚市南繁科学技术研究院院长柯用春主持，中国工程院院士袁隆平、国家杂交水稻工程技术研究中心齐绍武主任、党组书记马国辉，湖南省农科院副院长邓华凤，三亚市农业局副局长曲环、三亚市育才生态管委会副主任胡启武、“隆平文化驿站”理事长黄崎博士等出席了本次授牌仪式，一并参加的还有那受村委会村民代表、贫困户代表和国家杂交水稻工程技术研究中心三亚基地的党员、技术人员，以及新华社、海南电视台、海南日报、三亚电视台、三亚日报、南方农村报等诸多媒体约一百五十人。

9 方志辉精心组织“隆平文化驿站”沅江站挂牌

沅江，是方志辉的家乡。在长沙进入沅江的高速公路段，有条巨幅广告“沅江芦笋 洞庭虫草”。芦笋现已沅江的一大地方产业，方志辉调到湖南省农科院农产品研究所后，主动承接了芦笋产业开发的科研项目，并派特色农产品加工创新团队负责人吕慧英博士常驻沅江，从事芦笋产业与科研对接。吕慧英博士曾申请成为“隆平文化驿站”义工，方志辉有心在沅江创建驿站，那沅江站挂牌的前期工作，自然也交给了吕慧英。她利用闲暇时间，筹备了近半个月，把活动场地以及送给村民的书籍、肥料、饲料、礼品全部对接好。

“隆平文化驿站”沅江站要做出好口碑。方志辉思来想去，这次一定要

把袁媚英请过去。送文化下乡，一定要送健康文化！袁媚英接到邀请，推掉出差的公务，很爽快答应了，表示一定亲自来。

一场夏雨将炙热化为春风，给沅江市永安村村民带来凉爽与清新。5月31日下午，"隆平文化驿站"理事会黄崎、杨耀松、方志辉、瞿建波、枕戈等理事会成员都来到了沅江市共华镇永安村，为"隆平文化驿站"永福农业生态园站授牌。袁媚英、湖南省农科院农产品加工研究所副所长刘咏红、吕慧英博士、隆平文化驿站庄稼医院院长闫辉敏、湖南碧野生态农业科技有限公司董事长王征、益阳市委宣传部调研员蒋学毛、益阳日报社拓展部主任孙殉华、沅江市政协副主席刘建斌等嘉宾应邀出席。来宾与村民近两百人参加了这次活动。

方志辉在沅江永福农业生态园站为村民解读中央1号文件

方志辉在揭牌仪式上，为现场嘉宾和村民讲解农业种养植技术，解读中央1号文件。方书记通过对"乡村振兴战略"的解读，表示不管是送文化健康下乡，还是坚持农业生态发展，都是推动乡村振兴战略的方式。

仪式结束后，袁媚英向村民捐赠了5000元的家庭常备药品。并为村民们进行了两个多小时的健康公益讲座和爱心义诊。在健康知识讲座中，袁媚英与村民谈笑风生，以聊天的形式讲解慢病管理和健康养生的知识。

袁媚英说，在近十年里，随着国家老龄化越来越严重，全国超过五分之四的省份的社保资金超支。生病，不仅家庭难以承受，而且也给国家增添负担，尤其是得了大病。她和村民们聊了一个真实的案例。2002年，她同学爸爸得了二期结肠癌，当时五十五六岁，身高近180cm体重160斤左右。在那个没有高铁和高速公路也很少的年代，他拥有一条长途客运线的运营权，属典型的富裕户。查出来癌症之后，半年多的时间在肿瘤医院做了八个疗程的化疗，然后就带了一堆抗癌药物回家去吃。袁媚英当时跟他说，您一定要改变不好的生活习惯和工作环境，最好是不要跟长途车了。可是后来，同学说，她爸爸化疗回家大概半年后，自我感觉还不错，觉得自己本来身体素质也好，又重新回到长途车上。药还是继续在吃，生活方式还是跟原来差不多。但由于开车长时间坐着，工作强度大、精神压力也大、饮食也是一日三餐在外面不及时。不到三年的时间，2005年又复发了。于是接下来又手术，化疗了半年多时间，毛发全部脱落，胃肠道反应特别大，什么都吃不下。半年多时间，整个人大概瘦到只剩下110多斤，还要每天服用抗癌药物大概3~5年。回家的时候，我同学爸爸的免疫力几乎下降为零，不管是严寒还是酷暑，出门必须要把头、脸和身体全部都包裹起来，只要稍微吹一点点风就会头痛甚至感冒。我同学请我做了一套康复方案，包括要保持轻松愉快的心情，注意饮食结构和烹调方法，规律而且足够的休息，每个星期进行3~5次中低强度循序渐进的运动，并且按时服用药物按时复查，争取早日断药。从那以后，他像是换了一个人，把客运线卖给了别人，长途客车也转给了别人，并且回了空气好山水好的老家圈了一块地，开始过起了自己种稻谷、种菜、养鸡鸭、养鱼的田园生活。两三年之后，我告诉他慢慢地减药量，并帮他配了一些增强免疫力的中药和保健食品。现在，他身体基本恢复正常，年近七十的老人，看起来反倒觉得更比五十多岁的时候更加健康。

她说，“我们要从自身做起，学习养生，学会养生，尽量保证自己和家人不生病、少生病、至少不生大病。养生就是一种健康的生活方式！保障

我们健康的四大基石是均衡的营养、合理的运动、乐观的精神和平衡的心态、足够的睡眠和戒烟限酒。”

讲座结束，她又和村民们问诊把脉。用老百姓喜闻乐见的方式，把隆平文化中的健康理念带进乡村，深受村民们的喜爱。

沅江市政协副主席刘建斌对此深有感触：“袁媚英不仅人美，而且心灵美。健康的生活方式，总是以好的心态，美的方式表达。‘隆平文化驿站’不搞花架子，是真正为村民办实事！”

第二十五节　稻生一：是道生一里的稻生一

不知不觉，“袁隆平丛书”从《稻可道》，到《非常稻》，已出版到了《稻生一》。

凡是读这套书的朋友，首先被这几个简洁而内涵深刻的名字吸引住了。也不能不联想到，仅仅5千余字却包含着无比深刻哲理的哲学著作《道德经》。

《道德经》简洁而玄奥，历经2500年而不过时，以至于美国历史学家维尔杜兰特说：在未来的理想世界，可以毁灭世界上所有的其他文化书籍，唯独只需留下一本书，就是老子的《道德经》。

所以，读“袁隆平丛书”，既是读杂交水稻的传播故事，也是读杂交水稻背后的哲学精神。

在地球上，水是生命的源泉。水在华夏文明的起源过程中，起了举足轻重的作用。水的精神，渗透到了华夏文明和中国精神中。而水稻，也与中华文明的起源息息相关。

老子说：“上善若水，水利万物而不争。”

他又说：“道生一，一生二，二生三，三生万物。”

老子如此推崇水的精神，并说水的精神符合“道”，他一定长期在南方（楚国）生活过，观察了水的特性。

水稻，顾名思义稻（道）不离水。水滋润了稻，更滋润了人类。水的精神即是道的精神。水尚和平，性格柔和，但是，“天下至柔，莫过于水，而攻坚强者，莫之能胜”。

“民以食为天”，在几大主要农作物中，水稻是最早被人类被驯化的，

湖南永州玉蟾岩的栽培稻距今有 14000 ~ 18000 年，永州是水稻诞生的圣地。只有初步解决了吃饭问题，为人类活动提供了持续不断的物质能量，人类文明才有进一步发展的动力。所以，我们说“稻生一”并不为过。

道，可以理解为物质的精微、最初的能量。从这个意义上讲，稻亦有道。“稻生一”，是“道生一”里的“稻生一”。

有种说法，首先有杂交水稻的理论、规律（道），然后“稻生一”。有了第一粒杂交水稻，一生二，二生三，三生万物，生出无数粒杂交水稻。这是一个从理念到万有的过程，也就是“万法为心造”。正是因为 1966 年 2 月袁隆平发表了《水稻的雄性不孕性》，发现了杂交水稻的杂交之“道”，才启动了波澜壮阔的杂交水稻事业。

也有人说，袁隆平发明杂交水稻，并向全世界推广，这象征着中国的和平崛起，袁隆平即是“一只和平的文明的狮子”；然后他又培养了方志辉、张昭东等一大批“和平的文明的小狮子”，再生出无数徒子徒孙，共同把杂交水稻推广到全世界，这也是“一生二，二生三，三生万物”的过程。

杂交水稻“稻生一”的原理，完全能够从《道德经》的哲学中得到诠释。

2014 年 3 月 27 日，习近平在中法建交 50 周年纪念大会上说：“实现中国梦，给世界带来的是机遇不是威胁，是和平不是动荡，是进步不是倒退。拿破仑说过，中国是一头沉睡的狮子，当这头睡狮醒来时，世界都会为之发抖。中国这头狮子已经醒了，但这是一只和平的、可亲的、文明的狮子。”方志辉说，因为习近平主席提出的“和平的狮子”，能代表中国这个文明古国的新世纪形象。而袁隆平最具代表性地诠释了中国人的和平精神，是名副其实的“和平的狮子”。袁隆平院士对“和平的狮子”这一提法高度认同，并为此书题词：“愿每个中国人都成为和平的狮子”。

袁隆平丛书编委刘益对照《稻可道》《非常稻》封面袁隆平的头像，越看越发觉得他的脸型像一只狮子，认为袁隆平果真就是一只“睡醒的狮子”，瘦瘦的，既健硕，又轻灵、活泼。

经此一说，丛书编委们无不为设计师吴颖辉的创意感到惊奇。枕戈问吴颖辉为何能够把袁隆平的外形设计塑造得如此传神，吴颖辉无意间透露，她的父亲也曾是杂交水稻湘军的一分子，她和杂交水稻和袁隆平的缘分早就由上天注定了。

但是，她的父亲没有机会享受杂交水稻辉煌带给他的荣耀，却为杂交水稻早早献出了自己的生命。有谁知道，今日杂交水稻的荣光背后暗藏多少昔日的悲壮！

她的父亲叫吴克俭，和她的母亲黄翠云，同是原湖南省农科院党委书记、原袁隆平农业高科技股份有限公司董事长左连生在湖南农学院的同班同学。在那个激情燃烧的岁月，杂交水稻在国内受到重视，吴克俭也是浩浩荡荡奔向海南的制种大军的一员。

1976 年湖南省委发起海南制种的大会战，要求临湘县以县委副书记高东升带队、农业局局长宋供才、粮食局局长肖太宗、财政局局长张公正、农科所所长吴克俭等五人组成县指挥部的领导机构，高东升任总挥挥长，吴克俭任副指挥长，带领 600 多名农民奔赴海南为杂交水稻制种。

当时有海南谚语十八怪：“火车冇得牛车快，上树人比猴子快，水田斜坡把谷晒，三个老鼠一麻袋，三个蚊子一碗菜，三条蚂蟥裤腰带，屙屎要用树叶盖，女人生崽男人带，谈情说爱在郊外……”可见当时海南制种条件之艰难。

在制种时，吴克俭总是身先士卒，勇担责任，作为领导大公无私，体现了高风亮节，深受部下爱戴。

回到临湘，吴克俭因连续 2 年工作在湛江、海南搞制种，工作繁重，条件十分艰苦，此时已身患重病。且因返乡制种人员多，回家心切，交通紧张，他一直坚持到最后一个回家。与病魔顽强拼搏了 5 年后，1981 年 8 月 23 日晚，他离开了人世。为了杂交水稻，他献出了自己年仅 40 岁的宝贵生命。吴克俭去世后，吴颖辉的母亲黄翠云担起养育子女的重担，完成丈夫未完成的任务。

从海南撤兵时，临湘的制种大军总结了在如此艰难的条件下取得成绩的主要原因有四，其中一条就是“吴克俭同志认真负责的态度”。“全体同志一致认为，他为全县制种工作做出不可磨灭的贡献。”

吴颖辉回忆，她父亲去世前是临湘农科所所长，常年在外忙制种工作，和她母亲结婚 10 年在一起的时间不足半年，左连升是他们班的同学。

当我们听了吴颖辉讲她父亲的故事，一方面无不为吴克俭的英年早逝唏嘘不已；另一方面更觉得如今杂交水稻在世界范围内的遍地开花来之不

易，中国在世界上的和平崛起来之不易。我们为杂交水稻湘军的辉煌而骄傲，更要向付出汗水乃至献出生命的先辈致敬！

艰苦忍耐、霸蛮奋斗的湖南人，成就了今天的“和平的狮子”！

水稻与华夏文明的起源息息相关，杂交水稻的发明，无疑为中华民族在现代的延续和繁衍，起了举足轻重的作用。袁隆平发明杂交水稻及杂交水稻水稻湘军向全世界推广杂交水稻的恢宏故事，无疑是中华民族现代文明“创世纪”的画卷中的一部分。

“稻生一”，定将成为千年般若，生生不息。

大国力量，大国人的作为

——相遇《稻生一》

瞿建波先生电话：能抽出一点时间吗？

陶妙如：请指示！

瞿建波：《袁隆平丛书》第三本《稻生一》样稿出来了，请您主审！

陶妙如：好荣幸呀，审就不审了，我认真学习。

我与瞿建波先生是老朋友了，电话挂断一小时之后，他亲自送来了样稿。他说，他很想在生命的里程里做成一件很有意义的事情，将袁隆平、袁隆平团队所形成的隆平文化中呈现的大国精神真实系统地呈献给世人。我说，您主编《袁隆平丛书》，是做了大功德：不仅是为湖南做了一件大功德，也是为中国做了一件大功德，更是为世界做了一件大功德。

我翻看了样稿，正文共386页，有40余万字。一天读6万字，七天可以读完。实际上，我只用了5天时间就读完了第一遍，再用2天时间又翻看了一遍。我每天5点起床开始读，到深夜，有两天竟然读到转钟，有一天是到第二天的2点30分，有一天是读到2点43分。

孩子的爸笑问："比你的书还好看吗？"

我回答："比我的好看多了！"

他便随意拿起一叠看起来，又翻翻其他几叠，说："你们都是在播种。"我感觉有灵光一闪，便停下来和他交流我读书的感受：

《稻生一》应该可以说是践行习近平总书记"一带一路"倡议和"构建人类命运共同体"精神的代表作之一，是一部以科学家方志辉为主角向世界推广袁隆平杂交水稻的奋斗史，是一部隆平文化、中国精神的推广史。该书塑造了在农业领域里且行且创新的，有大视野、大格局、大情怀、大担当的人物群像。

袁隆平说过，"科学研究是没有国界的，但科学家是有祖国的，不爱国，就丧失了做人的基本准则，就不能成为科学家""中国人可以帮助其他国家发展杂交水稻，造福世界人民"。

方志辉说过，"能在有生之年，为国家为人类做一点贡献，值了"。

还有杨耀松、张昭东、刘志刚、陈剑宝、黄柏章、王秀松、黄大辉、刘冰等，一个个杂交稻种的传播使者，用行动诠释了"中国是一只和平的文明的狮子"。

他们，远离妻儿，在异国他乡，一待就是一年、两年，有的长达七年，甚至有的辗转持续二十多年。骨折了，医术落后，只能几经周折回国医治，阑尾炎病发后去登机，痛得只能蜷缩在座位下……

"水稻外交"，是技术，是政治，也是一次次"战争"。他们中有人巧遇了美国的"9·11"事件，有人在巴厘岛遭遇了两次恐怖袭击。面对恐怖袭击，方志辉先生说"只有生命存在，才可能有一切"。在大会主席台上，本应与他国政府高官一道坐在第一排的中国专家，非常理性地提出了"我们坐在第三排"的要求。在一次会议上遭遇恐怖袭击，方志辉团队无一受伤。这是典型的易经坤卦智慧"张藏有度"。他们受到排挤，受到质疑，受到身处水乡之地却缺水的各种遭遇。而这些，他们的家人却不知晓，待他们回国后，只有在儿女们朋友们缠着讲故事时才作为插话讲出，家人们方知险情。他们传递的是什么？在国外，稍有闲暇便是看那里的风土人情文化。

那里的景是奇景，那里的人是奇人，团队成员互相关心，有趣的情景，点点滴滴都写进了他们的日记中，成了一部多国风情录。

还有袁安定、黄秋林、袁媚英、刘健、尹云强、枕戈、瞿建波、王征、湖南农科院领导等幕后支持者、文化商人、文化人、决策者们，他们用政策、用智慧，让科学家们将单纯的情感交流变成了互惠共赢的经济交流，自然成功地将知识转化为了资本。

“物以类聚，人以群分，因为同类，所以相聚。你看的都是业内精英，难怪你连睡觉都不记得。”孩子爸给了我点评。

净心第一，利他至上。杂交水稻湘军以利他精神造福世界人民，怎能不令人肃然起敬。

方志辉用佛语说，“敬天畏地，反躬自省，知行合一”“自性光明，普照人间，内心安宁”。于是，在世界的期待中，在祖国的需要中，在老师的期望下，他率队“笔直往前走”，从马国、巴国，直上千岛，再战南洋，留情文莱，挥笔写就《十年一探，为了丰衣足食的世界》，袁隆平杂交水稻已造福五十多个国家！

“我的个性就是总觉得不满足。”这是袁院士的话，也是他的学生、他的团队的个性。心若沉香，何惧浮世，唯有不满足，才可以创造一个又一个奇迹。

技术、制度、文化，是衡量一个国家、一个企业的标准。有了制度，有了文化，如果没有粮食与军事，温饱都不能保证，安全感还是没有的。和谐社会，首先需要安定。用一句网络语来说，无论虚拟的世界多么美好，想要吃一口饭，还是要回到现实中来的。吃饱是第一需要！

“群龙无首，吉。”天地与我同根，万物与我一体。推广杂交水稻，造福世界人民，这是袁隆平团队的责任，也是中国人的使命！

会用眼睛发现美好，为家族、国家和世界做出贡献。这是我一直以来勉励自己、鼓励学生的一句警言。《稻生一》中袁隆平团队的群像，给我们

树起了一座丰碑！

这是一群凡人，用热爱、勇敢、中国智慧，铺就了不平凡的轨迹，编织了一个东西相贯、南北相交的水稻互联网世界。也构建了一种颇具特色的“讲好中国故事，传播好中国声音”的中国文化传播模型。

方志辉们，用行动在传播！

瞿建波们，亦用行动在传播！

自强不息，止于至善！

《稻生一》，呈现了大国的力量，彰显了大国人的担当！

陶妙如有感于长沙

2018 年 8 月 5 日

陶妙如，北京师范大学教育管理博士，教育部“国培计划”专家库专家，中学语文特级教师，曾多次参与湖南省高考命题工作。出版畅销书《让爱智慧》《做温暖的教育》《易经里的教育》《中华最美诗文选》《大国教育》等。

稻生一

HOUJI

后记

以隆平精神重塑中华文明的主体性

“生命不息，奋斗不止”，保尔·柯察金的这句话，用在袁隆平院士身上，最合适不过了。他有一个“杂交水稻覆盖全球”的伟大梦想，希望杂交水稻这项世界顶级的科研成果，惠及全球人民。为此，他带领他的团队成员在全球布稻(道)，不仅给世人带来了物质财富，让人吃饱，免受饥饿之苦，而且给世人带了精神财富，激励我们的子孙后代，积极进取，奋发图强。湖南省农业科学院党委书记柏连阳说：“袁隆平精神包含有：胸怀祖国，一心为民的坚定信念；同心同德、真诚合作的思想风范；自强不息、与时俱进、勇攀高峰的创新精神；不畏艰辛、执着追求、迎难而上的坚强意志；严于律己、淡泊名利、团结协作的高尚情操。”倡导隆平精神，其实质是重塑中华文明的主体性。

2014 年 5 月，我写了一篇通讯《方志辉：国际杂交水稻的文化之旅》，讲述了“杂交水稻之父”袁隆平的亲传弟子、自然科学家方志辉的人生故事。他几十年如一日，为推广杂交水稻。足迹遍及全球 50 多个国家和地区，并在 30 多个国家和地区种植了杂交水稻，洒下了辛勤汗水。他以自己向全世界推广杂交水稻的亲身经历，接连出版了《十年一探——为了丰衣足食的世界》《七年马义奇》等纪实文学著作，取得了丰硕成果，被人称为“科学家中的文学家”“文学中的科学家”。文章在华声在线首发，凤凰网等多家媒体转载，在社会上引起了不小的反响。后来，我和方志辉、青年学者枕戈，商议出一套“袁隆平丛书”，把袁隆平团队让杂交水稻迈向世界的“跨国奋斗史”以及团队成员的故事记录下来，让袁隆平精神发扬光大，

传承到千秋万代。其间有些许犹豫，感觉困难很大。我的良师益友、南岳广济禅寺住持宗显法师知道后，多次鼓励我，说："心制一处无事不办，一生一定要发愿做好一件有意义的事。能把这事干好，一生禅意，功德无量！袁隆平院士是米菩萨，一生为杂交水稻事业鞠躬尽瘁，老当益壮，是世人学习的榜样！如果能把这套丛书写成科普的、励志的纪实文学，一定能成为畅销书！值得为之努力，为之付出。"

在宗显法师的一再鼓励和关注下，我肩负主编"袁隆平丛书"的重任，于2015年5月，顺利出版了第一册《稻可道》，并被选上"湘版好书版""中国好书榜"。于2016年5月，又出版了第二册《非常稻》。第三册《稻生一》，已于2017年3月完成初稿，之后又花了一年多时间，几易其稿，不日将在中南大学出版社出版。

2017年2月3日，这一天正逢立春。南岳寿山，山中残雪未尽，雾凇垂挂，我和方志辉、枕戈、杨杰等一行人，迎着彻骨寒冷来到广济禅寺，恭请宗显法师为袁隆平院士祈福，表达我们对袁老的深深敬意。

就这样，从《稻可道》到《非常稻》再到《稻生一》，宗显法师完整见证了我们这套丛书的出炉。是他，给我们创作袁隆平丛书时加持了无穷的精神能量！在此，对宗显法师表达我深深的谢意。

最近网上讨论，中国有哪些新的"四大发明"？调查结果表明，高铁、网购、支付宝和共享单车被认定为中国的"新四大发明"。但是，学者质疑，如果我们冷静耐心地思量，这个所谓的"新四大发明"，只是外国的技术发明嫁接到中国的消费市场而已。继古代"四大发明"后，真正属于自己的"发明"，只有袁隆平的"杂交水稻"、屠呦呦的"青蒿素"。

袁隆平的杂交水稻是第一项为中国人获得科学自信的伟大成果。自1840年鸦片战争以来，在西方列强的坚船利炮轰击之下，伴随着天崩地裂，中国人的文明自信烟消云散，开始亦步亦趋地向西方学习，甚至有人主张"全盘西化"，以获得西方人给予的奖赏为荣。"诺贝尔奖"就是这种情结的集中表现。

2014年，袁隆平获得诺贝尔和平奖提名，我们开始策划袁隆平丛书第一本《稻可道》。但由于各种原因，袁隆平后来并没有获得"诺贝尔和平奖"。这不足为怪，国人表现得也很平静淡然。这其实是中国人开始恢复文明自信的体现。杂交水稻基本解决了中国13亿人的温饱问题，并在全世界几十个国家推广，尤其帮助很多亚非拉落后国家解决了温饱问题。这种贡献，也许远远超出了“诺贝尔和平奖”所能承载的内涵。

《稻可道》出版后，我们的创作团队顺势提出了“袁隆平和平奖”，认为这将有力彰显中国人的“和平价值观”提出后在社会上引起了强烈反响和热烈讨论。

也就是说，我们一开始是朝着“诺贝尔和平奖”而去策划出版了第一本书的，却以倡议“袁隆平和平奖”而终。我们自身完成了一个华丽的转身以及精神的升华。

之前，国内已经设立了“袁隆平农业科技奖”，这无疑具有重大科技意义，但“袁隆平和平奖”的倡议，却具有更深厚的文化内涵，彰显了中华文化的主体性，对于提升中华民族的文化自信意义非凡。袁隆平，已经是现代中国的象征符号之一。“中国道路”，必然是由一批批中国的科学家、文化人自信走出来的。

也就是说，我们创作“袁隆平丛书”，从一开始，就不仅仅是给袁隆平院士写个人传记，而是在从事一项工作——提升中国人的文化自信，彰显中华文明的主体性。袁隆平院士及其团队向国际推广杂交水稻的英雄史诗，为我们提供了一个绝好的历史题材。

在“袁隆平丛书”三本书的创作中，我们也吸收了不少关于文明起源研究的最新成果。媒体说枕戈他们在搞湖南起源论乃至“湖南中心论”，其实我们的杂交水稻事业何尝不是立足“湖南中心论”，杂交水稻发明于湖南后，再以湖南为中心，向四面八方、五湖四海传播。

近十年，一场国学复兴运动在中国也在三湘大地掀起巨大浪潮。袁隆平丛书也反映了以儒释道墨为主的国学复兴的内容。

比如，在《稻可道》的最后一节，袁隆平与洗心禅寺妙华法师进行的“佛学与科学对话”，在凤凰网佛教频道首页刊载后，引发了巨大反响，网友们也纷纷发表议论。后来，我就此事再次采访妙华，发文《高僧妙华称：我若吃了转基因，怕烧不出舍利子》，吸引了更多人对转基因的深入思考。有的网友则评价妙华说，“这个和尚萌萌哒”。也有网友对妙华发表的近500年来关于宗教与科学碰撞融汇的鸿篇大论所折服，称赞道：“太妙了，

这是我见过的最有思想的高僧。”妙华也就成“网红”了。

2015 年 10 月 1 日，妙华法师和湖湘文化专家郑佳明教授、中国人民大学佛学专家宣方教授在洗心禅寺同台论道“佛教与湖湘文化”，方志辉、张昭东应邀参加。《非常稻》在第 28 节再次把整个论道的内容，用文学的笔法整理记录下来，为后人保留了那次论道的精彩的一幕幕。

我们提出袁隆平和平奖后，新墨家旗帜人物黄蕉风认为袁隆平体现了墨子身上最可宝贵的两大精神：一是兼爱和非攻止战的精神，二是科学家精神和匠人精神。袁隆平说，他的中国梦是“杂交水稻覆盖全球的梦”，这是一种兼爱的国际主义精神。杂交水稻乃袁隆平先生“非攻止战”的武器。所以，他支持设立“袁隆平和平奖”，并称在田间干活被太阳晒得面貌黝黑的袁隆平就是“当代墨子”，让人忍俊不禁。我们不介意对袁隆平精神从国学方面作多维度的阐释。

在《稻生一》这本书中，我们把方志辉一行人在南岳为袁隆平祈福写入书里，即把杂交水稻的故事放到南岳这个大的国学文化背景中，充满了神秘感和神圣感。我们之所以用大量的篇幅写国学复兴，一方面当然是为了提升文化自信，展开一种主体文化的历史叙事；另一方面则是为了倡导“国学生活化”，让国学走进生活，让更多人亲近国学，践行国学。而不是让国学成为古董，导致更多人对国学敬而远之。朋友们对我说，原来国学也能这么好玩！

最让人惊讶的是，我们出版的三本书《稻可道》《非常稻》《稻生一》，朋友们无不说书名“让人眼前一亮”。三本书的封面颜色分别是黄、蓝、红。这三个标题把《道德经》里道可道、非常道、道生一的文化内涵和中国的哲学精神，和杂交水稻的奥妙神奇天衣无缝地结合在一起了。里面包含了一种本体论的哲学思想，也包括了文明创世的精神。我们乃是以袁隆平发明杂交水稻并向全世界推广的伟大精神，重塑现代中华文明的主体性！

我们丛书创作团队的核心成员、本书的主人公方志辉，是一位极有福报之人。他既得袁隆平之真传，自己又勤奋好学，吃得苦霸得蛮，同时胸怀极其博大，善于兼容并蓄。他本是一位科学家，又是一位有市场经营理念的企业家，为推广杂交水稻走遍了数十个国家和地区。而他心又极细，妙笔生花，把路途中点点滴滴的故事记录下来了，赢了作家的声誉。本书

袁隆平院士看了样书说：这本书写得很好！

的第一手材料，许多都来自他的日记、手札和工作总结。

更难得的是，原本不是国学圈中人的他，和我们在一起后，迅速接受了许多国学理念，并且开始践行，比如他跟我们一起吃素食，理解了辟谷、茶道、香道、打坐问禅，样样都会了一些。他参加完大同思想网四周年的活动，接受大陆新儒家思想的熏陶后，说："原来袁隆平老师也颇有新儒家的味道啊，袁老师就是大陆'新儒家'了。"

2017 年 5 月 14 日至 15 日，"一带一路"高峰论坛在北京举行。过去，我们向西方学习，仰视西方，唯西方马首是瞻，现在西方人开始向中国看齐，以中国为中心，中国成了引领世界发展的主轴，"一带一路"倡议，于客观上促成了"中国中心论"。这甚至可以看作世界历史发展的重要转折，中华崛起指日可待。

而在"一带一路"概念正式提出以前，袁隆平院士和他的团队在中国改革开放刚启动时，就开始向美国、菲律宾等国推广杂交水稻，形成了一支强悍的"杂交水稻湘军"。某种程度上，袁隆平院士最早开始了中国的一带一路工作，是一位先行者。杂交水稻叙事就是一部中国人对外开放拓展的波澜壮阔的历史，就是中华崛起屹立于世界强国之林的奋斗史，就是一部

重建中华文明自信的主体叙事!

《稻生一》的策划、采访、创作、编辑、出版、发行，涉及的面广事多，参与的人数也众多。在书写本书的过程中，感恩华声在线副总裁禹振华老师对我的指导和支持；感恩本书编委成员的辛劳工作和无私付出，从逾百万字的初稿中精简成册；感恩袁隆平院士的工作秘书杨耀松教授，不仅讲述了许多鲜为人知的故事，而且对每一个章节的文字和数字都有仔细核对，既增强了这本纪实文学的趣味性，又保证了本书的真实性；感恩邓哲老师和袁定安董事长对书稿的审核，确保内容励志、鼓舞人心；感恩吴颖辉老师对本书的精心设计；感恩中南大学出版社吴湘华社长、陈应征老师等对本书的编辑出版，给予了大力的支持。在本书的策划过程中，枕戈多次召集方志辉、杨耀松、郝世武、宋兴、杜钢建、刘健、黄培莹、何学东、肖长江、黄晓明、杨杰、赵绪国、吕慧英等社会各界精英人士为本书的创作出谋划策，特此鸣谢！这本书的出版，是集体智慧的结晶，倾注了许多人的心血、情怀和梦想。要感恩，要感谢的人实在是太多太多，再次一并致以感激之情。对给予了我支持，而在后记中，没有列出的单位和人名，在此鞠躬致歉！鞠躬致谢！

祝福袁隆平院士寿比南山，福满天下；希望“袁隆平和平奖”早日设立，普惠人类!

祝愿方志辉们奋斗不息，再创辉煌!

是为后记。

袁隆平丛书主编　**瞿建波**

2018 年 6 月 8 日